Stefan Nink

Freitags in der Faulen Kobra

Buch

Siebeneisen, Lokalredakteur aus Oer-Erkenschwick und unfreiwilliger Weltreisender, nimmt in einem indischen Palasthotel an einem Yogakurs teil. Eines Tages bittet der Maharadscha ihn wegen eines Notfalls zu sich: Aus der Schatzkammer des Palastes ist das Teilstück einer magischen Elefantengottstatue verschwunden! Der Großfürst ist verzweifelt. Einst hatte der steinerne Ganesha dem Herrscherhaus von Joompla zu Macht und Reichtum verholfen. Als aber vor 250 Jahren Feinde das Reich bedrohten, ließ man die Statue zerteilen und in Sicherheit bringen – von James Cook, der die einzelnen Stücke während seiner dritten Weltumseglung an entlegenen Orten der Welt versteckte. Niemals dürfe die komplette Statue in fremde Hände gelangen, erklärt der verzweifelte Maharadscha dem staunenden Siebeneisen, sonst werde entsetzliches Unheil über die Dynastie der Herrscher von Joompla hereinbrechen. Zum Glück gibt es einen Mann, der die Meisterdiebe stoppen kann. Glaubt jedenfalls der Maharadscha.

Ein Wettrennen um den Globus beginnt: Im Fahrwasser des großen Entdeckers führt die Suche nach den Teilen des Elefantengotts von Tonga nach Neuseeland, Kapstadt, Hawaii und Kanada. Und während sich Siebeneisen mit Straußen, Eisbären und einem kleptomanischen Buschbaby herumschlagen muss und seine Freunde Wipperfürth und Schatten ihn aus dem Teehaus Zur Faulen Kobra mehr oder weniger sinnvoll unterstützen, wird im Palast des Maharadschas ein ganz anderer Plan verfolgt.

Autor

Stefan Nink fliegt, fährt und läuft für Magazine, Radiostationen und Verlage über den Planeten. Seine Reportagen wurden vielfach ausgezeichnet und übersetzt. Er hat über dreißig Reisebücher veröffentlicht. Wenn er zu Hause ist, steht er samstags bei Heimspielen von Mainz05 im P-Block.

Stefan Nink

Freitags in der Faulen Kobra

Roman

blanvalet

MIX
Papier aus verantwortungsvollen Quellen
FSC® C014496

Verlagsgruppe Random House FSC® N001967
Das FSC®-zertifizierte Papier *Holmen Book Cream*
für dieses Buch liefert Holmen Paper, Hallstavik, Schweden

1. Auflage
Taschenbuchausgabe Oktober 2015 bei Blanvalet Verlag,
einem Unternehmen der
Verlagsgruppe Random House GmbH, München

Umschlaggestaltung und -motiv: www.buerosued.de
Druck und Bindung: GGP Media GmbH, Pößneck
LH · Herstellung: am
Printed in Germany
ISBN: 978-3-7341-0171-7

www.blanvalet.de

»Gefahren wie diese sind die unentrinnbaren
Begleiter dessen, der auf Entdeckungsfahrt geht.«

(JAMES COOK, NACHDEM ER VOR TONGA
AUF GRUND GELAUFEN WAR)

»Weiter, immer weiter!«

(OLIVER KAHN)

Er musste sich beeilen, es dämmerte, in einer Stunde würde man hier draußen nichts mehr sehen können. Miller tastete in der Manteltasche nach seinen Wertsachen und war beruhigt, als er alles vorfand. Dabei bemerkte er aus den Augenwinkeln eine Bewegung. Verdammt, dachte er, da war doch eben noch nichts. Jetzt aber kam das, was eben noch nicht da war, mit viel Schwung auf ihn zu. Er riss das Gewehr von der Schulter, legte an und drückte ab. Nur ein Klacken. Heilige Maria, dachte er, warf das Gewehr in den Schnee und griff nach seiner Pistole, aber da war keine Pistole, wo eine hätte sein sollen. Heilige Mutter Gottes, dachte Miller wieder, und es sollte das Letzte sein, was er überhaupt denken würde in seinem Leben. Eine halbe Sekunde später flog er durch die Luft. Dann wurde es dunkel.

0

DUBLIN, IRLAND, AN EINEM WUNDERSCHÖNEN SPÄTSOMMERTAG.

Er nippte an seinem Tee und verzog augenblicklich das Gesicht: Wie konnte man ihm denn so ein Gebräu anbieten? Da erforschten sie in diesem Teil der Welt Schwarze Löcher, fahndeten nach Gottesteilchen und schafften es ein übers andere Jahr, die Weltwirtschaft mittels hochkomplexer Zahlentricksereien an den Rande des Abgrunds zu manövrieren – einen simplen grünen Tee aber: Den würden sie niemals hinbekommen. Niemals. Angewidert stellte er die Tasse ab, überprüfte den Sitz seiner Krawatte und öffnete den Auktionskatalog. Das Verzeichnis war umfangreich, er blätterte lange, bis er die Seite mit dem Gemälde fand. Drei Gegenstände noch bis Objekt #67. Eine Viertelstunde vielleicht, dann würde er erlöst sein.

Genau wie den Tee fand er auch europäische Kunstauktionen stillos, und dieses hier war ein besonders schlimmes Beispiel. Was für ein Chaos hier herrschte! Die meisten Besucher wirkten, als hätten sie das Auktionshaus zufällig während eines Stadtbummels entdeckt. Sie trugen grellfarbene Trekkingjacken und schleppten Einkaufstüten in den Saal, suchten lange nach einem passenden Platz und verließen diesen drei Minuten später wieder, weil sie einige Stuhlreihen weiter vorne einen vermeintlich besseren ausgemacht hatten. Andere waren offenbar nicht in der Lage, ihre Mobiltelefone auszuschalten, unentwegt erklangen Sirenentöne oder Popsong-Intros oder quietschende Stimmen, die Dinge wie »Muddi! Gemarann, Muddi!« riefen. Der Mann auf dem Stuhl vor ihm war eingeschlafen; er schnarchte röchelnd, wobei sein Kopf immer wieder auf die Schulter seines Sitznachbarn fiel, der ihn jedes Mal wieder wegschob. Für den skandalösen Höhepunkt des Morgens aber hatte vorhin ein Amerikaner gesorgt, der eine Rüstung aus dem 15. Jahrhundert ersteigern wollte. Der Mann mit dem Dreispitz auf dem Kopf hatte ausgesehen, als sei er während einer Drehpause eines Historienfilms kurz mal hinüber zu O'Cassidy & Sons geschlendert. Als er am Ende tatsächlich den Zuschlag für die Rüstung erhalten hatte, war der Amerikaner aufgesprungen und hatte laut »Yess!« gerufen. Wie peinlich, wie unvorstellbar peinlich. Den meisten Europäern fehlte jede Kinderstube. Über die USA aber dachte man besser gar nicht erst nach.

Dabei wusste er, dass O'Cassidy & Sons zu den renommiertesten Auktionshäusern Irlands zählte. Mehrmals im Jahr kam in diesen Räumen antikes Inventar unter den Hammer, das aus alten irischen Anwesen stammte. Fast immer hatten deren Besitzer ihre historischen Immobilien zuvor an einen russischen Milliardär verkauft. Oder an einen dieser neureichen Chinesen. Die neuen Eigentümer konnten meist nicht viel anfangen mit der Einrichtung der Landsitze. Beziehungsweise fanden sie hinderlich, weil sie lieber ihren Testarossa im Wohnzimmer parken wollten oder ihre neunzehnjährigen lettischen Freundinnen unbedingt Platz brauchten für ihre fünf Kleiderschränke. Wahrscheinlich war die Rüstung deshalb hier gelandet. Statt sie sich verpackt und versichert nach Hause schicken zu lassen, hatte sich dieser Amerikaner Helm, Harnisch und sämtliche anderen Teile tatsächlich unter die Arme geklemmt und war stolz wie ein Pfau aus dem Saal marschiert. Unfassbar. Es hätte bloß noch gefehlt, dass ihm draußen vor der Tür alles aus der Hand gerutscht und Treppen hinuntergescheppert wäre.

Er beschloss, dem Tee eine zweite Chance zu geben, und bereute es sofort: Abgekühlt schmeckte das Gebräu noch schlimmer. Durch die Tür neben der Bühne bugsierten zwei Angestellte des Auktionshauses ein großes Gemälde. Obwohl es mit einem Leinentuch verhangen war, wusste er, dass soeben Objekt #67 in den Raum gekommen war. Und dass er sich bald würde konzentrieren müssen.

Auf den Weg zu O'Cassidy & Sons hatte er sich sofort nach dem Frühstück gemacht. Für Dubliner Verhältnisse war das Wetter an diesem Morgen entzückend, und er hatte beschlossen, zu Fuß entlang der Liffey zum Auktionshaus zu spazieren. Wie immer, wenn er geschäftlich in Europa zu tun hatte, versuchte er, möglichst viel von seiner Umgebung aufzunehmen. In seinem Job konnte man niemals genug über die Stadt wissen, in der man gerade unterwegs war; manchmal konnte ein einziges, flüchtig übersehenes Detail das Scheitern einer Mission bedeuten. Außer diesen Kleinigkeiten registrierte er oft Personen. In den letzten Minuten hatte er beispielsweise eine Passantin bemerkt, die der Schauspielerin Cate Blanchett verblüffend ähnlich sah. Einen stark humpelnden Mann, der von seiner Frau gestützt wurde. Einen Verkäufer, der mit einem Kunden im Licht der Dubliner Sonne über einen Schal diskutierte. Einen rotbärtigen Typen mit geschwollener Wange und etliche andere merkwürdige Erscheinungen – einen Touristen in einem schrecklichen Eisberg-T-Shirt zum Beispiel oder einen farbigen Passanten, der sich angezogen hatte, als sei er Ranger in einem afrikanischen Nationalpark. All diese Informationen nahm er auf und legte sie in einem trainierten Teil seines Gehirns ab. Auch das Aufziehen einer Regenfront hinter den Häusern nahm er zur Kenntnis, dunkle Wolken, die diesen wunderschönen Spätsommertag in Dublin bedrohten. Wenn es sein müsste, würde er diese Details jederzeit wieder abrufen können. Wenn nicht, blieben sie einfach liegen. In der Ecke mit den übrigen drei bis vier Milliarden ähnlicher Beobachtungen, die er sich im Laufe seiner Einsätze gemerkt hatte.

»Und nun kommen wir zu Objekt #67!« Auf der Bühne machte der Auktionator zwei, drei Schritte in Richtung des verhüllten Gemäldes, überlegte es sich dann aber doch anders und ging zurück an sein Pult mit dem kleinen Auktionshammer, was ein wenig so aussah, als schrecke er vor dem zurück, was da gleich enthüllt werden würde. Irgendwo klingelte ein Handy, dann ein zweites, dann ein drittes. Weiter vorne im Saal quengelte ein kleines Kind.

Er hatte sich Objekt #67 vor Beginn der Versteigerung genau angesehen: Kein Zweifel – das war das Gemälde, für das ihn sein Auftraggeber nach Dublin geschickt hatte. Es war 1778 entstanden, und diese Jahreszahl war die einzige Angabe im Auktionskatalog, die der Wahrheit entsprach: Alles andere war schlichtweg falsch. Angeblich hatte ein gewisser Timothy Baldwin-Trowshire es gemalt, was ebenso wenig stimmte wie die Behauptung, das Bild zeige eine *»idyllische Bucht, wahrscheinlich auf Teneriffa«*. Es war auch kein *»stilistisch typisches Produkt seiner Epoche«*, wie der Katalog vollmundig behauptete, und erst recht kein *»Werk eines noch jungen, aber sichtlich talentierten Künstlers«:* Der *Palmenstrand am Mittelmee*r war schlicht und einfach kein gutes Gemälde. Die Komposition wirkte merkwürdig seelenlos, die Farben wie wahllos ausgesucht und seltsam matt, und einige der Palmen sahen aus, als habe der Künstler zufällig eine neue Spezies entdeckt. Anders gesagt: Auf dem Dubliner Wochenendflohmarkt am Newmarket Square wäre der *Palmen-*

strand am Mittelmeer mit großer Sicherheit ein Ladenhüter gewesen.

Er ersteigerte das Bild zum Startpreis von 5000 Euro. Es gab keinen zweiten Bieter.

Später im Hotel wartete er geduldig, bis der Rezeptionist anrief und ihm mitteilte, dass der Lieferservice des Auktionshauses O'Cassidy & Sons etwas für ihn abgeben wolle. Er ließ das Bild in sein Zimmer bringen, überreichte den Lieferanten ein großzügiges Trinkgeld und wartete, bis die beiden die Tür hinter sich geschlossen hatten. Mit einem Teppichmesser, das er sich während seines Spaziergangs in einem Werkzeugladen gekauft hatte, schnitt er den Transportkarton auf, entfernte die dicken Lagen Luftpolsterfolie und legte den *Palmenstrand am Mittelmeer* auf den Schreibtisch. Vorsichtig entfernte er mit dem Cutter die erste Schicht Ölfarbe am oberen Bildrand. Und dann die darunterliegende. Die ersten handgeschriebenen Wörter fand er unter den Wedeln einer der merkwürdigen Palmen.

1

Indien. Einige Monate später.

Und jetzt juckte auch noch die Nase. Natürlich tat sie das. Irgendwas ist doch immer, dachte Siebeneisen. Gleich zu Beginn der Unterrichtsstunde war sein linker Fuß erst taub geworden und hatte dann zu kribbeln begonnen, als würde eine Gruppe südafrikanischer Ameisen Zulutänze auf ihm aufführen, zwei oder drei Minuten lang, dann war das zum Glück wieder vorbei. Sofort anschließend hatte er allerdings geglaubt, sein Blinddarm habe sich plötzlich entzündet – eine Diagnose, die er sogleich wieder vergaß, als dieses Zwicken im unteren Rückenbereich einsetzte. Die Bandscheiben, ganz bestimmt. Er würde das im Auge behalten müssen, bei all diesen Busfahrten in den vergangenen Tagen musste da ja beinahe zwangsläufig was kommen. Siebeneisen versuchte, den Juckreiz zu unterdrücken, indem er Grimassen schnitt. Als das nichts half, atmete er stoßweise durch die Nase aus, was ihn aber auch nicht weiterbrachte: Jetzt juckte sie noch stärker. Und nun? Die Augen mussten geschlossen bleiben, das war Vorschrift. Und auf gar keinen Fall durfte er eine Hand zum Einsatz bringen, dachte Siebeneisen, weil er dann garantiert die Balance verlieren würde – die Arme hatte er nämlich rechts und links ausgestreckt. Außerdem stand er nur auf einem Bein. Auf einem Rasen. Neben den zwölf anderen Teilnehmern des Kurses »Weise Yogapraxis für Westler«, den das Hotel seinen Gästen anbot. Das Jucken wurde jetzt noch stärker. Siebeneisen verzog ein letztes Mal das Gesicht, und als es danach immer noch nicht besser war, öffnete er die Augen. Auf seiner Nase saß etwas. Ein schwarzer Punkt. Ein dicker schwarzer Punkt. Siebeneisen versuchte, den Blick auf den Bereich um den Punkt scharf zu stellen, was aber nicht funktionierte. Dann bemerkte er, dass der Punkt seine Position veränderte, und Siebeneisen vergaß alle Vorschriften und Anordnungen und schlug mit flacher Hand und viel Schwung zu, was den Stachel der indischen Thimaji-Fliege noch ein paar Millimeter tiefer eindringen ließ. Er schrie vor Schmerz auf. Gleichzeitig verlor er das Gleichgewicht und kippte nach links, wo neben ihm eine der amerikanischen Kursteilnehmerinnen tief versunken in der Position Stoischer Storch meditierte. Siebeneisen fiel zuerst gegen die Frau und dann neben ihr auf den Rasen, wo natürlich genau an dieser Stelle ein großer, flacher Stein unter den Grashalmen lauerte, und natürlich knallte er mit dem Arm genau auf diesen Stein, was denn sonst. Er heulte kurz auf vor Schmerz, riss sich dann aber augenblicklich zusammen, um die anderen Kursteilnehmer nicht zu stören. Die hatten sich nicht aus der Ruhe bringen lassen. Alle standen schweigend und mit geschlossenen Augen auf je einem Bein auf dem Rasen, und auch der Weise O ganz vorne vor seinem Kurs hatte offenbar beschlossen, nichts vom Missgeschick seines Schülers mitbekommen zu haben. Siebeneisen spürte, wie seine Nase anschwoll. Er stützte sich beim Aufstehen auf dem Stein ab, der mit einem merkwürdigen Emblem verziert war, ein Tiger unter einem Sternenhimmel oder so etwas. Als er wieder auf den Beinen war, entdeckte er auf einem Balkon hinter dem Yogarasen seinen Kumpel Wipperfürth, der ihm mit seiner Kamera zuwinkte. Das würden tolle Fotos werden.

Siebeneisen und Wipperfürth wohnten seit einer Woche im Joompla Royal Regent. Das Hotel lag auf einem Hügel bei Jodhpur in Indiens westlichstem Bundesstaat Rajasthan und war das, was Reiseführer gerne als eine »imposante Anlage« bezeichnen. Es gab vierzig Gästezimmer, mehrere Restaurants und Bankettsäle, diverse Innenhöfe und Wandelgänge, trutzige Türme, ein Labyrinth an Verwaltungsräumen und Vorratskammern sowie eine gewaltige Bibliothek. Dazu kamen tausende Quadratmeter scheckheftgepflegter Rasen, Rosenbeete und etliche Hektar Parkfläche, in denen Schwärme von Papageien krakeelten und mehrere Affenfamilien ihr Unwesen trieben. Außerdem gab es einige Außengebäude und Garagen. Dass das Joompla Royal Regent selbst nach den Maßstäben eines ungewöhnlich großen Hotels ungewöhnlich groß war, lag daran, dass es ursprünglich als Residenz eines Großfürsten diente: Maharadscha Manmohan Singh hatte zu Beginn des 19. Jahrhunderts beschlossen, sich einen ordentlichen Wohnsitz bauen zu lassen. Einen richtig ordentlichen.

Damals hatte die Singh-Dynastie bereits neunzig Generationen lang das Land regiert. In den Annalen der Familie, einer voluminösen Lederkladde, die jeder Gast im Teezimmer des Royal Regent studieren konnte, wenn es ihm gelang, das Buch irgendwie aus dem Regal auf einen Couchtisch zu hieven, war von siegreichen Feldzügen und ruhmreichen Schlachten die Rede. Von erfolgreichen Tigerjagden und prächtigen Festen und natürlich vom unermesslichen Reichtum des Hauses. Nicht erwähnt wurden die Engländer, deren Ostindien-Kompanie das Land ab Mitte des 18. Jahrhunderts systematisch unterworfen und die Macht der 600 Fürstenstaaten gestutzt hatte. Die Aufzeichnungen in den Annalen endeten deshalb auch mit dem Jahr 1947, als Indien unabhängig wurde und es mit dem Einfluss der Fürsten endgültig vorbei war. In den Fünfziger-, Sechziger- und Siebzigerjahren ging es mit den Rajas und Maharadschas dann ähnlich rasant bergab wie mit der FDP nach 2010. Und irgendwann musste sich der Maharadscha von Joompla überlegen, wie um alles in der Welt er seinen gewaltigen Palast in Zukunft finanzieren wollte. Am Ende entschied er sich für jene Lösung, die auch viele seiner Kollegen gewählt hatten: Er wandelte seinen bescheidenen Wohnsitz in ein Hotel um.

Siebeneisen beschloss, die Yogastunde zu beenden und sich um seine Nase zu kümmern. Sie spannte und schmerzte ziemlich. Er dachte an den fetten schwarzen Punkt – was auch immer ihn da gestochen hatte, musste ein ziemlich großes und ziemlich heimtückisches Insekt gewesen sein. Weil alle übrigen Kursteilnehmer noch immer den Stoischen Storch machten, schlich er leise an ihnen vorbei Richtung Kiesweg. Als er auf Höhe des Seminarleiters angekommen war, öffnete der Guru ein Auge und sah ihn leicht vorwurfsvoll an. Siebeneisen zwinkerte ihm zu und zuckte mit den Schultern. Der Weise O war kein Inder, sondern ein Ire, der eigentlich Matthew O'Shady hieß und die Sturm- und Regentiefs seiner Heimat vor etlichen Jahren gegen die ewige Sonne des Subkontinents eingetauscht hatte. Irgendetwas in diesem Land hatte bereits kurz nach seiner Ankunft eine religiöse Saite in dem Dubliner Investmentbanker angeschlagen. In den folgenden Jahren war O'Shady bei einigen der großen Denker und Lehrer Indiens in die Lehre gegangen. Er hatte die berühmten Schriften des Hinduismus studiert, Meditieren gelernt und die Kunst des Yoga und sich einen langen Bart wachsen lassen, der wegen seiner irischen Gene einen leichten Rotstich aufwies. Irgendwann hatte dann sein eigenes spirituelles Licht so stark geleuchtet, dass sich die ersten Jünger um ihn scharten: Aus Matthew O'Shady wurde der Weise O, mit eigenem Ashram, Massenmeditationen und der schlechtesten westlichen Presse seit dem Bhagwan (eine Zeitlang hatten deutsche Boulevardblätter über »Kleeblattstellungs-Orgien in der Wüsten-Kommune« berichtet und dass dieser Guru aus Irland mehrere bonbonfarbene Rolls-Royce-Limousinen besitze, aber das war natürlich alles erlogen). Als O'Shady der Rummel um seine Person über den Kopf zu wachsen drohte, hatte er sich in die innere Immigration geflüchtet – beziehungsweise in eine Meditation, die so lang und so tief war, dass man ihn irgendwann für tot erklärt hatte. Unbemerkt hatte er seinen Ashram verlassen können und sich auf eine Pilgerreise durch Indien begeben. Offenbar aber steckte noch immer eine Faser Investmentbanker in ihm, jedenfalls hatte er keine Mühe, den Maharadscha von Joompla davon zu überzeugen, dass sich mit Spiritualität reichlich Rupien verdienen ließen. Jetzt unterrichtete er am Hofe des Großfürsten – oder ehrlicher: in seinem Hotel – wohlhabende Gäste in Kursen wie »Weise Yogapraxis für Westler«. Diese Seminare konnten zu den Pauschalangeboten führender Reiseveranstalter dazugebucht werden, und in die Palastkasse floss erstmals seit langer Zeit wieder Geld. Bestimmt gab es einige, die den Guru aus Irland für einen Scharlatan hielten. Für die meisten aber war er ein Erleuchteter.

Vor allem aber war er der Grund, weshalb Siebeneisen und Wipperfürth überhaupt in diesem Palast residierten. Die beiden waren von ihrem Freund Schatten aus ihrem gemeinsamen Heimatort Oer-Erkenschwick nach Rajasthan geschickt worden, um O'Shady zu treffen. Der irische Guru nämlich war der Letzte einer Reihe entfernter Verwandter von Schatten, die zusammen mit ihm ein gewaltiges Vermögen geerbt hatten. Das allerdings würde nur dann ausgezahlt werden, wenn sämtliche Erben – die sich dummerweise alle an den entlegensten Orten dieser Welt aufhielten – gefunden werden würden. Um seinem

Freund Schatten zu helfen, hatte Siebeneisen sich unbezahlten Urlaub in der Lokalredaktion des Oer-Erkenschwicker *Tagesboten* genommen, wo er als Redakteur arbeitete. Anschließend hatte er einen großen Teil des letzten Jahres mit der Suche nach diesen Menschen verbracht und tatsächlich alle übrigen Erbberechtigten aufstöbern können. Bloß der Weise O fehlte. Bis sie ihn hier am Palasthof angetroffen hatten. Damit war der Ire ein gemachter Mann und ihr Job eigentlich erledigt, aber Siebeneisen und Wipperfürth hatten beschlossen, das freundliche Angebot des Maharadschas anzunehmen und noch zehn weitere Tage zu bleiben. Wipperfürth hatte angekündigt, in dieser Zeit »tief in die Mysterien der indischen Askese« einzutauchen, ein Thema, zu dem er einen Kurs für die Volkshochschule Oer-Erkenschwick entwickelte. Siebeneisen dagegen wollte sich bloß von den Strapazen der Reise erholen.

Und dafür war das Joompla Royal Regent nun wirklich kein schlechter Ort, dachte er, während er durch den Rosengarten hinüber zu dem Gebäudeflügel ging, in dem sein Zimmer lag. Alles an diesem Palasthotel war auf fast schon absurde Weise überdimensioniert. Gäste taten gut daran, nach dem Check-in auf dem Weg von der Rezeption zu ihrem Zimmer ganz genau aufzupassen, wenn sie später wieder hinausfinden wollten aus diesem Labyrinth aus Höfen, Fluren und Durchlässen. Siebeneisen war in Zimmer 9 eingezogen. Zuerst hatte er geglaubt, sich in einem eigenen, abgetrennten Palastflügel zu befinden, aber der Angestellte, der ihn dorthin geführt hatte, versicherte ihm, dass es sich bei dem mindestens 500 Quadratmeter großen Gebäudetrakt tatsächlich um nur ein einziges Hotelzimmer handelte. Es gab Schlaf- und Wohnbereiche, einen Lesesalon mit einer stattlichen *National-Geographic*-Sammlung, mehrere taubenumschwärmte Balkone, diverse Ankleiden, Bäder,

Toiletten und – wenn man lange genug danach suchte – auch eine Art Empfangssaal für mögliche Gäste. Ausruhen konnte man sich in drei Sitzecken, auf mehreren Diwanen oder an den zwei Schreibtischen für die tägliche Korrespondenz. Auffallend war auch die verwirrende Anzahl Lichtschalter, die nach einer ebenso verwirrenden Logik zu Lampen in unterschiedlich weit entfernten Zimmerregionen gehörten. Mehrere ausgestopfte Tigerköpfe hingen an den Wänden; ein Tigerfell samt Kopf auf dem Boden erinnerte Siebeneisen jedes Mal an *Dinner for One*, wenn sein Blick darauf fiel. Selbstverständlich befand sich auch jederzeit ein hilfsbereiter Bediensteter in der Nähe.

»Sir?«

Siebeneisen zuckte zusammen. Die Angestellten des Palastes, das hatte er in den vergangenen Tagen schon mehrmals registriert, beherrschten die Kunst des lautlosen Anschleichens, wenn sie sich in der Nähe der Gäste aufhielten (hockten sie mit ihresgleichen zusammen, wurde gerülpst und geredet und geflucht, was das Zeug hielt). Obwohl er das wusste, erschrak Siebeneisen jedes Mal fürchterlich, wenn ihn einer der Männer plötzlich aus der Düsternis der Säulengänge heraus ansprach. Sie sahen übrigens alle identisch aus, die Männer, die in seinem Teil des Hotels arbeiteten. Alle trugen sie die gleiche weiße Uniform, den gleichen Turban in Orange und den gleichen imposanten Schnauzer. Siebeneisen vermutete, dass es sich um die Achtlinge einer kinderreichen Familie handelte, die allesamt hier einen Job gefunden hatten.

»Ja? Bitte?«

»Seine Exzellenz würde Sie gerne sprechen? Wenn das möglich wäre? Es ist dringend?«

Wie seine Brüder sprach auch dieser Hotelangestellte das melodiöse Englisch Indiens, dessen Worte auf und ab schwappten, als säßen sie bei Windstärke 5 oben auf einer Welle im Ozean. Offenbar hatten alle Achtlinge in der Schule den gleichen Lehrer gehabt, der ihnen – warum auch immer – eingepaukt zu haben schien, sämtliche englischen Sätze am Ende wie Fragen zu betonen. Wenn man den Angestellten des Joompla Royal Regent längere Zeit zuhörte, kam man sich vor, als säße man bei Günter Jauch und spiele um viel, viel Geld.

»Natürlich. Richten Sie dem Maharadscha doch bitte aus, dass ich gerne zu ihm komme. Ich muss mich vorher nur schnell umziehen.«

Siebeneisen deutete auf seinen weißen Yogaanzug, der auf der linken Körperseite nicht mehr weiß, sondern grasgrün war. Dass er sich auch noch um seine Nase kümmern wollte, erwähnte er nicht. Er konnte sie mittlerweile rot leuchten sehen, ohne danach zu schielen. Er vermutete, dass sie sehr stark angeschwollen war. Sie fühlte sich auch so an.

»Sir? Es scheint dringend? Sehr dringend? Seine Exzellenz ist sehr aufgeregt? Ich vermute, es ist besser, Sie kommen sofort?«

»Oh. Also gut. Wo soll ich denn hinkommen?«

»Seine Exzellenz erwartet Sie in seinem Privatbüro? Wenn Sie mir bitte folgen wollen?«

Siebeneisen wollte eigentlich nicht. Eine Dusche und etwas Normales zum Anziehen, das wollte er, und ganz schnell ein kühlendes Gel für seine Nase, die mit jeder Minute mehr schmerzte. Aber dann wiederum sollte man einen Großfürsten nicht allzu lange warten lassen. Erst recht nicht, wenn er einen kostenlos in seinem Hotel logieren ließ. Also nickte er dem Mann mit dem orangefarbenen Turban zu und ging hinter ihm her zu den Privatgemächern des Maharadschas.

2

Hardhawallardha Singh war ein kleiner Mann mit freundlichem Gesicht, grauem Bart und einem melancholischen Blick, in dem eine unbestimmte Sehnsucht nach etwas zu liegen schien, von dem der Maharadscha möglicherweise selbst nicht genau wusste, was es war. Er war Anfang sechzig, etwas untersetzt und neigte seit einem Reitunfall in seiner Jugend dazu, beim Gehen mit den Füßen über den Boden zu schlurfen. Als Siebeneisen ihn kurz nach ihrer Ankunft im Hotel zum ersten Mal getroffen hatte, war er zuerst freundlich nickend an ihm vorbeigelaufen, weil er ihn für einen Angestellten der Hotelgärtnerei gehalten hatte: Der Großfürst trug am liebsten Turnschuhe, weite Hosen und Kapuzenpullis mit Surfer-Motiven und sah darin alles andere als herrschaftlich aus. Nach einer kurzen Begrüßung hatte er seine Gäste aus Deutschland nicht weiter beachtet. Zwei- oder dreimal hatte Siebeneisen ihn anschließend im Garten gesehen, wo er frühmorgens zwischen den Rosenstöcken herumschlurfte, den Papageien zusah und leise vor sich hin pfiff. Alles in allem machte der Maharadscha von Joompla den Eindruck, als sei er vollkommen zufrieden mit sich und der Welt.

Deswegen erschrak Siebeneisen, als der Angestellte eine Tür im Privatflügel des Palastes öffnete und er den Großfürsten nach einigen Sekunden in einem Raum entdeckte, der ebenso überdimensioniert war wie alles andere (und ebenso düster –

das einzige Licht fiel durch drei schießschartenartige Fenster in der gegenüberliegenden Wand in das Arbeitszimmer). Hardhawallardha Singh sah schrecklich mitgenommen aus. Er hockte hinter seinem gewaltigen Schreibtisch und machte den Eindruck, als habe er in den vergangenen Nächten kein Auge zugetan. Seine einst gesunde Gesichtsfarbe war einem merkwürdigen Pergamentton gewichen. Die grauen Haare standen vogelwild in alle Richtungen ab und rahmten das blasse Gesicht eindrücklich ein. Noch mehr aber war Siebeneisen über die Augen des Maharadschas erschrocken. Hardhawallardha Singh schminkte sie gerne mit Mascara, aber heute war ihm das irgendwie zerlaufen. Jetzt sah er aus wie eine verwirrte Eule, die nach einer anstrengenden Jagdnacht zu ihrem Mammutbaum in Nordkalifornien zurückkehrt und feststellen muss, dass es sich dort während ihrer Abwesenheit drei Umweltaktivisten mit Klettergeschirr und einem Monatsvorrat an veganen Sandwiches bequem gemacht haben.

Einen derangierteren Anblick als der Maharadscha selbst bot nur noch sein Schreibtisch, auf dem sich Papiere, Bücher und verstaubte Kladden in statisch bedenklichen Stapeln schichteten. Lediglich eine kleine, kraterartig freigeschaufelte Arbeitsfläche in der Mitte wurde nicht von irgendwelchem Zeugs in Beschlag genommen. Siebeneisen entdeckte leere Ginflaschen mit vergilbten Etiketten, Mottenkugeln und eine Handvoll Patronen, mehrere historische Schwarz-Weiß-Aufnahmen des Palastes und etwas, das aussah wie ein Stemmeisen.

Zusammen mit dem Hotelangestellten blieb er vor dem Tisch stehen; offenbar hatte der Großfürst noch überhaupt nicht bemerkt, dass sein Besucher eingetroffen war. Es vergingen zwei Minuten oder auch drei, in denen sich Siebeneisens Verdacht, von etwas Gefährlichem gestochen worden zu sein, zur festen Gewissheit wandelte. Seine Nase hatte dumpf zu pochen begonnen und noch einmal dramatisch an Farbe zugelegt. Im unscharfen Bereich vor seiner Brille konnte er eine dunkelrote Masse erkennen. Er widerstand der Versuchung, mit einem kleinen Räuspern auf sich aufmerksam zu machen. Der Palastdiener verharrte vollkommen regungslos neben ihm wie jemand, der sich für einen Platz bei Madame Tussaud bewirbt. Durch die Schießschartenfenster konnte man das Gurren der Tauben auf den Dächern hören und das leise Hupen, das aus Jodhpur hinaufdrang, wo die Autofahrer wie immer versuchten, die allgegenwärtige Missachtung der Verkehrsregeln durch fortwährendes Betätigen der Hupe auszugleichen. Zwischen den Papierbergen hinter seinem Schreibtisch seufzte der Maharadscha. Siebeneisen hatte das Gefühl, dass gleich etwas passieren würde.

Passierte auch: Die Tür flog nämlich auf – und Wipperfürth stürmte in den Raum. Er trug eine eng anliegende weiße Hose, golden bestickte Hausschuhe, eine Art Überrock mit ockerfarbener Steppweste und einen Turban in schrillem Kanarienvogelgelb. In dieser Kluft sah er nicht nur indischer aus als der Maharadscha in seinem Kapuzenpulli (auf dem ein wellenreitender Surfer prangte), sondern möglicherweise auch indischer als jeder Inder. Wipperfürth nickte Siebeneisen kurz zu und verneigte sich tief vor dem überladenen Schreibtisch. Dann brummelte er etwas Unverständliches und schien mit beiden Händen die Luft zu segnen, bevor er sich im Schneidersitz auf dem Boden neben dem Palastdiener niederließ. Siebeneisen atmete tief durch. Bis gerade eben war er davon ausgegangen, nur er sei zum Maharadscha gerufen worden. Zu einer Privataudienz. Wenn Wipperfürth ebenfalls einbestellt worden war, würde es anstrengend werden. Er sah zu seinem Freund hinüber. Wipperfürth saß vor dem Schreibtisch, hatte die Augen geschlossen und bewegte lautlos die Lippen, als sage er sich selbst ein kleines Gedichtlein auf. Offenbar hatte er beschlossen, dass dies die korrekte Haltung für eine Audienz bei ihrem Gastgeber war. Wahrscheinlich hatte er das irgendwo gelesen.

Wipperfürth war schon immer so gewesen. Alle zwei oder drei Monate stürzte er sich mit einer derartigen Vehemenz auf ein neues Wissensgebiet, dass es dem Wissensgebiet angst und bange werden musste. Je nachdem, was er im Kursprogramm der Volkshochschule in Oer-Erkenschwick entdeckte, verwandelte sich Wipperfürth gewissermaßen über Nacht in einen Experten jeder noch so abwegigen Fachrichtung. Vor ein paar Jahren zum Beispiel war es die Kunst des Origami gewesen: Mehrere Wochen lang hatte er ununterbrochen Papierfigürchen gefaltet, die er dann donnerstags mit in den Fetten Hecht brachte, wenn er sich dort mit Siebeneisen und Schatten zum Tipp-Kick traf. Anschließend war der Vietnamkrieg an der Reihe gewesen, bei dem sich Wipperfürth vor allem für die Waffengattungen interessiert hatte. Und dann – für eine entsetzlich lange Zeit – der Zen-Buddhismus.

Während Siebeneisen seinen Freund anstarrte, damit der seinen Blick auch ja mitbekam, sobald er da unten im Schneidersitz die Augen öffnen würde, dachte er an die Zeit, in der Wipperfürth ihnen immerzu erklärt hatte, dass er demnächst sein Gelübde als Zen-Mönch ablegen werde. Unfassbar nervig war das gewesen! Vor allem diese permanenten Weisheiten, mit denen er seine beiden Freunde traktierte. Ein Grundpfeiler des Zen-Buddhismus, da war sich Siebeneisen sicher, war das Gebot der Schweigsamkeit, aber daran hatte Wipperfürth sich zu keiner Minute gehalten. Zum Glück war auch dieser Spleen irgendwann vorbei gewesen, als Wipperfürth den Themenbereich »Die Vogelgrippe kommt! Ausrüstungs- und Umbautipps für Keller und Bunker« entdeckt hatte. Und anschließend »Die Kunst der geschliffenen Rede: Von Kleisthenes zu Oettinger«. So ging das immer weiter. Bloß einem dieser Spezialgebiete hatte sich Wipperfürth nicht nur eine Kursdauer lang, sondern scheinbar für immer verschrieben: Er hielt sich für einen begnadeten Logistiker. Für einen Mann, der selbst hochkomplexe Abläufe mit Leichtigkeit dirigieren konnte. Der, um es einmal mit seinen eigenen Worten zu sagen, in der Lage war, »aus einem verworrenen Knäuel Wolle einen perfekten Pullunder zu stricken« (»Herrenstrick-Retrodesign für Anfänger« war ein anderer VHS-Kurs, den er besucht hatte). Wipperfürth verstand sich als Mann für die großen logistischen Aufgaben. UN-Hilfsaktionen, Invasionen, den Bau von unterirdischen Bahnhöfen, Philharmonie-Hallen und Hauptstadtflughäfen, so etwas eben. Leider klafften bei dieser angeblichen Begabung Wunschdenken und Realität bedenklich weit auseinander. Als Siebeneisen unterwegs gewesen war, um die O'Shadys in den hintersten Winkeln dieser Welt aufzuspüren und sie über ihr Erbe zu informieren, hatte Wipperfürth zusammen mit Schatten aus dem Fetten Hecht heraus die Reise koordiniert. Angeblich meisterhaft. In Wirklichkeit desaströs. Die beiden hatten ihn kreuz und quer über den Globus gescheucht. Siebeneisen war sich vorgekommen wie eine Flipperkugel, die unentwegt von links nach rechts nach oben nach unten dotzt, gegen immer andere Hindernisse prallt und zwischendrin eine Zeitlang in einem dunklen Loch verschwindet. Es hatte keinen Tag gegeben, an dem er die beiden zu Hause in Oer-Erkenschwick nicht am liebsten zur Hölle gewünscht hätte. Deshalb hatte er Wipperfürth dieses Mal kurzerhand mitgenommen, als er nach Indien aufgebrochen war. Weil er gedacht hatte, den Mann unterwegs besser kontrollieren zu können als im zigtausend Kilometer entfernten Oer-Erkenschwick.

Leider hatte sich diese Hoffnung als falsch erwiesen. Einer wie Wipperfürth, das wusste Siebeneisen nun, war nicht zu kontrollieren. Vor allem nicht, wenn er zum ersten Mal überhaupt auf Reisen war. Die vergangenen Wochen mit Wipperfürth waren Harakiri für sein Nervensystem gewesen. Allein die Busfahrten! Weil sie Matthew O'Shady in einem Ashram in Rishikesh vermutet hatten, waren sie 34 Stunden mit einem Bus vom Flughafen in Delhi Richtung Himalaja gerumpelt. Dort hatten sie erfahren, dass der Ire den Ort nach einer kollektiven Taufe seiner Kursteilnehmer im Ganges bereits wieder verlassen hatte (sämtliche Teilnehmer hatten sich im Flusswasser mit einem schlimmen Magen-Darm-Virus infiziert und drohten auf ihren Wegen zwischen Bett und Toilette mit juristischen Folgen). Nach Jodhpur waren sie dann natürlich auch nicht geflogen, oh nein, es musste ja wieder die billigste Landverbindung sein. Drei Tage lang hatte Wipperfürth auf dem Sitz neben ihm mit einem Smartphone hantiert, das er für eine Handvoll Rupien auf dem Basar von Rishikesh gekauft hatte. Offenbar war er einem Betrüger aufgesessen – auf dem Ding waren zwar alle möglichen Programme installiert, telefonieren ließ sich mit ihm aber nicht: Das Handy hatte überhaupt keinen Slot für eine SIM-Karte. Siebeneisen vermutete, dass es sich um ein Exemplar einer fehlerhaften Produktion handelte. Aber zum Glück war all das ja nun bald vorbei, dachte er, während er seinen Begleiter betrachtete, der noch immer im Schneidersitz auf dem Boden hockte. In ein paar Tagen würden sie die Koffer packen und nach Hause fliegen.

»Ah, da sind Sie ja…« Nach gefühlten sieben Minuten stellte der Maharadscha fest, dass er nicht mehr allein in seinem Büro war. Er sah Siebeneisen für einen kurzen Moment an und zeigte auf einen großen Sessel, dann schweifte sein melancholischer Blick ab und richtete sich auf einen Punkt, der irgendwo in den hinteren Regionen des Raumes liegen musste. Der Punkt schien furchtbar interessant zu sein, der Maharadscha betrachtete ihn lange. Dann sah er zu Wipperfürth und seufzte erneut. Siebeneisen setzte sich in den Sessel. Er fragte sich, was der Großfürst ihnen mitteilen wollte. Es schien etwas Unangenehmes zu sein. Möglicherweise war ihm aufgefallen, dass seine beiden Gäste bereits ein paar Tage zu lang kostenlos im Hotel wohnten. Nein, dachte Siebeneisen, das konnte es nicht sein – der Weise O würde genug Geld erben, um diesen Palast die kommenden zwanzig Jahre zu finanzieren, und wenn der Maharadscha die Zimmer in Rechnung stellen wollte, würden ein paar hunderttausend Rupien bestimmt keine Rolle spielen. Er sah zu Wipperfürth hinüber. Wipperfürth machte ein irgendwie schuldbewusstes Gesicht. Aha, dachte Siebeneisen. Er begann sofort, mögliche Untaten seines Freundes gedanklich durchzugehen. Was hatte er angestellt? Eine wertvolle Statue zerdeppert? Einen Tempel entweiht? Einen Priester beleidigt? Oder hatte es womöglich etwas mit der Tochter des Hauses zu tun? Vor ein paar Tagen hatte Siebeneisen beobachtet, wie sein Kumpel im Palastpark Fotos von der Prinzessin machen wollte. Wipperfürth hatte lässig am Stamm eines alten Banyanbaumes gelehnt, als Ranji die Yogaübungen des Weisen O auf einem Rasenstück in einer abgelegenen Ecke des Palastgartens durchging. Die Tochter des Maharadschas war wunderschön, sie sah aus wie ein Wesen, das nicht von dieser Welt stammte, und schien das auch zu wissen. Obwohl Wipperfürth einen Höllenradau verursachte, als er seine Kamera gegen zwei der Affen verteidigen musste, hatte sie sich nicht in ihrer Meditation stören lassen. Oder zumindest so getan, als bemerke sie das freche Keckern der Affen und Wipperfürths »Geht weg! Lasst los!«-Rufe nicht. Hatte der Maharadscha davon berichtet bekommen? Siebeneisen war sicher, dass dem Großfürsten nichts entging, was auf seinem Grund und Boden passierte. Um seine Tochter musste er sich in diesem speziellen Fall allerdings bestimmt keine Sorgen machen: Eine Frau wie Ranji war unerreichbar für jemanden wie Wipperfürth, da brauchte man nicht mal einen halben Gedanken dran verschwenden. Nein, es musste einen anderen Grund geben.

»Ah, da sind Sie ja…«, sagte der Maharadscha. Er sagte es, als ob er es nicht vor zwei Minuten schon einmal genau so gesagt hätte. »Ich bin froh, dass Sie kommen konnten!« Ihr Gastgeber atmete tief ein und wieder aus.

»Aber natürlich. Gar kein Problem«, sagte Siebeneisen.

»Sahib, wir stehen zur Verfügung des Herrschers von Joompla.« Wipperfürth klang, als würde er am liebsten noch einen Bückling anhängen. Siebeneisen sah an dem schweigsamen Bediensteten vorbei zu ihm hinüber. Wipperfürth schaute wie immer genau in diesem Moment weg.

»Also… es ist… also… wir hatten… es gab…« Hardhawallardha Singh hatte offenbar Mühe zu sagen, was er sagen wollte.

»Es ist so, dass… ach… ich… ähm…«

Siebeneisen sah den Maharadscha ratlos an.

Wipperfürth sah den Maharadscha ratlos an.

Der Maharadscha sah Siebeneisen und Wipperfürth ratlos an.

»Seine Exzellenz möchte Ihnen gerne mitteilen, dass etwas vorgefallen ist.« Shameek Kumar war nicht ratlos. Er war es nie gewesen und würde es wahrscheinlich auch nie sein. Der Sekretär des Maharadschas hatte als junger Mann schon dessen Vater gedient. Und bereits damals gab es Kenner der indischen Adelshäuser, die behaupteten, die Fäden der Macht im Palast von Joompla halte keinesfalls der Maharadscha selbst in der Hand. Shameek Kumar musste mittlerweile weit über achtzig sein und war so hager und kantig, als habe ein Herrgottsschnitzer aus Ammergau ihn hergestellt. Offenbar hatte er die ganze Zeit im Halbdunkel hinter dem Schreibtisch gestanden.

»Ja, so… so ist es… vorgefallen.« Der Konzentration des Maharadschas schien die Intervention seines Sekretärs nicht geholfen zu haben. Er sah zu Shameek Kumar hinüber. Kumar zog seine rechte Augenbraue nach oben und nickte dem Maharadscha aufmunternd zu. Das schien zu wirken.

»Ich muss ein wenig ausholen«, sagte der Maharadscha nun, »die Geschichte ist eine längere. Und alt, das ist sie auch. Bitte entschuldigen Sie, wenn ich Sie damit belästige.«

Siebeneisen wollte so etwas wie »kein Problem!« sagen, aber Wipperfürth kam ihm zuvor. »Unsere Ohren sind so geduldig wie der Bambus, der den Nachtwind aushält bis zum Morgen.«

Siebeneisen bemerkte, wie der Maharadscha auf diese Bemerkung hin die Stirn runzelte und wieder ähnlich verwirrt aussah wie bereits ein paar Minuten zuvor. Was Siebeneisen nicht wunderte. Er bemühte sich, die Situation zu retten, bevor Wipperfürth noch mehr solcher Weisheiten von sich gab.

»Aber klar. Erzählen Sie, was Ihnen auf dem Herzen liegt.«

Der Maharadscha sah Siebeneisen dankbar an. Seine Finger spielten mit dem Ding, das wie ein Stemmeisen aussah. Ein Lichtkegel aus einem der Fenster beleuchtete den Bereich des Schreibtisches neben seinen Händen. Man konnte Millionen winziger Staubpartikel sehen, die ein hochkompliziertes Massenballett aufzuführen schienen.

»Sehr freundlich von Ihnen«, sagte der Maharadscha. »Lassen Sie mich von meiner Familie berichten. Unsere Historie begann vor etwa dreitausend Jahren, zu einer Zeit, die längst im Dunkel der Vergangenheit verschwunden ist. Wir wissen nicht wirklich viel über die ersten Generationen unserer Dynastie.

Was wir wissen, stammt aus überlieferten Gedichten und Liedern.«

»Wie in unserem Nibelungenlied, Sahib?« Wipperfürth schien nicht verstanden zu haben, dass der Maharadscha gerne etwas erzählen wollte. Zum Glück reagierte der nicht auf den Einwurf. Nur für einen kurzen Moment sah er wieder wie die verwirrte Eule aus.

»In diesen Liedern und Gedichten wird beschrieben, wie es meinen Vorfahren gelang, das Reich der Maharadschas von Joompla zu gründen. Sie waren keine mächtige Familie, im Gegenteil, drei Brüder mit ihren Frauen, die auf einem kleinen befestigten Hof lebten. Es waren unruhige Zeiten damals in Indien. Eigentlich hatten sie keine Chance, zwischen den mächtigen, machthungrigen Fürstentümern um sie herum zu überleben. Sie taten es aber. Sie taten es, weil sie Hilfe erhielten.«

Der Maharadscha hielt inne. Er drehte das Stemmeisending in seinen Fingern hin und her. Nach drei oder vier Sekunden veränderte sich sein Gesichtsausdruck, und seine Gedanken schienen wieder abzugleiten. Shameek Kumar bewegte sich einen winzigen Schritt nach vorne. Der Großfürst nahm die Bewegung wahr. Er sah zu seinem Sekretär, was ihn zu ermutigen schien.

»Die drei Brüder besaßen drei Elefanten, die sie liebten. Sie ritten nicht auf ihnen wie die Vornehmen ihrer Zeit, sie zogen nicht mit ihnen in die Schlacht und gaben ihnen nicht bloß Heu zu fressen, sondern beschäftigten einen Koch, der sich nur um den Speiseplan der Tiere kümmerte. In einem Gedicht heißt es sogar, sie konnten die Sprache der Elefanten sprechen und sich mit ihnen unterhalten.«

Wieder zögerte der Maharadscha. Möglicherweise hatte er bemerkt, dass Wipperfürth unten am Boden vor dem Schreibtisch den rechten Zeigefinger erhoben hatte, als sei er Schüler der Klasse 3b der Joompla Elementary School und wolle die Geschichte des Lehrers zu Ende erzählen. Siebeneisen warf ihm einen mörderischen Blick zu. Wipperfürth schaute ausnahmsweise zu ihm herüber. Der Zeigefinger verschwand aus der Luft.

»Als sich das Schicksal der drei Brüder entscheiden sollte und ihre Feinde sich vor den Mauern ihres Zuhauses sammelten, da wurde ihnen jene Hilfe zuteil, die ich eben erwähnt habe. Keine normale Hilfe. Göttliche Hilfe. Ganesha selbst kam zu ihrer Unterstützung.«

Der Maharadscha hielt inne. »Sie wissen, von wem die Rede ist?«

»Ganesha, der Elefantengott, auch Ganesh oder Ganapati genannt. Sohn der göttlichen Parvati. Wird meist als Kind mit Elefantenkopf dargestellt. Oft mit vier Armen. Gilt als Beseitiger von Hindernissen.« Wipperfürth war in seinem Element. Wie immer, wenn er angelesenes Wissen aufsagen durfte. Sein Gesicht glühte. Offenbar hat er vor unserer Abreise noch schnell ein Wochenendseminar in hinduistischer Mythologie absolviert, dachte Siebeneisen. Er hoffte, dass Wipperfürth solche Fakten nicht auch noch für die übrigen Gottheiten abrufen konnte. Immerhin gab es im Hinduismus ziemlich viele davon.

»Ja, genau: Ganesha, der Elefantengott.« Der Maharadscha unterbrach Wipperfürths Erläuterungen, bevor dieser die Reinkarnationen der Gottheit aufsagen konnte. Oder vielleicht noch ein oder zwei kleine Anekdoten aus seiner mythologischen Vergangenheit.

»Dabei können wir es bewenden lassen, denke ich«, fuhr er fort. »Die Lieder berichten, dass er meinen Vorfahren den Weg zu einer Statue gewiesen hat, die ihn selbst darstellte. Sie fanden die Figur in einer Höhle in den Bergen. Sie war klein, vielleicht so groß wie eine Hand, aber von einer außergewöhnlichen Detailtreue: Man konnte die Augenbrauen und Wimpern erkennen und sogar die einzelnen Falten des Rüssels. Ihr Erschaffer hatte sie aus schwarzem Stein gemeißelt.«

»Das war bestimmt Obsidian, oder?« Natürlich kannte Wipperfürth sich auch mit Halbedelsteinen aus.

»Nein, kein Obsidian – man hat nie feststellen können, aus welchem Material die Statue war. Aber kaum hatten meine Vorfahren sie gefunden und aus der Höhle nach Hause gebracht, änderte sich ihr Schicksal. Sie wurden mit Glück gesegnet. Sie wurden reich. Sie blieben gesund. Ihre Feinde boten ihnen an, ihre Freunde zu werden. Sie gründeten Joompla. Sie vermuteten, dass all dies mit der Elefantengottfigur zusammenhing. Und dass ihrer Familie das Glück hold sein würde, solange Ganeshas Statue in ihrem Besitz blieb. Aber das Geschenk des Elefantengottes hatte noch eine andere Seite. Sie…«

Der Großfürst unterbrach seine Erzählung mitten im Satz. Er sah nun wieder sehr verwirrt aus. Er suchte und fand den Blick seines Sekretärs, der ihm ermutigend zunickte.

»Meine Vorfahren wurden in ihren Träumen gewarnt, dass die Statue niemals in falsche Hände gelangen dürfe. Im Besitz eines bösen Menschen nämlich würden sich ihre Eigenschaften verändern. Dann würde sie kein Glück mehr bringen, sondern ihre zerstörerische Seite zeigen.«

»Wie beim Herrn der Ringe!« Wipperfürths Augen leuchteten. »Da war das auch so, Sahib! Der Ring durfte nicht an den falschen Finger kommen – ein Ring, sie zu knechten, sie alle zu finden! Gesucht von den Nazgul, den Schwarzen Reitern, den Ringgeistern, den Neun!«

Wenn der Maharadscha ein Maharadscha im Zeitalter der mächtigen Maharadschas gewesen wäre (und nicht bloß ein machtloser Hotelbesitzer in einer Epoche, die sich für einen

Maharadscha irgendwie falsch anfühlen musste), dann wäre Wipperfürth nach dieser erneuten Unterbrechung von zwei Wachen aus dem Saal gezogen und kommentarlos in ein klammes, skorpionbevölkertes Kellerloch geworfen worden, wo er bis an sein Lebensende bei Wasser und Brot hätte hocken müssen. So aber zuckte bloß kurz wieder jener verwirrte Ausdruck über Hardhawallardha Singhs Gesicht, der ihn an diesem Nachmittag schon mehrmals überkommen hatte. Für einen Moment schien er den Faden seiner Erzählung erneut verloren zu haben, erwischte ihn dann aber doch noch irgendwie.

»Meine Vorfahren haben die Statue wegen dieser Warnung gehütet wie einen Staatsschatz. Zweitausendachthundert Jahre lang, von Generation zu Generation. Bis weit ins 18. Jahrhundert hinein. Bis zu jenem Tag, an dem mein Vorfahr Dhavalachandra Singh sie von seinem besten Steinmetz zerteilen ließ.« Der Großfürst seufzte, als könne er sich sehr gut an diesen schicksalhaften Tag erinnern, damals, vor 250 Jahren, an das Geräusch von Hammer und Meißel und den Geschmack des Okracurrys, das nach der Arbeit serviert wurde.

»Sie wurde zerlegt? In ihre Einzelteile?« Siebeneisen hatte soeben kurz darüber nachgedacht, ob die Vornamen der Singhs vielleicht so lang waren, um die relative Kargheit des Familiennamens auszugleichen. Jetzt schaltete auch er sich in den Monolog ein. Er befürchtete, dass Wipperfürth die Pause in der Erzählung nutzen würde, um erneut irgendwelche kruden Details aus *Der Herr der Ringe* an den Mann zu bringen. Er erinnerte sich mit Schrecken an die langen Wochen, in denen sein Kumpel sich ausschließlich mit der Genealogie von Elbenkönigen beschäftigt hatte und jede Tipp-Kick-Partie donnerstags im Fetten Hecht mit Erläuterungen zu den Herrschaftsverhältnissen in Mittelerde garnierte. Außerdem hoffte Siebeneisen, die lange Erzählung ihres Gastgebers ein wenig beschleunigen zu können. Er hatte das Gefühl, sich sehr, sehr bald um seine Nase kümmern zu müssen. Wenn Farbe und Ausmaße, die er in der unscharfen Schnittmenge vor seinen Augen sah, auch nur halbwegs korrekt waren, sah er mittlerweile aus wie Charlie Rivel. Wenn nicht bald etwas geschah, könnte er demnächst »Akrobat schön!« rufen, während er tollpatschige Flickflacks zwischen den Rosenbeeten im Palastgarten sprang.

»Ja, sie wurde zerlegt, sorgfältig zerlegt. Sie müssen wissen, dass es damals in Indien immer wieder gewalttätige Auseinandersetzungen gab. Die Briten waren im Land, die Zeiten unruhig. Es hat zahlreiche Intrigen gegeben, und Dhavalachandra Singh fürchtete, die Figur am Hof nicht mehr ausreichend schützen zu können. Er beschloss, sie außer Landes zu schaffen. Ganeshas Rüssel blieb hier im Palast. Die übrigen Teile wurden von einem Europäer, dem mein Vorfahr vertraute, an sichere Verstecke gebracht. Niemals sollte ein Mensch mit unlauteren Absichten die komplette Statue in seinen Besitz bringen können.«

Faszinierend, dachte Siebeneisen: Da beherrschten diese Maharadschas halb Indien und entschieden per Fingerzeig über Leben und Tod ganzer Städte – und am Ende mussten sie einen hergelaufenen Europäer bitten, die wichtigsten Teile ihres Staatsschatzes in Sicherheit zu bringen. Was mochte das für einer gewesen sein, dieser Mann?

»Es gab in dieser Zeit nicht viele Menschen, die mehr von der Welt gesehen hatten als ihr Dorf oder ihre Stadt.« Der Großfürst schien seinen Erzählfluss jetzt gefunden zu haben. Zum ersten Mal an diesem Nachmittag sah er Siebeneisen lange in die Augen.

»Eine Reise wie die, die Sie kürzlich unternommen haben, wäre damals völlig undenkbar gewesen. Erst recht für einen

Inder. Mein Vorfahr Dhavalachandra Singh hat die Teile der Ganesha-Statue jenem Mann anvertraut, der zu seiner Zeit mehr von der Welt gesehen hatte als jeder andere Mensch. Einem Ehrenmann, dem er vertrauen konnte. Er hat sie James Cook gegeben.«

»James Cook?« Siebeneisen war überrascht.

»James Cook, Engländer, großer Entdecker. War auf Tahiti. Unter anderem.« Wipperfürth machte mal wieder auf wandelnde Wikipedia. Zum Glück schien er noch keinen VHS-Kurs über »Die großen Seefahrer der Weltgeschichte« belegt zu haben, sonst wäre da mehr gekommen, viel mehr. Manchmal, dachte Siebeneisen, ist das Schicksal einem gnädig gestimmt. Trotzdem fühlte er sich plötzlich etwas unwohl. Als summte irgendetwas tief drinnen in seinem Kopf und wolle seine Aufmerksamkeit, so fühlte sich das an. Er hatte Schwierigkeiten, sich auf die Erzählung des Maharadschas zu konzentrieren, der weiter von James Cook sprach.

»Mein Vorfahr hat ihn in England getroffen. In London. 1776, im Frühjahr. Er ist mit einem Handelsschiff der Britischen Ostindien-Kompanie dorthin gereist, als er erfuhr, dass Cook ein weiteres Mal in See stechen wollte. Wie Sie bestimmt wissen, hat dieser tollkühne Mann ja insgesamt drei Reisen um die Welt unternommen. Dabei hatte er bereits nach der ersten mehr unbekannte Regionen der Erde gesehen als je jemand vor ihm. Und nach der zweiten erst recht.«

»Und er hat diese Statuenstücke dann im Auftrag Ihres Vorfahren auf seiner dritten Reise versteckt?«

Während Siebeneisen versuchte, das merkwürdige Gefühl zu analysieren, das sich leise summend und brummend immer weiter in ihm auszubreiten schien, und diesen komischen, metallischen Geschmack auf der Zunge, war Wipperfürth aufmerksam bei der Sache.

»So ist es. Er scheint die Verstecke mit Bedacht ausgewählt zu haben. Und wir haben geglaubt, damit sei die Gefahr ein für alle Mal gebannt. Bis heute Morgen haben wir das geglaubt.«

Der Maharadscha seufzte. Und Siebeneisen fühlte sich zunehmend komisch. Seine Nase pochte mittlerweile wie ein entzündeter Weisheitszahn, aber das war nicht das, was ihm Angst machte. Da war noch etwas anderes. Er wusste nicht, wieso, verspürte aber den Drang, aufzustehen und aus diesem Zimmer zu laufen, aus diesem Zimmer und diesem Palast und dann immer weiter bis zum Flughafen unten in Joompla, um von dort möglichst schnell einen Flug Joompla-Delhi-Düsseldorf zu erwischen, mit direkter ÖPNV-Verbindung nach Oer-Erkenschwick. Er bemerkte, dass ihn der Maharadscha besorgt ansah – als ob er so blass geworden sei wie die Wand hinter ihm.

»Ist Ihnen nicht gut? Sie sind ja so blass geworden wie die Wand hinter Ihnen!«, fragte Hardhawallardha Singh. Siebeneisen murmelte etwas wie »Schon gut, alles in Ordnung«, obwohl er wusste, dass nicht alles in Ordnung war. Überhaupt nichts war in Ordnung. Es dauert nicht mehr lange, dachte er, ohne zu wissen, an was er da dachte, es dauert nicht mehr lange.

»Was ist denn heute Morgen passiert, Sahib? An einem Tag, der doch nur Licht auf das Haupt des Herrschers von Joompla werfen sollte?« Wipperfürth, klar.

»Heute Morgen haben wir entdeckt, dass jemand in der Schatzkammer des Palastes war. Er hat sie über einen Tunnel erreicht, von dem ich selbst nicht wusste, dass er überhaupt existiert. Und mit diesem Stemmeisen hier…« – der Maharadscha hielt das Teil in die Luft, mit dem er bereits die ganze Zeit über gespielt hatte –, »mit diesem Stemmeisen ist es ihm gelungen, auch das geheimste aller geheimen Verstecke zu öffnen. Und den…«

»Er hat den Rüssel Ganeshas gestohlen!« Wipperfürth war aufgesprungen.

»Ja, das hat er. In der Tat.«

Siebeneisen war jetzt leicht schwindelig. Was war denn das bloß? Hatte er etwas Falsches gegessen? Die Worte des Maharadschas schienen in seltsamen Schwingungen bei ihm anzukommen, sie wurden silbenweise laut und verhallten dann wieder, es war, als schicke der Großfürst sie durch mehrere dieser Effektgeräte, wie sie Gitarristen gerne auf der Bühne benutzten. Dass seine Nase kurz vor dem Platzen stand, machte die Sache nicht angenehmer. Auch den Maharadscha hatten die letzten Minuten mitgenommen. Als es Siebeneisen gelang, sich für einen Moment wieder auf ihren Gastgeber zu konzentrieren, sah er, wie der Großfürst erneut teilnahmslos und abwesend hinter seinem Schreibtisch saß. Bis sein Sekretär an seine Seite trat und ihn leicht an der Schulter berührte.

»Wissen Sie…« Hardhawallardha Singh nahm einen erneuten Anlauf. »Wissen Sie, dieser steinerne Rüssel an sich ist wertlos. Absolut wertlos. In jedem besseren Antiquitätenladen der Welt können Sie prächtige Ganesha-Statuen erstehen, bei denen außer dem Rüssel auch noch die anderen Körperteile vorhanden sind. Merkwürdigerweise aber fehlt sonst nichts aus der Schatzkammer. Kein Stück. Es gibt nur einen einzigen Grund, weshalb jemand so einen Aufwand betreibt und dann bloß den Rüssel stiehlt…«

Der Maharadscha sah wieder aus wie die verwirrte Eule. Der Sekretär nickte ihm wieder Mut machend zu. Siebeneisen fühlte sich wieder ein Stück unwohler.

»Wir müssen leider davon ausgehen, dass der Dieb weiß, was es mit dem Rüssel auf sich hat. Dass er irgendwie von der zerteilten Statue erfahren hat. Ich fürchte, dass er außerdem von den Verstecken der anderen Einzelteile Kenntnis hat. Und dass er versuchen wird, sie in seinen Besitz zu bringen. Wenn ihm das nicht schon gelungen ist.«

»Oh nein! Sahib!« Wipperfürth war erstaunlich schnell aus seinem Schneidersitz auf die Beine gekommen. Er stand vor dem Schreibtisch des Maharadschas und schaute den Großfürsten mit vor Schreck aufgerissenen Augen an. Und Siebeneisen saß in seinem Sessel, als drücke ihn eine unsichtbare Kraft in die Polster. Er fühlte sich jetzt, als würde er jeden Moment ohnmächtig. Der Maharadscha ignorierte den aufgeregten Wipperfürth komplett; er hatte den Blick auf Siebeneisen gerichtet. Ein Blick, der Siebeneisen trotz der melancholischen Augen zu durchbohren schien.

»Wir müssen davon ausgehen, dass dem so ist«, sagte der Maharadscha. »Und wenn die Überlieferungen tatsächlich stimmen sollten, geht es bei diesem Einbruch nicht bloß um eine Statue. Es geht um viel mehr.«

Siebeneisen fühlte, wie die Welt sich allmählich um ihn herum zu drehen begann. Er fasste sich an die Stirn: Sie glühte. Fieber, dachte er, ich habe Fieber. Bestimmt dieser Dreckskäfer oder was auch immer ihn da vorhin beim Yoga gestochen hatte.

»Ich hatte ja schon erwähnt, dass wir nicht viel über die Anfänge meiner Dynastie und die Statue wissen. Und dass das Wenige bloß aus überlieferten Liedern bekannt ist.«

»Und? Was sagen die Lieder? Was passiert?« Wipperfürth hatte die Gesprächsführung mittlerweile komplett an sich gerissen. Er sah Siebeneisen weiterhin nicht an, bevor er seine verhängnisvollen Fragen stellte. Das war nicht gut, dachte der, das war überhaupt nicht gut.

»Kommt ein schlechter Mensch in den Besitz der Statue und beschwört ihre Macht, dann …« Der Maharadscha sah Siebeneisen in die Augen. Er hypnotisiert mich, dachte Siebeneisen noch. Es schwindelte ihn jetzt. Ihn schwindelte ganz doll. Bevor er bewusstlos wurde und in seinem Sessel zur Seite kippte, hörte er wie durch einen dichten Nebel die abschließenden Worte des Maharadschas.

»… wenn das passiert, ist unser Geschlecht dem Untergang geweiht!«

3

ZWEI TAGE SPÄTER, IMMER NOCH IN INDIEN. UND GLEICHZEITIG IM FETTEN HECHT IN OER-ERKENSCHWICK. HANDY-CHAT ZWISCHEN WIPPERFÜRTH UND SCHATTEN.

Schatten:
Was heißt kostenlos? Wie können Nachrichten zwischen Indien und Deutschland kostenlos sein? Wie soll das funktionieren? Das kostet doch garantiert was!

Wipperfürth:
Nein! Reg Dich ab! Nachrichten per WhatsApp sind kostenfrei. Garantiert. Das Programm war sogar auf meinem neuen Smartphone vorinstalliert, das gehört bei indischen Handys zum Service dazu. Und mein Stammteehaus hier hat selbstverständlich kostenfreies WLAN, daran sollten sich die Cafés bei uns mal ein Beispiel nehmen. Ich achte auf unsere Spesen! Das müsstest Du doch allmählich wissen.

Schatten:
——

Wipperfürth:
Du musst auf »Senden« drücken. Wie soll das bei mir ankommen, wenn Du nicht auf »Senden« drückst?

Schatten:
——

Wipperfürth:
Die Schaltfläche rechts unten. Drücken.
Die, auf der »Senden« steht. »Senden«!!!!

(Zwei Minuten vergehen, in denen nichts passiert. Dann:)

Schatten:
Wie fühlt er sich denn jetzt?

Wipperfürth:
Na also, geht doch. Jetzt merk Dir das mal mit dem grünen Knopf unten rechts! Das ist doch wirklich nicht so schwer – selbst Senioren bekommen das doch hin.

Schatten:
Siebeneisen? Wie geht es Siebeneisen???

Wipperfürth:
Der ist auf dem Weg der Besserung. Schläft tief und fest die ganze Zeit. Der Ayurveda-Doc sagt, dass er in ein paar Tagen wieder auf dem Damm sein wird. Das ist schon ein krasses Teil, diese Thimaji-Mücke. Wusstest Du, dass solche brandgefährlichen Arten neuerdings auch in Deutschland auf dem Vormarsch sind? Die Tigermücke und etliche andere! Wegen des Klimawandels. Da müsste unsere VHS endlich mal ein Seminar anbieten. Die Gefahr wird völlig unterschätzt.

Schatten:
Diese schrecklichen Insekten! Ich wusste schon, weshalb ich nicht mit Euch gereist bin. Unser armer Freund!

Wipperfürth:
Er hätte das halt sofort behandeln lassen sollen. Stattdessen hängt er beim Maharadscha herum und stellt stundenlang immer neue Fragen. Du weißt ja, wie er ist: hat den Mann kaum ausreden lassen, und der hat nun weiß Gott genug um die Ohren. Der Sahib ist wahrscheinlich insgeheim erleichtert, dass unser Freund erst einmal außer Gefecht gesetzt ist. Und dass er die wichtigen Dinge mit mir klären kann, ohne dass Siebeneisen mit immer neuen Bedenken ankommt. Da kann er sich auch gleich davon überzeugen, dass ich so was locker wuppe.

Schatten:
Mir wäre es trotzdem lieber, wenn Du Dich erst mit unserem Mückenopfer besprechen würdest, von Mann zu Mann gewissermaßen. Bitte überstürze da nichts. Das geht mir alles ein bisschen schnell. Bei solchen Dingen sollte man sich Zeit lassen.

Wipperfürth:
Bei solchen Dingen sollte man vor allem auf sein Herz hören! Nicht auf den Kopf - aufs Herz! Außerdem dürfen wir doch nicht riskieren, dass die Dynastie unseres Maharadschas ins Unglück gestürzt wird!

Schatten:
Quatsch! Als ob das passieren würde! Auf so eine Idee kommen Leute wie dieser Dan Brown, bei dem steht auch dauernd alles Mögliche auf dem Spiel. Als ob die Welt von so etwas untergehen würde! Ist sie damals doch auch nicht, obwohl die Maya das behauptet hatten.

Wipperfürth:
Das Ist ja wohl was ganz anderes! Und jetzt hör auf, das alles wieder infrage zu stellen. Du hattest doch gestern auch keine Einwände, als ich es Dir erzählt habe!

Schatten:
Wie bitte? Ich hatte keine Einwände? Ein ganzes Handydisplay voller Einwände hatte ich! Ich bin bloß aus diesem dämlichen Programm hier geflogen, bevor ich sie Dir schicken konnte. Wenn man größere Daumen als eine Elfe hat, lässt sich das hier ja kaum korrekt bedienen.

Wipperfürth:
Meine Entscheidung ist gefallen. Ich bin ja Romantiker, wie Du weißt.

Schatten:
Du bringst uns alle in Teufels Küche! Und Dich vor allem! Bei mir im Haus wohnt jemand, dem das in Thailand auch mal so gegangen ist. Der hat auch auf sein Herz gehört. Die Liebe seines Lebens, hat er gesagt. Drei Monate war alles wunderbar – dann ging das Gemeckere los. Am Ende war alles bis auf den letzten Euro weg, alles!

Wipperfürth:
Bei uns beiden ist das anders.

Schatten:
Die Liebe seines Lebens war weg, das Haus, die Ferienwohnung und das Auto. Und der Job auch, nachdem er mit dem Trinken angefangen hat. Der ist jetzt Hartzer! Kommt gefälligst nach Hause! Zu zweit!

Wipperfürth:
Kommen wir ja. Bald.

Schatten:
Bald? Eure Rückflugtickets sind für kommenden Mittwoch. Umbuchen kostet ein Vermögen! Wir wollten doch am Donnerstag ’ne Runde Tipp-Kick im Fetten Hecht spielen!

Wipperfürth:
Außerdem hab ich den Vertrag sowieso schon unterzeichnet.

Schatten:
Du hast was??? Liest Du überhaupt, was ich schreibe?
Welchen Vertrag???

Wipperfürth:
Nichts Schlimmes. Im Gegenteil. Der ehrenwerte Shameek Kumar hat bloß ein kleines juristisches Schriftstück ausgearbeitet.

Schatten:
Du bist doch völlig übergeschnappt! Du hast einen Vertrag unterzeichnet? Was für einen Vertrag? Was steht da drin?

Wipperfürth:
Darüber kann ich nicht reden.

Schatten:
Was? Da kannst Du nicht darüber reden? Sag mir sofort, um was es geht! Und dann weckst Du Siebeneisen auf. Sofort! Und versprich mir, dass Du ihm alles erzählen wirst! Herrgott, Euch kann man keine drei Tage allein lassen.

Wipperfürth:
——

Schatten:
Hallo? »Senden!« Auf »Senden« drücken.

Wipperfürth:
——

Schatten:
Hallo? Bist Du noch da? Du musst auf »Senden« drücken!!

(Auf Schattens Display erscheint »Wipperfürth: zuletzt online um 17:12 Uhr«.)

4

In einer Gebirgsfalte der mächtigen Wüste Thar, umgeben von Fels und Gestein, von kargen Ebenen und sehr viel Sand, liegt Jodhpur wie eine aus den Fugen geratene Fata Morgana unter der unbarmherzigen Sonne Rajasthans. Vor langer Zeit haben die Stadtgründer hier eine mächtige Festung aus einem Felsmassiv meißeln lassen. 35 000 Arbeiter schufteten achtzehn Jahre lang, und sie wohnten in einem Labyrinth aus über- und nebeneinandergestapelten Häuschen am Fuße der Trutzburg. Fünf Jahrhunderte später existiert dieses Gassengewirr noch immer. Sämtliche Reiseführer listen es als absolutes *»Must See«* in Rajasthan. Völlig zu Recht machen sie das.

Das Altstadtgassengewirr Jodhpurs ist ein Stück Indien aus einer anderen Zeit. Als könnten sie sonst umfallen und den Hang hinunterpurzeln, lehnen die kleinen Häuser Schulter an Schulter, und wo zwischendrin noch Platz ist, stehen bonbonbunte Tempel für Indiens diverse Gottheiten. In Jodhpurs Gassen arbeiten Bäcker, Erdnussröster, Stoffhändler, Räucherstäbchenverkäufer und Barbiere. Fliegende Händler schieben Karren mit aufgetürmten Waren, ziehende Kesselflicker heischen um Aufmerksamkeit, indem sie unentwegt gegen alte Töpfe schlagen. Und dazwischen ist immer noch Platz! Für Rikschafahrer und knatternde Tuk-Tuks, für wandernde Losverkäufer und den Moped-Milchmann. Für die ein oder andere Horde Schulkinder, für störrische Esel und blinde Bettler, für sieben bis acht Straßenbaukommandos und singende

Hare-Krishna-Jünger. Und natürlich für Indiens heilige Kühe, die durch die engen Gassen streunen und den allgegenwärtigen Müll fressen.

Bei so viel Idyll legt sich natürlich auch die Tourismusbehörde der Stadt ins Zeug. Sie sorgt dafür, dass Jodhpur in den Werbebroschüren als »Blaue Stadt« auftaucht, weil etliche ihrer Häuser in dieser Farbe gestrichen sind. Aufgrund seiner zahlreichen Sonnentage wird Jodhpur außerdem gerne als *»Sun City«* gepriesen. Was möglicherweise kein so geschicktes Verkaufsargument ist, wenn man weiß, dass es an diesen *beautiful bright and sunny days* gerne auch mal 52 Grad heiß werden kann. In den klaustrophobisch engen, zugemüllten und von Kuhdung zugekleisterten Vierteln führen solche Temperaturen bei Besuchern schnell zu Erschöpfungszuständen. Vor allem, weil man als Nicht-Inder in Jodhpurs Altstadt keine drei Minuten unterwegs sein kann, ohne einen Schwarm Schulkinder hinter sich herzuschleppen. Oder Souvenirhändler. Oder mehrere Kühe.

Mitten in diesem einzigartigen und doch typisch indischen Chaos, in einer Gasse gleich gegenüber einer hektischen Kreuzung, führten zwei Treppenstufen ins Teehaus Zur Faulen Kobra. Seit fast zweihundert Jahren wurde es von immer neuen Generationen der gleichen Familie betrieben, und in all der Zeit hatte sich hier nicht viel verändert. Die Faule Kobra war ein schmuckloser, hellblau gestrichener Raum mit hoher Decke, an dessen Kopfseite eine kleine Theke stand. Hinter dieser ging es zur Küche, in der neben den drei oder vier handelsüblichen Sorten Tee auch drei oder vier handelsübliche indische Gerichte zubereitet wurden; eine Hintertür wiederum führte aus der Küche auf die nächste schmale Gasse. Das Mobiliar bestand aus einfachen Stühlen und Holztischen, die nach einem erratischen System im Raum verteilt waren. Kein einziger besaß vier gleich lange Beine.

Die Namensgeberin des Teehauses lebte auf der Theke, in einem Bastkorb ohne Deckel. Niranjana besaß bereits seit ihren Kindheitstagen keine Giftzähne mehr. Bis zu ihrer Pensionierung vor zwei Jahren hatte sie für einen Schlangenbeschwörer gearbeitet, nun lag sie die meiste Zeit des Tages zusammengerollt am Boden ihres Korbs und schlief. Ob die Kobra nun tatsächlich faul war oder vielleicht einfach nur betagt, konnte niemand sagen, jedenfalls schien sie nichts und niemand aus der Ruhe bringen zu können. Niranjana wurde lediglich munter, wenn der Sohn des Teehausbesitzers die traditionelle Tablamusik seines Vaters abschaltete und die Faule Kobra mit Rockmusik aus dem Westen beschallte. Niranjana liebte diese Musik. Vor allem die Gitarrensoli. Bei denen richtete sie sich in voller Schönheit in ihrem Korb auf und betrachtete die Gäste aus ihren kalten Schlangenaugen.

Ansonsten war die Faule Kobra ein ganz normales Teehaus wie jedes andere auch. Kennern der indischen Architektur wären möglicherweise noch die ungewöhnlich großen Fenster aufgefallen, die den Gästen einen fantastischen Panoramablick auf die Kreuzung ermöglicht hätten, wenn die ungewöhnlich großen Fenster nicht auch ungewöhnlich verdreckt gewesen wären und die Aussicht so ziemlich trübten. Sowieso schien der Besitzer ein eher entspanntes Verhältnis zu Reinlichkeit und Ordnung zu haben. In den Ecken des Gastraumes hatten sich Staubmäuse, Tabakreste und zusammengeknüllte Rechnungen zu kleinen Häufchen getürmt. Der Fußboden war mit einer Glasur aus verschüttetem Tee, Currysauce und einem undefinierbaren Gekrümel überzogen, und wenn es draußen windig und die Tür geöffnet war, gelangte mit jeder Böe eine Prise

Wüstensand hinein, der die Glasur am Boden noch verstärkte. Die großen Spinnen, die in ihren Netzen über den Köpfen der Gäste an der Decke hingen, waren bereits in den Neunzigerjahren verstorben und längst vertrocknet.

Was übrigens auch auf die meisten Gäste zuzutreffen schien: Hätte jemand das Durchschnittsalter der Teetrinker errechnet, wäre er wahrscheinlich auf einen Wert irgendwo zwischen 75 und 104 gekommen. Und beim Durchschnittsgewicht auf ein Ergebnis knapp über fünfzig Kilo – fast alle Stammgäste der Faulen Kobra waren nicht nur steinalt, sondern auch spindeldürr. Und schweigsam sowieso. Die Männer – und es sind ausschließlich Männer, die in Indien Etablissements wie die Faule Kobra besuchen – saßen über Stunden wortlos an den Tischen, asketische Alte in weit geschnittenen Kurtas und überdimensionierten Turbanen, die wie Lämmergeiernester auf ihren Köpfen hockten. Einige schienen zu meditieren. Einige schienen zu beten. Einige schienen zu schlafen. Bloß wenn ein neuer Gast den Raum betrat, kam kurz Leben in die Alten. Dann musterten sie den Neuankömmling mit kritischen Blicken, als ob sie soeben von einem Fremden in ihrem Wohnzimmer überrascht worden wären. Sie tranken dann einen Schluck Tee auf den Schreck und zogen sich anschließend wieder in ihren Kokon des Schweigens zurück.

Nur einer der Stammgäste schien permanent hellwach zu sein: Wann immer man die Faule Kobra betrat, hockte der Babaji im Lotossitz in der linken hinteren Ecke des Raumes und beobachtete mit sanftem Lächeln das Geschehen. Der Babaji war der berühmteste Lehrer der Stadt, ein Berufener, ein Weiser – ach was: ein Heiliger, von dem es hieß, er habe auf der Suche nach Erleuchtung das ganze große Indien über hundert Mal von Süden nach Norden durchpilgert. Zu Fuß natürlich. Deswegen würden zu den hundert Malen auch keine weiteren hinzukommen, der graubärtige Babaji war nämlich ebenso alt wie die anderen Gäste. Er trug ein Gewand, das strahlte, als sei es aus frisch gepressten Orangen hergestellt worden. Und einen passenden Turban, der ebenfalls zu leuchten schien. Vor ein paar Jahren war ihm in einem deutschen Reiseführer eine *»tatsächlich sichtbare Aura«* zugeschrieben worden, die den Babaji umhülle *»wie ein fluoreszierender Ganzkörperheiligenschein«*. Möglicherweise hatte sich der Autor da aber auch nur vom strahlenden Orange der Kleidung überlisten lassen.

Wipperfürth hatte die Faule Kobra am ersten Tag ihres Aufenthaltes entdeckt. Er war auf der Suche nach einem Fachgeschäft für Mobiltelefone durch Jodhpur gelaufen und von einem Gemüsehändler auf dem Basar in diesen Teil der Altstadt geschickt worden.

»Ein einfacher, zuvorkommend-freundlicher Mann«, erinnerte er sich jetzt. Er saß an einem Tisch im vorderen Bereich des Teehauses, nippte an einem Glas Darjeeling und kontrollierte den Sitz seiner klatschmohnroten Steppweste, die er über einer pyjamaähnlichen Hose-/Hemd-Kombination trug. Seine Füße steckten in grünen Schlappen mit nach oben gebogenen Spitzen, die er als »Eschnapur-Pantoffeln« bezeichnete, obwohl niemand außer ihm diesen Begriff zu kennen schien. Siebeneisen saß ihm gegenüber.

»Als ich ihm mein Problem mit dem fehlenden SIM-Karten-Schacht erklärt habe, wusste er sofort, um was es ging. Inder sind ja so technikaffin! Mit solchen Leuten unterhält man sich gerne. Wir haben ein paar Minuten sehr nett gefachsimpelt, bevor ich dann weitermusste.«

Siebeneisen wusste, dass das alles nicht stimmte. Beziehungsweise: Dass Wipperfürth sich gerade mal wieder seine eigene Realität zurechtzimmerte. Natürlich hatten er und der Gemüsehändler nicht nett miteinander geplaudert. Der Händler hatte mit Sicherheit auch nicht interessiert zugehört. Kein Mensch machte das, wenn Wipperfürth loslegte. Viel wahrscheinlicher war, dass der arme Teufel es mit der Angst zu tun bekommen hatte, als dieser komisch gekleidete Westler an seinem Gemüsestand aufgetaucht war, mit einem Mobiltelefon herumgefuchtelt und ohne Punkt und Komma auf ihn eingeredet hatte. Siebeneisen war sich sicher, dass der Mann kein Wort von Wipperfürths Monologen verstanden hatte. Wahrscheinlich hatte er ihn in eine Richtung geschickt, von der er annahm, sie würde diesen weißhäutigen Wahnsinnigen weit genug weg von seinem Stand bringen. »Den Mobilfunkladen hast du aber nicht gefunden, oder?« Siebeneisen konnte sich die kleine Spitze nicht verkneifen. Kleine Spitzen waren wichtig, wenn man diesen Mann unter Kontrolle halten wollte.

»Den scheint es nicht mehr zu geben. Aber dann haben mich die Wege des Kismets ja an diesen wunderbaren Ort geführt! Wer mit wachen Augen durch dieses heilige Land reist, dem werden täglich neue Wunder offenbar!«

Oh ja, dachte Siebeneisen, das traf auf diese Kaschemme hier ganz bestimmt zu. Er hatte sich so gesetzt, dass er die Theke mit Niranjanas Korb im Blick hatte. Bei ihrem Eintreffen in der Faulen Kobra hatte Wipperfürth den Inhaber des Teehauses begrüßt, als sei er seit mindestens zwanzig Jahren Stammgast hier. Dann hatte er Siebeneisen gleich zum Bastkorb auf der Theke geführt, gegen ihn geklopft und dabei vertraulich »TschTschTsch!« gegurrt. Zum Glück hatte Niranjana fest geschlafen. Oder zumindest so getan. Siebeneisen hasste Schlangen. Ihm gefiel auch dieses Teehaus nicht. Er war nur mit hereingekommen, weil er zum Weitergehen viel zu müde war. Freiwillig wäre er nie in so ein Loch gegangen, dafür hatte er vor ihrer Abreise aus Oer-Erkenschwick viel zu genau zugehört, als sein Hausarzt ihn vor den hygienischen Gefahren einer Indienreise gewarnt hatte. In jedem anderen Land der Welt wäre die Faule Kobra längst von den Behörden dichtgemacht worden, weil die Behörden keines anderen Landes eine Gaststätte mit einer Kobra auf der Theke geduldet hätten, da war sich Siebeneisen sicher. Seine Stammkneipe zu Hause war sicherlich auch kein Hort der Sauberkeit, aber Walburga hätte niemals durchgehen lassen, dass der Fette Hecht eine Heimstatt für ausgemusterte Zirkusreptilien geworden wäre.

Von den Rindviechern mal ganz abgesehen. Seit sie an ihrem Tisch saßen, waren immer wieder Kühe durch die offene Teehaustür hineingetrottet. Sie glotzten die Gäste treudoof an, standen ein paar Minuten in der Gegend herum und versuchten dann irgendwann, durch die Küche zum Hinterausgang zu gelangen. Gerade eben hatte ein besonders klappriges Exemplar vorbeigeschaut. Die Kuh hatte Höcker, als hätte sie eigentlich ein Dromedar werden sollen. Sie war zielstrebig an ihren Tisch gekommen. Siebeneisen war irritiert sitzen geblieben, als das Tier mit einer erstaunlich langen Zunge nach seinem Teeglas angelte, es umwarf und die Lache anschließend vom Tisch schlabberte. Der Teehausbesitzer hatte die Kuh mit ein paar kräftigen Klapsen auf die Flanken zum Ausgang bugsiert und einen neuen Tee gebracht. In dem alten, beschmodderten Glas. Macht alles keinen Unterschied, dachte Siebeneisen. Er vermutete, dass das Geschirr im nahen Fluss abgewaschen wurde. Möglicherweise ziemlich nahe jener Stelle, an der Jodhpurs Verstorbene ihre letzte Reise in die Flammen antraten. Er hatte längst entschieden, seinen Tee nicht anzurühren.

»Warum sind wir eigentlich hier?« Siebeneisen schob sein Glas an den Rand des Tisches, damit er nicht doch versehentlich einen Schluck nahm.

»Ach, nichts Wichtiges. Ich will dir nur in Ruhe erzählen, was in den letzten Tagen so los war. Ist ja einiges passiert.«

»Und das hättest du nicht im Hotel machen können?« Siebeneisen dachte an den Palastpark mit seinen lauschigen Ecken. Durch das Fenster sah er, wie sich aus dem Gewühl der Kreuzung gegenüber die nächste Kuh dem Teehaus näherte. »War es dir da nicht ruhig genug?«

»So ein Palast hat tausend Ohren, das weiß man doch. Ich wollte mit dir allein sprechen. Vertraulich sozusagen. Die letzten Tage warst du ja ausgeknockt.«

Vollkommen, dachte Siebeneisen. Seit er im Arbeitszimmer des Maharadschas ohnmächtig geworden war, hatte er nicht mehr viel mitbekommen von dem, was um ihn herum vorging. Der Leibarzt des Großfürsten hatte vermutet, dass sein Körper mit einer allergischen Reaktion auf den Stich der Fliege reagiert hatte, aber Siebeneisen war sich da nicht so sicher. Er vermutete eher, dass sein Kollaps mit dem zusammenhing, was Hardhawallardha Singh ihnen erzählt hatte. Oder noch erzählen wollte. Dass seine Ohnmacht sozusagen eine Vorbeugungsmaßnahme gewesen war. Eine Art Flucht. Eine Flucht vor etwas, das er auf gar keinen Fall wollte.

»Ich kann mich gar nicht richtig daran erinnern, wie die Story des Maharadschas ausging«, sagte er und sah misstrauisch zur Teehaustür hinüber, in der die erste Hälfte der nächsten Kuh nun angekommen war. Die zweite befand sich noch im Freien und verzierte dort den Gehsteig mit einer unverdauten Portion Plastikmüll.

»Das weißt du nicht mehr? Absolut krasse Sache, das mit der gestohlenen Statue. Und das Unheil erst, das dem Maharadscha nun droht!«

»Ich glaube, an der Stelle bin ich ausgestiegen. War da nicht was mit James Cook?«

»Ja. James Cook. Geboren 1728 in Middlesbrough. Vater Tagelöhner, acht Geschwister, erste Fahrten als Kohlenjunge, später Matrose der Royal Navy. Aufstieg zum Oberbootsmann, dann Kartograph, dann das erste eigene Kommando.« Offenbar hatte Wipperfürth in der Zwischenzeit ein umfangreiches Quellenstudium betrieben.

»Drei Weltreisen, die zu den außergewöhnlichsten nautischen Leistungen aller Zeiten gehörten. Dabei war er bereits nach der ersten schon DER Superstar unter den Entdeckern.« Wipperfürth kippte seinen Tee hinunter wie andere einen Schnaps. Er winkte dem Teehausbesitzer und zeigte theatralisch auf sein leeres Glas. Dann schwadronierte er weiter. »Bei dieser ersten Reise hatte er einen Geheimauftrag: Cook sollte den legendären Südkontinent finden. Das wusste außer ihm niemand an Bord! Top secret war das! Man glaubte nämlich, dass es auf der südlichen Halbkugel eine gewaltige Landmasse geben müsse, weil die Welt ansonsten nicht im Gleichgewicht sein könne mit all den Ländern oben auf der Nordhalbkugel. Was natürlich Blödsinn ist, aber das konnten die damals ja noch nicht wissen. Aber seine Auftraggeber glaubten das. Cook ist dann los, und als er zurückkam, hatte er für die britische Krone Australien und Neuseeland als Mitbringsel dabei. Das ist ja wohl eine Hammer-Geschichte!«

Die Kuh war mittlerweile komplett im Raum. Siebeneisen sah, wie sie den Kopf ganz langsam in die Richtung ihres Tisches drehte. Sie machte zwei oder drei zögerliche Schritte auf sie zu, blieb dann aber stehen und starrte Wipperfürth an, der gerade ansetzte, Cooks Aufenthalt in der Südsee zu beschreiben. Jetzt stand sie unentschlossen im Raum, als halte sie etwas zurück. Sie starrte noch ein paar Augenblicke lang, dann drehte sie ab, wobei sie Siebeneisen kurz in die Augen zu blicken schien. Dann stakste sie seltsam unbeholfen in Richtung Babaji.

»Jedenfalls hätte London Cook bei seiner Rückkehr als Helden feiern müssen.«

»Hat es das nicht?« Siebeneisen fand diesen Aspekt den ersten interessanten in Wipperfürths ausuferndem Monolog. Wahrscheinlich, weil ihm das irgendwie bekannt vorkam. Er war neulich auch um die halbe Welt gereist, um diese O'Shadys aufzutreiben. Zu Hause in Oer-Erkenschwick war es ihm nach seiner Rückkehr dann ähnlich ergangen wie Cook damals.

»Nein. Er war ja ein Mann aus dem Volk. Ganz einfache Verhältnisse. Man hat James den Ruhm natürlich nicht gegönnt. Stattdessen wurde sein Botaniker in den Salons herumgereicht.«

»Sein Botaniker?«

»Banks. Joseph Banks. Nie gehört?« Wipperfürth sah Siebeneisen an, als habe der in der Schule nicht aufgepasst, als damals das Schwerpunktthema »Britische Pflanzenkundler des 18. Jahrhunderts« behandelt worden war.

»Schwerreicher Typ. Hatte sich quasi als Passagier eingekauft und gleich noch einen Stab Mitarbeiter angeschleppt. Manche sagen auch: Nur mit seinem Zuschuss konnte die ganze Expedition überhaupt stattfinden. Unser James war ja ein echter Gentleman, der Banks aber war nur hinter den Frauen her. Seine Tagebuchaufzeichnungen lesen sich deswegen allerdings auch interessanter als die Logbücher unseres Captains. James hat ja immer nur aufgeschrieben, wie viele seiner Männer gerade erkrankt waren und wie tief das Wasser war und so was alles. Und auf der zweiten und dritten Reise hat er sowieso nur noch das Allernotwendigste notiert. Die Aufzeichnungen sind heute absolut unlesbar, da schläft man nach zehn Zeilen ein.«

»Die Logbücher von Cook sind erhalten?« Siebeneisen kam der Gedanke, dass er vielleicht auch besser ein Reisetagebuch hätte führen sollen. Seit er mit Wipperfürth von Oer-Erkenschwick aufgebrochen war, waren die Tage voller merkwürdiger Erlebnisse gewesen. Dinge, von denen man unterwegs ja gerne behauptet, man werde sie niemals im Leben vergessen, und dann sitzt man fünf Jahre später zu Hause auf dem Sofa und kann sich nur noch an jene drei oder vier Episoden erinnern, die man sowieso immer zum Besten gibt. Wie der Bus nach einer Rast ohne sie weitergefahren war, weil Wipperfürth ewig lange die Prophezeiungen einer Wahrsagerin korrigieren musste. Oder wie sie am nächsten Tag fast in der Wüste ausgesetzt worden waren, weil der Busfahrer es satthatte, sich Wipperfürths ständige Abkürzungsempfehlungen anzuhören.

»... Breitengrade, die Höhe der Wellen, wie viele Nägel rostig waren und ausgetauscht werden mussten, all diese Dinge, aber kein persönliches Wort steht da drin. Unser James war eben ein großer Kapitän, der seine Aufgabe sehr ernst nahm. Da war natürlich kein Platz für Gefühlsduselei. Er musste schließlich die Welt entdecken. Rule Britannia!«

Siebeneisen bemühte sich, gedanklich wieder in die Realität des Teehauses zurückzukehren. Wipperfürth erklärte gerade, dass auch andere Besatzungsmitglieder ihre Reiseerlebnisse aufgeschrieben hatten, diese aber beim Abmustern abgeben mussten, »weil die Admiralität natürlich die Deutungshoheit über die Ereignisse behalten wollte, das ist ja wohl mal klar«. Er redete jetzt seit mindestens einer halben Stunde ohne Unterlass. Und würde das auch weiter tun, wenn man ihn nicht unterbrach. Siebeneisen fiel auf, dass er permanent von »unserem James« statt von »Cook« sprach. Das war typisch Wipperfürth, dachte er, dieses schreckliche Insidergehabe: Dieser Mensch präsentierte seine dank Google gefundenen Episoden und pseudowissenschaftlichen Fakten über Cook derart überzeugend, dass unwissende Zuhörer glauben mussten, der leibliche Ururenkel des großen Seefahrers plaudere da gerade ein paar nette private Details aus der Familiengeschichte aus.

»Warum hat er uns das eigentlich alles erzählt?« Siebeneisen nutzte eine kurze Pause in Wipperfürths Sermon. »Der Maharadscha, meine ich.«

»Warum er uns das erzählt hat? Das kannst du dir nicht denken? Darüber wollte ich ja die ganze Zeit mit dir sprechen! Im Palast ging das aber nicht wegen der tausend Ohren. Aber hier sind wir unter uns!«

Daran bestand kein Zweifel, dachte Siebeneisen. Kein normaler westlicher Besucher des reizenden Jodhpurs würde je auf die Idee kommen, in einem Loch wie diesem hier seinen Nachmittagstee zu trinken. Er beobachtete die Kuh, die soeben aus der Küche zurückkam. Sie kaute. Um ihre Schnauze waren Spuren von Currypulver zu sehen.

»Um was geht es denn?« Siebeneisen hatte beschlossen, das hier so schnell wie möglich hinter sich zu bringen. Er brauchte noch ein paar Tage Ruhe, das war ihm klar geworden. Dieses komische Summen in seinem Kopf hatte eben wieder eingesetzt. Ihm fiel ein merkwürdiges Leuchten in Wipperfürths Augen auf. Und dass sein Gegenüber mühsam versuchte, ruhig zu bleiben.

»Um ein neues Abenteuer!« Wipperfürth strahlte ihn über den Tisch hinweg an. Er winkte dem Teehausbesitzer, der gerade aus der Tür hinausging.

»Bitte was?«

»Mach dir keine Gedanken! Dein Cheflogistiker hat bereits alles geregelt und organisiert – du musst dich um nichts mehr kümmern. Wir helfen dem Maharadscha!«

»Wir helfen dem Maharadscha? Wie meinst du das: Wir helfen dem Maharadscha?«

»Ist doch klar: Wir suchen die Statuenteile des Elefantengotts, die Cook damals versteckt hat! Bringen sie vor den Dieben in Sicherheit! Und retten die Dynastie unseres Gastgebers!« Wipperfürth war nun nicht mehr zu bremsen. »Sobald du wieder auf den Beinen bist, geht es los – der Großfürst ist bereits seit Tagen in der Palastbibliothek und durchforstet den Briefwechsel seines Vorfahren mit Cook. Er hat schon herausbekommen, wo wir zuerst hinreisen!«

Wipperfürth war aufgesprungen. Die anderen Gäste erwachten nach und nach aus ihrer Lethargie und starrten den merkwürdigen Kauz an, der in diesem komischen Aufzug mitten im Raum stand. Wahrscheinlich vermuteten sie, es gebe gleich eine Vorführung. Oder einen Terroranschlag von al-Qaida. Vielleicht machten sie sich aber auch nur Sorgen um den anderen Mann, um den, mit dem dieser offenbar Verrückte sprach. Der nämlich saß wie benommen auf seinem Stuhl. Er war ganz bleich geworden und sagte kein Wort. Dem Verrückten schien das gar nicht aufzufallen. Oder nicht zu stören. Er nahm eine theatralische Pose ein und rief: »Es geht nach Tonga! Nach Tonga! Segel hoch, Matrosen! Das Banner des Maharadschas möge im Winde wehen!«

Hinter der Theke hatte der Sohn des Teehausbesitzers eigentlich noch abwarten wollen, bis sein Vater ein paar Minuten fort war aus dem Laden – angesichts dieses merkwürdigen Gastes aber beschloss er, sofort zu handeln. Er schob die AC/DC-CD in den Player, den Live-Mitschnitt von 1992, der mit »Thunderstruck« begann, dem Donnergrummeln aus der Beschallungsanlage, den Fans, die rhythmisch »Angus! Angus!« skandierten, und der grandiosen Gitarrenarbeit von ebenjenem Angus, der ein wieselflinkes Gitarrenintro in H-Dur und dis-Moll in den Himmel schickte. Er hatte noch keine zwei Takte gespielt, als sich aus dem Korb auf der Theke die Namensgeberin des Teehauses aufrichtete. Niranjana mochte alt sein oder auch faul – vor allem aber war sie eine ausgewachsene Kobra: Sie ragte nun einen guten halben Meter aus ihrem Korb und blickte mit kalten, grauen Schlangenaugen in den Raum. Ihr kleines Zünglein zischelte.

Es passierten dann sehr viele Dinge sehr schnell nacheinander, und vielleicht passierten einige von ihnen gleichzeitig, Wipperfürth sollte in den kommenden Jahren immer wieder neue Versionen der Geschehnisse zum Besten geben. Siebeneisen jedenfalls fühlte, wie ihm die Kräfte schwanden, wieder einmal, und wie es um ihn herum dunkel wurde. Die Kuh wiederum, die stoisch im Raum stand, sich hin und wieder über die Schnauze leckte und zu den beiden merkwürdigen Gästen hinüberstarrte, die war plötzlich hellwach. Indiens Kühe sind eigentlich gelassene Geschöpfe und nur schwer aus der Ruhe zu bringen – eine sich allmählich zu voller Höhe aufrichtende Giftschlange einen Schritt neben ihrem Kopf allerdings kann auch eine ansonsten dauermeditierende Kuh nervös machen. Dieses Exemplar jedenfalls blieb keine Sekunde länger in der Teehausmitte stehen, sondern stelzte panisch sechs oder sieben Schritte von der Kobra weg. Bereits beim dritten dieser Schritte kollidierte sie mit Wipperfürth, der gerade dabei war, den bewusstlosen Siebeneisen mit einer kleinen Abhandlung über Cooks Besuch auf Tonga ins Leben zurückzurufen. Wipperfürth in seinen Eschnapur-Pantoffeln verlor das Gleichgewicht. Für einen kurzen Moment schien er in der Luft zu schweben, dann fiel er mit dem Hintern voran auf den verkrusteten Teehausfußboden, dann schrie er auf. Und dann war Angus Young mit seinem Gitarrenintro fertig, Niranjana verschwand in ihrem Korb, und die Panik wich aus den Augen der Kuh. Innerhalb weniger Sekunden schien es, als sei nichts passiert. Abgesehen vom Wimmern Wipperfürths, der auf dem Boden saß, unmittelbar hinter der Kuh, die mittlerweile ein merkwürdiges Reißen in der Darmgegend verspürte, das möglicherweise von all dem Curry kam oder auch vom Schreck der Schlangenbegegnung. Indiens Kühe sind heilig, stubenrein aber sind sie nicht. »*I was caught in the middle of a railroad track*«, sang Brian Johnson. In der Ecke saß der Babaji und lächelte.

5

Aus den verschollenen privaten Aufzeichnungen von William Bligh, Sailing Master der HMS Resolution,
2. Juli 1777

In der vergangenen Nacht erwachte ich und spürte, dass etwas sich verändert hatte. Zuerst wusste ich nicht, was es sein mochte: Stille ist schwer zu greifen, man bemerkt sie nicht augenblicklich. Ich richtete mich auf und sinnierte, leicht benommen noch vom Rum, bis die Erinnerung zurückkehrte. Die Tiere waren nicht mehr an Bord! Monatelang hatten wir sie unter Deck gesperrt, Schweine, Hühner, Rinder, ein Pferd sowie ein Pfauenpaar, das uns der Earl of Bessborough als Gabe mit auf den Weg gegeben hatte – in der Hölle schmoren möge er dafür! Vom Ausschiffen in England an hat dieser Zoo ohne Unterlass geschrien und gelärmt, dass es nicht zum Aushalten war. Gestern nun haben wir die letzten drei Kühe von Bord geschafft, um sie den Einheimischen der Freundschaftsinseln zum Geschenk zu machen. Die Tiere wurden mit Seilen in ein Beiboot gelassen. Sie brüllten, als würden wir sie übergangslos in einen Kochtopf absenken.

Dabei gedeiht unser gutes britisches Vieh prächtig auf diesen Inseln. Die Schweine, die der Alte während seiner ersten Reise vor vier Jahren hier ausgesetzt hat, haben sich ungeheuerlich vermehrt. Allerorten laufen und grunzen sie! Mir scheint, die

Einheimischen ernähren sich ausschließlich von ihnen. Bei Gott, dickere Menschen habe ich niemals gesehen! Vor allem die Frauen sind gebaut, als wollten sie auf dem Londoner Jahrmarkt in den Ring steigen. Sobald wir vor Anker gingen, versammelten sich hunderte von ihnen am Ufer. Sie keiften wie die Fischweiber und wurden auch schnell handgreiflich, als die ersten der Unsrigen sich an Land wagten. Das war ein Spektakel! Die Matrosen, welche den Alten schon auf seiner letzten Reise begleitet haben, rümpften angesichts der Geschehnisse die Nase. Die Männer schwärmen von den Frauen auf Otaheite, die offensichtlich von wesentlich grazilerer Statur sind als diese hier auf Tongatapu. Es heißt, sie erfüllten einem Matrosen alle Wünsche, solange er ihnen einen eisernen Nagel zum Geschenk mache! Dorthin, nach Otaheite, wollen wir kreuzen, sobald unsere Aufgabe hier erfüllt ist.

Seit fast einem Monat liegen wir nun vor Anker. Den Grund dafür scheint niemand außer dem Kapitän selbst zu kennen. Als mich die Admiralität in London fragte, ob ich auf diesem Schiff fahren wolle, sagte ich sogleich zu. Es war und ist mir eine Ehre, unter dem Kommando des größten Seefahrers aller Zeiten zu segeln. Dennoch gibt er mir Rätsel auf, dieser James Cook. Seit unserer Abfahrt aus Plymouth ist der Alte mit jedem Tag wortkarger und mürrischer geworden. Beim Dinner in der Great Cabin gestern Abend vertraten Ledyard und Anderson eine andere Meinung als er, und obgleich es lediglich um eine Nichtigkeit ging, wurde er sogleich aufbrausend. Nachdem er den beiden die Meinung gegeigt hatte, ließ er uns wissen, dass er müde sei, und verabschiedete sich prompt.

Wundert es einen? Immerzu ist er unterwegs, der Alte. Steigt auf Berge, marschiert durch Buschwerk, beordert immerfort neue einheimische Führer. Nur der Leibhaftige weiß, was er jeden Tag auf dieser Insel treibt. Selbst bei offiziellen Empfängen stiehlt er sich davon. Vor ein paar Tagen lud uns der Häuptling zu einem Festessen in der Nähe seiner Hauptstadt. Es brannten große Feuer, wir Offiziere tranken und schauten unseren Gastgebern beim Tanze zu, als der Alte plötzlich verschwunden war. Als habe der Erdboden ihn verschluckt. Erst Stunden später kehrte er zurück und tat, als sei nichts geschehen. Es heißt, auf seinen beiden ersten Reisen habe er niemals ein Techtelmechtel mit einer Eingeborenen begonnen. Ich vermute, er hat lediglich alle Kunde von seinen Liebschaften unterdrückt.

Auch in seinem Logbuch findet sich nicht die geringste Andeutung auf sein Tun. Gestern ließ er mich einige Zeilen lesen, die er über Tongatapu verfasst hatte: *Ich glaubte mich versetzt in eine der fruchtbarsten Ebenen in Europa, jeder Morgen Land mit Pflanzen bestellt, breite öffentliche Straßen, so eben wie eine Bowlingbahn, Atmosphäre erlesener Idylle, Obstbäume, die mit viel Geschmack und Eleganz am Straßenrand und um die wichtigsten Häuser herum gepflanzt waren.* Was ihn auf seinen Exkursionen umtreibt, darüber findet sich im Logbuch kein Wort. Die dicken Weiber und ihre Handgreiflichkeiten waren ihm ebenso keine Erwähnung wert. Immerhin äußerte er sich zu dem Vieh, das wir um die halbe Welt transportiert haben: *Der Ärger und Verdruss beim Verbringen dieser Tiere über eine so weite Strecke sind nur schwer zu ermessen.*

Ich will diesen Eintrag nun beschließen. Morgen wollen wir auf Papageienjagd gehen. In den Wäldern lebt eine seltene Spezies, deren rote Federn auf den Gesellschaftsinseln höchstes Ansehen genießen. Der Alte will dort mit diesen Federn Handel treiben und nicht mehr länger mit Nägeln aus dem Rumpf der *Resolution*. Das Schiff soll uns schließlich noch nach Hause bringen.

6

IM PALAST DES MAHARADSCHAS VON JOOMPLA,
ETWA 236 JAHRE SPÄTER.

Es klopfte. Einer der Achtlinge mit den Turbanen und Schnurrbärten brachte das Mittagessen. Er verteilte es auf dem Tisch auf dem Balkon: einen halben Küchenschrank voller kleiner Schalen und Schüsselchen mit diversen Currys, Chutneys und eintopfartigen Gemüsemischungen, alle in einer Konsistenz, die auch von Indiens zahnlosen Methusalemen problemlos verzehrt werden konnte. Der Maharadscha ernährte sich aus religiösen Gründen streng vegetarisch und erwartete dies auch von seinen Gästen. Insofern konnte Siebeneisen sicher sein, dass dort vor ihm keine gehäckselten Mungos dampften oder sonst irgendein grässliches Zeug. Er wusste allerdings auch, dass er bei diesen Schüsselchen und Schälchen besser vorsichtig war. Inder hatten ein sehr eigenwilliges Verhältnis zu Schärfe, das war ihm in den vergangenen Wochen klar geworden. Siebeneisen fiel die schreckliche Busfahrt gleich nach ihrer Ankunft in Indien ein, als sie den Weisen O in Rishikesh hatten treffen wollen. Bei einem kurzen Stopp war damals ein Schwarm Händler auf ihren Bus zugestürmt, um den Passagieren Snacks und Erfrischungen zu verkaufen. Wipperfürth hatte endlos mit einem der Verkäufer debattiert und kurz vor ihrer Weiterfahrt zwei Teigbällchen für umgerechnet circa zehn Cent erstanden, die er als wunderbare Süßspeise anpries, von der er angeblich in seinem Reiseführer gelesen hatte. Und Siebeneisen? War so ausgehungert und gutgläubig und überhaupt naiv gewesen, dass er sein Teigbällchen mit zwei schnellen Bissen verschlungen hatte. Anschließend hatte er dann etwa eine halbe Stunde versucht, wieder zu Atem zu kommen. Nicht mehr zu schwitzen. Und seine Stimme wiederzufinden, um Wipperfürth beschimpfen zu können.

»Was davon ist denn scharf und was nicht?« Er zeigte auf die zwölf bis fünfzehn Schälchen, die mittlerweile vor ihm standen. Der Achtling war gerade dabei, einen Beistelltisch heranzurücken; offenbar kam da noch mehr.

»Scharf, Sir?«

»Ja, scharf. Was davon kann ich essen, ohne in Flammen aufzugehen?«

»Ist nicht scharf, Sir? Nicht scharf?«

Siebeneisen empfand die Unterhaltung mit dem Hotelpersonal als zunehmend nervenzehrend. Die ersten Tage hatte er über die Art der acht Brüder, jeden Satz wie eine Frage zu betonen, geschmunzelt – mittlerweile war dieses ständige Dechiffrierenmüssen nur noch mühsam. Es machte die Sache auch nicht einfacher, dass die Mimik der Hotelangestellten während ihrer kurzen Gespräche eher noch zur Unklarheit beitrug: Wenn sie eine Frage bejahten, machten sie mit dem Kopf eine seltsam schlingernde Bewegung, die wie ein Nein aussah. Siebeneisen musste bei diesem kurzen Wackeln immer an die Dackelfigur denken, die früher auf der Hutablage ihres Autos gehockt hatte. Siebeneisens Vater war Hausmeister an einer britischen Kaserne im Ruhrgebiet und eigentlich kein Mann, der für Kitsch empfänglich gewesen wäre. Diesen komischen Wackeldackel aber hatte er geliebt. Selbst bei ihren Urlaubsfahrten in den Bayerischen Wald oder nach Tirol, als das Auto vollgestopft war mit Wanderklamotten und Spielsachen und sogar einem tragbaren Fernseher, weil es in ihrem Pensionszimmer ja keinen gab, aber natürlich samstagabends um sechs die Sportschau geguckt werden musste, selbst da hatte nichts den Dackel auf der Hutablage verdrängen können.

»Das ist nicht scharf? Das sieht aber sehr scharf aus…«

»Nein, nein, nicht scharf, Sir? Der Koch weiß, dass Sie das Mittagessen bestellt haben?«

»Wenn der Koch das weiß, reduziert er das Chili vielleicht um die Hälfte. Dann ist aber immer noch zehnmal so viel drin wie normal.«

Der Hotelangestellte lächelte. Wahrscheinlich hält er alle Westler für degenerierte Schwächlinge, dachte Siebeneisen. Er nahm sich drei Löffel Reis und einen halben Löffel von dem Curry, das am unschuldigsten aussah, Kichererbsen mit Tomaten in einer cremigen Soße. Anschließend zog er eine Schüssel mit Joghurt vom hinteren Ende des Tisches zu sich heran. Auch das hatte er gelernt: Erwischst du ein zu scharfes Curry, lösch den Brand immer nur mit Joghurt – mit Wasser verteilst du ihn bloß. Er probierte. Es schmeckte erstaunlich mild. Er wartete einige Sekunden. In manchen indischen Gerichten zündete die integrierte Pyrotechnik erst mit Verzögerung. Wie bei diesem hier. Zuerst passierte nichts, dann immer noch nichts, dann aber begann es in Siebeneisens Mundhöhle zu brennen, und drei Sekunden später stand alles in Flammen. Er schaufelte hastig drei Esslöffel Joghurt hinter dem Curry her, aber natürlich kam diese Löschmaßnahme zu spät. Siebeneisen merkte, wie ihm Tränen in die Augen schossen. Rechts und links an seinem Schädel schien sich das Chili in die Aufhängungen des Unterkiefers zu fräsen. Sein Gesicht verzog sich zu einer Grimasse, mit der man wahrscheinlich kleine Kinder hätte erschrecken können. Siebeneisen schob das Curry an das andere Ende des Tisches. Der Hotelangestellte lächelte noch immer. Oder schon wieder. Er drapierte jetzt fünf verschiedene Sorten Brot auf dem Beistelltisch, wobei er jede Sorte namentlich vorstellte:

»*Naan*?«

»*Chapati*?«

»*Roti*?«

»*Puri*?«

»Und *Appam*? Ich hole noch *Luchi* und *Paratha*?«

Siebeneisen winkte ab. Indische Restaurantmahlzeiten sind wie Indien selbst, dachte er, es ist immer von allem zu viel da. Zu viele Farben, zu viele Gerüche, zu viele Menschen, zu viele knatternde Tuk-Tuks und hupende Lastwagen und heilige Kühe und zu viele Brotsorten dann offenbar auch. Zu viele Schälchen und Schüsselchen gab es sowieso: Mit dem Mittagessen da vor ihm hätte man locker die komplette Hotelbelegschaft satt bekommen. Sah aus wie ein Büfett für eine kleine Geburtstagsgesellschaft, dachte Siebeneisen, war aber bloß das preisgünstige »*Special of the Day*«. Bei dem der Küchenchef des Joompla Royal Regent offenbar jedes Gemüse verarbeitete, das bei drei nicht schnell genug aus der Vorratskammer war.

Er hatte eigentlich nicht geplant, seine letzte Mahlzeit im Palast allein einzunehmen, war dann aber doch auf seinen Balkon geflohen. Von der Terrasse des Hotelrestaurants. Um eine halbe Stunde Ruhe zu haben. Beim Frühstück nämlich hatte sich Wipperfürth an seinen Tisch geschleppt und augenblicklich zu reden begonnen. Über den Klimawandel. Über invasive Insektenarten. Über die Rolle der Kuh im Hinduismus und die WHO und die drohende Pandemie durch ein Supervirus. Siebeneisen hatte heimlich gehofft, die Verletzung seines Freundes würde einen hemmenden Einfluss auf dessen Mitteilungsbedürfnis haben. Hatte sie aber leider nicht. Im Gegenteil. Seit jenem Vorfall in der Faulen Kobra textete Wipperfürth seine Umwelt noch wortreicher zu als vorher. Dazu jammerte und stöhnte er bei jeder Bewegung wie Louis de Funès mit Bauchschmerzen, krümmte sich, verrenkte sich, veränderte alle fünf oder zehn Sekunden seine Körperhaltung. Anders gesagt: Er war unerträglich. Ein Gutes allerdings hatte der Steißbeinbruch, den er sich beim Sturz nach dem Zusammenstoß mit der Kuh zugezogen hatte:

Wipperfürth konnte nicht sitzen.

Und war damit reiseunfähig.

Und zwar für etliche Wochen.

Nach der Kollision hatte Siebeneisen seinen verletzten Reisegefährten ins Krankenhaus gebracht, wo man Wipperfürth röntgte und ihm aufmunternd mitteilte, dass das Ganze in sechs, sieben Wochen ausgeheilt sein würde – mehr konnte man nicht für ihn tun. Im Palast war Siebeneisen dann gleich zu Hardhawallardha Singh gegangen. Und hatte vom Maharadscha erfahren, dass seine schlimmsten Vermutungen zutrafen. Ja, Wipperfürth hatte tatsächlich in ihrer beider Namen eingewilligt, sich auf die Suche nach den versteckten Teilen der magischen Statue zu begeben, und ihr Freund Schatten würde sie aus der Heimat unterstützen. Ja, es sollte sofort losgehen, damit sie den unbekannten Dieben zuvorkommen würden, die sicherlich schon unterwegs zum Versteck des nächsten Einzelteils waren. Ja, Wipperfürth hatte einen rechtsgültigen Vertrag unterschrieben, ebenfalls in ihrer beider Namen. Und ja, natürlich, aber klar, was denn sonst: Es gab eine Belohnung. Und was für eine! Hatte Wipperfürth davon denn nichts erzählt? Der Maharadscha hatte gelächelt, als Siebeneisen beteuerte, nichts davon zu wissen, nichts, überhaupt nichts. Na, da solle er mal seinen Freund in einer ruhigen Minute fragen, hatte Hardhawallardha Singh gemeint. Und die Audienz beendet, weil er noch nach seinen Rosen sehen wollte.

Was um alles in der Welt hatte dieser Mensch da ausgeheckt? Siebeneisen vermutete, dass Wipperfürth über den Tisch gezogen worden war. Shameek Kumar hatte den Deal eingefädelt, und der Sekretär des Großfürsten war niemand, der bei einer solchen Gelegenheit nicht auch auf den Vorteil des Palastes bedacht gewesen wäre. Oder auf seinen eigenen. Und warum wollte Wipperfürth nichts verraten? In den vergangenen Tagen hatte Siebeneisen immer wieder versucht, von seinem Reisegefährten endlich etwas über die besagte Belohnung zu erfahren, aber Wipperfürth war immerzu ausgewichen, bleib ganz cool, Alter, chill mal, alles easy, solche Floskeln waren da gekommen. Sonst nichts. Das war überhaupt nicht typisch Wipperfürth, dachte Siebeneisen, all diese Geheimniskrämerei, normalerweise erfuhr man von dem Mann, welche Marmeladensorte er morgens auf die eine Brötchenhälfte und welche er auf die andere geschmiert hatte. Aber irgendwann würde er damit herausrücken müssen. Bloß war es dann wahrscheinlich zu spät für irgendwelche Einwände.

Immerhin gab es zum Fall selbst einige neue Erkenntnisse. Sie wussten mittlerweile, wer den Rüssel des Ganesha aus der Schatzkammer des Palastes gestohlen hatte. Das heißt: Sie vermuteten stark, dass ein Honeymoonpärchen aus Südkorea hinter der Sache steckte. Laut Reservierungssystem hatten Mr. und Mrs. Lee ihre Hotelsuite für acht Nächte gebucht, waren aber bereits nach drei Tagen abgereist – an jenem Morgen, an dem der Maharadscha vom Diebstahl des Statuenteils unterrichtet worden war. Eine gute Tarnung, dachte Siebeneisen, während er ein Stück von seinem Naan abriss, einer Art Fladenbrot, das sich ähnlich gut zur Bekämpfung einer Chili-Überdosierung eignete wie Reis. Er konnte sich nicht daran erinnern, das Paar im Hotel gesehen zu haben. Wahrscheinlich hatten die beiden den ganzen Tag im Zimmer verbracht und den richtigen Moment abgepasst. Oder sie wurden zu Unrecht verdächtigt. Das wiederum brachte Siebeneisen zu der Frage, woher die beiden – oder wer auch immer als Dieb infrage kam – überhaupt vom Versteck des Ganesha-Rüssels wissen konnten. Natürlich war es möglich, dass irgendwann und irgendwo in einem historischen Fachbuch über die Statue des Elefantengotts berichtet worden war. Siebeneisen hielt das sogar für sehr wahrscheinlich, die Leute liebten solche Geschichten. Allerdings dürfte dort wohl kaum etwas darüber gestanden haben, dass sich der Rüssel noch immer am Hofe befand, oder besser: befunden hatte – jetzt war er ja weg. Der Maharadscha pries seinen Palast und die Geschichte seines Hauses in den Hotelbroschüren zwar in den schillerndsten Farben, über das Statuenteil in der Schatzkammer aber stand sicherlich nirgendwo auch nur ein Wort. Woher wussten die Diebe davon? Und was wollten sie damit? Das Geschlecht der Maharadschas von Joompla zerstören? Oder hofften sie, der steinerne Elefantengott werde auch ihnen zu Reichtum verhelfen? Siebeneisen nahm schnell ein paar Löffel Reis, um eine drohende Apokalypse in seinem Rachen abzumildern. In der Zwischenzeit hatte er die meisten Currys auf dem Tisch probiert. Sie waren alle schärfer gewesen als das erste. Viel schärfer. Sein Mund- und Rachenraum fühlten sich an, als habe er mit Tabasco gegurgelt.

Kurz nach zwei. In einer Stunde würde sein Taxi kommen. Er beschloss, sich noch ein wenig auszuruhen, und machte sich zu seinem Bett auf, das sich irgendwo in dieser Zimmerflucht versteckte. Siebeneisen wohnte jetzt seit etlichen Tagen im Palast, verlief sich aber nach wie vor in den labyrinthisch angelegten, düsteren Räumen, die ganz offiziell unter der Bezeichnung »Zimmer Nr. 9« firmierten. Im Halbdunkel stieß er gegen seinen gepackten Koffer und kurz darauf gegen einen Sessel, den er vorher nie bemerkt hatte. Immerhin gelang es ihm instinktiv, einen großen Bogen um den ausgelegten Tiger auf dem Boden zu machen.

An Schlaf war natürlich nicht zu denken, darauf achtete schon seine hauseigene Sorgenfabrik, die immer dann ihren Betrieb aufnahm, wenn Siebeneisen ruhen wollte. Dann war es, als drücke irgendwo dort oben ein kleiner Bedenkenträger auf einen Knopf, und schon spuckte eine vollautomatische Fragenherstellungsmaschine immer neue Zweifel aus. Meistens kamen die dann brav nacheinander auf einem Fließband ins Bewusstsein gefahren. Manchmal aber tauchten etliche gleichzeitig auf, und während man sich die eine besah, kam die nächste bereits angefahren, und am Ende gab es dann einen Stau auf dem Fließband.

Warum hatte er Wipperfürth mit seinem gebrochenen Steißbein nicht einfach im Teehaus liegen lassen?

Weshalb war er nicht einfach abgereist?

Wieso hatte er sich überhaupt überreden lassen, nach Indien zu fliegen?

Wieso saß er jetzt nicht an seinem Schreibtisch in der Redaktion des *Tagesboten* und schrieb an einem Artikel über die Neubegrünung der Verkehrsinseln in der Oer-Erkenschwicker Innenstadt?

Wieso ging er jetzt nicht gerade mit seiner Freundin spazieren, Hand in Hand, auf ihrem Lieblingsweg am Wesel-Datteln-Kanal?

Warum?

Und warum eigentlich fand er den Gedanken, erneut um die Welt zu reisen, dieses Mal auf der Suche nach den Teilen einer zerlegten Statue – warum eigentlich fand er diesen Gedanken nicht wirklich schlimm? Wenn er tief genug in sich hineinhorchte, wenn es ihm für einen oder zwei Augenblicke gelang, seinem wahren Ich in die Augen zu blicken, dann war da etwas, was ihm an der ganzen Sache gefiel. Und wieso? Weil er Wipperfürth loswerden würde, natürlich. Ganz bald, ganz schnell, ganz selbstverständlich. Mit einem gebrochenen Steißbein konnte man noch nicht einmal eine Viertelstunde in einem Flugzeug oder Zug sitzen, geschweige denn zwei oder drei Tage lang. Und weil die Suche nach den Teilen der Elefantengottstatue ein Rennen gegen die Zeit war, bei dem sie nicht wussten, wie viel Vorsprung die Konkurrenz hatte, konnte er nicht warten, bis es Wipperfürth besser ging. Das mit dem Kuhunfall war ein Fingerzeig der Reisegötter gewesen, dachte Siebeneisen. Außerdem hatte er bei seiner endlosen Suche nach den erbberechtigten O'Shadys in den vergangenen Monaten auch die angenehmen Seiten des Reisens kennengelernt. Mal ganz abgesehen davon, dass er Lawn sonst nie begegnet wäre, waren da auch jene anderen Glücksmomente, die man erleben konnte, wenn man sich plötzlich an einem Ort wiederfand, der nur auf einen gewartet zu haben schien. An dem man sich aufgehoben fühlte, als habe man schon immer dorthin gehört, als sei man dort möglicherweise einmal zu Hause gewesen, in einer anderen Zeit, in einem anderen Leben.

Siebeneisen fiel ein Abend im Fetten Hecht ein, ein paar Tage nach seiner Rückkehr von der Suche nach den Miterben, als er plötzlich festgestellt hatte, dass er solche Momente vermisste. Solche Momente und irgendwie die ganze Reiserei. Dass er Hummeln im Hintern hatte und ein Kribbeln in den Füßen zu verspüren glaubte. Und das alles, nachdem er zuvor monatelang darauf gewartet hatte, endlich zurück nach Oer-Erkenschwick zu kommen.

Auch jetzt war dieses Gefühl wieder da, diese unbestimmte Aufbruchsstimmung. Er träumte von der Südsee, seit er als Jugendlicher *Die Meuterei auf der Bounty* gesehen hatte, mit Marlon Brando in der Hauptrolle. Gut, das war Tahiti gewesen damals, aber so viel anders konnte und würde Tonga auch nicht sein. Dachte er. Hoffte er. Und wenn nicht? Siebeneisen fiel ein Gedicht von Joseph von Eichendorff ein, das er vor Ewigkeiten im Deutschunterricht hatte auswendig lernen müssen:

Es schienen so golden die Sterne,
Am Fenster ich einsam stand.
Und hörte aus weiter Ferne
Ein Posthorn im stillen Land.
Das Herz mir im Leibe entbrennte,
Da hab ich mir heimlich gedacht:
Ach, wer da mitreisen könnte,
In der prächtigen Sommernacht!

Von Eichendorff hatte das geschrieben, als ihm mal wieder die Decke auf den Kopf gefallen war. Der Dichter war in seiner Jugend viel unterwegs gewesen – als Familienvater und Beamter aber saß er zu Hause fest und konnte nur noch träumen von der Welt hinter dem Horizont. Siebeneisen schaute hinauf zur Decke seines Palastzimmers (ein paar feine Risse, ein wenig bröckelnder Putz, ein kleiner, beinahe durchsichtiger Gecko). Er stellte sich jenen Abend vor, an dem von Eichendorff diese Zeilen verfasst haben mochte: quengelige Kinder, schweigende Frau, die Luft stickig, der Dichter überarbeitet und lustlos und auch sonst wohl mit all jenen Symptomen versehen, mit denen er es heute unter der Schlagzeile »Burnout bei Künstlern« auf die Titelseite des *Sterns* geschafft hätte. Dann das Posthorn, weit weg, ganz leise, ein Aufbruchssignal an die Reisenden. Und für von Eichendorff Anlass, einen Bogen Papier zu nehmen, »Sehnsucht« obendrüber zu schreiben und anschließend jene wunderbaren Zeilen, die ein Deutschlehrer in Oer-Erkenschwick seine Klasse zweihundert Jahre später hatte auswendig lernen lassen.

Siebeneisen schloss die Augen. Manchmal half das. Manchmal war die Müdigkeit stärker als die Fragenherstellungsmaschine. Manchmal fiel Siebeneisen dann in einen kurzen, traumlosen Schlaf. Dieses Mal nicht. Dieses Mal hielt ihn eine quäkende Melodie wach, die vom Hof zu seiner Zimmerflucht drang. Eine Trommel war auch zu hören. Und dann klopfte es auch noch an der Tür.

»Sir? Das Taxi? Es ist da?«

Also gut, dachte Siebeneisen, dann wollen wir mal.

Die beiden Musiker standen auf dem Palastrasen und produzierten einen ungeheuren Lärm. Es war derart laut, dass die Affen sich verängstigt an der gegenüberliegenden Palastmauer herumdrückten, während die Papageien eng beieinander auf den obersten Ästen eines Baumes hockten. Einer der Musikanten hatte eine Tabla an einem Riemen um den Hals hängen und bearbeitete mit flachen Händen die Felle der doppelseitigen Trommel. Sein Nebenmann, der Erzeuger der Quäkmelodien, war noch lauter. Er spielte auf einem Instrument, das aussah, als habe man ein Viertel Kirchenorgel mit einer Drehleier gekreuzt, ohne dabei an all jene zu denken, die diesem Teil einmal würden zuhören müssen. Beide strahlten Siebeneisen entgegen, als sei er der Vorsitzende des Indischen Haus- und Hofmusikerverbandes und kurz davor, sie über eine kräftige

Gehaltserhöhung zu informieren, rückwirkend ab Weihnachten plus Einmalzahlung. Als er aus dem Palast hinaus auf die Treppe trat, die hinunter in den Garten führte, steigerten die Musiker ihre Lautstärke noch einmal erheblich. Jetzt schwebte von oben duftendes Konfetti auf Siebeneisen herab, der im Gegenlicht zwei der Achtlinge erkannte, die mit großen Körben voller Blütenblätter auf dem Dach standen. Ein altes Weib, das er zuvor noch nie gesehen hatte, stürmte auf ihn zu und malte ihm einen roten Punkt auf die Stirn. Siebeneisen zwang sich zu lächeln. Er sah hinüber zum Tor des Palastes. Sie waren alle gekommen.

Wer jemals historische Aufnahmen von Königsfamilien oder den Mitgliedern eines Fürstenhauses betrachtet hat, der weiß, dass sich zu solchen Gelegenheiten früher alle Anwesenden in zwei oder drei oder auch vier Reihen hintereinander postierten. Dabei stand oder saß das Oberhaupt der Familie immer zentral in der Mitte; alle anderen gruppierten sich nach strengen hierarchischen Regeln um diesen Fixpunkt herum. Wer sich mit solchen Dingen auskennt, kann auf diesen historischen Fotos deswegen ziemlich genau ausmachen, welche Person auf dem Foto welche Position am Hofe innehatte. Oder auch, welches der Geschwister den Erstgeborenen in der Gunst des Vaters verdrängt hatte, welche Schwiegertochter mit ihrem Schwiegervater ins Bett stieg und wie einflussreich beispielsweise die Frauen der Cousins väterlicherseits waren.

Von alldem wusste Siebeneisen natürlich nichts, als er unter ohrenbetäubendem Getrommel und den quäkenden Melodien aus der Drehleierkirchenorgel auf die Gruppe zuging, die ihn am Palasttor erwartete. Deswegen fiel ihm nicht auf, dass Matthew O'Shady, der Weise O also, es offenbar wegen seiner erfolgreichen Yogakurse neben den Sekretär des Maharadschas geschafft hatte. Der wiederum sah möglicherweise genau deswegen noch hagerer und holzschnittartiger als sonst aus. Siebeneisen bemerkte ebenfalls nicht, dass die Teilnehmer der Yogakurse noch hinter den angestellten Achtlingen standen, die allerdings nur zu sechst angetreten waren – die beiden anderen versuchten soeben, mit ihren leeren Blütenkonfettikörben rechtzeitig zum Abschied vom Dach zu kommen. Vor allem aber übersah Siebeneisen komplett, dass Wipperfürth ganz nahe beim Maharadscha stand. Gleich neben Prinzessin Ranji. Die sanft lächelte, während Wipperfürth neben ihr strahlte.

»Wir haben Ganesha um sicheres Geleit gebe…« Der Maharadscha unterbrach gleich den ersten Satz seiner Rede, den allerdings sowieso niemand gehört hatte – die Musikanten hinter Siebeneisen hatten eine zwanzigsekündige Atempause beendet und legten nun los, als wollten sie an den Mauern des Palastes ähnlichen Schaden anrichten wie einst die Trompeten vor Jericho. Und Hardhawallardha Singh bedauerte in diesem Augenblick wahrscheinlich erneut, dass es nicht mehr 1678 war und er dieser Geräuschkulisse mit einem simplen Kopfnicken ein für alle Mal den Hahn zudrehen konnte. Beziehungsweise: den Hals. Wie immer in solchen Momenten der Erkenntnis sah er zu seinem Sekretär hinüber. Shameek Kumar bemerkte den Blick des Maharadschas. Er trat schweigend aus der Reihe, was die beiden Musikanten augenblicklich verstummen ließ.

»Wir haben Ganesha um sicheres Geleit gebeten«, begann der Großfürst erneut, »und um seinen Segen für die große Aufgabe, die es zu bewältigen gilt. Möge der Elefantengott unseren Reisenden beschützen auf all seinen Wegen, und möge er ihm Mut geben und Kraft und Ausdauer.«

Werde ich alles brauchen können, dachte Siebeneisen. Wenn dieser Trip auch nur halb so chaotisch ausfiel wie seine Suche nach den irischen Erben vor ein paar Monaten, würde eine Rund-um-die-Uhr-Betreuung der Gottheit nötig sein, so viel war mal klar. Er bemerkte, wie sich Prinzessin Ranji aus ihrer Familienporträtposition löste und auf ihn zuschwebte. Sie lächelte sanft. Siebeneisen fragte sich, welche genetischen Veranlagungen zusammenfinden mussten, damit am Ende solch ein Geschöpf herauskam. Und wie wohl Ranjis Mutter ausgesehen haben musste – die Gene des Vaters hatten bei ihrer Optik eher keine große Rolle gespielt.

»Wir möchten Ihnen gerne diesen Talisman mit auf den Weg geben.« Ranji hielt ihm ein Samtkissen entgegen, auf dem ein kleines, merkwürdig geformtes Stück Metall lag. Siebeneisen stellte zum wiederholten Mal fest, dass er eine neue Brille brauchte, am besten mit Gleitsichtgläsern, so weit war es also schon gekommen mit ihm. So verschwommen, wie er neulich den Insektenstich auf seiner Nase sehen konnte, so undeutlich war jetzt auch dieses Klümpchen Metall da vor ihm.

»Wie wunderschön!«, sagte er trotzdem vorsorglich. Er nahm das Kissen entgegen und das Metallklümpchen in die Hand, um es über den Brillenrand hinweg zu betrachten. Das Klümpchen war eine Ganesha-Figur. Sie war nur so groß wie ein Daumennagel, aber derart filigran gearbeitet, dass sie beinahe lebendig aussah. Der kleine Elefant fühlte sich auch nicht metallisch kühl an, sondern angenehm warm. Siebeneisen verneigte sich vor Ranji und anschließend vor dem Maharadscha, der immer noch bewegungslos in der Mitte der Abschiedsgruppe stand.

»Er soll Ihnen Glück bringen«, sagte der Großfürst. Er sah kurz nach hinten, wo seine Tochter sich gerade wieder neben Wipperfürth einreihte. Siebeneisens Reisegefährte räusperte sich.

»Und ich muss dir auch noch etwas mitteilen.«

Aha, dachte Siebeneisen. Jetzt also.

»Wie du weißt, hat uns Seine Exzellenz eine Belohnung zugesagt, wenn es uns gelingt, die Teile der heiligen Statue zu finden und sie vor den Dieben in Sicherheit zu bringen. Und wie großzügig hat sich der ehrwürdige Großfürst gezeigt, wie unendlich großzügig!« Wipperfürth breitete beide Arme aus, als wolle er Beifall heischen und rechne fest damit, dass ein unsichtbares Publikum in einen gewaltigen Applaus ausbrechen würde. Was natürlich nicht geschah. Immerhin hatten die Affen auf der anderen Seite des Rasens ihre Schockstarre überwunden und schauten jetzt eher neugierig als verängstigt. Und die Papageien oben im Baum keckerten bereits wieder leise.

»Wie un-end-lich groß-zü-gig zeigt er sich uns!« Wipperfürth wiederholte und betonte jede Silbe.

Na, komm schon, dachte Siebeneisen, komm schon, bevor ich mich ärgere, dass du von »uns« sprichst, wenn ich ganz alleine losmuss, während du auf dem Bauch liegst, dich mit Ayurveda-Öl massieren lässt und darauf wartest, dass dir dein Hintern nicht mehr wehtut.

»Seine Großzügigkeit ist so endlos wie die Wassertropfen im weiten Ozean, wie die Sandkörner am Strand und die Sterne am Himmelszelt«, fuhr Wipperfürth fort, »und wir müssen beschämt sein ob seiner Gnade, die er uns zuteilwerden lassen möchte!«

Jetzt mach hin, dachte Siebeneisen, der seinen Freund liebend gern mit einem mörderischen Blick zum Verstummen gebracht hätte, wenn da nicht all die Augenpaare gewesen wären, die auf ihn gerichtet waren.

»Fast dreitausend Jahre besteht das noble Haus derer von Joompla, doch niemals zuvor wurde Fremden eine solche Ehre zuteil, wie sie auf uns wartet!« Wipperfürth schien lange an seiner kleinen Ansprache gefeilt zu haben. Aufgeregt war er wohl dennoch: Inmitten all der Gesichter glühte sein Kopf in einem unnatürlichen Rot. Dessen Farbton sich jetzt noch einmal intensivierte, als er beim entscheidenden Teil seiner Rede angekommen war.

»Wenn es uns gelingt, den Dieben zuvorzukommen und das schreckliche Schicksal abzuwenden, das uns sonst erwartet, dann …«

Wipperfürth zögerte. Zwei Sekunden lang. Oder auch drei. Sekunden, die Siebeneisen nutzte, um den Satz für sich zu vollenden. Zum Beispiel mit »… dürfen wir umsonst im Palasthotel wohnen, wann immer wir wollen«. Oder mit »… liefert uns das beste indische Restaurant des Ruhrgebietes jeden Abend ein Drei-Gänge-Menü in den Fetten Hecht«. So was eben. Oder etwas ähnlich Abwegiges, was Wipperfürth gefordert haben könnte, während er, Siebeneisen, hilflos mit Fieber im Bett gelegen hatte.

»… dann wird es mir erlaubt sein, um die Hand von Ranji anzuhalten, der liebreizenden Maharaj Kumari, der Thronfolgerin. Und ihr Vater, der ehrwürdige Großfürst, wird meinen Antrag mit Wohlwollen prüfen.«

Wipperfürth strahlte jetzt. Auch die zarte Schönheitskönigin neben ihm strahlte. Alle anderen lächelten huldvoll. Und dann legten die beiden Musiker hinter ihm erneut los, und in die Reihen vor ihm kam plötzlich Bewegung, weil alles die Arme in die Höhe riss und jubelte, und ein paar Schritte vor dem Palasttor hupte das Taxi, das Siebeneisen in die Welt hinausfahren sollte, ganz laut und eilig hupte es.

7

Am gleichen Tag, immer noch in Indien. Und gleichzeitig im Fetten Hecht in Oer-Erkenschwick. Handy-Chat zwischen Wipperfürth und Schatten.

Schatten:
Ich warne Dich! Dass Du da drüben ja nicht zu viel Reisekosten verursachst! Das ist jetzt heute schon das dritte Mal, dass dieses Programm bei mir aufblinkt. Was ist denn nun schon wieder?

Wipperfürth:
Ich habe Dir doch schon mehrmals gesagt, dass unsere Konversationen mit diesem Programm nichts kosten.

Schatten:
Wehe, Du legst mir später einen Stapel Quittungen vor.
Ich warne Dich!

Wipperfürth:
Jetzt hör endlich auf damit! Frag lieber mal nach unseren Fortschritten! Du hast ja überhaupt keine Vorstellung, wie ich mich hier ins Zeug lege. Und alles für eine gute Sache. Dabei gehöre ich eigentlich ins Krankenhaus.

Schatten:
Jetzt übertreib mal nicht. Bloß weil Dir Dein Hintern wehtut.
Und ein Krankenhaus willst Du in der indischen Provinz nicht

von drinnen sehen, das garantiere ich Dir. Mach mir doch nichts vor! Du knutschst doch nur mit Deiner kleinen Prinzessin herum!

Wipperfürth:
Was?!? Solange wir nicht vermählt sind, ist Ranji tabu! Ich sehe sie ja kaum, meine nimmerwelke Blume aus dem Ziergarten des Paradieses! Wenn ich nicht hier in der Faulen Kobra bin, recherchiere ich jeden Tag stundenlang im Palastarchiv. Du kannst Dir ja nicht vorstellen, was da alles lagert. Und wie staubig es dort ist! Wir arbeiten wirklich unter erschwerten Bedingungen, Seine Exzellenz und ich.

Schatten:
Dann hätte Dein zukünftiger Schwiegerpapi in den letzten Jahren vielleicht mal aufräumen sollen. Da stopft über Generationen jeder seinen Papierkram aufs Geratewohl in ein Archiv, und ein paar Jahrhunderte später wundern sie sich, dass man nichts mehr wiederfindet! Du müsstest da auch überhaupt nicht herumkramen. Du könntest längst wieder zu Hause sein. Und Siebeneisen auch. Stattdessen tut Ihr so, als könntet Ihr eine Dynastie retten. Ich hatte Euch gewarnt, aber auf mich hört ja niemand. Hauptsache, der Schatten schiebt genügend Spesen rüber.

Wipperfürth:
Es ist gut jetzt! Die Maharadschas von Joompla hatten nun wirklich anderes zu tun, als sich um diesen Papierkram zu kümmern – die mussten schließlich über Jahrhunderte ihr Reich verteidigen.

Schatten:
In den letzten sechzig, siebzig Jahren aber nicht mehr.
Da hätte man schon mal aufräumen können.

Wipperfürth:
Deswegen melde ich mich jetzt auch bei Dir.
Du könntest uns helfen.

Schatten:
Wie denn das? Soll ich schnell einen Deiner Esoterikkurse in der VHS besuchen, damit ich Dir anschließend von hier aus wahrsagen kann, in welchem Regal Ihr die Briefe von Cook findet?

Wipperfürth:
Viel einfacher. Ich wollte Dich bitten, dass Du kommst und beim Suchen hilfst. Ich bin verletzt, und der Maharadscha bekommt das allein nicht hin. Das ist ein alter Mann.

Schatten:
Wie bitte??? Was soll ich???

Wipperfürth:
Nach Indien kommen. Zu mir. Und uns beim Suchen nach Cooks Briefen helfen. Ohne die sitzt unser gemeinsamer Freund nämlich auf Tonga fest und produziert Kosten ohne Ende. Wenn wir keinen Hinweis auf das Versteck eines weiteren Statuenteils finden, wird da draußen in der Südsee ziemlich schnell die eine oder andere Rechnung anfallen.

Schatten:
Du hast aber doch wohl eine günstige Unterkunft für ihn gebucht - oder etwa nicht? Das hatten wir so abgesprochen!

Wipperfürth:
Habe ich natürlich. Und ganz zentral gelegen, da kann unser Freund perfekt recherchieren. Aber selbst das günstigste Hotelzimmer kostet ein bisschen was in der Südsee. Und jetzt lenk bitte nicht ab: Ich möchte, dass Du nach Indien kommst.

Du kannst morgen fliegen, ich suche Dir einen günstigen Last-Minute-Tarif aus. Dann könntest Du freitags in der Faulen Kobra sein.

Schatten:
——

Wipperfürth:
Du musst auf »Senden« drücken. Wie soll das bei mir ankommen, wenn Du nicht auf »Senden« drückst?

Schatten:
——

Wipperfürth:
Die Schaltfläche rechts unten. Drücken. Die, auf der »Senden« steht. »Senden«!!!!

(Auf Wipperfürths Display erscheint »Schatten: zuletzt online um 16:22 Uhr«.)

8

TONGA, EINIGE TAGE SPÄTER.

Jetzt kam das Geräusch wieder näher. Es klang seltsam. Als ob jemand Schluckauf hatte, zu gurgeln versuchte und gleichzeitig im Kino lautstark in ein Taschentuch schluchzte, an jener Stelle des Films, an der der adoptierte Hundewelpe vom Lastwagen des Getränkegroßlieferanten erwischt wird, alles zusammen, so hörte sich das an: Huhgrrrlllglummmpfh! Buuugllschmmmg-huhhhh! Jetzt raschelte es draußen vor der Tür, jetzt war es kurz still, jetzt setzte das Geräusch wieder ein. Man konnte auch das Tapsen von Füßen auf den Holzdielen der Veranda hören. Und hin und wieder ein leises Scharren.

Ein Tagesanbruch in der Südsee ist etwas ganz Besonderes. Während die Nacht in diesen Breiten ja gerne über den Tag herfällt, als sei der ein enger Vertrauter des Königs am blutigsten Tag der Französischen Revolution und müsse folglich messerscharf abserviert werden, kommt der Morgen in der Südsee eher zögerlich herangeschlichen: langsam, ganz allmählich, als wisse er noch nicht so recht, ob es wirklich bereits Zeit für ihn ist. Die Welt ist grau und schlierig in diesen Minuten, die Nacht scheint alle Farbe aus ihr herausgewaschen zu haben. Verschlafen lugen die Krebse aus ihren Löchern im Sand, benommen tasten die Käfer mit ihren Fühlern, maliziös lächelnd träumen die Frösche von trägen Sandfliegen. In den

Pfützen am Strand hocken die Möwen auf ihren eigenen Spiegelbildern; alle zehn oder zwanzig Minuten fahren sie ein Bein aus dem Gefieder und stehen anschließend für einen Moment auf zweien, bevor sie das andere einfahren. Selbst das Meer scheint vorsichtiger am Strand zu nagen als tagsüber oder vielleicht auch nur müder, und wenn man es nicht besser wüsste, dann könnte man glauben, der Planet drehe sich in diesen Momenten ein wenig langsamer als üblich. Irgendwo in den Palmwipfeln murmelt ein Papagei leise vor sich hin. Worauf die anderen kurz aufwachen, sich plustern, feststellen, dass es kühl geworden ist, und enger zusammenrücken. Es ist still. Es ist friedlich. Über dem Meer wird gleich die Südseesonne aufgehen, wie die Sonne über der Südsee aufzugehen hat: kugelrund und feuerrot. Doch, das ist so: Ein Tagesanbruch in der Südsee kann selbst hartgesottene Menschen für einige kurze Augenblicke erahnen lassen, dass diese knallharte Welt womöglich auch eine romantische Ader besitzt.

Es war erst kurz nach sechs, aber Siebeneisen war längst wach. Zwischen Indien und Tonga liegen siebeneinhalb Stunden Zeitunterschied, und bei einer solchen Differenz halfen sämtliche gut gemeinten »Passen Sie sich einfach der Zeit am Zielort an«-Ratschläge, die man in den Zeitschriften beim Zahnarzt lesen konnte, natürlich nichts. Immerhin saß Siebeneisen nicht mehr bereits um zwei oder drei Uhr nachts glockenhellwach im Bett wie an den ersten beiden Tagen nach seiner Ankunft. Und überhaupt ließ sich um diese Zeit ja einiges erledigen. Er hatte sich einen Kaffee gekocht, saß am Tisch und blätterte in den Tonga-Broschüren von der Hotelrezeption. Durch das Fenster seines kleinen Bungalows konnte er zusehen, wie das erste Licht des Tages in den Morgen sickerte. Er liebte solche Momente: die Welt noch in Dämmer und Schlummer, die Geräusche irgendwo hinter dem Horizont, das Leben noch nicht auf dem Beschleunigungsstreifen oder der Überholspur. Irgendwann in den vergangenen Jahren hatte er festgestellt, dass die frühen Stunden eines Tages meist auch die schönsten waren. In der Lokalredaktion des *Tagesboten* erschien vor zehn am Vormittag kaum jemand; deswegen – und weil das Chaos im Büro meist bis in den Abend dauerte – hatte Siebeneisen den frühen Morgen schon vor Längerem zur Freizeit erklärt. Er stand dann an der Balkontür und sah dem Tag zu, wie er sich allmählich an Oer-Erkenschwick heranschlich. Manchmal legte er eine Jazz-CD auf. Manchmal hörte er Mozart. Wenn es warm genug war, nahm er sich zwei oder drei Ausgaben aus seiner *National-Geographic*-Sammlung und setzte sich zum Lesen auf den Balkon. Siebeneisen liebte diese gelben Hefte. Bevor er vor ein paar Monaten in Schattens Auftrag auf Erbensuche gegangen war, hatte er die Welt praktisch ausschließlich aus den Reportagen seiner umfassenden Sammlung gekannt. In seiner Wohnung türmten sich die Ausgaben von 120 Jahrgängen zu bedenklichen Stapeln. Wenn er vor seiner Abreise nach Indien geahnt hätte, dass es ihn anschließend auch noch nach Tonga verschlagen würde – Siebeneisen wäre ziemlich gut vorbereitet auf der Inselgruppe in der Südsee eingetroffen.

Er schaute nach draußen, noch war die Sonne nicht aufgegangen. Vor ein paar Minuten hatte er versucht, sich den Tagesanbruch auf der Veranda anzusehen, war aber schon beim Öffnen der Tür von aggressiven Mücken attackiert worden, worauf er augenblicklich zurück nach drinnen geflüchtet war. Er fragte sich, warum in den Beschreibungen über die Südsee nie von deren Moskitos die Rede war. Am frühen Morgen und bei Sonnenuntergang konnte man sich hier nur dann draußen aufhalten, wenn man sich zuvor mit Insektenspray eingenebelt hatte. Das Mittel, das es an der Rezeption gab, hieß »Kill 'em all!«. Siebeneisen wagte allerdings nicht, es aufzutragen, nachdem er auf der Sprühflasche den Hinweis *Achtung: Spray kann Kleidung aus Kunstfasern auflösen!* gelesen hatte. Das hörte sich an, als könne man auch Teile seines Arms verlieren, wenn sich die Chemikalien erst durch das Hemd durchgefressen hatten.

Möglicherweise war ja das Wetter schuld an den Mückenschwärmen. Seit Siebeneisen aus dem Flugzeug gestiegen war, schien die Südsee unter einer unsichtbaren Glocke vor sich hin zu brüten. Seit Tagen war es absolut windstill, keine Brise wehte; das Meer, das bis zu allen Horizonten reichte, lag nach einer kurzen sonnigen Phase am Morgen den Rest des Tages wie gehämmertes Metall unter einem Himmel, der von Stunde zu Stunde milchiger wurde. Es war heiß, und es war schwül. Die Luft erinnerte an eine geöffnete Packung Gummibärchen, die man an einem sonnigen Augustnachmittag auf dem Beifahrersitz eines geparkten Autos liegen gelassen hat. Sie roch allerdings schlechter, süß und schwer und irgendwie modrig.

Siebeneisen war seit drei Tagen auf Tonga. Er wohnte auf einer kleinen Hotelinsel, die in Sichtweite vor der Hauptinsel Tongatapu lag. Das Beachshell Island war bereits seine zweite Unterkunft. Die erste Nacht hatte er im Lazy Paradise in der Hauptstadt Nuku'alofa verbracht, eine Buchung des Cheflogistikers Wipperfürth, der wie versprochen von Indien aus die Organisation der Reise in Angriff genommen hatte. Nach Siebeneisens Abreise aus dem Palast war es Wipperfürth anscheinend gelungen, den Besitzer der Faulen Kobra zum Aufstellen einer Art Sofa zu überreden. Auf das konnte er sich betten, wenn sitzen wegen des gebrochenen Steißbeins nicht mehr ging. Wahrscheinlich liegt er da auf der Seite wie ein römischer Senator und lässt sich bedienen, dachte Siebeneisen, der sich Wipperfürth ziemlich genau vorstellen konnte auf seinem West-Östlichen Diwan. Von diesem Hauptquartier in der Faulen Kobra aus dirigierte sein Freund nun die ersten Schritte der Mission. Mit seinem Smartphone vom Basar, mit dem er noch immer nicht telefonieren, über den Internetzugang in der Faulen Kobra aber offenbar Hotelzimmer wie das im Lazy Paradise reservieren konnte: unter zehn Quadratmetern groß, seit Wochen nicht geputzt, mit röhrender Klimaanlage, einer stattlichen Kakerlakenfamilie zur Untermiete und direkt an der Hauptstraße gelegen. Siebeneisen war samstagabends auf Tonga angekommen, nach einer Reihe Flügen mit unterschiedlichen asiatischen Billigfluggesellschaften, die ihn von Delhi aus in 84 Stunden mit Zwischenstopps in Kathmandu, Bangkok, Kuala Lumpur und Melbourne in die Südsee gebracht und auf denen er kaum mehr als dreißig Minuten am Stück geschlafen hatte. Daran war allerdings auch nicht zu denken, wenn man an einem Samstagabend in einem Hotel an Nuku'alofas Hauptstraße eincheckte. Erst am frühen Morgen war das rhythmische Wummern aus der hoteleigenen Disco im Erdgeschoss verstummt. Eine Stunde später saß Siebeneisen dann erneut senkrecht im Bett: Direkt unter seinem Fenster war ein Lastwagen vorgefahren, von dessen Ladefläche aus mehrere junge Männer mit der Hilfe riesiger Megaphone die Passanten beschallten. Für einen Augenblick hatte er befürchtet, Zeuge eines gewalttätigen Umsturzes in der lieblichen Südsee zu werden. Eines Militärputsches. Oder einer Revolution. Bis er feststellte, dass die schreienden Männer dort unten lediglich vorgefahren waren, um die Einwohner von Tongas Hauptstadt mit 110 Dezibel zum Kirchgang aufzufordern, schließlich war Sonntag, der Tag des Herrn, Halleluja und Amen. Schon zu diesem Zeitpunkt hatte Siebeneisen beschlossen, sich nach einem anderen Hotel umzusehen. Als er dann mittags nach einem Erkundungsgang eine französische Touristenfamilie in seinem winzigen Zimmer vorfand, die lautstark und vehement behauptete, dies sei ihre Unterkunft, gebucht vor langer Zeit von zu Hause und per Kreditkarte bezahlt, *mais oui, Monsieur,* und überhaupt, wieso er denn kein Französisch spreche – nach alldem war es dann irgendwann genug: Siebeneisen hatte das Hotel gewechselt. Er war auf diese kleine Insel gezogen, wo es nicht mehr gab als ein Mittelklassehotel, das Beachshell. Und wo es wunderbar ruhig war. Bis auf dieses merkwürdige Geräusch heute Morgen.

Huhgrrrlllglummmpfh! Buuugllschmmmghuhhhh! Irgendein Vogel, dachte er, und zwar ein schrecklich nervender. Nachsehen und verscheuchen kam nicht infrage, nicht, solange da draußen vor der Tür Moskitostunde war. Siebeneisen holte seinen Reiseführer aus der Tasche. In einem Souvenirladen auf dem Flughafen von Nuku'alofa hatte er eine Lonely-Planet-Südsee-Ausgabe von 1997 gefunden, ein wenig älter also schon, aber so viel würde sich seitdem am Ende der Welt bestimmt nicht geändert haben. Der Reiseführer hatte vermutlich ungefähr dreimal so viel gekostet wie eine aktuelle Ausgabe zu Hause in Oer-Erkenschwick, aber das war Siebeneisen völlig egal gewesen. Er hatte einfach mit Schattens Kreditkarte gezahlt. Die hatte er zu Beginn seiner Suche nach den irischen Erben ausgehändigt bekommen und offiziell benutzt, bis sie Matthew O'Shady am Hof von Joompla gefunden hatten. Was jetzt gerade passierte, diese Sucherei nach den Statuenstücken, das betrachtete Siebeneisen als Fortsetzung seines eigentlichen Auftrags, also würde er auch Schattens Kreditkarte weiterhin verwenden. Der würde immerhin ein Vermögen erben und hatte bestimmt nichts dagegen, dem klammen und verzweifelten Maharadscha unter die Arme zu greifen. Siebeneisen vermutete sowieso, dass Schatten irgendeinen Deal mit Wipperfürth ausgehandelt hatte, umsonst beteiligte der sich bestimmt nicht an der Aktion. Wenn Wipperfürth auf diesem Weg in ein Rajputen-Adelsgeschlecht einheiraten würde, gab es für Schatten bestimmt einen kleinen Landsitz zur Belohnung. Oder ein Stück Tropenwald aus dem Besitz des Maharadschas.

An diesem Punkt seiner Überlegungen schraubte sich Siebeneisens verhasstester Gedanke der Woche aus seinem Versteck im Kleinhirn nach vorne ins Rampenlicht der Aufmerksamkeit: Er hatte vergessen, die »Und was springt für mich dabei raus?«-Frage zu stellen. Die nach seinem Honorar. Nach der Belohnung, die er erhalten würde, wenn er diese blöden Steinteile alle auftrieb. Alle anderen bekamen ja reichlich: Der Maharadscha den Glücksbringer seiner Dynastie, Wipperfürth eine Prinzessin, Finanzier Schatten bestimmt eine herrschaftliche Immobilie oder sonst was in der Richtung. Nur von ihm war nie die Rede gewesen. Dabei war er erneut derjenige, der sich auf die Reise machte. Das war ihm schon im Taxi eingefallen, das ihn am Palast abgeholt hatte, aber da war es eben auch schon zu spät gewesen. Seitdem musste Siebeneisen mindestens einmal am Tag daran denken, wie blöd er gewesen war. Viel zu gutmütig. Viel zu leichtgläubig. Viel zu naiv. Viel zu – wie immer. Er seufzte leise. Und nahm sich den Reiseführer wieder vor.

Das Kapitel über Tonga war nicht sonderlich lang. Siebeneisen hoffte dennoch, den einen oder anderen hilfreichen Hinweis zu finden. Bisher hatte er keine Ahnung, wo auf Tonga er nach dem Teil der indischen Statue suchen sollte. Immerhin war bekannt, dass sich das gute Stück irgendwo hier befand – von den übrigen Teilen der Elefantengottstatue wussten sie bislang noch nicht einmal auch nur die ungefähren Koordinaten. Der Maharadscha behauptete zwar, Cook habe die Einzelheiten und die geografischen Daten damals in Briefen an den Hof mitgeteilt, bislang aber waren diese Depeschen noch nicht aufgetaucht. Alles, was der Maharadscha aus den verstaubten Regalen des Palastarchivs hervorgekramt hatte, war ein Schreiben aus dem Sommer 1776. In dem ließ der Kapitän der *HMS Resolution* Hardhawallardha Singhs Vorfahren wissen, dass er Segel gesetzt habe, auf dem Weg nach Tonga sei und sich dort nach einem geeigneten Versteck umsehen wolle. Mehr nicht.

Siebeneisen blätterte zu einer Übersichtskarte hinten im Reiseführer. In den Wasserweiten der Südsee ist Tonga nicht mehr als eine Versammlung winziger Punkte, umgeben vom endlosen Blau des Meeres. Es war ein statistisch kaum möglicher Zufall, dass James Cook diese mikroskopisch kleinen Eilande im unendlichen Hustensirupblau des Meeres überhaupt entdeckte. Das Königreich Tonga besteht zu 99,8 Prozent aus Wasser. In drei Grüppchen liegen 169 Inseln und Inselchen auf einer Gesamtwasserfläche von 750 Quadratkilometern verteilt im Südpazifik, gleich hinter der Datumsgrenze, wo jeder neue Tag zuerst beginnt. Die allermeisten ragen nur wenige Meter aus dem Meer hervor, und wer wie die Südsee-Pioniere mit dem Schiff unterwegs war, sah von ihnen nicht mehr als gerade mal ein paar Kokospalmen über den gekräuselten Schaumkronen. Und wenn auch nur ein bisschen Wellengang herrschte, sah man überhaupt nichts. Die Inseln und Inselchen Tongas sind Stecknadelköpfe in einer Wasserwüste, unermesslich, gewaltig und einschüchternd. Eigentlich müsste die Erde Meer heißen, dachte Siebeneisen beim Blick auf die blaue Karte.

Und dass dieses Tonga nicht ein einzelnes Tonga war, sondern dummerweise 169-mal Tonga – das würde die Suche nicht unbedingt erleichtern. Da wäre es sicherlich besser, eigene Nachforschungen anzustellen und sich nicht auf Wipperfürths Recherchen zu verlassen. Der hatte ihm in seiner bislang einzigen E-Mail stolz und sehr, sehr detailliert berichtet, dass die Inder, die mit der Aussprache von »Wipperfürth« ihre liebe Mühe hatten, ihn nun ehrfurchtsvoll *Coccyxji* nannten, was auf Hindi angeblich so viel wie »Meister der Planungen« bedeute und den Menschen in Jodhpur offenbar leichter von der Zunge ging. Wipperfürth hatte behauptet, er sei kurz davor, für Siebeneisen eine Audienz beim König von Tonga zu erwirken, der ihm mit Sicherheit bei der Suche nach dem Statuenteil behilflich sein könnte. Besser wäre das, dachte Siebeneisen. Er konnte sich an den Vater des jetzigen Königs erinnern: groß, beleibt und weise lächelnd, ein dicker Kumpel des damaligen deutschen Bundeskanzlers Kohl, den er einige Male besucht hatte. Jetzt regierte einer seiner Söhne. Wenn ihm jemand bei der Suche nach dem Versteck des Statuenteils helfen konnte, war der Herrscher über hunderttausend Tongaer bestimmt der richtige Mann.

Huhgrrrlllglummmpfh! Buuugllschmmmghuhhhh! Siebeneisen beschloss, dem komischen Geräusch jetzt doch auf den Grund zu gehen. Er öffnete die Bungalowtür hinaus auf die Veranda, von der in diesem Moment der Verursacher des Geräuschs flüchtete: Ein fetter, schwarz gefärbter Vogel watschelte hektisch die drei Treppenstufen hinunter. Unten nahm er Anlauf, hob ab und schaffte eine Flughöhe von vielleicht zwanzig Zentimetern, bevor er vier Meter weiter wieder aufsetzte. Die Vollbremsung ließ ihn stolpern, sodass er kopfüber in den Sand dotzte. Er drehte sich zu Siebeneisen um, wobei er wieder diese dumpfen »Huhgrrrlllglummmpfh! Buuugllschmmmghuhhhh!«-Geräusche von sich gab, die von Ruf zu Ruf lauter wurden. Siebeneisen war verblüfft: So ein Tier hatte er noch nicht gesehen.

Was war das? Eine geteerte Möwe? Ein verbrannter Truthahn? Er betrachtete das Tier interessiert, das nun den Kopf zur Seite legte, zu ihm hinübersah und noch lautere Geräusche von sich gab. Siebeneisen beschloss, sich den komischen Vogel näher anzuschauen, und ging vorsichtig die Treppen seiner Veranda nach unten. Den angekokelten Truthahn machte das schrecklich nervös. Die Geräusche aus seiner Kehle steigerten sich sowohl in der Zahl als auch nochmals in der Lautstärke, Huhgrrrlllglummmpfh! Buuugllschmmmghuhhhh! Huhgrrrlllglummmpfh! Buuugllschmmmghuhhhh! Dann hob er erneut ab, um sich in einer schlingernden, ellipsenförmigen Flugbahn unter den Wedeln der Palmen davonzumachen. Als er dabei die Oberseite eines dichten Busches streifte, stiegen aus diesem fünf oder sechs kleine, aber offenbar sehr zornige Vögel auf. Sie tschilpten schrill und flogen mit weit aufgerissenen Schnäbeln hinter der geteerten Möwe her, als wollten sie sie zum Absturz bringen. Das Huhgrrrlllglummmpfh! Buuugllschmmmghuhhhh! wurde allmählich leiser. Dann verschmolz es mit dem auf- und abschwellenden Rauschen der Brandung.

»Wenn Sie die Viecher mögen, sollten Sie noch ein paar Tage bleiben.« Die Stimme kam aus der Richtung des Hotelhauptgebäudes, das sich hinter Blumen und Palmen verbarg. Zwischen den Büschen sah Siebeneisen den Hotelmanager herankommen. Er trug Shorts, Sandalen und ein buntes Hemd und verfing sich ständig mit seinen Haaren in irgendwelchen Ästen. Siebeneisen hatte noch nie einen Mann gesehen, der ihn so sehr an eine Filmfigur aus seiner Kindheit erinnerte wie dieser Arthur Finley-Warrenstomp: Wenn man jemals ein Remake von *Catweazle* drehen wollte, würde Arthurs Erscheinung das Casting beenden, sobald er die Tür geöffnet hätte. Selbst seine Stimme passte. Für den europäischen *General Manager* eines Südseehotels klang Arthurs dünnes Fisteln erstaunlich unautoritär – er hörte sich eher an, als würde Woody Allen einen Schlumpf synchronisieren.

»Wieso? Was ist denn in ein paar Tagen?« Siebeneisen sah zu, wie Arthur eine Strähne seines grauen Haares aus einer Liane zu lösen versuchte, die ihm beim Näherkommen im Weg gehangen hatte.

»Dann kommen die anderen, der große Rest – der hier ist nur so etwas wie die Vorhut. Fliegen weiter nach Australien. Ist ihnen wohl ein bisschen weit übers Meer, deswegen machen sie hier Station.«

»Aha. Was sind das denn für welche? Die sehen aus wie Möwen, die während der Evolution versehentlich angebrannt wurden.«

»Das sind Muttonbirds.« Arthur Finley-Warrenstomp hatte sich befreit und kam auf seinen spindeldürren Beinchen herbeigestakst.

»Mutton wie in Hammel. Schmecken auch so. Können ganz gut fliegen, wenn sie erst mal in der Luft sind – bei Start und Landung haben sie so ihre Schwierigkeiten.«

»Das war nicht zu übersehen. Wie viele von denen machen denn hier Zwischenstopp?«

»Keine Ahnung. Um die 5000 vielleicht, plus minus.«

»Wie bitte? Wie viele?« Siebeneisen erschrak. Die Insel bestand im Grunde nur aus der Hotelanlage. 5000 Vögel? Wo sollten die denn hier landen?

»In manchen Jahren sind es auch mehr. Die kleinen Schreihälse aus dem Busch waren Rauchseeschwalben, die trudeln jetzt auch allmählich ein. Die bleiben länger, weil sie hier brüten. Können ziemlich aggressiv werden. Vergangene Woche war sogar ein chinesischer Tierfotograf wegen ihnen da. Hat tagelang Fotos geschossen.«

»Ah. Aber von den Schwalben kommen keine 5000, oder?«

»Nee. Das sind deutlich mehr. 20 000, vielleicht auch 30 000. Eher mehr. Etliche brüten schon; die sieht man aber nur, wenn man ihren Nestern zu nahe kommt. Wenn alle da sind, können Sie es hier nur noch mit Kopfhörern aushalten. Kann man sich ja vorstellen.«

Siebeneisen beschloss, sich genau das nicht vorstellen zu wollen. Und das Thema Vogelbesuche abzuhaken. Wenn die Viecher kamen, würde er hoffentlich abgereist sein.

»Gibt es denn was Neues aus der Hauptstadt?« Finley-Warrenstomp hatte sich angeboten, Siebeneisen bei der Koordination behilflich zu sein. Er telefonierte täglich mit dem Honorarkonsul. Der Honorarkonsul telefonierte täglich mit dem Sekretär des Königs. Der wiederum sprach täglich mit Seiner Majestät. Hoffentlich.

»Deswegen wollte ich zu Ihnen. Der Konsul sagt, er habe leider noch nichts erreicht. Aber die Prinzessin ist eventuell bereit, Sie zu empfangen.«

»Ah. Wunderbar! Im Palast?«

»Nein, nicht im Palast. In ihrer Privatwohnung in Laulea.«

»Wo ist denn das?«

»Auf der anderen Seite der Insel. Wird wohl aber noch drei oder vier Tage dauern, schätze ich. Wenn Sie möchten, können Sie so lange im Hotel wohnen bleiben. Ich würde Ihnen weiterhin den Sonderpreis berechnen.«

»Gerne. Danke.« Der Sonderpreis für die Übernachtung mit Frühstück war ein Betrag, für den man im Allgäu zehn Tage hätte Urlaub machen können, inklusive Vollpension, aber nach seinem Aufenthalt im Lazy Paradise mit den Kakerlaken und Franzosen als Untermietern hatte Siebeneisen beschlossen, sich um so etwas keine Gedanken mehr zu machen.

»Haben Sie gerade was vor? Ich will mein kleines Reich abwandern. Kommen Sie mit?«

Dass die Hotelinsel nicht sonderlich groß war, sah man schon, wenn man sich ihr von Nuku'alofa aus mit dem Boot näherte. Beachshell Island hatte einen Radius von vielleicht einem Kilometer, und eigentlich hätte man es in einer halben Stunde zweimal umrunden können. Wenn da nicht der Morast gewesen wäre. Das Dickicht. Die Lianen und all das andere Zeugs, das von oben herunterbaumelte. Und Arthur Finley-Warrenstomp, der permanent über irgendwelche Wurzeln stolperte oder mit seinen Haaren an Büschen hängen blieb. Siebeneisen ging hinter ihm her, schwitzte entsetzlich und bereute bereits nach fünf Minuten, den Hotelmanager auf seinem Rundgang begleitet zu haben. Mal ganz abgesehen davon, dass er deswegen das Frühstück verpasste. Selbst bei seinem Sonderpreis ließ er da soeben eine Mahlzeit im Wert eines kompletten Wocheneinkaufs zu Hause sausen.

»Womit verdienen Königs denn eigentlich ihr Geld?« Wenn er schon hier draußen herumstolperte, konnte er genauso gut ein paar Informationen einholen, dachte Siebeneisen. Er hatte gelesen, dass der verstorbene Monarch sich während seiner vierzigjährigen Regentschaft gerühmt hatte, der schwerste König der Welt zu sein. Diese Angabe bezog sich aber lediglich auf sein beeindruckendes Körpergewicht von 209,5 Kilo (die wiederum lediglich von der Gepäckwaage am Flughafen gemessen werden konnten – alle anderen Modelle waren und wären unter Seiner Majestät kollabiert). Finanziell schienen die Könige von Tonga eher zu den Leichtgewichten zu gehören.

»Der Alte hat alles verjubelt. Unters Volk gebracht, wie man so schön sagt. Das Staatsvermögen hat der Hofnarr verzockt.«

»Der Hofnarr?« Siebeneisen stellte sich ein Männlein mit komischer Mütze und grünen Strumpfhosen vor, in ähnlichen Schuhen, wie Wipperfürth sie in Indien trug.

»Ein Amerikaner, der sich das Vertrauen des Königs erschlichen hatte. Hat die Millionen des Alten damals in windige Aktienpakete investiert. Als die Sache schiefging, ist er auf Nimmerwiedersehen nach Kalifornien verschwunden.« Finley-Warrenstomp blieb stehen, um mal wieder eine seiner grauen Haarsträhnen aus den Fängen eines Astes zu befreien. Siebeneisen wollte ihm helfen. Als er nach dem Ast griff, kam aus der Baumkrone über ihnen einer jener kleinen Vögel geschossen, die zuvor die angebrannte Möwe verfolgt hatten. Der Vogel war nicht größer als eine Faust, aber offenbar sehr aufgebracht. Mit weit aufgerissenem Schnabel flatterte er schrill kreischend vor Siebeneisens Gesicht in der Luft. Der Hotelmanager verscheuchte ihn mit einer energischen Handbewegung.

»Es werden allmählich mehr. Kommen in diesem Jahr wohl ein bisschen früher.«

»Ich hoffe, sie lassen sich noch ein paar Tage Zeit.« Siebeneisen behielt das Gebüsch im Auge, in das der Vogel verschwunden war. Wahrscheinlich hatte er dort mit dem Nestbau begonnen und sein Territorium verteidigen wollen.

»Also ist das Königshaus pleite?«

»Von wegen! Die junge Generation macht gerade ordentlich Cash. Sie kennen doch die .to-Endung?«

»Die was?«

»Die Internetdomain .to steht für Tonga – der Staat verpachtet diese Adressen. Und kassiert viel Geld von allen, die sie benutzen wollen.«

»Und wer will eine .to-Adresse haben? Außer denen, die in Tonga leben?«

Finley-Warrenstomp blieb stehen und sah Siebeneisen verwundert an. »Wer so eine Adresse will? Haben Sie mal gesehen, wo die meisten illegalen Tauschbörsen auf dieser Welt registriert sind? Diese Datenbanken, aus denen sich jeder Filme, CDs oder E-Books lädt, ohne einen Cent dafür zu bezahlen? Und welche gigantischen Mengen Datenverkehr die erzeugen? Fließt alles über Tonga.«

»Und damit kann man Geld verdienen?«

»Oh ja. Kann man. Mal ganz abgesehen davon, dass man das hier auch schon auf noch merkwürdigere Arten versucht hat. Der Alte hat vor Nuku'alofa nach Erdöl suchen lassen – in der Südsee! Jeder Geologe hätte ihm sagen können, dass es hier gar kein Öl geben kann, aber der Hof hat keinen Geologen befragt. Als ihnen das dann allmählich dämmerte, haben sie sich überlegt, die Inseln als Endlager für radioaktiven Müll zu nutzen. Solche Ideen hatten die jahrelang. Es gab auch den Versuch, Parkpositionen von Erdsatelliten im All zu vermieten. Und am Flughafen wollte man ein großes Hotel bauen. Ein Urlaubshotel in der Südsee, das direkt an einer Landebahn liegt – auf so etwas muss man auch erst einmal kommen. Blöderweise haben sie das Projekt zusammen mit einem Investor geplant, der weltweit von Interpol gesucht wurde. Das wurde also auch nichts. Am besten aber war die Aktion mit den Pässen.«

»Mit den Pässen?«

»Sie haben tongaische Reisepässe verkauft. Für viel, viel Geld. Imelda Marcos zum Beispiel hat sich einen gesichert. Leider haben sie den Käufern nicht gesagt, dass diese Pässe international nicht wirklich anerkannt wer… Achtung!«

Finley-Warrenstomp duckte sich erstaunlich schnell, deswegen verpassten ihn die drei Rauchseeschwalben, die aus einem Baum vor ihnen in perfekter Angriffsformation auf sie zugeschossen kamen. Die Vögel flogen über ihn hinweg und legten im Luftraum unmittelbar vor Siebeneisens Kopf eine beeindruckende Vollbremsung hin. Es gelang ihnen, laut schreiend unmittelbar vor seinem Gesicht in der Luft stehen zu bleiben wie drei kleine Hubschrauber, deren Piloten etwas Interessantes entdeckt hatten. Siebeneisen blickte in sechs kleine Vogelaugen, in denen der gerechte Zorn von Hausbesitzern flammte, die endlich jenen Wüstling gestellt hatten, der ihnen Nacht für Nacht den Rasen demolierte. Hinter den drei kleinen Hubschraubern sah er den Hotelmanager, der von einer weiteren Air-Force-Einheit gestellt worden war: Arthur Finley-Warrenstomp versuchte verzweifelt, einen Vogel aus seiner grauen Mähne herauszubekommen. Er fluchte. Die Rauchseeschwalbe zeterte. Aus den Büschen und Bäumen kam Verstärkung herbeigeflattert. Siebeneisen holte zu einer ausladenden Wischbewegung aus, um die drei Helis vor seinem Gesicht loszuwerden. Die Vögel hatten jegliche Hemmungen verloren, in kurzen Abständen verließ jeweils einer seine Flugposition und pickte gegen Siebeneisens Brillengläser. Er fegte die drei beiseite, was die Vögel für einen Moment aus der Fassung brachte. Sie schlingerten nach rechts weg. Einer kollidierte mit einem Artgenossen, der zweite verschwand im Gebüsch, der dritte notlandete auf einem Ast hoch über ihnen, von dem dadurch mindestens zehn andere Vögel hinunterfielen, worauf sich der Baum in eine einzige, schrill kreischende Materie verwandelte. Siebeneisen sah fassungslos nach oben. Der Hotelmanager war immer noch damit beschäftigt, den Vogel in seinem Haar loszuwerden. Dann klingelte sein Handy. Weil der Vogel in seiner Frisur mittlerweile wie cholerisch tschilpte, musste Finley-Warrenstomp mehrmals nachfragen, bis er den Anrufer verstanden hatte. Er steckte das Handy in die Tasche.

»Das war für Sie. Gewissermaßen. Die Prinzessin hat ihren Terminplan geändert. Sie erwartet uns in einer Stunde.«

9

Es gibt Orte auf dieser Welt, die existieren nur in unserer Vorstellung. Atlantis zum Beispiel hat es mit ziemlicher Sicherheit nie gegeben. Xanadu ebenfalls nicht. Von Shangri-la behaupten umtriebige chinesische Geschäftsleute zwar in regelmäßigen Abständen, sie hätten es gefunden, in einem abgelegenen Gebirgstal einer äußeren Provinz, wo – rein zufällig natürlich – ein paar Monate zuvor der Schwager des Präfekten ein 800-Zimmer-Hotel ins Niemandsland gesetzt hat, aber ganz ehrlich: auch Shangri-la ist wohl nicht mehr als Wunschdenken. Wie El Dorado. Wie die Sieben Goldenen Städte von Cibola. Wie das Zauberland Oz.

Und dann sind da noch die anderen. Wirkliche Orte, tatsächliche, auf jeder Landkarte verzeichnet, aber ausgestattet mit einem derart geheimnisvollen Ruf, dass man beinahe an ihrer realen Existenz zweifeln möchte. Orte, die man raunend als Mythos bezeichnet, was sie natürlich noch ein wenig geheimnisvoller scheinen lässt. Feuerland gehört in diese Liga, Bhutan bestimmt und natürlich Timbuktu – alles weit, weit weg. Und alles Orte, die auch im Zeitalter von Google Earth geblieben sind, was sie schon immer waren: mehr Gerücht als Wirklichkeit, beinahe weiße Flecken auf einer Landkarte, auf die man an diesen Stellen früher *»Might be Dragons!«* geschrieben hätte: Hier könnten Drachen leben.

Siebeneisen hatte in letzter Zeit immer mal wieder über solche Dinge nachgedacht. Auf den Flügen, die Wipperfürth für ihn buchte, blieb reichlich Zeit zum Sinnieren, weil Wipperfürth Kleinigkeiten wie Flug- und Umsteigezeiten zugunsten eines geringfügig günstigeren Ticketpreises grundsätzlich ignorierte und sich Siebeneisen seinem Ziel deswegen grundsätzlich auf umständlichen Zickzackrouten näherte. Als er vor ein paar Tagen beim Anflug auf Tonga dann zum ersten Mal gesehen hatte, wie idyllisch so eine Pazifikinsel im unwirklichen Blau des Meeres liegt – da war ihm bewusst geworden, woher der Mythos der Südsee stammte. Und wie mächtig ihr Lockruf all jene geködert haben musste, die ihn vernommen hatten.

Schon die allerersten Europäer hatten nach ihrer Rückkehr von Tahiti dafür gesorgt, dass die Kunde vom Paradies am anderen Ende der Welt im tristen, puritanischen Europa für Aufregung sorgte. Nach langen Monaten auf hoher See blieben die hormonell angefeuerten Techtelmechtel mit den polynesischen Frauen selbstverständlich stärker in der Erinnerung der Reisenden verankert als beispielsweise Flohstiche, Skorbut und drei Wochen Segeln bei Windstärke 12. Deshalb erhielt der Mythos Südsee eine ungeheure Dynamik und mit ihm die Gerüchte über die Region. Dass man dort alle Sorgen der anderen Welt hinter sich lassen könne. Dass einem das Essen entweder in die Hände schwimme (Fische) oder gar in den Schoß falle (Kokosnüsse). Dass die Sonne immerzu scheine. Dass man einfach SEIN könne, Mensch, ohne Fesseln, ohne Verpflichtungen.

Klang verführerisch, sinnierte Siebeneisen. So verführerisch, dass sie dann früher oder später alle anrückten: Die Meuterer von der *Bounty*. Gauguin. Jack London. Marlon Brando, der sich sogar eine eigene Insel kaufte. Es folgten die üblichen Verdächtigen, die Abenteurer, die Träumer, die Ewigsuchenden. Ganz am Ende kam dann noch Tony Marshall und schmetterte

»Bora Bora«, und spätestens damit war das Schicksal der Südsee besiegelt.

Den Rest erledigen dann bestimmt die kommenden Wirbelstürme, das Klima im Allgemeinen und die gewisse Nonchalance der Leute hier, dachte Siebeneisen, als er neben Arthur Finley-Warrenstomp in dessen offenem Jeep durch Nuku'alofa zockelte. Die Hauptstadt des Inselreiches machte nicht den besten Eindruck. Das Zentrum bestand aus sturmgebeutelten Holzhäusern mit aufgemalten Werbeslogans, wirren Stromleitungen und vielen Fahrzeugen. Sehr vielen Fahrzeugen. Überall dieselten Minibusse, rostige Autos krochen wie altersschwache Schildkröten über die Straßen, mit Schrottteilen beladene Trucks gaben beim Zurücksetzen quengelnde Weihnachtsmelodien von sich. Wenn man behauptet hätte, Nuku'alofa sei ein verträumtes Südseestädtchen, sinnierte Siebeneisen, dann wäre das in dieser Geräuschkulisse nicht zu hören gewesen.

Überhaupt kam ihm Tonga wie ein Königreich in Auflösung vor. Die Tropenschwüle setzte den Holzfassaden zu, überall blätterte Farbe, das Salzwasser fraß sich durch Karosserien, und was dagegen resistent war, bekam dann mit ziemlicher Sicherheit einer der nächsten Wirbelstürme in die Fänge. Dann würden wahrscheinlich Baumaterialien und Ersatzteile von Gott weiß woher angeliefert werden müssen, und wenn sie endlich einträfen, wären es garantiert die falschen, und die Wand oder die Treppe oder das Dach könnten noch immer nicht repariert werden. Ohne es selbst zu hören, seufzte Siebeneisen laut. Was für ein ermüdendes Ringen gegen Verfall und Vergänglichkeit mussten die Menschen hier führen! Im Vorbeifahren betrachtete er die Einheimischen, die in Flipflops die Straßen entlangschlenderten, eingewickelt in ihre *Ta'avolas*. Das war die Landestracht, hatte ihm der Hotelmanager erklärt, eine

Art Bastmatte, die von Herren wie Damen über einem Gehrock getragen wurde. *Ta'avolas* gab es in den verschiedensten Ausführungen. Die elegantesten sahen aus wie anschmiegsame Kummerbunde. Die rustikalen erinnerten an Kartoffelsäcke.

»Haben Sie auch so ein schönes Stück?« Sie hielten an einer Kreuzung, um eine Gruppe Männer über die Straße schlurfen zu lassen. Alle waren schrecklich übergewichtig und hatten sich besonders eindrucksvolle Matten um ihre Bäuche geschnürt.

»Aber ja! Bei allem, was halbwegs offiziell ist, muss man so eine tragen. Ihre liegt im Kofferraum.«

»Meine?«

»Sie treffen eine Prinzessin! Natürlich müssen Sie sich da dementsprechend kleiden. Ich hoffe, er passt Ihnen.«

Siebeneisen versuchte, sich auszumalen, wie er sich mit einem um den Bauch gewickelten Fußabtreter der Prinzessin vorstellte. Er schob den Gedanken ganz schnell wieder weg.

»Der Konsul wird bei dem Treffen auch dabei sein, das sieht das Protokoll so vor. Haben Sie sich den Namen der Prinzessin merken können?«

»Ehrenwerte Alilanau Tuku'aho Ali…«

»Alilanau Takalea Wagner.«

»Alilanau Takalea Wagner.«

»Sagen Sie es nochmal komplett auf. Die Mitglieder der Königsfamilie legen ziemlichen Wert auf die korrekte Anrede.«

Siebeneisen sah auf den kleinen Zettel, auf den er sich den Namen der Prinzessin geschrieben hatte. So schwer konnte das doch nicht sein, dachte er, also… »Ehrenwerte Alilanau Tuku'aho Alilanau Takalea Wagner. Puh.«

»Sehr gut.«

»Woher stammt denn dieses Wagner am Ende? Hört sich ziemlich deutsch an.«

»Wird es wohl auch sein. Irgendwer aus Ihrem Heimatland

scheint sich da in die polynesische Ahnenkette geschlichen zu haben. Mögen Sie mir verraten, warum Sie die Prinzessin eigentlich sprechen wollen?«

»Habe ich das noch nicht?« Siebeneisen beschloss, dem Hotelmanager von seiner Suche zu erzählen. Die Geschichte war derart abstrus, dass er nicht annehmen musste, Finley-Warrenstomp würde sie verbreiten. »Ich bin hier, um das Bruchstück eines steinernen Elefanten aus Indien zu finden, das etwa so groß ist…« Er hielt Daumen und Zeigefinger auseinander.

Der Hotelmanager sah ihn an, als sei ihm plötzlich bewusst geworden, dass er einen Wahnsinnigen in seinem Auto sitzen hatte. Dass er dabei den Blick mehrere Sekunden lang von der Fahrbahn nahm, kostete beinahe einer Schweinefamilie das Leben – die Tiere retteten sich im allerletzten Moment grunzend in den Straßengraben. Leider hatte das ruckartige Drehen des Kopfes auch Auswirkungen auf Finley-Warrenstomps Frisur, die der Fahrtwind völlig durcheinanderbrachte: Als der Hotelmanager wieder nach vorne schaute, sah er in einen grauen Vorhang. Erst nach mehreren Schlangenliniensekunden und laut quietschenden Reifen gelang es ihm, den Jeep wieder in die Spur zu bringen.

»…und das ich natürlich niemals finden werde, wenn wir zuvor mit siebzig Stundenkilometern gegen eine Kokospalme brettern.« Siebeneisen stand der Schweiß auf der Stirn. »James Cook hat dieses Bruchstück damals nach Tonga gebracht. Er hatte den Auftrag, es gut zu verstecken.«

»Cook? James Cook?? Sie wollen die Prinzessin zu historischen Dingen befragen?«

»Eigentlich wollte ich mit dem König sprechen. Aber der ja anscheinend nicht mit mir.«

»Fragen Sie mal lieber die Prinzessin. Aber machen Sie sich nicht zu viele Hoffnungen. Ah, da sind wir schon!«

Der Jeep rollte auf den Parkplatz eines kleinen Supermarktes, dessen Betreiber offenbar um das wirtschaftliche Überleben kämpfte. Möglicherweise hatten seine Architekten ursprünglich einmal mehr Stockwerke als nur das Erdgeschoss geplant, oder sie hatten nach dessen Fertigstellung beschlossen, dass der Laden jetzt groß genug sei, auf jeden Fall wirkte der Supermarkt seltsam unfertig. Statt eines ordentlichen Daches gab es eine flache Betonfläche, aus der vierzig oder fünfzig Stahlstreben in die Luft ragten. Zwei der drei Fenster waren mit großen Sperrholzplatten vernagelt, hinter dem Glas des dritten hatte man derart viele Plastikwaren, Tüten und Packungen gestapelt, dass man eigentlich besser von einem einsturzgefährdeten Regal sprechen musste. Vor der Tür standen drei ineinander verkeilte, völlig verrostete Einkaufswagen. An der kühlen Wand hatte sich eine Schweinerotte niedergelassen. Die Tiere schnarchten lautstark.

»Wo sind wir?« Siebeneisen sah sich um. Außer dem Laden war kein anderes Gebäude zu sehen. Rechts und links und hinter dem Supermarkt wucherten jene typisch tongaischen Gärten, bei denen man nie wusste, wo die Beete aufhörten und der Dschungel begann. Siebeneisen, der eine Residenz erwartet hatte oder zumindest eine repräsentative Villa, war leicht irritiert.

»Wo treffen wir die Prinzessin denn?«

»In ihrem Büro.« Finley-Warrenstomp nickte in Richtung jenes Fensters, hinter dem sich das Plastikpuzzle türmte. »Sie ist in der Versorgerbranche. Gewissermaßen.«

Es brauchte mehrere Minuten, bis die *Ta'avola* so saß, dass sie nicht herunterrutschen konnte. Siebeneisen betrachtete sich im Lack der Autotür. Er sah aus, als hätte man ihn in einen Rattansichtschutz gewickelt, der eigentlich für den Balkon eines Reihenhauses gedacht war. Bevor sie die Tür des Supermarktes erreicht hatten, rumpelte ein weiteres Auto auf den Parkplatz und kam erst kurz hinter ihnen zum Stehen. Der Konsul hatte es eilig, Siebeneisen und den Hotelmanager zu erreichen, bevor diese wiederum die Tür erreichten. Er stellte sich Siebeneisen vor und nickte Finley-Warrenstomp zu, während er seine Bastmatte aus dem Kofferraum holte und sie anlegte. Wie alle tongaischen Männer war auch der Konsul stark übergewichtig. Bremsen, Aussteigen, Kofferraumöffnen und Ankleiden hintereinander waren bei über 30 Grad und der hohen Luftfeuchtigkeit ein bisschen viel: Der Konsul sah aus, als würde er jeden Moment zerfließen.

»Haben Sie den Namen auswendig gelernt?«, schnaufte er.

»Aber ja. Ehrenwerte Alilanau Tuku'aho Alilanau Takalea Wagner soll ich sagen – korrekt?«

»Beinahe. Allerdings werden Silben und Vokale im Tongaischen beim Sprechen immer voneinander abgesetzt.« Der Konsul sah zu Finley-Warrenstomp hinüber wie der Direktor eines Gymnasiums, der einen neuen Referendar nach dessen erster Unterrichtsstunde beurteilen musste. Dann wandte er sich erneut Siebeneisen zu. »Es heißt: »A-li-la-na-u Tu-ku'a-ho A-li-la-na-u Ta-ka-le-a Wagner. Würden Sie es bitte nachsprechen?«

»A-li-la-na-u Tu-ku'a-ho A-li-la-na-u Ta-ka-le-a Wagner.« Warum auch immer kam Siebeneisen ganz plötzlich Wipperfürth in den Sinn, auf einen Diwan gebettet und breit grinsend. Er verscheuchte den Gedanken.

»Sehr schön«, sagte der Konsul. »Ich muss Ihnen noch ein paar Dinge mitteilen. Erstens: Keine Fragen zum Privatleben, zu Mitgliedern der königlichen Familie und ihren geschäftlichen Angelegenheiten – das alles ist, um es mit einem schönen polynesischen Wort zu sagen, *tapu*. Bitte auch nichts zum

Staatshaushalt. Am besten, Sie haben auch nie etwas von Internetdomains, Satellitenslots und Staatsbürgerschaften gehört.« Dem schnaufenden Konsul schien etwas einzufallen. »Warum möchten Sie denn eigentlich überhaupt mit der Prinzessin sprechen?«

»Ich bin hier, um das Bruchstück eines steinernen Elefanten aus Indien zu finden, das etwa so groß ist…« Siebeneisen hielt Daumen und Zeigefinger auseinander.

Der Konsul sah ihn an, als sei ihm plötzlich bewusst geworden, dass er einem Wahnsinnigen einen Termin bei einer Königstochter organisiert hatte. Er wollte etwas sagen, kam allerdings nicht weiter als bis zu einer ersten, stecken bleibenden Silbe, einem »A…«, das ein »Also« hätte werden können oder vielleicht auch ein »Aber«, wenn nicht bereits beim ersten Buchstaben die Tür des Supermarktes aufgeflogen wäre. Siebeneisen war, als würde die Welt mit einem Schlag verstummen, als habe jemand ganz Tonga den Ton abgedreht. Von einem Moment auf den anderen war es still, die Vögel in den Kasuarinen waren still und die Ferkel drüben in den Beeten auch, nur das Schnaufen des Konsuls war zu hören, sehr laut, sehr stoßweise, das Schnaufen und ein lautes, schrilles »Huuuhuuu!«

Die Prinzessin kam auf sie zu wie eine gewaltige Himbeere. Die Ehrenwerte Alilanau Tuku'aho Alilanau Takalea Wagner wog etwa 130 Kilo und trug eine Art pinken Sari, der im Verbund mit den hochhackigen Sandaletten offensichtlich nur winzige Tippelschritte gestattete. Sie lächelte und winkte, als müsse sie ihrem »Huuuhuuu!« noch eine optische Verstärkung mit auf den Weg geben. Der Konsul verneigte sich tief und glitt gleich anschließend in einer für einen Mann seines Gewichtes beeindruckend behänden Bewegung hinter Siebeneisen, wo sich auch Finley-Warrenstomp bereits eingefunden hatte. Siebeneisen machte einen formvollendeten Bückling. Beziehungsweise: Er wollte es tun, aber leider war der Rattansichtschutz zu eng gewickelt. Das Material knirschte gewaltig und verhinderte jeden Verbeugungswinkel.

»Ehrenwerte A-li-la-na-u Tu-ku'a-ho A-li-la-na-u Ta-ka-le-a Wagner – ich bin entzückt, Ihre Bekanntschaft zu machen«, säuselte er.

»Du kannst mich Lea nennen!«, sagte die Ehrenwerte A-li-la-na-u Tu-ku'a-ho A-li-la-na-u Ta-ka-le-a Wagner und gab Siebeneisen einen Klaps auf die Schulter, worauf der den Konsul hinter sich nicht mehr nur schnaufen, sondern auch seufzen hörte.

Und so gingen sie in den Supermarkt: eine gigantische Himbeere vorweg, drei wandelnde Fußabtreter hinterher. Empfänge bei Südseeherrschern stellt man sich anders vor.

Ihr Empfangszimmer eigentlich auch. Das Büro, von dem aus die Prinzessin ihr Einkaufsparadies verwaltete, erinnerte an den vernachlässigten Lagerraum eines 1-Euro-Shops im östlichen Sachsen-Anhalt. Überall stapelten sich Kartons mit Küchenrollenhalterungen und Frischhaltedosen, Spülmitteln, Haargel und beleuchtbaren Nikolausfiguren, und wo zwischendrin noch Platz war, standen Vasen mit unechtem Rhododendron, Plastikaquarien samt Kunststoffkorallen und statisch bedenkliche Türme aus ineinandergesteckten Putzeimern. Das Regal vor dem Fenster, das Siebeneisen bereits vom Parkplatz aus gesehen hatte, war bis auf den letzten Quadratzentimeter vollgestopft. Hier lagerten Kartons mit Federmasken und »Welcome to New Orleans!«-Aufdrucken, aufziehbare Pinguine und hunderte Gläser mit eingelegten Kapern, ein fürchterliches Durcheinander. Es gab Kisten mit tausenden Bierbechern, mit Karnevalsartikeln wie »Dschingis Khans Todesdolch«, mit textmarkergelbem Klebeband und Boxhandschuhen und grünen Plüschzylindern, wie sie in Dublin von patriotischen Iren am St-Patrick's-Day aufgesetzt werden. Neben dem Schreibtisch kauerten Gartenzwerge, die Trikots der deutschen Fußballnationalmannschaft trugen.

Die Ehrenwerte Alilanau Tuku'aho Alilanau Takalea Wagner tippelte erstaunlich geschickt durch dieses Chaos. In einer halbwegs zugänglichen Ecke entdeckte sie vier quittengelbe Plastikhocker, die gut ins Kinderparadies eines schwedischen Möbelhauses gepasst hätten. Die Prinzessin nahm sich einen der Hocker und reichte die anderen weiter. Siebeneisen setzte sich sehr vorsichtig. Er sah zu ihrer Gastgeberin hinüber, deren Hocker entgegen allen Erwartungen hielt. Zu sehen war er unter all dem Himbeerstoff natürlich nicht mehr: Es schien, als schwebe die Prinzessin über dem Boden. Bevor Siebeneisen etwas sagen konnte, griff sie in eine geheime Tasche zwischen den Stofffalten und holte einen Zettel hervor.

»Das Königreich Tonga heißt Sie willkommen«, sagte sie, nachdem sie einen Blick auf das Stück Papier geworfen hatte. »Das Königreich Tonga ist eine Inselwelt am Anfang der Zeit, wo jeder neue Tag als Erstes beginnt. Tonga ist aber auch ein Urlaubsparadies. Hier scheint fast immer die Sonne! Das Meer ist sehr klar, und beim Schnorcheln oder Tauchen können Besucher eine faszinierende Unterwasserwelt beobachten. Zahlreiche Hotels bieten Übernachtungsmöglichkeiten in allen Preisklassen.«

Die Prinzessin schaute von ihrem Zettel auf. Sie sah ziemlich stolz aus. Wobei nicht klar war, ob sie stolz auf das Königreich Tonga war oder auf ihren kleinen touristischen Vortrag.

»Schön, schön …«, sagte Siebeneisen. Wobei nicht klar war, ob er den Vortrag der Prinzessin an sich schön fand oder doch eher all die interessanten Fakten, die sie ihm soeben über ihre

Heimat verraten hatte. Was wiederum völlig egal war. Weil nämlich noch mehr auf dem Spickzettel der Ehrenwerten Alilanau Tuku'aho Alilanau Takalea Wagner stand. Noch viel mehr.

»Eine Vielzahl an Anbietern ermöglichen die unterschiedlichsten Freizeitaktivitäten. Besonders beliebt sind Jeep-Safaris durch das Inselinnere von Tonga'tapu und Segelfahrten in den ruhigen Gewässern des Archipels. Wanderfreunde kommen in den Wäldern von Eua auf ihre Kosten, wo Dschungeltrekking eine ausgezeichnete Art ist, die Flora von Tonga kennenzulernen. Mehrere Wanderführer stehen zur Verfügung, um Gästen das Inselinnere zu zeigen und sie auf romantischen Pfaden zu Felshöhlen und Aussichtsplattformen zu führen. Und auch für Vava'u sollten Gäste einige Tage Zeit mitbringen. Dort gibt es das verträumte Städtchen Neiafu und den Port of Refuge, von dem man zu den Inseln Mala, Kapa, Oto und A'a hinaussegeln kann …«

Der Konsul seufzte. Der Hotelmanager schaute verwirrt. Siebeneisen versuchte, mit einem »Äh« auf sich aufmerksam zu machen. Alles wurde ignoriert.

»Auch unsere Tierwelt ist sehr beliebt bei Besuchern. Für Kinder sind die vielen Ferkel, die man überall auf Tonga trifft, eine wahre Freude. Berühmt ist das Inselreich auch für seine Flughunde, deren Vorfahren uns einst vom König von Samoa geschenkt wurden und die sich in unserer unberührten Natur sehr wohl fühlen. Natur pur nämlich ist überall auf Tonga: Das Königreich fühlt sich dem Umweltschutz verpflichtet, deswegen gibt es auf unseren Inseln auch keine Kernkraftwerke.«

Offenbar war der Redenschreiber der Prinzessin an dieser Stelle etwas vom roten Faden abgewichen oder hatte ihn verloren. Falls es den Mann überhaupt gab. Möglicherweise hatte die Ehrenwerte Lea den Werbetext für ihr Königreich ja auch selbst geschrieben. Vorstellbar war das, dachte Siebeneisen, wer seine Gäste in einer Rumpelkammer wie dieser hier empfängt, hat wahrscheinlich auch in anderen Lebensbereichen eine etwas eigene Vorstellung vom Prinzessinnensein.

Die Ehrenwerte Lea sah kurz auf ihren Zettel. Sie strahlte, als sie ihre nächsten Sätze entdeckte.

»Ganz wichtig ist natürlich auch die Sicherheit! Es gibt keine gewaltbereiten Muslime auf Tonga. Auch keine Hochhäuser. Noch nie hat sich ein Terroranschlag ereignet. In der Nähe unseres Inselreiches sind auch niemals französische Atomwaffenversuche durchgeführt worden. Gäste aus Russland müssen darüber hinaus nicht fürchten, vergiftet zu werden – auch das ist noch nie vorgekommen.«

»Das ist alles sehr interessant!« Siebeneisen beschloss, dass es nun genug war. Wenn das so weiterging, würde die Prinzessin demnächst zu den Statistiken übergehen und ihnen die prozentuale Auslastung der Inselhotellerie präsentieren, nach Monaten aufgeschlüsselt, plus Ausblick auf die kommende Hoch- und Nebensaison. »Ehrenwerte Lea, ich freue mich sehr, von den Schönheiten Ihrer Inselheimat zu erfahren. Einiges durfte ich schon bewundern in den vergangenen Tagen, und wenn die Zeit reicht, würde ich mir sehr, sehr gerne auch noch die anderen Sehenswürdigkeiten ansehen. Leider bin ich nicht hier, um Urlaub zu machen. Ich bin nach Tonga gekommen, weil ich auf der Suche nach etwas bin. Nach etwas sehr Unauffälligem. Ich suche das Bruchstück einer Steinfigur. Es sieht wahrscheinlich aus wie ein ganz normaler, flacher Stein, ist aber das Ohr einer kleinen Ganesha-Statue aus Indien und ungefähr so groß …« Siebeneisen hielt Daumen und Zeigefinger auseinander. »James Cook hat diesen Stein nach Tonga gebracht und ihn hier versteckt. Er hat keinerlei materiellen Wert, aber ich muss ihn finden.« Siebeneisen machte eine kleine Pause. »Wissen Sie vielleicht, wo Cook den Stein versteckt haben könnte?«

Die Prinzessin sah ihn an, als hätte er ihr soeben die zwölfte Staffel von *Game of Thrones* zusammengefasst, ohne mit einem einzigen Wort auf die Handlung der vorangegangenen 110 Episoden einzugehen. Auf ihrer Stirn bildete sich ein Überwurf aus übereinanderliegenden, quer verlaufenden Falten.

»James Cook?«

»James Cook.«

»Wer soll das sein?«

»James Cook?«

»Ja, der. Wer ist das?«

»Wer James Cook ist?«

»Ja. Wohnt der auf Tonga? Dann schlagen wir einfach seine Adresse nach. Und fahren zusammen zu ihm. Dann können Sie ihn nach diesem Stein fragen.« Die Prinzessin schaute, als sei ihr soeben im Handstreich die Lösung eines hochkomplexen Theorems gelungen: Adresse nachschlagen, hinfahren, fragen, Antwort bekommen. Sie strahlte. Siebeneisen dagegen wusste nicht so recht, was er sagen sollte. Er sah zu Finley-Warrenstomp hinüber. Finley-Warrenstomp betrachtete scheinbar höchst interessiert einen der irischgrünen Plüschzylinder. Seine grauen Haare standen wirr in alle Himmelsrichtungen. Und der Konsul? Nestelte an seiner Bastmatte, an der sich offenbar eine der 37 Verschlussschnüre zu lösen begann, jedenfalls starrte er äußerst konzentriert auf die faserigen Bastfäden vor seinem dicken Bauch. Siebeneisen musste kurz an ein lang zurückliegendes Weihnachten denken, das Wohnzimmer in Oer-Erkenschwick, die Eltern, der Christbaum. Vier mochte er gewesen sein oder fünf und voller Erwartung und Vorfreude auf die Ritterburg, die er sich gewünscht hatte – und dann hatte er sein Geschenk ausgepackt und ein pädagogisch wertvolles Memory gefunden. So fühlte er sich gerade. Irgendwie.

»Ich hole ein Telefonbuch!«

Die Prinzessin raffte ihr tüllenes Himbeergewand zusammen und erhob sich mühselig von ihrem Kinderparadieshocker, dessen Beine sich bedenklich verformt und nach außen gebogen hatten, als suchten sie verzweifelt Halt. Siebeneisen verdrängte den Gedanken an die Ritterburg, stattdessen fiel ihm jetzt komischerweise ein Kindergeburtstag ein, an dem er einen großen Stoff-Brontosaurus geschenkt bekommen hatte. Er beschloss, sämtliche Hoffnung aufzugeben: Von der Ehrenwerten Lea würde er keinen Hinweis auf das Statuenstück erhalten, so viel war mal sicher.

»Cockburn… Collins… Moment… Cumberland. Komisch…« Die Prinzessin schaute vom Telefonbuch auf und zu Siebeneisen hinüber. »Hier steht dieser James Cook überhaupt nicht drin. Das ist ja merkwürdig.«

»Ach, das macht nichts!« Siebeneisen hatte beschlossen, das Thema lieber nicht zu vertiefen. »Ist nicht weiter schlimm. Vielleicht habe ich mir den falschen Namen aufgeschrieben. Ist ja gut möglich, dass der Mann anders hieß. Ich frage da nochmal nach und melde mich dann einfach wieder. Machen Sie sich keine Mühe, Ehrenwerte Lea.« Er stand auf. Finley-Warrenstomp registrierte das Besuchsende und erhob sich ebenfalls. Der Konsul wollte das auch, kam aber nicht auf die Beine, weil sich sein Hocker im Lauf der letzten Minuten derart verbogen hatte, dass der beleibte Tongaer nun kurz über dem Boden hing. Siebeneisen und Finley-Warrenstomp zogen ihn gemeinsam in die Höhe, wobei sie gegen zwei übereinandergestapelte Kartons stießen, von denen der obere auf den Boden fiel und sich dabei öffnete. Mehrere *Elvis'-Greatest-Hits*-Musikkassetten verteilten sich scheppernd auf dem Boden des Büros.

»Oh ja, fragen Sie doch noch einmal nach. Cook – das ist eigentlich auch kein verbreiteter Name auf Tonga, der ist auch viel zu kurz. Da haben Sie wahrscheinlich wirklich etwas Falsches notiert. Warten Sie – vielleicht haben Sie ja auch die Inseln verwechselt…« Die Prinzessin strahlte, als habe sie dank eines genialen Geistesblitzes schon wieder ein Mysterium gelöst. »Hört sich eher an, als müssten Sie auf den Cook-Inseln suchen!« Die Ehrenwerte Alilanau Tuku'aho Alilanau Takalea Wagner lachte schallend, wobei sie nacheinander dem Konsul in die Seite knuffte, Finley-Warrenstomp gegen das Brustbein boxte und Siebeneisen einen Arm um die Schulter legte. »War ein Witz! War ein Witz!«

Siebeneisen versuchte, sich aus ihrer Umklammerung zu winden. Der Konsul lächelte und betrachtete geistesabwesend einen Schaukasten mit aufgespießten Schmetterlingen, von denen ein stattlicher Satz an der Wand gelehnt stand. Finley-Warrenstomp hatte sich mit den Haaren in einer der Plastikrhododendronstauden verfangen und versuchte hektisch, sich zu befreien.

»Jetzt gibt es aber noch Gastgeschenke!« Die Ehrenwerte Lea reichte dem Hotelmanager einen der grasgrünen Plüschzylinder und öffnete die Tür zum Verkaufsraum. Die drei folgten ihr zu einer großen Tiefkühltruhe, in die die Prinzessin sich beugte. Sie tauchte mit einer tiefgefrorenen, in Plastikfolie eingeschweißten Schweinehälfte wieder auf, die sie dem Konsul in die Arme drückte. Auch Finley-Warrenstomp bekam eine. Als die Prinzessin ein drittes Mal abtauchen wollte, unterbrach Siebeneisen den Suchvorgang.

»Ehrenwerte Lea, das ist wirklich nicht nötig, vielen Dank!«

»Sie möchten kein Schwein? Wirklich nicht? Was wollen Sie denn Samstagabend essen?«

»Im Hotel werden sie schon was für mich haben.«

»Kommt nicht infrage! Sie brauchen unbedingt ein Schwein. Zumindest ein Ferkel. Im Erdloch geschmort – es gibt doch nichts Besseres!« Die Prinzessin tauchte mit einer besonders stattlichen Schweinehälfte auf und drückte Siebeneisen gut zwanzig Kilo in die Arme.

»Hier, nehmen Sie! Auf Tonga geht nichts ohne Schweinebraten. Als meine kleine Schwester neulich geheiratet hat, wurden den Gästen im Palast tausend Ferkel serviert – auf Tonga geht niemand hungrig nach Hause! Noch nie. Tongas Könige haben ihren Gästen immer Braten serviert. Vom Anbeginn aller Zeit. Und immer mit der besten Kruste!«

Die Prinzessin strahlte. Siebeneisen wunderte sich nicht, dass hier jeder mindestens dreimal so viel wog wie er selbst. Und auch nicht, dass an jeder Inselecke Schweine herumgrunzten. Die Kruste beim Schweinebraten allerdings wurde allgemein überschätzt, dachte er.

»Also gut, vielen Dank! Ich kann mir gut vorstellen, dass es bereits etliche rauschende Feste am Hof gegeben hat.« Siebeneisen hatte beschlossen, noch einen kleinen Vorstoß zu wagen. »Bestimmt wurden auch schon die allerersten Besucher aus Europa im Palast empfangen, oder?«

»Ach wo! Unseren Palast haben sie ja erst 1820 gebaut. Vorher gab es solche Gebäude nicht auf Tonga. Die Empfänge fanden immer draußen statt, in unserer schönen Natur.« Die Prinzessin knallte den Deckel der Tiefkühltruhe zu und tippelte hinüber zu einem Regal, das neben etlichen Dosen Bohnen, Moskitosprays und Weichspüler auch Schreibhefte für Tongas Schulkinder enthielt. Und Flipflops. Und Postkarten. Die Prinzessin betrachtete mehrere Motive, konnte sich nicht entscheiden und kam mit einem ganzen Packen Ansichtskarten zurück, den sie Siebeneisen zwischen dessen rechte Hand und das tiefgefrorene Schwein steckte, das er vor der Brust hielt wie etwas, das er ganz schnell loswerden wollte.

»Als Andenken. Die schönsten Motive von Tonga!«

Auf der Fahrt zurück nach Nuko'alofa sprachen sie nur wenig. Es wurde Abend und der Verkehr dichter; außer sämtlichen Inselautos schien auch Tongas komplette noch nicht tiefgekühlte Schweinepopulation auf den Straßen unterwegs zu sein. Finley-Warrenstomp lenkte seinen Jeep mit verbissener Konzentration. Siebeneisen hing seinen Gedanken nach. Er hatte sich zu sehr darauf verlassen, dass die Ehrenwehrte Alilanau Tuku'aho Alilanau Takalea Wagner ihm etwas zu Cooks Versteck sagen konnte, grübelte er, oder besser: Er hatte sich zu sehr darauf verlassen, dass Wipperfürths These zutraf, das Königshaus könne ihm bei der Suche behilflich sein. Jetzt musste er sehen, wie er weiterkam in diesem Inselreich, in dem irgendwo ein kleines, steinernes Elefantengottohr versteckt war.

Als sie sich dem Meer näherten, stand die Sonne bereits tief. Die Südsee glitzerte, als habe man sie soeben mit einer Schicht Gold überzogen, das Wasser schien ununterbrochen Millionen kleinster Sterne in die Atmosphäre zu schleudern. Dann aber schob sich, obwohl der Himmel an diesem Abend eigentlich wie blank geschrubbt war, in ihrem Rücken allmählich eine dunkle Wolke vor die Sonne. Siebeneisen bemerkte, wie sich die Farben an den Fassaden entlang der Uferpromenade veränderten, von links nach rechts, von strahlend hell zu schattig blass, von kräftig zu ausgewaschen. Und dann, zuerst noch übertönt vom Nageln des Jeepdieselmotors, bald aber stetig anschwellend zu einem dunklen, tieftraurigen Ton, konnte er sie auch hören, die Wolke in seinem Rücken. Die natürlich keine Regenwolke war, sondern ein Vogelschwarm. Ein gewaltiger Vogelschwarm aus fünftausend, sechstausend, siebentausend Muttonbirds, die laut klagend zum Anflug auf die Hotelinsel vor der Küste ansetzten. »Huhgrrrlllglummmpfh! Buuugllschmmmghuhhhh!«

10

TONGA, SÜDSEE, EINE HALBE STUNDE SPÄTER.

Vor etwa einem halben Jahrhundert gab es in der Geschichte Hollywoods eine Phase, in der das Verhältnis zwischen Mensch und Tier neu definiert wurde. Bis dahin hatten Einzelgänger wie King Kong und Godzilla die Leinwand bevölkert: ungelenke Kreaturen mit bescheidenem Realitätsbezug. Dann aber, ab etwa Mitte der Sechzigerjahre, entdeckte die Filmindustrie die Macht des Schwarms. Plötzlich terrorisierten hungrige Piranhas die Menschheit, verdunkelten Bienen den Himmel über Kleinstädten, krochen und hüpften Taranteln und Giftfrösche zu hunderttausenden in Urlaubsorten herum. Und warum das alles? Weil ein kauziger Engländer Hollywood 1963 gezeigt hatte, welchen Schrecken man mit ein paar Dutzend außer Rand und Band geratenen Krähen und Spatzen erzeugen kann: darum. Und weil dieser Brite damals das Maß aller Dinge war, wenn man sich im Kino gruseln wollte. Nach Hitchcocks *Die Vögel* sollte auch die Beziehung zwischen Mensch und Möwe nie wieder so sein, wie sie einmal war.

Von Muttonbirds hatte der Mann mit Sicherheit nie etwas gehört.

»Wir treffen uns im Restaurant!« Arthur Finley-Warrenstomp musste schreien, damit Siebeneisen ihn im Geheul der Heimkehrer verstehen konnte. Er hatte die beiden Schweinehälften auf den Steg gelegt und war dabei, das kleine Boot ordentlich zu vertäuen.

»Das ist ja unglaublich!« Siebeneisen sah hinauf in den Himmel, an dem sich der nächste Schwarm näherte. Hoch über ihnen boten die großen Vögel einen imposanten Anblick; weiter unten allerdings verwandelten sich die Herren der Lüfte in erbärmliche Karikaturen ihrer selbst. Die Evolution schien bei der Landetechnik dieser Spezies nicht so richtig vorangekommen zu sein: Ein Muttonbird im Landeanflug erinnert an eine Katastrophe auf der Suche nach einem Ort, an dem sie geschehen kann. Die Landung selbst wird von Ornithologen euphemistisch als *»controlled crash landing«* beschrieben – was Siebeneisen natürlich nicht wusste, in diesen Minuten am Bootssteg der Insel aber sofort unterschrieben hätte. Bei einer »kontrollierten Bruchlandung« nimmt ein Muttonbird alles zu Hilfe, was die Anfluggeschwindigkeit irgendwie herabsetzt. Den Fußweg zum Hotelhauptgebäude. Die Fensterscheiben des Restaurants. Palmwipfel. Buschwerk. Zur Not auch den Hintern eines Gastes.

Vom Bootssteg aus schien es, als würde die kleine Hotelinsel von See aus mit dunklen Flattergeschossen bombardiert, die sich mit dumpfem Geheul vom Himmel fallen ließen. Siebeneisen wollte so schnell wie möglich zum Hotel. Er rannte los. Als er zehn oder fünfzehn Meter geschafft hatte, entschied einer der landenden Muttonbirds, dass der Hintern des Zweibeiners da unter ihm bestimmt eine gute Bremshilfe abgeben würde. Weil er allerdings in den letzten Sekunden des Landeanflugs ins Schlingern geraten war, verfehlte er sein anvisiertes Ziel. Stattdessen krachte er in die rechte Kniekehle des Fliehenden. Siebeneisen stolperte und fiel in den Sand; der Muttonbird überschlug sich einmal und blieb dann ebenfalls liegen. Als sich beide wieder aufgerappelt hatten, schüttelte der Vogel den Kopf, als wolle er eine Betäubung loswerden. Dann sah er seine Bremshilfe an und gab einen melancholischen »Buhuuu«-Ruf von sich, bevor er Richtung Gebüsch wankte.

»Kommen Sie, auf geht's!« Der Hotelmanager hatte seinen Gast eingeholt, half ihm auf die Beine und drückte ihm eine der beiden Schweinehälften in die Hände. Sie stapften durch den tiefen Sand Richtung Hotel. Zum dumpfen Geheul der Muttonbirds war mittlerweile auch das cholerische Getschirpe der Rauchseeschwalben gekommen, bei denen die heimkehrenden Sturmvögel verständlicherweise Großalarm ausgelöst hatten. Jetzt flatterten tausende der kleinen Krakeeler aufgeregt über den Büschen und schrien aus Leibeskräften. Einige versuchten, Siebeneisen in den Kopf zu picken, wobei sie immer wieder in der Luft miteinander kollidierten. Er legte sich die gefrorene Schweinehälfte auf den Schädel. Das glaubt mir doch zu Hause nie jemand, dachte er, als er mit dem Schwein über dem Kopf die kurze Treppe zum Restaurant hinaufeilte. Er vermutete, dass mittlerweile zehntausende Rauchseeschwalben auf der Insel waren. Und keine konnte besonders gut fliegen.

Eine Stunde später war es dunkel und erheblich ruhiger geworden, nur noch hin und wieder prallte ein Nachzügler des Sturmvogelgeschwaders gegen die Fenster des Restaurants. Drinnen saß Siebeneisen und sah den Vögeln zu, wie sie sich aufrappelten und davontorkelten. Er fragte sich, ob es bei Tieren auch so etwas wie Gehirnerschütterungen gab. Und ob diese Exemplare am kommenden Morgen wirklich schwindelfrei zum Fischen hinaus aufs Meer würden fliegen können. Ihre Kollegen sangen sich bereits überall auf der Insel in den Schlaf. Das traurige Wehklagen der Kolonie war selbst während der lautesten Passagen von Rachmaninows Klavierkonzert Nr. 2 zu hören, das der Hotelmanager aufgelegt hatte.

»Na, gibt's Fortschritte?« Finley-Warrenstomp setzte sich neben ihn. Er drehte einige der Postkarten zu sich, die Siebeneisen auf dem Tisch ausgelegt hatte.

»Leider nicht. Ich hatte gehofft, diese Karten würden mich auf eine Idee bringen. Funktioniert nicht. Bei dieser Fotoauswahl ist das aber auch kein Wunder.«

Tatsächlich sahen die Ansichtskarten aus dem Supermarkt der Prinzessin aus, als seien sie von einem grandios untalentierten Hobbyfotografen aufgenommen worden, vor etwa 42 Jahren, mit einer Kamera, deren Scharfeinstellung lädiert gewesen war. Eine zeigte unter einem geschwungenen »Lovely Tonga!«-Schriftzug ein Stück Strand, an dem ein rostiges Autowrack hockte. Auf einer anderen war die Terrasse eines Restaurants zu sehen, auf dessen Tischen sich benutztes Geschirr stapelte; ein dreibeiniger Hund stand zwischen den Stühlen und schaute mitleidheischend. Auf die anderen hatten es Motive wie brachliegende Äcker, der leere Parkplatz eines Getränkehändlers und eine Kaimauer in Nuku'alofa geschafft, an deren Sockel die Flut allerlei Unrat angespült hatte.

»Sie suchen ein Versteck, das es schon gegeben haben muss, als Cook damals hier landete – oder?«

»Genau. Und eines, von dem er annehmen musste, dass es noch lange, lange existieren würde. Sein Auftraggeber hatte das mit Sicherheit verlangt. Schließlich konnte der Maharadscha damals nicht wissen, wie es seinem Haus ohne den Talisman ergehen würde. Es musste die Möglichkeit bestehen, die Teile irgendwann wieder zusammenzuführen. Diese Hintertür hat er sich mit Sicherheit offen gelassen. Und wenn nicht für seine Generation, dann für eine der folgenden.« Siebeneisen hatte Finley-Warrenstomp nach ihrer Rückkehr unaufgefordert die komplette Geschichte erzählt, mit Anekdoten aus dem Palast und allem Pipapo. So etwas macht man, wenn um einen herum Geschosse einschlagen.

»Aha. Das ist dann auch der Grund, weshalb er die Einzelteile nicht einfach irgendwo auf hoher See über Bord geworfen hat.«

»Genau. Cooks Auftrag lautete: verstecken. Nicht: vernichten.«

»Was ist denn damit?« Der Hotelmanager zog eine der Karten aus der Tischmitte zu ihnen. Eine Riesenschildkröte sah unsäglich gelangweilt in die Kamera.

»Was soll damit sein?«

»Das ist *Tu'i Malila*. Die ›Königin der Residenz‹. Die hat Cook den Häuptlingen damals als Geschenk mitgebracht.«

»Was? Diese Schildkröte hier?« Siebeneisen drehte die Karte, um das Jahr der Aufnahme zu finden. Natürlich war es nicht vermerkt.

»Aber ja. War praktisch ein Mitglied des Hofes. Bei sämtlichen Staatsempfängen dabei. Wenn sie nicht gerade im Palastgarten Gras fraß, dabei durfte man sie nicht stören.«

»Faszinierend. Wie alt ist die Königin der Residenz denn geworden?«

»Uralt. Sie ist erst 1966 verstorben. Ihr Panzer steht im Museum. Möglicherweise hat Cook das steinerne Elefantenohr ja da drin versteckt… irgendwie.«

»Irgendwie geht das nicht, glaube ich.« Siebeneisen wusste nicht viel über Riesenschildkröten. Er war sich aber sicher, dass man ihnen kein Statuenteilstück unterschieben konnte. Er griff nach ein paar anderen Postkarten. Ein Muttonbird krachte gegen das Hoteldach; der Aufschlag ließ die beiden Männer zusammenzucken. Der Vogel rutschte die Dachschräge hinunter, fiel unmittelbar vor dem Fenster in den Sand und watschelte klagend hinaus in die Dunkelheit.

»Auf diesen Aufnahmen sieht etliches aus, als sei es bereits zu Cooks Zeiten hier gewesen…« Er schob Finley-Warrenstomp eine Karte mit dem Aufdruck *Our lovely Main Road – Tonga'tapu the Beautiful!* hinüber. Die liebliche Hauptstraße wurde von mehreren Automodellen verstopft, die seit mindestens 1958 nicht mehr hergestellt wurden.

»Und was ist hiermit?« Auf der Karte, die der Hotelmanager meinte, waren graue Steine zu sehen, die in einer Art Feld zu stehen schienen.

»Die hab ich mir schon angeschaut. Graue Steine. Mit viel Grün drum herum.«

»Graue Steine? Von wegen! Das ist der Ha'amonga 'a Maui!«

»Der was?«

»Ein Bogen aus Steinblöcken. Aus versteinerten Korallen, genau genommen. Kann man auf der Karte hier nicht so gut erkennen, war wohl kein guter Fotograf.«

»Bestimmt nicht.« Siebeneisen hielt die Karte ans Licht. Tatsächlich: Das waren gehauene Blöcke, nicht einfach Steine.

»Seit wann gibt es dieses Hammongamauy denn?« Auf einer Insel, auf der sich sämtliche Bauten in einem schleichenden Auflösungsprozess befanden, schätzte er das Gebilde auf der Karte nicht sonderlich alt ein. 50 Jahre, 60 vielleicht, ein Tor in einer Gartenmauer wahrscheinlich oder etwas Ähnliches.

»Ha'amonga 'a Maui, nicht Hammongamauy. Steht in der Nähe der alten Hauptstadt Heketa.« Finley-Warrenstomp stippste mit dem Zeigefinger auf dem grünen Feld herum. »Stammt aus dem frühen 13. Jahrhundert oder so.«

Siebeneisen legte die Postkarte auf den Tisch. Er sah den Hotelmanager an.

»Können Sie mich morgen früh dorthin bringen?«

11

Sie mussten Tonga'tapu fast komplett durchqueren, um an den Ort der alten Inselhauptstadt zu gelangen. Die Piste wurde mit jeder Minute holpriger. Finley-Warrenstomp fuhr verbissen wie immer, und Siebeneisen hielt sich an allem fest, was er greifen konnte, um nicht permanent auf und ab zu dotzen. Als er glaubte, es könne jetzt nun wirklich nicht mehr schlimmer werden, gab es einen letzten Schlag, und sie hielten an.

»Wo sind wir?« Sie standen im Gras, irgendwo auf Tonga. Vor ihnen schäumte das Meer. Hin und wieder, wenn eine kräftige Welle eintraf, spritzte das Wasser in die Höhe wie bei einem Geysir.

»Beim Ha'amonga 'a Maui. Da vorne.«

Siebeneisen fragte sich, wie unglaublich unbegabt der Postkartenfotograf gewesen sein musste: Der Ha'amonga 'a Maui war beeindruckend. Er bestand aus drei gewaltigen Quadern, von denen zwei senkrecht im Gras standen. Der dritte Block verband die beiden und lag in passenden Kerben auf ihnen. Alles in allem war das Gebilde vielleicht fünf Meter hoch. Vor einiger Zeit war Siebeneisen am Hill of Tara in der Nähe von Dublin gewesen, wo Irlands Hochkönige gekrönt worden waren. Dort hatte ihn ein merkwürdiges Gefühl befallen, als habe ein Seismograph in ihm etwas registriert, das in den grünen Hügeln Irlands verborgen war. Und jetzt, am Ha'amonga 'a Maui, eine halbe Welt entfernt, spürte er etwas ganz Ähnliches.

»Na, wollen Sie ihn sich nicht ansehen?« Der Hotelmanager ging voran.

»Was ist das für ein Ort? Was passierte hier?«

»Hat man noch nicht herausgefunden. Der König, der ihn erbauen ließ, hatte zwei Söhne – die Forscher vermuten, dass die senkrechten Steine für die beiden Thronfolger stehen. Und der Balken über ihnen soll angeblich ihre Verbundenheit symbolisieren.«

Siebeneisen fuhr mit der Hand über einen der stehenden Steine. Die versteinerten Korallen fühlten sich selbst in Tongas Tropenhitze kühl an.

»Möglicherweise besaß der Bogen auch eine astronomische Bedeutung.« Finley-Warrenstomp saß nun im Gras und kaute an einem Halm herum. »Wenn Sie mich fragen, dann ist er einfach da.«

»Als es noch keinen Palast gab…« Siebeneisen ging langsam um den Bogen herum. »…da könnte das hier doch ein guter Platz für das Schweineessen zu Ehren der Gäste gewesen sein, oder?«

»Ja. Durchaus vorstellbar. Die alte Hauptstadt lag dort drüben.« Finley-Warrenstomp nickte in Richtung einer Bananenplantage. »Die bessere Aussicht hatte man jedenfalls von hier.«

»Ich bin mir sicher, dass wir hier richtig sind. Ich kann Ihnen nicht sagen, warum, aber ich habe so ein Gefühl. Bekommen wir hier irgendwo eine Leiter her?«

Der Hotelmanager sah sich um und dann Siebeneisen an.

»Schon gut, blöde Frage. Wie weit ist es von hier denn zum Supermarkt der lieblichen Lea? Die hat doch bestimmt eine.«

»Anderes Inselende. Hin und zurück? Drei Stunden.«

»Dauert zu lange. Wir könn…«

Siebeneisen sah einen dunklen Schatten in der Luft und duckte sich instinktiv weg. Und dann hörte er das cholerische

Tschilpen, und dann waren da zwei, drei Stiche auf seinem Kopf und dann nochmal zwei oder drei, und dann erst schaffte er es, die angreifende Rauchseeschwalbe mit einer fuchtelnden Bewegung seiner Hände zu vertreiben. Zumindest für wenige Sekunden, dann war der Vogel wieder da.

»Gehen Sie da weg! Jetzt! Schnell!«

Siebeneisen rannte geduckt zu Finley-Warrenstomp, der noch immer auf der Wiese saß. Die Rauchseeschwalbe tschilpte noch einmal. Dann setzte sie sich oben auf den Ha'amonga 'a Maui.

»Dieses Mistvieh!« Siebeneisen befühlte sich den Kopf. Er blutete.

»Ist nicht so schlimm. Im Jeep sind Schere und Pflaster. Ich hole die schnell.« Der Hotelmanager schlenderte zum Auto. Die Rauchseeschwalbe verfolgte ihn mit den Augen. Und Siebeneisen dachte nach. Warum hatte der Vogel ihn attackiert? Weil der Vogel brütete und sein Nest verteidigen wollte. Und wo war das Nest? Er sah zur Rauchseeschwalbe hinüber. Sie saß noch immer an der gleichen Stelle. Oben auf dem steinernen Bogen.

»Ich glaube, ich weiß, wo wir suchen müssen.« Siebeneisen verzog das Gesicht, als er zuerst zwei Büschel Haare abgeschnitten und anschließend die Pflaster auf den Kopf geklebt bekam. »Haben Sie irgendetwas im Auto, mit dem ich meinen Kopf schützen könnte?«

»Habe ich.« Finley-Warrenstomp ging noch einmal zum Jeep. Nach einer Weile kam er mit dem irischen Plüschzylinder aus dem Supermarkt zurück.

»Na, dann mal los. Kommen Sie.« Siebeneisen setzte den Hut auf und ging vorsichtig hinüber zum Ha'amonga 'a Maui. Der Hotelmanager folgte ihm. Sobald sie den steinernen Bogen erreichten, rastete die Rauchseeschwalbe erneut aus. Bloß hackte sie dieses Mal auf Siebeneisens neue Kopfbedeckung ein.

»Helfen Sie mir mal hinauf!«

Der Hotelmanager faltete die Hände zu einer Räuberleiter und hob Siebeneisen in die Höhe, was die Rauchseeschwalbe vollends aus der Fassung brachte. Sie landete auf dem *St.-Patrick's-Day-*Zylinder und bearbeitete ihn wie ein Specht auf Speed. Siebeneisen versuchte, den Vogel durch Schütteln des Kopfes abzuschütteln, wobei ihm der Zylinder immer tiefer in die Stirn rutschte. Ihm war schrecklich heiß. Eine Etage unter ihm versuchte Finley-Warrenstomp, das Gleichgewicht zu halten.

»Nicht so schwanken! Wie soll ich so denn hier oben was finden können?«, schrie Siebeneisen, aber dann hatte er schon etwas gefunden: Am oberen Ende des linken Steinblocks ragten einige Grashalme aus einer Öffnung. Er reckte den Arm nach oben, ertastete ein Loch und in diesem Loch kleine Äste und Gras und drei kleine Eier, aber dann war erst einmal Schluss mit dem Tasten, weil die Rauchseeschwalbe es natürlich gar nicht mochte, dass da jemand an ihrem Nest herumfingerte. Siebeneisen schrie auf und schüttelte den Vogel ab, der sich in seinen Zeigefinger verbissen hatte. Dann griff er in das Loch hinein und nahm heraus, was hinter dem Nest versteckt war.

Und dann konnte ihn der Hotelmanager nicht mehr halten, und Siebeneisen fiel wie eine Bahnschranke von links nach rechts ins Gras. Wie eine Bahnschranke, die einen irischgrünen Zylinder aus Plüsch trägt.

Auf der Fahrt zurück zur Anlegestelle der Hotelinsel sah Siebeneisen in den Rückspiegel. Er sah fürchterlich aus. Aus seinen Haaren ragten Pflasterenden, über sein Gesicht zogen sich Streifen getrockneten Blutes. Seine komplette rechte Seite schmerzte, der Nacken, die Schulter, die Rippen, die Hüfte, das Bein, das Knie, alles. Schweigend sah er zum Fenster hinaus.

Ein grauer Himmel wölbte sich über der Insel, kein Sonnenstrahl kitzelte die Farben der Südsee hervor, es schien, als habe eine gewaltige Melancholie das Inselreich ergriffen. Als habe Tonga längst kapituliert. Als lägen die Inseln am Anfang der Zeit ganz an deren Ende.

Siebeneisen betrachtete die kleine Origamifigur, die er in der Aushöhlung oben im Ha'amonga 'a Maui gefunden hatte. Dort, wo eigentlich das Statuenstück hätte versteckt sein sollen. Sie sah aus, als habe jemand sehr sorgfältig einen Felsbrocken gefaltet. Seltsam, dachte Siebeneisen. Ihm fiel ein Science-Fiction-Film aus den Achtzigern ein, *Blade Runner*, in dem ein Polizist mit solchen Papierfiguren Botschaften hinterließ. Dann las er noch einmal das Fax, das Wipperfürth geschickt hatte. In Gedanken formulierte er die passende Antwort.

12

FREITAGS IN DER FAULEN KOBRA, JODHPUR, INDIEN.

»Ko-homm, ko-hooom! Ksks! Ksksks! Ko-ho-homm!« Wipperfürth klopfte mit dem Zeigefinger gegen den Bastkorb, der vor ihm auf dem Tresen stand. Er beugte sich nach vorne und sah hinein. »Das verstehe ich nicht. Sonst kommt sie immer sofort, wenn ich sie rufe!«

»Was willst du mir denn zeigen? Ist da ein kleines Kätzchen im Korb?«

Schatten stand unmittelbar hinter Wipperfürth. Er trug einen cremefarbenen, hoffnungslos zerknitterten Leinenanzug und einen zerdellten Panamahut mit Zierband, auf dem sich der Schriftzug »Auf diese Steine können Sie bauen – LBS!« einmal um den Kopf wand. Oberhalb des Slogans hatte sich ein dunkler Fleck ausgebreitet. Schatten zog ein großes Tuch aus der hinteren Hosentasche und wischte sich den Schweiß von der Stirn.

»Es kommt bestimmt raus, sobald wir weg sind. Ich hätte auch Angst, wenn jemand wie du an meine Tür klopfen würde.«

»Niranjaaaaaana! Ko-homm, ko-hooom! Ksks! Ksksks!« Wipperfürth hatte den Korb jetzt in die Hände genommen und schüttelte ihn sanft. Niranjana ließ sich nicht sehen. Stattdessen kam der Besitzer des Teehauses aus der Küche. Er sah kurz zu Wipperfürth hinüber, tat dann so, als hätte er etwas vergessen, drehte sich um und verschwand. In den vergangenen

Tagen hatte er das Teehaus etliche Male durch den Hinterausgang verlassen, damit dieser merkwürdige Gast ihn nicht wieder in ein Gespräch verwickeln konnte. Wenn er geahnt hätte, wie unmöglich dieser Typ sich aufführen würde – niemals hätte er ihm das Sofa aufgestellt. Seitdem kam er jeden Nachmittag in seinem lächerlichen Aufzug hereingehumpelt und ließ sich unter lautem Stöhnen und Wimmern auf den Kissen nieder. Sobald er auf der Seite lag, begrüßte er alle anderen Gäste, als hätten sie schon als Kinder zusammen Murmeln gespielt.

Der Besitzer des Teehauses wusste, dass die anderen Besucher diesen Deutschen für durchgeknallt hielten. Sie verhielten sich zurückhaltend freundlich, weil sie glaubten, dass er von einem bösen Dämon besessen sei. Bloß der Babaji schien anderer Meinung zu sein. Der Alte ignorierte den Deutschen auf seine Weise: Wenn der Mann in seinem »Tausendundeine Nacht«-Aufzug und den lächerlichen Goldbrokat-Schlappen den Raum betrat, versenkte sich der Babaji weise lächelnd in eine tiefe Meditation.

»Sie will nicht. Versuch du es doch mal!« Wipperfürth drückte Schatten den Bastkorb in die Hände.

»Die kleine Niranjana soll ruhig weiterdösen. Wie du vielleicht weißt, leide ich an einer Katzenallergie. Ich habe keine Lust, die nächsten zwei Stunden durchgehend niesen zu müssen.«

Schatten suchte eine Stelle, an der er den Korb absetzen konnte – dort, wo er hingehörte, auf den Tresen nämlich, stand mittlerweile ein Tablett mit schmutzigen Gläsern. Der Sohn des Teehausbesitzers hatte beobachtet, wie sein Vater durch den Hinterausgang verschwunden war. Jetzt kniete er hinter dem Tresen, nahm die CD mit den traditionellen Ragas aus dem Player, legte Pink Floyds *The Wall* ein und stellte Titel 4 ein, »Comfortably Numb«. Dann drückte er die »Play«-Taste. Ein

Teppich aus Synthesizerklängen entrollte sich im Raum. Der Sohn des Teehausbesitzers beschloss, dort unten am CD-Spieler hocken zu bleiben: Gleich kam David Gilmours Einsatz, und den wollte er nicht verpassen, weil er von einem Gast wegen einer Bestellung gerufen wurde.

Auf der anderen Seite des Tresens, drei Schritte entfernt, drehte sich Schatten hilflos um die eigene Achse. Er wusste noch immer nicht, wo er den Korb abstellen sollte. Wipperfürth war dabei, den anderen Teehausgästen huldvoll zuzunicken. Und Pink Floyd kamen bei »Comfortably Numb« allmählich zum Ende des zweiten Refrains. Vor vielen Jahren, als die Band den Song in einem Studio in London aufgenommen hatte, war Mr. Gilmour in diesen Sekunden zwei, drei Schritte vom Mikrofon weggetreten und hatte den Blick andächtig auf das Griffbrett seiner Gitarre gesenkt.

»Wo soll ich denn jetzt damit hin? Herrgott! Nimm mir das Ding bitte mal ab – du kennst dich doch hier aus.« Schatten hielt den Korb noch immer in den Händen. Wipperfürth verbeugte sich gerade Richtung Babaji, der selig lächelte (was nichts mit Wipperfürth zu tun hatte, sondern mit der Tiefe der Meditation, die er erreicht hatte). Und David Gilmour setzte zu einem Solo an, von dem Gitarristen weltweit sagten, es sei das größte seiner gesamten Musikerkarriere, klagend und dunkel und tausend Tränen tief, jede Note ein kleiner, schwarzer Diamant, der in Zeitlupe von den Saiten der Stratocaster fällt.

»Dann gib schon her!« Wipperfürth nahm Schatten den Korb ab, stellte ihn auf den Boden neben den Tresen und zog seinen Freund in Richtung Diwan. Ein oder zwei Sekunden später erschien Niranjana zu den irisierenden Tonfolgen aus David Gilmours Gitarre. Weder Wipperfürth noch Schatten sahen, wie die Kobra majestätisch aus ihrem Korb in die Höhe stieg und mit ihren kalten Schlangenaugen den Raum betrachtete.

»Jetzt erzähl doch mal! Hattest du einen guten Flug?«

»Du beliebst zu scherzen. Als ob du nicht genau wüsstest, dass jeder noch so kurze Flug eine Tortur für mich bedeutet! Bei den Fluglinien denkt doch niemand an Leute, die etwas kräftiger gebaut sind. Ich weiß auch nicht, was in dich gefahren ist, dass du mir diese Verbindung herausgesucht hast! Als ob man nicht schon im Erdkundeunterricht der fünften Klasse lernen würde, dass Lagos nicht auf dem direkten Weg zwischen Deutschland und Indien liegt!« Schatten setzte sich schnaufend auf einen Stuhl neben den Diwan, auf den sich Wipperfürth einen Moment zuvor unter theatralischem Gestöhn gelegt hatte. »Und dann musste ich dort elf Stunden auf meinen Anschlussflug nach Kinshasa warten. Elf Stunden! In einer völlig überfüllten Wartehalle! Und dann dieser Anschlussflug! Ich weiß nicht, wie DU dich fühlen würdest, wenn du sechs Stunden neben jemandem sitzen müsstest, der wie ein heruntergekommener Söldner aussieht und in einem zugeschissenen Uniformhemd steckt. Schrecklich! Gesichtszuckungen hatte der auch. Und Albträume. Ständig hat er *Bhekisisa*! gerufen. Das war bestimmt ein Schutzzauber!«

Statt zu antworten, veränderte Wipperfürth seine Position auf dem Diwan und wimmerte leise.

»Und warum du mich von Harare dann nach Kuala Lumpur fliegen lässt, was bekanntlich ebenfalls nicht auf der Route nach Indien liegt, solltest du mir auch irgendwann erklären. Und wieso stand ich dort dann bloß auf der Warteliste? Und konnte erst nach zwei Tagen mit?«

»Hast du dir da diesen Anzug gekauft?« Wipperfürth lag mittlerweile offenbar bequem. Er hatte das Kinn auf seine linke

Hand gestützt und nippte an einem Tee, den der Sohn des Teehausbesitzers gebracht hatte. Im Hintergrund schichteten Pink Floyd Stimmen zu einem Chor aufeinander.

»In Kuala Lumpur? Da sieht man mal wieder, dass du keine Ahnung hast! Das ist ein original Tropenanzug. Habe ich aus einem Düsseldorfer Spezialgeschäft. Die haben gleich noch ein paar Änderungen vorgenommen.« Schatten versuchte, eine der schätzungsweise 16 544 Falten glatt zu streichen. Sein original Tropenanzug sah aus, als sei er aus Papier, das mehrere Male zusammengeknüllt und anschließend wieder auseinandergefaltet worden war. »Außerdem verstehe ich noch immer nicht, weshalb du mich unbedingt hier vor Ort haben willst. Hättest du das nicht allein schaffen können?«

»Du siehst doch wohl, wie krank ich bin! Und wenn du nachher das Archiv im Palast besuchst, wirst du wissen, weshalb hier jede helfende Hand gebraucht wird – die Räume sehen aus, als habe Franz Kafka sie erfunden. Der Maharadscha und ich kommen viel zu langsam voran.« Wipperfürth stützte sich mit dem Arm ab und schob sich langsam in eine sitzende Position. Er stöhnte mitleiderregend.

»Dein Einsatz ist übrigens auch in deinem Interesse: Je länger wir brauchen, um diese Dokumente zu finden, desto mehr Spesen häuft Siebeneisen an.«

»Gütiger Gott!«

»Im Moment ist unser gemeinsamer Freund noch immer auf Tonga. Und logiert in einem ziemlich feudalen Hotelresort.«

»Wie bitte? Du hattest ihm doch diese preiswerte und sehr zentrale Unterkunft gebucht!«

»Aus der er nach einer Nacht einfach ausgezogen ist. Siehst du: Auch dafür brauche ich deine Unterstützung. Der macht doch sonst, was er will!«

»Das müssen wir unbedingt verhindern! Wie ist denn die

Suche auf Tonga bislang verlaufen? Gibt es da einen Zwischenstand, den du mir gnädigerweise mitteilen würdest?«

Schatten rückte mit seinem Stuhl einen Fußbreit näher an den Diwan heran. Er hatte die Kuh bemerkt, die soeben ihren Kopf durch die Tür des Teehauses steckte und gelangweilt an einem Müllbeutel herumkaute. Im gleichen Moment kam der Teehausbesitzer von seinen Besorgungen zurück. Als Erstes scheuchte er die Kuh zurück auf die Straße. Dann stauchte er seinen Sohn zusammen. Der Sohn nahm die Pink-Floyd-CD aus dem Player und legte eine andere hinein. Kurz danach zirpten die üblichen Sitarklänge durch das Teehaus.

»Von einem Zwischenstand kann keine Rede sein.« Wipperfürth wirkte erleichtert über den Rückzug der Kuh. »Die Sache ist durch.«

»Was heißt: Die Sache ist durch? Hat er das Teil schon gefunden? Unser Siebeneisen!«

»Hat er leider nicht. Er…«

»Dann müssen wir nach weiteren Hinweisen suchen! Und zwar schnell!« Schattens Gesichtsfarbe hatte in den letzten ein, zwei Minuten erheblich an Intensität zugelegt. Und sein Panamahut konnte nicht mehr alles aufsaugen, was da aus seiner Haut drängte.

»Jetzt lass mich doch mal ausreden! Wir müssen ihm keine Tipps mehr geben – er hat das Versteck des Statuenstücks schon entdeckt und…«

»Ja! Unser Mann! Ich wusste es!« Schatten lächelte wissend.

»… und festgestellt, dass er zu spät gekommen ist.«

»Wie bitte?« Schattens Gesichtszüge entgleisten. »Zu spät? Wieso zu spät?«

»Die Konkurrenz war schon vor ihm da.«

»Die Typen, die auch schon das Stück aus der Schatzkammer des Maharadschas entwendet haben?«

»Wahrscheinlich. Jetzt besitzen unsere Gegenspieler also schon zwei der sieben Teile.«

»Mit denen sie allerdings noch überhaupt nichts anfangen können, das ist mal klar.«

Nach einem kurzen Moment der Überraschung war in Schatten wieder der ruhige Analytiker an der Reihe. Er schnaufte lediglich ein wenig mehr als noch vor ein oder zwei Minuten. Über seine Schläfen folgten mehrere Schweißtropfen dem Ruf der Schwerkraft. »Es fehlen ihnen ja noch ein paar Stücke. Wie weit seid ihr denn im Archiv gekommen? Habt ihr schon eine Idee, wo Cook die weiteren Einzelteile deponiert haben könnte?« Schatten sah Wipperfürth an, der wie ein römischer Senator auf seinem Diwan lag.

»Natürlich haben wir eine Idee. Der große Maharadscha und ich arbeiten ja Hand in Hand.«

»Wie muss ich mir das jetzt bitte schön vorstellen? Muss ich mir das überhaupt vorstellen?«

»Du siehst ja, dass ich in meiner Bewegungsfreiheit stark beeinträchtigt bin. Deshalb steigt der Großfürst immer auf die Leiter und sucht in den oberen Regalfächern. Die Unterlagen aus der zweiten Hälfte des 18. Jahrhunderts stehen leider allesamt hoch oben unter der Decke. Ich stehe unten und nehme die Akten entgegen.«

»Aha. Und? Was sagen die? Die Akten?«

»Es ist uns gelungen, einen Brief Cooks aus dem Jahre 1777 aufzufinden. Darin schreibt er an den Vorfahren des gesegneten Großfürsten, er habe einen weiteren Teil des Abkommens erfüllt. Ganz in der Nähe von Tonga übrigens.«

»Und wo? Jetzt lass dir doch nicht alles aus der Nase ziehen!«

»In Neuseeland.«

»Neuseeland! Noch so ein Traumziel! Womit hat unser

Freund es eigentlich verdient, dass er so viel Schönes von der Welt zu sehen bekommt?« Schattens Gesichtsausdruck veränderte sich plötzlich. »Gibt es denn günstige Low-Budget-Flüge von Tonga nach Neuseeland?« Er klang nun besorgt. Einzelne Tropfen fielen auf den Teehausboden.

»Leider nein. Nur sündhaft teure Linienflüge. Ich wollte ihn deswegen ganz bequem auf einem Containerschiff reisen lassen. Dank meiner genauen Kenntnis diverser Suchmaschinen und meiner formidablen technischen Ausstattung ist es mir nach langem Suchen gelungen, eine passende Option aufzutreiben.«

Wipperfürth holte sein Smartphone aus der Hosentasche und betrachtete es, als wolle er sich noch einmal von der Güteklasse seiner formidablen technischen Ausstattung überzeugen. Auf seine intime Kenntnis der Suchmaschinen ging er nicht weiter ein. Auch nicht darauf, dass er die Schiffspassage innerhalb von zwei Minuten gegoogelt hatte.

»Die *Mischa Raskolnikov* wäre genau das Richtige für ihn gewesen: gerade mal 42 Jahre alt, russische Mannschaft, verschifft Eisenerz aus sibirischen Häfen in alle Welt. Läuft morgen fahrplanmäßig in Tonga aus und ist Ende kommender Woche in Auckland, ruhige See vorausgesetzt. Und eine Koje im Schlafraum der Maschinisten wäre auch noch zu haben gewesen.«

»Wieso: zu haben gewesen? Hast du zu lange mit der Buchung gewartet?«

»Nein. Aber er wollte nicht.«

»Siebeneisen? Er wollte nicht? Wieso wollte er nicht?«

»Er hat mir geschrieben, dass er nicht mit dem Schiff fahren möchte, wenn es Flugverbindungen gibt. Er sei schließlich nicht Cook.«

»Was soll denn das heißen? Natürlich ist er nicht Cook. Aber er kann doch trotzdem auf Kreuzfahrt gehen! Andere Menschen wären froh, wenn sie das dürften!«

»Vor allem, wenn sie ihre Reise so toll organisiert bekommen würden wie unser Freund. Er hätte bloß zum Hafen gemusst, alles andere hätte der russische Kapitän in die Hand genommen. Stattdessen musste ich ihm diesen sündhaft teuren Flug buchen.«

»Du hast schon? Gebucht?« Schatten kämpfte gegen einen erneuten Schweißausbruch. Der Slogan auf seinem Hutband begann sich allmählich zu verfärben – aus »Auf diese Steine können Sie bauen« liefen blaue Linien in den Bast des Panamahuts.

»Ich weiß gar nicht, wie ich dir das sagen soll, aber …«

»Aber was? Was denn noch?«

»Er hat verlangt, dass ich auch für seine Freundin einen Flug buche.«

»Was? Für Lawn? Nein!«

»Doch. *One-way*, von New Orleans nach Neuseeland.« Wipperfürth versuchte mit den Schultern zu zucken, um die Alternativlosigkeit anzudeuten, was ihm nicht gelang, weil er ja auf seinem Diwan lag. Es sah aus, als habe er Muskelzucken. »Ich wollte das mit dir besprechen, aber du warst ja nicht zu erreichen.«

»Weil du mich in diversen Flugzeugen einmal quer über den Globus geschickt hast!«

»Ist aber vielleicht nicht das Schlechteste. Bei der Suche nach deinen Miterben war sie doch auch ganz hilfreich. Lawn ist nun mal eine Frau mit ganz außergewöhnlichen Wahrnehmungsfähigkeiten, wie Siebeneisen immer so schön sagt. Vielleicht kann sie erahnen, wo unser guter alter James die Teile der magischen Statue versteckt hat.«

»Jetzt erzähl mal bitte keinen Blödsinn! Nur weil sie Geld damit verdient, in alten Villen nach ein paar Mäusen zu suchen, deren Lärm die Leute für das Poltern von Geistern halten, muss sie ja nicht automatisch die Gedanken eines toten Kapitäns erraten können! Sie lebt in den USA! Du kannst dir doch vorstellen, was da drüben los ist, wenn Leute in ein Haus einziehen, das älter als 17 Jahre ist. Für die ist doch schon alles antik, was vor 1960 gebaut wurde.«

»Jetzt reg dich nicht auf. Ist eh zu spät. Lawn sitzt schon im Flugzeug. Siebeneisen auch. Beide landen morgen in Invercargill.«

»Wo? Ingwer-was? Hast du eben nicht was von Auckland gesagt?«

»Doch, habe ich.« Wipperfürth richtete sich theatralisch auf, wobei er das Gesicht verzog, als habe er Magenkrämpfe. »Der Flug nach Invercargill war allerdings 129 Dollar preiswerter.«

»Weil das ganz im Süden liegt. Im Süden der Südinsel Neuseelands. Das weiß ich übrigens, weil ich gerade sehr viel Zeit hatte, die Landkarten in den Magazinen diverser Fluglinien zu studieren.« Schatten schwitzte jetzt so, dass sich die ersten Tropfen außen auf dem Hutband zeigten. Sie waren hellblau. »Von dort müssen die ja dann bestimmt 1700 Kilometer nach Auckland auf der Nordinsel fahren. Und ein Meer ist da auch noch dazwischen.«

»Keine Sorge, mein Lieber, das habe ich alles geregelt. Busfahrt mit Fährverbindung 19,95 Dollar. Für beide. Ein absolutes Hammer-Sonderangebot. Die Tickets liegen am Flughafen.« Wipperfürth grinste. »Und wir suchen jetzt mal im Archiv nach weiteren Hinweisen.« Er drückte diverse Tasten auf seinem Smartphone, mit dem man nicht telefonieren konnte. »Meine Weltzeituhr sagt mir, dass wir ab jetzt genau zwei Tage und sieben Stunden Zeit haben, bis unsere Turteltäubchen in Invercargill ankommen.«

13

INVERCARGILL, NEUSEELAND, ZWEI TAGE SPÄTER.

Lawn Ribaud sah genauso aus wie an jenem Tag, an dem sie und Siebeneisen sich zum ersten Mal in Louisiana begegnet waren. Exakt so. Sie trug dasselbe schlichte, graue Sommerkleid wie damals, dasselbe Halstuch, dieselben Sandalen, das gleiche Parfüm, das sanft nach Patschuli roch. Siebeneisen hatte zusammen mit ihr nach einem von Schattens Miterben gesucht. Und sich Hals über Kopf in die Frau verliebt, die hauptberuflich paranormalen Aktivitäten in historischen Häusern auf den Grund ging. Nach ein paar sehr turbulenten Tagen in New Orleans hatte Lawn beschlossen, Siebeneisen auf seiner weiteren Reise zu begleiten. Später war sie dann von Oer-Erkenschwick zurück in die USA geflogen, weil ihre Stammkunden über verstärkten Spuk in ihren Häusern klagten. Und so, wie sie gerade strahlte, hatte sie allen Geistern und Gespenstern erfolgreich den Garaus gemacht, dachte Siebeneisen, als er Lawn in der Ankunftshalle des Flughafens von Invercargill entdeckte. Sie fielen sich in die Arme. Küssten sich. Drückten sich. Wollten sich gar nicht mehr loslassen. Bis Siebeneisen Wipperfürths Bustickets einfielen, die er abholen musste.

»Da müssen Sie sich aber beeilen…«

Die Frau am Infoschalter schaute auf die Uhr. »Der Bus fährt in drei Minuten. Das haben Sie vielleicht ein bisschen knapp gebucht.« Sie sah auf die Tickets. »Oh… unser ›*Keep it simple and basic*‹-Spezial für Studenten, ohne längere Stopps, ohne Liegesitze. Die gelten wirklich nur für diese eine Verbindung. Normalerweise raten wir Fluggästen ab, diesen Tarif zu buchen – wenn ihr Flug Verspätung hat, ist das Geld futsch, und bequem sind die auch nicht. Vor allem nicht, wenn man gerade aus einem Flugzeug kommt, wo man sowieso schon die ganze Zeit über gesessen hat. Wollen Sie es versuchen? Sie müssten aber wirklich rennen…«

»Nein danke.« Siebeneisen nahm die Bustickets und warf sie in einen Abfalleimer neben dem Infoschalter. Er zwinkerte der Frau zu, die ihn irritiert anschaute. »Wir bleiben dann wohl erst einmal im schönen Invercargill. Und nehmen den Bus morgen. Einen mit Sitzen, die man zurückklappen kann.«

»O.k., gut. Das wird dann aber wesentlich teurer…« Die Frau sah auf ihren Computerschirm. »Moment… bis Auckland wären das 433 Euro für Sie beide. Mit diesen Tickets können Sie die Reise unterwegs dann aber auch beliebig oft unterbrechen.«

Siebeneisen zahlte mit Schattens Kreditkarte. Als sie zum Ausgang gingen, kam die Frau vom Infoschalter hinter ihnen hergelaufen. Sie hatte eine Papierrolle in der Hand.

»Habe ich eben ganz vergessen: Diese Faxe hier sind für Sie angekommen. Haben wir auch schon lange nicht mehr gehabt, dass jemand noch faxt. Und dann gleich so viel. Gute Reise! *Kia ora*!«

Sie fanden ein Hotel und stellten ihr Gepäck ab. Und dann fanden sie einen Pub, der wagenradgroße Pizzen servierte, deren Kaloriengehalt Siebeneisen auf etwa dreitausendfünfhundert pro Pizza schätzte. Sie nahmen ihre Teller und zwei Gläser Bier mit nach draußen, wo der Pubbesitzer eine Reihe Holztische und Bänke auf ein Stück Rasen gestellt hatte. Man konnte das

Meer riechen. Ein kalter Wind strich heran. Südlich von Invercargill kommt erst einmal nichts, dann immer noch nichts, und dann kommen die Eisberge der Antarktis. Es gibt keinen milden Wind in Invercargill.

»Ganz schön frisch.« Siebeneisen zog den Reißverschluss seiner dünnen Jacke bis hinauf zum Hals, als ihm die geografische Exponiertheit ihres Aufenthaltsortes bewusst wurde. Lawn schaute ihn leicht spöttisch an. Sie hatte ihre Sandalen von den nackten Füßen gestreift und ließ die Brise mit ihren Locken spielen.

Siebeneisen holte die Faxrolle aus der Jackentasche und entrollte sie wie ein mittelalterlicher Herold die Nachricht seines Herrschers.

»Und? Was schreibt er?«

»Das, was er mir schon in dem Fax geschrieben hat, das ich auf Tonga bekommen habe. ›Du musst nach Neuseeland!‹ stand da drin. Jetzt schreibt er, dass sie einen der Briefe gefunden haben, die Cook damals an den Maharadscha geschickt hat. In dem schreibt er, dass er eines der Einzelteile in Neuseeland versteckt hat.«

»Aha. Und wo?«

»Das steht da offenbar nicht. Nicht mehr. Wipperfürth schreibt, der Brief sei beschädigt. Mäuse.«

»Der Brief ist von Mäusen angefressen worden?«

»Scheint so.«

»Das heißt: Wir wissen nicht, wo wir suchen sollen?«

»Sieht ganz so aus. Wipperfürth vermutet allerdings, dass Cook das Teil auf der Nordinsel versteckt hat. In einem Ort namens Waitangi.«

»O.k.… und warum gerade dort?«

»Weil die Engländer dort mit den Maori den Staatsvertrag abgeschlossen haben.«

»Hä? Das war aber doch etliche Jahre nach Cook! Als der hier aufkreuzte, waren doch überhaupt noch keine Engländer da! Der hat Neuseeland doch entdeckt!«

»Stimmt. Wipperfürth behauptet aber, dieses Waitangi sei schon zu Cooks Zeiten ein bedeutender Ort gewesen. Wegen des Kanus.«

»Wegen des Kanus?«

»Angeblich ist Neuseeland vor 700 Jahren von Menschen besiedelt worden, die in zwölf Kanus aus Polynesien über das Meer kamen. Jeder Maori, der was auf sich hält, kann dir heute noch sagen, in welchem Kanu seine Vorfahren gesessen haben. Die hatten alle Namen, die Kanus.«

»Hm. Und Wipperfürth meint, Cook habe ein Statuenteil in einem dieser Kanus versteckt? Im Holz? Dass er da ein Fach hineingeschnitzt hat oder so?«

»Ja.«

»Und er glaubt außerdem, dieses Kanu liege noch immer am Strand von Waitangi?«

»Schreibt er jedenfalls. Nicht am Strand, aber auf dem Gelände.« Siebeneisen hantierte mit der Faxrolle. Das Thermopapier wollte sich immer wieder aufrollen. Warum schickte ihm dieser Mensch Faxe? In welchem Jahr lebten sie eigentlich? »Er hat sogar ein Foto mitgeschickt, Sekunde, ich hab's gleich… hier… scheint mir ziemlich neu zu sein.« Er hielt den Rollenausschnitt mit dem Foto Richtung Lawn. Auf dem Bild war ein gewaltiges Kriegskanu der Maori zu sehen. Es sah aus, als sei es vergangene Woche fertig geworden.

»Das ist doch mit Sicherheit ein Nachbau.« Lawn hatte nur einen kurzen Blick auf das Bild geworfen und widmete sich wieder ihrer Pizza. »Was schreibt er denn dazu?«

»Dass er nach einer langen und komplizierten Suche in mehreren Onlinedatenbanken auf dieses Kanu gestoßen sei, das… ach, komm, das übliche Wipperfürth-Geschwafel halt. Wenn er mal drei Sekunden nachgedacht hätte, wäre ihm aufgefallen, dass ein 700 Jahre altes Kanu nicht einfach so auf einem Ausstellungsgelände herumliegt. Beziehungsweise: Dass ein 700 Jahre altes Kanu nirgendwo einfach so herumliegt. Und erst recht nicht so aussieht wie das auf dem Foto.« Siebeneisen rollte ein paar Meter in der Faxrolle weiter.

»Und welche anderen Hinweise hat er?« Lawn schnappte sich ein Stück von Siebeneisens Pizza. Ihre eigene hatte sie aufgegessen.

»Andere Hinweise? Du kennst Wipperfürth doch! Wenn der glaubt, er habe eine Spur entdeckt, ist die Arbeit für den doch erledigt.« Siebeneisen rollte vor. Siebeneisen rollte zurück. »Liebesgedichte an die Prinzessin. Sein Steißbein schmerzt noch immer. Die Busfahrt hätte er ausgesucht, um uns die Gelegenheit zu geben, etwas anderes von Neuseeland zu sehen als bloß immer nur Flughäfen. Wir sollen doch bitte wenn möglich in Jugendherbergen übernachten, um die Reisekosten zu drücken. Unfassbar. Und er… nein! Auch das noch!«

»Was denn?«

»Schatten ist in Indien. Großer Gott! Das fehlte gerade noch.«

»Schatten? Der hat Oer-Erkenschwick verlassen?«

»Will Wipperfürth bei der Recherche helfen. Hoffentlich ist er nicht bereits nach drei Minuten zerschmolzen.« Siebeneisen versuchte, sich Schatten bei 43 Grad in Jodhpur vorzustellen. Bevor er vergeblich versuchte, ihn sich nicht vorzustellen mit seinen hundertfünfzig Kilo – die Bilder, die vor seinem geistigen Auge aufzogen, waren einfach zu fürchterlich. Für den weiteren Verlauf seiner Reise bedeutete die neue Konstellation auf jeden Fall nichts Gutes. Als Schatten und Wipperfürth das letzte Mal zusammengearbeitet hatten, bei der Suche nach den irischen Erben, war das Ergebnis ein Fiasko gewesen. Damals hatten die beiden aus ihrem Hauptquartier im Fetten Hecht beim Organisieren seiner Reise ein mittelschweres Chaos angerichtet. Dieses Mal würde dann wohl die Faule Kobra der Ort sein, an dem das Unheil seinen Lauf nahm. Wenn er nicht ganz genau aufpasste und alles hinterfragte, was an Tipps, Anweisungen und Ratschlägen aus dem Teehaus kam. Siebeneisen fragte sich, ob sie für Schatten wohl auch so ein Sofa aufstellen würden. Er nahm einen großen, einen sehr großen Schluck von seinem Bier. Und beschloss, sich nicht aufzuregen. Nein, das würde er nicht. Ganz bestimmt würde er das nicht. Er schaute auf die letzte Seite der Faxrolle. »Hier ist noch eine Karte mit Cooks Neuseeland-Route...«

»Lass mal sehen...« Lawn übernahm die Faxrolle und riss den letzten Teil mit Hilfe der Tischkante ab. Das Blatt beschwerte sie mit Pfeffer- und Salzstreuer. »Der ist ja überhaupt nicht oft an Land gegangen damals«, sagte sie.

»Er kannte Neuseeland ja auch schon. Auf der ersten und zweiten Reise ist er doch auch schon hier gewesen. Das sind die gepunkteten und gestrichelten Linien auf der Karte. Die durchgezogene ist die Route der dritten Reise. Da hat er nur am nördlichen Ende der Südinsel geankert, hier, vom 12. bis zum 25. Februar 1777.« Siebeneisen konnte die Daten auf dem Fax gerade so entziffern.

»Ziemlich lang. Oder?« Lawn saß konzentriert über der Karte. Auf ihrer Stirn bildeten sich diese Falten, die Siebeneisen ganz entzückend fand. So wie damals, bei ihrem ersten Treffen in Louisiana.

»Sieh mal – fällt dir hier was auf?« Lawn tippte mit dem Zeigefinger auf einen Abschnitt im unteren Teil der Südinsel. Während die Linien überall sonst sehr nah entlang der Küste verliefen, schien Cook in diesem Bereich auf dem offenen Meer unterwegs gewesen zu sein.

»Über diese Ecke habe ich mal was gelesen – da unten gibt es Fjorde wie sonst nur in Norwegen.« Es hatte eine Zeit in Siebeneisens Leben gegeben, in der er sein Wissen über die Welt komplett aus den 120 Jahrgängen *National Geographic* bezog, die sich in seiner Wohnung stapelten. »Komisch, dass er sich die nicht genauer angesehen hat. An einige ist er herangesegelt« – Siebeneisen zeigte auf die Stellen auf der Karte, an denen die Route in die Wasserarme führte –, »aber die hier unten hat er komplett ignoriert…«

»Schon seltsam, findest du nicht?« Lawn nippte an ihrem Bier. »Ein Kapitän wie Cook? Einer, der auf seinen Fahrten jeden Küstenvorsprung kartografiert hat und jedes Halbinselchen? Und das mit einer solchen Genauigkeit, dass seine Karten noch bis neulich verwendet wurden – so einer hat die Fjorde am anderen Ende der Welt nicht alle inspiziert?«

»Vielleicht war einfach das Wetter zu schlecht.«

»Vielleicht. Aber das muss doch ständig an ihm genagt haben, so ehrgeizig, wie er gewesen sein soll.«

»Worauf willst du hinaus?« Siebeneisen kam nach dem dritten Pint Bier nicht mehr komplett mit. Was sicher auch mit der von Wipperfürth gebuchten Flugverbindung zu tun hatte, auf der er nach Neuseeland gekommen war. Man konnte tatsächlich über Malaysia fliegen, wenn man von Tonga nach Invercargill wollte. Auch wenn das etwa 19 Stunden länger dauerte als die direkte Verbindung.

»Könnte es nicht sein, dass er während seiner dritten Reise dort war? Dass er nicht wochenlang im Norden vor Anker lag, sondern im Süden war? Um das Statuenteil zu verstecken?«

Siebeneisen überlegte. Lawn könnte recht haben, dachte er. So einen Abstecher hätte Cook ganz einfach im Logbuch verschweigen können. Und dass seine Offiziere und Matrosen nach einer jahrelangen Reise später einmal ausgerechnet von einem kleinen Ausflug in die Fjorde Neuseelands erzählen würden – das konnte der Seefahrer zu Recht für unwahrscheinlich halten. Möglicherweise hatte Cook auch einfach die Daten ein klein wenig frisiert. Er sah Lawn in die Augen.

»Wie kommst du denn da drauf?«

»Keine Ahnung.« Sie schüttelte den Kopf. »Ich hab so ein Gefühl, dass es so gewesen sein könnte.« Es gab Momente, in denen Lawn nicht über ihre besonderen Wahrnehmungsfähigkeiten sprechen wollte, das wusste Siebeneisen bereits. Sie stand auf. »Wollen wir? Ich würde dir gerne noch was zeigen. Hab ich eben gesehen, als wir zum Hotel sind. Ist gleich um die Ecke.«

Gleich um die Ecke begrüßte das Southland Museum & Art Gallery seine Besucher mit einem großen Banner über dem Eingang, auf dem *»Congratulations, Henry!«* stand. Eine rüstige Rentnerin mit blaustichigem Haar strahlte ihnen entgegen, als würden sie ihr gleich den jährlichen Zuschuss des Kultusministeriums in bar auszahlen.

»Sie sind aus Übersee, das sehe ich doch gleich!« Sie klappte ein gewaltiges Gästebuch vor ihnen auf. Das Museum schien nicht sonderlich beliebt zu sein, auf der Seite stand nur ein einziger Eintrag, offenbar ein Besucher aus Taiwan, dessen Anmerkungen aussahen, als habe er ein postmodernes Kunstwerk schaffen wollen. Siebeneisen überlegte kurz, was er in die Spalte *»Coming from/going to«* eintragen sollte. Er entschied sich für *»out of nowhere«* und *»wherever the wind will push us«*. Zusammen mit den asiatischen Zeichen darüber ergab das ein nettes kleines Rätsel. So etwas macht man, wenn man seit Tagen unterwegs ist und drei Pint Bier intus hat, dachte er.

»So, hier ist unser Museumsplan.« Die Frau mit dem Blaustich reichte ihnen eine kleine Broschüre. »Henry ist gleich hier drüben, durch die Tür und dann rechts.« Sie zeigte einen schmalen Gang hinunter. Siebeneisen hatte keine Ahnung, von wem die Frau sprach. Er sah Lawn an. Lawn nahm ihn bei der Hand.

»Dann sagen wir ihm gleich einmal guten Tag«, sagte sie.

Henry saß unbeweglich in einer Ecke und starrte sie an, als die beiden den Raum betraten. Saß da, glotzte und gab keinen Laut von sich. Man hätte ihn für tot halten können, wenn man es nicht besser gewusst hätte. Henry war immer so. Seit Ewigkeiten war er so.

»Was um Himmels willen ist das?«

Siebeneisen war vor Henry stehen geblieben. Er wusste nicht, mit was er gerechnet hatte. Ganz bestimmt nicht mit einer Echse in einem Terrarium, die aussah, als habe die Evolution sie vor etwa 200 Millionen Jahren vergessen und seitdem nicht mehr wiedergefunden, um sie wenigstens halbwegs an die Zeitläufe anzupassen.

»Henry ist ein Tuatara. Eine sehr, sehr seltene Echsenart. Es gibt nur noch ganz wenige Exemplare.«

Henry glotzte sie noch immer an. Er hatte die Mundwinkel leicht nach unten verzogen. Er sah ein bisschen arrogant aus. Siebeneisen musste an Helmut Schmidt denken.

»Ah.« Er wusste nicht recht, was er mit Henry anfangen sollte. Und auch nicht, weshalb Lawn ihn in dieses Museum gebracht hatte. Sein Faible für merkwürdig aussehende und wahrscheinlich unberechenbare Tiere hielt sich in Grenzen. Der Tuatara sah aus, als würde er gerne zwischendurch den einen oder anderen Zeigefinger weghappsen, wenn man ihm zu nahe kam.

»Und warum hat man dem kleinen Henry dieses Banner vors Museum gehängt? Hatte er Geburtstag?«

»Viel besser! Er ist Vater geworden! Stand bei uns in der

Zeitung. Zum ersten Mal Vater! Im stolzen Alter von 111 Jahren!«

»Was? So alt ist dieses Teil?«

Siebeneisen beugte sich zu Henry hinunter. Henry drehte den Kopf. Ein klein wenig nur, aber gerade so weit, dass er Siebeneisen wieder direkt in die Augen starren konnte.

»Möglicherweise ist er viel älter. Seit 111 Jahren ist er lediglich im Museum. Die Maori behaupten, Tuataras könnten bis zu 300 Jahre alt werden. Weiß man natürlich nicht. Damals hat sich ja niemand die Mühe gemacht, eine Geburtsurkunde für eine Echse anzulegen. Wenn Henry noch 200 Jahre lebt, weiß man, dass Tuataras mindestens 311 werden können.«

»Das heißt, diese Echse könnte schon gelebt haben, als James Cook hier aufkreuzte?«

»Möglicherweise, ja.«

Siebeneisen verspürte ein seltsames Gefühl. Eines, das ihn immer dann überfiel, wenn er sich mit etwas konfrontiert sah, das wie ein Fenster in die Vergangenheit war. In alten Burgen ging ihm das so. Oder bei Ausgrabungen. Henry anzusehen war ein bisschen so, als schaue er sich eine römische Amphore an. Was der Echse natürlich völlig egal war. Henry saß einfach nur da und glotzte.

»Woher weißt du das denn eigentlich alles?«, fragte Siebeneisen.

»Ich habe mich mal eine Zeitlang mit polynesischen Mythen beschäftigt. Wegen eines Kunden. In dessen Haus in New Orleans wurden früher Sklaven gehandelt. Er glaubte, deren Seelen seien noch in den Räumen und sprächen nachts mit ihm. Er hatte einige Worte notiert, die er hörte. Die Sprache war Maori.«

»Oh. Und? Was ist dabei herausgekommen?«

»Ich habe mehrere Nächte in dem Haus verbracht. Irgendetwas war tatsächlich komisch. Als ich der Sache auf den Grund gehen wollte, war der Kunde aber bereits ausgezogen. Mittlerweile ist ein Restaurant in dem Gebäude. Wollen wir?«

Siebeneisen schaute ein letztes Mal hinunter zu Henry. Wenn er so alt war, dass er in den Jahren 1770, 1773 und 1777 weiße Segel am Horizont gesehen hatte und anschließend merkwürdig gekleidete Männer, dann würde er das nicht verraten. Einer wie Henry sprach über so etwas nicht. Einer wie Henry konnte solche Dinge für sich behalten.

14

Am nächsten Morgen war Siebeneisen um sechs hellwach. Draußen begrüßte ein Vogel den neuen Tag; er klang, als habe er am Abend zuvor zu tief in ein Pinot-Noir-Glas geschaut und bereue das gerade ziemlich. Der Trunkenbold-Vogel weckte einen anderen, der sich anhörte, als spiele er die schönsten Soli eines John-Coltrane-Albums nach. Siebeneisen lag ganz still. Seit den Ereignissen auf Tonga hatte er Vögeln gegenüber ein gewisses Misstrauen entwickelt. »Haltet ja den Schnabel!«, flüsterte er. Ihm war klar, dass er nicht wieder einschlafen würde. Auch weil seine Gedanken schon wieder um diese blöden Statuenteile kreisten.

Um sich abzulenken, beschloss er, ein wenig zu lesen. Am Vorabend hatte Lawn ihm zwei Reisereportagen gegeben, die sie im Flugzeug aus einem Magazin gerissen hatte. Die eine sei ziemlich lustig, hatte sie gesagt, und die andere ziemlich romantisch. Er nahm die Seiten vom Nachttisch und klemmte sich ein zweites Kissen in den Nacken. Der erste Text schien aus einem Reisemagazin zu stammen. Und von jemandem, der zum ersten Mal nach Neuseeland gekommen war. Das passt ja gut, dachte Siebeneisen.

Es war tatsächlich niemand da, als wir ankamen, niemand, kein Auto weit und breit, kein Boot auf dem Wasser, kein Wohnmobil am Ufer, noch nicht einmal Wanderer oder Radfahrer: Der Lake Pukaki lag vor uns, als hätte ihn Tu-to-Rakiwhanoa, der Schöpfungsgott der Maori, gerade eben erst fertigbekommen, eine matte Scheibe, in der sich die schroffen Zickzackschrate der neuseeländischen Alpen spiegelten. Wir kamen aus Christchurch, drei, vier Stunden Fahrt nach einem langen Flug, wir waren an der Ostküste ein Stück weit nach Süden gefahren und dann ins Landesinnere abgebogen, Richtung See, um am ersten Abend unserer Reise nicht irgendwo auf einem Campingplatz übernachten zu müssen. Das kleine Wohnmobil passte zwischen die Bäume am Ufer, und wir packten Taschen aus und Schränke ein, was man so macht, wenn man gerade angekommen ist an seinem Urlaubsziel. Es muss Zufall gewesen sein, dass wir aus dem Durcheinander im Wohnmobil irgendwann nach draußen schauten. Zum Glück schauten wir nach draußen. Dort hatte Tu-to-Rakiwhanoa nämlich in der Zwischenzeit riesige Eimer mit Farbe umgekippt, Himbeer, Brombeer, Violett, Karmesin, alles zusammen. »Der Himmel stand in Flammen«, so was sagt man ja gerne daher – an diesem Abend aber hatte er den See unter ihm gleich noch mit angezündet. Es sah aus, als bade die Welt in Farben und berausche sich selbst daran. Es fühlte sich an, als habe einem ein kosmischer Zeigefinger auf die Schulter getippt.

Siebeneisen seufzte, ohne es zu merken. Dieses Neuseeland schien ein zauberhaftes Land zu sein. Ein Land für Naturfreunde. Ein Land für Romantiker. Ein Land für Verliebte. Er sah hinüber auf die andere Seite des Betts. Lawn schlief tief und fest. Eine Strähne ihrer Lockenmähne war vor ihre Nase gefallen, jedes Mal, wenn sie ausatmete, bewegte sie sich sanft. Siebeneisen beschloss, noch ein bisschen weiterzulesen, bevor er sie wecken würde.

Die zweite Geschichte hatte einen etwas anderen Tonfall. Sie handelte von einem Journalisten, der in einer Stadt namens Queenstown die unterschiedlichsten Sportarten ausprobiert hatte. Offensichtlich war dieses Queenstown Ziel für Wahnsinnige aus aller Welt, die dort auf alle möglichen Weisen versuchten, ums Leben zu kommen. Aus welchen Gründen auch immer hatte dieser Journalist das wohl alles mitgemacht. Er beschrieb sich selbst als einen *Crashtest-Dummy*. Als Erstes hatte er sich in ein sogenanntes Jetboot gesetzt.

»Etwa 110 km/h Spitze«, sagt unser Kapitän. Ich will das überhaupt nicht hören. Die sollten einem solche Details erst hinterher erzählen, finde ich. Zahnärzte machen das doch auch so. Für den Einstieg ins Adrenalinabenteuer scheint mir so ein Jetboot-Ausflug jedenfalls das Richtige. Man muss nämlich nichts selbst machen, und allein ist man auch nicht. 17 freiwillige Crashtest-Dummys *werden soeben mit Sturzhelm und Rettungsweste ausgestattet. Das Boot sieht ein bisschen so aus wie jenes, mit dem sich der zweite oder dritte Mann von Monacos Caroline damals ein paar Mal zu oft überschlagen hat, aber bevor ich das anmerken kann, brettern wir auch schon los. Mit dem Geräuschpegel einer startenden Boeing, würde ich mal sagen. Mitten hinein in eine der schönsten Landschaften Neuseelands, hat wiederum unser Kapitän gesagt. Jetzt sagt erst einmal niemand mehr was, weil jeder damit beschäftigt ist, seinem Magen zu sagen, dass das alles nur Spaß ist hier.*

So ein Jetboot muss man sich vorstellen wie eine Mischung aus Winzjacht und Enterprise, die von der Kirmes abgehauen ist. In mehreren Reihen sitzen wildfremde Menschen schreiend nebeneinander, hoffen gleichzeitig auf die nächste Kurve und darauf, dass das alles hier bald vorbei sein möge. Vor allem, wenn der Kapitän das Boot kreiseln lässt. Das macht er mit Vorliebe an Stellen, an denen der Fluss nur unwesentlich breiter als der Kreiseldurchmesser ist, da kommen die Felsen am Ufer so schön nah angewirbelt. Da, jetzt wieder. Der Mensch neben mir filmt alles mit einer Videokamera. Na, da möchte ich später im Wohnzimmer dabei sein, wenn Tante Gerda das Urlaubsvideo gezeigt bekommt! Der wird vielleicht blümerant werden! Nicht, dass es mir gerade besser ginge. Acht Uhr morgens ist eine super Zeit für so einen Jetboot-Ausflug, genauso gut könnte man sich vor dem Frühstück in eine Achterbahn setzen und während der Fahrt ein Kapitelchen Dostojewski lesen. Als wir zehn Minuten später aussteigen, wabbelt der Uferkies wie Götterspeise. Zum Glück können wir uns gegenseitig abstützen.

Um Himmels willen, dachte Siebeneisen. Wie konnte man sich so etwas nur antun? Er überflog die weiteren Abschnitte des Artikels. Es schien, als habe der Autor der Reportage noch mehr von diesen halsbrecherischen Aktionen unternommen und darüber geschrieben. Warum machten Menschen so einen Blödsinn? Wieso forderten sie die ehernen Gesetze von Schwerkraft und Erdanziehung heraus? Um die statistische Lebenserwartung aufs Spiel zu setzen? Er sah zu Lawn hinüber. Lawn war wach. Sie lächelte ihn an.

»Das findest du witzig?« Siebeneisen schüttelte die ausgerissenen Zeitschriftenseiten über ihrem Kopf. »Die sind doch alle komplett durchgeknallt! Was sagen denn deren Krankenkassen zu so was?«

Lawn lächelte noch immer. Sie drückte ihm einen Kuss auf die Nase. Genau auf den Stich.

»Ich will das unbedingt ausprobieren. Unser Bus hält da sowieso. Kommst du mit?«

15

Der Skippers Canyon im Süden der Südinsel Neuseelands ist ein geologisch beeindruckender Ort. In epochenlanger Fleißarbeit hat sich der Shotover River hier ein Bett in die Bergwelt gefräst, tiefer und tiefer hinein, bis sich rechts und links seiner Ufer Schiefer- und Granitwälle türmten. Diese Wände sind schroff und schartig; sie wirken, als würden sie alles, was sich an ihnen abmüht, ganz schnell wieder in die Tiefe stürzen lassen. An manchen Stellen aber sind die Lagen abgerutscht und sehen aus wie ein Stapel gigantischer Spielkarten, der den Göttern beim Mischen aus den Händen gefallen ist.

Möglicherweise waren es diese ungewöhnlichen Steinformationen und der wildschäumende Fluss zwischen ihnen, die einst die Neugierde zweier junger Männer weckten. An einem heißen Novembertag des Jahres 1862 – Novembertage können in Neuseeland ziemlich heiß werden, weil das Land auf der Südhalbkugel liegt und hier dann Hochsommer ist – fanden Thomas Arthur und Harry Redfern dann tatsächlich Gold im Skippers Canyon. Nicht nur ein paar Flocken, sondern ziemlich viel; die Rede ist von über hundert Gramm innerhalb weniger Stunden. Die beiden konnten das nicht für sich behalten, welcher Goldgräber konnte oder kann das schon, und bald schon kam es, wie es zuvor auch schon in Kalifornien oder am Klondike gekommen war: Der Lockruf des Goldes mobilisierte die Massen, und die Massen kamen. Aus dem ganzen Land, aus Australien, aus China und sogar aus Amerika und

Europa rückten sie an, immer schneller, immer mehr, bis zu tausend Glücksritter jeden Tag. Der Canyon erwies sich als eine Goldgrube im wahrsten Sinne, und eine Zeitlang hieß es sogar, der Shotover River sei »der reichste Fluss der Welt«. Natürlich sind diese goldenen Zeiten längst vorbei. Bloß den Brauch, erst dann zu heiraten, wenn man genügend Edelmetall für den Ehering aus den Bergen herausgeholt hat – den gibt es noch immer im Skippers Canyon. Deswegen gehen die Jungs aus der Umgebung in den Ferien eher mit der Goldwaschpfanne als mit dem Rugbyball spielen. Mit vierzehn haben die meisten bereits genügend zusammen.

Siebeneisen hatte über den Goldrausch gelesen auf ihrer Busfahrt von Invercargill. Weil draußen nichts anderes zu sehen war als Weiden mit Schafen und Schafe auf Weiden, hatte er ziemlich viel gelesen. Er wusste deshalb auch, dass auf dieser ganzen großen Südinsel, auf einer Fläche so groß wie England, gerade mal eine Million Menschen lebten. Deswegen war überall Platz für Schafe, von denen hier etwa 15 Millionen zu Hause waren und deren Urahnen einst ein gewisser James Cook ausgesetzt hatte. Er wusste, dass in Neuseeland mehr Golfplätze pro Einwohner existierten als irgendwo sonst auf der Welt und dass es einen Strand gab, der zwar 90-Mile-Beach hieß, aber nur 55 Meilen lang war. Wusste er alles, bloß war das im Moment alles egal. Im Moment stand er nämlich auf einer Plattform hoch über dem Skippers Canyon und glaubte, sterben zu müssen. Demnächst, ganz bald, vielleicht schon in den nächsten Sekunden. Bislang hatte er immer gedacht, in den letzten Augenblicken vor dem eigenen Ende ziehe noch einmal das ganze Leben an einem vorbei, aber das stimmte nicht, zumindest nicht bei ihm. Er erinnerte sich lediglich an jeden Moment ihrer Busfahrt von Invercargill nach Queenstown, an jeden einzelnen. An die mit Raureif überzogenen Hügel, über denen frühmorgens der Nebel hing. An die Wolken, die so ganz anders aussahen als die Wolken zu Hause, näher, plastischer, greifbarer. An den Pie, den er zum Lunch verdrückt hatte, eine Blätterteigtasche mit einer ungewöhnlichen Füllung, die zur Kategorie »Manche Dinge liegen etwas schwerer im Magen« gehörte. An Lawn, wie sie während einer Pause einen kleinen Plüschkiwi für ihn gekauft hatte, Neuseelands Nationalvogel, der einen Sturzhelm auf dem Kopf trug und eine Art Bergsteigergeschirr. Daran, wie sie ihn nochmals nach dem Zwischenstopp in Queenstown fragte, sei doch abgemacht, oder?, sie freue sich schon total. Und das ein oder andere *adventure* würde er ja auch mit ihr mitmachen, oder?

Adventure! Adventure!! Siebeneisen fragte sich, wann und wo das schöne althochdeutsche Wort, das ursprünglich und eigentlich so viel wie »Unternehmung« bedeutete, diese schreckliche Verballhornung erfahren hatte. Die Plattform unter seinen Füßen vibrierte leicht, und er klammerte sich ans Geländer ganz in der Ecke, bis die Knöchel seiner Fäuste weiß wurden. Ihm war jetzt etwas übel. Er zitterte. Dabei konnte hier eigentlich überhaupt nichts passieren. Die Plattform war aus Stahl gebaut und fest in der Felswand verankert. Sie besaß einen stabilen Holzboden und sogar ein Dach, und wenn man sich nicht ausnehmend blöd anstellte, zu der einzigen schmalen Lücke im Geländer hinüberspazierte und ausgerechnet dort ausrutschte, gab es keinerlei Möglichkeit, aus der Plattform hinaus- und hinunterzufallen. Aber wenn doch, würde man gleich mal »121 Meter bis zum Canyonboden!« sausen – so stand es jedenfalls auf den T-Shirts der Jungs, die sie und die anderen Teilnehmerinnen hier hinausgebracht hatten, drei Freundinnen aus Kalifornien und eine Holländerin. Die 121 Meter waren ihm übrigens völlig egal – Siebeneisen wäre es auch nicht besser gegangen, wenn es zwei Schritte vor ihm nur fünf oder sechs Meter in die Tiefe gegangen wäre. Er war nicht schwindelfrei. Ihm wurde bereits komisch, wenn er zu Hause eine Glühbirne auswechseln und dazu auf eine Leiter steigen musste. Oder auf Tonga ein Versteck in drei Metern Höhe untersuchte. Er kam auch nicht gut mit solchen Dingen wie ruckartiger Beschleunigung, Herumschleudern oder Kopfüberhängen zurecht. Eines der prägendsten Erlebnisse seiner Jugend war ein Besuch auf der Oer-Erkenschwicker Herbstkirmes gewesen. Er war damals mit seiner Freundin dorthin gegangen, einem zarten, schüchternen Mädchen, das sich allerdings in eine hemmungslos schreiende Furie verwandelte, sobald es in einer Achterbahn saß oder in einem dieser Geräte, die ihre Fahrgäste herumschleudern, während eine nasale Stimme Sätze wie »Und jetzt noch eine Runde rückwärts, damit euch so richtig schön schlecht wird!« säuselt. Zwei Runden auf einem Ding namens »Wilde Maus« hatte er geschafft, bevor ihm so speiübel war, dass er vom Besitzer des Fahrgeschäftes aus dem Verkehr gezogen wurde. Der Mann hatte ihn neben dem Kassenhäuschen auf einen Stuhl gesetzt und ein Glas Wasser gebracht. Seine Freundin, die wilde Maus, war anschließend noch etliche Runden weitergefahren. Immer, wenn sie in einer Kapsel an ihm vorbeigeschleudert wurde, hatte sie vor Begeisterung geschrien.

Und jetzt das hier: der Canyonswing. Wieder mit einer Frau. Lawn war gerade dabei, sich die Funktionsweise erklären zu lassen.

»Ist natürlich nicht ganz so cool wie Bungee, aber echt auch ziemlich krass. Da, zieh's dir mal rein.«

Einer der Typen mit den 121-Meter-Shirts startete ein Video auf einem Bildschirm, der an der Decke der Plattform hing. Man sah einen Mann auf einem Plastikstuhl, der an ihrer Kante stand. Der Mann trug eine komplizierte Sitzgurt-Brustgurt-Kombination, die ganz ähnlich aussah wie die des Plüschkiwis. Zwei 121-Meter-Jungs redeten auf den Mann ein. Klopften ihm auf die Schulter. Schossen ein Foto. Grinsten. Malträtierten ihre Kaugummis. Dann stießen sie ihn ganz unvermittelt und ohne Vorwarnung mit dem Stuhl in den Abgrund. Der Mann verschwand. Man konnte einen langgezogenen Schrei hören, der an den Wänden des Canyons widerhallte.

»Und? Krass, oder?« Der 121-Meter-Typ grinste, als trainiere er für das Casting einer Zahnweißwerbung.

»Muss ein Wahnsinnsgefühl sein!« Lawn strahlte. Siebeneisen erkannte schlagartig, dass er die Spezies Frau niemals würde begreifen können.

»Ist ein irres Gefühl. Versprochen. Du kannst gar nicht genug davon bekommen, wenn du das einmal gemacht hast.« Der 121-Meter-Typ grinste noch breiter. Siebeneisen hätte ihn erschlagen können. Aus seiner leichten Übelkeit war mittlerweile eine Speiübelkeit geworden. Er schwitzte, in Schüben, und dieser Pie lag ihm wie ein Klops im Magen und verursachte dort leichte Krämpfe. Und warum waren alle außer ihm so heiß darauf, sich in diesen Canyon zu stürzen? Die drei Freundinnen aus Kalifornien giggelten unentwegt. Sie fotografierten sich gegenseitig in allen möglichen grenzdebilen Posen, sahen sich die Fotos anschließend an und riefen permanent *»Oh my God!«*, wobei sie sich die Hand vor den Mund hielten, als sei ihnen da eben ein pulitzerpreisverdächtiges Porträt gelungen. Und die Holländerin? Saß schon auf dem Stuhl. War schon angeschnallt. Verschwand schon in der Tiefe. War schon wieder fast oben. Schreiend. Vor Glückshormonen. Oder Endorphinüberdosis. Vielleicht auch nur, weil sie noch am Leben war, nach 121 Metern freiem Fall. Als sie hoch genug heraufgezogen war, konnte Siebeneisen verstehen, was sie rief:

»Besser als Sex! Besserbesserbesser! Besser als der beste Sex!«

Die drei Freundinnen aus Kalifornien schauten irritiert. Vielleicht gehörten sie der »Nicht vor der Hochzeitsnacht!«-Bewegung an und wussten nicht, was die Holländerin meinte. Vielleicht wussten sie es auch und überlegten, ob sie sich durch die Rufe betroffen genug fühlten, um ihre Anwälte in Los Angeles anzurufen und die Holländerin zu verklagen. Die war jetzt oben auf der Rampe und schrie immer noch. Sie küsste die Kalifornierinnen. Nacheinander. Die braungebrannten Typen in den 121-Meter-T-Shirts grinsten ihr »Na, haben wir es euch nicht gesagt?«-Grinsen und hämmerten auf ihre Kaugummis ein. Siebeneisen fiel auf, dass ihre Haut um die Augenpartie viel heller war als der Rest ihrer Gesichter. Er fragte danach.

»Kommt vom Snowboarden, Digger«, antwortete einer von ihnen, während er den Stuhl für den nächsten Kandidaten vorbereitete. Sein Kollege tauschte mit der Holländerin Telefonnummern aus. Siezen, duzen, altern oder diggern wir uns schon, dachte Siebeneisen, der gerade gerne auf dem Behandlungsstuhl seines Zahnarztes gewesen wäre oder beim Steuerprüfer im Finanzamt Oer-Erkenschwick-Mitte oder irgendwo sonst auf dieser verdammten großen Welt, bloß nicht hier oben, 121 Meter über dem Canyonboden. Aus dem Klops war mittlerweile ein Kobold geworden, der ungeduldig mit scharfen Klauen an der Innenwand seines Magens herumkratzte, als wolle er dringend hinaus. Irgendwie gelang es Siebeneisen, sich noch zwei Zentimeter tiefer in die Ecke der Plattform zu drücken. Ein seltsamer Brummton lag ihm in den Ohren, der aus der Tiefe des Canyons zu kommen und ihn zu rufen schien. Als ob da unten etwas auf ihn warte. Als ob ihn etwas auffordere, doch hinunterzukommen, schnell, damit alles bald vorbei sei. Siebeneisen zitterte jetzt so stark, dass es ihm schwerfiel, sich am Geländer festzuklammern. Nur bloß nicht da runtersehen, dachte er immer wieder, nur bloß nicht da runtersehen.

»Magst du als Nächstes?« Lawn lächelte ihm zu. Entweder war diese Frau absolut blind für sein Schicksal, dachte Siebeneisen, oder er war ihr egal. Er spürte, wie plötzlich etwas wie Wut in ihm aufstieg. Wie konnte sie ihn fragen, ob er als Nächster da runter wollte? Wie konnte sie? Sah sie nicht, wie schlecht es ihm ging? Wieso hatte sie kein Mitleid? Siebeneisen bemerkte, wie sein Zittern nachließ. Das Brummen in den Ohren verschwand. Stattdessen war jetzt der Zorn da, oh ja, ein schlimmer Zorn, ein gewaltiger Zorn, ein Zorn, der nicht bloß mit dem dämlichen Gezittere Schluss machte, sondern auch diesem Kobold tief in ihm drinnen eins vors Maul gab, peng, so, da hast du es! Er hörte, wie jemand »Klar. Gerne. Ich komme.« sagte. Dann saß er auf dem Stuhl, und plötzlich kam es dann doch vorbeigezogen, das Leben. Siebeneisen sah hinauf in den Himmel über dem Canyon und sah sich selbst als Kleinkind, als Schuljungen, bei der Abizeugnisübergabe, als jungen Redakteur beim *Tagesboten* und wie er umzog und Auto fuhr und Tipp-Kick spielte, Schnipsel für Schnipsel schleuderten die Synapsen aus seiner Erinnerung nach vorne ins Bewusstsein. Er spürte noch, wie ihm kalt wurde, ganz plötzlich, eiskalt. Und dann machte sich der Himmel nach oben davon, und die Welt war nur noch ein Schacht, in den er hinuntersauste, und das Brummen in den Ohren war wieder da, und aus dem Brummen in den Ohren wurde ein Rauschen, und aus dem Rauschen wurde ein Röhren, und dann machte es zopp! und ging wieder kurz nach oben und wieder zurück und wieder nach oben und wieder zurück. Es fühlte sich allerdings nicht herrlich an und auch nicht schrecklich, sondern einfach nur leer, leer und nach nichts.

Und dann hing Siebeneisen über dem Shotover River, und

der Kobold in seinem Magen war ziemlich verärgert, denn dem Kobold in seinem Magen hatte das gerade eben überhaupt keinen Spaß gemacht, und deswegen wollte er jetzt raus, ganz schnell wollte er raus, und dann kam er auch schon und fiel ins Wasser.

16

Aus den verschollenen privaten Aufzeichnungen von William Bligh, Sailing Master der HMS Resolution,
24. November 1777

In der vergangenen Nacht bedrängte mich ein Albtraum. Ich konnte keinen Schlaf finden und ging schließlich an Deck. Das Meer lag glatt wie ein Spiegel zu allen Seiten, und am Himmel standen mehr Sterne, als sich die Einwohner Londons je vorstellen könnten. Vorne am Bug sah ich einen regungslosen Schatten, einen Mann, der ebenfalls hinaus in die Ferne sah. Es gibt Augenblicke, in denen ich ein nachgerade freundschaftliches Gefühl für den Alten empfinde. Es sind dies allerdings nur kurze.

Die Stimmung an Bord ist niedergeschlagen. Niemand wollte Abschied nehmen von den Freundschaftsinseln, die wir vor einigen Tagen verlassen haben. Unter der Hand sprachen die Männer von Meuterei, als der Tag des Aufbruchs näher rückte, und gewiss hat auch der Kapitän die Gerüchte vernommen. Ich an seiner statt hätte mir die Rädelsführer geschnappt und sie ohne weitere Diskussion der neunschwänzigen Katze zugeführt! Der Alte aber ließ nur jene auspeitschen, die das Schiff im Schutze der Nacht verlassen hatten und auf seinen Befehl hin von den Eingeborenen zurückgebracht worden waren. Jetzt reden sie alle immerzu von Otaheites Frauen und nörgeln und schimpfen. Als ob es nicht auch andernorts liebreizende Weibsbilder gäbe!

Der Alte ist gleichfalls schlechter Stimmung. Vor ein paar Tagen saßen wir zusammen beim Abendessen in der Great Cabin, als ein gehöriger Disput anhob. Anfänglich besprachen wir die Frage, was unsereins jenen Menschen mitbringt, mit denen wir auf unserer Reise zusammentreffen; vor allem ging es um die venerische Krankheit. Als Robson behauptete, wenn dieses Übel nicht von uns auf die Eilande gebracht würde, käme es zwei oder drei Jahre später eben mit einem anderen Schiff, erzürnte dies den Alten über alle Maßen. In den vergangenen Wochen hatte mich bereits mehrmals der Eindruck beschlichen, er werde von Tag zu Tag starrsinniger und lasse eines anderen Meinung kaum noch gelten. Dieses Mal aber glich er einem Tobsuchtskranken, so sehr erregte ihn Robsons Einwurf. Er folge einer Obersten Direktive, sagte er mit schneidender Stimme, und diese schließe ein prinzipielles Verbot aller Maßnahmen ein, die geeignet sein könnten, die natürliche Entwicklung einer fremden Zivilisation zu verändern, selbst wenn dies unter den allerbesten Absichten oder unbemerkt geschähe.

Als ich dies infrage stellte, wies der Alte auch mich zurecht: Niemals würde er einer Person wie mir ein Schiff anvertrauen, donnerte er, und ich solle auch tunlichst nicht darauf setzen, dass die Admiralität dies jemals zu tun gedenke; noch nicht einmal zum Transport von Pflanzen sei ich zu gebrauchen, geschweige denn für einen Befehl über Schiff und Mannschaft. Ich wollte den Tisch sofort verlassen, aber der Alte kam mir zuvor: Er ließ sein Essen unangetastet und stampfte hinaus in sein Schlafzimmer.

Wie an jenem Abend ist es mir immer mehr ein Rätsel, was ihn umtreibt. Er lässt niemanden an sich heran und scheint auf diesem Schiff keinen einzigen Vertrauten zu besitzen. Über was sinniert er, wenn er des Nachts allein an Bord steht? Denkt er an Frau und Kinder? Und zu welchem Behufe unternimmt er all diese Landgänge? Könnte es tatsächlich sein, dass er Liebschaften unterhält, wie ich es schon seit Längerem vermute? Bei unserem Aufenthalt in Neuseeland befand er sich kürzlich für lange Zeit nicht an Bord. Er hatte zwei Matrosen zur Begleitung gewählt. Die drei waren etliche Tage verschwunden und kehrten vollkommen derangiert zurück. Sie behaupteten, nach guten Ankerplätzen gesucht zu haben. Wenn da mal keine Weibsleute im Spiel gewesen sind!

Nun verlassen wir die warmen Gefilde bald und wollen nach Norden segeln. Neuseeland, Tonga, Otaheite, ach, wie werde ich eure freundlichen Gewässer vermissen!

17

NEUSEELAND, SÜDINSEL, ETWA 236 JAHRE SPÄTER (UND ZU BEGINN DES KAPITELS ÄONEN ZUVOR).

Tu-to-Rakiwhanoa schnaufte, als er die schwere Axt aus dem Gestein zog. Er wischte sich den Schweiß von der Stirn und sah sich den Keil an, den er soeben ins Land getrieben hatte. »Langsam hast du den Bogen ja raus…«, frotzelte Te-Hine-nui-to-po neben ihm. Tu-to-Rakiwhanoa ignorierte die Bemerkung. Frauen! Keine Ahnung von der Schöpfung! Er hievte die Axt über den Kopf, und für einen Moment sah es so aus, als würde ihn ihr Gewicht nach hinten ziehen. Dann fuhr die Schneide mit gewaltigem Krach in das Land der Großen Weißen Wolke. Sofort schoss Meerwasser in den Spalt, aber Tu-to-Rakiwhanoa wusste, dass er dieses Mal, bei seinem vierzehnten Versuch, den perfekten Einschnitt hinbekommen hatte. »Ziemlich gut«, neckte Te-Hine-nui-to-po. Sie hakte sich unter. »Na, noch ein bisschen Kraft über?«, fragte sie und schenkte Tu-to-Rakiwhanoa einen jener Blicke, in dessen Folge Helden gezeugt werden. Als die beiden dann fortgingen mit großen Götterschritten, fiel Te-Hine-nui-to-po die makellose Schönheit des vierzehnten Einschnitts auf. Ein bisschen zu perfekt, dachte sie und kramte in ihrer Handtasche. Dann, als Tu-to-Rakiwhanoa nicht hinsah, bückte sie sich und setzte das kleine Tier aus ihrer Tasche auf einen Stein direkt am vierzehnten Fjord. Die Sandfliege blinzelte irritiert in die Sonne.

Viele Menschenalter später existieren Tu-to-Rakiwhanoa und Te-Hine-nui-to-po bloß noch in den Schöpfungsmythen der Maori – die Sandfliege aber ist immer noch am Milford Sound, dem vierzehnten Fjord im Süden der Südinsel: Ein winziger Plagegeist, der eine paradiesische Landschaft auf den Boden der irdischen Tatsachen zurückholt. Kommt sofort angeflogen, entdeckt sofort jeden Quadratzentimeter ungeschützte Haut, sticht sofort zu.

Siebeneisen fuchtelte mit beiden Händen vor dem Gesicht herum. Wenn er eine Hand frei hatte, erschlug er Fliegen, die sich beim Fuchteln auf die andere Hand gesetzt hatten. In regelmäßigen Abständen klatschte er sich auf Wangen, Stirn und Nacken. Nutzte alles nichts – er spürte, wie einzelne Stiche bereits zu jucken begannen. Warum fielen diese Drecksdinger alle über ihn her? Er sah zu Lawn hinüber, die absolut unbelästigt am Wasser stand, wo sicherlich dreimal so viele Mücken in der Luft waren. Sie schaute völlig versunken auf den Fjord hinaus, während er wahrscheinlich wie ein tobendes Rumpelstilzchen aussah bei seinen Versuchen, die Fliegen abzuwehren. Man musste sich wirklich nicht wundern, dass dieses Fiordland der einsamste Teil Neuseelands war, dachte er.

Siebeneisen erinnerte sich an das, was er im Bus über diese Region gelesen hatte. Fiordland war der größte Nationalpark Neuseelands und der fünftgrößte des Planeten: 12 500 von Gletschern modellierte Quadratkilometer vollgepackt mit fauchenden Wasserfällen und gurgelnden Bergbächen, horizontgreifenden Regenbögen, immergrünen Regenwäldern und jenen vierzehn wassergefüllten Einschnitten, die der Region ihren Namen gegeben haben. Die meisten dieser Fjorde waren um die 500 Meter tief und bis zu 40 Kilometer lang; ihre senkrecht aus dem Wasser steigenden Felswände reckten sich bis zu 1500 himmelhochjauchzende Meter in die Höhe – Fiordland war weiß Gott keine Landschaft, in der man sich als Vertreter der Gattung *homo sapiens* auch nur irgendwie wichtig vorkommen konnte. Weite Abschnitte dieses Zauberlandes hatte noch nie ein Mensch betreten, und die meisten Fjorde lagen in jener majestätischen Gelassenheit in der Sonne, als sei es genau heute Morgen erstmals hell über ihnen geworden. Von der Landseite her konnte man mit Boot und Shuttlebus bloß zum Doubtful Sound gelangen. Und lediglich der Milford Sound, der vierzehnte und nördlichste der Fjorde, ließ sich über eine Straße erreichen.

Und da waren sie nun, frühmorgens mit dem allerersten Bus aus Queenstown gekommen, vor allen anderen, die in den kommenden Stunden noch anrücken würden. Als sie vor dem noch geschlossenen Café aus dem Bus geklettert waren, hatten Siebeneisen und Lawn beide das Gefühl, schon einmal hier gewesen zu sein, so vertraut war ihnen der Milford Sound vorgekommen. Sie kannten ihn von Buchumschlägen, von Postkarten und Werbeplakaten, und vielleicht kannten sie ihn auch, weil Schöpfungspanoramen wie dieses tief im kollektiven Bewusstsein der Menschheit verankert sind: das dunkle, schweigende Wasser. Die sich türmenden Felswände. Die einsamen Vögel, schwebende Scherenschnitte über dem Spiegel des Meeres. Der Felskegel gegenüber, am anderen Ende des Wassers, an dem sich die letzten Morgennebelschwaden festklammerten. Sie standen da und staunten. Sie schwiegen. Sie versuchten sich vorzustellen, wie dieses Panorama wohl früher auf Menschen gewirkt haben mochte, auf die ersten Europäer an diesem Ende der Welt zum Beispiel, vor etwa 240 Jahren, als man noch nicht jeden Winkel der Erde aus Facebook-Einträgen kannte oder aus YouTube-Videos. Zum Beispiel auf jemanden, der hierhin gekommen war, um ein kleines Bruchstück einer Statue zu verstecken, das nicht viel größer gewesen sein konnte als ein gewöhnlicher Flusskiesel.

»Und wo fangen wir jetzt zu suchen an?« Siebeneisen betrachtete den Stein, den er einen Moment zuvor wahllos aufgehoben hatte, als bestünde die Möglichkeit eines absolut unmöglichen, kosmischen Zufalls. Er holte aus und ließ ihn über die spiegelglatte Oberfläche des Wassers springen. Die leisen Aufschläge hallten von den Felswänden des Milford Sound wider. Die leisen Aufschläge und das Klatschen von Siebeneisens Hand, der eine Sandfliege erwischte.

»Dort oben.« Lawn nickte über das Wasser. An dessen Ende reckte sich der Kegel hinauf in die Wolken, als wolle er sie mit seiner Spitze anritzen.

»Dort oben?« Siebeneisen folgte Lawns Nicken. »Wieso denn ausgerechnet gerade dort oben?«

Lawn antwortete nicht. Sie schaute gebannt über das Wasser, über dem der Nebel hing. Beinahe sah sie entrückt aus. Als ob der Berg gegenüber sie hypnotisierte. Siebeneisen dagegen fuchtelte immer noch mit beiden Händen vor seinem Gesicht herum. Mittlerweile hatten die meisten Sandfliegen am Milford Sound ausgeschlafen. Man konnte sie sehen, wenn man in den Himmel oder über das Wasser schaute, die Luft schien wie perforiert. Bloß um Lawn schienen die Mücken weiterhin einen Bogen zu fliegen.

»Ehrlich gesagt sieht mir der Berg nicht so aus, als hätte Cook da so einfach hinaufspazieren können.« Siebeneisen wedelte eine Staffel der winzigen Sandfliegen zur Seite, die sich im Anflug auf seine Brille befand. Sein Gesicht juckte und sein Nacken und sein Hals und seine Hände. Er hatte das Gefühl, als seien die Sandfliegen auch in die Ärmel seiner Jacke gekrabbelt. Und in den Halsausschnitt seines Hemdes. Er sah hinüber zu dem kleinen Café weiter hinten am Ufer. Es wirkte noch immer sehr geschlossen. »Und sowieso hoffe ich für ihn, dass er in einer fliegenfreien Jahreszeit hier war. Das ist ja nicht zum Aushalten!« Siebeneisen schlug sich auf die Nase. Seit sie aus dem Bus gestiegen waren, hatten ihn mehrere Sandfliegen in jenen Stich gestochen, den ihm die Thimaji-Fliege in Indien verpasst hatte. Er spürte, wie er mit jeder Minute nervöser wurde. Es sollte nicht »Hummeln im Hintern« heißen, dachte er. »Sandfliegen unterm Hemdkragen« wäre wesentlich passender.

»Dort oben.« Lawn nickte noch einmal Richtung Bergpyramide. »Irgendetwas sagt mir, dass wir da oben suchen müssen. Ist so ein Gefühl.«

»Und ich hab das Gefühl, dass ich ganz schnell einen Kaffee brauche.« Siebeneisen sah, dass das kleine Café gerade aufgeschlossen wurde. »Und zwar in einem abgeschotteten Raum. Kommst du mit?«

Das kleine Café entpuppte sich als absoluter Glücksgriff. Mit Hilfe sorgfältig angebrachter Moskitonetze vor den Fenstern und einer doppelten Insektengittertür war es den Betreibern gelungen, eine sandfliegenfreie Zone zu errichten. Mit Hilfe des Panoramas vor den Fenstern wiederum hatten sie offenbar einen Koch anlocken können, der ebenso gut in einem Sternerestaurant in New York oder Mailand am Herd hätte stehen können.

»Ist das gut!« Lawn war aus ihrem tranceartigen Zustand wieder völlig in die Realität zurückgekehrt. Sie strich sich hausgemachte Blaubeermarmelade auf eine noch leicht dampfende Scheibe Vollkornbrot.

»Meins auch!« Auf Siebeneisens Teller türmte sich ein Omelette mit Filetstückchen vom Zackenbarsch. In den vergangenen Tagen hatte er nicht wirklich gut gegessen, Pizza in Invercargill, Burger in Queenstown und diese schreckliche Kobold-Teigtasche auf der Busfahrt, die am Ende dann im Shotover River gelandet war – da war das hier schon eine andere Nummer. Der Küchenchef hatte das kulinarische Erbe seiner Vorväter komplett abgeschüttelt. Siebeneisen wusste, dass Neuseelands Küche auf der Großbritanniens gründete – englische Siedler hatten einst die Ernährungsgewohnheiten einer isolierten Inselnation mit in ihre neue und ebenfalls isolierte Heimat gebracht: Hammelfleisch, frittierten Fisch, Weißbrot; Kalorien und Fett und Proteine also vor allem und vielleicht ein kleines Vitamin, das leise vor sich hin weinte, weil es ganz alleine war. Und dann marschierte man aus lauter Verzweiflung in ein Café am Ende der Welt und bekam so etwas vorgesetzt, dachte Siebeneisen und aß die letzte Gabel Omelette. Aus reiner Neugier warf er einen Blick in die ausliegende Weinkarte. Und bedauerte sofort, dass sie am frühen Vormittag hier saßen und nicht ein paar Stunden später. Schattens Kreditkarte wäre zum Großeinsatz gekommen, das stand mal fest.

Und dann war da noch der Besitzer des Cafés. Zuerst war er ihnen nicht aufgefallen: ein hagerer Typ in Jeans und Karohemd, der an einem Tisch ganz hinten in der Ecke saß, Zeitung las und mit den Fingern den Takt zum Blues von Eric Clapton trommelte, der aus den Lautsprechern kam. Irgendwann aber kam er an ihren Tisch und stellte sich vor: Rich MacDonald, Cafébetreiber, Wanderführer, Kajakguide. Siebeneisen, dessen Mückenstiche mit jeder Minute heftiger juckten, fragte, ob die Kajaks mit Moskitonetzen ausgestattet seien.

»Sandfliegen sind wasserscheu. Wenn man ein paar Meter vom Ufer entfernt ist, sind sie verschwunden. An manchen Tagen tauchen sie überhaupt nicht auf. Gestern hättet ihr hier sein müssen. Da war's wolkenlos und windig. Viel Sonne, kein Nebel. Keine Sandfliegen.«

»Gestern konnten wir nicht.« Siebeneisen ertappte sich dabei, wie er immer wieder schielte, um die Spitze seiner Nase zu begutachten. Sie war dabei, sich erneut zu entzünden. Eindeutig. »Gestern mussten wir ausprobieren, wie es sich anfühlt, wenn man festgeschnallt auf einem Stuhl 121 Meter in die Tiefe fällt. Für Sonne und Wind war da keine Zeit. Leider konnten wir anschließend nicht mehr mit der Rakete fliegen. Das wäre bestimmt auch sehr, sehr nett gewesen.«

Siebeneisen registrierte Lawns Blicke. Sie hatte sich am Abend zuvor aufrichtig bei ihm entschuldigt, als ihr klar geworden war, dass sein Verhalten auf der Rampe (und sein Zustand nach dem Sturz in die Tiefe) keinesfalls das Ergebnis begnadeter Schauspielkunst gewesen war. Dass diese Raketenstation, von der sie irgendwo gelesen hatte, mittlerweile bankrott war, war die einzige gute Nachricht an einem ansonsten schrecklichen Tag gewesen. Siebeneisen war sich nicht sicher, ob er einen Flug in einer Art Cruise Missile überstanden hätte, die an einem Drahtseil hing und per Benzinantrieb am neuseeländischen Himmel hin und her sauste. Oder besser: Er war sich ziemlich sicher, dass er das nicht überstanden hätte.

»Ah, ihr kommt aus Queenstown.« Rich MacDonald lächelte, als ob er ziemlich genau wüsste, was gestern in Queenstown passiert war. »Bei uns hier in Fiordland ist alles eine Nummer ruhiger. Seid ihr zum Kajakfahren gekommen? Weil … für heute Nachmittag ist kräftiger Regen gemeldet. Für morgen aber schaut es ziemlich gut aus.«

»Wir würden gerne auf den Berg dort drüben.« Lawn nickte zu der Felspyramide hinüber, die man durch das Fenster auf der gegenüberliegenden Seite des Fjordes sehen konnte.

Siebeneisen war sprachlos. Von »wir« konnte überhaupt keine Rede sein. Er wollte nicht auf diesen Berg. Jedenfalls nicht, solange er keinen eindeutigen Hinweis darauf hatte, dass Cook ebenfalls dort oben gewesen war. Er warf Lawn einen giftigen Blick zu. Lawn lächelte ihn an. Das macht sie immer so, dachte er. Immer. Und nie konnte man ihr wirklich böse sein.

»Auf den Mitre Peak?«

»So heißt der? Bischofsmütze? Sieht auch ein bisschen so aus. Genau – auf den Mitre Peak.«

»Da habt ihr euch aber was vorgenommen.«

»Wieso? Von dort oben muss man doch einen umwerfenden Blick haben…« Siebeneisen registrierte, dass Lawn den Grund ihres Interesses für den Berg verschwieg.

»Das haben Berggipfel so an sich.« Rich grinste. »Nein, mal im Ernst: Natürlich kann man da hinauf. Habe ich im Programm, die Tour kann man bei meiner kleinen Ein-Mann-Agentur buchen. Ist eine ziemliche Kraxelei, geht aber. Wenn das Wetter mitspielt, geht das. Ich war in diesem Jahr schon zwei, drei Mal dort oben mit Alpinisten aus der Schweiz und neulich einem Ornithologen aus Malaysia, der Bergpapageien beobachten wollte. Vor ein paar Wochen bin ich sogar mit einem Filmteam rauf für einen Werbedreh. Man glaubt gar nicht, was Ausrüstung im digitalen Zeitalter dann doch noch wiegt, wenn man sie die ganze Zeit über schleppen muss.«

»Wie lange braucht man denn für den Aufstieg?« Siebeneisen sah zum Fenster hinaus, wo der Gipfel des Berges soeben in den Wolken verschwunden war. Aber Wolken können bei so einem Wetter ja auch sehr, sehr tief hängen, dachte er.

»An einem Tag schafft man das nicht. Da muss man schon eine Übernachtung einplanen.«

»Auch wenn man sehr früh aufsteht und sehr schnell wandert?« Siebeneisen sah sich in Gedanken in einem Schlafsack liegen, über dem eine dunkle Wolke aus drei Komma fünf Millionen Sandfliegen hing.

»Ich fürchte, auch dann. Ausrüstung hätte ich aber für euch beide, das ist kein Problem. Wenn ihr das machen wollt, wäre morgen ein guter Tag. Dann ist das Tief durch. Im Regen hat das da oben keinen Zweck, das könnt ihr euch ja vorstellen.«

»Und es gibt auf der anderen Seite keine Seilbahn?«

»Leider nein. Es gibt auch keine Straße. Es gibt noch nicht einmal einen Wanderweg. Es gibt nur Regenwald und später tolle Panoramen. Vor allem, wenn das Wetter so wird wie angekündigt.«

Siebeneisen seufzte leise. Die Bedienung rief nach Rich, irgendwas mit dem CD-Player, dessen Laser nicht über eine bestimmte Stelle des Albums hinauskam und Eric Clapton deshalb nicht über einen bestimmten Gitarrenriff, er wiederholte ihn immer wieder, eine ewige Endlosschleife mit Läufen, an denen der Bluesmusiker sich die Finger blutig zu spielen schien. Siebeneisen kannte dieses »Crossroads«. Es handelte von jener Straßenkreuzung, an der Robert Johnson angeblich einst seine Seele dem Leibhaftigen versprochen hatte, wenn der ihm das Gitarrespielen beibrachte. Wenn man Clapton zuhörte, wie er die uralte Nummer bis auf die Knochen auszog und das Lied in klagende, heulende, schreiende Einzelteile zerlegte, konnte man eher annehmen, da habe jemand einen Deal mit mindestens 19 Teufeln geschlossen, dachte Siebeneisen.

»Und du bist dir sicher, dass wir da oben fündig werden?« Er hatte gewartet, bis Rich außer Hörweite war.

»Nein, nicht sicher. Aber ich hab so ein Gefühl.«

»Hm.«

»Stell dir Cook vor vor 240 Jahren.«

»Und?«

»Der hatte auch keinen Plan. Stand auch am Ufer, so wie wir vorhin. Hatte den gleichen Ausblick.«

Siebeneisen überlegte. Wenn der Seefahrer in den Milford Sound gesegelt war, hatte er nur hier, am Ende des Fjords, an Land gehen können – überall sonst ragten an beiden Ufern steile Felswände senkrecht in die Höhe. Und wenn er hier gelandet war und am Strand gestanden hatte… Konnte durchaus sein, dass auch ihm der Mitre Peak wie eine gute Idee vorgekommen war.

»Und? Wie schaut's aus?« Rich kam zurück von seinen Reparaturarbeiten am CD-Player. Eric Clapton durfte weiterspielen.

»Wir machen es«, sagte Siebeneisen.

18

Am nächsten Morgen war vom drohend aufragenden Massiv des Mitre Peak nichts zu erkennen. Die Wolken hingen so tief, dass es aussah, als beginne der Himmel unmittelbar über der Wasseroberfläche des Milford Sound. Es regnete, es hatte die ganze Nacht geregnet, und so, wie der Himmel wirkte, würde es auch noch weiterregnen, vorerst und bis auf weiteres. Erstaunlicherweise schien das Wetter den Sandfliegen nichts auszumachen: Als Siebeneisen nach dem Frühstück mit einem Becher Kaffee vor die Tür ihres Hotels trat, begrüßten ihn die Insekten überschwänglich wie einen guten, alten Freund, auf den sie schon die ganze Zeit über gewartet hatten.

Im grauen Nieselregen des frühen Morgens war niemand zu sehen. Offenbar trug die Kombination aus aggressiven Sandfliegenwolken und hoher Regenwahrscheinlichkeit kräftig dazu bei, dass der statistisch durchschnittliche Neuseelandreisende am schönsten aller Südinsel-Fjorde tatsächlich nicht mehr als bloß einen obligatorischen Fotostopp einlegte. Siebeneisen wedelte kurz vor seinem Gesicht herum, spürte, wie er dennoch gestochen wurde, und zog sich wieder hinter die Fliegengittertür der Hotellobby zurück. In seinem Becher übten mehrere Fliegen Brustschwimmen. Dann hupte es draußen auf der Straße, und Rich fuhr vor mit zwei Kajaks auf dem Dach und einem Grinsen im Gesicht. Er kam durch den Regen zum Hotel herüber und entdeckte Siebeneisen hinter der Fliegengittertür.

»Wollen wir?«

»Sollte es heute nicht schönes Wetter geben? Blauen Himmel? Sonne? So was alles?«

»Heute ist ja noch nicht so alt. Kommt noch, das schöne Wetter.«

Eine knappe Stunde später paddelten sie über den Fjord und in eine Art Zeitvakuum hinein: Nichts hier draußen auf den spiegelglatten Wassern erinnerte daran, dass anderswo auf der Welt, dort, wo sie Uhren und Kalender haben, längst das 21. Jahrhundert angebrochen war. Der Fjord schwieg; es war so ruhig, dass Siebeneisen das Bedürfnis verspürte, flüstern zu wollen, um die Stille ja nicht zu stören. Von den Felswänden links und rechts hingen weiße Schnürsenkel, Wasserfälle, geschaffen vom Dauerregen der letzten Stunden. Delfine tauchten zwischen den Kajaks auf und schwammen eine Zeitlang mit ihnen. Jedes Mal, wenn die Tiere neben den Booten die Oberfläche durchbrachen, drehten sie sich leicht zur Seite, als ob sie die komischen Kreaturen da oben in diesen Dingern näher betrachten wollten. Siebeneisen fühlte sich, als spüre er diesen kosmischen Zeigefinger auf der Schulter, von dem er in dem Artikel gelesen hatte.

Lawn saß vor ihm im Kajak. Sie hatte ihre Kamera dabei und versuchte, die Köpfe der Delfine zu erwischen oder zumindest ihre Finnen. Rich paddelte in einem zweiten Kajak neben ihnen, in dem die Ausrüstungsgegenstände verstaut waren. Bergführer stellt man sich ja normalerweise als stille, introvertierte Typen vor, ganz anders als Skilehrer zum Beispiel oder, um im Land zu bleiben, komplett anders als Menschen in »121 Meter bis zum Canyonboden«-T-Shirts. Rich MacDonald erfüllte diese Erwartungen nur bedingt: Still und schweigsam wurde er nur, wenn Natur und Delfine auch ihn kurze Zeit sprachlos machten. Ansonsten erzählte er. Von Wandertouren, auf denen er und seine Kunden nach fünf Tagen Dauerregen mit dem Hubschrauber ausgeflogen werden mussten. Von Hüttenübernachtungen zwischen schwedischen Studentinnen. Von Bergpapageien, die Wanderern über Nacht die Gummisohlen von den Schuhen fraßen. Und von seinen schottischen Ahnen, von denen vor allem. Als sie vor dem Hotel in sein Auto gestiegen waren, hatte Lawn ihn nach dem Aufkleber hinten am Heck gefragt, der blau-weißen schottischen Flagge, und schon war es losgegangen und hatte bis jetzt nicht aufgehört. Wie seine Vorfahren 1692 in den Highlands von den Engländern gemeuchelt worden waren, obwohl sie diese beherbergt und am Abend zuvor noch mit ihnen Karten gespielt hatten. Wie eine seiner Ahnentanten, Flora MacDonald, Bonnie Prince Charlie geholfen hatte, seinen Häschern zu entkommen. Wie es auch deswegen wieder Ärger mit den Engländern gab. Und wie sich die MacDonalds schließlich allmählich in alle Welt verteilt hatten und irgendwann auch bis nach Neuseeland gekommen waren. Rich erzählte ununterbrochen, und wenn er nicht erzählte, pfiff er, und wenn er nicht pfiff, sang er. Laut. Falsch. Komische Sachen. Alte Tom-Jones-Hits zum Beispiel. Schlimme Oldies aus den Fünfzigern. Doo-wop-Stücke, die nur aus aneinandergereihten Vokalketten bestanden, *shoo-wah-shoo-wah-ring-ding-ding-wha-wha-wha-uiiiiii,* und gleich danach »Wenn der weiße Flieder wieder blüht« mit schwerem Akzent und gleich danach irgendetwas aus *Cats*, es hörte niemals auf. Siebeneisen konnte nur vermuten, wie Richs CD-Sammlung aussah. Er hoffte, dass ihm sämtliche Delfine des Ozeans zu Hilfe kommen würden.

»Wie lange brauchen wir denn bis auf die andere Seite?« Eine halbe Stunde später paddelten sie noch immer auf dem Fjord. Die Wolken hatten beschlossen, ein oder zwei Etagen zu räumen und nach oben zu ziehen, man sah jetzt ein wenig mehr von der Welt. Siebeneisen hatte noch nie zuvor in einem Kajak gesessen. Seine Oberarme fühlten sich bereits an, als seien sie doppelt so dick wie normal, der Mitre Peak aber schien irgendwie nicht näher kommen zu wollen. Rich unterbrach sein gepfiffenes »Feliz Navidad«, allerdings erst, nachdem er den Refrain schwungvoll zu Ende gebracht hatte.

»Halbe Stunde noch.«

»Und dann? Wandern wir dann gleich den Berg hoch?«

»Ja. Sollten wir. Die ersten Kilometer sind nicht so steil, die kann man gut gehen. Mit ein bisschen Glück kommt die Sonne dann raus, wenn wir oberhalb des Regenwalds sind.«

Siebeneisen sah zum anderen Ufer. Der allergrößte Teil des Berges steckte noch immer in den Wolken. Er fragte sich, ob Rich mit seiner Wettervorhersage recht hatte. Eigentlich sah es nicht so aus, als würde sich das Wetter irgendwann in nächster Zeit ändern. Es machte eher den Eindruck, als habe es in diesem Teil der Welt niemals ein anderes Wetter gegeben, als gehörten Wolken, Nebel und Niesel genauso hierhin wie das tiefe, dunkle Wasser und die steilen Felswände, deren Enden in einer grauen Masse verschwanden. Ein mystisches Land war das, dieses Neuseeland, dachte Siebeneisen und zog sein Paddel trotz seiner wimmernden Oberarme nochmals kräftiger durchs Wasser. Als ob die Zeit hier gerade eben erst begonnen hätte, als ob sie hier eine Art Freiluft-Experiment durchführte, »Schaffung eines Vakuums im linearen Ablauf der Äonen« oder so etwas. Als ob es ihr völlig gleichgültig wäre, dass der Rest der Welt ihr bereits um Lichtjahre enteilt war.

Und dann kam das andere Ufer plötzlich wie im Zeitraffer näher, und dann knirschten die Kajaks auf dem Sand, und dann waren, ja, genau, die Sandfliegen wieder da, Siebeneisens alte Freunde. Innerhalb weniger Sekunden sirrte ein ganzer

Schwarm über seinem Kopf. Er mischte die Schwadron mit beiden Händen auf und sah zu Lawn hinüber, die in aller Seelenruhe einen Rucksack mit Vorräten füllte, ohne eine einzige Fliege anzulocken. Auch Rich blieb völlig unbelästigt – die komplette Mistviecherpopulation auf dieser Seite des Fjords schien allein auf Siebeneisen gewartet zu haben. Sie zogen die Kajaks ans Ufer und drehten sie, und dann gingen sie los, Rich vorneweg, dann Lawn, dann Siebeneisen, fuchtelnd und fluchend.

Wandern in Neuseeland ist ein ähnlich sinnliches Erlebnis wie Kajakfahren in Neuseeland. Aus mehreren Gründen. Erstens hat das natürlich mit der grandiosen Natur des Landes zu tun. Abseits seiner besiedelten und bewirtschafteten Flächen nämlich sieht besagtes Freiluft-Experiment Neuseeland noch immer so aus, als wäre es noch nicht richtig fertig. Als wäre da noch ein bisschen was zu tun, als gewährte einem die Schöpfung einen kurzen Einblick in ihre bisherige Arbeit und zuckte dabei entschuldigend mit den Schultern, sorry, ist noch alles nicht wirklich rund, aber hey: So schlecht sieht das bisher doch nicht aus, oder? Zweitens ist man beim Wandern in Neuseeland in der Regel allein unterwegs. Beziehungsweise auf Wegen, auf denen so wenige Menschen wandern, dass man von morgens bis abends niemandem begegnet. Natürlich kann man so etwas auch anderswo haben, in Alaska zum Beispiel oder in Australien, und selbstverständlich auch in Regionen wie dem brasilianischen Regenwald oder der Kalahari, aber: Überall anders – und das ist der dritte Grund – lauern Gefahren. Große, böse, ziemlich gut sichtbare Gefahren: Grizzlys, Anakondas oder Krokodile. Und/oder kleine, winzige, unsichtbare Gefahren: Giftspinnen, Spulwürmer, Ebolaviren. So etwas gibt es in Neuseeland nicht. Nichts davon. Durch eine absolut glückliche Verkettung evolutionärer Zufälle (und was sonst noch so dazugehört) ist es Neuseeland gelungen, all jene Schrecken der Fauna loszuwerden, die in anderen Weltenecken selbst kurze Spaziergänge und unschuldigste »Ich geh mich noch mal kurz im Meer abkühlen«-Aktionen zu lebensgefährlichen Ausflügen machen. Deswegen kann man sich beim Wandern in Neuseeland zum Ausruhen auf jeden Baumstamm setzen. Man kann durch kniehohes Gras laufen und in jedem See baden, und wenn man die Etappe bis zur nächsten Schutzhütte nicht schaffen sollte, kann man sich auch einfach unter einen Riesenfarn legen und dort übernachten. Nirgendwo riskiert man dabei Leib und Leben. So gesehen ist Neuseeland auch zu Beginn des 21. Jahrhunderts noch immer wie das Paradies kurz vor der Ankunft der Schlange. Es sei denn, man ist auf der Südinsel unterwegs. An einem milden, aber regnerischen Tag, dem Lieblingswetter der Sandfliege.

Sie waren etwa eine Stunde zwischen großen Farnen und vermoosten Bäumen gelaufen, als Siebeneisen eine Art Nervenzusammenbruch erlitt. Bis dahin hatte er alles versucht, was ihm eingefallen war, um die Geißel der Fjordregion loszuwerden. Er hatte sich mit tongaischem Insektenspray eingesprüht (das gegen Neuseelands Sandfliegen genauso wirkungslos war wie gegen Tongas Moskitos), hatte seinen Regenhut tief in die Stirn gezogen und sich einen Zentimeter dick Sonnencreme ins Gesicht geschmiert. Er hatte seine Regenjacke ausgezogen, weil er vermutete, dass die blaue Farbe die Insekten anlockte, und als er dann durchnässt war, registriert, dass die Fliegen sein graues T-Shirt ebenso liebten. Er war langsam gegangen, um sich zu tarnen. Er war gehastet, um schneller zu sein als seine fliegenden Verfolger. Er hatte geschimpft und geflucht und gefuchtelt und zwischendurch versucht, das alles stoisch zu ertragen. Er hatte ungefähr 2758 Exemplare erschlagen. All das hatte nichts genützt. Überhaupt nichts. Lawn und Rich, die ein paar Meter vor ihm den Berg hinaufliefen, waren weiterhin absolut unbelästigt geblieben; Lawn fotografierte jeden vierten Farn, Rich sang zum wiederholten Mal Bob Dylans »Brownsville Girl«, alle siebzehn Strophen. Beide schienen sich pudelwohl zu fühlen. Über Siebeneisen aber hing ein dunkler Schatten. Er konnte die Wolke aus Sandfliegen sehen, wenn er nach oben schaute. Wenn er das tat, ließen sich jedes Mal etliche Insekten im Sturzflug auf sein Gesicht fallen, um ihm schnell ein oder zwei Stiche zu verpassen. Wenn er das tat, konnte er nicht mehr sehen, wo vor seinen Füßen die großen Wurzeln der Bäume verliefen. Die ersten Male war das gut gegangen. Dann war einmal zu viel.

Eine halbe Minute danach lag Siebeneisen etwa zwanzig Meter unterhalb des Weges im Gebüsch und wusste nicht so recht, ob er vor Schmerz wimmern, wegen seiner Blödheit fluchen oder vor Verzweiflung schreien sollte. Er entschied sich für alles nacheinander.

»Wo bist du? Alles o.k.? Hast du dich verletzt?« Lawns Stimme schien von weit her zu kommen. Beziehungsweise: aus den Farnen irgendwo über ihm.

»Bleib liegen – wir kommen zu dir!« Das war jetzt Rich, der seine Dylan-Darbietung unterbrochen hatte und plötzlich hundert Prozent Wanderführer war, Wanderführer eines gestrauchelten Kunden. Keine Minute später war er bei Siebeneisen.

»Du liegst da wie Boromir nach dem dritten Pfeil.«

»Bitte was? Wie wer?«

»Boromir. *Herr der Ringe*. Einer der sieben Gefährten und der erste, den es erwischt, Hinterhalt der Orks. Ich war einer von denen, die ihn kaltgemacht haben.«

»Du hast da mitgespielt?« Siebeneisen erinnerte sich: *Der Herr der Ringe* war in Neuseeland verfilmt worden. Die drei Teile gehörten zu den erfolgreichsten Produktionen der Filmgeschichte und hatten dem Land zu ziemlicher Popularität verholfen.

»Na klar. Wir haben alle mitgemacht.« Rich gab Siebeneisen die Hand und zog ihn auf die Beine. Lawn, die sich ein paar Schritte entfernt auf einen Baumstamm gehockt hatte, lächelte ihm zu. »Die brauchten doch tausende Statisten. Ich war der Ork, der Boromir den letzten Pfeil verpasst hat. Anschließend sind wir in Te Anau versackt.« Rich grinste sein »Schließlich fließt schottisches Blut in meinen Adern«-Grinsen. Er registrierte Siebeneisens fragenden Gesichtsausdruck. »Sean Bean und ich. Das ist der Schauspieler, der Boromir gespielt hat. War nicht so lange dabei, ich habe ihn ja gleich im ersten Teil erledigt.« Rich sah aus, als tue es ihm im Nachhinein leid, dass er eine Filmfigur per Pfeil und Bogen aus der Handlung geschossen hatte. »Hab ihn neulich im Fernsehen gesehen, bei *Game of Thrones* hat er mitgespielt, als Ned Stark. Da erwischt es ihn auch schon am Ende der ersten Staffel. An seiner Stelle würde ich mich mal bei den Drehbuchschreibern beschweren.«

»Musste bei Gelegenheit mal erzählen, wie das so war als Ork.« Siebeneisen wischte sich braunen Schlamm von seiner Hose. Und bereute den Satz sofort: Mit Sicherheit würde es für Rich in den kommenden Stunden kein anderes Thema geben.

»Da sind abgefahrene Sachen passiert!« Rich bestätigte Siebeneisens Verdacht augenblicklich. »Die haben damals auch jede Menge Touristen gecastet, die gerade auf der Südinsel unterwegs waren. Die wurden alle zu Orks.«

»Was bestimmt schon deswegen super war, weil sie unter all der Schminke keine Probleme mehr mit den Sandfliegen hatten.« Siebeneisen hatte diese Orks vor Augen: grotesk gestaltete Monster, an denen die Maskenbildner wahrscheinlich stundenlang herumwerkelten, bevor sie sich grunzend und schreiend ins Kampfgetümmel stürzen konnten. Im gleichen Moment fiel ihm auf, dass die Sandfliegen verschwunden waren. Komplett. Nicht eine einzige sirrte noch über seinem Kopf. Er bemerkte einen leichten, stetigen Luftzug. Manchmal reichten wirklich Kleinigkeiten, um in der Natur große Veränderungen zu bewirken, dachte er.

Und dann hörte auch der Regen auf. Ganz plötzlich, vom einen Augenblick auf den anderen. Aus dem stetigen Rauschen in den Bäumen wurde jenes unregelmäßige PltschschPltschsch-Pltschsch, das entsteht, wenn einzelne, herabfallende Tropfen ihre schnellen Synkopen auf Blätter trommeln. Man konnte hören, wie die Pflanzen knisterten, wenn sie das Nass abschüttelten, wie sich die Farne entrollten und das Gras sich aufrichtete. Irgendwo in den Bäumen über ihnen begann ein Vogel zu singen. Sie alle bemerkten die Veränderung, die der Welt widerfuhr, sie standen dort und lauschten, als würden jeden Augenblick auch noch die allerletzten Geräusche abgestellt und sie müssten schnell noch so viele wie möglich von ihnen bunkern. Sie konnten den Himmel nicht sehen, dafür war der Regenwald zu dicht, aber sie bemerkten, wie die Sonnenstrahlen das Dach der Bäume an einigen Stellen durchbrachen und Lichtsäulen bildeten. Als würden Scheinwerferspots auf bestimmte Stellen im Regenwald gerichtet, so sah das aus, dachte Siebeneisen. Als wollte irgendwer oder irgendwas da oben sagen: Da, schaut her, so wunderschön ist die Welt, wenn ihr dummen Menschen bloß ein Auge für sie hättet.

»Gehen wir weiter?«, fragte Rich nach einer Weile des Schweigens.

»Gehen wir weiter«, antworteten Lawn und Siebeneisen gleichzeitig.

Die kommenden Stunden liefen sie bergauf. Wie Rich gesagt hatte, gab es keinen Weg zum Gipfel des Mitre Peak, den mussten sie sich zwischen knorrigen Wurzeln, Felsbrocken und riesigen Farnen suchen. Mit der Zeit war es immer heller geworden im Regenwald, sie konnten den Himmel noch immer nicht sehen, vermuteten aber, dass das da draußen ein ziemlich schöner Tag in Neuseelands äußerstem Süden sein musste. Und dann hörte der Wald ziemlich plötzlich auf, und vor ihnen lag eine steile, mit Grasbüschen bewachsene Felslandschaft. Und noch weiter vorne, vor allem aber viel weiter oben, lag der Gipfel des Mitre Peak.

»*Gee*, ist das noch weit!« Lawn war ein, zwei Schritte aus dem Wald auf die Lichtung hinausgetreten. Sie schien erstaunt über die Etappe, die noch vor ihnen lag. Erstaunt oder erschrocken.

»Ich hab euch ja gesagt, dass das an einem Tag nicht zu schaffen ist. Auch dann nicht, wenn man morgens in aller Herrgottsfrühe aufbricht.« Rich warf seinen Rucksack ins Gras, lief auf die Lichtung und schaute sich nach allen Seiten um. »Die Vorhersage stimmte – da ist kaum noch eine Wolke am Himmel!« Er kam zu ihnen zurück. »Folgender Vorschlag: Wir gehen weiter, so weit wir kommen. Bei diesem Wetter können wir die Zelte auch im ungeschützten Gelände aufstellen. Wenn das Wetter schlecht geblieben wäre oder auch nur danach aussehen würde, hätten wir im Schutz des Waldes campiert. Bei den Aussichten aber würde ich vorschlagen, dass wir weitergehen, bis wir müde werden. Dann haben wir morgen eine kürzere Strecke.«

»Bis wir müde werden?« Siebeneisen fühlte sich, als wäre er seit mehreren Tagen unterwegs.

»Ich glaube, das mit dem Weitergehen ist eine gute Idee!« Lawn hatte ihren Rucksack schon wieder auf den Schultern. Rich MacDonald begann, »Super Trouper« von Abba zu singen. Beide gingen los, durch das Gras, Richtung Gipfel. Ein kühler Wind, der aus der Antarktis über Neuseelands Südinsel strich, brachte den Geruch des Meeres heran.

Zwanzig Minuten später begann es zu regnen.

19

Im zweiten Jahrzehnt des 21. Jahrhunderts zählt der menschliche Gesang noch immer zu jenen Phänomenen, die von Wissenschaft und Forschung nicht hinreichend erklärt werden können. Wir wissen, wie Synapsen und Botenstoffe Informationen im Kleinhirn transportieren und wie die hierarchischen Abstufungen in einem Ameisenstaat funktionieren, wir sind den gefährlichsten Viren auf die Spur gekommen und den winzigsten molekularen Verbindungen – warum aber der Mensch die Stimme erhebt und Lieder singt, darauf hat man bis heute keine konkrete Antwort gefunden. Hat er sich das von den Vögeln abgeschaut und glaubt, es besser machen zu können? Hört er sich selbst gern zu? Und wenn die Sache anders gelaufen wäre: Hätte sich aus den Grunzern und Schnaubern unserer Vorfahren ebenso gut auch der Gesang als Verständigungsform durchsetzen können – an Stelle der gesprochenen Sprache? Und was wäre aus der Welt geworden, nein: was hätte aus dieser Welt werden können, wenn in der Geschichte der Menschheit nur gesungen statt geredet worden wäre – eine niemals endende Operette? Oder große, tragische Oper?

Natürlich gibt es Situationen, bei denen man nicht lange darüber philosophieren muss, warum der Mensch singt, weil in solchen Situationen ein Lied die logischste aller Lösungen ist. Wenn ein kleines Kind beruhigt werden muss. Wenn das älter gewordene Kind in den dunklen Kartoffelkeller steigt. Dass man sich mit Gesang selbst Mut machen kann, wussten schon die römischen Legionen, und wer je in einem großen Fußballstadion gestanden hat, der weiß, wie mitreißend ein Lied aus 80 000 Kehlen sein kann. Siebeneisen aber erlebte an diesem Nachmittag eine eher seltene Nutzungsart von Gesang. Rich MacDonalds ununterbrochenes Geschmetter half ihm, bei ihrem Aufstieg den Anschluss nicht zu verlieren.

Es war kein schlimmer Regen, der da auf die Flanke des Mitre Peak fiel, eher ein beständiges Nieseln, das einem unter die Kleidung kroch und sich als feiner Film selbst auf die Innenseite der Brillengläser legte. Es war ein Regen, der überall hinwollte und es überall hinschaffte, ein sturer, penetranter, nervender Regen, der harmlos tat, aber heimtückisch war, ein Regen, der immer dann nachzulassen schien, wenn man den Kopf hob, um ihn zu begutachten – und immer dann wieder heftiger wurde, wenn er sich unbeobachtet fühlte. Es war ein Regen, der sich unter Richs Lieder legte wie das Rauschen unter alte Schellackaufnahmen. Es war ein Regen, der einen zermürben konnte. *Michael, row the boat ashore*, sang Rich. Als hätte er es gehört, legte der Regen einen Gang zu.

Siebeneisen stapfte den Berg hinauf, immer den Melodien hinterher. Zuerst tat er das bewusst, beachtete jeden Schritt, betrachtete jeden Stein, versuchte jedes neue Lied zu erraten, das hundert Meter vor ihm angestimmt wurde. Irgendwann aber bemerkte er, wie seine Gedanken davondrifteten. Und er Erinnerungen produzierte, während er sich die steile Flanke des Berges hinaufschleppte, Bilder, Gerüche, Geräusche, wie in einem Traum, willkürlich und wirr durcheinander. Er dachte an die Prinzessin von Tonga, die ihn plötzlich an seine Kindergärtnerin erinnerte, Tante Annemarie, die von ähnlich ausladender Form gewesen war wie die Ehrenwerte Lea. Anschließend kam ihm – warum auch immer – für einige Sekunden jener Moment im Palastgarten in den Sinn, in dem er beim Yoga umgefallen und ausgerechnet auf dem einzigen Stein gelandet war, der auf dem Rasen lag. Danach wiederum fiel ihm ein Rundgang mit seinem Vater ein. Während der Schulferien hatte der kleine Siebeneisen ihn ab und zu begleiten dürfen. In der Kaserne, bei den britischen Soldaten, hatte er Englisch gelernt, quasi von selbst und mit Sicherheit mehr und besser als in der Schule. Weil im Fliegerhorst auch immer wieder australische oder US-amerikanische Truppen stationiert waren, konnte Siebeneisen bereits mit zwölf Jahren ziemlich genau sagen, aus welchem Land seine Gesprächspartner stammten. Deshalb kam er heute mit Lawns kaugummiartigem Südstaatenamerikanisch genauso klar wie mit Richs neuseeländischem Englisch. Über das sinnierte er gerade, als sich unangekündigt die Erinnerung an eine Redaktionskonferenz beim *Tagesboten* dazwischenschob. Jenes Meeting, bei dem Siebeneisen verkündet hatte, er werde vorerst nicht an seinen Schreibtisch in der Lokalredaktion zurückkehren, weil er noch einmal verreisen müsse. Und jetzt ertappte er sich tatsächlich dabei, wie er an den Fetten Hecht in Oer-Erkenschwick dachte, seine Stammkneipe, in der die Wirtin Walburga ausschließlich Flaschenbier und Erdnüsse servierte. Für einen Moment war die Erinnerung derart real, dass er nicht nur Wipperfürth in der Ferne schwadronieren zu hören glaubte, sondern auch Walburgas Lieblingsband Pur, wie sie einen ihrer Hits sangen, »Wo sind all die Indianer hin?«, ein Lied von beispielloser Schlichtheit. Dann merkte er, dass er bloß den Gesang ihres Wanderführers in seine Gedanken montiert hatte, der hundert Meter vor ihm soeben eine herzzerreißende Version von Dean Martins »That's Amore« intonierte. Was Siebeneisen aus seiner nostalgischen Gedankenwelt wieder ins Hier und Jetzt zurückholte. Auf den Mitre Peak, in den Regen, zu ihrer Mission.

Er wusste nicht, wie spät es war und wie lange sie diesen

Berg bereits hinaufstiegen, schätzte aber, dass sie seit mindestens fünf oder sechs Stunden unterwegs waren. Er spielte mit der kleinen Ganesha-Figur in seiner Hosentasche, wie so oft in den letzten Tagen. Nach seinem Aufbruch aus Indien hatte er Ranjis Abschiedsgeschenk komplett vergessen und erst neulich wieder im Gepäck entdeckt. Seitdem hatte er den kleinen Elefantengott immer dabei. Vielleicht half er ja, den größeren Elefantengott zu finden.

Siebeneisen beschloss, dass sie jetzt die Zelte aufbauen sollten. Das Wetter würde sich garantiert nicht mehr ändern, und auf ein paar Stunden mehr oder weniger würde es sowieso nicht ankommen. Wer auch immer außer ihnen hinter den Teilen der Statue her sein mochte – Siebeneisen konnte sich nicht vorstellen, dass er sich unter diesen Umständen hier hinaufgeschleppt hatte. Nein, da war er sich sicher: Wenn Cook vor 236 Jahren tatsächlich diesen Berg bestiegen hatte, um einen Teil der Statue zu verstecken, dann waren sie heute die Ersten, die hier danach suchten.

Er versuchte, Lawn und Rich auf sich aufmerksam zu machen. Die beiden hörten weder seine Rufe noch sein Pfeifen. Stattdessen wurde Richs Gesang (»It Never Rains in Southern California«) allmählich leiser; die beiden hatten offenbar noch nicht gemerkt, dass ihr Mitwanderer zurückgefallen war. Dann würde er sich jetzt eben einfach einen Platz zum Ausruhen suchen, dachte Siebeneisen, über kurz oder lang würde den beiden schon auffallen, dass er ihnen nicht mehr folgte. Ihm reichte es jedenfalls. Einige Schritte entfernt entdeckte er einen Fels mit flacher Oberfläche, der wie eine versteinerte Kiste am Rand des Trampelpfades lag. Er warf den Rucksack ab, setzte sich auf den Stein und zog sich die Kapuze seiner Regenjacke tief ins Gesicht. Er wollte nicht weiter. Er konnte nicht weiter. Er verfluchte den Maharadscha, er verfluchte diese blödsinnige Aktion, und Schatten und Wipperfürth, die verfluchte er am meisten. Nein, das stimmte nicht: Am wütendsten war er auf sich selbst. Warum tat er sich das jetzt schon wieder an? Als ob er in den vergangenen Monaten nicht genügend Lehrgeld bezahlt hätte! Warum war er so gutmütig, dass er sich immer wieder zu solchen Aktionen überreden ließ? Sollten die beiden ihre haarsträubenden Missionen doch gefälligst selbst durchziehen! Er bemerkte, wie der Gesang immer leiser wurde, »American Pie« von Don McLean, auch davon schien Rich sämtliche Strophen auswendig zu können. Er blickte auf. Und sah eine Inschrift.

Die Buchstaben auf dem Stein direkt gegenüber seines Ausruhsteins waren stark verwittert, aber noch gut zu erkennen: »Whyler & Mulher, 21. Februar A.D. 1777!« Er hatte keine Ahnung, wer Whyler und Mulher waren und auch nicht, weshalb sie ein Ausrufezeichen hinter ihren Namen geschrieben hatten, aber er wusste, dass 1777 nicht so viele Menschen mit europäischen Namen hier herumgekraxelt sein konnten. Siebeneisen stand auf und ging gebückt die drei oder vier Schritte bis zu der Inschrift. Er fiel auf die Knie. Fuhr mit den Fingern die Gravur entlang. Überlegte, wie lange es gedauert haben mochte, bis Whyler und Mulher ihre Namen in den Stein geritzt hatten und das Ausrufezeichen dahinter. Sie hatten hier gerastet wie er, und er vermutete, dass sie nicht allein gewesen waren. »Während ihr euch hier verewigt habt, hat euer Boss das nächste Teil der Statue versteckt«, sagte er zu sich selbst. Er sah nach oben. Zum Gipfel des Mitre Peak führte ein schmaler, steiler Grat. Siebeneisen konnte Rich erkennen, der auf ihn zu warten schien. Und ein paar Meter hinter ihm Lawn in ihrer feuerroten Regenjacke, ein greller Farbklecks im Nieselregen. Wie um alles in der Welt sollte er dort oben, inmitten von Millionen Kubikmetern grauen Gesteins, ein Stück Gestein finden?

Siebeneisen beschloss, sich noch ein paar Minuten auszuruhen. Weil ihm die drei, vier Schritte zurück zu seinem ursprünglichen Raststein zu weit erschienen, ließ er sich auf den gravierten Fels fallen, Whyler und Mulher hätten schon nichts dagegen gehabt. Er blieb dort lang sitzen wie versteinert, ein menschlicher Tuatara im Dauerregen. Weiter oben am Berg sah er Lawn winken. Also gut, dachte er, es hilft ja alles nichts, dann musste er wohl weiter. Er blickte nach unten, zu seinen Schuhen, die aussahen, als gehörten sie einer Moorleiche. Und auf Whyler und Mulher und das Ausrufezeichen hinter ihren Namen, das von oben überhaupt nicht mehr wie ein Ausrufezeichen aussah, sondern wie ein Pfeil, und der Pfeil zeigte genau auf die Mitte von Siebeneisens erstem Sitzstein, und genau in der Mitte verlief ein Spalt.

Es erforderte all seine Kraft, aber irgendwann gab der Stein nach, bewegte sich zuerst einen Millimeter und dann zwei und dann drei, und Siebeneisen zog und zerrte, bis er die eine Hälfte des Steinblocks so weit von der anderen weggezogen hatte, dass ein Spalt dazwischen klaffte. Siebeneisen wischte sich die Hände an seiner Jacke ab und den Regen aus dem Gesicht. Dann ging er um den Stein herum und schaute in den Spalt.

In dem Fels war ein Hohlraum.

Und in dem Hohlraum stand eine Origamifigur.

20

QUEENSTOWN, NEUSEELAND, ZWEI TAGE SPÄTER.

»Am besten den dahinten. Der hat die schnellste Verbindung.« Die Frau an der Kasse machte sich nicht die Mühe, nach »dahinten« zu zeigen. Musste sie auch nicht: Im kompletten »*Get Connected!*«-Internetcafé an Queenstowns Hauptstraße gab es lediglich zwei Computer, einen direkt neben ihr, den anderen am Ende des schlauchförmigen Raumes. Auf den zwanzig Metern dazwischen, dort, wo in einem anderen Zeitalter einmal mindestens dreißig weitere Terminals für dänische Backpackerinnen und israelische Langzeitreisende aufgereiht waren, standen nun Sessel mit Aquarien auf dem Boden davor. Sie warteten auf Kundinnen des neuerdings integrierten »*Get Soft Feet!*«-Pflegestudios, die sich von kleinen Fischchen überflüssige Hautpartikel von den Füßen knuspern lassen wollten.

Seit jeder Rucksackreisende ein Smartphone besaß, waren Internetcafés offenbar ein aussterbender Geschäftszweig, dachte Siebeneisen, als er an den Aquarien vorbei zum Computer »dahinten« ging. Wie schnell es manchmal gehen konnte! Kurz vor seiner Abreise hatte er einen *National-Geographic*-Artikel über die Formen menschlicher Kommunikation gelesen, in dem es unter anderem um die Verständigung unterwegs gegangen war. Jahrzehntelang hatten Reisende über kleine Zettel an Pinnwänden miteinander kommuniziert, »Sind schon vor nach Auckland!«, »Blond, Sommersprossen, blaue Augen: Hab Dich im Bus nach Wellington gesehen und würde Dich gerne treffen, bin im Paradise Hostel, Mike«, so war das eine Ewigkeit lang gegangen. Und dann hatte Ende der Neunziger plötzlich jeder ein Hotmail-E-Mail-Konto, und die Pinnwände mit den kleinen Zetteln waren über Nacht Vergangenheit. Wie zuvor bereits die bunten Ansichtskarten, die auch niemand mehr haben wollte. Als Nächstes kamen dann die Smartphones und machten die Internetcafés zur bedrohten Spezies. Sie würden verschwinden, wie zuvor die Pinnwände und die Ansichtskarten verschwunden waren. Oder sich Aquarien anschaffen.

Nach ihrer Rückkehr vom Mitre Peak vor zwei Tagen hatte Siebeneisen eine E-Mail nach Indien geschickt, um von ihrem Desaster zu berichten. Er hoffte, dass Wipperfürth die Nachricht auf seinem Handy lesen konnte. Bisher hatte er nicht geantwortet: »Ihr Posteingang enthält: 0 neue Mails«, las Siebeneisen. Komisch, dachte er. Er meldete sich ab und öffnete anschließend seine Facebookseite. Um Telefonkosten zu sparen, hatten Wipperfürth und Schatten sie vor ein paar Monaten für ihn angelegt, als er auf der Suche nach den Erben unterwegs gewesen war. Siebeneisen hielt dieses soziale Netzwerk-Brimborium für Zeitverschwendung. Alle anderen offenbar nicht: Auf seiner Seite war der Teufel los.

Arthur Finley-Warrenstomp:
Wollte mich mal erkundigen, wie es so vorangeht ... Die Prinzessin lässt Grüße ausrichten. Sie hat sich bereits mehrfach nach Ihnen erkundigt. Ich denke, sie mag Sie. Hier ist es übrigens wunderbar still geworden, seit die Vögel alle nach Australien weitergezogen sind!

121-Meter-bis-zum-Canyonboden:
Hey, Swinger! Wir freuen uns, dass wir Dich als Gast begrüßen

durften! Neugierig, wie alles aussah? Für das Video mit Deinem Swing einfach hier klicken.

Siebeneisen war sprachlos: Nicht nur, dass diese Menschen ihre unschuldigen Kunden filmten, während diese in die Tiefe stürzten – sie stellten diese Aufnahmen auch noch im Internet zur Schau! Er nahm sich einen der kleinen Zettel, die neben dem Bildschirm lagen, und schrieb »Video untersagen« darauf. Er würde denen sofort anschließend eine E-Mail schicken und sie auffordern, den Film mit seinem Sturz von ihrer Seite zu nehmen. Nicht auszudenken, wenn ihm jemand dabei zusehen könnte, wie er schreiend in den Abgrund gefallen war. Seine Kollegen in der Redaktion brachten es fertig und verlinkten das Video in der Online-Ausgabe des *Tagesboten*. Das musste unbedingt verhindert werden.

Er las weiter.

Die Ehrenwerte Alilanau Tuku'aho Alilanau Takalea Wagner:
Ich bin's, die Lea! Möchten Sie nicht Ihren nächsten Urlaub auf Tonga verbringen? Sicherlich hätten wir im Palast noch ein Zimmer frei. Dann wäre auch genügend Zeit, um nach diesem Mr. Cook zu suchen. Schreiben Sie mir?

Eher nicht, dachte Siebeneisen. Eher würde er seinen nächsten Urlaub in einer mongolischen Jurte verbringen als auf dieser Insel mit ihren Kamikazevögeln.

Schatten:
Wie ich höre, sonnt Ihr Euch gerade im schönen Neuseeland! Was für eine Traumdestination! Du erwischst immer den besten Part unserer Abenteuer. Wippi will sich später auch noch melden. Seit er

weiß, dass Du in Aotearoa bist, redet er immerzu von diesen Herr der Ringe-*Filmen. Die scheinen ja dort gedreht worden zu sein. Jetzt will er, dass Du ihm etwas mitbringst. Als ob man heutzutage nicht auch alles online bekommen könnte!*
Ich habe mir ganz schrecklich den Magen verdorben. Es fühlt sich an, als würde ich täglich dünner. Und das alles nur, weil ich bei einer Garküche an der Straße gegessen habe. Im Hotel wird ja nur diese fleischlose Diätkost serviert, die für einen Mann meiner Statur nun wirklich nicht ausreichend ist. Deswegen habe ich mir neulich aus lauter Verzweiflung an einem Imbissstand Pommes mit doppelt Mayo gegönnt, weil ich mich bereits sehr schwach fühlte, und einen frischen Salat dazu, der Vitamine wegen, und ein selbstgemachtes großes Eis zum Nachtisch. Und ausgerechnet dabei muss ich mir ein Bakterium eingefangen haben! Natürlich hatte ich so etwas schon zu Hause befürchtet und deshalb eine große Menge Arznei vorausgeschickt. Per Kurier, um die horrenden Übergepäckgebühren zu sparen. Und weißt Du was? Die Sendung ist noch immer unterwegs!

Na prima, dachte Siebeneisen, das hast du ja toll hingekriegt. Er stellte sich den schwitzenden Schatten mit seinen 150 Kilo vor, wie er plötzlich wie von der Tarantel gestochen Richtung Toilette raste. Und beschloss, sich das besser nicht vorzustellen. Er las den Rest von Schattens Facebookeintrag:

Bei unserer Suche nach Cooks Briefen geht es nicht wirklich voran – was mich bei diesem Chaos, das im Archiv des Maharadschas herrscht, absolut nicht wundert. So etwas habe ich mir bislang nicht vorstellen können! Vor ein paar Jahren war ich einmal in der Oer-Erkenschwicker Stadtbibliothek, selbst da ist alles nach einem bestimmten System sortiert. Im Palast dagegen scheint jeder über Generationen immerzu nur alles in die Regale hineingestopft zu haben, wo gerade Platz war. Ich halte mich auch wegen meiner Hausstauballergie dort nur sehr ungern auf. Da sitzt es sich im Teehaus schon angenehmer. Dort lebt zwar offenbar eine kleine Katze, aber solange sie in ihrem Körbchen bleibt, muss ich nicht niesen. Erholt Euch weiterhin gut! Und drückt mir die Daumen, dass es mir bald besser geht!

Es ist wie immer, dachte Siebeneisen, es ist alles wie immer: Das Selbstmitleid, das Jammern, die versteckten Vorwürfe, wie gut es doch die anderen hätten, während man selbst ackert und schuftet. Er las weiter.

Henry the Tuatara:
Ich habe gestern meinen vermutlich 112. Geburtstag feiern dürfen! Statt Torte gab es sehr leckere Mehlwürmer, die durch Eure Eintrittsgelder finanziert werden konnten. Dafür ein echsiges Dankeschön.
Euer Henry
(PS: Dieser Eintrag wurde natürlich nicht von Henry, dem Tuatara, selbst verfasst – Tuataras können selbstverständlich nicht schreiben. Jede Woche übernimmt das ein anderer Museumsmitarbeiter für unsere Echse!)

Zum Fetten Hecht:
Da staunt Ihr, oder? Die Walburga ist jetzt auch bei Facebook! Wann kommt Ihr denn zurück? Das neue Album von Pur ist da! Ich höre es jeden Tag. Wird Euch garantiert gefallen!

Wipperfürth:
Oh, Wanderer im Lande Rohan, wie freute sich mein Herz, als ich Deine Reise nach Mittelerde organisieren durfte! Wie Du Dich bestimmt erinnern kannst, habe ich vor einigen Jahren Elbisch gelernt,

die Sprache des Volkes der Sterne. Unsere VHS-Leiterin weigert sich ja bis heute, einen solchen Sprachkurs anzubieten. »Deutsch für alle« und »Englisch für Berufseinsteiger« seien ihr wichtiger, argumentiert sie. Angeblich hätte es auch keine kommunalen Zuschüsse für Kurse gegeben, in denen Fantasiesprachen unterrichtet werden. Da kann man mal sehen, wie kulturlos unsere Welt geworden ist! Stattdessen musste ich also mein Diplom mühsam in einem Onlinekurs erwerben. Nun aber beherrsche ich die Sprache derer von Lórien, und ich weiß, dass meine Zukünftige ihren Klang lieben wird. Ranji ist hin und weg von den Geschichten, die ich ihr erzähle. Als sich herausstellte, dass Du ein paar angenehme Tage in Mittelerde verbringen wirst, kam mir eine Idee ... Deswegen schnell gefragt: Könntest Du unsere Trauringe dort anfertigen lassen? Ich habe länger und ziemlich mühselig recherchieren müssen, weiß aber nun, dass die Ringe aus der Verfilmung von einem neuseeländischen Juwelier gemacht wurden. Stell Dir Ranjis Gesicht vor, wenn sie erfährt, dass unsere Trauringe vom gleichen Ringschmied stammen! Er wohnt in Picton, am nördlichen Ende der Südinsel, das ist ganz in der Nähe. Nach einer kurzen Busfahrt seid Ihr da. Einen Termin mit ihm habe ich Euch auch schon reserviert. Ich denke, das alles dürfte kein Problem sein, oder? Oh, wie freue ich mich! Und denke immer daran:

»Estel a Calad togir tri i fuin
Il awarthag, gwannthar mi i mor
Bado cin len, a il in dai telir.«

Unfassbar! Siebeneisen musste sich zwingen, ruhig zu bleiben. Was bildete sich dieser Mensch ein? Als ob sie keine anderen Probleme hätten! Trauringe! Warum bestellte er die nicht einfach bei dem Juwelier? Mal abgesehen davon, dass auch nur jemand wie Wipperfürth auf die Idee kommen konnte, einen Ort am nördlichen Ende der Südinsel als »ganz in der Nähe« zu bezeichnen, wenn man tausend Landstraßenkilometer entfernt am südlichen Ende dieser Insel hockte. Siebeneisen schäumte. Die nächsten Absätze von Wipperfürths Endloseintrag überflog er nur, es ging um die ayurvedischen Schmerzbehandlungen, die Teepreise in der Faulen Kobra und um etliche Hinweise zu Bonuskartenprogrammen, mit denen man bei neuseeländischen Supermarktketten auf gewisse Lebensmittel Rabatt bekam. Das eigentlich Wichtige hatte Wipperfürth ganz am Ende seines Aufsatzes versteckt.

Nun muss ich Dir natürlich noch davon berichten, was wir herausgefunden haben. Trotz meiner schweren Verletzung arbeite ich ja jeden Tag lange Stunden; ich weiß nicht, ob ich davon schon berichtet habe. Wenn der Maharadscha sich am Abend in seine Gemächer zurückgezogen hat und es still geworden ist in den Gewölben, sitze ich oft noch lange vor den Registern des Archivs und forsche nach den verschollenen Briefen unseres James (wie Du weißt, kann ich mich am besten konzentrieren, wenn nicht ständig Leute um mich herum sind, die unentwegt reden). Du kannst Dir gar nicht vorstellen, wie mich meine Verwundung nach so vielen Stunden emsiger Kärrnerarbeit schmerzt!
Vor zwei Tagen aber wurde meine Ausdauer belohnt. Ich habe eine Depesche des Captains *ausfindig machen können! Unser James hat sie 1777 an den Palast geschickt, wo sie aber in den Jahrgang 1665 einsortiert wurde – vermutlich, weil man etwaige Diebe in die Irre führen wollte. Mit meinem Scharfsinn konnte man damals natürlich nicht rechnen! Pass auf: Aus besagtem Schreiben geht hervor, dass unser James einen Teil der Statue ganz im Süden des Landes versteckt haben könnte. In einem Gebiet, das heute ein Nationalpark ist. Was für ein glücklicher Zufall! Ich habe sogleich recherchiert, dass man günstige und bequeme Tagesausflüge dorthin machen kann. Unsere Schatzsuche kann manchmal so einfach sein!*

Siebeneisen war kurz davor, mit der geballten Faust gegen den Bildschirm zu boxen. Ein bequemer Tagesausflug! Bis vor kurzem wollte Wipperfürth sie noch quer durchs Land schicken, um in einem alten Kanu nach dem Statuenstück zu bohren. In einem Kanu! Aber davon war jetzt keine Rede mehr, natürlich nicht. Er konnte sich ziemlich genau vorstellen, wie Wipperfürths Arbeitseinsätze im Archiv des Palastes aussahen: Wahrscheinlich humpelte er irgendwann am späten Vormittag theatralisch zur Tür hinein, stöhnte zwanzig Minuten herum und hielt die Angestellten des Maharadschas durch sein Gequassel von der Arbeit ab. Dann gab er ein paar Tipps, wo sie als Nächstes suchen sollten, bevor er sich von einem Chauffeur in dieses Teehaus bringen ließ, wo er anschließend auf seinem Sofa Hof hielt. Siebeneisen war sich sicher, dass Wipperfürth sich noch nie länger als ein paar Minuten am Stück mit der Suche nach Cooks Botschaften beschäftigt hatte. Dafür kannte er Wipperfürth zu gut. Aber selbstverständlich wurde immerzu alles geschildert, als habe nur ein begnadeter Logistiker wie der Große *Coccyxji* den gesuchten Dokumenten auf die Spur kommen können.

Siebeneisen sah, dass Wipperfürth noch weitere Absätze geschrieben hatte. Er wollte das nicht alles lesen, darunter würde nur seine Laune leiden. Er scrollte nach unten, übersprang Krankheitsbeschreibungen und Einschübe, in denen es offenbar um Pläne für die Zeit nach der Hochzeit mit Ranji ging, und eigentlich wollte er die Seite gerade schließen, als er beim Querlesen in Wipperfürths Monolog das Wort »Kapstadt« entdeckte. Er scrollte ein Stück zurück.

Unser James hatte an Bord ja unendlich viel Zeit, deswegen hat er auch so emsig geschrieben. Für uns heute ist das ja unvorstellbar, wir haben alle zu viel zu erledigen, als dass wir uns mit solch langen Berichten abgeben könnten. Man muss sich nicht wundern, dass mittlerweile jeder Zweite an diesem Burn-out-Syndrom leidet. Auch ich fühle mich oft überarbeitet, aber natürlich lasse ich mir nichts anmerken. Und was für Glück, dass ich der Sache weiter nachgegangen bin! Mein Instinkt sagte mir, dass das wichtig sein könnte, also habe ich die Depesche ganz bis zu ihrem Ende gelesen. Und nur deswegen erfahren, wo ein weiteres Stück der Statue verborgen ist! Ja, da staunst Du!

Na also, dachte Siebeneisen. Er war tatsächlich erstaunt. Und las weiter:

Achtung: Unser James hat es bei einer Zwischenlandung in einem Weingut in der Nähe von Kapstadt versteckt. Na? Das ist in Südafrika! Du Glücklicher! Das Weingut liegt bei Stellenbosch, das sollte ganz in der Nähe der Innenstadt sein. Ein Teil des Gutes ist heute eines dieser sündhaft teuren Bed & Breakfasts *mit ihren Wucherpreisen. Ich vermute aber stark, dass es auch eine Linienbusverbindung aus der Stadt gibt, Ihr müsst da bestimmt nicht übernachten. Wahrscheinlich reicht es sowieso, wenn Ihr kurz mit dem Besitzer oder der Besitzerin redet und Euer Anliegen erklärt – die haben das Statuenbruchstück bestimmt seit Generationen auf dem Kaminsims liegen und wissen nicht, was es damit auf sich hat. Wahrscheinlich sind sie sogar froh, wenn sie den Staubfänger loswerden.*
Ich schlage vor, dass ich Euch eine bequeme Schiffspassage nach Südafrika buche. Es gibt eine wunderbare Internetseite, auf der Frachtunternehmen Kabinen auf Containerschiffen anbieten. Man muss unterwegs ein bisschen mit anpacken, zahlt dafür aber auch nur einen kleinen Unkostenbeitrag und darf sogar mit der Mannschaft essen! Diese Passagen sind sehr beliebt, aber wenn ich lange genug recherchiere, kann ich bestimmt noch eine gemütliche Innenkabine für Euch beide ergattern. Meldest Du Dich?

Oh ja, sagte Siebeneisen leise zu sich selbst, oh ja, das werde ich. Bevor er Wipperfürth antwortete, öffnete er die Internetseite von Air New Zealand und suchte eine bequeme Verbindung von Invercargill über Auckland nach Kapstadt heraus. Er wählte den Business-Class-Tarif. Dann kopierte er alle Angaben in ein »Persönliche Nachricht«-Feld bei Facebook und machte sich daran, dem Großen *Coccyxji* zu antworten, dem »Meister der Planungen« und größten Logistiker von Jodhpur. Bevor er zu schreiben begann, kopierte er Wipperfürths Elbenspruch in die Suchmaske. Offenbar sprachen etliche Menschen auf der Welt die erfundene Sprache aus Mittelerde – die Übersetzung erschien jedenfalls sofort:

»Hoffnung und Licht führen durch die Nacht;
wenn Du aufgibst, werden sie in der Dunkelheit vergehen.«

21

KAPSTADT, AM SÜDLICHEN ENDE AFRIKAS,
WENIGE TAGE SPÄTER.

Unter Seeleuten hieß sie nur die »Taverne des Meeres«, und wenn man sich ihren Docks näherte, wehten an den Schiffen dort die Flaggen aller Herren Länder: In der zweiten Hälfte des 18. Jahrhunderts gab es auf der ganzen Welt nur wenige Hafenstädte, die so schillernd und bunt waren wie Kapstadt. Die südlichste Stadt Afrikas gehörte damals zum großen Handelsreich der Holländer. Sie war 1652 als Versorgungsstation der Niederländischen Ostindien-Kompanie gegründet worden, die das Gewürzgeschäft zwischen Asien und Europa kontrollierte. Durch den Handel mit den Schiffen und ihren Besatzungen, denen man Fleisch, Gemüse, Obst, Tabak und alles andere verkaufte, hatte sich die kleine Kolonie schnell zu einem wohlhabenden Ort entwickelt. Kapstadts wirtschaftlicher Aufschwung basierte allerdings auch auf Sklaverei: Weil sie den Afrikanern keine körperliche Arbeit zutrauten, deportierten die Holländer Sklaven aus Malaysia und Indonesien an das südliche Ende des Kontinents – die Männer zur Schwerstarbeit, die Frauen als sexuelle Objekte, die für Nachwuchs zu sorgen hatten (holländische Siedler waren damals fast immer holländische Siedler und keine holländischen Siedlerinnen). Vier Jahrhunderte später kann man die Folgen dieser Politik noch immer bei jedem Bummel sehen: In keiner anderen Stadt des Kontinents leben mehr Menschen mit so vielen unterschiedlichen Hautfarben als hier.

»Und wusstest du, dass die erste Abgrenzung des späteren Apartheidstaates eine simple Dornenhecke war, die man heute noch sehen kann?«

Siebeneisen hatte Lawn in der letzten halben Stunde so ziemlich alles erzählt, was er über die Geschichte Kapstadts in Erinnerung hatte. Sie saßen in einem Café am Greenmarket, einem Platz im Zentrum der Stadt. Vor ihnen hatten Dutzende Souvenirhändler ihre Buden aufgebaut, an denen Touristen aus Deutschland gerade geschnitzte Holzgiraffen mit dünnen Hälsen kauften. Vor ihnen, zwischen den Dächern der Häuser, konnte man ein Stück vom Tafelberg sehen, dem Wahrzeichen Kapstadts. Drei Straßenmusiker trommelten auf ihren Congas.

»Nein, wusste ich nicht.« Lawn nippte an ihrem Cappuccino.

»Mit der Hecke hat man die San und die Khoikhoi fernzuhalten versucht. Das waren die Völker, die hier lebten, bevor die Holländer kamen. Und weil das so gut funktionierte, hat man den Afrikanern dann später zwei Gebiete an den Docks zugewiesen, in denen sie wohnen mussten. So hat das angefangen mit der Rassentrennung.«

»Und Cook? Der ist hier an Land gegangen, um Vorräte einzukaufen?«

»Ja. Deswegen war Kapstadt ja so populär. Es lag auf der Route, und es war der einzige sichere Hafen weit und breit.«

»Bloß ums Kap der Guten Hoffnung musste man herum.«

»Wenn du mich gefragt hättest – ich wäre jede Wette eingegangen, dass Cook das Statuenteil dort versteckt hätte.« Siebeneisen sah auf seine Landkarte, die er sich in der Touristeninformation hatte geben lassen. »Dort, am Kap. Wäre ein passenderer Ort für einen Seefahrer gewesen. Viel passender als ein Weingut.«

»Hm.« Lawn hatte das Schokoladenstückchen im Mund, das mit dem Cappuccino serviert worden war. Sie sah zum Greenmarket Square hinüber, wo sich gerade dreißig oder vierzig Männer und Frauen in identischer Kleidung neben- und hintereinander aufstellten, offenbar ein Chor. Ein Mann im schwarzen Anzug hatte sich eine leere Getränkekiste mitgebracht, auf die er nun stieg, um den Überblick zu behalten. »Stimmt. Vielleicht erschien ihm das aber einfach zu offensichtlich. Vielleicht ahnte er, dass irgendwann einmal jemand nach den Statuenteilen suchen und zuallererst auf das Kap als Versteck tippen würde. Wie du gerade eben.« Lawn nippte wieder an ihrem Cappuccino. »Ich hätte das Teil auch nicht dort versteckt. Über dieses Ende der Welt ist damals doch bestimmt mehr Seemannsgarn gesponnen worden als über die meisten anderen Meeresgegenden. Ich kann mir gut vorstellen, dass ihm das zu simpel schien.«

»Wahrscheinlich war es so. Außerdem kann man sich bei solchen exponierten Stellen ja auch nicht sicher sein, dass Wind und Wellen sie nicht irgendwann davontragen.«

»Oder wegspülen.«

»Da ist ein ordentlich gemauertes kapholländisches Weingut schon ein sichererer Hafen.«

Der Chor begann zu singen, »Nkosi si'keleli Afrika«, die Nationalhymne. Die Stimmen klangen, als stiegen sie an Ballons hinauf in den Himmel.

»Wo wir gerade dabei sind: Hast du dir mal überlegt, was es mit diesen Origamifiguren auf sich haben könnte?« Siebeneisen hatte die Arme hinter dem Nacken verschränkt und den Kopf zurückgelegt. Er saß auf seinem Stuhl wie ein Tourist, der gerade bemerkt, wie gut es ihm geht. »Warum lassen die solche Figuren in den Verstecken zurück?«

»Gute Frage. Weiß ich keine Antwort drauf.« Lawn überlegte.

»Es gibt doch diesen Film mit Harrison Ford, da faltet doch auch einer solche Figuren …«

»*Blade Runner*. Hab ich auch schon dran gedacht. Und neulich nachgeschaut, als ich in Queenstown im Internetcafé war. Zu dem Film gibt es etliche Foren, in denen über die Symbolik der Figuren diskutiert wird. Mit offenem Ende, so wirklich genau scheint das niemand zu wissen. Im Film waren es übrigens immer Tierfiguren. Der Polizist, der sie gefaltet hat, wollte mit ihnen kleine Botschaften übermitteln.«

»So clever sind unsere Diebe dann wohl eher nicht. Oder sie können nicht so gut falten.« Lawn trank ihre Tasse aus. »Unsere Figuren sehen aus wie Steine, oder?«

»Ja. Wie Steine. Wenn das ein Zeichen sein soll, dann können wir darüber rätseln, bis wir grau sind.«

»Wahrscheinlich bedeutet es nichts. Ist bestimmt nur so ein Spleen. Wie beim Geocaching: Man nimmt was raus und stellt etwas anderes hinein.«

»Oder sie wollen uns einfach nur ärgern. So nach dem Motto: Und schon wieder waren wir zuerst da.«

Der Chor stimmte ein neues Lied an, »The Lion Sleeps Tonight«, bei dem die männlichen Mitglieder ihre *»Awimmbawee, awimmbawee«*-Zeilen mit todernster Miene intonierten, als wären sie nicht wirklich sicher, ob der Löwe nicht doch im nächsten Moment zwischen den Ständen auf dem Greenmarket auftauchen könnte. Siebeneisen nahm den Autoschlüssel, der vor ihnen auf dem Tisch lag. Am Straßenrand links vor ihnen signalisierte ein feuerrotes Cabriolet blinkend, dass es abfahrbereit war.

»Schauen wir uns unsere Unterkunft an? Der letzte Linienbus ist leider schon weg.«

»Ach, dann können Sie mich gerne mitnehmen.« Lawn küsste ihn und stieg auf den Beifahrersitz.

Das Weingut lag etwa 50 Kilometer außerhalb Kapstadts inmitten sanft auf- und abschwingender Weinberge. Am Horizont zackten schroffe Gipfel eine Scherenschnittsilhouette in den südafrikanischen Himmel; die Landschaft vor diesem Gebirgszug aber besaß weder Ecken noch Kanten und wellte sanft in alle Richtungen. Überall standen Weinstöcke, sie marschierten die Hügel hinauf und hinunter, und wo keine Weinstöcke waren, steckten uralte Laubbäume ihre mächtigen Häupter zusammen, als erzählten sie sich alte Tratschgeschichten, wisst ihr noch, damals, als Jan van Riebeck hier campierte, der hat vielleicht immer gute Witze erzählt, der Jan, so was alles. In den Strahlen der tiefstehenden Sonne schien die Landschaft von innen heraus zu leuchten, als ob irgendwo in ihr drinnen jemand hunderttausend Glühbirnen angeknipst hätte, nicht die neuen Energiesparlampen, sondern die alten, die mit dem warmen Licht. Siebeneisen dachte darüber nach, dass der Süden Afrikas überhaupt nicht nach Afrika aussah. Eher wie ein Europa, das es in Europa nicht mehr gab und möglicherweise auch schon damals, im 18. Jahrhundert, nicht mehr gegeben hatte. Die ersten holländischen Siedler waren wahrscheinlich völlig verzückt gewesen.

Sie hielten an einem schmiedeeisernen Tor, das weit offen stand. Weiter hinten konnten sie das Weingut sehen, ein kalkweiß verputztes Herrenhaus mit Reetdach. Ein Schild wies auf das Baujahr 1752 hin und pries nicht bloß den eigenen Wein, sondern auch das »exzellente Straußenfleisch aus eigener Schlachtung«. Als Siebeneisen und Lawn weiterfuhren, entdeckten sie die Strauße auf einer Weide. Die Tiere kamen mit großen, federnden Schritten an den Zaun gelaufen, wo sie aufgeregt hin und her tänzelten und dem feuerroten Mietcabrio hinterherschauten.

Eine Frau mit einer Schubkarre voller Erde kam aus dem Garten, als sie vor der Tür warteten: Mitte vierzig vielleicht, blonde Haare zu einem Zopf gebunden, schmales, beinahe kantiges Gesicht, blaue Augen, Ähnlichkeit mit Sigourney Weaver. Sie trug Gummistiefel, eine Latzhose und eine karierte Bluse, deren Ärmel sie bis zu den Ellenbogen aufgekrempelt hatte. Als sie die beiden an der Tür bemerkte, ließ sie die Schubkarre stehen und kam zu ihnen herüber. Siebeneisen stellte Lawn vor und dann sich.

»Ah – Sie sind das! Mina DeHoog. Herzlich willkommen!« Sie gab ihnen die Hand. »Kommen Sie herein! Ich hatte noch überhaupt nicht mit Ihnen gerechnet!«

Siebeneisen warf Lawn einen Blick zu. Es war später Nachmittag. Waren sie zu früh, um in einem *Bed & Breakfast* ein Zimmer zu beziehen? Ihre Gastgeberin führte sie in die Diele. Siebeneisen hatte den Eindruck, dass sich etwas unter den Karos ihrer Bluse bewegte für einen Moment, dann war nichts mehr zu sehen. Er hätte zum Autofahren besser mal seine Sonnenbrille aufsetzen sollen, dachte er. Oder zumindest eine Baseballkappe, die man tief in die Stirn ziehen konnte. Das Licht des afrikanischen Südens schien seinen Augen nicht gutzutun.

»Der Herr, der für Sie reserviert hat, meinte, Sie würden wohl erst sehr spät kommen und morgen früh sehr zeitig aufbrechen.«

»Das hat er gesagt?« Siebeneisen fragte sich, was Wipperfürth sich dabei gedacht hatte. Aber nur für einen sehr kurzen Moment, denn auch auf diese unausgesprochene Frage hatte ihre Gastgeberin eine Erklärung.

»Er wollte einen günstigeren Preis aushandeln, der Herr, der für Sie reserviert hat. Weil Sie ja wirklich nur für wenige Stunden im Haus seien. Frühstück wäre auch nicht wichtig, meinte er. Aber 80 Prozent Preisnachlass gehen natürlich nicht. Ich konnte ihn auch kaum verstehen, die Verbindung war nicht sonderlich gut. Er klang, als riefe er aus dem hintersten Indien an. War das jemand aus Ihrem Sekretariat?«

»So ähnlich.« Siebeneisen konnte sich ziemlich genau vorstellen, wie das Telefonat abgelaufen war. Wahrscheinlich hatte Schatten im Hintergrund geschnauft und Anweisungen gegeben. Er konnte froh sein, dass Wipperfürth ihnen nicht bloß ein …

»Ein Einzelzimmer hat er für Sie reserviert.« Mina DeHoog öffnete die Tür zu einem kleinen Raum. Zu einer Kemenate, in die ein Einzelbett passte und ein Stuhl und ein Nachttisch und sonst nichts. Der Raum war vielleicht sechs Quadratmeter groß.

»Das hat er reserviert?«

»Das hat er reserviert. Unser kleinstes Zimmer. Vermieten wir sonst eigentlich nur, wenn wir komplett ausgebucht sind und sich jemand nach einer Weinprobe entscheidet, nicht mehr nach Kapstadt zurückzufahren.« Mina DeHoog zuckte mit den Schultern, so ein »Da kann man dann wohl nix machen«-Zucken, das leises Bedauern ausdrückte. »Soll ich Ihnen mal die anderen Zimmer zeigen? Außer Ihnen ist bloß noch ein anderer Gast da. Sie hätten die freie Auswahl.«

Zwanzig Minuten später lagen Siebeneisen und Lawn auf einem antiken Doppelbett, das im ehemaligen Herrenzimmer des Weingutes stand: vierzig gediegen eingerichtete Quadratmeter voller Antiquitäten, Teppiche und historischer Schwarz-Weiß-Fotografien an den Wänden. Sie waren jetzt auch zu Frühstück und Abendessen angemeldet (Wipperfürth hatte eine Reservierung am Telefon ja verweigert – als Mina DeHoog ihm mitteilte, dass es ansonsten keinen gastronomischen Betrieb in der Nähe gab, hatte er offenbar etwas von »Tankstelle um die Ecke« gesagt). Das alles würde er auf die Rechnung setzen lassen, dachte Siebeneisen, so viel war klar, und am besten zwei oder drei Kisten Wein gleich mit, inklusive Versand nach Oer-Erkenschwick. Er brodelte wütend vor sich hin. Es war immer das Gleiche: Zuerst wurde ihm hoch und heilig versprochen, dass es an nichts fehlen würde auf seiner Reise, und dann steckten sie ihn in eine Besenkammer. Frühstück? Ach wo! Da tut's doch ein Müsliriegel von der Tanke! Und zum Weingut kann man ganz bequem mit dem Linienbus fahren, sind ja nur 50 Kilometer! Was würden die beiden in Indien eigentlich machen, wenn er während seiner Reise einfach mal eine Woche Pause einlegte? In einem kleinen, feinen *Bed & Breakfast* in einem weltberühmten Weinanbaugebiet in Südafrika zum Beispiel? Er fragte Lawn.

»Na, die beiden würden sofort die Kreditkarte sperren lassen.« Sie hatte Wipperfürth und Schatten nur kurz kennengelernt, vor einigen Monaten, als sie nach der Suche nach Schattens Miterben kurz in Oer-Erkenschwick Station gemacht hatten. Offenbar hatte sie die beiden aber sofort durchschaut. Siebeneisen seufzte. Wenn es nach ihm gegangen wäre, hätten sie sich sogar im *Master Bedroom* einquartiert, der noch opulenter war als ihr Zimmer jetzt und noch einmal eine Stange teurer. Lawn aber war sichtlich zusammengezuckt, als ihre Gastgeberin ihnen den größten Raum des Hauses gezeigt hatte.

»Die Suite unterm Dach – stimmte mit der etwas nicht?«

»Da waren ganz merkwürdige Schwingungen.« Lawn sah ihn an. »Man sollte solche Dinge nicht herausfordern, wenn man nicht unbedingt muss.«

»O.k. Verstehe. Mehr will ich gar nicht wissen.« Seit sie sich in New Orleans kennengelernt hatten, hatte Siebeneisen Gespräche über geisterhafte Erscheinungen und thermische

Abdrücke in alten Gemäuern vermieden, wann immer es ging. Die Welt, in der Lawn sich manchmal bewegte, war nicht die seine. Trotzdem: Es konnte auch Vorteile haben, eine Person mit besonderen Wahrnehmungsfähigkeiten zu sein. In einem kapholländischen Weingut aus dem 18. Jahrhundert zum Beispiel, in dem man ein eher klein geratenes Stück einer Elefantengottstatue vermutete.

»Und wo fangen wir jetzt zu suchen an? Was sagt dir dein Gefühl?«

»Mein Gefühl sagt mir, dass wir unsere Gastgeberin heute Abend einfach darauf ansprechen sollten. Es geht hier schließlich nicht um ein Diadem oder eine Truhe voller Goldmünzen. Wir reden von einem Statuenstück, das man sehr wahrscheinlich nur mit viel gutem Willen überhaupt für ein Statuenstück halten kann. Möglicherweise haben die das hier einfach in einer Kiste liegen. Falls es überhaupt noch da ist.«

»Sag so was nicht.« Siebeneisen drehte sich zu ihr um. »Es muss noch da sein! Wenn diese Bruchstücke 250 Jahre in einem polynesischen Quasi-Stonehenge überstehen und in einem Felsbrocken auf einem Berg, auf dem es seit 250 Jahren ununterbrochen regnet – dann bestimmt doch auch in einem Weingut.«

»Was passiert gleich nochmal, wenn der kleine Elefantengott komplett in fremde Hände gerät?«

»Na, dann wird es mit Haus und Hof des Maharadschas weiter bergab gehen. Heißt es jedenfalls.« Siebeneisen deutete mit der Hand eine steile Abwärtsbewegung an. »Bankrott, Ruin, Fluch über die kommenden Generationen und Unfruchtbarkeit aller weiblichen Nachkommen oder so. Mal abgesehen davon, dass Wipperfürth nie und nimmer die Prinzessin heiraten darf. Und Schatten bekommt keinen Landsitz oder was auch immer die da ausgeheckt haben.«

»Und du keine Belohnung.«

»Und ich keine Belohnung.«

»Über die ihr natürlich nicht gesprochen habt.«

»Über die wir natürlich nicht gesprochen haben.«

»Weil ihr ja alte Freunde seid und du noch nie schlechte Erfahrungen mit den beiden gemacht hast.«

»Weil wir ja… genau. Kennst du Alf? ›Tritt mich nur, während ich verblute‹, hätte der jetzt gesagt.«

»Ich küsse dich lieber…«

…und dann, ganz zum Schluss, auch noch auf seine rote, immer noch geschwollene Nase, und dann verschwand Lawn im Badezimmer. Siebeneisen sah auf die Uhr: vierzig Minuten bis zum Dinner. Er nahm die Fernbedienung und zappte sich durch die Programme. Ein Fußballspiel, Werbung, Castingshows, das Übliche, und gekocht wurde auch mindestens vier- oder fünfmal – manchmal konnte man wirklich glauben, auch das Fernsehprogramm sei mittlerweile überall auf der Welt identisch. Auf einem Kanal lief diese Serie, in der Vampire in Louisiana mitten unter Menschen lebten, ohne dass dies irgendwen zu verwundern schien und von der Siebeneisen nie wusste, wie sie hieß, wenn er sie sah. Er schaltete den Fernseher aus, stieg aus dem Bett und betrachtete die Fotografien an den Wänden. Kapstadt Ende des 19. Jahrhunderts, eine Ansicht von Delft aus der gleichen Zeit, Männer mit Bärten und Pfeifen in der Hand. Neben dem Kamin hing eine Reproduktion des berühmten Fotos von der Shackleton-Expedition in die Antarktis, auf dem die Mannschaft sich die Zeit mit Fußballspielen vertrieb, während die *Endurance* im Eis feststeckte.

»Wollen wir uns vor dem Abendessen noch die Strauße ansehen?«, rief er ins Badezimmer. »Ich meine: Bevor wir sie serviert bekommen?«

Aus der Ferne betrachtet sind Afrikas Strauße faszinierend elegante Erscheinungen. Obwohl sie über hundert Kilo wiegen können, bewegen sich die größten Vögel der Welt scheinbar schwerelos über die Savannen. Selbst bei einem Tempo von 70 km/h, das ein Strauß locker erreichen kann, wenn er schnell weg möchte (zum Beispiel, wenn ein Rudel Löwen beschlossen hat, einen Geflügeltag einzulegen), bewahrt er nicht bloß die Contenance, sondern wirkt noch immer irgendwie grazil und sein auf- und abbauschendes Federkleid wie das Tutu einer Balletttänzerin. Aus der Nähe betrachtet ist es dann allerdings vorbei mit der Herrlichkeit, da schockiert so ein Strauß als eine zumindest optisch missratene Fehlproduktion der Evolution. Der lange, kahle Hals suggeriert eine (natürlich nicht vorhandene) Verwandtschaft mit dem Lämmergeier. Die Füße? Füße?? Dreifingrige Klauen sind das, riesig, runzlig, schrumpelig; Krallen, die auch zu einem Flugsaurier des Pleistozän gehört haben könnten. Strauße scheinen außerdem an einem gestörten Dopaminhaushalt zu leiden und dadurch an einer schweren ADHS seit frühen Kindheitstagen, anders lässt sich dieses ständige Hin- und Herzucken des Kopfes nicht erklären. Und dann die Augen! Fünf Zentimeter Durchmesser! Da schaut man besser nicht länger hinein, was zum Glück durch dieses permanente Gezucke auch kaum möglich ist, aber wenn doch, dann – nun ja: Jack Nicholson hatte einen ähnlichen Blick drauf, kurz bevor er damals in *The Shining* durchdrehte und mit der Axt zu fuhrwerken begann. Anders gesagt: Es hat schon seine Gründe, dass der Lehrer früher in der Schule zu einem Strauß immer »Vogel Strauß« gesagt hat. Damit war zumindest klar, dass es sich um einen Vertreter der geflügelten Spezies handelt. Anzusehen ist dem Strauß das nur noch mit viel gutem Willen.

»Schau mal – da kommen sie wieder alle.« Lawn sah zu den Vögeln auf der Weide, die zur Inspektion ihrer Besucher neugierig näher trabten. Die Tiere liefen bis zum Zaun und reihten sich nebeneinander auf; die Köpfe an den langen Hälsen ruckten und zuckten nervös hin und her. Einer der Strauße, ein besonders großer, starrte Siebeneisen an, als überlegte er, wo er diesen Zweibeiner da vor ihm schon einmal gesehen haben könnte. Dann beugte er sich zu ihm über den Zaun, worauf Siebeneisen einen panischen Schritt zurück machte, um aus der Reichweite des Schnabels zu kommen. Das fehlte noch! Von einer Riesenfliege in die Nase gestochen, von einem Sturmvogel bei der Landung als Bremsklotz missbraucht und jetzt von einem Strauß beschnuppert und wer weiß was noch alles! Siebeneisen trat vorsichtshalber gleich noch mehrere Schritte zurück. Der Vogel ließ ihn nicht aus den Augen. Er stellte sogar das Zucken ein.

Und dann drehten sich sämtliche Strauße abrupt um, und sie hörten Geräusche und dann aufgeregte Rufe in einer fremden Sprache, und dann wurden die Geräusche lauter, und dann kam hinter dem Hauptgebäude ein Strauß hervorgelaufen, auf dem ein Mann saß. Ein schreiender Mann. Als der Strauß mit großen Schritten und erstaunlichem Tempo an ihnen vorbeilief, erkannten sie, dass der Mann ein Asiate war, der wie ein Rodeoreiter auf dem Vogel hockte und verzweifelt versuchte, nicht den Halt zu verlieren. Der Strauß wiederum hatte die Augen vor Schreck weit aufgerissen. Die beiden verschwanden hinter der Scheune, die neben dem Weingut stand. Eine feine Staubfahne hing in der Luft.

»Das ist der andere Gast, von dem ich Ihnen schon erzählt habe. Ein Japaner. Er wollte das unbedingt ausprobieren. Hoffentlich tut er sich nichts.« Mina DeHoog stand neben ihnen. Siebeneisen hatte schon wieder das Gefühl, dass sich unter ihrer Karobluse etwas bewegte, wollte aber nicht zu lange auf die Brüste ihrer Gastgeberin starren und drehte den Kopf schnell wieder Richtung Scheune.

»Er wollte das? Auf einem Strauß reiten?« Lawn sah die *Bed & Breakfast*-Besitzerin fragend an. Auf der anderen Seite der Scheune kam der Strauß wieder zum Vorschein. Er lief jetzt deutlich schneller. Und sein Reiter schrie jetzt deutlich lauter. Er klammerte sich an den langen, kahlen Hals des Vogels. Das Gespann drehte eine Runde auf der Weide und verschwand erneut aus dem Blickfeld.

»Ja. Ich vermute, es wird in seinem Reiseführer empfohlen. Wir haben hier öfter Touristen aus Japan, wahrscheinlich wird das Weingut in dem Buch erwähnt. Und offenbar steht da auch, dass man auf unseren Straußen reiten kann. Er hat gleich beim Check-in danach gefragt.«

Der Strauß kam wieder hinter der Scheune hervor. Er rannte jetzt nicht mehr, sondern stolzierte. Er blickte zu den drei Menschen am Zaun herüber und sah ziemlich arrogant aus. Der Mann auf seinem Rücken war verschwunden.

»Das war's dann wohl.« Mina DeHoog zog kurz die Augenbrauen nach oben. »Ich schau mal nach ihm.« Sie öffnete ein Tor im Zaun und wollte Richtung Scheune gehen, als ihr Gast hinter dem Gebäude auftauchte: etwas verstaubt, aber offensichtlich unverletzt. Er strahlte über das ganze Gesicht.

»Das war ganz wunderbar!« Der Mann verneigte sich, zuerst vor der Weingut-und-Sraußenreitschul-Besitzerin, dann vor Lawn und Siebeneisen.

»Das ist Herr Matsumoto.« Mina DeHoog stellte sie gegenseitig vor. »Er kommt aus Japan und ist in Südafrika, um sich nach Fußballspielern umzusehen. Stimmt doch, Matsumoto-*san*, oder?«

»Jajaja, das stimmt. Matsumoto mein Name. Ich bin Scout.

Für Rising Sun Tokyo. Erste japanische Liga. Mein Verein sucht neue Spieler.«

»Hier in Südafrika?« Siebeneisen war kein großer Fußballfan. Natürlich hatte er immer wieder etwas mitbekommen, Begegnungen der Nationalmannschaft oder Ausschnitte aus Spielen der Champions League mit diesem Messi, solchen Fernsehbildern konnte man ja selbst im tiefsten Busch nicht entkommen. Aber dass japanische Vereine sich in Südafrika nach Spielern umsahen – das war neu für ihn.

»Aber nicht nur hier! Auch anderswo. Auch in Deutschland. Nicht in der Bundesliga, aber in der dritten Liga. Oder der vierten. Essen. Wattenscheid. Meppen. Kennen Sie diese Städte?«

»Und ob!« Siebeneisen war fasziniert. Da traf er einen Japaner in Südafrika, der sich in seiner Heimat auskannte! »Ich bin aus Oer-Erkenschwick. Kennen Sie das auch?«

»Oer-Erkenschwick!« Matsumoto sprach es »Ohh! Eckennschwickkk!« aus, als hätte er das schöne Eckennschwickkk während einer langen Wanderung soeben am Horizont erblickt. »Die Spielvereinigung! Die Himmelsstürmer!«

Jetzt war Siebeneisen vollkommen baff. Die Zeiten, in denen sein Heimatverein weit vorne mitgespielt hatte im deutschen Fußballgeschäft, waren nun wirklich schon länger vorbei. Seit den Fünfzigerjahren, genau genommen. Er wollte nachfragen, woher der Japaner dieses Detailwissen hatte, aber als er ihn ansah, bemerkte er, dass Herr Matsumoto auf die Karobluse ihrer Gastgeberin mit dem Sigourney-Weaver-Gesicht starrte. Unter der Bluse bewegte sich etwas. Eindeutig. Etwas, das merkte, wenn man es beobachtete, und sich dann ganz still verhielt. Zwei oder drei Sekunden lang. Bevor es sich wieder bewegte. Sieben eisen starrte wie hypnotisiert auf die Karos, und dann beulte sich der Blusenbereich um die Knopfleiste herum aus, und ein winziger kleiner Kopf schaute zwischen den Knöpfen hervor.

»Sie haben da einen Affen in Ihrer Bluse«, sagte Siebeneisen, der nicht wusste, was er sonst zu einem Affen sagen sollte, der aus einer Bluse herausschaute. Er war irgendwie erleichtert.

»Na, Schewardnadse, kommst du auch mal ans Tageslicht?« Mina DeHoog streichelte den winzigen Affenkopf. »Schewardnadse ist ein Buschbaby. Ist als Junges vom Baum gefallen und kam nicht mehr hinauf. Ich habe ihn großgezogen.«

Siebeneisen betrachtete das winzige Äffchen, das kein Äffchen, sondern ein Buschbaby war. Er fragte sich, wie klein das Tier wohl als Junges gewesen sein mochte, als es aus dem Baum gefallen war. Ausgewachsen war es jedenfalls nicht größer als eine Kinderfaust.

»Nein, wie niedlich!« Lawn war hin und weg. Sie streckte die Hand nach dem Tier aus. Das Buschbaby allerdings wollte woandershin. Es kroch aus der Bluse, krallte sich kurz an der Knopfleiste fest – und sprang dann auf Siebeneisens Arm. Siebeneisen zuckte zusammen, als sich die winzigen Hände des Tieres in seine Haut krallten. Er wollte gerade so etwas wie »Na, was bist denn du für einer?« sagen oder sonst etwas, das in eine solche Situation passte, aber das Buschbaby wollte so etwas offenbar überhaupt nicht hören. In einem Affenzahn krabbelte es Siebeneisens Arm hinauf auf seine linke Schulter. Dort blieb es einen kurzen Moment sitzen, krallte dann die Finger seiner linken Hand in Siebeneisens geschwollene Nase und hangelte sich mit diesem versierten Zwischengriff auf die andere Schulter hinüber. Siebeneisen verspürte den Stich einer glühenden Nadel, die jemand durch die Nase in sein Hirn getrieben hatte. Er schrie auf vor Schmerz. Tränen schossen ihm in die Augen. Das Nächste, was er sah – beziehungsweise: nicht mehr sah, aber dennoch irgendwie registrierte –, war, dass sich das winzige Buschbaby von seiner Schulter hangelte, zum Stamm des nächsten Baumes lief und in dessen Ästen verschwand.

»Schewardnadse! Schewardnadse!!« Mina DeHoog hatte noch versucht, ihren Zögling festzuhalten, kam damit aber zu spät. »Kommst du her! Aber sofort!«

»Arrrhhh!« Siebeneisen glaubte, sein Gehirn explodiere. Tat das weh! Dieses verfluchte Mistvieh! Ausgerechnet in den entzündeten Stich auf seiner Nase hatte es sich gekrallt! Er hielt sich die Hände vor die Augen. Dann nahm er sie wieder weg, weil er soeben registriert hatte, dass er sich die Hände bloß vor die Augen halten konnte, weil seine Brille verschwunden war.

»Es hat meine Brille! Es hat meine Brille!«

»Habe ich schon gesehen. Keine Sorge. Er kommt gleich zurück.« Mina DeHoog ging ein paar Schritte auf den Baum zu, auf den das Buschbaby geflüchtet war. »Schewardnadse! Sofort!! Mit der Brille, die du stibitzt hast! Schewardnadse!! Zum letzten Mal!!«

Siebeneisen vernahm die Rufe wie durch dichten Nebel. In großen, heißen Schüben drückte der Schmerz von seiner entzündeten Nase über seine Stirn tief in den Kopf hinein, wo er ein Höllenfeuer entfachte. Er öffnete die Augen. Er sah nichts mehr. Noch nicht einmal die Strauße, die das alles mit hin- und herzuckenden Köpfen beobachtet hatten.

Hoch oben aus dem Baum konnte man ein leises Keckern hören.

22

Eine Stunde später saßen sie zu viert an einem festlich gedeckten Tisch im Wohnzimmer des Weinguts, Lawn und Matsumoto auf der einen Seite des Tisches, Mina DeHoog und Siebeneisen gegenüber. Schewardnadse lag in einer leeren Sauciere und schlief. Das Buschbaby war nach langen Lockrufen aus dem Baum geklettert, hatte die Brille aber zuvor irgendwo dort oben deponiert. Weil es mittlerweile viel zu dunkel geworden war, um mit Hilfe einer Leiter auf den Baum zu steigen, hatten sie beschlossen, die Suche erst am folgenden Morgen zu starten. Deswegen trug Siebeneisen zum Abendessen bei Kerzenlicht seine Sonnenbrille mit Gläsern in seiner Stärke. Er sah aus wie ein zugedröhnter Musiker und beschimpfte sich im Stillen, weil er seine Ersatzbrille zu Hause in Oer-Erkenschwick gelassen hatte. Wie konnte er einen so wichtigen Gegenstand vergessen? Natürlich hatte niemand mit einem kleptomanischen Buschbaby rechnen können, aber es gab ja schließlich genügend andere Arten, sich seiner Sehkraft zu berauben. Brillen konnten von der Nase rutschen und auf Badezimmerkacheln zerschellen, man konnte sie im Schlaf vom Nachttisch fegen oder sich versehentlich auf sie setzen. Mit minus acht Dioptrien und ohne Ersatzbrille hatte man dann ein ernsthaftes Problem. Ein sehr ernsthaftes. Mit dieser Kurzsichtigkeit erkannte man ohne Brille noch nicht einmal eine Tür, die drei Meter vor einem ins Freie führte. Oder, an einem Abend wie diesem, wer gegenüber am Tisch saß. Zum Glück hatte er die

Sonnenbrille eingepackt. Mit der war die Welt zwar sehr dunkel, aber das war immer noch besser, als den kompletten Abend in einer Art Nebel zu verbringen. Ein Nebel, in dem seine Nase glühte wie ein Leuchtfeuer an der neufundländischen Küste.

»Ich muss mich noch einmal entschuldigen.« Mina DeHoog öffnete eine Flasche Rotwein und füllte ihre Gläser. »Er ist sonst so schüchtern. Ich kann mir überhaupt nicht erklären, wieso er das getan hat.«

Siebeneisen grummelte etwas davon, dass das alles nicht so schlimm sei, auch seine Nase nicht, werde schon wieder, bloß die Brille hätte er dann doch schon gerne zurück. Er setzte die Sonnenbrille probehalber ab. Sein Teller vor ihm war noch gut zu erkennen, die Mitte des Tisches auch, Lawn und Matsumoto gegenüber aber wirkten bereits, als hätten die Nebel von Avalon sie verhüllt.

»Das ist ein ganz vorzüglicher Wein!« Der Japaner nippte an seinem Glas und hielt es gegen das Licht des Kronleuchters über dem Tisch. Er bewegte es vorsichtig hin und her, sodass der Wein sanft hin- und herschwappte.

»Freut mich, dass er Ihnen schmeckt!« Ihre Gastgeberin stieß mit ihnen an. »Ein Pinotage, hier von unserem Weingut. Unsere Angestellten nennen ihn ›Das Blut des Löwen‹, wenn sie unter sich sind.«

»Das ist ein ganz vorzüglicher Name!« Matsumoto hatte schon ausgetrunken. Er bekam nachgeschenkt.

»Waren Sie denn erfolgreich? Haben Sie einen Spieler gefunden, der zu Ihrem Team in Tokio passen könnte?«

Siebeneisen bewunderte Lawn. Selbst bei einem derart speziellen Thema hatte die Frau keinerlei Probleme, Smalltalk zu betreiben. Er sah sie fasziniert an.

»Leider nein.« Der Japaner nahm einen großen Schluck Pinotage. »Aber das Spiel gestern Abend war ganz vorzüglich!

Ich war zum Länderspiel in Swaziland, gegen Lesotho. Bevor angestoßen wurde, hat der Trainer der Heimmannschaft einen Medizinmann aufs Spielfeld geschickt. Der hat vor dem Tor von Lesotho einen Zaubertanz aufgeführt und ein Pulver auf die Torlinie gestreut, und …«

»… und dann hat die gegnerische Mannschaft verloren.« Lawn hatte den Satz des japanischen Spielerscouts vervollständigt. »Stimmt's?«

»Genau so war es!« Matsumoto strahlte. Er trank den Rest seines Weins. »Woher wissen Sie das?«

»Ich habe neulich ein Buch über *Sagoma* gelesen«, sagte Lawn, »das sind die Schamanen Afrikas. Da wurde das mit den Fußballspielen erwähnt. Dass man versucht, die gegnerische Mannschaft irgendwie zu beeinflussen. Manchmal vergraben diese *Sagoma* auch etwas im gegnerischen Strafraum, kleine Beutel mit Medizin. In der Halbzeit muss das natürlich wieder ausgebuddelt und im anderen Strafraum vergraben werden.«

Matsumoto sah Lawn lange ausdruckslos an. Möglicherweise versuchte er, diese Information mit der Leistung jener Spieler in Verbindung zu bringen, die er beobachtet hatte. »Ein ganz vrzgliches Spiel!«, sagte er dann unvermittelt und leerte sein Glas. Er schien leichte Probleme mit den Vokalen zu haben. Offenbar hatte er einen oder zwei Schluck Wein zu viel getrunken. »Ganz vrzglich!«

»Ah, das Essen!« Mina DeHoog nickte ihrem Koch zu, der den Gästen das Dinner servierte: Straußenfilets, wie der Pinotage aus eigener Produktion. Sie aßen schweigend. Schewardnadse wachte auf und schaute mit seinen großen Buschbabyaugen erschrocken in die Runde, als wisse er nicht, wo er sich befand und wer all diese Leute waren. Dann sprang er quer über den Tisch, klaute blitzschnell eine Weintraube von Siebeneisens Teller und raste zurück in seine Sauciere, wo er die

Traube mit seinen kleinen Händen festhielt, als ob er sie gegen die Welt verteidigen müsse. Seine Ziehmutter sah ihn an und zog die Augenbrauen hoch. Schewardnadse keckerte leise und warf die angefressene Weintraube quer über den Tisch zurück auf Siebeneisens Teller.

Nach den Straußenfilets gab es *Crème brulée* und mehr Pinotage und anschließend eine Auswahl Käse und noch mehr Pinotage. Dann stand Matsumoto ruckartig auf. Der Japaner versuchte, Haltung zu bewahren, schien aber doch deutlich angetrunken.

»'ntschldgn? 'ch mss ml krz n'd'Lft.« Er drehte sich um und ging zur Tür, wobei er gegen die Tischkante stieß. Schewardnadse in seiner Sauciere öffnete erschrocken seine Knopfaugen. Als er sah, dass Frauchen neben ihm saß, schlief er augenblicklich wieder ein.

»Es heißt ja, Japaner vertragen keinen Alkohol«, sagte Mina DeHoog nachdenklich, als Matsumoto aus dem Raum war. Sie entkorkte eine weitere Flasche, schenkte sich ein großes Glas ein und nahm damit all jenen den Wind aus den Segeln, die sich im Laufe des Abends möglicherweise zu der Bemerkung hinreißen lassen könnten, für die Nachfahren kapholländischer Siedler gelte Ähnliches wie für Japaner.

»Na ja.« Siebeneisen überflog schnell die Zahl der leeren Weinflaschen, die mittlerweile auf dem Tisch standen. »Es kommt ein bisschen auf die Menge an, oder?« Er konnte Matsumoto im Garten hören. Der Japaner gab schlimme Geräusche von sich. Zwischendurch schien er mit sich selbst zu schimpfen; in seiner Muttersprache hörte sich das Vokalproblem nicht mehr ganz so gravierend an. Bestimmt war ihm das alles ganz schrecklich peinlich.

»Dieses Haus hat bestimmt schon viele angetrunkene Gäste gesehen, oder?« Siebeneisen wollte die Abwesenheit von

Matsumoto nutzen, um den Grund ihres Besuches anzusprechen. Bislang hielt ihre Gastgeberin sie ja wahrscheinlich für Angestellte eines Unternehmens, das weltweit testete, wie weit sich Zimmerpreise in historischen *Bed-&-Breakfast*-Unterkünften herunterhandeln ließen.

»Das Haus hier? Bestimmt. In über 150 Jahren kommt da einiges zusammen.«

»150 Jahre?« Siebeneisen hatte das sofort bemerkt: Da fehlte fast ein komplettes Jahrhundert.

»Mehr oder weniger, oder?« Mina DeHoog schenkte ihnen nach. Als sie mit der Flasche am Glas des abwesenden Japaners angelangt war, zögerte sie für einen Moment, füllte es dann aber doch.

»Ich dachte, das Haus sei bereits 1752 erbaut worden?«

»Ist es auch. Das Originalhaus. Es hat zwei schlimme Brände gegeben, 1834 und dann noch mal 1856. Damals ist das Weingut bis auf die Grundmauern abgebrannt. Das Gebäude, in dem wir heute sitzen, wurde erst Ende des 19. Jahrhunderts errichtet.«

»Oh.« Siebeneisen versuchte, sich nichts anmerken zu lassen. Er bemerkte, wie sich eine Welle der Enttäuschung in ihm aufbaute. Ein kleiner Frust-Tsunami, sozusagen. »Das heißt, das Weingut von 1752 ist überhaupt nicht von 1752? Sondern von 1892 oder so?« Er dachte an das Schild, das sie an der Einfahrt gesehen hatten.

»Ja. Ist ein wenig geflunkert, zugegeben. Aber es ist originalgetreu nachgebaut worden.«

Siebeneisen sah Lawn an. Er wusste, dass sie das Gleiche dachte wie er: Wenn Cook das Statuenteil hier versteckt hatte, war das im Oktober 1776 geschehen, und das Bruchstück war 1834 verbrannt. Und wenn nicht 1834, dann 1856. Und wenn es nicht verbrannt war, dann war es bei den Aufräumarbeiten oder später beim Neubau verbaut oder untergepflügt oder ganz einfach weggeworfen worden. Das, dachte er, das war es dann wohl: das Ende seiner Mission. Wenn die Diebe nicht den kompletten Elefantengott an sich bringen konnten, drohte dem Maharadscha und seiner Familie ja keine Gefahr, nur die vollständige Statue in fremder Hand würde Unheil über die Dynastie bringen. Sie konnten ihre Suche beenden, dachte er, und wie schnell am Ende dann doch alles gegangen war. Viel schneller, als er vermutet hatte. Siebeneisen verspürte einen Stich im Innern. Es fühlte sich wie eine Enttäuschung an, gemischt mit ein bisschen Erleichterung. Er schwieg und trank einen großen Schluck Wein.

Matsumoto kam zurück. Der Japaner schien schwach auf den Beinen und sah ziemlich mitgenommen aus. Seine Haare standen wirr in alle Richtungen ab, auf seiner Hose waren Flecken zu sehen. Er verbeugte sich tief und entschuldigte sich mehrmals. Dann lobte er das Straußensteak. Die Gastfreundschaft. Am Ende auch den Wein. Immerhin waren die Vokale zurückgekehrt.

»Bitte entschuldigen Sie mein unmögliches Verhalten! Ich werde mich nun zurückziehen. Ich habe morgen einen anstrengenden Tag vor mir.«

»Müssen Sie zum Fußball?« Für einen Moment sympathisierte Siebeneisen mit der Idee, den Spielerbeobachter zu begleiten. Das wäre etwas, wovon er zu Hause erzählen könnte, wenn donnerstags im Fetten Hecht die nächste Tipp-Kick-Runde gegen Schatten und Wipperfürth anstand. Hier war ja auch nichts mehr für ihn zu tun.

»Nein, kein Spiel.« Matsumoto lächelte. »Kein Spiel morgen. Spielfrei, wie es bei Ihnen heißt. Ich muss nur sehr früh zum Flughafen. Ich fliege weiter in die USA. Auch dort gibt es sehr gute Spieler in den unteren Ligen.« Er verbeugte sich, entschuldigte sich abermals für sein Benehmen, wünschte eine gute Nacht und verließ den Raum. Erstaunlich, wie gut er sich im Griff hatte, dachte Siebeneisen. Dafür, dass der Japaner viel zu viel getrunken hatte, hielt er sich tadellos. Mina DeHoog schenkte noch einmal nach. Sie tranken. Sie schwiegen.

»Ich glaube, wir gehen dann auch mal schlafen.« Lawn nickte Siebeneisen zu. Sie standen auf. Schewardnadse räkelte sich in seiner Sauciere und wurde wach. Er blieb zwar liegen, streckte aber seine kleinen Arme in Richtung der Sonnenbrille.

Siebeneisen und Lawn gingen Hand in Hand hinaus in die Diele. Ihre Gastgeberin folgte ihnen.

»Das war ein wundervoller Abend.« Mina DeHoog gab ihnen die Hand. »Schlafen Sie gut. Und träumen Sie von fernen Horizonten, von fremden Gestaden und von allem, was es noch zu entdecken gibt auf dieser Welt.« Sie lächelte. »Machen Sie es einfach wie James Cook.«

»Was haben Sie da gerade gesagt?« Siebeneisen war mit einem Schlag hellwach. Er drückte Lawns Hand. Ganz fest.

»Cook. Der Seefahrer. War wohl so etwas wie sein Lebensmotto. Der hat eine Zeitlang als Gast in diesem Haus gewohnt. Das heißt: im Originalgebäude. Wir haben draußen einen Baum, den wir *Cook's Tree* nennen, eine uralte Buche. Da hat er wohl immer gesessen.«

So schnell, wie Siebeneisen aus der Diele an der Tür und aus der Tür in den Hof hinaus war, hatte man wahrscheinlich noch niemanden in diesem Haus aus der Diele an die Tür und aus der Tür in den Hof hinausrennen sehen. Es war längst dunkel und für ihn mit seiner Sonnenbrille sowieso. Deshalb übersah er auch die mit Gartenerde beladene Schubkarre, die seit ihrer Ankunft am späten Nachmittag vor der Tür stand wie etwas, das auf ein Knie wartete, das mit deutlich überhöhter Geschwindigkeit auf ein stehendes Hindernis treffen wollte. Siebeneisen schrie auf, stolperte, verlor dabei die Sonnenbrille, rappelte sich auf, fand die Sonnenbrille im Gras, schob sie über die Augen und rannte weiter.

»Die Buche hinten links!«, rief Mina DeHoog hinter ihm. »Die große, in die Schewardnadse heute Nachmittag geklettert ist! Läuft übrigens nicht weg! Hat sie noch nie getan!«

»Mach bitte langsam! Du tust dir noch weh!« Lawn lief hinter Siebeneisen her, der in der Finsternis verschwunden war. »Man sieht doch jetzt sowieso nichts! Warte doch wenigstens, bis wir eine Taschenlampe geholt haben …«

Siebeneisen wollte aber nicht warten, Siebeneisen wollte zur Buche. Zu *Cook's Tree*, dem Baum, unter dem der Entdecker gesessen hatte, zu dem Baum, in dem oder an dem oder unter dem er das Statuenstück versteckt hatte. Als der mächtige Stamm dann vor ihm auftauchte, realisierte Siebeneisen, dass er ohne Licht tatsächlich nichts, aber auch überhaupt nichts sehen würde. Er drehte sich um und wollte Lawn gerade zurufen, dass sie mehr als nur eine Taschenlampe brauchten, besser Fackeln oder einen Suchscheinwerfer, oder noch besser: alles zusammen, aber hinter ihm war keine Lawn. Hinter ihm war ein großer, dunkler Fleck, und dann war da nichts mehr.

23

Freitags in der Faulen Kobra.

Niranjana dachte an Mäuse. Immer wieder, obwohl sie es nicht wollte und es sie in ihrer Meditation störte. Sie dachte an junge Mäuse, zarte Mäuse, unschuldige Mäuse. An dumme Mäuse und naive, an Mäuse, die nicht clever genug waren, um im letzten Moment abzuhauen und um ihr Leben zu rennen. Sie sah sie vor sich mit ihren kleinen Knopfaugen und den Schnurrbarthaaren, die wie elektrisiert zitterten, wenn die Mäuse ahnten, dass ihr letztes Sekündlein geschlagen hatte. Wenn sie so eine bibbernde Maus lange genug vor ihrem geistigen Auge fixiert hatte, konnte Niranjana sie beinahe schmecken. Dann lief ihr das Wasser im Mund zusammen, und mit der Konzentration war es endgültig vorbei. Meditieren war so unglaublich schwer! Niranjana versuchte, sich zu entspannen. Die Außenwelt auszublenden. Nur auf ihren Atem zu achten. Darauf, wie sich die Luft beim Ausatmen in den Nasenlöchern anfühlte und wie beim anschließenden Einatmen. Ein, aus, ein, aus und immer nur auf den Atem achten, nur auf den Atem. Sie hatte sich das beim Babaji abgeschaut, der die Kunst des Meditierens gerne amerikanischen Backpackerinnen erläuterte, die ihn im Teehaus aufsuchten. Man musste nur auf den eigenen Atem achten, das wusste sie. Musste versuchen, alles andere auszublenden. Wenn die Mäusegedanken auftauchten und einen von der Beobachtung des Atems ablenken wollten, ignorierte man sie einfach. Wenn Geräusche die eigene Konzentration störten, nahm man sie kurz wahr als das, was sie waren, schnöde Geräusche eben. Dann vergaß man sie wieder und achtete weiter auf das Ein und Aus der Luft in den Nasenlöchern.

Niranjana konzentrierte sich. Anders als andere Ruhesuchende hatte sie kein Problem mit einer entspannten Meditationspose, das lag an ihrem Körperbau. Kobras haben in der Regel keine Bandscheibenprobleme. Sie leiden auch nicht unter Knieschmerzen oder diesem Ziehen in der Oberschenkelmuskulatur, mit dem sich menschliche Meditierende oft herumplagen müssen. Allerdings sind Kobras sehr empfindlich, was Erschütterungen betrifft. In der Kobrawelt kündigen Erschütterungen das Nahen eines Feindes an. Bei indischen Kobras handelt es sich dabei meistens um einen Elefanten. Deswegen flüchten Kobras augenblicklich, wenn sie eine Vibration von einer bestimmten Vehemenz registrieren. Können sie nicht flüchten, weil sie beispielsweise in einem Bastkorb auf dem Tresen eines Teehauses leben, sehen sie nach, wie weit der Elefant noch entfernt ist. Vorsichtig. Ganz vorsichtig.

Es war der Dicke. Natürlich war es der Dicke. Niranjana hatte noch nie einen Menschen gesehen, der auch nur annähernd so fett gewesen wäre wie dieser Ausländer in seinem schrecklichen Anzug. Gerade eben kam er in das Teehaus gewalzt, dass die Teegläser auf den Tischen klirrten. Niranjana stellte sich vor, wie eine Begegnung zwischen ihr und diesem Ungetüm draußen abgelaufen wäre, außerhalb des Teehauses, außerhalb der Stadt, in freier Wildbahn, früher, als sie noch jünger gewesen war. Selbst wenn er sie dort rechtzeitig entdeckt hätte, wäre sie wohl schneller gewesen, mutmaßte sie. Sie konnte sich nicht vorstellen, dass dieser schnaufende Mensch es geschafft hätte, außerhalb ihrer Reichweite zu gelangen.

Jetzt ließ er sich auf das Sofa fallen, der Dicke. Sein Kumpel war heute nicht da. Der war ebenfalls durchgeknallt, dachte Niranjana, so viel stand mal fest. Allein dieses Fantasiekostüm, das er trug – wie ein Statist aus einer Aladdin-Aufführung für Kinder im Vorschulalter. Und dann dieses permanente Gequatsche, da überboten die beiden sich gegenseitig. Der Dicke schwadronierte vielleicht einen Tick weniger, weil er sich alle dreißig Sekunden den Schweiß vom Gesicht wischen musste. Aladdin faselte im Grunde ununterbrochen. Wenn er nicht redete, hackte er mit den Fingern auf seinem Mobiltelefon herum und beschwerte sich beim Besitzer des Teehauses über die angeblich langsame Internetverbindung. Er saß schon seit Wochen auf seinem Sofa. Er recherchiere etwas, behauptete er, es ging um eine zerbrochene Statue, so viel hatte sie mitbekommen, aber die meiste Zeit quatschte er andere Gäste zu, die den Fehler machten, in seinen Dunstkreis zu kommen. Wenn er und der Dicke zu Ende gestritten hatten, spielten sie meistens Karten. Etwas namens Mau-Mau. Die Regeln waren derart einfach, dass ein Dreijähriger sie verstanden hätte. Selbst eine altersschwache Kobra verstand sie. Aladdin und der Dicke aber bekamen sich häufig schon während der ersten Partie in die Wolle. Das Ganze endete dann meistens damit, dass der Dicke wutschnaubend das Teehaus verließ.

Niranjana sah sich um, ihre Meditationsübungen konnte sie jetzt sowieso vergessen, abgelenkt, wie sie war. Die asketischen Alten hockten wie immer regungslos vor ihren Teegläsern. In seiner Ecke saß der Babaji mit diesem Nepalesen auf Pilgerreise zusammen. Der Mann war vor ein paar Tagen das erste Mal im Teehaus aufgetaucht. Auch da hatte er diesen komischen Seidenblouson getragen, die gestrickte Zipfelmütze mit dem Wikingerschiffmuster und diese Trinkflasche mit dem Marienkäfermotiv um den Hals. Eine komische Figur war das, dieser Rashid. Niranjana hatte gehört, wie er dem Babaji erzählte, dass er an Gedächtnisverlust leide und eine Zeitlang in einem Sanatorium verbracht habe. Nun sei er auf Pilgerschaft, um Ruhe zu finden und möglicherweise ja auch seine Erinnerungen an einen gewissen Lebensabschnitt, die irgendwo verlorengegangen waren. Der Babaji hatte sich das alles angehört und ab und an genickt. Niranjana wusste, dass der weise Mann das immer tat, wenn er mit seiner Weisheit am Ende war: zuhören, nicken, lächeln. Irgendwann hatte er dem Pilger aus Kathmandu dann geraten, einer großen Gefahr ins Auge zu sehen – das werde ihm helfen bei der Suche nach seinen verlorenen Erinnerungen. Bei diesem kryptischen Rat hatte er es belassen und weiterhin zugehört, genickt, gelächelt. Aber natürlich war er der Babaji, da genügte das völlig.

Und jetzt humpelte Aladdin ins Teehaus. Er war nicht zu überhören und nicht zu verwechseln: Kein Mensch außer ihm würde auf die Idee kommen, die versammelten Gäste mit einem lauten »Der gütige Shiva möge über uns wachen! *Shanti Shanti Om!*« zu begrüßen. Was natürlich alle Anwesenden komplett ignorierten. Niranjana wandte ihren Kopf nach links, wo das Sofa stand, auf das er sich immer bettete. Sie wusste genau, was als Nächstes passieren würde: Aladdin würde den Dicken vom Sofa verscheuchen, und zwar lautstark, und der Dicke würde sich aufrappeln und sich auf einen dieser kleinen Stühle setzen. Da, Achtung, jetzt! Genau, wie sie es geahnt hatte. Niranjana sah genauer hin. Etwas war anders – Aladdin trug einen Blütenkranz um den Hals. Und auch nicht sein übliches indisches Obergewand, sondern ein papageienbuntes Kleidungsstück, auf dem Palmen, Kokosnüsse und Fische abgebildet waren. Niranjana wurde neugierig. Statt sich in ihrem Korb zu verkriechen, beschloss sie, den beiden Clowns zuzuhören. Der Dicke bekam offenbar gerade einen Wutanfall, das könnte spannend werden.

»Das darf doch alles nicht wahr sein! Warum schicken wir ihn nicht gleich noch zum Mond? Viel teurer kann das ja auch nicht mehr werden!«

»Jetzt reg dich nicht schon wieder auf! Du kriegst noch 'nen Herzinfarkt – zur Risikogruppe gehörst du ja weiß Gott! Was kann ich denn dafür, dass unser James diese Inseln entdeckt hat? Er hat das Archipel dann auch gleich nach seinem größten Förderer benannt, dem Earl of Sandwich. Ein Ereignis von historischer Bedeutung war das!«

»Von historischer Bedeutung? Wenn er sie nicht gefunden hätte, wäre ein anderer gekommen! Geht's nicht mal 'ne Nummer kleiner bei der Reise unserer beiden Turteltäubchen? Wo bitte schön soll das alles denn noch hinführen? In die Innenstadt von Moskau zur Messezeit? Oder dürfen es vielleicht noch ein paar Nächte in einem Fünf-Sterne-Hotel in Tokio sein? Oder Manhattan im Advent?«

»Jetzt komm mal wieder runter. Statt dich ständig über die Spesen aufzuregen, solltest du dich lieber freuen, dass wir fündig geworden sind, der Maharadscha und ich. Du hockst ja seit Tagen im Badezimmer! Arrrgh.«

Niranjana sah, wie Aladdin theatralisch das Gesicht verzog. Das machte er immer, wenn er vom Thema ablenken wollte. Sie war sich sicher, dass er längst keine Schmerzen mehr hatte. Das war alles Show. Und der Dicke fiel darauf herein. Sie bemerkte, dass er einen hochroten Kopf bekommen hatte und entsetzlich schwitzte, ständig fielen Tropfen von seiner Stirn. Er sah krank aus. Ausländer wurden gerne krank in Indien, das wusste sie. Rohes Gemüse vertrugen sie gar nicht gut, hausgemachtes Eis auch nicht, und Mayonnaise war besonders ungünstig. Jetzt holte er diesen Lappen heraus, den er immer dabeihatte, damit er nicht so tropfte.

»Ihr habt ja auch lange genug gesucht! Ich frage mich, was ihr da die ganze Zeit über macht, während ich an diesem schlimmen Virus leide.«

»Was wir machen? Wir ackern uns durch tausende, ach was: zehntausende historische Dokumente! Wie oft muss ich dir das denn noch erklären? Und dann finden wir in diesem kolossal übervollen Archiv wieder einen Brief unseres James, und dir fällt nichts anderes ein, als dich über die Kosten aufzuregen!«

»Die dir ja völlig schnuppe sind! Das Hemd, das du dir zu diesem Anlass gekauft hast, zahlst du aus eigener Tasche! Das geht nicht auf Spesen! Und was soll dieser alberne Kranz um deinen Hals? Du weißt doch genau, dass ich gegen die meisten Pollen allergisch bin!«

»Das ist ein *Lei*. Aus Plastik. Und das Hemd ist eine Kopie aus Bangladesch für zehn Rupien. Ich wollte bloß feiern, dass wir das Versteck eines weiteren Statuenstücks ermittelt haben.«

»Ach, wirklich? Wenn ich dich gerade eben richtig verstanden habe, als du mich zur Begrüßung mit der frohen Kunde überrascht hast – dann wissen wir lediglich, dass Cook das Teil auf…«

»… Hawaii versteckt hat, den früheren Sandwich-Inseln. Ja, reicht das denn nicht fürs Erste? Muss es denn immer gleich alles ganz genau sein? Darf denn nicht ein bisschen Raum für Fantasie bleiben? Unser lieber Siebeneisen wird mit dieser Information schon weiterkommen. Ach, die Inseln des *Alohas*! Zu beneiden ist der Kerl!«

»Da muss ich dir allerdings recht geben. Schon wieder so ein Traumziel, das die beiden sehen werden. So gut müssten wir es auch einmal haben!«

Es war wie immer, dachte Niranjana. Zuerst gerieten die beiden wegen irgendetwas aneinander, aber sobald das Gespräch dann darauf kam, wie gut es doch ihr Freund, dieser Siebeneisen, hatte und wie sehr er zu beneiden sei – da waren sie plötzlich wieder ein Herz und eine Seele, als hätte es den Streit kurz zuvor überhaupt nicht gegeben. Niranjana wollte da nicht länger zuhören. Sie ließ sich von ihrem Beobachtungsposten am Rand ihres Bastkorbes zurückfallen in die Dunkelheit. Und wollte sich gerade zusammenrollen, als die Sitarmusik plötzlich endete. Normalerweise lief dieser Mist den lieben langen Tag, weil der Besitzer des Teehauses nichts anderes hören wollte. Nur wenn er das Haus verließ und sein Sohn die Geschäfte vorübergehend übernahm, gab es vernünftige Musik. Gute Musik. Musik mit lauten Gitarren. Rockmusik. Niranjana liebte Gitarrensoli. Sie liebte sie fast so sehr wie junge, zarte, unschuldige Mäuse. Gespannt wartete die Kobra darauf, welches Album der Sohn des Teehausbesitzers in den Player gelegt hatte.

Applaus brandete auf. Ach, das hatte er ausgesucht, dachte Niranjana, schade – es war die CD mit den amerikanischen Songwritern. Ganz o.k., bloß längst nicht so hammermäßig wie die von AC/DC oder Pink Floyd. Das erste Stück mochte sie allerdings. In dem ging es um einen einsamen Cowboy, der auf dem Weg nach Hause eine Gruppe Geisterreiter am Abendhimmel galoppieren sieht. Das gefiel ihr, und die Gitarren klangen tatsächlich wie die Hufe von Pferden. Wie hieß der Sänger noch gleich? Irgendwas mit Geld oder Bargeld, oder? Jetzt waren sie beim Refrain, und der Gitarrist der Band setzte zum Solo an, und Niranjana konnte nichts dafür, es war einfach eine Art Reflex: Immer wenn sie solche Gitarrensoli hörte, machte irgendetwas in ihrem Kobrahirn »Klick!«, und sie richtete sich auf. Musste sich einfach aufrichten. So, wie manche Menschen auf die Tanzfläche müssen, wenn sie Techno-Beats hören. Der Gitarrist also ließ sein Instrument klingen, als heulten die Kojoten zum Hufgetrampel der Geisterreiter am Himmel, und Niranjana kam aus den Tiefen ihres Korbs, und in den Korb hinein schaute just in diesem Moment ein neugieriger Pilger aus Kathmandu. Rashid starrte der Kobra ins Gesicht und schrie auf vor Schreck, und dann wurde er blass und rief: »Ich erinnere mich an alles! Ich erinnere mich an alles!«, und gegenüber auf seinem Sofa saß der Babaji und lächelte weise.

24

In dem bekannten Weingut bei Stellenbosch in Südafrika, am nächsten Morgen.

Wer je die fabelhafte Autobiografie gelesen hat, die der Countrysänger Johnny Cash über sein Leben verfasste, der wird sich auch Jahre später noch an etliche Passagen aus dieser Lebensbeichte erinnern. *The Man in Black* war ein begnadeter Erzähler, der sehr genau wusste, an welcher Stelle er Pointen setzen musste. Besonders gut gelang ihm das immer dann, wenn es um sein eher unkonventionelles Verhältnis zu Betäubungsmittelgesetzen und der Vogelwelt ging. So erfährt man auf etlichen hundert Seiten unter anderem, dass Cash einst ein Wohnmobil kaufte, um in der Abgeschiedenheit der Wüste große Mengen Amphetamine zu konsumieren. Leider hatte das Fahrzeug eine defekte Ölleitung und setzte bereits bei einem seiner ersten Ausflüge versehentlich ein Naturschutzgebiet in Brand. Bei dem Feuer kamen dann auch noch die neun unter Naturschutz stehenden Kondore des Parks ums Leben, was Cash der Polizei gegenüber mit einem schnoddrigen »Ich gebe einen Scheißdreck auf eure gelben Bussarde« kommentierte.

Auf den folgenden Seiten liest man außerdem, wie der Sänger auf einer Tournee in den späten Fünfzigern nach offenbar heftigem Drogenkonsum 500 lebende Hühner kaufte, um sie anschließend sehr gleichmäßig in den fünf Stockwerken seines Hotels auszusetzen. Und man erfährt, wie er sich eines

Wintertages in seinem Garten lebensgefährlich verletzte, als er Waldo in einen warmen Schuppen bugsieren wollte. Dummerweise war Waldo an jenem Tag schlecht gelaunt. Das Tier habe gezischt, erinnerte sich der Countrysänger in seiner Autobiografie, deshalb habe er einen Stock mitgenommen, um sich im Notfall verteidigen zu können. Als Waldo aber angestürmt kam und er ihn abwehren wollte, da habe er nur ein Luftloch geschlagen, weil Waldo bereits abgesprungen war. Eine Viertelsekunde später krachte er mit seinen einhundert Kilo Lebendgewicht von oben auf seinen Besitzer. Was die fünf gebrochenen Rippen erklärte. Und die lange Risswunde, die Waldos rechter Fuß beim Zusammenstoß mit der Bauchdecke verursachte. Waldo war ein Strauß. Beziehungsweise, wie man gerne sagt: ein Vogel Strauß.

»Und wusstest du, dass er später einen Song mit dem Titel ›Chicken in Black‹ aufgenommen hat? Darin singt er, wie sein Hirn in ein Huhn transplantiert wurde, das jetzt in New York City herumläuft und ›Ghostriders in the Sky‹ singt. Das mit Waldo muss ihn lange verfolgt haben.«

Lawn, die sich als großer Johnny-Cash-Fan geoutet und in den letzten Minuten über nichts anderes geredet hatte, tupfte mit einem Wattebausch in Siebeneisens Gesicht herum. Es brannte höllisch.

»Wie sehe ich denn aus? Schlimm?« Er hatte das Gefühl, jemand habe ihn mit Schmirgelpapier abgerubbelt.

»Könnte schlimmer sein.« Lawn kramte in ihrer Handtasche und fand einen kleinen Schminkspiegel. »Zumindest fällt deine Nase jetzt nicht mehr so sehr auf.« Sie ließ Siebeneisen in den Spiegel blicken. Kurz. Dann packte sie ihn wieder ein. Siebeneisen murmelte etwas, das er selbst als »gütiger Gott« dechiffrierte.

Als er vor ein paar Minuten wach geworden war, hatte er im ersten Moment nicht gewusst, wo er sich befand. Draußen war es hell, warum auch immer, und vor dem Bett, in dem er lag, saß Lawn auf einem Stuhl unter dem Schwarz-Weiß-Foto mit fußballspielenden Männern im Packeis. Er hatte das Brennen in seinem Gesicht bemerkt und den Schmerz im Rücken. Aber erst jetzt, mit jedem Wattetupfer ein Stück mehr, kehrte seine Erinnerung allmählich zurück.

»Er hatte dich doch schon nachmittags im Visier, so, wie der dich angeglotzt hat.« Wie immer schien Lawn zu erraten, was er dachte. »Möglicherweise hat er dich für ein konkurrierendes Männchen gehalten. Und als du nachts in sein Revier eingedrungen bist, hat er es verteidigen wollen.«

Siebeneisen erinnerte sich. Merkwürdigerweise rückwärts, also vom Moment des Zusammenstoßes an die Zeit davor. Zuerst an die plötzliche Dunkelheit. An einen Schatten kurz vor der Dunkelheit. Der auf ihn zugeschossen kam, als er sich nach Lawn umdrehte.

»Du hast noch Glück gehabt. Anders als Waldo ist dein Strauß nicht mit den Füßen voran in dich gekracht.«

»Bist du dir sicher? Ich sehe aus, als sei das doch so gewesen.«

»Du siehst so aus, weil du durch den Zusammenstoß mit dem Rücken gegen den Baum geschleudert wurdest. Und anschließend nach vorne gekippt bist. In den Sand. Kopfüber. Du kannst froh sein, dass du deine Sonnenbrille auf der Nase hattest und nicht deine richtige – die wäre sonst jetzt nämlich kaputt.«

»Moment…« Siebeneisen versuchte, diese Flut an Informationen zu verarbeiten, Aufprall, Rücken, Baum, Sand, Sonnenbrille, andere Brille. Seine andere Brille, die richtige, die, die er immer trug – und die dieser Affe auf den Baum geschleppt hatte.

»Meine Brille?«, sagte er. »Die richtige? Ist sie noch …?«

»Hier.« Lawn nahm ein Gestell vom Nachttisch, zeigte es Siebeneisen und legte es wieder zurück. »Ist aus dem Baum gefallen, als du gegen den Stamm geschleudert wurdest. Hat das wundersamerweise überlebt. Außer einem kleinen Kratzer auf einem Glas ist sie völlig unversehrt.«

»Wunderbar.« Siebeneisen versuchte noch immer, seine allmählich auftauchenden Erinnerungen in eine halbwegs korrekte Reihenfolge zu bringen. Der Baum. Der Baum, aus dem die Brille gefallen war. Der Baum, zu dem er nachts gelaufen war. Der Baum, in dem …

Siebeneisen richtete sich abrupt auf in seinem Bett. Mit einem Schlag war alles wieder da. Alles. Indien, Tonga, Neuseeland. Der Maharadscha. Das Teehaus. Sein Auszug aus dem Palast. Und Wipperfürth. Und ihre Mission. »Hast du es gefunden?« Er griff Lawns Handgelenke. »Das Statuenstück? War es im Baum?«

»Wahrscheinlich knapp 240 Jahre lang. In einem Wurzelloch, das Cook säuberlich mit kleinen Kieseln ausgelegt hat, damit es nicht zuwächst.« Lawn beugte sich erneut hinüber zum Nachttisch. Als ihre Hand wieder in Siebeneisens Gesichtsfeld auftauchte, lag eine filigran gefaltete Origamifigur in ihr. »Leider ist uns jemand zuvorgekommen.«

»Nein!«

»Doch.«

»Schon wieder!«

»Schon wieder.«

Siebeneisen spürte, wie ihn ein Wirbel der Gefühle mit sich riss. Wut. Zorn. Enttäuschung. Sein Rücken schmerzte, sein Gesicht brannte. Und die bodenlose Enttäuschung morphte übergangslos in eine große Müdigkeit. Als ob sie ihn vor dem Rest dieser erbarmungslosen, unbarmherzigen, ungerechten

Welt beschützen wollten, nahmen seine Augenlider innerhalb weniger Sekunden gefühlte 120 Kilo zu und ließen sich auch mit größter Anstrengung nicht länger in Position halten. Siebeneisen beschloss, einfach einzuschlafen. Alles zu vergessen. Sich auszuruhen. Auch wenn eine weitere Nacht in diesem Weingut ein kleines Vermögen kosten würde.

Er erwachte, weil er etwas an seiner entzündeten, geschwollenen Nase spürte. Etwas ganz Sanftes, etwas ganz Zärtliches. Siebeneisen schlug die Augenlider auf, die in der Zwischenzeit eine höchst erfolgreiche Turbodiät absolviert und mindestens 119,99 Kilo abgenommen haben mussten, so leicht ließen sie sich öffnen. Auf dem Kopfkissen, gleich neben seinem Gesicht, saß Schewardnadse. Das Buschbaby streichelte ihm mit seiner winzigen Hand über die Nase. Es sah ihn mit seinen großen Augen mitleidsvoll an.

»Na, geht's dir besser?« Lawn. Auf ihrem Stuhl.

»Ja. Ja, es geht besser. Mal abgesehen davon.« Siebeneisen nahm die Origamifigur vom Nachttisch. Sie sah aus, als habe jemand mit viel Mühe einen großen Kiesel nachgebildet. Und so, als habe sie noch nicht lange in dem Wurzelloch gestanden. »Schon wieder ein Stein aus Papier. Die könnten sich wenigstens mal ein wenig Mühe geben und einen Frosch falten oder einen Kranich oder so etwas.«

»Vielleicht sind die Anfänger?«

»Auf jeden Fall haben sie jetzt bereits vier Stücke der Statue. Wir müssen uns beeilen. Sie dürfen auf keinen Fall alle bekommen.«

»Was doch wiederum bedeutet, dass es eigentlich genügen würde, wenn wir nur ein einziges finden würden, oder?«

»Hm. Ja. Stimmt. Das würde reichen. Wenn wir eins haben, können die anderen die Statue nicht komplett zusammensetzen.« Siebeneisen ertappte sich bei der Frage, warum er bei diesem Humbug überhaupt mitmachte. Als ob das Abbild einer indischen Gottheit irgendeinen Einfluss auf das Schicksal einer Fürstenfamilie haben könnte! Selbst bei der *Bunten* würden sie so etwas nicht glauben. Er sah Schewardnadse zu, der auf Lawns linke Schulter kletterte. Er keckerte vor Freude und lehnte seinen kleinen Kopf an ihren Hals. Einen Moment später war er eingeschlafen.

»Ich frage mich, weshalb uns die Diebe immer zuvorkommen.« Lawn strich ihm sanft über das Haar. »Woher wissen die, wo sie suchen müssen? Das kann doch kein Zufall sein. Ist ja fast so, als würden die Schatten und Wipperfürth über die Schulter schauen, wenn sie mit dem Maharadscha im Archiv sitzen.«

Siebeneisen sah Lawn an. Ihm kam ein Gedanke.

»Warte mal…« Er versuchte, den Gedanken festzuhalten, bevor er sich wieder verflüchtigte. Es gelang ihm. Er hielt ihn fest, bis aus dem Gedanken ein kurzes Flickern wurde und aus dem Flickern ein Gesicht. Ein holzschnittartiges Gesicht. Ein holzschnittartiges Gesicht, das er im Palast gesehen hatte. Im Büro des Maharadschas. Und später bei seiner Verabschiedung.

»Ich glaube, ich muss den beiden mal einen Hinweis geben«, sagte er.

25

Aus den verschollenen privaten Aufzeichnungen von William Bligh, Sailing Master der HMS Resolution,
27. Januar 1778

Erstaunliches hat sich ereignet in den vergangenen Tagen und Wochen! Wir sind nach Norden gesegelt, über das größte aller Meere, den Lagerraum voller Schildkröten. So wahr mir Gott helfe, ich lüge nicht! Der Alte hat uns diese stumpfsinnigen Kreaturen auf einem unbekannten Eiland einsammeln lassen. Er wollte sie unter Deck gestapelt und vertäut wissen, was wir so lange taten, bis wir mehrere hundert versammelt hatten. Seitdem ist unser Proviant gesichert. Das Fleisch der Schildkröte nämlich mundet vorzüglich, und es ist allzeit frisch, da wir die Tiere immer erst kurz vor dem Abendessen schlachten. Bis zu ihrem Ableben sind Schildkröten angenehme Reisebegleiter. Im Gegensatz zu Pfauen, Kühen und Schweinen geben sie auch bei starkem Wellengang keinerlei Laut von sich.

Unter diesen Voraussetzungen war die Stimmung an Bord recht heiter, als wir vor einigen Tagen auf eine unbekannte Inselgruppe stießen. Bei Gott, hier hatte die Schöpfung ein Meisterstück geschaffen! Kein anderes Eiland kann es mit der Schönheit von Atoui aufnehmen. Es kamen uns auch sogleich Einbäume entgegen, bemannt mit Ruderern, die den Männern von Otaheite äußerst ähnlich sahen. Und wie entzückt waren wir, als wir erst ihre Frauen bemerkten! Schönere Wesen hat des Matrosen Auge nicht erblickt, seit wir die Gesellschaftsinseln mit ihren liebreizenden Geschöpfen verlassen haben. Mit duftenden Blütenkränzen hießen sie uns willkommen! Dem Alten aber wurde noch viel größere Ehrerbietung zuteil. Das Fußvolk der Insulaner warf sich vor ihm in den Sand, selbst die Häuptlinge verhielten sich unterwürfig. Der Kapitän vermutet seitdem, dass man ihn für eine Gottheit hält. In seiner bekannt spröden Art hat er den Inseln allerdings keine wohlklingende Bezeichnung gegeben, sondern sie zu Ehren des Earl of Sandwich benannt.

Schon einige Zeit liegen wir hier nun vor Anker. In den ersten Tagen unseres Aufenthaltes vermaß der Alte die Küstenlinie und tätigte seine üblichen Aufzeichnungen. Nun aber hat er seine Begeisterung für das Wasser entdeckt. Die Noblen der Insel haben uns eine ihrer Beschäftigungen gezeigt, die sie zum eigenen Amusement betreiben. Dazu paddeln sie auf einem langen, flachen Holzbrett liegend weit ins Meer hinaus. Dort schwingen sie sich behände auf das Brett, stehen aufrecht und lassen sich von einer Welle zurück an Land tragen. Ein tollkühnes Unterfangen, bei jedem Male! Der Alte hat dies bewundernd zur Kenntnis genommen und zeigte mir seinen Eintrag im Logbuch: *»Ich konnte nicht anders, als bei ihrem Anblick zu schließen, dass diese Männer die höchste Freude empfinden, wenn sie so schnell und so sanft vom Meere befördert werden«*, schrieb er.

Die Noblen der Insel versuchten anschließend, unseren Kapitän zu einem solch waghalsigen Ritt zu überreden. Er winkte ab, wohl wissend, dass er nicht schwimmen kann. Als aber die Häuptlinge dies erkannten, boten sie sich an, ihm selbiges beizubringen.

Für zwei Tage weilte er nicht an Bord, sondern an einem Küstenabschnitt, an dem hohe Wellen keine Gefahr darstellen. Wie immer erzählte er niemandem davon. Die Wache im Krähennest aber berichtete mir, dass er seitdem jeden Morgen vor Sonnenaufgang ins Meer steigt, um unbeholfen eine Runde um die *Resolution* zu schwimmen. Seinem Ruf als Gottheit hat dies bislang offenbar nicht geschadet.

26

Hawaii

Es war einmal vor langer Zeit, da waren weite Teile der Welt von einem großen Ozean bedeckt. Das Meer war tief, das Meer war wild, das Meer war endlos. Es gab noch kein Leben in diesem Meer, dessen Wasser von gewaltigen Stürmen gepeitscht wurde. Seine Wellen türmten sich, als wollten sie die Sterne vom Firmament greifen und mit sich in die Tiefe reißen.

Es war einmal vor langer Zeit, da brach an einer bestimmten Stelle mitten in diesem tiefen, wilden, endlosen Ozean der Meeresboden ein. Fünf Kilometer unter der Wasseroberfläche entstand ein Riss, und aus diesem Riss quoll nun Magma, flüssiges, weiß glühendes Gestein aus dem Inneren des Planeten. Sobald dieser unvorstellbar heiße Brei mit dem Wasser des Ozeans in Verbindung kam, explodierte er. Das Magma erstarrte und blieb am Meeresgrund liegen.

Es war die Geburt einer Insel. Sie war noch winzig, ein Steinkrümel bedeckt von gigantischen Wassermassen, aber: Es war eine Insel. Beziehungsweise: ein kleiner Hügel am Meeresgrund, der einmal zu einer Insel heranwachsen würde. In den nächsten vierzig Millionen Jahren nämlich – eine Zeitspanne so unvorstellbar lang, dass man erst gar nicht über sie nachdenken sollte – quoll immer neues Magma nach oben, suchte sich einen Ausgang, explodierte, erkaltete. Der kleine Hügel am Meeresboden wuchs, manchmal um etliche Meter, manchmal nur wenige Zentimeter. Zwischen den Eruptionen legte der Planet Verschnaufpausen ein, tausendjährige, zehntausendjährige. Es gibt keinen geduldigeren Baumeister als die Erdgeschichte. Die Insel wuchs beharrlich, stoisch, unaufhaltsam. Und irgendwann, eine Ewigkeit später, lugte sie vorwitzig aus dem Wasser. Über 30 Millionen Jahre waren vergangen, seit der Riss am Meeresboden entstanden war, und nun konnte man sie sehen, die Insel. Wenn es denn jemand gegeben hätte, der sie sich hätte anschauen können.

Die Insel wurde noch größer, Zentimeter um Zentimeter, jeder neue Schub Lava ließ sie wachsen. Die ersten Flechten und Moose kamen, angetrieben mit der Strömung. 30 000 Jahre später ein Vogel mit einem winzigen Samenkorn im Gefieder. Eine Schnecke auf einem Stück Treibholz, vielleicht weitere 20 000 Jahre danach. Ein Insekt, das ein Luftstrom hoch oben mitgerissen hatte, und eine Möwe mit unverdauten Körnern im Bauch. Das Leben fasste Fuß auf dem Stück Land im Meer. Zuerst zögerlich, dann immer schneller. Und irgendwann war sie fertig, die Insel. Irgendwann gab es nicht bloß hohe Klippen und schroffe Berge, sondern grüne Haine und tiefe Wälder, blühende Täler mit Wasserfällen und Strände mit goldgelbem Sand. Als dann die ersten Kanus aus Polynesien Hawaii erreichten, landeten sie auf einem Eiland, wie es schöner nicht hätte sein können. Und dann …

… und dann sang Ozzy Osbourne. Siebeneisen riss die Augen auf und nahm den Kopfhörer ab. Irgendetwas stimmte mit dem Unterhaltungsprogramm nicht. Offenbar war es ganz von selbst umgesprungen, vom Hörbuchkanal auf den mit Hardrock. Er drückte auf den Knöpfen herum und versuchte, zurück zur Audiodokumentation *Hawaii – Archipel der Feuerberge* zu gelangen, aber überall gab es nur noch Black Sabbath. Um ihn herum waren etliche andere Passagiere aus dem Schlaf geschreckt und hantierten verwirrt mit den telefonhörerartigen Fernbedienungen, mit denen man das Bordprogramm kontrollieren konnte. Im gleichmäßigen Rauschen, das die Kabine füllte, konnte man Ozzys Meckerstimme hören, die aus 280 Kopfhörern sägte.

»Schau mal! Schnell!« Lawn kniff Siebeneisen in den Oberschenkel und zog ihn zu sich und dem Fenster hinüber. »Ist das Lava da unten? Bricht da gerade ein Vulkan aus?« Das Flugzeug hatte seine Reiseflughöhe schon vor längerer Zeit verlassen und war mittlerweile so tief gesunken, dass die Insel in der Nacht unter ihnen gut zu erkennen war: ein dunkler Fleck im dunklen Wasser, aus dem leuchtendes Blut floss.

»Müsste der Kilauea sein. Und Big Island, die größte Hawaii-Insel. Soweit ich weiß, fließt aus dem ständig Lava ins Meer.« Sie drängten sich vor dem kleinen Fenster, um möglichst viel zu sehen. »Da kann man also zugucken, wie unsere Erde wächst…« Siebeneisen zitierte einen Satz, den der Hörbuchsprecher vorhin gesagt hatte.

»Du bist aber prosaisch!«

»Bin ich immer, wenn ich komplett übermüdet bin. Wie lange sind wir jetzt unterwegs?«

Lawn sah auf ihre Uhr. Sie schien zu rechnen.

»47 Stunden. Der Umweg über Buenos Aires, Dubai und Quito hat ziemlich viel Zeit gekostet.«

»Vor allem in dieser Reihenfolge. Von Kapstadt nach Südamerika macht ja noch halbwegs Sinn, wenn man nach Hawaii möchte. Nicht aber, dass man von dort dann erst wieder in den Nahen Osten zurückfliegt.«

»Und anschließend noch einmal nach Südamerika.«

»Yep. Aber du hast ja gelesen, was Wipperfürth geschrieben hat: Wintereinbruch in Europa, Flughäfen gesperrt, tausende abgesagte Flüge, Auswirkungen auf den Flugverkehr weltweit…«

»Mag ja alles sein. Ich kann mir trotzdem gut vorstellen, dass er länger mit seinem Reisebüro verhandeln musste, um so eine Route buchen zu können.«

»Die wahrscheinlich 43 Euro pro Person günstiger war als ein Flug, mit dem wir in achtzehn Stunden am Ziel gewesen wären.« Siebeneisen hatte beschlossen, sich über solche Dinge nicht mehr aufzuregen. Er blieb ganz ruhig. Er versuchte zumindest, ganz ruhig zu bleiben. »Aber jetzt sind wir ja da.«

Wie zur Begrüßung schien die Lava unter ihnen noch ein wenig stärker zu glühen. Dann hatte ihr Flugzeug Big Island überflogen und setzte zur Landung am International Airport in Honolulu auf der Nachbarinsel Oahu an.

Wenn man zum ersten Mal nach Hawaii kommt und sich vor der Reise zu Hause ein romantisches Bild von der Inselgruppe im Pazifik zurechtgelegt hat, versetzt einem Honolulu möglicherweise einen kleinen Schock. Besonders dann, wenn das gebuchte Hotel in Waikiki liegt, dem Touristenviertel der hawaiianischen Hauptstadt. Siebeneisen beispielsweise hatte sich wiegende Palmen vorgestellt, ein sanft am Strand knabberndes Meer und eine Band, die leise Hulaklänge in eine samtene Nacht hinausschickt. Das alles gab es tatsächlich in Waikiki. Leider gab es davor, daneben, dahinter und obendrüber aber vor allem viele, viele Häuser. Apartmentblocks, Supermärkte, Wolkenkratzer, Einkaufszentren, ein Gebäude neben dem anderen, ein Labyrinth aus ineinander übergehenden Hotellobbys, zugestauten Straßen und Passagen mit Brautmodegeschäften. Statt der Sterne über Hawaii erhellten Werbe-Neon und das blaue Flackern der Polizeiautos die Nacht. Und weil seit deren Einbruch auch die grün bewachsenen Vulkanhügel am Horizont im Dunkeln verschwunden waren, sah das liebliche, mythische, legendenumrankte Waikiki nun aus wie jede andere

Innenstadt Amerikas. Inklusive der johlenden Collegestudenten und übergewichtigen Touristen in Turnschuhen und kurzen Hosen. Inklusive der ewig gleichen Kaffee-, Fastfood- und Donut-Ketten. Und inklusive einer beeindruckenden Zahl schrecklich designter Hawaiihemden.

»Habe ich das gerade richtig gesehen?« Siebeneisen hielt Lawn an der Hand fest. Beide drehten sich um. Das Pärchen, das gerade an ihnen vorbeigegangen war, trug Partnerlook: giftgrüne Hawaiihemden, auf denen kopulierende Dinosaurier aufgedruckt waren.

»Das habe ich mir hier irgendwie anders vorgestellt.« Siebeneisen klang konsterniert. »Hawaii, meine ich.« Sie schlängelten sich durch eine Gruppe junger Leute hindurch, die Flyer verteilten. Lawn ließ sich zwei oder drei der Zettel in die Hand drücken.

»Warte mal, bis wir morgen auf Kauai sind. Da ist es bestimmt ganz anders.«

»Das hoffe ich. Wann geht denn eigentlich unser Flug?«

»Nachmittags. Den Vormittag müssen wir noch irgendwie hier überstehen… Wollen wir uns mal kurz setzen? Dahinten sieht es doch ganz o.k. aus.« Lawn zeigte in einen Hotelgarten, an dessen Ende eine kleine Bühne aufgebaut war. Eine Band spielte. Die Musik klang wie aus einer anderen Zeit.

Drei Cocktails später stellte Siebeneisen fest, dass ihm dieses Hawaii eigentlich sehr, sehr gut gefiel. In den vergangenen anderthalb Stunden hatte die Band hawaiianische Lieder gespielt, die älter waren als jeder, der im Publikum saß. Siebeneisen war völlig verzückt von den Melodien aus den Zwanziger- und Dreißigerjahren des vergangenen Jahrhunderts und dem dreistimmigen Gesang der Musiker. In einer Pause hatte er sich von einem der Gitarristen eine ganze Liste mit Namen und

Albumtiteln aufschreiben lassen, Johnny Almeida, Harry Owen, Gabby Pahinui und Alfred Apaka. Die würde er sich alle besorgen und zum nächsten Tipp-Kick-Abend mit in den Fetten Hecht bringen! Vielleicht könnten ja diese himmlischen Harmonien Walburga dazu bewegen, ihrer Lieblingsband Pur endlich abzuschwören.

Siebeneisen hatte bereits etliche Anläufe genommen, Einfluss auf den unguten Musikgeschmack der Wirtin zu nehmen. Louis Armstrongs famose Big-Band-Aufnahmen hatte er ihr mitgebracht, ein Album des Bluesmusikers Robert Johnson und einiges andere mehr. Aber immer wenn er am folgenden Donnerstag in den Fetten Hecht gekommen war, hatten ihm Pur zur Begrüßung etwas von Funkelperlenaugen oder Indianern vorgesungen. Das war Musik für Leute, die sich blaue Strähnen in die Haare färben ließen und Stofftieranhänger an ihren Rucksäcken befestigten, dachte Siebeneisen. Da waren diese alten hawaiianischen Lieder doch eine andere Liga mit ihren sanft gestrichenen Ukulelen und der leise klagenden Lap-Steel-Gitarre, die wie eine schluchzende Meerjungfrau klang.

Er sah sich um. Das Publikum schien ausschließlich wegen der Band gekommen zu sein. Viele konnten die Texte auswendig und sangen mit, andere hörten mit geschlossenen Augen zu. Weil hinter der Bühne nur noch eine Reihe hoher Palmen stand und danach nichts mehr kam bis zur kalifornischen Küste 4000 Kilometer weiter östlich, wirkte der schwarze Abendhimmel beinahe wie eine Leinwand, auf die Sterne projiziert wurden. Gebannt schaute Siebeneisen in die Nacht, während er seinem dritten Mai Tai auf den Grund ging.

»Sag mal… wegen morgen…« Lawn holte ihn aus seinen Gedankengängen. »Wie wäre es denn hiermit?« Sie reichte ihm einen der Flyer, die sie vorhin in die Hand gedrückt bekommen hatte.

»Halbtagesausflug zur Hanauma Bay – Schnorcheln Sie im schönsten Aquarium der Welt!« Siebeneisen las den Text halblaut. Er sah Lawn an. »Ich? Schnorcheln?«

»Du. Wir. Keine gute Idee?«

»Weiß nicht. Ich sehe ja ohne Brille nichts. Ich meine: Ich sehe nichts, wenn ich statt meiner Brille eine Taucherbrille auf der Nase habe.«

»Die verleihen da bestimmt welche für kurzsichtige Besucher. Taucherbrillen.«

»Meinst du? Ich weiß nicht. Ob das gut ist für meine …?« Er zeigte auf seine Nase, die noch immer geschwollen war. Der Stich der Thimaji-Fliege, die Sandfliegenattacken in Neuseeland und zuletzt der beherzte Griff des Buschbabys waren zusammen ein wenig viel gewesen – Siebeneisens Nase glühte, als sei sie ans Stromnetz angeschlossen. Vorhin hatte er mitbekommen, wie ein kleines Kind am Nachbartisch seinen Vater auf ihn aufmerksam gemacht hatte. Der Mann hatte dem Kind darauf leise ein Lied vorgesungen, das Siebeneisen sofort als »Rudolph the Red-Nosed Reindeer« identifizierte, den alten Weihnachtsgassenhauer über Santas Chef-Schlittenzieher, dessen Nase im Dunkeln wie ein Scheinwerfer leuchtete. Als der Mann nicht hinsah, hatte Siebeneisen dem Gör eine furchterregende Fratze geschnitten. Seitdem versteckte es sich hinter seiner Mutter.

»Salzwasser ist gut. Lindert die Entzündung.« Manchmal konnte Lawn klingen, als leite sie eine Abteilung eines Krankenhauses. »Ist bestimmt toll. Die holen einen im Hotel ab und bringen uns wieder zurück. Danach könnten wir zum Flughafen.«

Siebeneisen betrachtete den Flyer, auf dessen Rückseite die Fische abgebildet waren, die offenbar in der Bucht herumschwammen. Er nahm die Brille ab und hielt sich dann den Prospekt vor die Augen.

»Hast du gesehen, was die für Namen haben? Soll das ein Witz sein? *Humuhumunukunu…*«

»*Humuhumunukunukuapua'a*. Hawaiis Wappenfisch.«

»Den du natürlich kennst.«

»Vom Scrabble. Gibt höllisch viele Punkte.«

»Die heißen ja alle so komisch! *Pulipala'ohana. 'O'ili'uwi'uwi. La'uwiliwilinukunuku'oi'oi.* Unfassbar. Wie kann man kleinen Fischchen denn solche Namen geben? Und was sind das alles für Apostrophe mittendrin?«

»Da muss man beim Sprechen eine kleine Pause einlegen, damit man die Vokale nicht miteinander verschleift. Die müssen alle einzeln zu hören sein.«

»Müssen sie?« Siebeneisen fiel die Ehrenwerte Lea ein. Beziehungsweise: ihr vollständiger Name. »Und woher weißt du das schon wieder?«

»Eine meiner ersten Singles war eine hawaiianische. Beziehungsweise: eine, die von Hawaii handelte. Hatte einen ziemlich versauten Text. Wenn man wie ich gerade mal fünfzehn war.«

»Und wie hieß diese berühmte Nummer eins?«

Lawn beugte sich zu Siebeneisen hinüber, mit ihrem Mund ganz nah an sein Ohr, und dann begann sie John Prines Lied zu singen, das von den – nun ja: den Kokosnüssen einer Frau handelte, die sie auf den Bambusstab eines Mannes legen sollte, *Let's talk dirty in Hawaiian*, mit der unvergesslichen Textzeile *»Kika puka maka wawa hene«*. Und wenn nicht mitten im Text zuerst sie selbst und unmittelbar danach Siebeneisen hätten losprusten müssen: Wer weiß, was das kleine Kind am Nebentisch seinen Vater als Nächstes gefragt hätte über den Mann, der wie Rudolph aussah, wie das Rentier mit der roten Nase.

Der Kleinbus benötigte am nächsten Morgen tatsächlich keine halbe Stunde bis hinaus zur Hanauma Bay. Auf dem Weg dorthin erzählte der Fahrer jede Anekdote, die ihm zu Oahu einfiel. Dass die Ananasernte in diesem Jahr Rekordwerte erreicht habe, dass das Geschäft mit den Hochzeiten boome und sich jeden Tag ein paar tausend Paare auf der Insel das Jawort gäben, dass eine bestimmte Imbisskette in keiner ihrer Filialen auf der Welt mehr Cheeseburger über die Tresen reiche als hier, auf Oahu. Und, ach ja: Die Japaner hätten mittlerweile so gut wie die komplette Insel aufgekauft und sich die Aktion mit Pearl Harbor damals eigentlich sparen können.

»... und wo wir gerade dabei sind: Es war die Hanauma Bay, an der Burt Lancaster im Film im Sand lag, bevor ihn das *Verdammt in alle Ewigkeit*-Trompetensolo zurück zum Dienst in den weltberühmten Marinestützpunkt rief, *tora, tora, tora*! Und da sind wir auch schon!«

Der Fahrer schaltete endlich sein Mikro ab und steuerte den Kleinbus auf einen Parkplatz, auf dem bereits ungefähr 23 andere Kleinbusse standen. Und etliche große Reisebusse. Und noch mehr Mietwagen. Siebeneisen konnte das Meer von seinem Platz aus nicht sehen, vermutete allerdings, dass es dort zuging wie kurz nach einem Massenstart beim Iron Man.

»Masken und Flossen könnt ihr an der Bude links leihen, das Fischfutter gibt's am Stand rechts. Viel Spaß! Lasst euch nicht anknabbern.«

»Die verkaufen Fischfutter?« Siebeneisen kletterte umständlich aus dem Bus.

»Ihr glaubt doch wohl nicht, dass die Fische sonst freiwillig zu euch kommen würden! Das macht nur euer Busfahrer!«

Der Busfahrer lachte schallend und klopfte Siebeneisen auf den Rücken. Möglicherweise war das seine Art, ungehobelte

Tourteilnehmer aus Europa darauf aufmerksam zu machen, dass an dieser Stelle ein kleines Trinkgeld angebracht sei.

»Und das dahinten ist die Pizzabude. Die gehört Mike. Und wisst ihr, was seine Spezialität ist? Na?« Der Fahrer schaute seine Gäste fragend an. »Pizza Frutti di Mare natürlich! Was denn sonst?« Er lachte wieder schallend. Siebeneisen machte vorsichtshalber zwei Schritte zurück, für den Fall, dass der Fahrer wieder eine Schulter zum Klopfen suchte.

An der Verleihstation hatten sie tatsächlich Taucherbrillen mit geschliffenen Gläsern – und tatsächlich ein Exemplar, das ungefähr Siebeneisens Stärke hatte. Wenn man unterstellt, dass zweieinhalb Dioptrien zusätzlich nichts ausmachten, wie die Verleiherin beteuerte. Siebeneisen setzte die Brille probehalber auf und sah die Welt mit anderen Augen. Die Dinge vor ihm – Lawn und, wenn er den Kopf drehte, die Verleiherin – waren vergrößert und von einer unnatürlichen Schärfe, während Gegenstände zu den Rändern des Gesichtsfeldes hin rasant kleiner wurden. Es war nicht ideal, aber es würde funktionieren, dachte Siebeneisen. Genau, wie er mit Flossen an den Füßen würde schwimmen können, die für Elfen gemacht zu sein schienen und ihm bereits nach zwanzig Sekunden in die Fesseln schnitten (alternativ gab es Modelle, die selbst jemand wie Hulk Hogan verloren hätte, so überdimensioniert waren sie). Und dann gingen sie hinunter an die berühmte Hanauma Bay, zum Schnorcheln »im schönsten Aquarium der Welt«, in dem außer ihnen schon etwa 389 andere Besucher schnorchelten. Vor Begeisterung juchzten. Plantschten. Beutel mit Fischfutter schwenkten. Sich schreiend unterhielten. Siebeneisen eine Videokamera in die Hand drücken wollten, damit er einen kleinen Clip drehen könnte, sie und die Fische, so viele, das sei ja wohl krass. Er tat so, als verstehe er nicht. Nahm Lawn an der Hand, lief ein paar Meter und tauchte mit ihr ab.

Er sah ihn sofort, den *Humuhumunukunukuapua'a*: Hawaiis Wappenfisch schwamm zwischen den Beinen der anderen Fischbeobachter geradewegs auf ihn zu. Er sah aus, als komme er aus einem dieser Salzwasseraquarien, die früher in deutschen Apotheken gestanden hatten, in einer Zeit, in der es deutschen Apotheken noch besser gegangen war. Siebeneisen wollte das nicht, vor allem jetzt nicht, aber ausgerechnet in diesem Moment, beim Anblick seines ersten *Humuhumunukunukuapua'a,* kam die Erinnerung an die Löwen-Apotheke in Oer-Erkenschwick aus seinem Unterbewusstsein hervor, biss sich fest und ließ sich partout nicht mehr abschütteln. Er sah den *Humuhumunukunukuapua'a* an und sah sich selbst aus dessen Perspektive, ein Kind, das vom Apotheker ein Stück Traubenzucker geschenkt bekommen hatte und nun lutschend und mit großen Augen vor dem Aquarium hockte.

Der *Humuhumunukunukuapua'a* war ein prächtiger Fisch, das musste man sagen: etwa dreißig Zentimeter groß, hinten blau, vorne weiß, mit einem schwarzen Band, das über die Augen verlief und sich an den Flanken dann vergrößerte. Der Rücken war gelb-orange und von einer hellen, zitronengelben Linie durchbrochen. Um ihn herum tänzelten andere, blassere Arten, die Siebeneisen zwar bemerkte, durch winzige Drehungen seines Kopfes aber aus dem Gesichtsfeld seiner Taucherbrille rutschen ließ, weil der *Humuhumunukunukuapua'a* so viel prächtiger war. Auch die Korallen unter ihm nahm er kaum wahr, so fasziniert war er, und die dumpfen Geräusche der anderen Schnorchler hatte er längst ausgeblendet. Er stupste Lawn an, die neben ihm im Wasser lag, um ihr den *Humuhumunukunukuapua'a* zu zeigen. Lawn sah kurz zu ihm hinüber, hielt einen Daumen nach oben und widmete sich dann wieder einer bestimmten Stelle zwischen den Korallen, wo sie eine Muräne entdeckt hatte, ein überaus hässliches Tier mit nadelspitzen Zähnen, das mit aufgerissenem Maul nach oben glotzte. Siebeneisen schüttelte den Kopf und betrachtete wieder den *Humuhumunukunukuapua'a*, der begonnen hatte, an seinem linken Unterarm zu knuspern. Als diese Aufforderung keinen Erfolg brachte, wandte er sich ab und schwamm in die Bucht hinaus. Siebeneisen nahm Lawn bei der Hand und schnorchelte hinterher.

In den Monaten vor ihrer Ankunft hatte die Hanauma Bay immer wieder für Schlagzeilen in den Tageszeitungen gesorgt. Es waren vor allem Umweltschützer, denen die Popularität des Ausflugsziels in praktischer Nähe zu den Hotels von Waikiki Sorgen bereitete. Früher waren hier nur hin und wieder ein paar Einheimische baden gegangen, Jugendliche, die zum Sonnenuntergang in ihren aufgemotzten Autos mit den breiten Reifen und den Bassboxen im Kofferraum anrollten, kifften, Bier tranken und ihre gebrauchten Kondome im Sand liegen ließen. Dann aber hatte sich die Schönheit der Unterwasserwelt allmählich herumgesprochen. Irgendwann war die Bucht im Ausflugsprogramm des ersten Reiseveranstalters aufgetaucht und dann beim zweiten und beim dritten, und bald schon kamen an manchen Tagen bis zu zweitausend Besucher. Das war nicht gut für die Korallen. Und überhaupt nicht gut für das ökologische Gleichgewicht im Klein-Biotop Hanauma Bay. Je mehr Badegäste mit gepresstem Trockenfutter in die Bucht hinausschnorchelten, desto mehr Fische wurden angelockt. Weil aber in allen Meeren der Welt kleine Fische von größeren Fischen gefressen werden, kommen dort, wo viele kleine Fische zum Fressen hinkommen, auch viele größere Fische hin. Die wiederum die kleinen Fische fressen. Deswegen tummelten sich dreißig oder vierzig Meter weiter draußen im Wasser der Hanauma Bay schon bald nicht mehr nur die strandfreundlichen kleinen Arten, sondern auch die nächstgrößeren in der Nahrungskette. Und noch ein paar Meter weiter im Meer die nochnächstgrößeren. Das sei nicht gut, hatten Umweltschützer in den vergangenen Monaten immer wieder moniert. Die Behörden müssten endlich eingreifen an der Hanauma Bay. Bevor es einen Zwischenfall gebe.

Der *Humuhumunukunukuapua'a* war längst verschwunden. Siebeneisen bemerkte erstaunt, dass sich ein Trupp Barrakudas näherte. Die Raubfische sahen aus wie halb durchsichtige, lange Skalpelle und schwammen in einem großen Kreis um sie herum. Er sah nach unten und bemerkte, dass der Boden allmählich abfiel und sie längst nicht mehr würden stehen können. Es war eigentümlich still geworden. Das Kreischen und Jauchzen der anderen Schnorchler war verschwunden, das aufgeregte Geplärre, die permanenten »Oh mein Gott! Oh mein Gott!«-Rufe, nichts mehr davon war zu hören – es schien, als seien sie ganz allein in dieser kleinen Bucht, die sich auf einmal wie ein großes, weites Meer anfühlte.

Siebeneisen registrierte, dass Lawns Griff in seiner Hand fester wurde. Er folgte ihrem Blick und sah, wie sich von rechts ein großer, dunkler Schatten näherte. Um Himmels willen, dachte Siebeneisen, was war denn das? Nie zuvor hatte er einen derart hässlichen Fisch gesehen. Das Teil war unförmig, musste mindestens dreißig Kilo wiegen und hatte Lippen, als hätte es eine komplette illegal verklappte Fuhre Botoxabfälle verschlungen. Der Fisch kam direkt auf Siebeneisen zu. Er glotzte ungläubig, als hätte er nie zuvor einen derart hässlichen Menschen gesehen. Vor lauter Staunen (oder weil er das immer so machte, wer wusste das schon?) bewegte er stumm die Lippen. Wahrscheinlich eine dieser Barscharten, dachte Siebeneisen, durch dessen Taucherbrille der monströse Fisch noch ein bisschen monströser erschien und noch ein bisschen näher. Er spürte, wie Lawn ihn an der Hand nach hinten ziehen wollte, Richtung Strand und weg von diesem Teil da vor ihnen, aber Siebeneisen wollte noch kurz bei diesem Barsch bleiben, so etwas sah man nun ja nicht alle Tage. Lawn zog noch einmal, ziemlich energisch dieses Mal, und dann ließ sie seine Hand los, und als er sich nach ihr umdrehte, sah er bloß noch die Luftbläschen, die ihre Flossen hinter ihr aufwirbelten. Na, da hat sich aber jemand erschreckt, dachte Siebeneisen. Er ruderte mit den Armen, um sich wieder in seine Schmolllippenbarschbeobachtungsposition zurückzudrehen.

Der Barsch war verschwunden. Stattdessen blickte Siebeneisen in zwei eiskalte Augen.

27

Taucher, die unter Wasser auf einen Hai treffen, berichten nach ihrer Rückkehr oft davon, wie tief sie diese Begegnung berührt habe. Wie grazil diese Geschöpfe seien. Wie mühelos sie sich bewegten. Wie genau sie zu wissen schienen, wer da in ihr Element eingedrungen sei. Und wie interessiert sie einen taxierten, während sie ihre Runden um einen drehten: Als wollten sie mehr erfahren über ihr Gegenüber, als seien sie neugierig, doch, so wirke das, und niemals mehr würde man diesen Augenblick vergessen. Kein schöneres Tier auf dieser Welt als der Hai! Und ach, wenn man doch leben könnte wie er, dort unten, in dieser perfekten Welt! Nun muss man bei solcher pseudophilosophischen Schwärmerei natürlich berücksichtigen, dass Taucher eine gewisse Expertise im Umgang mit Fischen mitbringen. Wer dieses Hobby hat, verbringt gerne jede freie Minute im Meer und ist daran gewöhnt, große Arten um sich zu haben. Fast immer sind Taucher zu zweit unterwegs und oft in Gewässern, in denen man mit Haien rechnen muss und sie schon von Weitem entdeckt. Anders gesagt: Wenn Taucher einem Hai begegnen, haben sie ihn in der Regel schon lange zuvor gesehen. Er ist nicht plötzlich da, von einer Sekunde auf die nächste.

In den meisten Fällen ist es auch kein Weißer Hai.

Siebeneisen blickte also in zwei eiskalte Augen, die in seine Augen sahen. Und exakt in diesem Augenblick entschied sich die Zeit, mal wieder irgendeinen Blödsinn anzustellen, den ihr Newton, Einstein und all die anderen eigentlich ein für alle Mal untersagt hatten (woran sich die Zeit meistens, aber längst nicht immer hielt), jetzt aber: blieb sie stehen. Einfach so. Nichts geschah, nichts rührte sich, alles stand still und war wie eingefroren, Siebeneisen, die Welt und zum Glück auch dieser ungeheuer große Hai, der zwei oder drei Meter vor ihm im Wasser lag und ihn fixierte. Selbst Siebeneisens Bewusstsein schien wie ausgeschaltet; nur mit sehr, sehr viel Mühe gelang es ihm, zumindest eine rudimentäre Hirntätigkeit in Gang zu setzen. Seine Augen schickten Zeitlupenaufnahmen an die Nervenzellen hinter ihnen, die die eingehenden Informationen phlegmatisch Richtung Stammhirn transportierten. Dort oben wuchteten elend langsame Synapsen Bits und Bytes von einem Neuroknotenpunkt zum nächsten, und nach einer gefühlten Ewigkeit mündete all die Schwerstarbeit in die Erkenntnis: Das da, das da vorne im Wasser – das ist ein Weißer Hai.

Und jetzt wiederum ging alles sehr schnell. Die Zeit nahm Fahrt auf, um ihre Trödelei von gerade eben wiedergutzumachen, und begann zu rasen. Wie Siebeneisens Herz, das gerne eben mal aus ihm herausgehüpft wäre und daran nur von dem mächtigen Kloß abgehalten wurde, der sich im Hals gebildet hatte. Später würde er erzählen, dass er die folgenden Sekunden seltsam verschwommen in Erinnerung habe. Ich weiß nicht, würde er sagen, das habe ich alles vergessen. Ich weiß nur noch, dass wir uns ansahen, der Hai und ich, und das Einzige, was ich dachte, war: Woher weiß der, wo deine Augen sind? Du bist ein Mensch, du hast eine alberne Taucherbrille auf, an der ein Stengel nach oben zeigt – und der schaut dir direkt in die Augen.

Und dann?

Dann sei er fort gewesen, der Hai. Verschwunden. Mit ein

oder zwei Bewegungen seiner Schwanzflosse. Nicht mehr zu sehen.

Und dann?

Dann sei etwas sehr Merkwürdiges passiert, würde Siebeneisen sagen. Etwas, das er sich im Nachhinein nicht habe erklären können und noch immer nicht wirklich verstehe: Dann nämlich habe er den Wunsch verspürt, dem Hai zu folgen. Ihm hinterherzuschnorcheln, raus aus der Hanauma Bay und hinein in den tiefen Pazifik.

Was? Du wolltest ihm folgen? Warum denn das?

Weiß nicht, würde Siebeneisen sagen, ich weiß es wirklich nicht. Es war ein Drang, ein starker Drang. Ich konnte ihm nur schwer widerstehen. Ich wollte mit ihm schwimmen.

Du hast keine Panik bekommen?

Nein, überhaupt nicht. Zumindest da nicht, im Wasser, allein, ohne Hai. Keine Panik, nein. Die kam erst später. Fünf oder sechs Sekunden später. Dann aber richtig.

»Du bist wie ein Torpedo aus dem Wasser geschossen. Hast mit den Armen gewunken und irgendwas gerufen. Ich dachte, du wärst in einen Seeigel getreten, und wollte zu dir kommen, ich war ja nicht allzu weit hinter dir. Aber da bist du ja schon Richtung Land geschwommen, als wären sämtliche Höllenhunde hinter dir her.«

Sie saßen am Strand. Nebeneinander. Lawn und Siebeneisen hatten beide die Arme um ihre angewinkelten Beine geschlungen. Lawn, weil Frauen das ab und zu machen, wenn sie im Sand sitzen. Siebeneisen, weil er wie benommen war. Draußen, dort, wo sich vor einer halben Stunde ein deutscher Tourist und ein Weißer Hai in die Augen geschaut hatten, patrouillierten nun zwei Boote der Küstenwache. Über ihnen kreiste ein

Helikopter. Die Hanauma Bay war für Badegäste gesperrt. Ein Polizist mit einem gewaltig dicken Bauch brachte ihnen Cola und Sandwiches.

»Ist alles in Ordnung? Brauchen Sie einen Arzt?« Der Polizist sah Siebeneisen ins Gesicht. Wahrscheinlich überlegte er, ob die vielen winzigen und verschorften Schürfwündchen irgendwie mit den Geschehnissen in seiner Bucht zu tun haben konnten. »Soll ich einen unserer Psychologen kommen lassen? Die Jungs sind richtig gut. Die haben Traumata schon im Griff, bevor man überhaupt registriert, dass man eins haben könnte.« Er ging neben Siebeneisen in die Hocke. Dabei spannte sich sein Uniformhemd derart, dass die Knöpfe sich abflugbereit zu machen schienen.

»Nein danke, alles in Ordnung. Geht schon wieder.«

»Sie haben Glück gehabt. Die Weißen beißen auch gerne mal zu. Vor ein paar Wochen hat's am North Shore 'nen Surfer erwischt. Da oben tauchen die Jungs schon mal gerne auf. Hier in der Bucht ist eigentlich seit Jahren kein Weißer mehr gesehen worden. Das letzte Mal müsste 1987 gewesen sein, am 18. August, der hat einem Taucher eine halbe Schwimmflosse vom Fuß gefressen und sich dann davongemacht. Hat ihm wohl nicht geschmeckt.«

Siebeneisen dachte daran, dass es möglicherweise grundsätzlich besser war, sich immer die größeren Schwimmflossen zu leihen, immer, und niemals die kleinen.

»Das wissen Sie noch so genau? Dass das am 18. August 1987 war? Sie haben aber ein gutes Gedächtnis.«

»Da können Sie drauf wetten. Ich bin Hobbyhistoriker. Ist eine Leidenschaft von mir. Nach Feierabend beschäftige ich mich mit der Geschichte der Inseln. Und im Dienst merke ich mir eben Daten und Ereignisse, die irgendwann dann ja auch so was wie Geschichte sind, das geht ganz von selbst. Übrigens – ich bin Buzz, Buzz Collins.« Der Polizist reichte Lawn und Siebeneisen die Hand. »Seid ihr schon lange auf Oahu?«

»Seit gestern Abend. Und nachher fliegen wir nach Kauai.«

»Kauai? Großartig. Da werdet ihr es mögen. Kauai, die Blumeninsel.«

»Die Blumeninsel?«

»Wir nennen sie so. Da wachsen ein paar ganz besondere Pflanzen. Kauai ist viel älter als die anderen Inseln, da sieht's auch ganz anders aus. Keine schwarzen Lavafelder wie sonst überall, die sind da schon vor Jahrmillionen zerbröselt. Deswegen wächst dort alles wie verrückt. Ist ein einziger Garten dort drüben. Wo wollt ihr denn hin?«

»Wissen wir noch nicht. Keine Ahnung.« Siebeneisen fiel auf, dass sie die tatsächlich nicht hatten. Es waren keine drei Stunden mehr bis zum Abflug, und sie wussten noch nicht, wo auf Kauai sie mit ihrer Suche beginnen sollten. Es war eigentlich wie immer auf dieser Reise.

»Wisst ihr was? In 'ner Stunde hab ich Feierabend. Wie wäre es, wenn ihr kurz mit aufs Revier kommt, damit wir den kleinen Zwischenfall hier zu Papier bringen? Anschließend fahre ich euch zum Flughafen, wir gehen zusammen Mittag essen, und ich erzähle euch alles, was ihr über Kauai wissen müsst.«

Buzz Collins erwies sich als wandelnde Enzyklopädie. Nachdem sie in einem der Flughafenrestaurants Burger, Nachos, Milchshakes und Kaffee bestellt und zwei Bedienungen riesige Portionen an ihren Tisch geschleppt hatten, machte der Polizist erst einmal dort weiter, wo der Sprecher des Hörbuchs beim Flug von Ozzy Osbourne unterbrochen worden war. Buzz erklärte ihnen kauend, dass Hawaiis Vulkane – »sehr vereinfacht gesagt« – Druckventile des Planeten seien und ihr Ausbruch meist durch tektonische Aktivität tief unter der Erdoberfläche ausgelöst werde. Anschließend quelle das Magma aus der Tiefe des Planeten dann durch die vorhandene Öffnung nach oben. Zwischen den einzelnen Ausbrüchen könnten lange Ruhepausen liegen: Ein Vulkan gelte als aktiv, wenn er innerhalb der letzten 10000 Jahre auch nur ein einziges Mal ausgebrochen sei. Was im Umkehrschluss bedeute, dass ein Vulkan heute auch dann nicht erloschen sei, wenn sein letzter Ausbruch 7987 v. Chr. stattgefunden habe.

»Was bei uns auf Hawaii wiederum alles absolut unwichtig ist, weil unsere Vulkane ständig ausbrechen. Wenn man das so sagen kann.« Buzz biss ein gewaltiges Stück aus seinem gewaltigen Burger. »Aus dem Kilauea fließt seit über dreißig Jahren ununterbrochen Lava ins Meer. Hat den Vorteil, dass sich da gar nicht erst was unter der Oberfläche aufbauen kann.«

»Haben wir gesehen, als wir über die Insel geflogen sind. Sah umwerfend aus.«

Lawn machte sich mit Appetit über die Platte mit Nachos her, die zusammen mit Oliven, Peperoni und Chili con Carne unter einer zentimeterdicken Schicht geschmolzenem Käse, Sour Cream und Guacamole vergraben waren. Siebeneisen schätzte, dass der Nährstoffgehalt der Portion einem Trupp UNO-Blauhelme für einen Tageseinsatz genügen würde – 18000 Kalorien waren das bestimmt. Die bei Lawn wiederum nichts anrichten würden. Die Frau hatte einen außergewöhnlich guten Stoffwechsel.

»Ja, es haut einen aus den Socken. Immer wieder. Selbst mich, und ich bin hier groß geworden. Bei euch erzählen Großmütter ihren Enkeln Gutenachtgeschichten über böse Wölfe und so, oder? Meine Grandma hat mir immer von Pele erzählt, der Vulkangöttin, die sauer wird, wenn kleine Kinder ungezogen sind.«

»Werden die eigentlich überwacht, die Vulkane?« Siebeneisen schlürfte an seinem XXL-Milchshake, den Buzz geordert hatte. Er musste den Literbecher mit beiden Händen halten.

»Soll das ein Witz sein? Überwacht? In den Vereinigten Staaten von Amerika? Wo vor jeden Quadratmeter Glatteis ein ›*Use extreme caution!*‹-Warnschild gestellt wird?« Er nahm seinen Kaffeebecher aus Styropor in die Hand, ein Gefäß von der Größe einer Blumenvase, drehte ihn kurz und reichte ihn über den Tisch. »Hier oben, unterm Rand, lies das mal!«

»*Achtung! Dieser Becher kann heiße Flüssigkeit enthalten*«, las Siebeneisen. »*Bitte seien Sie äußerst vorsichtig.*«

»Genau. Jetzt kannst du dir vielleicht vorstellen, was wir mit einem Berg machen, der heiße Flüssigkeit enthalten kann.«

»Ihr stellt Warnschilder auf?«

»Wir stellen Warnschilder auf. Wir sperren ab. Wir haben Abend für Abend Ranger da draußen, die darauf achten, dass die Touristen in ihren Flipflops nicht zu nahe an die Lava herangehen. Und weil unsere kleinen Berge manchmal richtig unberechenbare Rüpel sein können, die von jetzt auf gleich Dampf ablassen wollen, haben wir jeden einzelnen Vulkan mit einem Netz aus seismischen Messstationen überzogen. Die überwachen jede Erschütterung im Erdinneren, selbst einen etwas zu fest auftretenden Wanderer zeichnen die auf. Drüben auf Big Island sitzen Vulkanologen, die jeden Schluckauf und jedes Räuspern aus dem Erdinneren bemerken, die haben das Ohr ganz nah am Puls des Planeten.« Buzz griff nach den Nachos, er zermalmte eine Handvoll und spülte sie mit einem Schluck Milchshake hinunter. »Die hören mit ihren seismischen Sonden alles, was der Planet gerade treibt – die sind wie Ärzte, die einem Patienten ihre Stethoskope auf die Brust setzen. Und die registrieren, wenn sich die Symptome verdichten, die auf eine Krankheit hindeuten. Beziehungsweise: auf einen

Ausbruch. Um deine Frage von vorhin zu beantworten: Ja, wir überwachen die.«

Buzz hatte den Hamburger erledigt. Er trank einen großen Schluck von seinem Kaffee, der offensichtlich doch nicht ganz so glühend heiß war, wie die Warnaufschrift suggerierte. Siebeneisen hätte dem Polizisten ewig zuhören können. Der Mann besaß die Gabe, hochkomplexe wissenschaftliche Vorgänge so zu schildern, dass sie wie das Drehbuch zu einem Thriller klangen. Er lugte zur Uhr hinüber: eine halbe Stunde bis zum Abflug. Sie mussten allmählich zum Thema kommen.

»Wo wir gerade bei der Geschichte der Inseln sind: Gibt es eigentlich irgendetwas auf Hawaii, das nicht so alt wie die Vulkane ist – aber älter als 250 Jahre?«

Buzz schaute verblüfft. »Na klar gibt es das. Noch nie was von den *loko i'a* gehört? Die sind doch weltberühmt.«

»Die *loko i'a*? Was soll denn das sein?«

»Heute würde man wahrscheinlich Fischbecken dazu sagen. Die alten Hawaiianer haben die angelegt: Steinmauern im Meer, Rechtecke, richtig groß. In denen wurden Fische gehalten wie in Aquarien. Man musste dafür sorgen, dass genügend Algen wuchsen, ansonsten brauchte man sich um nichts kümmern. Wenn es abends Fisch geben sollte, holte man einfach eine Ladung heraus.«

»Und gibt es die auch auf Kauai?«

»Da gibt es das berühmteste. Den *Menehune*-Teich. Von dem heißt es, Fabelwesen hätten ihn gebaut, damit die Menschen immer genügend zu essen haben. Liegt an einem Fluss im Inselinnern, für Süßwasserfische. Wurde erst 1902 entdeckt.«

»Aha.« Das *Menehune*-Auffangbecken interessierte Siebeneisen nicht. Es sei denn, Cook hätte es entdeckt, bevor es entdeckt worden war. »Ist das das einzige auf der Insel? Oder gibt es noch andere?«

»Es gibt noch eins, das haben sie neulich erst gefunden. Direkt an der Na-Pali-Küste, vor dem Campingplatz im Meer, am Kalalau Beach. Das ist so alt, dass die Mauern schon seit Jahrhunderten ziemlich verfallen sind. Die Reste liegen unter der Wasseroberfläche.« Buzz leerte seinen blumenvasengroßen Kaffeebecher. »Warum wollt ihr das denn wissen? Gibt es da etwas, was mir als Hobbyhistoriker entgangen sein sollte?«

»Ja, könnte sein«, sagte Siebeneisen. »Wir halten dich auf dem Laufenden. Jetzt müssen wir aber los.«

Er winkte der Bedienung und zahlte die UNO-Blauhelm-Verpflegung. Dann flogen sie nach Kauai.

28

Viele kennen Kauai, obwohl sie noch nie dort gewesen sind. Sie wissen allerdings auch nicht, dass sie Kauai kennen, weil Kauai sich nicht immer als Kauai ausgibt. Manchmal spielt es ein Atoll im Südpazifik, manchmal eine Schatzinsel in der Karibik, manchmal ist es ein verwunschenes Paradies vor Costa Rica oder eine dieser Urlaubsinseln, auf der Hollywood seine Komödien in Szene setzt. Wahrscheinlich gibt es weltweit keine Insel, die in so vielen Filmen als Kulisse diente wie Hawaiis älteste. *King Kong* wurde hier gedreht, *Piraten der Karibik* und *Jurassic Park*, Harrison Ford war als *Indiana Jones* auf Kauai unterwegs und etliche Jahre zuvor Elvis Presley in *Blue Hawaii*. Offiziell sind auch Teile von *Avatar* hier gefilmt worden, was aber nicht ganz korrekt ist: Regisseur James Cameron hat lediglich sein Ensemble eingeflogen, damit die Schauspieler ein Gefühl dafür bekamen, wie sich das Leben in einem tropischen Regenwald anfühlt. Der Dschungel wurde für den Film dann später am Computer entworfen, was aber viele Kinogänger offenbar nicht wissen und jetzt anreisen, um den Wald aus *Avatar* zu sehen. Doch, Filme sind ein großes Geschäft auf Kauai.

»Ich arbeite eigentlich für Hollywood.«

Der Taxifahrer, der Siebeneisen und Lawn vom Flughafen zum Hotel fuhr, suchte per Rückspiegel Augenkontakt. Er hatte ihnen in den vergangenen Minuten die filmhistorischen Dienste der Insel angepriesen, als seien sie zwei Produzenten auf der Suche nach einem Ort, an dem sie demnächst 200 Millionen ausgeben wollten.

»So? Was machen Sie denn? Drehbücher?« Siebeneisen war sich ziemlich sicher, das Gesicht des Mannes noch nie auf der Leinwand gesehen zu haben.

»Nee. Ich bin Sandsweeper!«

»Sie sind was?«

»Sandkehrer. Der beste der Insel, sagen sie.«

»Ah. Und was kehren Sie?«

»Den Strand. Damit alles unberührt aussieht. Damit da keine Fußspuren sind.«

»Keine Fußspuren?«

»Sie können sich nicht vorstellen, wie zertrampelt so ein Strand aussieht, wenn mit dem Dreh begonnen werden soll – da sind in den Stunden zuvor Dutzende Leute hin und her gelaufen. Dann komme ich, Kauais bester Sandsweeper – und ratzfatz sieht alles wieder so aus, als würde gleich Robinson als Erster seinen Fuß in den Sand setzen.«

»Und ist das ein richtiger Beruf? Sandsweeper?«

»Oh ja. Unsereins wird sogar im Abspann der Filme aufgeführt. Achten Sie mal drauf beim nächsten Mal… So, da sind wir.«

Sie hielten vor einer Art Baracke, die ein Schriftzug auf dem Dach als »Snst Lodge« auswies – das U und das E aus dem Sonnenuntergang waren offenbar vor längerer Zeit vom Dach gefallen. Siebeneisen entdeckte die Buchstaben in einer Ecke des Hofes, wo sie von Gebüsch überwuchert worden waren. Auf dem Parkplatz des Motels standen lediglich zwei Autos, eins mit vier platten Reifen, das andere komplett ohne. Lose Moskitonetze flatterten vor den Fenstern im Wind. Irgendwo aus dem Innern des Gebäudes drang brachialer Hip-Hop.

»Das ist es?« Siebeneisen hatte das Gefühl, einen ähnlichen

Satz neulich schon einmal beim Anblick einer Unterkunft gesagt zu haben.

»Yep, das ist es. Sunset Lodge hatten Sie doch gesagt, oder?«

»Hatten wir.« Lawn seufzte leise. Sie sah Siebeneisen an. »Komm, ist ja nur für eine Nacht. Ich frage mich, wo er die immer auftreibt.«

»Der Laden mit dem Verleih für Zelte und Schlafsäcke ist gleich dahinten«, sagte der beste Sandkehrer der Insel zum Abschied. Und dann noch *Aloha!*, und dann fuhr er davon.

Und so endete ein Tag, der mit einem sehr großen Tier begonnen hatte, mit sehr vielen sehr kleinen Tieren. Aber die konnte man glücklicherweise mit Handtüchern erschlagen.

Als Siebeneisen und Lawn am nächsten Morgen mit dem besten Sandkehrer der Insel zur Na-Pali-Küste im Norden Kauais fuhren, hatten sie den Eindruck, in einem flächendeckenden Open-Air-Gewächshaus unterwegs zu sein. Auf der kompletten Insel schien es keinen Quadratmeter zu geben, auf dem nicht irgendetwas wuchs – von den Parkplätzen der Motels und Einkaufszentren einmal abgesehen. Hanalei oben im Norden der Insel sah aus wie eine Handvoll von Bäumen gesäumte Straßenzüge mit einer Art Bundesgartenschaugelände drum herum. Die Natur hatte die kleine Siedlung komplett umzingelt, hatte weder an den äußeren Straßen Halt gemacht noch am Friedhof, sondern war von allen Seiten in den Ort eingedrungen. Überall wucherte und wuchs es, in den Einfahrten buckelten sich die Steinplatten, auf den Nebenstraßen versperrten Blütenkelche den Weg, in den Vorgärten drängten sich die Orchideen. Die Menschen von Hanalei waren Freizeitgärtner und Hobbybotaniker, es blieb ihnen auch kaum etwas anderes übrig: Kauai würde ihnen sonst buchstäblich über den Kopf wachsen.

»Hast du so was schon mal gesehen?« Siebeneisen hob die

Rucksäcke aus dem Kofferraum des Taxis und sah sich staunend auf dem Parkplatz um, an dem ihr Wanderweg startete. »So viel Grün, meine ich? Dagegen war ja sogar Neuseeland beinahe Wüste.«

»Das ist wunderschön, oder? Warte, ich hole mal die Wanderkarte raus.«

Lawn öffnete einen Reißverschluss an ihrem Rucksack und griff hinein, dann zog sie die Hand heraus und öffnete ein anderes Fach. Als sie dort auch nicht fand, was sie suchte, setzte sie sich auf eine Bank, hievte den Rucksack auf ihren Schoß, kramte ein paar Sekunden in seinem Innern und begann dann, jeden einzelnen Gegenstand herauszunehmen, ihren Schlafsack, den Kocher, eine Gaskartusche, Kosmetikbeutel, Fotoapparat, Sonnencreme und etwas, das wie ein Stethoskop aussah und das Siebeneisen als jene Apparatur identifizierte, mit der Lawn in heimgesuchten (oder angeblich heimgesuchten) Häusern paranormalen Phänomenen auf die Spur ging. Die Wanderkarte fand sie dann schließlich säuberlich gefaltet in der linken Tasche ihrer Jeans.

»So, also: Hier sind wir jetzt.« Sie zeigte auf einen Punkt am äußersten rechten Rand der Karte und tat dabei so, als hätte es diese ganze Suchaktion vorhin überhaupt nicht gegeben. »Und da müssen wir hin.« Lawns Zeigefinger war jetzt auf der gegenüberliegenden Seite der Karte. »Buzz hat Kalalau Beach gesagt, oder? Ist sogar auf der Karte markiert.«

»Ja. Der ist markiert, weil er am Ende des Trails liegt. Ganz am Ende. Bei Kilometer 18. War ja klar.«

»Hat aber den Vorteil, dass da dann auch gleich der Campingplatz ist.«

»Und den Nachteil, dass wir da nicht allein sein werden. Garantiert übernachten da noch etliche andere.«

»Die garantiert am Ende eines langen Wandertages alle baden gehen werden. Da fallen wir im Wasser nicht weiter auf.« Lawn hatte alles zurück in ihren Rucksack gestopft, den sie jetzt schulterte. »Wollen wir? Wir haben ein paar Kilometer vor uns …«

Na Pali bedeutet »die Klippen« – was für eine Inselgruppe, auf der normalerweise selbst zarte Pflänzchen mit tollkühn konstruierten Namen wie *awapuhimelemele* versehen werden (und kleine Fischchen *Humuhumunukunukupapua'a* heißen), beinahe erschreckend einsilbig ist. Möglicherweise aber war es den Menschen beim Anblick von Kauais Nordküste ja schon immer so ergangen wie Siebeneisen und Lawn an diesem Morgen, am ersten Aussichtspunkt zwanzig oder dreißig Minuten nach ihrem Aufbruch: *Na Pali* macht sprachlos. Atemlos. Wirft einen um. Weshalb man sich besser erst einmal hinsetzt und sich anschaut, was da vor einem liegt. Auf einer Länge von knapp 25 Kilometern reihen sich hier die höchsten Klippen des Pazifiks aneinander. Eine schweigende Prozession scharfkantiger grüner Grate und Schluchten, die tausend Meter tief und steil von den Gipfeln stürzen, als habe die Lava nicht schnell genug hinunter zum kühlenden Wasser kommen können. Eine Klippe nach der anderen, fein säuberlich gestaffelt Richtung Horizont marschierend und unten übergangslos ins blaue Wasser übergehend, wo Land und See in schäumendem Aufruhr zusammenklatschten. Gischtfontänen schossen an den Felsen hinauf, und hin und wieder drückte eine Böe Beulen in die Welt. Es roch nach Salz und Tang und wildem Jasmin.

Da soll noch mal jemand sagen, Hawaii sei eine reine Badedestination, dachte Siebeneisen, der fasziniert in die Ferne sah, wo Morgennebel und Wellengischt so taten, als probierten sie komplizierte Stellungen aus dem Kamasutra aus. Obwohl es noch sehr früh war, hatten die Temperaturen bereits gehobenes Treibhausniveau erstürmt und ließen sich auch von einem plötzlichen Schauer nicht einschüchtern. Während der letzten halben Stunde hatte es mindestens siebenmal geregnet. Fast immer hatten sie ihn auf sich zukommen sehen, den Regen, eine kleine Säule über dem Weg oder über dem Meer, und zehn Sekunden später war schon wieder alles vorbei. Manchmal war der Regen auch gar nicht richtig heruntergefallen, sondern schwebte in der Luft, als habe hoch über ihnen jemand mit einem überdimensionierten Wasserzerstäuber hantiert.

»Weißt du, wie Regenwolken auf Hawaiianisch heißen?« Lawn faltete die Wanderkarte zusammen, um sie vor dem nächsten Schauer zu schützen. Sie warf noch schnell einen Blick auf die Beschreibung auf der Rückseite. »*Hi'iaka-i-ka-maka-o-ka-'opua* heißen die.«

»Ich bewundere deine Fähigkeit, derartige Worte während einer kurzen Rast auswendig lernen zu können.«

»Bedeutet ›Tränen der Hi'iaka‹, dieses *Hi'iaka-i-ka-maka-o-ka-'opua*. Muss man sich mal auf der Zunge zergehen lassen.«

»Muss man. Wenn man seine Zunge riskieren will. Wer ist denn Hi'iaka?«

»Eine Schwester der Vulkangöttin Pele. Wenn sie in ihrer Regenwolkenform erscheint, will sie die Fischer vor heraufziehenden Stürmen warnen. Das glaubt man natürlich sofort.«

Wie sämtliche Geschichten, die über diese Inseln erzählt werden, dachte Siebeneisen. Er konnte nicht sagen, warum und weshalb, aber er hatte sich selten einem Ort so nahe gefühlt wie diesem Kauai. In den letzten Minuten hatte sich eine tiefe Ruhe in ihm ausgebreitet. Die Klippen kamen ihm vor, als wüssten sie Dinge, die der Rest des Planeten längst vergessen hatte, an die sich nur noch sie erinnern konnten, sie und der Wind. Lag das an seiner Begegnung mit dem Weißen Hai am Vortag? An dem merkwürdigen Zustand, in den einen diese permanenten Orts- und Zeitwechsel versetzten? Oder hatte das tatsächlich doch etwas mit dieser Insel zu tun? Er erinnerte sich daran, in einer alten *National-Geographic*-Ausgabe einmal etwas über die Magie von Orten gelesen zu haben. Darüber, wie manche Plätze auf dieser Welt offenbar einen wissenschaftlich nicht erklärbaren Zauber wirken, von dem sich Menschen unterschiedlicher Kulturen bezirzen ließen. Plätze, an denen einen das Gefühl überkommt, der Schöpfung ein Stück näher zu sein als sonst. Siebeneisen, dessen Sehsinn in diesen Momenten wohl etwas überfordert war mit der Verarbeitung der Bilder, merkte, wie sich plötzlich Musik in seine Gedanken drängelte. Er glaubte, eine feierliche Symphonie zu hören, heraufbeschworen von den Tälern und Graten, ein mächtiges Crescendo, zu dem die Wellen unten an den Klippen donnernde Paukenschläge lieferten. Es heißt ja, dass Landschaften sakral wie Kirchen oder Tempel sein können. Wenn das stimmte, dachte er, dann war diese zerklüftete Küste eine mittelalterliche Kathedrale. Ein Meisterstück, an dem die Baumeister der Natur ein paar Millionen Jahre gearbeitet hatten, bevor sie mit ihrem Werk zufrieden gewesen waren.

Der nächste Regen war dann wie ein Überfall. Das war kein feinstaubiger Wasserdampf mehr, das waren in Schüben heranziehende Regenvorhänge, die wie nasse Schleppen vom Meer kamen und gegen die Küste klatschten. Sie gingen weiter. Es regnete weiter.

Irgendwo auf der Hälfte der Strecke machten sie Mittagspause. Hoch über dem Pazifik, zwischen zwei Klippensträngen, gezackt wie die Rückenflossen eines versteinerten Drachen. Während Lawn die zahllosen Steigungen und Gefälle des Wanderweges scheinbar schwerelos bewältigt hatte und bereits sandwichkauend auf einem großen Aussichtsfelsen saß, gelang es Siebeneisen nur mit Mühe, sich zu seinem Rucksack hinunterzubeugen und sein Mittagessen herauszuholen. In den letzten zwei oder drei Stunden war er schätzungsweise siebzehn Mal ausgerutscht und jedes Mal ein oder zwei Meter den Weg hinabgeschlittert. Zum Glück hatte er sich bei diesen Aktionen nicht verletzt, die zahlreichen Stürze und das mühsame Hoch und Runter aber hatten seinen Knochen und Muskeln auch nicht unbedingt gutgetan: Wenn er aufmerksam in die Ferne sah, konnte er am Horizont den Muskelkater seines Lebens näher kommen sehen. Leise stöhnend ließ er sich neben Lawn fallen. Eine Zeitlang saßen sie dort schweigend nebeneinander und aßen ihre Sandwiches. Dann schulterten sie ihre Rucksäcke und gingen weiter.

Der Campingplatz am Kalalau Beach war ziemlich voll. Sie entschieden sich, ihr Leihzelt ganz am Rand aufzustellen, auf einem ebenen Stück Grasfläche einige Meter weg vom Fuß der Klippen, die an dieser Stelle beinahe vertikal in die Höhe stiegen. Sie wollten schnell ihr Abendessen kochen, Nudeln und Pastasauce aus den Tiefen von Siebeneisens Rucksack, aber dann stellten sie fest, dass der Gaskocher keinen Selbstanzünder besaß und sie kein Feuerzeug eingesteckt hatten. Siebeneisen zuckte mit den Schultern und ging hinüber zum nächsten Zelt, vor dem eine junge Frau saß und hinaus aufs Meer blickte. Er fragte sie auf Englisch nach einem Feuerzeug und hörte an ihrer Antwort, dass sie aus Deutschland kommen musste.

»Nicht ganz.« Die Frau lachte. »Aus Vorarlberg. Dem Montafon. Ruth Tschofen – hallo!«

Siebeneisen reichte ihr die Hand und stellte sich ebenfalls vor. »Ist ja ganz schön was los hier. Hätte gar nicht gedacht, dass es so voll sein würde – auf dem Weg haben wir keine Menschenseele getroffen.«

»Wir sind auch schon seit gestern hier. Alle, glaube ich. Haben uns heute ausgeruht und wandern morgen in aller Frühe zurück. Die meisten Wanderer auf dem Kalalau-Trail machen das so. Man kann es ja auf Hawaii auch kaum schöner haben als hier, oder?« Sie nickte Richtung Meer. Das Wasser war eine Folie aus silbernem Lack. Über die Küste strich ein Wind, der nach Hibiskusblüten duftete.

»Stimmt.« Siebeneisen bemerkte erfreut, dass kaum Wellengang herrschte. »Kann man hier gut schwimmen? Ich meine: Gibt es Haie?«

»Haie? Großer Gott – nein! Zumindest hab ich noch keinen gesehen. Und auch noch nichts gehört, und das würde sich ganz bestimmt herumsprechen. Dahinten stehen Warnschilder. Aber nur wegen des hohen Wellengangs bei Sturm.«

»Sehr gut. Es soll hier ja auch eins von diesen alten Fischbecken geben, oder?«

»Die Mauer? Ja, klar, könnt ihr gar nicht verfehlen. Wenn ihr da vorne an den großen Felsen links ins Wasser geht, seht ihr sie sofort, ein paar Meter raus im Wasser, direkt unter der Oberfläche. Ist aber nix Besonderes …«

»Ja, kann ich mir denken. Ich interessiere mich bloß für so'n alten Kram. Will mir die unbedingt ansehen.«

Er ging zurück zum Zelt, wo Lawn bereits ihre Ausrüstung zurechtgelegt hatte. Dieses Mal hatten sie im Verleihshop tatsächlich eine Taucherbrille mit Siebeneisens Gläserstärke bekommen. Und Schwimmflossen, die wirklich passten.

»Wollen wir später kochen? Und jetzt erst mal suchen gehen?« Obwohl er es nie zugegeben hätte, verspürte er eine ziemliche Aufregung. Eigentlich schon den ganzen Tag über. Jetzt aber, vor Ort, wurde er mit jeder Minute unruhiger. Es war ein ähnliches Gefühl wie damals, als es an die Vergabe der Abiturarbeiten gegangen war. Auch damals war er hin- und hergerissen gewesen zwischen Bangen und Hoffen. Auch damals hatte das Bangen überwogen.

»Klar! Komm, gehen wir!« Lawn zog T-Shirt und Hose aus und lief im Bikini über den Strand Richtung Meer. Siebeneisen holte sie ein, als sie bereits bis zur Hüfte im Wasser stand.

»Jetzt hoffe ich nur, dass da draußen nicht mein alter Kumpel auf mich wartet.«

»Keine Angst. Du bist zwar öfter mal ein statistischer Ausreißer, wenn es um unwahrscheinliche tierische Begegnungen geht – aber zweimal innerhalb von zwei Tagen wäre selbst für einen wie dich ein bisschen übertrieben.«

Das Wasser in der Bucht war vollkommen klar. Siebeneisen entdeckte die Mauer des historischen Auffangbeckens beinahe sofort. Einzelne Steine lagen bereits zwei, drei Schritte vom Ufer entfernt, die eigentliche Mauer verlief anschließend vielleicht zwanzig Meter ins Meer und knickte dann scharf nach rechts ab. Wie Buzz gesagt hatte, ragte sie an keiner Stelle mehr aus dem Wasser hinaus; wahrscheinlich hatten die Brecher eines schweren Sturms sie vor langer Zeit erledigt. Siebeneisen hoffte, dass das Fischbecken auch schon zu Cooks Zeiten nicht mehr intakt gewesen war.

Sie schwammen langsam und nebeneinander, direkt über den Steinen, die Hawaiis Herrscher einst übereinander hatten stapeln lassen. Oben auf der Mauer hatten sich Algen und blasse Korallen angesiedelt, in den Lücken zwischen den Steinen wohnten Muscheln und kleine Fische. Alle zwanzig oder dreißig Sekunden schaute Siebeneisen ängstlich ins Meer hinaus, wo ein paar größere Arten Patrouille schwammen und sie neugierig beäugten. Haie waren nicht zu sehen.

Nach etwa zehn Minuten hatten sie das Ende der Mauer erreicht. Das Bauwerk knickte im rechten Winkel zur Seite ab, sodass sie parallel zum Ufer schwammen, als sie seinem weiteren Verlauf folgten. Siebeneisen sah Steine, Muscheln, Algen, Steine, Steine, Muscheln, Korallen, Fische, Steine, es ging immer weiter so, er musste sich konzentrieren, keinen Quadratmeter Mauer unkontrolliert zu lassen, während er mit jeder Welle ein Stück weit Richtung Strand schwappte und anschließend wieder hinausgezogen wurde. Lawn hatte sich hinter ihn fallen lassen. Gut so, dachte er, als er bei einem Haikontrollblick zur Seite sah, dass sie sehr sorgfältig auf die Steine unter sich schaute. Er vermutete, dass die Stelle, nach der sie suchten, in irgendeiner Weise markiert worden war. Irgendwo musste einem etwas an dieser Mauer ins Auge springen, ein Stein mit einem aufgemalten Kreuz, eine Gravur, eine zwischen den Felsstücken eingeklemmte alte Flasche, eine …

Eine Kanonenkugel. Direkt unter ihm. Klein, verkrustet, nur zu erkennen an einem Stück glattem, schwarzem Metall, das zwischen all den krustigen Oberflächen um es herum ins Auge sprang. Wenn man aufmerksam hinsah.

Siebeneisen hob ruckartig den Kopf aus dem Wasser. Lawn gleich hinter ihm auch.

»Hast du was entdeckt?«

»Ja. Eine alte Kanonenkugel. Nicht größer als ein Tennisball. Direkt unter mir.« Er ruderte mit Armen und Beinen, um auf der Stelle zu bleiben. Beziehungsweise: über der Stelle.

Lawn legte den Kopf auf die Wasseroberfläche. Zehn Sekunden später hob sie den Kopf wieder aus dem Wasser.

»Yess! Das ist das Versteck! Ganz bestimmt!«

»Das werden wir gleich sehen.« Siebeneisen holte tief Luft und plantschte und zappelte kurz an der Oberfläche, bevor es ihm gelang, den knappen Meter zur Mauer hinunterzutauchen. Er versuchte, die Kugel aufzuheben. Was nicht gelang, weil die Kugel festsaß. Salzwasser, angespülter Sand und eine

Armada winziger Krustentierchen hatten fast 250 Jahre Zeit gehabt, diesen komischen Gegenstand aus Metall zu vereinnahmen, und das spürte man jetzt. Siebeneisen zog und zerrte, und dann hatte er keine Luft mehr und musste nach oben, wo er schnaubte und prustete. Er wartete, bis er wieder bei Atem war, und nutzte die Sekunden für eine Dreiecksflossenkontrolle an der Meeresoberfläche: negativ. Allerdings war auch Lawn nicht mehr da. Siebeneisen sah, wie sie unter ihm über der Kugel schwamm. Geschwommen war. Jetzt nämlich kam sie nach oben. Sie streckte beide Hände aus dem Wasser. In der einen war die kleine Kanonenkugel. In der anderen lag ein dunkles Steinstück, das aussah wie das Ohr eines Elefanten. Das Ohr eines Elefanten mit einem Stück Kopf.

Sie wickelten das Statuenstück in ein Handtuch und verstauten es tief unten in Siebeneisens Rucksack. Kochten ihre Nudeln, aßen ihre Nudeln, taten so, als sei es ein ganz normaler Abend, obwohl sie beide ihr Glück nicht fassen konnten und sich beim Essen mehrere Male abklatschten. Dann gingen sie hinüber zum Lagerfeuer, an dem die anderen Camper saßen. Irgendwer hatte tatsächlich eine Gitarre mit über den Trail geschleppt und mehrere Leute Flaschen mit Rotwein. Ruth winkte sie zu sich.

»Kommt, wir machen euch Platz.«

»Danke, gerne.« Lawn sank geschmeidig in den Schneidersitz. Siebeneisen, dessen Muskelkater bereits eingetroffen war, unternahm mehrere Versuche, sich irgendwie normal hinzusetzen. Als alle diese Anläufe scheiterten, ließ er sich einfach in den Sand fallen. Er hoffte, dass ihn niemand dabei beobachtet hatte.

»Das ist ja nett bei euch…« Lawn nahm einen Schluck aus der Rotweinflasche. »Sind alle da, die heute hier übernachten, oder?«

»Fast.« Ruth blickte in die Runde. »Ein Paar aus Deutschland fehlt, die haben sich unterwegs wegen irgendeiner Lappalie gezofft und köcheln wahrscheinlich in ihrem Zelt vor sich hin. Und der Typ aus Singapur ist auch schon schlafen gegangen. Leidet noch unter Jetlag. Aber sonst sind alle hier.«

»Ist ja auch ein unglaublich schöner Abend, oder?« Siebeneisen legte sich in den Sand und betrachtete den Mond, der wie ein kaltgeschmiedeter Krummdolch hinter den Klippen hervorschlich. Zu keinem Zeitpunkt ihrer Reise hatte er sich derart gut gefühlt. Mike und John, zwei der amerikanischen Camper, spielten Gitarre, das Intro von »Hotel California«, das genau in diesem Moment wahrscheinlich tausendfach an Lagerfeuern irgendwo angestimmt wurde, an Lagerfeuern, auf Terrassen, in Gärten, vor Kaminen und wer weiß wo sonst noch überall. Siebeneisen bemerkte, wie seine Gedanken immer weiter abdrifteten. »Hotel California« verschwamm mit dem Murmeln der Unterhaltungen am Feuer, mit dem gleichmäßigen Rauschen der Wellen am Strand und dem Raunen des Windes an den Klippen hoch über ihnen. Eine Möwe schrie. Das Feuerholz knackte. Hoch oben hörte man die Sterne flüstern. Jedenfalls glaubte er das.

»Hallo! Wach werden! Komm, im Zelt schläfst du besser...« Lawn, neben ihm im Sand. Irgendwann später. Die Flaschen leer, das Feuer weit heruntergebrannt. Siebeneisen hörte sich selbst murmeln, irgendetwas mit »hundemüde« und »verdammter Muskelkater«. Dass er durch den Sand hinüber zum Zelt stapfte, nahm er kaum noch wahr, dass er in den Schlafsack kroch, ebenfalls nicht. Für einen Moment kam er sich vor wie eine Figur aus einem Roman von Joseph Roth, die nach langen, unmöglichen Wirren völlig unerwartet vom Schicksal beschenkt worden war. Dann schloss er die Augen und ruhte aus von der Schwere des Glücks und der Größe der Wunder.

29

Freitags in der Faulen Kobra.

»Und es kann nicht irgendwie sein, dass ihr vielleicht doch etwas übersehen habt?«

»Übersehen? Schau dir doch bitte mal an, wie ich ausschaue! Vielleicht wie jemand, der die letzten Tage in einem Liegestuhl am Palastpool verbracht hat? Sehe ich so aus? Na?«

Wipperfürth musterte Schatten, der vor seinem Diwan in der Faulen Kobra stand. Er erinnerte ihn an jemanden, der in einer alten, zugestaubten Bibliothek von einer Leiter gefallen, dabei mehrmals angedotzt und anschließend unter den Büchern begraben worden war, die er mit sich in die Tiefe gerissen hatte. Der einst helle Leinenanzug hatte so viele Flecken, dass von seiner ursprünglichen Farbe nichts mehr zu erkennen war. Schatten schien auch keine Zeit für einen kurzen Abstecher in ein Badezimmer gehabt zu haben: Sein Gesicht war nicht nur verschwitzt, sondern auch ziemlich verdreckt. Seit er Wipperfürths Archivarbeit übernommen hatte, weil er dessen Methodik misstraute, war es mit seiner optischen Erscheinung Tag für Tag bergab gegangen. Mit seiner Laune ebenfalls.

»Seit ich mich wieder halbwegs auf den Beinen halten kann, haben der Maharadscha und ich jedes Regal in diesem gottverdammten Archiv leergeräumt. Jedes! Und alles, was wir da herausgeräumt haben, haben wir uns angesehen. Jedes Bündel, jede Kladde, jeden verschnürten Stapel Briefe. Mein lieber Wipperfürth, so viel kann ich dir versichern: Wir haben nichts übersehen. Es gibt in diesem verstaubten Loch keinen weiteren Brief Cooks.«

Es war nicht viel los an diesem Freitag in der Faulen Kobra. Fünf oder sechs der hageren Alten saßen schweigend vor ihren Teegläsern. Der Babaji hatte Patschuli-Räucherstäbchen angezündet und hockte schwadenumhüllt und entrückt auf seiner Bank; später würde es heißen, er sei an genau diesem Freitag mehrere Sekunden lang eine Handbreit hoch in der Luft geschwebt, aber tatsächlich gesehen hatte das niemand. Auch nicht der Besitzer des Teehauses, der sich um seine Buchhaltung kümmerte. Er lehnte am Tresen mit dem Bastkorb, sein Oberkörper schwang unbewusst zum Klang der Tablas aus den Lautsprechern. Mit der rechten Hand schrieb er an einer langen Säule kümmerlicher Rupienbeträge (im Teehaus zur Faulen Kobra wurde jedes ausgeschenkte Glas einzeln verrechnet, was selbst am Ende eines ruhigen Geschäftstages zu einer stattlichen Menge Kleinbeträge führte); die Finger der Linken trommelten kleine Wirbel auf das Tresenholz, die mit den Tablas von der CD zu einem erstaunlichen Rhythmus verschmolzen. Am Eingang zur Küche lehnte sein Sohn im Türrahmen und verdrehte jedes Mal, wenn ein neues Stück begann, die Augen. Er hoffte, dass sein Vater die Buchhaltung bald beenden und zu einem seiner Rundgänge durch das Viertel aufbrechen würde. Am Vormittag hatte der Sohn in einem kleinen Laden in der Nahar Road mehrere raubkopierte CDs gekauft. Unter anderem zwei seltene Live-Mitschnitte der Rolling Stones. Jetzt brannte er darauf, sie zu hören. Laut zu hören. Sobald sein Vater aus dem Haus war.

»Jetzt überlege doch mal!« Schatten nahm seinen Hut ab, mit der linken Hand – mit der rechten versuchte er sofort, die Sturzbäche einzufangen, die sich auf seinem Kopf gesammelt hatten und nun nach unten wollten. »Cook ist von den Hawaiianern aufgegessen worden. Bei seinem zweiten Besuch auf den Inseln. Also konnte er auf den Etappen danach schlecht noch einen Teil der Statue verstecken.«

»Es sei denn, unser guter James hat einen seiner Offiziere damit betraut.« Wipperfürth lag auf seinem Diwan. Er stöhnte, als habe er sich sein Steißbein gerade gestern erst gebrochen und nicht bereits vor etlichen Wochen. Damit wollte er vor allem verhindern, dass der verschwitzte Schatten sich irgendwie auf das Sofa quetschen konnte.

»Niemals hat er das! Einen angenommenen Auftrag einfach weiterreichen? Das hätte er nie und nimmer getan. Und ich glaube auch nicht, dass er noch an so etwas gedacht hat, als er am Strand von Hawaii herumtorkelte, während er die eine oder andere Keule über den Schädel gezogen bekam.« Schatten setzte sich vorsichtig, sehr vorsichtig, auf einen der winzigen Teehaushocker. Das Holz gab ein mitleiderregendes Geräusch von sich. »Ich lege mich da mal fest: Petropavlovsk, Macao, die Orkneys, alle Häfen, die die *Resolution* auf der Reise nach Cooks Tod anlief – all diese Orte fallen raus. Da müssen wir uns nicht drum kümmern. Die noch fehlenden Teile müssen anderswo sein.« Schatten wedelte mit der Hand vor seinem Gesicht herum. Die Räucherstäbchenschwaden aus der Ecke des Babaji zogen allmählich durch das gesamte Teehaus. »Ach, übrigens: Shameek Kumar war im Archiv.«

»Was? Wirklich? Du hast ihm aber hoffentlich nicht von Siebeneisens Verdacht berichtet, oder?« Wipperfürth hatte die Augen weit aufgerissen. Seine Zehen in den spitz zulaufenden Goldbrokat-Pantoffeln wackelten nervös auf und ab.

»Dass unser Freund glaubt, er stecke mit den Dieben unter einer Decke?«

»Natürlich nicht! Ich bin doch nicht blöd! Was glaubst du, was dann los wäre! Er war gerade mit irgendwelchen Aufzeichnungen beschäftigt, ganze Seiten hat er beschrieben. Ich hab ihm gegenüber lediglich fallen gelassen, dass es doch sehr merkwürdig sei: Wir finden einen Hinweis auf ein Versteck, und prompt kommen die Diebe Siebeneisen vor Ort zuvor.«

»Das hast du zu ihm gesagt?« Wipperfürth fuhr aus der Horizontalen nach oben. Sein Steißbeinbruch schien für einen kurzen Moment ausgeheilt zu sein. »Bist du verrückt geworden? Da hättest du ja gleich mit dem Finger auf ihn zeigen und ihn beschuldigen können!«

»Er hat auch augenblicklich den Raum verlassen.«

»Hat er? Nein!! Dann ist er bestimmt gleich zum Maharadscha und intrigiert nun gegen uns! Oh, wie böse wird uns mitgespielt!« Wipperfürth hatte jenen Punkt erreicht, an dem er in die theatralische Sparte wechselte. Er stöhnte laut auf und verzog das Gesicht. »Und von den weiteren Statuenstücken haben wir auch keine Spur! O weh, o weh!«

»Jetzt reiß dich mal zusammen!« Schatten nippte an dem Glas, das der Teehausbesitzer in der Zwischenzeit gebracht hatte. Er war ohne jeden Kommentar wieder verschwunden. »Wenn wir nicht wissen, wo die letzten Statuenstücke sind, wissen das die Diebe ja nun wahrscheinlich auch nicht. Ich kann dein pathetisches Gejammer nicht mehr ertragen! Denke doch mal an Cook – hat der geklagt? Damals, als ihn der Maharadscha mit der Aufgabe betraute?«

»Unser James hatte sich auch nicht das Steißbein gebrochen, soweit ich weiß … aaarg, tut das weh!«

»Er hat sich nicht das Steißbein gebrochen? Tatsächlich nicht? Aber könnte es sein, dass er stattdessen die meisten

Jahre seines Lebens ununterbrochen auf See war, ständig damit rechnen musste, getötet zu werden, das Schiff zu verlieren, zu ertrinken? Allein auf seinen ersten beiden Fahrten hat der Mann in sechs Jahren keinen einzigen freien Tag gehabt. Aber ja, stimmt ja, das Steißbein hat er sich nicht gebrochen. Bestimmt ist es ihm total gut gegangen die ganze Zeit!«

»Du weißt nicht, wie sich das anfühlt! Außerdem ist mein Glück in Gefahr! Wenn wir die Teile der Statue nicht finden, wird der Maharadscha mir niemals die Hand seiner Tochter gewähren, niemals! Ach, wie mir das Herze blutet!« Wipperfürth zog die rechte Hand unter seinem Hintern hervor und begann, sich die linke Seite der Brust zu massieren. Offenbar wollte er die Herzblutung stoppen, bevor es zu spät war.

»Es reicht jetzt! Dann brennt ihr beiden eben durch!« Schatten versuchte, einen weiteren Sturzbach aufzufangen. Der Teehausbesitzer hatte das bemerkt und brachte seinem Gast ein buntes Küchenhandtuch, auf dem eine Comicversion von Hanuman, dem hinduistischen Affengott, gedruckt war. Schatten musterte das Handtuch mehrere Sekunden unschlüssig, dann wischte er sich damit über die Stirn.

»Auch da darf ich dich an das Schicksal Cooks erinnern«, fuhr er fort, »der hat seine Frau in den mehr als vierzehn Jahren seiner Ehe zusammengenommen lediglich vier Jahre gesehen. Jedes Mal, wenn er abreiste, war sie schwanger. Jedes Mal, wenn er zurückkehrte, war da ein weiteres Kind, das seinen Vater nicht erkannte. Wenn es denn noch lebte. Drei von Cooks Kindern starben als Neugeborene, ein viertes an der Wassersucht, während sein Vater irgendwo in der Weltgeschichte unterwegs war. Und? Hat der gejammert? Was glaubst du, wie der sich gefühlt hat, als ihm am Morgen nach seinem Abendessen mit der Admiralität plötzlich dämmerte, dass er wieder aufbrechen würde? Dass er sich zu einer dritten Reise hatte verpflichten lassen? Weißt du, was da passiert ist? Du glaubst gar nicht, was man alles erfährt, wenn man 18 Stunden am Tag in irgendwelchen Geschichtsschinken nach handgeschriebenen Hinweisen suchen muss.«

Schatten schnaubte. Wipperfürth schwieg. Wenn Schatten sich einmal in Rage geredet hatte, war er eine Art Naturgewalt. Hätten sie in diesem Moment Mau-Mau gespielt, wäre es zum Streit gekommen, garantiert.

»Also, das war so: Cook war pensioniert. Nach der zweiten Reise. Er war 47.«

»Und pensioniert? In dem Alter? Ach, das würde mir auch gefallen!« Dass Wipperfürth sein Schweigen bereits nach einem Satz unterbrach, war, nun ja: typisch Wipperfürth.

»Das war für einen Seemann des 18. Jahrhunderts ein stattliches Alter! Cook hatte drei Jahrzehnte auf See verbracht. Und das unter Bedingungen, die man sich heute nur schwer vorstellen kann!« Schatten warf Wipperfürth auf seinem Diwan einen vielsagenden Blick zu. »Allein die beiden ersten Reisen! Cook war zweimal für je drei Jahre am Stück auf See! Die Ungewissheit! Die Isolation! Und all die Gefahren! Und in allen lebensbedrohlichen Situationen war er ein Fels in der Brandung! Da muss man sich nicht wundern, dass ein Rückzug aufs Land gelegen kam. Statt eines Schiffes leitete er nun das Greenwich Hospital, das war eine medizinische Einrichtung und gleichzeitig Heim für ältere Seefahrer. Die Cooks hatten dort eine nette Wohnung bezogen. Da hätte er bis zum Ende seiner Tage bleiben können. Versorgt, in Ruhe ausgestattet mit einem netten Einkommen plus Feuerholz und Lebensmittelzuschläge. Er war 47 und schrieb an den Aufzeichnungen seiner zweiten Weltreise. Und dann haben sie ihn während eines einzigen Abendessens umgedreht. Und ihn überredet, erneut in See zu stechen.«

»Und das ging so einfach? Er hat doch bestimmt geahnt, dass sie etwas mit ihm vorhatten!«

Schatten schnaubte. Er griff in seine Hosentasche und holte ein zusammengefaltetes Papier hervor, das aussah wie etwas, das man aus der Grabkammer von Tutenchamun geschabt hatte. Es waren aber, wie sich herausstellte, nur seine Notizen aus dem Archiv. Notizen, die bloß einige Stunden in der völlig verschwitzten Tasche einer schmuddeligen Leinenhose gesteckt hatten.

»Natürlich hat er etwas geahnt.« Schatten versuchte, das Papier auf dem niedrigen Tisch glattzustreichen, der vor Wipperfürths Diwan stand und in den vergangenen Wochen mit Sicherheit kein einziges Mal abgewischt worden war. »Ich zitiere den großen Navigator: *Es treibt mich mein Schicksal von einem Extrem zum anderen; nur der Monate wenige zuvor war die gesamte südliche Hemisphäre gerade noch groß für mich, und jetzt finde ich mich selbst umschlossen in den Grenzen des Greenwich Hospital, welch selbe bei Weitem zu eng sind für einen aktiven Geist gleich dem meinen. Wohl muss ich gestehen, dass dieser Posten eine gar gute Erholung und ein annehmbares Einkommen sind, indes: ob ich mich selbst dazu bewegen kann, ein leichtes Leben und Zurückgezogenheit zu lieben, das allein wird nur die Zeit zeigen.*«

»Was sie ja dann auch hat.«

»Was sie sehr bald hat. Aber glaubst du, das sei ihm leichtgefallen? Der geht abends zu einem Empfang, und ein paar Stunden später hat er Zukunftspläne, in denen der neue Wohnsitz keinerlei Rolle mehr spielt. Erkläre das mal deiner Frau, der du ein paar Wochen zuvor versprochen hattest, dass jetzt Schluss sei mit der Weltumseglerei! Und dann kommt auch noch ein Maharadscha aus Indien vorbei und bittet dich, ihm einen Gefallen zu tun. Wenn in dieser Geschichte jemand Grund zur Klage hatte, dann weiß ich, wer das war!«

»Ob die beiden sich im Altersheim getroffen haben?« Wipperfürth versuchte, Schatten einzuwickeln. Oder ihn zumindest von ihm, Wipperfürth, abzulenken. Er ahnte, dass Schatten ihn allmählich durchschaute. Sein Tipp-Kick-Kumpel wusste, dass der Steißbeinbruch längst nicht mehr so schmerzte. Dass er eigentlich überhaupt nicht mehr wehtat.

»Ich meine: Glaubst du, der Maharadscha ist mit der Kutsche bei den Cooks vorgefahren und einfach so in die Wohnung reinmarschiert? Und hat dann unseren James gebeten, die Teile der Statue mitzunehmen und zu verteilen?«

»Das kann ich mir nicht vorstellen, das wäre viel zu auffällig gewesen. Wahrscheinlich haben sie sich irgendwo in einem Büro der Admiralität in Whitehall getroffen. Cook war ja mitten in seinen Reisevorbereitungen, da empfing er dort wahrscheinlich ständig Besucher. Möglicherweise waren sie auch im Hinterzimmer irgendeines Pubs an der Themse. Herrgott, kann man hier nicht mal ein Fenster aufmachen? Man ist ja komplett zugenebelt.«

Schatten wedelte sich mit seinem Hut Luft zu. Die Räucherstäbchen des Babaji erzeugten unentwegt Rauch; das komplette Teehaus roch nach Patschuli. Durch die offene Tür kam eine Kuh herein, aber bloß halb: Sie blieb im Eingang stehen, schnupperte aufmerksam, gähnte und stakste benommen rückwärts zurück auf die Straße.

»Und als Cook eingewilligt hatte, bekam er vom Maharadscha die Teile der Statue. Die ist ja so klein, dass er sie problemlos in einer Tasche mitbringen konnte.« Wipperfürth hatte die Kuh aus den Augenwinkeln beobachtet. Er schien erleichtert, als sie wieder verschwand.

»Ja, so könnte das gewesen sein. Und dann hat sich der Maharadscha verabschiedet und ist zurück auf das Schiff, das ihn nach England gebracht hatte.«

»Und unser James hat sich auf den Weg nach Hause gemacht.«

»Er ist in diesen Wochen oft zu Fuß in London unterwegs gewesen, habe ich gelesen. Offenbar hat er es genossen, festen Boden unter den Füßen zu haben. Bevor er in die Kutsche hinaus nach Greenwich stieg, ist er gerne durch den St. James's Park gelaufen. In Westminster Abbey hat er auch immer noch kurz Halt gemacht. Ich weiß nicht, ob er wirklich fromm war, aber vielleicht hat er dort gebetet.«

»In Westminster Abbey?« Wipperfürth stöhnte kurz auf, ganz kurz nur, und brach mitten im Geräusch ab. In den letzten Wochen hatte er sich einen bestimmten Rhythmus angewöhnt, in dem er in gewissen Abständen jammerte, wimmerte oder Grimassen schnitt, als leide er unter entsetzlichen Schmerzen. Er hatte sich so daran gewöhnt, dass er das längst ganz automatisch tat. Jetzt aber, wo Schatten ihn offensichtlich durchschaut hatte, musste er sich das ganz schnell wieder abgewöhnen. Glücklicherweise ging gerade der Besitzer des Teehauses zur Tür, dem konnte er huldvoll zuwinken. Der Mann blickte kurz in seine Richtung und tat dann so, als habe er den Gruß nicht bemerkt. Wipperfürth fuhr fort: »Ist das nicht da, wo sie alle heiraten?«

»Das ist St. Paul's. In Westminster Abbey werden Englands Könige gekrönt. Und bestattet. Ein gewaltiger Ort muss das sein, diese Kirche. Voller Geheimnisse. Voller dunkler Ecken. Voller Verstecke.«

»Voller Verstecke?« Wipperfürth runzelte die Stirn. Schatten wiederum versuchte, den Gedanken, den er da soeben ungewollt formuliert hatte, ohne ihn zu Ende zu denken, wieder einzufangen. Das musste jetzt schnell gehen, sonst würde Wipperfürth ihn nämlich an sich reißen und ihn zu seinem Gedanken machen.

»Verstecke – wie in ›Orte, an denen man etwas verstecken kann‹.«

»Ah! Warte mal…« Wipperfürths Zeigefinger schnellte in die Luft – das war seine Art, besonders bedeutsame Bemerkungen anzukündigen. Beziehungsweise Bemerkungen, die er für bedeutsam hielt. Er fuchtelte mit dem Zeigefinger und wollte soeben ansetzen, als eine gewaltige Detonation das Teehaus zur Faulen Kobra erschütterte.

In den Lautsprecherboxen schrie ein Stadion voller Menschen auf. Die Fensterscheiben des Teehauses klirrten in ihrem sowieso schon bröseligen Kitt, die Gläser vibrierten auf den Tischen. Dann trommelte irgendwer einen treibenden Rhythmus auf zwei Congas, ein Piano klimperte, und die Rolling Stones begannen mit »Sympathy for the Devil«. Der Sohn des Teehausbesitzers hatte eines seiner neuen Live-Bootlegs aufgelegt, das Konzert aus der Stockholmer Globe Arena 1998. Von jener legendären »Bridges to Babylon«-Tour, deren Europastationen verschoben werden mussten, weil Keith Richards in der alten, zugestaubten Bibliothek seines Hauses von einer Leiter gefallen, dabei mehrmals angedotzt und anschließend unter den Büchern begraben worden war, die er vom obersten Regalbrett mit sich in die Tiefe gerissen hatte. Der Gitarrist der Band zog sich Verletzungen an Brustkorb und Rippen zu. Jahre später sollte Mr. Richards dann auch noch auf Fidschi aus einer Kokospalme stürzen und mit einer schlimmen, aber nicht lebensgefährlichen Kopfverletzung ins Krankenhaus eingeliefert werden. Von alldem aber war nichts zu hören, als sich seine Gitarre in den Klangteppich aus ausgerasteten Samba-Congas, Schlagzeug, Keyboards, Bassläufen, Ron Woods Rhythmusgeschrabbel und dem »*Uh! Uuuuh! Uh! Uuuuh!*« der Backgroundsängerinnen fräste und er eines seiner typischen Soli spielte, von denen man nie wusste, wohin er eigentlich wollte – bevor er sie elegant und mit dem richtigen Ton zu Ende brachte.

Dass sich auf dem Tresen dennoch nichts bewegte, lag an den Räucherstäbchen des Babaji. Kobras mögen Moschusdüfte, Weihrauch und Sandelholz, bei Patschuli aber werden sie müde. Niranjana lag zusammengerollt am Boden ihres Korbes, schlief tief und fest und träumte von jungen, zarten Mäusen.

30

ZURÜCK AUF KAUAI, AM NÄCHSTEN MORGEN.

Siebeneisen erwachte mit einer Melodie im Kopf, die er nicht zuordnen konnte. Er öffnete die Augen, sah seinen Rucksack neben sich stehen und überlegte, zu welchem Lied dieses »*Uh! Uuuuh! Uh! Uuuuh!*« gehörte, das ihm da im Bewusstsein herumgeisterte. Wahrscheinlich etwas, das Mike und John gestern am Lagerfeuer gespielt hatten, als er schon halb eingeschlafen war. Siebeneisen wollte sich umdrehen, um Lawn zu wecken, aber irgendwie funktionierte das nicht: Er brachte nicht genügend Kraft auf, um sich von der linken auf die rechte Seite zu drehen. Alles tat weh. Natürlich tat alles weh. Sie waren den ganzen Tag gewandert gestern, hoch und runter und auf einem Pfad, der nach den immer neuen Regenschauern an manchen Stellen nur noch mit viel gutem Willen als Wanderweg zu bezeichnen gewesen war. Dass seine Knochen jetzt derart schmerzten, lag vor allem an den ewigen Ausrutschern. Sobald der Weg abschüssig geworden war, hatte Siebeneisen im Schlamm den Halt verloren, war auf Hintern und/oder Rücken geknallt und ein Stück weit nach unten gerutscht. So was konnte ja nicht ohne Folgen für die Bandscheiben bleiben, dachte er, als er sich mit aller Kraft und unter einem schrecklichen Ziehen in Kreuz, Schultern und Rumpf auf die andere Seite wälzte. Was nicht unbedingt nötig gewesen wäre. Der Schlafplatz neben ihm war nämlich bereits leer.

Lawn saß draußen am Strand und aß ein Sandwich. Sie hatte bereits gepackt, Schlafsack und Isomatte steckten im Rucksack, ihre Schwimmflossen und die Taucherbrille mit dem Schnorchel waren außen befestigt. Siebeneisen sah sich um: Außer ihrem Zelt und einem zweiten weit hinten stand kein anderes mehr auf dem kleinen Campingplatz. Der Wanderer aus Singapur schien immer noch zu schlafen.

»Sind die anderen schon alle weg?«

»Na ja, ›schon‹ ist relativ. Ist gleich zehn. Ich konnte dich nicht wecken – du hast derart tief und fest geschlafen, dass du nichts mitbekommen hast.«

»Ich hab verdammt gut geschlafen. Guten Morgen.« Siebeneisen küsste Lawn. Beinahe wäre er aus der Verbeugung, die er dazu machen musste, nicht mehr zurück in die Vertikale gekommen.

»Hast du noch jemanden gesehen?«

»Nur Mike und Jim. Und Ruth. Alle anderen waren schon unterwegs. Vielleicht treffen wir sie ja noch auf dem Trail.«

»Eher nicht. Ich glaube nicht, dass ich heute sehr flott unterwegs sein werde. Mein Rücken hat da was dagegen. Die anderen Körperteile auch.«

»Dann lass uns mal das Zelt einpacken und los. Um sechs wird es dunkel. Nicht, dass wir dann noch da draußen herumturnen.«

»Schade.« Siebeneisen sah hinaus aufs Meer und dann nach rechts und links an den Klippen entlang, diesen malachitgrünen, moosgrünen, laubfroschgrünen Klippen. »Gefällt mir hier. Gefällt mir ziemlich.« Er holte seinen Rucksack aus dem Zelt. »Ist noch was zu essen da?«

»Wir müssten noch ein paar Sandwiches haben. Werden nicht mehr gut aussehen, schmecken aber noch prima.« Lawn sah amüsiert zu, wie Siebeneisen in seinem vollgepackten Rucksack nach dem Frühstück suchte. Am Ende hatte er den kompletten Inhalt ausgepackt und tatsächlich zwei belegte Brote gefunden. Sie bauten das Zelt ab und packten es mit den anderen Sachen ein. Dann liefen sie los.

Für den Weg zurück zum Parkplatz brauchten sie nicht ganz fünf Stunden. Die Nacht über hatte es nicht weiter geregnet, und weil es auch tagsüber trocken blieb, war der Küstenpfad weit weniger glitschig als noch am Tag zuvor. Siebeneisen spürte zwar immer noch jeden einzelnen Muskel in seinem Körper, marschierte aber bester Laune voran. Sie hatten es geschafft! Sie hatten tatsächlich eines der Statuenteile gefunden! Und damit, oh ja, war ihre Mission erfolgreich abgeschlossen. Natürlich war damals im Palast nicht die Rede davon gewesen, dass es im Grunde genügte, ein einzelnes Stück des Elefantengottes in Sicherheit zu bringen – aber garantiert nur deshalb, weil Wipperfürth einen solchen Auftrag niemals so theatralisch hätte aufbauschen können wie die Jagd nach sieben Teilen. Sobald sie wieder zurück in der Zivilisation waren, würde er den beiden eine Nachricht nach Indien schicken, dachte Siebeneisen. Da würden sie staunen, die Herren Cheflogistiker und Archivare!

Und dann waren sie wieder am Ausgangspunkt des Wanderwegs angelangt. Der Himmel hinter ihnen hatte sich in den vergangenen Minuten verändert. Eine bedrohlich aussehende Wetterfront war aufgezogen, dunkles, übereinandergeschichtetes Gewölk, das sich nach außen zu wölben schien, als ob etwas aus ihm hervorbrechen wollte. An jedem anderen Tag unserer Reise hätten wir uns vor so einem Unwetter fürchten müssen, dachte Siebeneisen, weil wir an jedem anderen Tag innerhalb der nächsten zehn Minuten gegen das Ertrinken hätten ankämpfen müssen. Heute nicht, dachte er, heute ist unser Glückstag. Alles, was sie noch brauchten, war ein Transportmittel.

»Und wie kommen wir jetzt von hier weg?« Siebeneisen drehte sich um und inspizierte den Himmel. »Rufen wir den inselweit besten Sandkehrer und sein Taxi?«

»Yep. Gute Idee. Da drüben ist eine Telefonzelle. Ich mach das schnell.«

Lawn setzte ihren Rucksack ab und lief über den Parkplatz. Siebeneisen sah ihr nach. Sie bewegte sich, als komme sie nach zehn Stunden tiefem Schlaf gerade aus Bad und Badewanne, wo es ein Glas Champagner gegeben hatte: vollkommen schwerelos. Er seufzte. Mit einer Bewegung, die alle Energie aus seinem Körper zu ziehen schien, hievte er den Rucksack von seinen Schultern und ließ ihn auf den Boden sausen. Er ging in die Knie, befürchtete, dass seine Oberschenkel explodieren würden, und nestelte länger am Verschluss, wo sich irgendwas verhakt hatte. Dann war der Rucksack offen, und Siebeneisen nahm das Frotteehandtuch heraus, legte es auf den Boden und schlug es auseinander.

Das Statuenstück war verschwunden.

Kurz darauf begann es zu regnen, wieder einmal, wie so oft auf Kauai, irgendwo muss diese prächtige Pflanzenwelt ja herkommen. Zuerst kam er wie ein feiner Nebel, der Regen, dann verbündeten sich die feinen, winzigen Wassertröpfchen zu kleinen Nieselregentröpfchen, aus denen nach wenigen Minuten dicke, fette Regentropfen wurden. Und dann brach die Hölle los an der Na-Pali-Küste. Der Parkplatz, auf dem wenige Minuten zuvor ein verwunderter Taxifahrer zwei völlig niedergeschlagene Wanderer abgeholt hatte, stand in kurzer Zeit unter Wasser.

Und 18 Kilometer weiter hinten an der Küste, am Ende des Trails am Kalalau Beach, erwachte ein ausgeschlafener Wanderer vom Geräusch der ersten Regentropfen auf seiner Zeltplane. Er kroch aus dem Schlafsack, öffnete den Zeltreißverschluss und ging hinunter zum Strand, wo er lange Zeit aufs Meer hinausschaute.

Auf dem Rückweg zu seinem Zelt trat er auf einen kantigen Stein. Er hob ihn auf und betrachtete ihn erstaunt. Dann wurde der Regen heftiger, und er flüchtete zurück in sein Zelt.

31

AM NÄCHSTEN MORGEN, AN EINER REIHE INTERNET-TERMINALS AM FLUGHAFEN VON KAUAI. »TEN FREE MINUTES!« STEHT AUF DEM WERBESCHILD, »TIME FOR FACEBOOK!«

Zum Fetten Hecht:
Hier ist die Walburga! Wollte Euch nur schnell schreiben, wie toll die neue CD von Pur ist! Es wäre so was von gerecht, wenn der Texteschreiber endlich einen Literaturpreis gewinnen würde. Stattdessen bekommt den aber ja bestimmt wieder jemand aus Papua-Neuguinea oder so. Könnt Ihr die CD da drüben in Indien bekommen? Ich kann schon alle Texte auswendig!

121-Meter-bis-zum-Canyonboden:
Hey, Swinger! Lange nicht gesehen! Komm doch mal wieder vorbei! Hast Du Dir schon das Video Deines Swings angesehen? Nein? Einfach hier klicken.

Mina DeHoog:
Unser Straußenmännchen hat einen Touristen aus Kalifornien abgeworfen, der uns nun verklagen will. Darf ich ihm Ihre Kontaktdaten geben? Dann können Sie ihm vielleicht erklären, dass ein Strauß viel Schlimmeres anrichten kann. Man muss deswegen aber nicht gleich vor Gericht ziehen, oder? Darf ich?

Die Ehrenwerte Alilanau Tuku'aho Alilanau Takalea Wagner: *Ich bin's, die Lea! Sie haben noch überhaupt nicht geantwortet, wie das mit Ihren Urlaubsplänen aussieht. Mein Bruder hat gesagt, dass Sie im Palast wohnen dürfen. Dann können wir zusammen nach diesem Mr. Cook suchen. Schreiben Sie mir?*

Lasst mich einfach mal mit eurem Mist in Ruhe, dachte Siebeneisen. Seine Laune war – vorsichtig ausgedrückt – explosiv. Er hatte eine ruhelose Nacht hinter sich. Eine Nacht, in der er verzweifelt herauszufinden versucht hatte, wie die Diebe das Elefantenohr aus dem Rucksack hatten stehlen können. Oder besser: Wer sie waren. Der Griff in den Rucksack war ja nicht das Problem.

Lawn und er mussten beobachtet worden sein, anders war das nicht möglich. Wenn ihr Verdacht richtig war, wenn es sich bei den Dieben tatsächlich um das Paar aus Korea handelte, das damals so überstürzt aus dem Palasthotel des Maharadschas abgereist war – wieso waren die beiden dann nicht auf dem Campingplatz gewesen? Oder war vielleicht eine ganze Bande hinter den Statuenteilen her, von der immer andere Mitglieder zuschlugen? Je länger er darüber nachgedacht hatte, desto verworrener waren seine Grübeleien geworden. Hatten sie es mit einem Ring zu tun? Einem Kartell, einer Mafia? Möglicherweise wurden Lawn und er ja auch beschattet. Vielleicht hatten die Diebe irgendwie herausbekommen, dass sie zu den Na-Pali-Klippen hinauswollten, und waren einfach vor ihnen dorthin marschiert. Dann hatten sie gewartet, bis das Statuenteil aus dem Meer geholt worden war. Abends, als Lawn und er am Lagerfeuer saßen, hatten sie es aus dem Rucksack gestohlen.

Siebeneisen zwang sich, mit dem Grübeln aufzuhören. Eins nach dem anderen, sagte er zu sich selbst, jetzt erst einmal das hier. Er scrollte nach unten, da waren noch etliche weitere Einträge auf der Facebookseite. Dieser hier zum Beispiel:

Henry the Tuatara:
Schnell ein Update in Sachen Nachwuchs: Unsere Kids Endeavour und Bounty sind nun beide über fünfzehn Zentimeter groß und können natürlich längst laufen. Seit dieser Woche dürfen sie jeden Tag eine Extraportion Heuschrecken verputzen! Möglich gemacht hat das der »Förderkreis Reptilienfreunde Invercargill« mit einer großzügigen Spende.
Dafür ein echsiges Dankeschön!
Euer Henry
(PS: Dieser Eintrag wurde natürlich nicht von Henry, dem Tuatara, selbst verfasst – Tuataras können selbstverständlich nicht schreiben. Jede Woche übernimmt das ein anderer Museumsmitarbeiter für unsere Echse!)

Na prima, dachte Siebeneisen. Konnte man Einträge dieser Art auf seiner Facebookseite nicht irgendwie verhindern? Er wollte nicht alle zwei oder drei Tage mit Neuigkeiten aus dem Leben einer uralten Echse behelligt werden, für so etwas hatte er nun wirklich keine Zeit. Der nächste Eintrag war von –

Schatten:
Wie kommt Ihr voran? Hier ist es unerträglich geworden. Diese Hitze! Dieses schreckliche Essen! Immerhin gibt es erfreuliche Neuigkeiten für Euch: Ich vermute sehr stark, dass Cook eines der Statuenteile in Westminster Abbey versteckt hat. In London. Noch bevor er aufgebrochen ist! Leider kann ich nicht sagen, wo genau, aber da kann Euch Wippi weiterhelfen. Der kümmert sich um die Tickets!

Wipperfürth:
Wie kommt Ihr voran? Hier ist es unerträglich geworden. Diese Hitze! Diese Schmerzen in meinem Gesäß! Immerhin gibt es erfreuliche Neuigkeiten für Euch: Ich vermute sehr stark, dass Cook eines der Statuenteile in Westminster Abbey versteckt hat. In London. Noch bevor er aufgebrochen ist! Leider kann ich nicht sagen, wo genau, aber da hat Euch Schatten ja schon detailliert weitergeholfen. Unterdessen habe ich eine sehr komfortable Verbindung für Euch recherchiert. Die Tickets liegen am Flughafen in Honolulu zum Abholen bereit.

Siebeneisen seufzte. Er seufzte so laut, dass die Leute an den anderen Internet-Terminals besorgt zu ihm herübersahen. Dann rutschte er vorsichtig von seinem Hocker herunter und versuchte, das Aufheulen seiner Muskeln zu ignorieren. Lawn wartete in einem kleinen Café wenige Schritte entfernt. Er winkte ihr zu, dann ging er an den gegenüberliegenden Informationsschalter. Er wies sich aus und fragte nach den Tickets, die Wipperfürth für sie gebucht hatte.

»Na, da haben Sie ja eine schöne Weltreise vor sich …«, sagte die Frau am Schalter, als sie ihm die Papiere aushändigte.

32

KUNMING AIRPORT, CHINA.

Hastende Menschen, erschöpfte Menschen, schlafende Menschen, schnarchende Menschen: Abflughallen großer Flughäfen sehen sich auf der ganzen Welt zum Verwechseln ähnlich. Fließbänder in beide Richtungen, Toiletten mit »Achtung, rutschig!«-Warnschildern, blinkende Elektrofahrzeuge, im Weg stehende Kofferkulis. Überall zu viele Duty-free-Einkaufstüten und Laptop-Kabel, über die man stolpern kann. Überall tobende Kinder oder quengelnde oder weinende. Und überall die gleichen Geschäfte, die gleichen Fast-Food-Ketten, die gleichen stummen Fernsehprogramme, die auf großen Flachbildschirmen an der Decke flimmern: Im globalen Gleichgeschalte sind die Wartehallen der Flughäfen ganz weit vorne mit dabei. Lediglich die chinesischen haben sich ihre Unverwechselbarkeit auch in Zeiten der Globalisierung bewahren können. Dort, im Reich der Mitte, wo bei uns völlig unbekannte Millionenmetropolen wie Harbin, Shenyang oder Tianjin gigantische Flughäfen besitzen – dort ist alles noch ein wenig anders.

Im Inlandsflugterminal des Flughafens der Sieben-Millionen-Stadt Kunming saßen zwei Europäer. Beziehungsweise: ein Europäer und eine Amerikanerin, aber das war nicht weiter von Belang. Die beiden saßen schon länger dort. Acht Stunden und vierzehn Minuten, um exakt zu sein. Sie waren aus Chongqing gekommen und hatten zuvor in Chengdu, Wuhan und Huangzhou die Maschinen gewechselt (ursprünglich, vor langer, langer Zeit, hatte ihre Reise im fernen Hawaii begonnen). Nun warteten sie am Flughafen von Kunming auf ihren Weiterflug nach Ürumqi, von wo aus sie über Tashkent, Samarkand und Baku nach London weiterreisen wollten. Ihr Flug war bereits mehrere Male auf den Anzeigetafeln erschienen, immer mit einem kleinen »*Delay*«-Zusatz, und anschließend wieder verschwunden. Die beiden Europäer (beziehungsweise: der Deutsche aus Oer-Erkenschwick und die Amerikanerin aus New Orleans, Louisiana) hatten gelesen und geschlafen, sie waren auf und ab gegangen und hatten all das gemacht, was man so macht, wenn man endlos lange Stunden an einem Flughafen warten muss. Jetzt waren sie erschöpft. Erschöpft vom Warten. Sie saßen nebeneinander auf zwei Stühlen und starrten teilnahmslos in den Raum hinein. Vielleicht waren sie auch einfach zu desillusioniert, um sich noch aufzuregen.

Vom Flughafen der Sieben-Millionen-Stadt Kunming fliegen täglich mehrere zehntausend Passagiere in alle Winkel Chinas, und offensichtlich muss jeder Einzelne von ihnen unentwegt betreut und behütet werden. Deswegen wurde jedes Abfluggate und vor allem jede Flugverspätung so lange über die Lautsprecheranlage durchgegeben, bis die Maschine tatsächlich im Himmel verschwunden war. Wenn zum Beispiel der Air-Shanghai-Flug 4773 nicht planmäßig um 12:35 Uhr abheben konnte, sondern auf beispielsweise 18:50 Uhr verschoben wurde, dann wurde dies den werten Fluggästen zwischen 12:35 und 18:50 Uhr nahezu ununterbrochen mitgeteilt. Über die Lautsprecheranlage. Zweisprachig. Und so laut, dass es klirrte und zerrte und rückkoppelte. Weil das leider auch bei vielen anderen Verbindungen so gehandhabt wurde, plärrten auch Hinweise für diese Flüge aus den Lautsprechern. Anders gesagt: Zwischen 12:35 Uhr und 18:50 Uhr herrschte keine Sekunde Stille.

In Europa würde man da kapitulieren. In sich versinken. Betäubt vor sich hin starren. Nicht in China! In China versuchte jeder, sich akustisch gegen die Lautsprecheransagen durchzusetzen. Also brüllten Passagiere in ihre Handys, schrien sich Kartenspieler gegenseitig ihre Ansagen ins Gesicht, forderte eine Mutter ihre siebzehn Sitzreihen entfernt spielenden Kinder auf, endlich zu ihr zu kommen. Menschen, die per Kopfhörer Musik hörten, diskutierten gleichzeitig mit ihren Freunden, zwei Frauen sangen Fahrtenlieder, eine Kindergartengruppe spielte kreischend Fangen. Die jetzt noch fehlenden Frequenzen wurden akustisch aufgefüllt mit Nies- und Hustenkrämpfen, dem einen oder anderen Transistorradio und der Angestellten einer Lotteriegesellschaft, die sich mit einem batteriebetriebenen Megaphon in die Mitte des Raumes stellte, um anschließend im militärischen Ton die unbedingten Vorzüge und hohen Gewinnchancen ihres Gewinnspiels anzupreisen. Wie man inmitten dieser Kakophonie schlafen konnte, verstanden wahrscheinlich nur Kenner der chinesischen Psyche. Konnte man aber. Man konnte dabei sogar laut schnarchen.

Siebeneisen durchlebte soeben eine Art *Out-of-body-experience*: Er konnte sich selbst sehen, in der Sitzschale eines blassgelben Plastikstuhls, apathisch vor sich hin starrend. Neben ihm saß Lawn. Sie schlief. Oder bemühte sich zumindest zu schlafen. Je öfter und länger man schlief, desto weniger bekam man mit von diesem Tollhaus um einen herum. Siebeneisen, der noch immer über der Gestalt im blassgelben Plastikstuhl schwebte, die Siebeneisen war, hatte Gewaltfantasien. Er stellte sich vor, was er mit Wipperfürth machen würde, wenn sie sich das nächste Mal sahen. Statt sie von Hawaii über Los Angeles nach London fliegen zu lassen, was ein endlos langer Flug gewesen wäre, aber wenigstens einer mit nur einem Zwischenstopp, hatte Wipperfürth das Angebot eines kleinen Reisebüros in Hongkong gebucht, das er auf einer versteckten Internetseite entdeckt hatte. Das Unternehmen bot die *One-way*-Strecke zwischen Hawaii und London für umgerechnet 544 Euro an – ein Schnäppchen im Vergleich zu dem offiziellen Airlinetarif, der fast achtzig Euro teurer war. Statt ebendieser einzigen Zwischenlandung in L. A. mussten Reisende auf dieser Route allerdings insgesamt neun Mal das Flugzeug wechseln. Kunming war der vierte Zwischenstopp der Reise. Eigentlich war er mit 3:40 Stunden eingeplant. Mittlerweile waren allerdings bereits acht Stunden und sechzehn Minuten vergangen. Siebeneisen ahnte, dass diese Verspätung nicht ohne Auswirkungen auf ihre weiteren Verbindungen bleiben würde.

Er rappelte sich auf, öffnete den Rucksack und inspizierte seine Einkäufe. Am Flughafen von Honolulu hatte er die Logbücher von James Cook gefunden, ein mittleres Wunder im Sortiment einer Flughafenbuchhandlung, das ansonsten ausschließlich aus Agententhrillern, Yogaanleitungen und Büchern zu bestehen schien, die Titel wie *Die 4-Stunden-Schlaf-Woche* und ähnlichem Humbug trugen. Die ersten Seiten Einführung hatte er verschlungen, als sie auf das Flugzeug warteten. Bei den Originaleinträgen Cooks allerdings war er sehr rasch ins Stocken geraten: Die antiquierte, uneditierte Sprache des Navigators war mühsam zu lesen. Er steckte das Buch zurück in den Rucksack, in dem sich auch das Mitbringsel für Walburga befand: eine batteriebetriebene Hulatänzerin, die auf Knopfdruck zu einer leicht quengelnden Version von »Wiegende Wellen auf wogender See« mit der Hüfte kreiste. Die würde wunderbar in den Fetten Hecht passen, dachte er. Auf den Tresen. Oder vielleicht auf ein kleines Brett unter die verspinnwebten Geweihe, die an den Wänden seiner Stammkneipe hingen.

»Das ist ja schrecklich. Für wen hast du die denn gekauft?« Lawn war aufgewacht.

»Für Walburga.« Siebeneisen versuchte, die Hulatänzerin zum Stillstand zu bringen. Der Ausschaltknopf schien nicht zu funktionieren, die Figur wiegte weiterhin ihre Hüften zur quengelnden Musik. Siebeneisen drückte den Knopf noch ein paar Mal. Dann nahm er die Batterien heraus und stopfte Tänzerin und Verpackung wütend in den Rucksack.

»Bist du sauer?« Lawn legte ihren Arm um seine Schulter.

»Ja. Sauer, genervt, frustriert, alles zusammen. Ich frage mich die ganze Zeit, wie das passieren konnte. Wir hatten das Statuenstück doch schon!«

»Ich weiß es nicht. Meinst du, die Diebe waren auf dem Zeltplatz?«

»Kann ja eigentlich nicht anders gewesen sein, oder? Bloß kann es sich dann wiederum nicht um zwei angeblich Jungvermählte aus Korea handeln.«

»Ganz ehrlich: Von unseren Mitcampern hat mir keiner den Eindruck gemacht, als reise er um die Welt, um die Teile einer heiligen Statue zu klauen. Das waren doch alles ganz normale junge Leute.«

»Und wenn die Diebe gar nicht dort übernachtet haben?« Siebeneisen hatte darüber nachgedacht in der Nacht nach ihrer Rückkehr von der Küste. Von all seinen Theorien fand er diese am wahrscheinlichsten. »Wenn sie uns gefolgt sind, ohne auf den Campingplatz zu kommen? So könnte es doch gewesen sein. Dann haben sie uns beobachtet, wie wir da draußen herumschnorchelten und ziemlich gut gelaunt zurück an den Strand kamen. Als wir abends mit den anderen am Lagerfeuer saßen, haben sie das Statuenteil gestohlen.«

»Und übernachtet haben sie abseits des Zeltplatzes?«

»Ganz genau. Irgendwo am Trail. Und morgens sind sie so früh aufgebrochen, dass niemand sie gesehen hat.« Siebeneisen seufzte. Er seufzte wie jemand, der soeben bemerkt, dass er gerade die Wahrheit gesagt hat.

Eine junge Frau baute sich vor ihnen auf. In der einen Hand hielt sie einen Plüschpanda, mit dem irgendein Flughafenrestaurant seine Sonderangebote bewarb. In der anderen ein Megaphon, das beim Einschalten fiepend rückkoppelte.

Wenn alles gut ging, würden sie in 52 Stunden in London sein.

33

LONDON, ETWA 58 STUNDEN SPÄTER.

»Und jetzt? In welche Richtung müssen wir?«

»Lass mal sehen... Das da ist das Parlament, oder? Und der Big Ben ist dahinten, dann sollte das hier die Abingdon Street sein. Nach links. Wir müssen nach links.«

Siebeneisen faltete den Stadtplan zusammen und wollte ihn in die Jackentasche stecken, als eine Passantin gegen ihn stieß. Der Plan fiel zu Boden. Siebeneisen bückte sich und konnte seine Hand gerade eben noch wegziehen, bevor sie unter die Stiefelsohle einer anderen Frau geriet. Als er ihn in die Finger bekam und sich wieder aufrichten wollte, trat ihm ein Kind auf den Fuß, das von seinem Vater über den Gehsteig gezogen wurde. Er blieb für einen Moment hocken. Um ihn herum waren Füße und Beine. Überall waren Füße und Beine.

»Alles o.k.?« Lawn sah ihn fragend an, als er wieder auf Augenhöhe kam.

»Alles o.k.«, hörte Siebeneisen sich sagen. Dann rammte ihm jemand die Räder eines Kinderwagens in die Hacken.

Es war einmal vor gar nicht allzu langer Zeit, da war der Herbst in Europas Metropolen eine Phase des Innehaltens. In den Wochen nach der Hauptsaison erholten sich die Städte vom Ansturm des Sommers. Ruhten sich aus, gähnten, dämmerten ein wenig vor sich hin. Die Hotelpreise sanken auf Normalniveau. Die Mietwagen verschwanden aus den Straßen. In den Restaurants, Bars und Cafés gab es wieder Platz für die Einheimischen, aus den Küchen kamen wieder andere Gerichte als Spaghetti Bolognese, und der Vino della Casa stammte nicht mehr vom Discounter, sondern vom Cousin des Besitzers, der ein Familienweingut bei Montepulciano bewirtschaftete. Es gab diese Zeit einmal, aber leider ist sie vorbei. Rom, Barcelona, Paris und Prag sind im Oktober kaum leerer als im Sommer, seit Billigfluglinien und Anbieter für Wochenend-Hotelgutscheine aus dem Jahr eine niemals endende Hauptsaison gemacht haben. Und in London ist alles noch schlimmer. Die britische Hauptstadt wäre auch ohne einen einzigen Besucher bereits randvoll, aber davon lassen sich weder saudische Großfamilien beeindrucken noch Reiseveranstalter aus Moskau, Kiew oder Nowgorod. Und all die Englischlehrer, die ihrer Schützlinge Sprachkenntnisse durch eine Klassenfahrt nach London verbessern wollen – die natürlich ebenfalls nicht.

Zusammen mit den restlos überdrehten Zehntklässlern aus mehreren bayerischen Gymnasien waren Siebeneisen und Lawn vom Flughafen mit der U-Bahn nach London gefahren. Sie hatten das Gepäck in ihr Hotel im Stadtteil Wapping gebracht, ein von Wipperfürth entdecktes *»Special Offer«* – sechs Quadratmeter zur Straße mit eigenem Bad, das sich allerdings zwei steile Stiegen weiter oben befand (das Viertel wiederum befand sich derart weit von dem entfernt, was man als »London« kennt, dass man sich für die Fahrt dorthin besser Reiseproviant einpackte). Weil sie befürchteten, den Tag komplett zu verschlafen, waren sie sogleich wieder aufgebrochen. Jetzt gingen sie inmitten einer gewaltigen Fußgängermenge auf viel zu schmalen Gehsteigen Richtung Westminster Abbey. Was nicht so einfach war.

Viele der Menschen, die sich mit ihnen voranschoben oder ihnen entgegenkamen, wollten von London offensichtlich überhaupt nichts sehen. Sie starrten auf ihre Handys, filmten im Gehen oder kontrollierten ihr Vorwärtskommen auf einem iPad, das sie sich vors Gesicht hielten. Andere blieben unvermittelt stehen, um kurz nach Hause zu telefonieren. Oder sich fotografieren zu lassen. All dieses kollektive Nichtaufpassen führte dazu, dass es permanent zu Remplern kam, zu plötzlichen Staus oder Beinaheunfällen, wenn jemand beim Überqueren einer Nebenstraße und gleichzeitigem Facebookstatus-Update nicht auf die Verkehrsrichtung achtete. Den Weg hinüber zur Westminster Abbey überlebten viele einzig und allein deshalb, weil Londons Taxifahrer wussten, was an solchen Stellen Londons auf sie zukam.

»Um Himmels willen. Wollen die alle in die Kirche?« Siebeneisen hatte die Menschenmassen vor der Abbey entdeckt. Rechts wie links des Hauptportals standen tausende Touristen an. Auf beiden Seiten reichten die Schlangen aus dem Vorhof hinaus und um die Ecke.

»Sieht ganz danach aus.« Lawn las die Hinweisschilder. »Die Schlange links ist für alle, die bar zahlen wollen. Rechts für Kreditkarte.«

»Dann rechts. So was läuft auf Schatten.«

Während sie sich am Ende der etwa zweihundert Meter langen Reihe anstellten, betrachtete Siebeneisen fasziniert die Fassade der Kirche. Westminster Abbey, wusste er, gab es schon ewig. Das Gebäude vor ihnen stammte aus dem 16. Jahrhundert, zuvor aber hatten hier etliche Vorgängermodelle gestanden, angefangen bei einer Benediktinerabtei aus dem Jahre 750. In den knapp tausend Jahren seit Wilhelm dem Eroberer waren sämtliche Herrscher Englands und Großbritanniens in dieser

Kirche gekrönt worden. Gleichzeitig war die Abbey letzte Ruhestätte für Könige und Königinnen, Politiker und Künstler, Erzbischöfe und Generäle. Wenn es einen Ort gab, an dem die Seele Britanniens ruhte, dann war es Westminster Abbey, dachte Siebeneisen. Und wenn Cook auf seinem Nachhauseweg hier tatsächlich regelmäßig eine Pause eingelegt hatte – dann war diese Kirche nun wirklich kein schlechter Ort, um etwas zu verstecken, das für lange Zeit sicher aufbewahrt sein sollte.

Leider war Westminster Abbey voller als alle anderen Kirchen, die Siebeneisen je betreten hatte. Vor ihnen, zwischen Säulen, Denkmälern, Altären und Sitzbänken, auf den Grabplatten im Boden und jetzt auch schon von hinten nachdrängend: Überall waren Menschen. Sie scharten sich um parlierende Kunsthistoriker, trotteten hinter den Regenschirmen der Reiseleiter her, betatschten achthundert Jahre alte Sarkophage. Mindestens vier Grundschulklassen waren auf Denkmalolympiade und liefen mit Klemmbrettern unter dem Arm durch die Gänge. Wo Platz war, fotografierten sich deutsche Paare in wasserdichter, windabweisender und atmungsaktiver Expeditionskleidung per Selbstauslöser. Fotografieren war natürlich verboten, das stand auf etwa 250 »*No Photo!*«-Schildern. Die deutschen Paare in ihrer Expeditionskleidung beriefen sich deshalb gerne auf ihre mangelnden Sprachkenntnisse, wenn sie von einem der Angestellten auf das Fotografierverbot aufmerksam gemacht wurden.

Überhaupt gab sich das Heer an Helfern alle Mühe, das wuselnde, lärmende und drängelnde Chaos irgendwie unter Kontrolle zu halten. Diese Freiwilligen trugen seltsam geschnittene rote oder grüne Umhänge und kleine Sender im Ohr; sie sahen aus wie Figuren aus *Alice im Wunderland*, die von der CIA abgeworben worden waren. Siebeneisen beobachtete, wie zwei der Helfer eine Gruppe russischer Teenager von der Grabplatte eines britischen Premierministers vertrieben, wo sie aus Chipstüten krümelten und sich die Fingernägel lackierten. An einem unbekannten Ort versuchte ein unsichtbarer Priester, eine Messe zu lesen. Seine leise Stimme verhallte im Nichts.

»Und jetzt?« Sie hatten die beiden einzigen freien Stühle vor dem Hochaltar ergattert. Nach dem langen Anstehen tat das Sitzen gut. Auch wenn Siebeneisen sich das nach drei Tagen in diversen Flugzeugen und Flughäfen vor kurzem noch nicht hätte vorstellen können. Er war hundemüde. Wenn das hier irgendwann zu Ende war, würde er ausschlafen, dachte er, und wie er das würde.

»Lass uns mal kurz nachdenken.« Lawn lehnte ihren Kopf an seine Schulter. »Gehen wir mal davon aus, Cook hat hier gesessen. Wie wir jetzt. Bevor er sich abends auf den Weg nach Hause gemacht hat.«

Ein Papierflieger landete auf Lawns Schoß. Sie betrachtete ihn irritiert, aber dann war auch schon sein Besitzer da: Ein kleiner Junge drängelte sich durch die Stuhlreihen, griff den Flieger und warf ihn sofort wieder in die Luft. Dieses Mal segelte er nach links und landete auf dem Kopf einer steinernen Grabmal-Putte, die den Tod eines Generals beweinte.

»O.k. Nehmen wir an, das war wirklich so. Vermutlich wird es hier damals so ausgesehen haben wie heute. Bis auf all die Leute natürlich.« Siebeneisen beobachtete eine Gruppe älterer Damen, die sich rechts im Gang vor ihnen im Halbkreis aufstellten. Sie trugen schlumpfblaue Wetterjacken, Anstecker mit »*Women's Liberation*«-Aufdruck und hielten Notenblätter in den Händen; ihre Rucksäcke waren mit der australischen Nationalflagge und Antarktisaufnähern verziert. Die Frauen summten leise. Dann begannen sie zu singen, irgendwas mit »Kälte des Meeres« und »Gottes schützender Hand«.

»Also, er saß hier, so wie wir.« Siebeneisen sprach lauter, um den anschwellenden Choral der Frauen zu übertönen. »Wenn er das Statuenstück anschließend tatsächlich hier versteckt hat: Was wäre ein passender Ort dafür gewesen?«

»Hm. Weiß nicht.« Lawn überlegte. »Das Grabmal eines Seemanns vielleicht?«

»Klingt gut. Klingt logisch. Das Grabmal eines Mannes, der wie Cook zur See gefahren ist.« Siebeneisen bemerkte, dass eine der singenden Frauen zu ihm herübersah. Jetzt zwinkerte sie ihm zu. Er rutschte auf seinem Stuhl so weit nach vorne, dass der vor ihm sitzende Besucher ihn komplett verdeckte.

»Hier steht, dass es in der Abtei 80 Gräber von Seeleuten gibt.« Lawn hatte sich am Eingang die offizielle Broschüre gekauft und blätterte darin.

»Dann klappern wir die jetzt mal ab.« Siebeneisen lugte hinter dem Rücken seines Vordermannes hervor und sah, wie ihm zwei der Sängerinnen zuwinkten. »Lass uns gleich damit anfangen.«

Unter dem trüben Himmel Londons hatte Westminster Abbey von außen einen eher düsteren Eindruck vermittelt, in ihrem Innern aber war die Kirche erstaunlich hell. Siebeneisen stellte sich vor, wie dieser gebäudegroße Friedhof wirken würde, wenn die 3000 Gräber und Gedenkstätten weniger gut beleuchtet gewesen wären. Und wie sich jemand mit solch feinen Antennen wie seine Freundin an einem Ort wie diesem hier fühlen musste.

Lawn allerdings schien überhaupt nicht irritiert zu sein. Mit ihrem offiziellen Abbey-Begleitbuch in der Hand lotste sie ihn zügig von Seemannsgrab zu Seemannsgrab, von denen die allermeisten allerdings keine echten Gräber waren. Viele Kapitäne und Navy-Offiziere hatten nach ihrem Tod auf hoher See in der Abbey lediglich eine Grabplatte oder ein Denkmal gesetzt bekommen: Captain Blair und Admiral Blake, Edmond Halley, Peter Parker, Richard Kempenfeld und all die anderen. Bei fast allen dieser Stätten war auf den ersten Blick klar, dass sie nicht als Versteck eines kleinen Statuenteils infrage kommen würden – das konnte man nämlich nicht an einer schlichten Steinplatte verbergen. Die fünf oder sechs pompöseren Monumente mit ihren aus Stein gemeißelten Ankern oder Sextanten gehörten leider allesamt zu Männern, die ihre letzte Fahrt Jahrzehnte nach Cooks Ableben angetreten hatten.

Und so hingen Siebeneisen und Lawn zwei Stunden später erschöpft auf unbequemen Stühlen in der Poets' Corner. Direkt vor ihnen hüpften mehrere Kinder auf den Grabplatten von T. S. Eliot und Dylan Thomas herum. Lawn hatte die Augen geschlossen und gähnte. Siebeneisen musste sich beherrschen, um nicht einzuschlafen. Er setzte sich aufrecht hin.

»Gibst du mir mal das Cook-Buch, bitte? Vielleicht steht da irgendwas drin, das uns weiterhelfen könnte.«

Lawn sah ihn erstaunt an. »Das hab ich nicht. Du müsstest das haben. Du hast darin gelesen, als wir in der Schlange standen.«

»Hab ich dir das nicht gegeben?« Siebeneisen breitete die Arme leicht aus und sah an sich herunter, als würde er sich fragen, in welcher Hosentasche er ein 600-Seiten-Buch verloren haben könnte.

»Hast du nicht.« Lawn öffnete ihre Tasche. Natürlich nur, um Siebeneisen zu beweisen, dass sie das Epos gar nicht haben konnte: Ihre Tasche war wie immer vollgestopft mit allem möglichen Zeugs. Ein Reclamheft hätte vielleicht noch hineingepasst.

»Mist …« Siebeneisen rekapitulierte, wo er das Buch zuletzt in der Hand hatte. In der Schlange vor der Abbey, klar. Und dann?

»Ich hab das bestimmt am Eingang liegen lassen. Als wir die Tickets bezahlt haben. Wollen wir mal schnell nachschauen?«

Die Frau an der Kasse war schrecklich kurzsichtig. Sie trug eine Brille mit dicken Gläsern und kniff die Augen zusammen, während sie Siebeneisen zuhörte. In ihrem grünen Umhang sah sie aus wie eine überdimensionierte Blattlaus.

»Ich gehe nachschauen.« Sie schwankte schwerfällig in die Räume hinter der Kasse. Siebeneisen wartete. Gleich neben ihm standen die Ersten aus der *»Credit Cards«*-Schlange, die draußen nun wahrscheinlich beträchtlich anwuchs, weil die Blattlausfrau ihren Arbeitsplatz verlassen hatte.

Siebeneisen las sämtliche Aushänge. Dann alle Veranstaltungshinweise. Dann betrachtete er die Abteiwände hinter dem Kassentisch. Natürlich befanden sich auch dort Erinnerungstafeln, ein Duke von Waltonborough, ein Lord Simmons, ein Bischof, irgendein Mitglied des Parlaments. Siebeneisen gähnte. Er blickte nach oben: noch mehr Tafeln, noch mehr tote Engländer, die von pausbäckigen Putten und klagenden Frauen betrauert wurden. Rechts von ihm hatten die Mitarbeiter der Abbey einen Spind vor weitere Gedenktafeln geschoben, ein gewisser John Balchen musste damit leben, dass er hinter einem Blechschrank versteckt wurde. *»Betrauert von der ganzen Nation«*, las Siebeneisen, der noch nie im Leben von John Balchen gehört hatte. Mehr aus Langeweile als aus Neugier beugte er sich über die Kasse, um zu lesen, wer dieser Mann gewesen war. Dreißig Sekunden später war er hellwach.

Admiral John Balchen hatte im Verlauf seiner außergewöhnlich erfolgreichen Karriere eine absurde Zahl an Schiffen befehligt. Er war an zahlreichen Schlachten, Verfolgungsjagden und Scharmützeln beteiligt gewesen und Freund Hein etliche

Male vom Enterhaken geflutscht, als ihn die Admiralität im Alter von 74 Jahren mehr oder weniger in den Ruhestand hatte zwingen müssen. Vorübergehend zumindest. Nur wenige Wochen nach seiner Pensionierung nämlich hatte Balchen schon wieder Schiffsplanken unter den Füßen und ein neues Kommando. Wie bei Cook, dachte Siebeneisen, der sich an der Kasse vorbeigequetscht hatte und halb hinter dem Spind hing, um den Text des Grabmals lesen zu können. Mit diesem letzten seiner Schiffe, der *Victory*, war der Admiral dann im Ärmelkanal gesunken, zusammen mit über tausend Mann Besatzung. Siebeneisen überflog die letzten Zeilen der Inschrift. Und blieb an einem Hinweis hängen: Als Balchen mit 74 in den Ruhestand versetzt wurde, hatte er für zwei Monate die Leitung des Greenwich Hospital übernommen. Siebeneisen stutzte. Greenwich Hospital? Das hatte Cook doch auch… Sein Blick ging nach oben, zu den Daten.

»Wann ist der denn gestorben?« Lawn stand hinter ihm. Beziehungsweise: quetschte sich mit ihm halb hinter den Blechschrank. Offenbar hatte sie den Text inzwischen ebenfalls gelesen, und offenbar war sie im gleichen Moment auf den gleichen Gedanken gekommen.

»1744.«

»Also lange vor Cook. Über dreißig Jahre vor Cook.«

»Stell dir vor, unser Navigator wusste das. Dieser Balchen muss damals doch ein Volksheld gewesen sein. Und dann hatte er auch noch den gleichen Pensionsposten wie er…«

»Lass uns diesen blöden Schrank mal zur Seite schieben. Das ist doch ein richtiges kleines Denkmal, vielleicht…«

»Ich hab's gefunden!« Die Blattlausfrau walzte zurück aus den Räumen hinter der Kasse. Sie strahlte, als sie Siebeneisen die Cook-Biografie reichte. Lawn und er waren gerade noch rechtzeitig hinter dem Schrank hervorgekommen.

»Es tut mir schrecklich leid, aber könnten Sie auch mal schnell schauen, ob Sie meine Handtasche vielleicht ebenfalls dahinten haben?«

Wie kann man bloß so schlagfertig sein, dachte Siebeneisen, der genau wusste, wo Lawns Handtasche war – sie klemmte zwischen ihren Füßen. Aber dort konnte man sie nicht sehen, wenn man hinter dem Ticketschalter stand.

Die Blattlausfrau kniff die Augen zusammen, was sie misstrauisch aussehen ließ, aber wohl doch bloß ein Ausdruck ihrer Kurzsichtigkeit war. Dann legte sie Lawn eine Hand auf den Unterarm, ein Zeichen des Verständnisses, eine Geste der Verbindung, wer könnte wohl die Sorge einer Frau um ihre Handtasche besser verstehen als eine andere Frau? Die Blattlaus schwankte zurück in die Büroräume.

»Komm!« Lawn dirigierte Siebeneisen an der Kasse vorbei zum Spind. Sie packten den Stahlschrank und schoben ihn vorsichtig zur Seite. Das schleifende Geräusch ging glücklicherweise im allgemeinen Lärm unter.

Balchens Denkmal war viel größer, als man ahnen konnte. Der Spind verdeckte nicht nur eine weitere Schrifttafel, sondern auch etliche in Stein gemeißelte Gegenstände der Seefahrt, gewundene Taue, Anker, einen großen Sextanten und das Familienwappen. Weiter oben bewachten zwei große Kanonen das Werk der Steinmetze.

»Halt mich mal fest!« Siebeneisen stellte einen Fuß auf einen schmalen Sims, hielt sich an einem der steinernen Taue fest und zog sich nach oben, während Lawn ihn von hinten an die Wand drückte. Der Stein knirschte unter seinen Schuhen, er konnte das nicht hören, merkte aber, wie Staub und Steingekrümel wegbröselten. Während er sich mit einer Hand an einen gemeißelten Knoten im Tau krallte, tastete Siebeneisen mit der anderen in den Zwischenräumen der Tauschleifen herum.

Da war nichts. Er setzte einen Fuß auf das Familienwappen und zog sich zwanzig Zentimeter höher. Jetzt konnte er in das Rohr der steinernen Kanone rechts greifen. Wenn das Rohr hohl gewesen wäre. War es aber nicht. Siebeneisen begann zu schwitzen. Ihm war schwindelig. Er klebte zwar nicht höher als maximal zwei Meter an Balchens Denkmal, aber selbst das machte ihm zu schaffen, sobald er nach unten sah. Außerdem drückte Lawn ihn derart fest an den Unterschenkeln gegen die Wand, dass er das Gefühl hatte, seine Knie würden allmählich zum Teil des Denkmals. Er angelte sich nach links, zur zweiten Kanone, reckte sich, griff in das Rohr, und dann machte es krrzzchh, und dann fiel die Abdeckung des Rohres hinunter, eine dünn gemeißelte Platte, nicht größer als ein Bierdeckel aus Stein. Siebeneisen sah ihn fallen, sah ihn am Boden zerbrechen, und als er die kleinen Steinsplitter in alle Richtungen davonfliegen sah, da wusste er, dass er einen Griff vor seinem Ziel war. Er steckte seine Hand in das Kanonenrohr.

»Was machen Sie denn da? Kommen Sie sofort herunter!« Die Blattlausfrau war zurück – und hatte sofort entdeckt, dass Siebeneisen etwas in der Hand hielt (dass da ein Besucher der Abbey in zwei Metern Höhe an einem Denkmal herumkletterte, sah sie natürlich auch). Die Blattlausfrau kniff die Augen zusammen. Wahrscheinlich glaubte sie, der merkwürdige Besucher da oben habe ein Stück vom Denkmal des ehrwürdigen Lord Balchen abgebrochen, von dort unten konnte sie eine kunstvoll gefaltete Origamifigur bestimmt nicht von einem Steinstück unterscheiden. Die Blattlausfrau machte nun Alarm. Sie begann mit spitzer Stimme zu schreien, »Schon wieder Diebe in der Kathedrale! Diebe! Zur Hülf! Zur Hülf!«, wobei sie mit ihren kurzen Armen in der Luft ruderte und hektisch auf diverse Knöpfe hinter der Kasse drückte.

Siebeneisen sah in die entsetzten Gesichter der asiatischen Kirchenbesucher, die am Anfang der Schlange noch immer geduldig darauf warteten, dass man ihnen endlich ein Ticket verkaufen würde. Für einen Moment überlegte er, ob er das den Leuten möglicherweise alles erklären könnte, das Klettern auf Balchens Denkmal, den zerschellten Kanonenrohrverschluss, die fein gefaltete Origamifigur. Dann sah er, wie sich überall im Kircheninnern Grünkittel und Rotröcke in Bewegung setzten.

34

London, The Prospect of Whitby.

»So … dann haut mal rein! Unser *Special* – für Leute, die richtig Hunger haben!«

Die Bedienung versuchte, die Teller nebeneinander auf den Tisch zu bekommen, was ihr aber erst gelang, als Siebeneisen Salz- und Pfefferstreuer, Ketchup, Mayonnaise und die Essigflasche aus dem Weg geschoben hatte. Auf der Schiefertafel hatte unter »Tagesgericht« eigentlich bloß *»Fish & Chips«* gestanden. Nichts davon, dass es sich um ein pfundschweres Stück frittierten Kabeljau handeln würde, das unter einer hohen Schicht Pommes frites vergraben war. Unter normalen Umständen wäre einem in einem solchen Moment etwas wie »Wer soll denn das alles essen?« oder »Ach herrje!« entfahren, aber von normalen Umständen konnte an diesem Vormittag nun wirklich keine Rede sein. Deswegen hatten Siebeneisen und Lawn bereits die ersten Pommes im Mund, als die Bedienung noch neben dem Tisch stand. Zwei weitere Pints bestellten sie ebenfalls.

Und was waren das für nicht-normale Umstände, die zu diesem späten Frühstück mit seinem grotesken Kaloriengehalt geführt hatten und der bereits zweiten Runde Bier? In einem Pub namens The Prospect of Whitby, in Wapping, gleich um die Ecke ihres Hotels? Und warum sahen Siebeneisen und Lawn leicht zombiehaft aus, bleich, verstaubt, mit Spinnweben im Haar? Später, zurück in Oer-Erkenschwick, wenn ihn wieder einmal jemand nach seinen Lieblingsmomenten der Reise fragte, da würde Siebeneisen immer gleich als Erstes ihre Flucht aus Westminster Abbey einfallen. Wie sie vor den Blattläusen und Rotkitteln davongelaufen waren. Wie sie Besucher umkurven und aus dem Weg rempeln mussten. Wie sie kreuz und quer durch die Abbey gerannt waren und schließlich hinaus in den Kreuzgang. Dort hatten sie an der erstbesten Tür gerüttelt, und die erstbeste Tür war aufgesprungen, und dahinter hatte sich eine Art Gruft mit mehreren großen, alten Holzkisten befunden. »Und dann sind wir einfach in eine hineingestiegen und haben den Deckel über uns geschlossen«, würde Siebeneisen erzählen. Einen Moment nichts sagen. Und dann, wenn ihn alle schockiert anschauten, dann würde er erklären, dass die Kisten natürlich keine Särge gewesen seien, nein, nein: In ihnen habe der Klerus früher liturgische Gewänder verstaut. Da hätten sie drin gelegen und gewartet, bis sich der Aufruhr draußen legte. Und dann? Und dann seien sie beide weggedöst. Einfach so, Reisestrapazen, Jetlag, Schlafmangel, sie seien ja beide komplett übermüdet gewesen. »Aufgewacht sind wir erst am nächsten Morgen. Da haben wir dann den Deckel zurückgeschoben und uns unter die ersten Besucher der Abbey gemischt.« Allerdings habe sich in dieser Nacht etwas verändert, würde Siebeneisen erzählen, dabei leicht die Oberlippe an einer Seite heben – und so tun, als seien ihm in der Kiste Vampirzähne gewachsen.

Muss man erwähnen, dass das anschließende Frühstück im Prospect of Whitby unter diesen Umständen ebenfalls zu den Höhepunkten der Reise gehörte? Der Pub lag direkt an der Themse und hatte bereits geöffnet, als Lawn und Siebeneisen zu ihrem Hotel gingen; die Bedienung stellte gerade die Tafel mit dem *»Fish & Chips«*-Angebot auf den Gehsteig. Auf dem Weg aus Londons Zentrum hatten die beiden die mittlerweile üblichen Fragen diskutiert: Wieso waren ihnen die Diebe erneut zuvorgekommen? Woher wussten sie von den Verstecken? Und warum deponierten sie jedes Mal eine dieser dämlichen Origamifiguren an den Fundstellen? Um ihnen etwas mitzuteilen? Oder einfach nur, um sie zu ärgern, eine Art asiatisches Ellerbätsch? Und dann hatten sie das Schild entdeckt und sich angesehen und beide den gleichen Gedanken, und da saßen sie also, vor ihrem Frühstück, tauchten Pommes frites in Ketchup und tranken zwischendurch von ihrem Bier.

»Schmeckt super, oder?« Lawn wischte sich den Mund mit einer Serviette ab, auf die kleine Hinweise gedruckt waren. *»All fish may contain bones«*, konnte Siebeneisen lesen, bevor Lawn die Serviette zerknüllte. Er überlegte, was das bedeuten sollte. Auf seiner Serviette stand ein anderer Hinweis: *»Scampi may contain one or more tails per piece«*. Und was um alles in der Welt war damit gemeint? Dass Scampis in diesem Teil Londons mehrere Scampischwänze besaßen? Angesichts der nicht-normalen Umstände an diesem Morgen beschloss Siebeneisen, keinen Moment weiter über die Aufschriften nachzudenken.

»Die hatten ja auch länger Gelegenheit, ihre Küchenkünste zu verbessern. Scheint einer der ältesten Pubs der Stadt zu sein.« Er zeigte mit der Gabel und den aufgespießten Pommes an ihrer Spitze auf ein Schild an der Wand hinter Lawn, auf dem die Historie des Prospect of Whitby ausführlich beschrieben wurde.

»Seit der Regierungszeit von Heinrich VIII. gibt's den Laden hier. Ist ein paar Mal abgebrannt, wurde immer wieder aufgebaut. Der Fußboden ist angeblich noch original. Und der Rest ziemlich alt.«

»Mhmh.« Lawn war fast durch mit ihrem Fisch. Sie nickte, als habe sie das längst gewusst. Natürlich, dachte Siebeneisen. Jemandem mit einem besonderen Draht in die Vergangenheit musste man nicht erklären, dass man sich in einem Gebäude befand, in dem sich in den letzten Jahrhunderten rauflustige Segelmacher, Schmuggler und Matrosen gegenseitig an die Gurgel gegangen waren. Er las weiter. Captain Kidd hatte hier getrunken. Charles Dickens und Samuel Pepys ebenfalls. Es hatte Hahnen- und Faustkämpfe gegeben und Wetten darauf, und wenn die Gäste noch mehr Abwechslung wollten, waren sie ans Fenster gegangen und hatten zugesehen, wie drüben am Execution Dock Leute aufgeknüpft wurden. Nein, man konnte wirklich nicht behaupten, dass das Prospect of Whitby eine langweilige Vergangenheit besaß.

Siebeneisen sah sich um. Durch die Fenster zum Fluss hin fiel Londons Mittagslicht in einen Raum mit einem gewaltigen Tresen, hinter dem sich Flaschen diverser Destillerien aus Großbritanniens nördlichen Regionen reihten. Es gab Autogrammkarten etlicher Spieler von Arsenal, einen Ständer mit Erdnussbeutelchen und ein feuerrotes Schild, auf dem eine durchgestrichene Kuh zu sehen war, unter der »Wir müssen leider draußen bleiben« stand. Die einzigen anderen Gäste waren ein hagerer Rentner mit Schiebermütze sowie ein älteres Paar, das unter einem Jugendfoto der Queen saß. Die beiden hielten sich zärtlich an den Händen und tranken Gin Tonic.

»Sag mal...« Lawn hatte aufgegessen. Komplett. Während Siebeneisen nach etwa zwei Dritteln des Kabeljaus kapituliert hatte, sah seine Freundin aus, als würde sie sich jeden Moment nach den Desserts des Tages erkundigen. »The Prospect of Whitby... Hat Cook da nicht mal gelebt? In Whitby?«

»Hat er. Von dort wurde Kohle nach London verschifft.«

Siebeneisen sah Lawn fragend an. »Glaubst du, dass er mal hier war? Spürst du irgendwas?«

»Jeden einzelnen Knochen nach der Nacht in dieser Kiste.« Lawn schmunzelte. »Nein, nicht das, was du meinst. Klar spüre ich in so einem Gebäude was. Ist aber nicht so, dass mir Captain Cook ins Ohr flüstert.«

»Wir fragen einfach mal. Vielleicht haben wir ja Glück.« Siebeneisen winkte der Bedienung und erkundigte sich nach dem Seefahrer.

»Cook? James Cook? Keine Ahnung.« Die Frau räumte die Teller vom Tisch. »Ich kenne aber jemanden, der das weiß. Der so ziemlich alles weiß, was hier passiert ist. Mein Großvater hat einen Geschichtsfimmel. Der kann euch garantiert weiterhelfen.«

Sie holte ein Telefon aus der Tasche ihrer Jeans und wählte, während sie den Tisch abwischte. Dann schrie sie in den Hörer, dass sie Kathy sei, Grandpa, Ka-thy, nicht Ro-sa-lyn, nein, und auch nicht Ja-nice, KATHY!, und dass sie gerade arbeite und ob er wisse, ob Cook mal im Pub gewesen sei. »Der Seefahrer! Cook! JAMES COOK!« Sie runzelte die Stirn. Man konnte Geräusche aus ihrem Handy hören.

»Ist gut, Grandpa, ich sag's den Leuten. Ja, ist gut. O.k.!« Kathy beendete das Gespräch.

»Er kommt.« Sie hielt eine Hand hinter ihr Ohr und klappte die Muschel nach vorne. »Bin mir aber nicht sicher, ob das eine gute Idee war.«

Der Mann, der eine Viertelstunde später den Pub betrat, sah aus, als habe er sich seine Schwerhörigkeit bei der Schlacht von Trafalgar zugezogen. Sein Kopf wirkte wie vertrocknet, er war spindeldürr und trug einen Anzug, der an seinem Körper schlackerte. Kathys Großvater bewegte sich mit staksigen Schritten, zwischen denen er jeweils eine kleine Pause einlegte, als würde er sich seinen nächsten Schritt reiflich überlegen. Siebeneisen musste an einen Storch mit Arthritis denken, als der Mann sich ihrem Tisch näherte. Er sah Siebeneisen kurz an und Lawn deutlich länger. Dann zeigte er mit einem spitzen Zeigefinger auf beide und anschließend auf eine Treppe.

»Oben!«, brüllte er.

»Oben« war das Prospect of Whitby ein anderer Pub. Der Raum im ersten Stock war nur halb so hoch wie der im Erdgeschoss und hätte klaustrophobisch veranlagten Menschen schon allein deshalb Probleme bereitet. Nahm man die dunklen Eichenbalken unter der Decke hinzu und die von ihr baumelnden Enterhaken, verschlimmerte sich die Lage für solche Menschen beträchtlich. Um die Stimmung etwas aufzuhellen, hatte der Wirt alles mit dunklen Teppichen ausgelegt und karmesinrote Vorhänge vor die Butzenscheiben gehängt. Draußen quietschte das Kneipenschild im Wind. Es warf flackernde Schatten in ein Zimmer, das von altertümlichen Wandlampen beleuchtet wurde. Der Fette Hecht in Oer-Erkenschwick war Avantgarde dagegen, dachte Siebeneisen, als sie dem Alten in den finstersten Teil des Raumes folgten. Außer ihnen saß »oben« niemand.

Zu seinem Erstaunen brachte Kathy lediglich zwei Pints an ihren Tisch. Grandpa bekam eine Tasse Tee, ein Schulterklopfen und ein kleines Teil, das er umständlich in sein Ohr steckte.

»Sagen Sie mal etwas!«, brüllte er über den Tisch, als er mit dem Sitz seines Hörgerätes zufrieden schien.

»Wir freuen uns sehr, dass Sie Zeit für uns haben! Das ist Lawn Ribaud aus New Orleans, und ich …«

»Stopp! Ich versteh kein Wort! Moment!« Zusammen mit geschätzten 120 Dezibel kamen dieses Mal auch feine Tröpfchen über den Tisch geflogen. Grandpa schraubte an seinem Ohr.

»Wackelkontakt! Hat schon wieder ’nen Wackelkontakt! Oder die Drecksbatterie ist leer!« Das war jetzt bestimmt bis Westminster Abbey zu hören gewesen. Ohne es zu merken, rutschte Siebeneisen auf seinem Stuhl nach hinten, bis die Lehne einer weiteren Flucht im Weg stand. Kathys Großvater wurde unterdessen ungeduldig. Er versuchte mit beiden Händen, das Hörgerät zum ordnungsgemäßen Funktionieren zu bringen. Zwei- oder dreimal kamen schrille Rückkopplungen aus seinem Ohr. Dann sah er aus wie die Figur von Edvard Munchs *Der Schrei* und brüllte dementsprechend.

»Ein Drecksding ist das, ein verfluchtes Drecksding! In die Themse gehört dieser Mist!«

Siebeneisen stellte fest, dass er schon die ganze Zeit über zur Toilette wollte. Er zwinkerte Lawn zu, stand auf und knallte gegen einen der Enterhaken, die von der Decke hingen. Durch den plötzlichen Schmerz war er zu sehr abgelenkt, um die beiden Stufen zu bemerken, die ihren Teil des Obergeschosses von jenem trennten, hinter dem sich die Toiletten befanden. Glücklicherweise bremste der nächste Tisch seinen Sturz. Siebeneisen sammelte etliche leere Gläser ein und stellte auch die Plastikvase zurück auf den Tisch.

Vor dem Toilettenspiegel entdeckte er eine frische Schramme auf der Stirn. Passt farblich ja ganz hervorragend zu meiner Nase, dachte er, während er sich im Spiegel betrachtete. Er würde die seinem Arzt zeigen müssen, sobald er zu Hause in Oer-Erkenschwick war, das sah nicht gut aus. Längere Zeit stand er unentschlossen herum, als ob er nicht mehr genau wüsste, wie er überhaupt hierhin gekommen war und weshalb eigentlich. Er suchte in den Taschen seiner Hose nach dem kleinen Elefantengott, den Ranji ihm geschenkt hatte, und stellte fest, dass er ihn verloren hatte. Dann setzte er sich auf die Toilette, nahm den Kopf in die Hände und stieß einen tiefen Seufzer aus, der irgendwo aus den verborgensten Winkeln seiner Seele zu kommen schien. Warum ich, dachte er, warum bloß immer ich? Er schloss die Augen. Augenblicklich setzte eine Art Schnelldurchlauf ein. Siebeneisen sah die Thimaji-Fliege und einen Schwarm abstürzender Muttonbirds, er blickte hinab in die schwindelerregenden 121 Meter bis zum Aufschlag und hinauf zum unendlich weit entfernten Gipfel des Mitre Peak. Die Hawaiitouristen in ihren schrecklichen Hemden bummelten vorbei, und dann stürmten Rotkittel und Blattläuse in der Abbey auf ihn zu, und die australischen Frauen sangen »Näher mein Gott zu dir«, als stünden sie an Bord eines sinkenden Schiffes, und dann klappte der Deckel der modrigen Holzkiste über ihm zu. Irgendwo in der Ferne, am äußersten Rand seines Bewusstseins, hörte er Schewardnadse keckern.

Interessanterweise ignorierten sowohl Lawn als auch Kathys Großvater Siebeneisens verändertes Aussehen, als er zurück zum Tisch kam. Nicht nur das: Sie ignorierten ihn komplett – als sei er unentschuldigt zwei Stunden spazieren gewesen und störe durch seine Rückkehr nun eine vertraute Runde. Immerhin hatte ihr Gesprächspartner das Hörgerät in der Zwischenzeit in eine störungsfreie Position gedreht; aus dem Gebrüll war eine angenehme, sonore Stimme geworden, die über James Cooks Vermächtnis räsonierte.

»Ist Ihnen schon aufgefallen, dass man ihn nirgendwo auf dieser gottverdammten Welt mehr zu fassen bekommt?« Grandpa hob und senkte den Teebeutel in seiner Tasse. »Mit ein wenig Glück kann man manchmal ein schwaches Echo von ihm wahrnehmen wie von ganz weit her. Mehr aber nicht. Alles andere ist weg. Fragen Sie doch mal in einer englischen Schulklasse, was diese Nichtsnutze noch über Cook wissen. Nichts, überhaupt nichts wissen die! Und daran wird sich nichts ändern, bis irgendwer ein verfluchtes Computerspiel aus seinen Reisen macht.«

Grandpa nickte Siebeneisen kurz zu, als wolle er bestätigen, dass er seine Rückkehr registriert habe. Dann galt seine ganze Aufmerksamkeit wieder Lawn.

»Ich habe dir ja eben erzählt, dass ich mich mein halbes Leben lang mit ihm beschäftigt habe. Hier in London haben sie ihn doch fast vergessen, dieses undankbare Pack! Dabei hat Cook entscheidend dazu beigetragen, dass diese Stadt zum Dreh- und Angelpunkt eines riesigen Reiches wurde. Cook – nicht dieser verdammte Wellington! Wer weiß schon, ob England ohne Cooks Entdeckungen eine Weltmacht geworden wäre? Am Ende lebten 400 Millionen Menschen im Empire! Ägypter! Kenianer! Burmesen! Ganz Indien!«

Was für eine Ironie der Geschichte, dachte Siebeneisen. Er trank einen großen Schluck von seinem Bier, das ziemlich abgestanden schmeckte. Da hatte damals ein mächtiger Maharadscha ausgerechnet jenen Mann um Hilfe gebeten, dessen Entdeckungen die Nachfahren eben jenes Maharadschas zu Marionetten Englands machen sollten – das war schon verrückt. Er beschloss, sich aus dem Gespräch herauszuhalten. Lawn würde das schon machen. Grandpa hatte eh nur Augen für sie.

»Wo Sie gerade Indien erwähnen, lieber Edwin: Lassen Sie uns doch kurz auf unsere Mission zurückkommen, ja?«

Aha, dachte Siebeneisen. Nicht nur, dass Lawn mittlerweile Grandpas Vornamen wusste – so, wie es aussah, hatte sie ihm auch bereits von ihrer Suche nach den Teilen der Elefantengottstatue erzählt.

»Aber natürlich, meine Liebe.« Siebeneisen sah, wie Grandpa Edwin eine seiner dürren, verschrumpelten Hände kurz auf Lawns Unterarm legte. »Das habe ich nicht vergessen.« Er stockte und fasste sich kurz an sein Hörgerät, wobei er die Augenbrauen hob. Dann trank er einen großen Schluck Tee.

»Als Cook von seiner zweiten Reise zurückgekehrt war, hatte sich England verändert. Man merkte das damals nicht auf den Straßen, auch nicht in den Pubs. In Whitehall aber war man sich sehr wohl darüber im Klaren, dass die Welt sich wandelte. Amerika würde man verlieren, diese undankbaren Kolonisten da drüben wollten unabhängig sein. Also drehte die gute Britannia den Kopf und schaute nach Osten. Und was entdeckte sie dort? Das verdammte Handelsgut der Zukunft entdeckte sie!« Er zeigte auf seinen Tee. »Obwohl ich mir sicher bin, dass der damals besser geschmeckt haben muss als heute.«

»Tee?« Siebeneisen vergaß für einen Moment, dass er sich eigentlich aus dem Gespräch heraushalten wollte. Grandpa tat so, als habe er den Einwurf nicht gehört. Vielleicht hatte er das auch nicht. Er hantierte an seinem Ohr und sprach weiter zu Lawn.

»Diese Geschichtsverfälscher würden das niemals zugeben, aber: Einer der Hauptgründe, weshalb sie Cook erneut losgeschickt haben, war der Tee.«

Edwin nahm den Beutel, ließ ihn abtropfen und legte ihn in eine der leeren Tassen, die sich auf dem Tisch stapelten.

»Tee. Eigentlich gut zu transportieren, blöderweise ein bisschen sperrig. Neue Schiffe mussten her. Und eine neue Handelsroute. Die alte führte von Asien rund um Afrika, Zwischenstopp in Kapstadt, dann weiter. Das hat alles viel zu lange gedauert. Und es war viel zu gefährlich. Und jetzt stell dir einmal vor« – er lehnte sich verschwörerisch über den Tisch, bis sein Mumiengesicht sich unmittelbar vor Lawn befand –, »stell dir vor, um wie viel einfacher die ganze Chose gewesen wäre, wenn man von China und Indien nördlich um Nordamerika herum nach Großbritannien hätte segeln können! Das Parlament setzte eine Belohnung für denjenigen aus, der diese Route finden würde. 20 000 Pfund! Ein verdammter Haufen Zaster!«

Grandpa Edwin sah Lawn tief in die Augen. Siebeneisen wiederum sah zu all den leeren Tassen und abgelegten Teebeuteln und kämpfte gegen eine leichte Verwirrung, die er aber nicht wirklich benennen konnte.

»Zwan-zig-tau-send Pfund. Für die Entdeckung der Nordwestpassage.« Ihr Gast trank den letzten Schluck. »Und? Keiner fand sie. Die meisten kehrten noch nicht einmal zurück aus dem verdammten Eis. Aber es gab einen Mann, dem man das zutraute. Der schrieb gerade an den Aufzeichnungen seiner letzten Reise. Drüben, in Greenwich. Manchmal, wenn ihm die Decke auf den Kopf fiel, auch hier.«

»Cook war Gast im Prospect of Whitby? Er war hier? In diesem Pub?«

»Gewiss, meine Liebe. Ganz gewiss. Sie waren doch alle hier damals.« Grandpa Edwins Blick wurde für einen Augenblick abwesend. Als ob er soeben bemerkt hätte, dass er möglicherweise nicht ganz die Wahrheit gesagt hatte. Oder die Dinge zu sehr ausmalte. Dann trat Kathy an ihren Tisch und brachte neuen Tee, dieses Mal eine große Kanne. Ihr Großvater bediente sich sofort.

»Wie auch immer: Cook hätte nicht wieder aufbrechen sollen. Wahrscheinlich war er bereits krank, als er Segel setzte. Eine verdammte Vergiftung, die hatte er sich auf seiner zweiten Reise zugezogen. Sein Arzt behandelte ihn mit Opiaten. Und dann dieses Dreckswetter da oben an der amerikanischen Westküste! Wochenlang stocherte er im Nebel herum, permanent wurde jemand krank, ständig war das Schiff kaputt, dieser altersschwache Seelenverkäufer. Und jede Bucht und jeder Meeresarm, den Cook erkundete, bedeutete einen neuen Rückschlag, weil es wieder nicht diese verfluchte Nordwestpassage war.«

»Und dann musste er noch ein Versteck für das letzte Statuenteil finden…« Lawn schenkte ihrem Gesprächspartner Tee ein. Auch das hat sie ihm also schon alles brühwarm erzählt, dachte Siebeneisen.

»Ach ja, entschuldige – ich bin wieder vom Thema abgekommen.« Der Alte trank seinen Tee nun, als müsse er einen größeren Flüssigkeitsverlust ausgleichen. »Das Statuenteil! Vergraben hat er es! An einer markanten Stelle der Küste. In einer Flasche.«

»Was?« Siebeneisen wäre beinahe aufgesprungen. »Woher wissen Sie das denn?«

»Das steht in seinen Logbüchern.« Grandpa sah zum ersten Mal nach langer Zeit Siebeneisen an. »Man muss sie bloß aufmerksam lesen…«

»Wie bitte? Er hat in seinen Logbüchern geschrieben, dass er das Ganesha-Statuenteil in einer Flasche vergraben hat?« Siebeneisen griff nach seinem Rucksack. Er holte das Buch hervor, das er sich am Flughafen von Honolulu gekauft und später am Ticketschalter der Abbey vergessen hatte. Hektisch blätterte er zu jener Seite, auf der Cooks Aufzeichnungen aus Alaska begannen. Zuerst fand er nichts. Dann allerdings.

»Tatsächlich! Hier steht tatsächlich was! Hatte ich nicht überlesen – so weit war ich noch gar nicht im Buch. Eintrag vom 1. Juni 1778. Passt auf.« Siebeneisen überflog murmelnd die nächsten Zeilen. »*Südostseite des Flusses… Flagge hissen…* Moment, jetzt kommt's: … *und in seiner Erde eine Flasche vergrabe, darein zwei englische Münzen des Jahres 1772 getan waren, das letzte Stück und ein Papier, auf welchem Namen, Daten etc. vermerkt waren.*«

»Genau. Das letzte Stück – das ist es, was ihr wollt.« Grandpa nickte bekräftigend. Er leerte seine Tasse. »In Alaska müsst ihr aber nicht mehr suchen. Die Flasche ist längst in Kanada. In Churchill, in Manitoba, oben an der Hudson Bay.«

»Was?« Siebeneisen hatte zum wiederholten Mal an diesem Vormittag im Pub den Eindruck, dass er den Geschehnissen um ihn herum gedanklich nicht mehr vollständig folgen konnte. Auch weil er bei einem Blick auf die Uhr soeben entdeckt hatte, dass es gut und gerne zwei Stunden später war, als es eigentlich hätte sein sollen. Eins nach dem anderen, sagte er sich. Zuerst klären wir mal das mit dieser Flasche.

»Wieso in Churchill? Woher wissen Sie denn das nun wieder?

Grandpa lächelte. Zum ersten Mal.

»Das hat mir meine Großmutter erzählt. Als Gutenachtgeschichte. Die gleiche, die sie immer von ihrer Großmutter erzählt bekam. Irgendwo in meiner Ahnenreihe steckt ein Pelzhändler. Das ist so etwas wie die Familiensaga: Onkel Jake, wie er Captain Cook traf. Der hat die Flasche nicht vergraben. Das hat er nur in das offizielle Logbuch geschrieben. Der wusste doch genau, dass die niemand mehr finden würde, wenn er sie an irgendeinem gottverlassenen Strand in Alaska verbuddeln würde. Stattdessen hat er sie Onkel Jake anvertraut. Und der hat sie mit nach Churchill genommen und sie dort versteckt, wie Cook es ihm aufgetragen hatte. Im Hof des Forts. Direkt am Flaggenmast.« Er dachte kurz nach. »Steht ja schon ewig nicht mehr dort, das Fort. Die Flasche aber ist möglicherweise JA NOCH DORT. ODER? ODER?«

Grandpas Lautstärke hatte sich schlagartig erhöht. Entweder waren die Batterien leer, oder der Wackelkontakt war wieder da. Der Wechsel in der Lautstärke war derart unvermittelt, dass Siebeneisen zusammenzuckte. Jetzt erschrak er allerdings noch mehr, als Edwin aufstand: Ihr Gesprächspartner konnte sich kaum auf den Beinen halten.

»KÖNNTE DOCH SEIN, DASS DIESES DRECKSDING NOCH DA IST!«, brüllte Grandpa Edwin, während er wie ein angeschossener Storch Richtung Treppe stakste. »UND JETZT MUSS ICH MEINER ENKELIN SAGEN, DASS SIE MIR DIE GANZE ZEIT DIE FALSCHE SORTE RUM IN DEN VERDAMMTEN TEE GETAN HAT! ALS OB MAN DIESES KARIBISCHE DRECKSZEUG TRINKEN KÖNNTE!«

35

Aus den verschollenen privaten Aufzeichnungen von William Bligh, Sailing Master der HMS Resolution,
29. Januar 1778

Gestern Abend offenbarte uns der Alte den wahren Zweck unserer Reise. Die Stimmung in der Great Cabin war gehoben, als er das Wort ergriff und verkündete, er habe den geheimen Auftrag, eine schiffbare Route vom Pazifik in den Atlantik zu entdecken. Nachdem er gesprochen hatte, erfüllte Schweigen die Kabine. Es war so still, dass man glaubte, die Holzwürmer in den Planken zu hören bei ihrem nimmermüden Zerstörungswerk! Wir alle wussten natürlich, dass nach dieser Passage gesucht wird. Und dass niemand mit Sicherheit sagen konnte, ob zwischen dem asiatischen und dem nordamerikanischen Kontinent überhaupt eine solche existierte. Es gebe diese Durchfahrt, behauptete Cook, er wisse dies mit Sicherheit. Die eine Hälfte der Route, vom Atlantik bis zur Hudson Bay, sei nun bereits seit Langem bekannt. Man müsse nur noch ihre Fortsetzung finden, vom Pazifik hinüber zur Hudson Bay also: Dies genau sei unser Auftrag.

Er las uns einige in der verklausulierten Sprache der Londoner Beamten verfasste Passagen aus einem Geheimschreiben vor, die sich in meinem Gedächtnis eingebrannt haben: *»Alsbald Ihr die Euch bekannte Länge erreichet, so sollt Ihr mit größter Sorgfalt nach Flüssen oder Buchten suchen und diese auch erforschen, so sie* *von größerer Ausdehnung erscheinen und sich gen Hudson oder Baffin Bay erstrecken; und so allda durch Euer eigen Beobachtung oder durch Information, die Ihr von den Eingeborenen erlangen mögt, eine Gewissheit erscheinen möge oder auch gar nur eine Möglichkeit einer Wasserpassage hinüber zu den zuvor erwähnten Bais, so sollt Ihr Eure äußerste Anstrengung unternehmen, diese Passage zu nehmen.«*

So hatte die Admiralität es dem Alten mitgeteilt. Und er nun uns.

Auch anschließend sprach niemand ein Wort. Die warmen Gestade der Sandwichinseln zu verlassen, um im Norden Monate voller Eis und Sturm zu überstehen, diese Vorstellung behagte keinem von uns. Ach, könnte man in solchen Momenten doch Gedanken lesen! Ich bin gewiss, dass mancher sich Sorgen machte um unser aller Seelenheil auf diesem Schiff. Die *Resolution* ist in keinem guten Zustand. Ich fürchte, dass bei den Reparaturarbeiten nach der letzten Reise gepfuscht wurde. Dies hat schon während unserer gesamten Fahrt zu kleineren Kalamitäten geführt. Seit unserem Auslaufen leckt das Schiff, die Quartiere sind immerzu feucht. Und beinahe täglich muss irgendetwas repariert werden! An manchen Tagen im Sturm ist mir, als breche die *Resolution* auseinander. Ich hoffe nicht, dass dieser erbarmungswürdige Zustand noch größeres Unglück heraufbeschwört! Und noch mehr hoffe ich, dass sich die Verfassung des Alten bessert. Er ist unerträglich geworden. Ich vermute, dass er krank ist an Körper und Seele.

Wir wollen morgen Segel setzen und nach Norden fahren.

36

FREITAGS IN DER FAULEN KOBRA.

Die blonde Backpackerin fand er ziemlich sexy, die mit dem kleinen Brillanten im Nasenflügel und der Schlangentätowierung um den Nabel. Tolle Figur. Nettes Lachen. Wasserblaue Augen. Haare wie die Göttin Parvati, bloß golden. Gerade eben hatte sie neue Räucherstäbchen angezündet und dabei ihre Hand auf seinen Oberschenkel gelegt, ganz kurz nur und natürlich versehentlich. Die würde mitkommen, sofort, in sein Zimmer über der Faulen Kobra, da war sich der Babaji sicher. Die Blonde gehörte zu jener Sorte Backpackerinnen, denen man noch nicht einmal etwas versprechen musste. Dieser Typ von Touristin hatte derart viel über tantrischen Sex und geheime Liebestechniken aus den verschollenen Kapiteln des Kamasutra gelesen, dass sie beim Anblick eines ausgemergelten Saddhus automatisch glaubte, Indiens besten und ausdauerndsten Liebhaber vor sich zu haben.

Der Babaji betrachtete die Blonde und ihre beiden Freundinnen. Ein wenig wehmütig stellte er sich vor, wie sich dieser Abend in früheren Zeiten entwickelt hätte. Damals, in den Siebzigerjahren des vergangenen Jahrhunderts, als er jung war. Die ersten Blumenkinder aus Kalifornien waren angerückt, auf der Suche nach Erleuchtung oder einem weisen Lehrer, nach preiswerten Drogen und dem Gelobten Land, in dem man von morgens bis abends auf seinen Bongos trommeln und *Hare*

Krishna singen konnte. Kamen für drei Wochen, und dann blieben sie sieben Monate oder länger. Der Maharishi oben in Rishikesh hatte das raffiniert eingefädelt damals. Irgendwie hatte er Kontakt zu diesen jungen Musikern aus Liverpool bekommen, und die waren dann tatsächlich gekommen. Zu einem Meditationskurs im Ashram. Der Babaji lächelte entrückt, als die nostalgische Erinnerung in ihm aufzog. Er konnte sich gut vorstellen, wie der ausgesehen hatte, der Kurs. Und anschließend reiste halb Hollywood an. Sogar diese Frau aus Los Angeles, diese … diese … Ihm fiel der Name nicht ein. War damals gerade von Sinatra geschieden worden. Hatte eine gewisse Ähnlichkeit mit der blonden Backpackerin. Und später diesen Komiker geheiratet. Den mit der großen Brille, dessen Name ihm gerade ebenfalls nicht … egal.

Der Babaji nickte kurz. Das tat er in gewissen Abständen, nicken und weise lächeln. Die amerikanischen Backpackerinnen hatten ihre Fragen seinen Antworten angepasst – es genügte vollauf, wenn er die drei reden ließ und dazu ab und zu weise lächelte und nickte.

»Das kann man wirklich, wenn man lange übt, ähm, Asche aus der Luft materialisieren? Ich meine, ähm, Asche, die gar nicht dort sein dürfte?«

»Und das yogische Fliegen, ich meine, also, ähm, so wirklich abheben während einer tiefen Meditation, so zwei oder drei Zentimeter, ich meine: Das funktioniert wirklich? Wirklich?«

»Und diese – ich weiß gar nicht, wie ich mich ausdrücken soll, ohne rot zu werden, ich meine, ähm, diese, ähm, diese mul-tip-len Or-gas-men –, die sind wirklich möglich? Ich meine: Wenn man die richtigen Chakras berührt?«

Der Babaji hatte zwar nicht zugehört, sondern die Brüste der Blonden begutachtet, die sich unter ihrer weißen Baumwollbluse deutlich abzeichneten – als er aber merkte, dass sein

Publikum schwieg und eine Antwort von ihm erwartete, lächelte er weise und nickte. Worauf die drei vor ihm erröteten, sich die Hände vor den Mund hielten und »*Oh my God!*« riefen. Der Babaji lächelte weise. Und nickte. Es war ein ganz normaler Freitag im Teehaus zur Faulen Kobra.

Es war ein ganz normaler Freitag im Teehaus zur Faulen Kobra, und sein Besitzer hatte schreckliche Kopfschmerzen. Wieder einmal. Er konnte sich das nicht erklären: Zu Hause, beim Frühstück mit der Familie, wenn seine geliebte Gattin *Chapati* zubereitete und *Idli* und Joghurt, war alles in bester Ordnung. Kaum aber hatte er das Teehaus aufgeschlossen und die ersten Gäste begrüßt, setzten sie ein, die Kopfschmerzen. Scharwenzelten an den Rändern seines Schädels herum und schlichen anschließend langsam näher, ganz allmählich, als würden sie sich nicht richtig trauen. Einige Zeit knabberten sie dann lustlos an seinem Bewusstsein, kurz unterhalb der Aspirin-Schmerzgrenze. Wenn sie merkten, dass ihnen nichts im Wege stand, marschierten sie zügig und geradewegs mitten rein in seinen Schädel: Spätestens um elf Uhr vormittags hatte der Besitzer des Teehauses das Gefühl, sein Kopf würde demnächst explodieren. Und anschließend wurde es dann nur noch schlimmer.

Nun war das alles hier ja auch nicht unbedingt angetan, um sorgenfrei durchs Leben oder zumindest den Tag zu kommen, dachte er. Dieses fürchterliche Räucherwerk, das der Babaji drüben in seiner Ecke ständig abbrannte – das allein konnte einem Kopfschmerzen bereiten. Heute roch es nach Sandelholz. Und drei Touristinnen hatte er auch schon wieder um sich geschart. Der Besitzer des Teehauses verehrte den alten, weisen Mann – seine ständigen Techtelmechtel aber konnte er nicht gutheißen. Seine Enkelinnen könnten die sein, so jung waren sie! Wie sie ihn umgurrten! Gleich sitzen sie auf seinem Schoß, dachte er, als seine Augen seinem Gedankengang folgten. Verärgert wandte er sich ab von diesem unwürdigen Schauspiel und sah zur anderen Seite des Raumes. Seine Kopfschmerzen wurden augenblicklich schlimmer.

Wie um alles in der Welt hatte er bloß erlauben können, dass diese beiden Fremden sein geliebtes Teehaus in eine Theaterbühne verwandelten? In eine Narrenstube, über die sich mittlerweile ganz Jodhpur lustig machte? Er musterte Wipperfürth, der in einem wallenden Hemd, einer Pumphose und einem violettfarbenen Turban auf dem Sofa thronte. Ein Sofa, das er, stolzer Eigentümer dieses einst wundervollen Etablissements, in einem Anflug von Barmherzigkeit für den Mann hatte aufstellen lassen, zugegebenermaßen. Aber doch nicht, damit er jeden Tag stundenlang Zeuge dieses Unsinns wurde! Und jetzt kam auch noch der andere, der Dicke. Ganesha stehe mir bei, murmelte der Teehausbesitzer. Er nahm den Korb mit der Kobra, stellte ihn auf einen flachen Beistelltisch und begann, den Tresen abzuwaschen. Einmal im Jahr musste das ja mal gemacht werden.

»Und? Nun sag schon!«

»Darf ich mich vielleicht erst einmal setzen?« Schatten sah aus, als könnte man ihn an diesem frühen Freitagabend als Model für eine Aktion gegen die unterschätzte Gefahr des Dehydrierens buchen: Er verlor derart viel Flüssigkeit, dass medizinisch versierte Menschen ihn wahrscheinlich sogleich an einen Tropf gelegt hätten. »Da draußen herrscht komplettes Chaos, an der Kreuzung vorne geht nichts mehr. Ich bin an der Ecke aus dem Taxi gestiegen und den ganzen Rest gelaufen.«

»Du meinst: die letzten 25 Meter? Die Kreuzung kann man ja von hier sehen.« Wipperfürth nickte Richtung Teehausfenster. Ein paar Meter hinter der Scheibe versuchten sich

27 Rikschas, Taxen, Radfahrer und Kleinbusse an der Kreuzung, in deren Mitte zwei Kühe Plastikmüll fraßen.

»Solche Bemerkungen kannst du dir sparen. Du musst ja nicht im schlimmsten Feierabendverkehr in die Stadt – du machst es dir hier ja neuerdings schon immer vormittags bequem. Nach einem späten Frühstück im Palast, nehme ich an. Wenn der Maharadscha und ich längst im Archiv schuften.« Schatten hatte seinen Hut abgenommen. Das Band mit dem »Auf diese Steine können Sie bauen!«-Schriftzug hatte sich an einer Seite gelöst und hing schlaff über die Krempe.

»Jetzt informiere mich bitte einmal: Seid ihr weitergekommen mit euren Kladden und Papyrusrollen?« Wipperfürth ignorierte die Vorwürfe ganz einfach.

»Nein. Wie befürchtet. Wie vermutet. Da ist nichts mehr. Kein weiteres Schreiben von Cook. Nichts. Wir haben damit begonnen, alles noch einmal von vorne zu untersuchen, also alle Dokumente, die wir schon einmal in der Hand hatten. Ohne Resultat. Wir sind durch. Alles ist geordnet und in beschriftete Baumwollbeutel verpackt. Wahrscheinlich gibt es in ganz Indien kein besser archiviertes Archiv.«

»Das ist schön zu hören. Nutzt uns aber nichts.« Wipperfürth richtete sich stöhnend auf. Er versuchte mühsam, ein triumphierendes Lächeln zu unterdrücken. Was ihm aber nicht komplett gelang.

»Was grinst du denn so blöd?«

»Ich grinse nicht. Ich freue mich. Ich freue mich sehr.«

»Und warum?«

»Weil ich weiß, wo unser lieber James das letzte Elefantenbruchstück versteckt hat.« Wipperfürth lächelte nun nicht mehr, er strahlte. Sein Zeigefinger schwebte in der Luft, wie immer, wenn er etwas Wichtiges bekanntgeben wollte.

»Du weißt, wo es ist? Das letzte Stück?«

»Ziemlich genau. Und weißt du, wer mich drauf gebracht hat? Du.«

»Ich? Wie denn? Wann denn?«

»Als du neulich gesagt hast, dass wir alle Stationen außen vor lassen können, die Cooks Schiff ansteuerte, als unser armer Kapitän schon heimtückisch gemeuchelt worden war.«

»Und?«

»Und? Hah! Das dachte ich mir, dass du nicht darauf kommen würdest. Pass auf, ich erkläre es dir. Unser lieber James hat die Teile nach und nach versteckt, eins nach dem anderen. Bis Hawaii sind wir ihm auf der Spur gewesen. Dann bin ich ja mit einem Geistesblitz auf London gekommen ... was ist?«

»Ich unterbreche dich ungern, aber: War das nicht meine Idee, das mit London?«

»Deine Idee? Du hast damals doch minutenlang Löcher in die Luft gestarrt! Während mein messerscharfer Verstand, der ja, wie du weißt, gerade in Stresssituationen zur Hochform aufläuft ... aber egal. Spielt ja auch keine Rolle. Jedenfalls haben wir uns dadurch ablenken lassen. Weil unser lieber James das Londoner Statuenteil ja bereits VOR seiner Abreise versteckt hat.«

»Ja und?«

»Alle anderen Stücke aber hat er dann anschließend nacheinander entlang seiner Reiseroute verteilt. Mal abgesehen von jenem Stück, das von Anfang an in der Schatzkammer des Palastes geblieben war. Eins auf Tonga, eins in Neuseeland, das nächste in Kapstadt, das nächste auf Hawaii, und das letzte ... merkst du was?«

Schatten sah seinen Freund verständnislos an. Als erkläre ihm der soeben etwas auf eine höchst komplizierte Art und Weise, was man eigentlich auch mit einem simplen Satz sagen konnte. Wipperfürth dagegen nutzte den Moment, um dem

Besitzer des Teehauses huldvoll zu winken, der gerade einen Stapel Rupienscheine aus der Kasse nahm. Offenbar stand ein Ausflug zum Basar an. Sein Sohn stand hinter ihm und sortierte seine CD-Sammlung.

»... und das letzte ... *Ladiesenntschenntellmän!*« Wipperfürth versuchte offenbar, den Ansager eines Schwergewichtsboxkampfes in Las Vegas nachzuahmen, »*Ladiesenntschenntellmän*: Das letzte Stück der heißbegehrten Statue ist in Oregon. Oder vielleicht auch weiter nördlich, an der Küste Alaskas. Beziehungsweise auf der anderen Seite der Beringstraße, in Kamtschatka, wenn ich für dich antworten darf.«

Wipperfürth saß jetzt aufrecht auf seinem Diwan, offenbar hatte er seinen Steißbeinbruch komplett vergessen. Schatten starrte ihn sprachlos an.

»Das muss einfach so sein. Das waren nämlich seine letzten Stationen, als er dort oben, zwischen den Kontinenten, die Nordwestpassage gesucht hat.« Wipperfürth dozierte weiter: »Von dort ist er im nächsten Winter zurück nach Hawaii, und was dann passierte, wissen wir alle.« Er schlug mit einer imaginären Kriegskeule einen imaginären Kapitänsschädel ein und untermalte seine Bewegung mit einem energischen *»Kazoschsch!«*.

Wipperfürth sah Schatten erwartungsvoll an. Schatten schwieg. Schatten überlegte, was da gerade passierte. Sein Freund behauptete, das Versteck des letzten Statuenteils »ziemlich genau« zu kennen – und präsentierte eine jeweils etwa 5000 Kilometer lange Küstenlinie auf beiden Seiten des Pazifiks. Er sah Wipperfürth fassungslos an. Was der wiederum als Signal für weitere Erklärungen interpretierte.

»Wenn er nämlich das letzte Stück schon irgendwo zuvor deponiert hätte – ganz bestimmt hätte das in einer seiner Depeschen gestanden. Deswegen hat er die ja geschickt! Und bis Hawaii waren seine Nachrichten ja ziemlich lückenlos. Bleibt also nur Oregon. Oder Alaska. Oder Kamtschatka.« Wipperfürth strahlte, als habe er soeben eine Antwort auf die Frage nach extraterrestrischem Leben gefunden oder auf die nach der Möglichkeit einer Wiedergeburt oder sonst ein bislang ungelöstes Mysterium. »*Quod erat demonstrandum*, wie es bei Asterix immer hieß. Moment…«

Irgendwo in seinen wallenden Kostümen düddelte die Titelmelodie von *Bonanza*: Das Handy, mit dem man nicht telefonieren konnte, meldete die Ankunft einer Nachricht. Unter Klagelauten und Grimassen fischte Wipperfürth das Gerät aus einer verborgenen Tasche seines Gewands. Mittlerweile wurde der Refrain gesungen, von einem Chor, der wie die Schlümpfe auf schlechtem LSD klang. Wipperfürth betrachtete das Display. Sein Gesicht wechselte die Farbe.

»Sie sind in Kanada. Oben im Norden. In Churchill, an der Hudson Bay.«

»Sie sind wo? Sie hätten aber doch nach Oregon gesollt! Oder nach Alaska. Oder nach Kamtschatka.«

»›*Aloha* aus Churchill!‹ steht hier. Und: ›Die First Class der Lufthansa ist zwar sündhaft teuer, aber richtig toll!‹«

Der Besitzer des Teehauses, der wieder am Tresen saß und seine Schläfen massierte, konnte das Geschwafel nun keinen Moment länger ertragen. Er stürzte zur Tür hinaus und verschwand im Tumult der verstopften Kreuzung. Beinahe augenblicklich verstummte die Sitarmusik. Ein paar Tage zuvor hatte sein Sohn bei einer Internettauschbörse den Livemitschnitt eines Neil-Young-Konzertes entdeckt, der besser war als alles, was von diesem begnadeten Musiker offiziell erhältlich war. Und während ein paar Meter entfernt ein traumatisierter Schatten jenen Schock verdauen musste, den der letzte

Satz von Siebeneisens Nachricht ausgelöst hatte, deswegen drei oder vier Schritte durch den Raum taumelte, gegen den Beistelltisch mit dem Korb prallte und mit seinem gewaltigen Hinterteil auf diesem Halt fand – währenddessen fiepte, jaulte und rückkoppelte sich auf der CD eine brachiale Gitarre in die ersten Takte von »Pocahontas«.

Über den verwirrenden Text des Liedes sind wissenschaftliche Arbeiten verfasst worden. Es handelt von der legendären Häuptlingstochter Pocahontas, von Neil Young selbst und von Marlon Brando. Der hatte sich einst geweigert, seinen Oscar für *Der Pate* entgegenzunehmen, weil er so gegen die unterdrückten Bürgerrechte der Indianer protestieren wollte. Im Lied saß er nun mit der Häuptlingstochter und Neil Young am Lagerfeuer, und über ihnen leuchtete *Aurora borealis*, das Polarlicht, an einem eisigen Nachthimmel. »*Aurora borealis*« sang Neil Young mit näselnder, quengelnder Stimme. Die Zeit im Teehaus schien stillzustehen inmitten des infernalischen Lärms. Die Gitarre klang wie etwas, das sehr, sehr wütend war, aber nicht so recht wusste, wohin mit all der Wut. Sie knurrte und fauchte und fletschte die Zähne, bevor eines der fulminantesten Soli begann, die Young je live gespielt hatte. Ein Solo, mit dem man die Sterne am Polarhimmel zum Weinen bringen konnte. Oder Kobras wecken.

Niranjana kam aus ihrem Korb. Beziehungsweise: Sie wollte aus ihrem Korb kommen. Es lehnte aber etwas auf ihm und versperrte die Öffnung. Etwas Dickes. Niranjana wurde sauer. Sie biss zu.

37

CHURCHILL, MANITOBA, EINIGE TAGE SPÄTER.

Dick vermummt, mit Schal, Handschuhen, Wollmütze und in einer Daunenjacke, in der er wie das Michelin-Männchen aussah, saß Siebeneisen – nicht an einem Lagerfeuer, sondern: auf einer Bank vor ihrem Motelzimmer. Er hatte den Kopf in den Nacken gelegt und den Gesichtsausdruck eines Kindes, das an Heiligabend die Wohnzimmertür öffnet und seine Geschenke unter dem Weihnachtsbaum entdeckt. Er saß schon länger dort. Als er ins Freie getreten war, war ihm die Kälte wie eine Peitsche ins Gesicht gefahren, nun aber spürte er sie schon lange nicht mehr. Er wollte nur in den Himmel schauen. Er wünschte, dass das da über ihm niemals aufhörte. Später, wenn man ihn danach fragte, wie das gewesen sei, damals, nachts, in Churchill, hoch oben an der Hudson Bay im kanadischen Norden, dann würde er sagen, dass er nie zuvor etwas so Schönes gesehen habe, niemals. Und dass er wie hypnotisiert dort gesessen habe, unter dem eisigen Polarhimmel, der verrücktspielte.

Menschen, die eine intensive *Aurora borealis* beobachten konnten, suchen später oft nach passenden Worten, die dem Phänomen gerecht werden. Sie formulieren, sie überlegen, sie zögern und stammeln, und irgendwann retten sie sich in Formulierungen wie: »Man kann das irgendwie nicht beschreiben«. Was natürlich irgendwie stimmt. Es gibt Dinge auf dieser Welt, für die die menschliche Sprache noch keine Worte gefunden hat, so alt sind sie. Beziehungsweise: so unerklärbar und so magisch. Natürlich lässt sich so ein Polarlicht wissenschaftlich definieren: Elektronen und Protonen aus der Magnetosphäre knallen mit einem Höllentempo auf Sauerstoff- und Stickstoffionen aus der Erdatmosphäre, wobei sich in Windeseile hochkomplexe Prozesse abspielen, bei denen Licht entsteht. Alles klar? Eben! Genauso gut kann man versuchen, einen Steilpass von Lionel Messi in die Schnittstelle der gegnerischen Abwehr mit theoretischem, fußballtaktischem Regelwerk zu erklären. Oder Liebe auf den ersten Blick mit drögen chemischen Laborformeln. Siebeneisen jedenfalls kam es vor, als schütte da oben jemand Eimer voller Farbe über der Nacht aus. Der Himmel wurde grün und blau und rot und wieder grün, glühende Nebelschleier zuckten hin und her und wurden von unsichtbaren Winden zerfasert wie fluoreszierende Zuckerwatte, leuchtende Finger griffen in die hintersten Winkel des Firmaments, als wollten sie die Sterne vom Himmel klauben. Es war, als würde man der Schöpfung bei einer heimlichen Zugabe zuschauen. Lange nach dem eigentlichen Vorstellungsende, wenn der Vorhang längst gefallen war.

Siebeneisen spürte eine Hand auf seinem Oberschenkel. Lawn hatte eine Decke mitgebracht und breitete sie über sie beide aus. Es war eiskalt, selbst für einen Novemberabend. Noch lag kein Schnee, der würde noch fallen, später, in ein paar Wochen, und bleiben bis zum Frühjahr. Lawn schmiegte sich an ihn. Sie legte ihren Kopf an seine Schulter. Siebeneisen strich ihr sanft über das Haar.

»Hast du so etwas schon einmal gesehen? So was Schönes?«, fragte er.

»Nein. Ganz sicher nicht.« Lawn küsste ihn auf die Wange. »Geht es dir gut? Du schläfst hier draußen nicht versehentlich ein, oder? Hier ist es nämlich deutlich kälter als auf der Herrentoilette im Pub.«

Seit ihrem Vormittag im Prospect of Whitby zog Lawn ihn gerne damit auf: Wie man es schaffen konnte, auf einer Kneipenherrentoilette zwei Stunden lang im Sitzen zu schlafen. Siebeneisen beschloss, die Bemerkung zu ignorieren.

»Weißt du, was mir in letzter Zeit bewusst geworden ist? Es gibt Tage, die ganz fürchterlich sind, Tage, an denen einem alles Mögliche zustößt – und wenn man überhaupt nicht mehr damit rechnet, sieht man so etwas.« Siebeneisen nickte Richtung Himmel.

»Hm.« Lawn zog sich die Decke bis hoch zu ihrem Kinn. »Du, sag mal ...«

»Was?«

»Wenn wir hier durch sind ... ich meine, wenn wir das Statuenstück gefunden haben – wollen wir dann mal Urlaub machen? Wir zwei, an einem Ort? Also ohne dauernd im Flugzeug zu sitzen, ohne von A nach B zu hetzen und ohne Übernachtungen in Sarkophagen? Ohne so was alles?«

»Und vielleicht auch ohne Bergbesteigungen und Weiße Haie? Gerne. Sehr gerne. Und gerne auch irgendwo, wo es keine Moskitoschwärme gibt. Oder wütende Strauße. Nichts lieber als das.«

»Zuerst finden wir aber dieses letzte Statuenstück. Dieses Mal kommt uns niemand zuvor. Dass das Teil hier versteckt ist – das wissen nur wir.«

»Ich hoffe es. Zumindest kann dieser Shameek Kumar die Info dieses Mal nicht weitergegeben haben. Unsere Freunde in Indien hatten die ja nicht.« Siebeneisen überlegte kurz. »Und selbst wenn sich jemand durch 600 Seiten antiquiertes Logbuchenglisch quält und ganz hinten auf diesen kleinen ›Das letzte Stück‹-Hinweis stößt, nützt ihm das ja nichts. Er weiß ja nicht, dass Onkel Jake die Flasche mit dem Bruchstück an die Hudson Bay gebracht hat.«

»Dann wollen wir mal hoffen, dass er sie nicht allzu tief vergraben hat, unser Onkel Jake.«

Sie waren am Nachmittag in Churchill angekommen. In Winnipeg hatten sie das Flugzeug wechseln müssen, in den hohen Norden Manitobas flogen nur noch kleine Maschinen. Siebeneisen hatte am Fenster gesessen und während des kompletten Fluges nach draußen geschaut, hinunter auf ein Land, das menschenleer zu sein schien. Eine Zeitlang waren sie über Wald geflogen, dann nur noch über einzelne Bäume, dann war da nichts mehr, nichts als weiße Weite. Egal, wohin man sah, war nichts. Nichts als Weiß. Der Winter in Manitoba konnte eine optisch sehr einseitige Angelegenheit sein.

In einem Geschäft, dessen Sortiment vor allem aus Schneemobilzubehör, Äxten und großkalibrigen Jagdgewehren bestand, hatten sie mit Schattens Kreditkarte Winterkleidung gekauft. Und das einzige Buch im ganzen Laden, einen Abriss der Geschichte Churchills. Die Siedlung war im Sommer gegründet worden, 1717, als Außenposten der Hudson's Bay Company. Die folgenden Jahrzehnte hatte der kleine Stützpunkt nur überdauert, weil seine Bewohner eine sehr spezielle Mischung aus Selbstüberschätzung und stoischem Durchhaltevermögen an den Tag legten. Dabei hätte eigentlich ziemlich schnell klar sein müssen, dass der Mensch – und besonders: der Europäer – in diesen Breiten nichts zu suchen hatte. Die Briten aber glaubten, von hier aus neue Handelswege entdecken zu können. Schon Henry Hudson war 1610 im festen Glauben in die später nach ihm benannte Bay eingelaufen, er könne über sie schnurstracks ins ferne Cathay segeln – nach dem ersten Winter setzte ihn seine wütende Mannschaft im Beiboot aus, worauf er aus der Weltgeschichte hinaustrieb. Die Vorstellung, die legendäre Nordwestpassage sei irgendwo an den Gestaden der Bay versteckt, war damit aber mitnichten vom Kartographen-Tisch: Mehr als ein Dutzend Expeditionen waren in den nächsten Jahren und Jahrzehnten von Churchill aus aufgebrochen. Weil ihre Landkarten aussahen wie Kindermalereien, mussten sich die Kapitäne auf einer Wasserfläche beinahe so groß wie das Mittelmeer auf eine Mischung aus Intuition und regelmäßige Vaterunser verlassen. Die Nordwestpassage fand keiner von ihnen.

Fasziniert hatte Siebeneisen am Nachmittag gelesen, wie der kleine Stützpunkt am Rande des Eises zum Mittelpunkt des größten Handelsreiches der Weltgeschichte geworden war. Das Imperium der Londoner Hudson's Bay Company umfasste 1820 ein Zwölftel der Erdoberfläche und war zehn Mal so groß wie einst das Römische Reich. Churchill war sein Dreh- und Angelpunkt, der Biberpelz seine Währung, und seine Geschäftsparole lautete: »Durchhalten!« Isoliert vom Rest der bekannten Welt, hatten die Männer der Company Einsamkeit, Dunkelheit und Temperaturen bis zu minus 50 Grad getrotzt. In den wenigen eisfreien Wochen wurden den Cree-Indianern dann derart gewaltige Mengen Pelze und Felle abgekauft, dass das feine Europa mollig warm in den nächsten Winter gehen konnte. In einem üblichen Geschäftsjahr versorgte Churchill den Markt der Alten Welt mit einer halben Million Biberpelze. Und ganz nebenbei hatte ihre Jagd nach dem Biber dem modernen Kanada den Weg bereitet. Es waren die 173 Handelsposten der Hudson's Bay Company und die beharrliche Präsenz ihrer Händler am Rande des Eises, die ein Vordringen der amerikanischen Pioniere nach Kanada verhinderten. Das

Unternehmen duldete nämlich keine amerikanischen Siedler. Es duldete überhaupt keine Siedler. Siedler störten die Tiere. Siedler waren schlecht fürs Geschäft.

Churchill selbst war auch drei Jahrhunderte nach seiner Gründung nicht zu einer Schönheit geworden. Bei ihrer Fahrt vom Flughafen hatte Siebeneisen sofort an jene Außenposten in Sibirien denken müssen, die man aus Spionagefilmen kennt. Die Häuser waren aus Holz, befanden sich in unterschiedlichen Stadien des Verfalls und standen auf Grundstücken, auf denen angeleinte Hunde kläfften. Weil hier draußen am Rande des Kontinents ein paar hundert Quadratmeter Grund und Boden mehr oder weniger keinen großen Preisunterschied machten, waren etliche Gärten groß wie Schrottplätze – und auch so vollgestellt. Die einzige Zufahrtsstraße endete mehrere hundert Kilometer südlich der Hudson Bay; wer in Churchill Auto fahren wollte, musste es mit dem Zug heranbringen lassen. Weil der Rücktransport eines Wracks in die Zivilisation über 700 Dollar kostete, stellte man es besser in den Vorgarten. Die meisten Churchiller brottelten sowieso lieber auf ihren Quads über die hartgefrorenen Straßen. Für den Winter standen Schneemobile an den Häusern, neben alten Ölfässern, Ersatzreifenstapeln, diversen Maschinen und Müllcontainern.

Man konnte wirklich nicht behaupten, dass Churchill ein anheimelnder Ort war, dachte Siebeneisen dick vermummt auf seiner Bank. Auch ihr Motel besaß einen eher eigenen Charme. Es sah wie ein aus den Fugen geratener Werkzeugschuppen aus. Geführt wurde es von einer matronenhaften Frau und ihren drei kräftigen Töchtern, die im Hof Schneemobile und Trucks reparierten. Siebeneisen erinnerten sie an Figuren aus einer Wagner-Oper.

»Wann wollen wir denn morgen zu diesem Fort?« Während

er seinen Blick noch immer nicht von dem Spektakel über ihnen abwenden konnte, zeigte Lawn alle Anzeichen einer Frau, die bald, sehr bald zu Bett gehen würde: tiefes, gleichmäßiges Atmen und leichtes Gliederzucken immer dann, wenn sie kurz eingenickt war.

»Das können wir in aller Ruhe nach dem Frühstück machen, oder? Es wird eh spät hell. Die öffnen bestimmt nicht vor zehn oder elf.« Siebeneisen beobachtete, wie sich hoch über ihnen eine grüne Nebelwolke zusammenzog, als würde sie von einer unsichtbaren Faust zusammengeknüllt. Zehn Sekunden später entfaltete sich das fluoreszierende Knäuel wieder.

»Ich rufe gleich nach dem Frühstück mal bei denen an. Wir können ja sowieso nicht einfach da auftauchen und anfangen, Pflastersteine aus dem Boden zu reißen. Das wird garantiert nicht einfach. Ich weiß nicht, wie die hier zu ihren Altertümern stehen. Ganz bestimmt darf man da aber nicht einfach herumbuddeln. Wir können eigentlich nur hoffen, dass die Leute uns nicht für verrückt halten.«

Lawn wachte auf, gähnte, kuschelte sich an, schlief wieder ein, wachte wieder auf. Irgendwann stand sie auf und ging ins Zimmer. Siebeneisen blieb noch eine Weile sitzen. Unter einem Himmel, der zu einer Melodie zu tanzen schien, die niemand außer ihm selbst hören konnte.

38

Churchill, Manitoba, am nächsten Morgen.

»Zu Fuß? Zum Fort? Um diese Jahreszeit? Allein?« Die Motelmanagerin hatte eine Stimme, gegen die Bonnie Tylers Reibeisenorgan klang wie das liebliche Säuseln einer fünf Zentimeter großen Fee.

»Um Ihren kleinen Fragenkatalog noch zu erweitern: Warum denn nicht?«

Für einen kurzen Moment war Siebeneisen ziemlich stolz auf seine Schlagfertigkeit. Die Frau war mit missmutiger Miene aus einem kleinen Raum hinter dem Empfang geschlurft, nachdem Siebeneisen mehrmals einen Knopf gedrückt hatte, neben den jemand mit einem Messer *»Ring! Bell!«* in das Holz des Rezeptionstresens geritzt hatte. Das freundliche »Guten Morgen!« ihrer Gäste hatte sie ignoriert. Und auf seine Frage nach dem besten Fußweg zum Fort gab es Gegenfragen statt einer Antwort. Ein kleines Wochenendseminar zum Thema »Kundenzufriedenheit« würde dem Laden guttun, dachte er.

»Warum denn nicht??« Die Stimme schien sich bei jedem neuen Satz durch mehrere Lagen Sperrholz raspeln zu müssen. »Ich kann euch sagen, warum denn nicht! Es könnte beispielsweise passieren, dass ihr niemals ankommt an eurem Fort. Nämlich dann, wenn die da euch vorher kriegen.«

Die Motelmanagerin nickte an ihnen vorbei zum anderen Ende des Raumes. Siebeneisen drehte sich um. Auf der anderen

Seite des Raumes stand ein ausgestopfter Eisbär auf den Hinterbeinen. Er war so groß, dass seine Ohren gegen die Decke stießen und nach vorne abknickten. Trotz seiner furchteinflößenden Größe wirkte er dadurch irgendwie niedlich.

»Aber die da…«, Siebeneisen zeigte mit dem Daumen über seine Schulter nach hinten, »die warten doch nicht an der nächsten Ecke bei der Lottoannahmestelle auf uns, oder? Wir wollen ja keine Zwei-Tages-Wanderung hinaus aufs Eis unternehmen. Wir wollen bloß zum Fort.«

»Die da…«, die Managerin nickte jetzt wieder Richtung Eisbär, »warten sehr wohl an der nächsten Ecke. Vielleicht sogar schon auf dem Parkplatz draußen. Die da wandern nämlich gerade aus ihren Schlafhöhlen aufs Eis hinaus. Blöderweise meistens mitten durch den Ort.«

Siebeneisen glaubte nicht, was er da hörte. Er sah Lawn an. Lawn zuckte mit den Schultern.

»Ma'm…« Er versuchte, so höflich wie irgend möglich zu bleiben. »Ich bin nicht von hier, und manchmal hab ich ein paar Schwierigkeiten mit Fremdsprachen, deswegen möchte ich gerne noch einmal wiederholen, was ich verstanden habe: Sie glauben, dass wir von einem Eisbär attackiert werden können, wenn wir um halb elf am Vormittag durch Ihren lieblichen Ort Churchill hinaus zum alten Fort der Hudson's Bay Company gehen?«

Die Frau gab einen seufzenden Laut von sich. Einen jener Sorte, die melancholisch veranlagten Menschen manchmal entfährt, wenn sie plötzlich ahnen, dass niemand, gar niemand auf dieser großen, weiten Welt sie versteht. Sie drehte sich um und schlurfte zurück in den Raum hinter dem Tresen. Dreißig Sekunden später war sie mit einem Foto zurück. Die Aufnahme musste von der Rezeption aus gemacht worden sein; Siebeneisen erkannte den Eingangsbereich des Motels und den Parkplatz draußen vor der Tür. Alles sah so aus wie an diesem

Morgen. Der einzige Unterschied waren zwei Eisbären, die vor der Tür standen wie Motelgäste, die ihren Schlüssel vergessen hatten und hofften, dass ihnen jemand öffnen würde.

»Hat vergangenen Montag ein Tourist aus Taiwan geschossen.« Die Stimme der Frau war jetzt ein Donnergrollen in der Tundra. »Ich meine: Er hat das Foto geschossen. Nicht die Eisbären.«

»Um Himmels willen.« Siebeneisen dachte an letzte Nacht: Lawn und er allein da draußen, stundenlang auf einer Bank in der Dunkelheit, quasi auf dem Präsentierteller, komm, kleiner Eisbär, wir haben uns mal schön für dich hierhin drapiert, und bis du kommst, schauen wir uns ein wenig das Polarlicht an. Er verdrängte den Gedanken, so gut es ging. Draußen fuhren die Töchter der Managerin auf ihren Quads vor. Sie trugen ölverschmierte Overalls und Gesichtsmasken gegen die Kälte.

»Ich dachte immer, Eisbären seien scheue Tiere. Und sie lebten da draußen auf dem Eis, nicht hier in der Stadt…«

»Das haben die damals auch gedacht, als sie Churchill gegründet haben.« Die Laune der Managerin schien sich leicht verbessert zu haben. Ihre Stimme klang nicht mehr, als wollte sie ihre Gäste mit ihr abschleifen. »Muss im Sommer gewesen sein. Da schlafen die Eisbären ja. Als sie dann im Herbst wach wurden, um hinaus aufs Eis zu gehen und Robben zu jagen, war da auf einmal ein Handelsposten. Hat die Eisbären aber nicht gestört. Die sind einfach ihren alten Weg gegangen. Machen sie immer noch. Laufen einfach quer durch Churchill. Als ob die Stadt nicht da wäre.«

»Und wann tun sie das?«

»Vor ein, zwei Wochen ging's los. Das Foto ist, wie gesagt, von Anfang der Woche. Die Bay friert nur langsam zu dieses Jahr. Wird bestimmt noch ein paar Wochen dauern, bis alle durch sind.«

»Das gibt's doch alles nicht. Was macht man denn, wenn man so einem Bären begegnet?« Siebeneisen nickte den drei Töchtern zu, die in die Lobby gekommen waren. Es roch deutlich nach Maschinenöl.

»Beten. Und hoffen, dass eine Tür in der Nähe ist. Um diese Jahreszeit ist nichts abgeschlossen in Churchill, weder Autos noch Häuser. Wenn so einer hinter einem her ist, hat man nämlich keine Zeit mehr, zu klingeln und abzuwarten, ob vielleicht jemand zu Hause ist. Wenn so einer hinter einem her ist, sollte man eher noch mal schnell drüber nachdenken, ob man ein bisschen was richtig gemacht hat im Leben.«

Siebeneisen sah kurz zu Lawn hinüber. Sie schaute ebenso konsterniert wie er wahrscheinlich auch. Er lächelte die Motelmanagerin an.

»O.k. Überzeugt. Ob Sie uns wohl ein Taxi rufen könnten?«

Unter dem bleiernen Spätherbsthimmel Manitobas lag Churchills Prince-of-Wales-Fort in einer leeren, gefrorenen Landschaft wie ein Mahnmal aus einer fernen Vergangenheit. Mit seinen trutzigen Mauern und den vier Eckbastionen, die pfeilspitzenförmig ins Land hinausstachen, sah es aus, als habe es sich für den Ansturm einer Ork-Armee gerüstet. Stattdessen waren damals aber die Franzosen angerückt, die den Engländern überall in Kanada die Biberpelze streitig machten. 1782 war das gewesen, kurz nach Abschluss der vierzigjährigen Bauarbeiten und passenderweise genau zu einem Zeitpunkt, als sich lediglich 22 britische Soldaten im Fort aufhielten. Die ergaben sich klugerweise, und das Prince-of-Wales-Fort wechselte den Besitzer. Die Franzosen allerdings schienen damals nicht sonderlich behutsam mit neuerworbenen Immobilien umgegangen zu sein – als die Briten ihre Festung einige Jahre später zurückeroberten, war vieles nicht mehr zu gebrauchen.

Auch der Rest verfiel anschließend allmählich; von den ursprünglichen Bauwerken existierte kein einziges mehr. Das Wohnhaus des Gouverneurs, die Baracken für die Soldaten, die Werkstätten der Handwerker und die einfachen Unterkünfte der Angestellten, an alldem hat der Zahn der Zeit so lange genagt, bis nichts mehr übrig geblieben war. Nur der große Innenhof befand sich noch im Originalzustand, mit einem Fahnenmast in der Mitte. Statt des Banners der Hudson's Bay Company wehte dort nun die Ahornflagge Kanadas.

»Was für ein Ort, um den Winter zu verbringen, oder?« Siebeneisen bezahlte den Taxifahrer und ging zu Lawn hinüber, die eine große Schautafel mit einem Abriss der Forthistorie studierte. Ein eiskalter Wind pfiff von Norden über die Bucht. Siebeneisen schätzte, dass es minus zehn Grad sein mussten. Und es war erst November. Im Winter würde es hier barbarisch kalt werden.

»Ich könnte mir noch nicht einmal vorstellen, hier länger als ein paar Tage auszuhalten.« Lawn zog sich ihre Wollmütze tief über die Stirn. »Hier wird man doch depressiv. Hast du gesehen, wie trist das auf dem Weg hierhin aussah?«

Auf der Fahrt zum Fort waren sie an ausgedehnten Felsfeldern vorbeigekommen, an übereinandergeschichteten Platten und Riesenmurmeln, von den Gletschern der letzten Eiszeit dorthin geschoben und anschließend liegen gelassen. In Ermangelung von Autobahnbrücken und Bahnunterführungen hatten etliche Highschool-Abschlussjahrgänge Flüche und Liebesschwüre auf die Felsbrocken gesprüht, »Sheila macht's am besten« neben »Lehrer Smith ist ein Vollpfosten«, was man eben so schreibt, wenn man 17 ist und ahnt, dass man den Rest seines Lebens am Ende der Welt verbringen wird, wenn man sich nicht ganz schnell auf und davon macht. Zwischen den Felsen rosteten ausrangierte Kühlschränke und Lastwagenachsen vor sich hin. Alles in allem wirkte die Gegend zwischen Stadt und Bucht wie das nordische Äquivalent zu gewissen Vierteln Detroits.

»Wirklich viel los ist hier ja nicht. Haben die heute Ruhetag?« Siebeneisen stapfte mit hochgezogenen Schultern zu einem Container mit der Aufschrift *»Information & Ticket Centre«*. Er klopfte an das Fenster und versuchte dann, ins Innere zu spähen. Das kleine Büro war leer.

»Immerhin ist die Tür zur Zentrale offen.« Lawn zeigte auf das Haupttor des Forts, das halb geöffnet stand. Wenn der Wind von der Bucht aufheulte, bewegte es sich knarzend in den Scharnieren.

»Kommst du mit?« Lawn war schon auf dem Weg zum Eingang. »Wenn hier keiner ist, könnten wir doch eigentlich …«

»… einfach mal nachsehen, ob wir die Flasche finden? Warum nicht.«

Erst wenn man die enge Passage zwischen dem ersten und dem zweiten Mauerring durchquert hatte, konnte man ahnen, warum die Briten vierzig lange Jahre an ihrem Stützpunkt am Rande des Eises gebaut hatten: Das Prince-of-Wales-Fort war imponierend groß. Wegen der fehlenden Türen und Fenster strahlte die Anlage etwas Ruinenhaftes, Verspuktes aus; offenbar hatte man einen Moment in der Geschichte der Festung rekonstruieren wollen, in dem sie bereits ziemlich ramponiert ausgesehen hatte. Auch die Dächer fehlten. Das Büro der Verwaltung war in einem provisorischen Container am anderen Ende des Platzes untergebracht.

»Wenn unser Londoner Freund recht hatte, dann hat Onkel Jake die Flasche direkt am Mast vergraben.« Sie standen in der Mitte des Platzes. Hoch über ihnen knatterte die Fahne. Der Wind trieb Servietten, eine alte Zeitung und einen Plastikbecher vor sich her; um den Fuß des Fahnenmastes hatte sich ein länglicher Streifen Papier gewickelt. Die Steine am Boden waren mit hellgrünen Flechten überzogen. Zwischen ihnen wuchs zerzaustes Gras.

»Sieht irgendwie alles gleich aus.« Siebeneisen lief einmal um den Mast herum.

»Lass mich mal...« Lawn kniete bereits auf den Steinen, über die einst die Männer der Hudson Bay gelaufen waren, die Trapper und Jäger, die Unterhändler und Soldaten, die Dolmetscher und Verwalter. Siebeneisen dachte an den Abend, als er Lawn kennengelernt hatte. Nach einem Dinner im French Quarter von New Orleans waren sie durch die Stadt gebummelt, als Lawn sich von einem Grundstück angezogen gefühlt hatte. Sie war dann dort auf dem Boden herumgekrochen wie jetzt gerade auch, um angebliche Schwingungen aufzuspüren. Zum Glück hatte es fürchterlich zu regnen begonnen, bevor sie irgendetwas Schreckliches hatte aufstöbern können. Statt die Geister der Vergangenheit auf einem fremden Grundstück zu wecken, waren sie zu ihr nach Hause gegangen.

»Hier ist es!« Lawn riss Siebeneisen aus seinen Gedanken. Er ging zu ihr hinüber.

»Wie hast du das denn so schnell gefunden? War die Stelle kälter als die um sie herum? Eher minus fünfzehn als lediglich minus zehn Grad?« Lawn hatte ihm erzählt, dass Ereignisse aus der Vergangenheit manchmal sogenannte thermische Abdrücke hinterlassen – die Luft ist an solchen Stellen angeblich kühler.

»Nein. Die Steine hier sind anders verfugt als die übrigen. Hier und hier, schau mal...« Lawn zeigte auf zwei Stellen, die tatsächlich anders aussahen als die um sie herum. Sie zog ein Messer aus ihrer Anoraktasche und begann, die Erde zwischen den Steinen zu lockern. Die Frau denkt an alles, dachte

Siebeneisen. Er selbst hätte jetzt mit den Fingernägeln zwischen den Steinen herumkratzen müssen – Lawn hatte ein Brotmesser vom Frühstückstisch mitgenommen. Und soeben den ersten kleineren Stein aus dem Hof gehoben.

»Warte, ich helfe dir!« Siebeneisen kniete sich neben seine Freundin. Er zerrte und wackelte am Stein neben dem Loch, auch der lockerte sich schnell, auch der ließ sich schnell herausnehmen. Ein Stück Holz tauchte auf.

»Sieht ganz danach aus, als hätte Onkel Jake die Flasche in einer Kiste verpackt.«

»Sieht vor allem ganz danach aus, als wären wir die Ersten, die hier graben.« Siebeneisen riss und zog ungeduldig am nächsten Pflasterstein. Unter diesem war eine Ecke der Kiste zu sehen. Und zwei Steine daneben eine andere Ecke. So groß wie eine Weinkiste, dachte Siebeneisen. Wie passend.

Das Holz war so morsch, dass es beim ersten Tritt splitterte. Sie konnten die Flasche erkennen, dickes, dunkelgrünes Glas, das die zweieinhalb Jahrhunderte unter der Erde unbeschadet überstanden hatte.

»Komm schon!« Siebeneisen hatte seine Handschuhe ausgezogen und zerrte ungeduldig an einer Holzleiste, die verhinderte, dass er an die Flasche kam. Er riss sich den Zeigefinger auf, fluchte, zerrte und zog ungeduldig weiter und ließ erst von der Kiste ab, als er das Blut entdeckte, das von seinem Finger tropfte.

»Sei vorsichtig! Tu dir nicht weh!« Lawn schob ihn sanft zur Seite, ging in die Hocke und nahm die Kiste in die Hände. Sie sah sie ein paar Sekunden lang an. Dann ruckelte sie leicht an ihrem oberen Ende, hob den Deckel mit dem Loch ab und nahm die Flasche heraus. Durch das grüne Glas konnte man ein zusammengerolltes Papier sehen. Die Flasche war mit einem Korken verschlossen. Sie hatte einen deutlich weiteren

Hals als üblich, offenbar war die britische Marine damals mit Spezialanfertigungen ausgestattet worden, um wichtige Depeschen leichter verstauen zu können. Beziehungsweise einen steinernen Elefantengottarm – um einen solchen musste es sich ja handeln; Ganeshas Rumpf hätte auch durch einen solchen Flaschenhals nicht gepasst.

»Spr! nd jtzt schlg s' kptt!« Siebeneisen hatte den Finger im Mund, um die Blutung zu stoppen. Er nahm ihn kurz heraus. »Schlag sie kaputt! Zerdepper sie! Mach schon!«

»Jetzt sei doch mal nicht so ungeduldig…« Lawn setzte ihr Brotmesser am Korken an. Er löste sich beinahe sofort. Sie hielt die Flasche leicht schräg und führte das Messer in den Hals ein, bewegte es hin und her, zog es wieder heraus, und das zusammengerollte Papier rutschte ins Freie. Lawn schüttelte die Flasche: Sie war leer. Im wahrsten Sinne des Wortes.

»Nn! Snst st nx drn???«

»Nein, sonst ist nichts drin.« Lawn hielt die Flasche sicherheitshalber noch einmal gegen das Licht. Dann erstarrte sie. Sie sah an Siebeneisen vorbei zu einem Punkt irgendwo hinter ihm, stand vollkommen reglos da im eisigen Polarwind, der in Schüben über die Mauern des Forts pfiff.

»Wsn? Dch ws drn? Ds Sttnstck? Hll? Lwn?«

Ganz langsam, ganz vorsichtig, als könne sie durch die kleinste Bewegung zerbrechen, senkte Lawn die Hand mit der Flasche, Millimeter für Millimeter.

»Was ist denn los?« Siebeneisen hatte den Zeigefinger aus dem Mund genommen. Augenblicklich begann er wieder zu bluten. »Jetzt sag doch schon!«

»Schau mal hinter dich.« Lawns Stimme war auf ein Flüstern reduziert. »Ganz vorsichtig. Und erschreck dich nicht.«

»Ws sll dnn d sn?« Siebeneisen drehte sich langsam um, den blutenden Finger wieder im Mund.

Hinter ihm, vielleicht zwanzig Meter hinter ihm, im Eingang zum Fort, stand ein Eisbär.

Seine Bedeutung im Prozess der Staatswerdung hat dazu geführt, dass der Biber zu Kanadas Wappentier erwählt wurde – eine Entscheidung, über die man im Nachhinein nur noch den Kopf schütteln kann. Der Biber! Schlimme Zähne, nackter Schwanz, Mitleid heischender Watschelgang, mal ganz abgesehen von einer desaströsen Umweltbilanz: So etwas soll den zweitgrößten Staat der Welt repräsentieren? Und was hätte man für tolle Alternativen gehabt! Den Elch. Den Bison. Den Adler. Das Karibu. Vor allem aber die drei Bärenarten, die das schöne Kanada ihre Heimat nennen und die einem durchaus über den Weg laufen können, wenn man im schönen Kanada unterwegs ist. Für Fußgänger kann so ein Aufeinandertreffen ernsthafte bis gravierende Folgen haben. Dem Schwarzbären sollte man deswegen generell vorsichtig begegnen, dem Grizzly mit allergrößtem Respekt. Trifft Mensch aber auf einen Eisbären, tut er gut daran, schnell mit sich ins Reine zu kommen oder was auch immer er sich sonst für die letzten zwei, drei Minuten seines Lebens vorgenommen hat. Als einziger Vertreter der stolzen Bärenfamilie hat *Ursus maritimus* den Menschen nämlich auf seinem Speiseplan. Schwarzbären und Grizzlys begnügen sich mit Lachsen, Ameisen und Beeren und fressen größere Fleischportionen eigentlich nur dann, wenn sie diese bereits tot antreffen. Der Eisbär aber ist ein bisschen Widerstand und Gezappel gewöhnt. Er ernährt sich hauptsächlich von Robben. Läuft ihm ein Mensch über den Weg, nimmt er den auch. Erst recht, wenn er gerade ziemlich ausgehungert aus seiner Höhle kommt und auf der Suche nach der ersten Mahlzeit nach dem Winterschlaf ist.

Der Bär im Innenhof des Forts tat so, als habe er die beiden Menschen noch nicht entdeckt. Er linste nur ab und zu verstohlen herüber, während er schlenkernd einige Schritte nach links oder rechts tapste, allmählich aber immer näher kam. Zwischendurch blieb er stehen und schnüffelte an den Pflastersteinen. Dann schnaubte er leise und schüttelte den Kopf, als wundere er sich, dass beim Kehren des Hofes geschludert worden war. Zu Hause in Oer-Erkenschwick hatte sich Siebeneisen immer etwas geärgert, wenn er die aktuelle *National-Geographic*-Ausgabe aus dem Briefkasten geholt und festgestellt hatte, dass es schon wieder um Eisbären ging. Dass sie die ersten prominenten Opfer der Klimaerwärmung werden würden, dass ihnen das Eis bereits jetzt unter den Pfoten wegschmolz, die armen Bärchen auf ihren dünnen Eisschollen im arktischen Meer, all diese abgedroschenen Klischees. Jetzt aber, im Hof des Forts, jetzt war er froh über jede Information, die er irgendwann gespeichert hatte. Dieser Bär da vor ihnen, dieser Bär wusste ganz genau, was er wollte. Irgendwann, dachte Siebeneisen, war mit dem scheinbar ziellosen Schlendern Schluss – dann würde er auf sie losgehen. Es sei denn, sie konnten ihn irgendwie ablenken.

»Das Gebäude hinter uns«, fragte er leise, »dieser Container – der hat eine Tür, oder?«

»Ja, hat er.« Lawns Stimme hinter ihm klang dünn und zittrig.

»Und die Motelmanagerin hat gesagt, sämtliche Türen in der Stadt müssten den Winter über geöffnet sein, oder?«

»Ja, hat sie. Er kommt näher …«

Der Bär trottete jetzt eindeutig in ihre Richtung.

»Gib mir die Flasche. Ich lenke ihn ab.« Siebeneisen streckte den Arm nach hinten aus, ganz langsam, fühlte das Glas, das ein Handwerker vor 240 Jahren geblasen hatte, in Essex oder Suffolk oder Southampton, nahm die Flasche am Hals und zog den Arm nach vorne. Wenn er gut zielte, würde ihnen das die Sekunden bringen, die sie brauchten. Der Bär war jetzt vielleicht noch zehn Meter entfernt. Er war riesig. Er blickte Siebeneisen nun direkt in die Augen. Er fixierte ihn. Er bluffte jetzt nicht mehr. Er war jetzt so weit. Aus seinem Maul tropfte Speichel.

Siebeneisen holte aus.

»Lauf!«

Lawn sprintete los. Mit einem Ruck wandte der Bär seinen Blick von Siebeneisen ab und sah der Frau nach, die davonrannte. Deswegen bemerkte er zuerst nicht, dass Siebeneisen die Flasche hoch hinter seinen Kopf hob und sie ohne Zögern in seine Richtung schleuderte. Möglicherweise war es die Wurfbewegung oder vielleicht auch bloß das Geräusch des heranwirbelnden Geschosses, jedenfalls drehte der Eisbär seinen Kopf etwa eine Zehntelsekunde, bevor sein Kopf getroffen wurde. Mit einer blitzschnellen, grazilen Bewegung wehrte er den Flugkörper mit seiner rechten Vordertatze ab. Die Flasche änderte ihre Flugrichtung und zerschellte irgendwo auf den Steinen. Jetzt schaute der Bär irritiert in Richtung des Geräusches, als habe er noch nie eine Flasche zerschellen hören (was durchaus möglich, angesichts des verheerenden Alkoholproblems in entlegenen Außenposten wie Churchill aber eher unwahrscheinlich ist). Als er wieder zu seinem geplanten Abendessen hinübersah, rannte gerade auch der zweite Gang davon. Und verschwand zusammen mit dem ersten hinter der Tür.

»Eins sag ich dir: Das war das letzte Mal!« Siebeneisen konnte seine Wut kaum bändigen. Statt zu zittern, zusammenzubrechen, apathisch ins Leere zu glotzen oder sonst irgendeine Reaktion zu zeigen, die man erwarten würde, wenn man dem Leibhaftigen gerade noch mal so von der Schippe gesprungen war (beziehungsweise dem Eisbären vom gedeckten Dinnertisch), spürte er einen gewaltigen Zorn, der in ihm hochkochte. Er lehnte mit dem Rücken an der Tür. »Das war das allerletzte Mal, dass ich mich von den beiden habe einwickeln lassen. Es reicht jetzt. Mit mir nicht mehr. Die sollen ihren Kram beim nächsten Mal gefälligst allein erledigen ... Hey, was ist los? Alles o.k.?«

Lawn schluchzte leise. Bis gerade eben hatte sie durch das kleine Containerfenster in den Hof geschaut. Nun rutschte sie allmählich mit dem Rücken an der Wand entlang zum Boden. Sie hielt sich die Hände vors Gesicht. Aus dem Schluchzen wurde Weinen.

»Komm her ...« Siebeneisen setzte sich neben sie, nahm sie in die Arme und drückte sie fest an sich. »Ist doch alles nochmal gut gegangen ...« Er strich ihr sanft über das Haar. Ist alles nochmal gut gegangen, dachte er. Aber dieses Mal war es knapp. Sehr, sehr knapp. Er blieb neben seiner Freundin sitzen und sah sich um.

Der Container, in den sie sich gerettet hatten, war groß, düster und vollgestopft mit allen möglichen Dingen. Vorne gab es eine Art Bürobereich, ein Schreibtisch mit Papierstapeln, Aktenordnern und Telefon, drei Stühle, Regale voller Broschüren, ein Sideboard, eine Mikrowelle. An der Wand hingen eine große Korktafel mit etlichen Post-it-Notizen und ein Schaukasten mit Schmetterlingen, deren Anblick die Mitarbeiter der Verwaltung während des neunmonatigen Winters wohl daran erinnern sollte, dass bald andere Zeiten anbrechen würden, bessere, wärmere, sonnigere. Im hinteren Bereich des Containers war alles Übrige verstaut, was zur Pflege eines rekonstruierten Forts benötigt wurde: Rasenmäher, Farbeimer, Schaufel und Pickel, zwei Leitern und etliche Kanister mit Benzin. Außerdem gab es einen Sonnenschirm und eine Tasche mit Golfschlägern. In der dunkelsten Ecke stand ein Sofa, auf dem sich ein Berg Overalls, Decken und Jacken türmte. Obwohl der Container ziemlich groß war, gab es nur das eine, kleine Fenster.

Siebeneisen drückte Lawn und küsste sie auf die Stirn. Er stand auf und sah nach draußen. Der Bär lungerte auf der anderen Seite des Platzes herum. Er wirkte völlig desinteressiert.

»Er ist immer noch da.«

»Er wird auch nicht verschwinden. Er weiß ja, dass wir hier drinnen sind. Und selbst wenn du ihn nicht mehr sehen würdest – könnte ja sein, dass er außerhalb des Gebäudes sitzt und geduldig darauf wartet, dass wir rauskommen.« Lawn hatte sich beruhigt. Sie putzte sich die Nase.

»Stimmt.« Siebeneisen nahm den Hörer des Telefons, das auf dem Schreibtisch stand. Er drückte ein paar Tasten.

»Tot. Keine Verbindung. Kann es vielleicht sein, dass das Fort hier im Winter komplett geschlossen ist? Sieht mir nicht danach aus, als hätten die heute nur Ruhetag.«

»Ist bestimmt so. Schau mal – das Datum …« Lawn zeigte auf einen Abrisskalender an der Wand: 15. September. Das war über zwei Monate her. »Das würde dann aber auch bedeuten, dass wir hier in diesem Container feststecken. Zumindest so lange, bis ein Taxifahrer eine weitere Fuhre ahnungsloser Touristen ankarrt.«

»Denen man im Hotel ebenfalls verschwiegen hat, dass hier geschlossen ist.«

Also warteten sie. Aus zehn Minuten wurden zwanzig, aus zwanzig dreißig, aus der halben Stunde eine ganze. Alle drei oder vier Minuten sahen sie aus dem Fenster. Der Eisbär hatte sich auf der anderen Seite des Platzes schlafen gelegt. Er schien zu träumen, hin und wieder zuckten seine Ohren. Er sah ziemlich putzig aus.

»Wie spät ist es denn eigentlich?« Siebeneisen hatte den Eindruck, dass der Himmel über dem Fort anders aussah als noch kurz zuvor, milchiger, stumpfer, als würde das Licht allmählich aus ihm herausgezogen.

»Kurz nach halb drei.«

»Ich schau mal, ob es irgendwo was zu essen gibt.« Siebeneisen trat hinter den Schreibtisch und begann, Schubladen und Schranktüren zu öffnen. Zuerst fand er Geschirr und Besteck, kurz darauf einen Karton mit Fertigmahlzeiten.

»Hunger?«

»Und wie!«

»Dann such dir mal was aus: Spaghetti bolognese, Ratatouille mit Rindfleisch oder – sozusagen als kleine Verbeugung vor unserem Auftraggeber: *Chana Masala*. Garantiert nicht auch nur annähernd so scharf wie am Hofe des Maharadschas, der ausschließlich gemeingefährliche Köche beschäftigt.«

»Gerne indisch!«

»Nehme ich auch.« Siebeneisen öffnete zwei Packungen. Er stellte die Teller in die Mikrowelle. Zwei Minuten später ertönte ein heller Glockenton. Er öffnete die Tür. Ein wunderbarer Currygeruch zog in den Raum.

»Wenn das so schmeckt, wie es riecht, wird das toll.« Lawn strahlte. Sie sah Siebeneisen an. »Was ist denn los? Stimmt was nicht?«

Statt ihr zu antworten, stellte Siebeneisen die beiden Teller auf den Schreibtisch. Er griff Lawn am Arm und zog sie langsam zu sich hinüber, wobei er den hinteren Bereich des Raumes nicht aus den Augen ließ. Lawn sah über die Schulter, und jetzt hörte sie es auch, und sehen konnte man es jetzt sowieso: Der Kleiderstapel auf dem Sofa bewegte sich. Etwas richtete sich auf.

Etwas Dunkles.

Etwas, das sehr laut grunzte.

39

Zu den erstaunlichsten Errungenschaften des indischen Subkontinents zählt seine Küche – und die Leistung all jener ungezählten Männer und Frauen, die in Indiens Küchen am Herd stehen. In keinem anderen Land der Welt wird mit derart einfachen Mitteln eine auch nur annähernd so vielfältige, gesunde und wohlschmeckende Palette an Vorspeisen, Hauptgerichten und Desserts kreiert wie zwischen Darjeeling und Kalkutta. Dennoch ist man bei alldem äußerst bescheiden geblieben. Wenn der Chinese behauptet, sein Land besitze aufgrund der glorreichen Vergangenheit, der einzigartigen Tradition und der Talente seiner Menschen selbstredend die beste Küche der Welt, lächelt der Inder nur weise. Denn er weiß es besser.

Zum Glück für den Rest der Welt haben sich etliche indische Küchenkünstler in den vergangenen Jahrzehnten auf den Weg gemacht, um auch den Rest der Welt zu beglücken. Indiens Köche werkeln in jeder westlichen und östlichen Metropole und mittlerweile auch in den meisten kleineren Städten, sie kochen für Partygesellschaften und sind bei den Cateringgesellschaften der Airlines tätig (wer je ein »*Indian Special Meal*« für einen Langstreckenflug bestellt hat, weiß, welch ungeheures Glück es bedeutet, wenn man sein *Alu gobhi* oder *Dal tadka* serviert bekommt, lange bevor die normalen Essen verteilt werden). Und selbstverständlich ist es Indiens Exportköchen auch irgendwann gelungen, ihren Fuß in die Tür der Fertiggerichtindustrie zu bekommen. Seitdem können Leute mit schmalem

Zeitfenster unter einem reichhaltigen Sortiment indischer Instant-Mahlzeiten wählen: schnell zubereitet, vitaminreich und in den meisten Fällen derart scharf, dass jede Gabelvoll kleine pyrotechnische Kapriolen auf Zunge und Rachen hinzulegen scheint. Weshalb man solche Gerichte tunlichst zuerst etwas abkühlen lassen und dann vorsichtig und langsam zu sich nehmen sollte. Beziehungsweise, im Umkehrschluss: Jeder, der in die Situation gerät, eine glühend heiße Portion eines höllisch scharfen indischen Gerichtes verschlingen zu müssen, so schnell es nur irgendwie geht, der wird diese Situation nie, nie wieder in seinem Leben vergessen.

Und wie kann das sein? Wie passiert so etwas, wie schafft man es, sich in eine derart unglückliche Lage zu bringen? Wahrscheinlich existieren nicht viele Möglichkeiten. Eine Variante beispielsweise besteht darin, sich in einem Anflug grenzenloser Naivität ein intensiv duftendes indisches Curry in einem Container aufzuwärmen, vor dem ein ausgehungerter Eisbär auf der Lauer liegt. Und auf dessen Sofa ein paar Stunden zuvor Walt Cormac kollabiert war, nach einem ausgiebigen Gelage im Verrückten Walross, aus dem er anschließend in die falsche Richtung der Nacht hinausgetorkelt und irgendwie bis zum Fort gelangt war. Wenn jetzt noch hinzukommt, dass jener Walt Cormac vom Duft des *Chana Masala* aufwacht, grunzend und hustend unter dem Jackenberg hervorkriecht und beim Blick aus dem Fenster einen Eisbären heranstürmen sieht, und wenn dieser Walt dann gedankenschnell ein gellendes »Esst! das! ganz! schnell! auf!« in den Raum brüllt, nun ja: Dann haben einen die Umstände tatsächlich in solch eine unwahrscheinliche Situation hineinmanövriert.

Siebeneisen und Lawn standen an der Mikrowelle und starrten auf den schreienden Waldschrat, der sich unter den Jacken und Decken hervormaterialisiert hatte. Walt Cormac sah aus wie eine Mischung aus Harry Rowohlt (Bart) und Gimli, dem Zwerg aus *Der Herr der Ringe* (Bart und Körpergröße). Er schrie wieder, sie sollten ihr Essen essen, sofort, also löffelten sie, so schnell es ging, aber schon nach den ersten zwei geschaufelten Gabeln krachte der Eisbär von außen gegen den Container. Er gab ein gewaltiges Röhren von sich. Cormac riss Siebeneisen den Teller aus der Hand, hielt ihn an seine Unterlippe und schob das Kichererbsencurry mit der Hand in den Mund, was maximal drei Sekunden dauerte. Das Gleiche machte er mit Lawns Portion. Der Eisbär rammte erneut gegen den Container, dieses Mal gefährlich nahe an der Tür.

»Stuhl unter die Klinke!« Cormacs Gesicht nahm einen alarmierenden Farbton an. In seinen Augen standen Tränen, aus jeder Pore quollen Schweißtröpfchen, man konnte sehen, wie er um Luft rang. Siebeneisen griff einen der Bürostühle und rammte die Lehne unter die Türklinke. Cormacs Kopf war jetzt feuerrot, er begann zu husten. Einen Moment später zersplitterte das Fenster, und der auf seinen Hinterbeinen stehende Eisbär steckte seinen Kopf in den Container. Er riss das Maul auf und brüllte.

»Aus dem Weg!« Mit einem Mal war Lawn zwischen ihnen, einen Golfschläger in der Hand, ein Eisen 7, was sie natürlich nicht wusste, weil sie einfach den erstbesten Schläger aus der Tasche gezogen hatte. Siebeneisen riss den immer noch hustenden Cormac aus dem Gefahrenbereich des Eisens, das Lawn in der Hand hielt wie einst Siegfried das Schwert vor dem Drachen, und dann…

»… dann hat er mir in die Augen gesehen. Direkt in die Augen. Als ob er mich bitten würde, nicht zuzuschlagen.« Sie saßen auf dem Sofa im Container, nebeneinander, unter allen Decken, die sie hatten finden können. Es war später Nachmittag und bitterkalt. Was auch am nur provisorisch verschlossenen Fenster lag, vor das Cormac die Pinnwand genagelt hatte. Die Post-its flatterten im Innenhof.

»Es war, als ob er meine Gedanken lesen könnte. Und ich seine.«

»Sah ganz so aus.« Cormacs Stimme war ein rostiges Rasseln. Die Express-Ration Curry hatte seinen Stimmbändern nicht gutgetan.

»Hauptsache, er hat nicht länger versucht hereinzukommen. War ja sofort weg vom Fenster.« Siebeneisen dachte an besagten Moment: Lawn mit dem Golfschläger in beiden Händen, der Eisbär im Fenster, ein Augenblick wie festgefroren in der Zeit. Offenbar konnte diese Frau nicht nur mit Geistern reden, sondern auch mit Bären.

»Die Cree glauben, Eisbären seien die Seelen ihrer Ahnen«, raspelte Cormac, »wandernde Wesen, die keine Ruhe finden.«

Aha, dachte Siebeneisen, deswegen also.

»Die Cree würden so ein Tier nur in absoluter Notwehr töten. Andere haben da weniger Rücksicht genommen. Ich kann mich noch gut an die Zeit erinnern, als ein Eisbärenfell 3000 Dollar gebracht hat. Und noch ein paar mehr, wenn es nur ein einzelnes Einschussloch hatte. Ist noch nicht allzu lange her.«

»Da ist Churchill Mitte der Sechziger eine wichtige Einnahmequelle verlorengegangen, oder?« Aus einer der *National-Geographic*-Reportagen wusste Siebeneisen, dass die Eisbären 1965 unter Schutz gestellt worden waren. Seit damals durften lediglich Inuit sie schießen und ausschließlich zu rituellen Zwecken.

»Das Jagdverbot war das Beste, was diesem Kaff passieren konnte!« Cormacs Stimme klang mittlerweile, als werde jedes einzelne Wort über Schleifpapier gezogen. »Hier rücken jährlich zehntausend Besucher an, um die Viecher zu sehen. Die halbe Stadt lebt davon. Fahren für ein Heidengeld in gepanzerten Fahrzeugen da raus, die Touris. Und wenn sie zurück sind, kaufen sie Plastikschilder mit ›*Danger! Polar Bears!*‹-Aufschrift, um sie zu Hause an die Klotür zu hängen.«

»Und was macht man, wenn die Bären im Ort herumlaufen?« Lawn schien nicht länger über die Geisterbären nachzudenken.

»Ach, wir werden ja mit denen groß, gewissermaßen. Die Kids hier lernen schon im Kindergarten, wie man sich verhalten muss. Und wir Erwachsenen haben immer ein Auge auf die Tiere. Das Problem ist, dass die Hudson Bay immer später zufriert wegen dieses *Global-Warming*-Zeugs. In der DNA der Bären ist das aber noch nicht angekommen. Die marschieren wie früher im Oktober an und schauen dann blöd, wenn noch kein Eis da ist.«

»Und hängen in der Stadt herum.«

»Genau. Für solche Fälle haben wir ein Bärengefängnis. 25 Einzelzellen, immer gut belegt. Wenn das Eis dick genug ist, holen wir die Insassen raus und fliegen sie mit Hubschraubern möglichst weit hinaus in die Bucht.« Cormac hustete. Er bemerkte die verwunderten Blicke der beiden. »In Netzen natürlich. Vorher werden sie betäubt.«

»Was für ein Aufwand. Sind Sie auch in der Eisbärenindustrie beschäftigt?«

»Nein. Wir haben ein kleines Motel in der Stadt, meine Frau und ich, zusammen mit unseren drei Töchtern. Ich schätze mal, dass Missus mich ganz bald suchen kommt, wenn ich nicht auftauche. Ich habe hier schon ein paar Mal übernachtet.

Wird sich freuen, wenn sie meine Stimme hört. Ich klinge jetzt fast so lieblich wie sie.«

Es war schon dunkel, als sie das Geräusch der Motoren hörten. Sie saßen noch immer nebeneinander auf dem Sofa, und Walt Cormac erzählte noch immer, mittlerweile von der Belugasaison im Sommer, die sich trotz tausender weißer Wale leider nicht zu einer weiteren Touristenattraktion entwickelt hatte, weil sie unglücklicherweise mit der Moskitosaison kollidierte. »15 Millionen verdammte Moskitos pro Kubikmeter Luft«, behauptete Cormac felsenfest, »und einige der Biester sind derart groß, dass sie laut dem Department for Transport im nächsten Sommer Identifikationsnummern unter ihren Flügeln tragen müssen wie die anderen Flugzeuge ja auch.« Cormac lauschte nach dem Motorengeräusch, das näher kam. »Das war jetzt ein Witz!«

Und dann bebte die Erde, und dann zuckten Lichtkegel durch den historischen Hof von Fort Prince of Wales, und dann knatterten nacheinander vier Quads durch den Eingang, mit vier Walküren im Sattel. Die erste nahm ihren Helm ab. Ihre Stimme war ein Röhren in der Dunkelheit.

»Walt Cormac – du kannst rauskommen. Du musst keine Angst haben. Hier ist nur deine Frau!«

Auf der Fahrt zurück nach Churchill, hinten auf einem der Quads und unter einem Himmel, über den die Leuchtnebel einer *Aurora borealis* zuckten, als habe ein unsichtbarer Choreograph sie arrangiert, sah Siebeneisen ein großes Werbeschild: *»Where the sky dances to an ancient melody only the polar bear remembers«*. Er klammerte sich fest an seine Fahrerin. Weit hinter ihnen lag das Fort der Hudson's Bay Company, ein schwarzer Schatten in tiefer Nacht.

40

Aus den verschollenen privaten Aufzeichnungen von William Bligh, Sailing Master der HMS Resolution,
16. Februar 1779

Unvorstellbares hat sich ereignet: Unser Kapitän ist nicht mehr unter uns. Er starb am 14. Februar im Jahre des Herrn 1779 unter den Keulenschlägen der Einwohner der Sandwichinseln, in einer Bucht, die Kealakekua genannt wird. Und wir, seine Getreuen, konnten ihn nicht retten.

Im Nachhinein erscheint alles wie Schicksal, eine unausweichliche Kette von Ereignissen, die geradewegs zu jenem unglückseligen Tag führten. Ach, hätten wir sie doch nur brechen können! Unablässig waren wir in den vergangenen Monaten in den Gewässern des Nordens gekreuzt, um die Passage zu finden, die den Pazifik mit dem Atlantik verbindet. Unseren Bemühungen war keinerlei Erfolg gegönnt. Es waren Monate der Mühsal, eine Zeit mannigfaltiger Entbehrungen. Als der Winter mit all seiner Macht über den Norden herfiel und Eis und Schnee die Suche unmöglich machten, kehrten wir zu den Sandwichinseln zurück.

Dort wurden wir erneut mit größtem Respekt empfangen und verlebten eine Zeit ohne Sorge und Trübsal. Die Bewohner der Inseln hielten unseren Kapitän fürderhin für eine Gottheit und uns für deren Diener. Als wir erneut in See stachen, verabschiedeten sie uns mit allen Ehren. Dann aber brach im Sturm der Mast der *Resolution*, und wir mussten umkehren. Da erkannten die Häuptlinge der Inseln ihren Irrtum. Man kann die Gedanken dieser Menschen schwerlich nachvollziehen, wohl aber gerieten sie in Zorn, als sie Cooks Menschentum erkannten. Und wie schnell eskalierte die Situation! Am Ende mussten wir froh sein, zumindest Teile seines Leichnams ausgehändigt zu bekommen. Was mit dem Rest passierte, darüber möchte ein rechter Christenmensch nicht nachdenken.

James Cook! Seit er nicht mehr unter uns weilt, kommen mir mannigfaltige Momente in den Sinn, die den Alten noch mysteriöser erscheinen lassen – als habe er vor uns allen etwas verborgen während der Reise. All diese Wanderungen, all diese Tage, an denen er abwesend war! Kurz vor unserem Aufbruch von der Küste Alaskas kam ich wegen einer dringenden Angelegenheit zur Great Cabin. Ich klopfte, er rief mich hinein, sein Rücken verdeckte mir den Blick auf eine Leinwand, auf die er etwas notiert hatte. Als ich am kommenden Tag wieder gerufen wurde, stand der Alte erneut an der Staffelei. Dieses Mal malte er einen Palmenstrand, sehr merkwürdig erschien mir dies, wo er sich doch sonst nur mit der Kartografie beschäftigte. Rasch bedeckte er das Bild mit einem Laken, und ich wagte nicht, ihn danach zu fragen. Ob gar eine künstlerische Ader in ihm steckte, die er anderen nicht offenbaren wollte? Möglicherweise war er ja von viel feinfühligerem Gemüt, als wir es je vermuteten.

Als rätselhafter Mann, so wird er mir in Erinnerung bleiben. Streng zu seiner Mannschaft, grausam zu sich selbst, aber dann wiederum so gütig zu Menschen, die er sympathisch fand. Gut erinnere ich mich an jenen Fallensteller, den wir an Alaskas

Küste trafen, kurz bevor wir die Segel strichen und umkehrten. Wir wollten soeben unsere Flasche vergraben, als der Mann aus dem Wald trat. Zuerst dachten wir, einen russischen Pelzjäger vor uns zu haben. Dann aber wurde offenbar, dass der Mann lediglich mit schwerem Dialekt sprach und Engländer war aus der Gegend um Great Ayton, wo auch Cook aufgewachsen war. Die beiden unterhielten sich angeregt, und dem Trapper wurde die Ehre zuteil, abends mit dem Kapitän in der Great Cabin zu speisen. Wahrscheinlich haben sie über gemeinsame Bekannte gesprochen. Und darüber, wie unterschiedlich sich doch die Lebenswege erweisen können: Zwei Männer aus Yorkshire, beide aus ärmsten Verhältnissen, beide mit einem Drang in die Ferne, und der eine wird Fallensteller in den Kolonien und der andere der berühmteste Navigator, den die Welt je sah.

Ach, ein Großer unter den Sterblichen ist von uns gegangen! Er wird mir leuchtendes Vorbild sein, wenn ich einst ein Kommando über ein Schiff übertragen bekomme!

41

Der Tisch im Crazy Walrus klebte merkwürdig, aber immerhin gab es ziemlich guten hausgemachten Kirschkuchen, und der Kaffee schmeckte für nordamerikanische Verhältnisse ganz ausgezeichnet. Außer Siebeneisen war nur ein einziger anderer Gast in Churchills größtem Diner, ein traurig aussehender Cree, der vorhin eine Handvoll Quartermünzen in die Jukebox geworfen hatte und sich seitdem an einer Tasse Kaffee festklammerte. Der erste Song war von Cold Chisel. Siebeneisen erkannte das Lied, konnte sich aber nicht erinnern, wo er es schon einmal gehört hatte. Jetzt waren John Denver und Emmylou Harris an der Reihe, »Wild Montana Skies«, ein Stück, in dem von ziehenden Wildgänsen geschwärmt wurde und vom wilden Wind, der einem ein Bruder sein könne, wenn man nach Montana komme. Siebeneisen mochte das Stück, er klopfte den Takt ein paar Verse lang auf dem Tisch mit, bevor sich die Realität erneut in seine Gedanken drängelte.

Seine Laune war auf einem historischen Tiefpunkt angelangt. Die ganze Nacht über hatte er versucht, eine Erklärung zu finden. Dafür, dass sie schon wieder erfolglos gewesen waren. Er ging die Fakten erneut in Gedanken durch.

Also: Onkel Jake vergräbt Cooks Flasche mit dem Teil der Ganesha-Statue im Fort. Genau, wie von Grandpa Edwin im Prospect of Whitby behauptet. Sie finden die Flasche, allerdings fehlt das Statuenstück. Die beiden Münzen ebenfalls, nur Cooks Schreiben ist noch da. Und flattert jetzt irgendwo im

Hof des Forts, dachte Siebeneisen, dem erst jetzt auffiel, dass sie die Depesche völlig vergessen hatten. Er zwang sich, seinen logischen Gedankengang fortzusetzen. Also, noch einmal: Flasche da, Statuenstück weg. Die Pflastersteine, die Holzkiste, der Verschluss der Flasche – nichts deutete darauf hin, dass ihnen die Diebe auch dieses Mal zuvorgekommen waren. Und doch musste es so gewesen sein. Es gibt gar keine andere Möglichkeit, grübelte Siebeneisen, die Diebe waren vor ihnen im Fort gewesen. Und Lawn und er waren auch dieses Mal zu spät gekommen.

Sie hatten keines der Statuenstücke.

Ihre Gegenspieler hatten alle.

Siebeneisen sah aus dem Fenster. Es schneite. Nicht stark, eher so, als wolle der Schnee erst einmal ausprobieren, ob es ihm gefällt, Ende November in Churchill, Manitoba. Da draußen sieht Kanada ganz anders aus als das Land, das man aus Bildbänden und Kalendern kennt, dachte er, da draußen ist Kanada vor allem: leer. Die karge Landschaft machte den Eindruck, als sei sie schon immer dort gewesen und werde immer dort sein, bis ans Ende aller Zeiten. Dabei wirkte sie überhaupt nicht abweisend oder feindselig – sie war einfach. Und sie sah nicht aus, als kümmerten die kleinen Lebewesen sie wirklich, die dick verpackt an ihrem Rand lebten. Siebeneisen nickte der Bedienung zu, die Kaffee nachschenkte. Er nickte auch dem Cree zu, der noch immer sehr traurig aussah. Der Mann schien durch ihn hindurchzusehen.

Und warum hatten die Diebe keine Origamifigur am Fundort zurückgelassen, so wie überall sonst? In Siebeneisens Kopf marschierten die Gedanken tapfer in die nächste Runde. Waren auch sie von einem Eisbären überrascht worden? Nachdem sie die Flasche wieder vergraben hatten? Siebeneisen fühlte, wie sich eine gewaltige Melancholie in ihm ausbreitete. Dass in der Jukebox Tom Waits gerade »Tom Traubert's Blues« sang, eines der traurigsten Lieder, die je geschrieben wurden auf dieser Welt, machte die Sache auch nicht besser. Siebeneisen seufzte. Aus seiner Jackentasche holte er die vier Origamifiguren, die sie gefunden hatten: eine auf Tonga, eine in Neuseeland, eine in Kapstadt, die letzte in London. Auf Hawaii waren sie den Dieben zuvorgekommen, und im Meer hätten die auch schwerlich eine zurücklassen können. Im Fort hatte es keine gegeben. Er legte die vier auf den Tisch, schob sie gedankenverloren hin und her und fragte sich erneut, wieso alle Figuren wie kunstvoll gefaltete Steingruppen aussahen. Und nicht wie Drachen oder Kraniche oder was man sonst noch so faltete.

»Was machsten da?« Der Indianer hatte Siebeneisen beobachtet. Jetzt stand er auf und kam zu seinem Tisch. »Hast du die gefaltet? Kannste keine richtigen Figuren? Frösche oder so'n Zeug? Sieht ja aus wie einer dieser gottverdammten Zen-Gärten, die sie in Japan haben!«

Siebeneisen betrachtete die Papierfiguren genauer. Der Mann hatte recht – so, wie die Figuren nebeneinander auf dem Tisch lagen, erinnerten sie tatsächlich an Steine in einem japanischen Garten. Wipperfürth hatte eine Zeitlang von nichts anderem geredet. Während einer Phase, in der er nacheinander einen Origami- sowie einen Autogenes-Training-Kurs belegt hatte, eine unglückselige Kombination im Sommersemesterangebot der VHS Oer-Erkenschwick.

Siebeneisen sah die Figuren an und dann den Cree-Indianer.

»Tatsächlich«, hörte er sich sagen, »sieht tatsächlich aus wie einer dieser gottverdammten Zen-Gärten, die sie in Japan haben.«

42

FREITAGS IN DER FAULEN KOBRA.

»Er hat was bitte geschickt? Ein Foto mit Origamifiguren? Ist der denn jetzt völlig übergeschnappt?«

Schatten verlagerte seine 150 Kilo schnaufend von einem Fuß auf den anderen. Seit ihn Niranjana ins Gesäß gebissen hatte, konnte er nicht mehr beschwerdefrei sitzen. Weil Wipperfürth sein Sofa nicht aufgeben wollte und der Besitzer des Teehauses sich geweigert hatte, ein zweites Exemplar aufzustellen, blieb Schatten nichts anderes übrig, als bei seinen Besuchen stehen zu bleiben. Dabei hielt er sich möglichst weit entfernt vom Tresen mit dem Bastkorb auf. Niranjana hatte längst keine Giftzähne mehr. Kräftig zubeißen konnte sie noch immer.

Überhaupt erfreute sich die Schlange bester Gesundheit. Gerade eben hatte Adesh vorbeigeschaut, der eine fahrende Kobra-Ambulanz betrieb. Eigentlich betreute er ausschließlich Schlangen, die von ihren Beschwörern überarbeitet worden waren und an Burnout litten. Weil er und der Teehausbesitzer aber zusammen zur Schule gegangen waren, hatte Adesh eine Ausnahme gemacht und Niranjana gründlich untersucht. Ein ausgeprägtes Schleudertrauma, sonst war alles in Ordnung. Das kam vom Aufprall an der Wand. Schatten hatte den Bastkorb nach dem Biss in blanker Panik vom Beistelltisch gefegt. Mit einer derartigen Kraft, dass die Schlange quer durch das nach ihr benannte Teehaus geflogen war. Jetzt hatte Adesh ihr ein starkes Schmerzmittel eingeflößt. Niranjana war sofort eingeschlafen. Wahrscheinlich träumte sie von jungen, zarten, unschuldigen Mäusen.

»Ja, ein Foto mit Origamifiguren. Hier!«

Wipperfürth hielt das Telefon. Er trug einen türkisfarbenen *Sherwani,* eine Art überlanges, zugeknöpftes Jackett, auf das kleine, neongelbe Elefanten gestickt waren. Außerdem hatte er sich die Augen mit Kajal geschminkt, was ihm ein leicht diabolisches Aussehen verlieh.

»Und was sollen wir damit? Uns davorsetzen und meditieren? Damit wir schön ruhig sind, wenn er uns die nächste Hiobsbotschaft schickt? Hat der Mann überhaupt eine Ahnung, was uns sein kleines Abenteuer an den teuersten Urlaubszielen der Welt bereits gekostet hat?«

Schatten begann zu schnaufen, wie immer, wenn er sich zu sehr anstrengte. Seit er seinen Panamahut mit der Werbebanderole entsorgt hatte, thronte ein khakifarbener Tropenhelm auf seinem Kopf, der die Schweißsturzbäche erfolgreich bändigte, solange Schatten ihn aufbehielt. Er hatte den Helm im Archiv des Maharadschas entdeckt. Wahrscheinlich hatte ihn ein britischer Kolonialbeamter dort vergessen, als er das Land verließ, 1947 oder um den Dreh.

»Jetzt reg dich mal wieder ab. Er fragt nur, ob mir das bekannt vorkommt. Wie du vielleicht weißt, verfüge ich über ein umfangreiches Zen-Wissen.«

»Du? Ich kann mich nur daran erinnern, dass du bei der VHS mal einen Kurs für autogenes Training belegt hast, der offenbar völlig aus dem Ruder gelaufen ist. Wochenlang hast du irgendwelche Samurai-Sprüche abgelassen.«

»Ich wurde tief in die Weisheiten Asiens eingeführt, wie du dich vielleicht erinnerst. Deswegen erkenne ich natürlich sofort, um was es sich hier handelt.« Wipperfürth hielt das Handy mit dem Foto triumphierend in die Luft.

»Ach ja? Und um was bitte schön?«

»Eine freie Fläche. Vier Steingruppen. Fast komplett. Eine Origamifigur fehlt, das sieht man selbstverständlich auf den ersten Blick.«

»Vier Steingruppen? Eine fehlt? Was redest du da?«

»Wovon ich rede? Dies hier …«, Wipperfürth fuchtelte aufgeregt mit dem Handy herum, »… dies hier ist der berühmteste aller Steingärten des Zen, der Hojo-Teien im Ryoan-ji in Kyoto! Ganz eindeutig. Unverkennbar. Jemand, der sich mit diesem Thema beschäftigt hat, erkennt den *Kare-san-sui*-Stil sofort. Bloß eine der Steingruppen im Kiesbeet fehlt. Die Diebe kennen sich offenbar nicht so gut aus wie ich, sonst hätten sie die nicht vergessen.«

»Die haben sie nicht vergessen. Die hatten sie wahrscheinlich fertig gefaltet und sind bloß vom Eisbären überrascht worden. Wie unser lieber Siebeneisen nach ihnen.«

Wipperfürth sah Schatten an, als säßen sie zusammen in der Sandkiste und der Dicke habe ihm gerade das Lieblingsförmchen geklaut. Er konnte es nicht leiden, wenn andere auf naheliegende Erklärungen kamen und nicht er selbst.

»Gut. Das kann natürlich sein«, sagte er knapp. »Dann können wir aus alldem wohl auch schließen, dass die Diebe aus … Moment! Wir dachten doch, es sei dieses Hochzeitspaar aus Korea? Die beiden, die Hals über Kopf aus dem Palasthotel verschwunden sind?«

»Das hat doch nun wahrhaftig nichts zu sagen.« Schatten wurde patzig. Er schwitzte fürchterlich und vermutete, dass sich mittlerweile etwa ein halber Liter Flüssigkeit unter seinem Helm angesammelt hatte. Die Dinger waren ja aus Kork, da ging nichts durch. Er würde das Teil absetzen müssen, damit das Wasser ablaufen konnte. »Schließlich können Koreaner ja auch in Kyoto leben, oder? Wenn die Aktion hier noch länger dauert, werden die Leute ja auch irgendwann sagen, dass in Jodhpur zwei Männer aus Oer-Erkenschwick wohnen.«

Schatten sah hinüber zum Eingang. Er entdeckte den Babaji, der von einer seiner Meditationen im Tempel zurückkehrte. Gleich nach ihm betraten zwei hinreißend hübsche junge Frauen das Teehaus, Zwillinge ganz offensichtlich, sie sahen sich zum Verwechseln ähnlich. Beide hatten leicht gerötete Wangen, verwuschelte Haare und einen Glanz in den Augen, der vermuten ließ, dass der Babaji möglicherweise nicht immer in den Tempel ging, wenn man glaubte, dass er in den Tempel ging. Der heilige Mann hatte sich ein Schlangensymbol auf die Stirn gemalt. Er tippte an seinen Turban, als trage nicht Schatten, sondern er einen Tropenhelm. Wahrscheinlich kannte er diese Geste aus einem Film, der in einem Hotelzimmer lief, in dem er auf dem Doppelbett unterrichtete. Schatten nickte dem Babaji zu. Wipperfürth verneigte sich tief. Die Zwillinge kicherten.

»Wo waren wir?« Schatten hatte den Faden verloren.

»Bei unserer bevorstehenden Einbürgerung in Indien. Falls wir vorher nicht rausgeschmissen werden. Ach, wenn die Sache doch noch gut ausgehen würde!« Wipperfürths Gesichtszüge verdüsterten sich. Durch den großzügigen Kajaleinsatz sah er nun ein wenig aus wie eine hagere Schleiereule. »Seine Durchlaucht hat mich gestern übrigens gefragt, wie die Dinge stünden. Der gute Mann hat ja keine Ahnung, wie schlecht es um unsere Mission bestellt ist.«

»Du hast dem Maharadscha noch nichts gesagt? Dass wir versagt haben? Dass unser Freund da draußen kein einziges Stück der Statue in seinem Besitz hat?« Schatten bemerkte, wie sich die Flüssigkeitsmenge unter seinem Helm innerhalb weniger Augenblicke in etwa verdoppelte. »Du hast ihm das nicht gesagt? Wann soll er das denn deiner Meinung nach erfahren?«

»Beruhige dich bitte! Ich glaube nicht, dass hier alles augenblicklich den Bach hinuntergeht, wenn die Diebe die Statue zusammensetzen. Davon ist nichts überliefert. Ich denke, das mit dem Untergang des Hauses von Joompla wird eher ein schleichender Prozess. Dass in so einem Fall gleich die Palastmauern einstürzen, kann ich mir nicht vorstellen. Aber Ranji…« Wipperfürth spielte gedankenverloren mit dem Ring an seinem Finger.

»Ranji? Ich hab dir doch schon einmal gesagt, dass ihr euch doch einfach verdünnisieren könnt, wenn die Sache schiefläuft. Die Frau ist doch schließlich alt genug!« Schatten begann erneut zu schwitzen. »Dann müsst ihr halt auf den Palastflügel, die Dienerschaft und all das Pipapo verzichten. Oer-Erkenschwick kann auch sehr schön sein.« Er verlagerte sein Gewicht von einem Fuß auf den anderen. »Mich würde das Scheitern unserer Mission doch viel härter treffen! Meinen Sommersitz kann ich ja nicht einfach mitnehmen…«

»Dann hättest du halt eine andere Belohnung aushandeln sollen!« »Wipperfürth, der besorgte Liebende« war von einem Augenblick zum anderen wieder zu »Wipperfürth, dem Allwissenden« geworden. »Grundbesitz in Schwellenländern – davon rät doch jeder Anlageexperte ab. Da muss man nur mal den Wirtschaftsteil einer beliebigen Tageszeitung aufschlagen, um das zu erfahren.« Wipperfürth sah an Schatten vorbei Richtung Tresen.

»Könnten wir bitte noch zwei Assam-Tee bekommen, für mich mit Zucker, für meinen Freund ohne?«

Der Besitzer des Teehauses kam soeben gedankenverloren aus der Küche, wo er sich um seine Buchhaltung gekümmert hatte. Er zuckte zusammen, als Wipperfürth ihn ansprach.

Dann tat er so, als hätte er nichts gehört und wollte eigentlich in die andere Ecke seines Teehauses, sah dann dort aber den Babaji und die Zwillinge, die sich über tantrische Kräfte unterhielten. Gerade ging es um die *Kundalini*, die schlafende Kraft im Menschen, die auf Zeichnungen gerne als zusammengerollte Schlange am Ende der Wirbelsäule dargestellt wird.

»Und, ich meine, also, kann man die wirklich kontrollieren, diese, also, diese, ich meine – diese *Kundalini*, die kosmische Ekstase im Schoß?«

»Könnt Ihr das, weiser Saddhu? Die Schlange rufen? Sie, also, ähm, sie kommen lassen, wann immer Ihr wollt? Oh mein Gott, ich kann gar nicht glauben, dass ich so etwas frage!«

Der Babaji lächelte weise und nickte. Der Besitzer des Teehauses hielt das alles nicht mehr aus. Er drehte um und stürmte aus der Tür ins Freie.

Auf diesen Moment hatte sein Sohn schon den ganzen Tag über gewartet. Er verschwand hinter dem Tresen, nahm die CD aus dem Player und legte seinen neuesten Kauf ein: Oasis, ein Live-Mitschnitt ihres Konzertes in Knebworth, August 1996, als die Band um die Gallagher-Brüder auf dem Zenit ihres Könnens war und die besten Singles seit den Beatles raushaute, eine nach der anderen. Der Sohn des Teehausbesitzers drehte die Lautstärke auf und setzte sich neben den CD-Player. In ihrem Korb oben auf dem Tresen erwachte Niranjana vom Lärm der 150 000 Konzertbesucher.

Fragt man Musikfans nach ihren Lieblingsgitarrensoli, ähneln sich ihre Antworten frappierend: Obwohl die Auswahl eigentlich unüberschaubar ist, werden immer wieder die gleichen Stücke genannt. Niranjana dagegen hielt nichts von all dem ausufernden Gegniedel, das in solchen Umfragen regelmäßig angeführt wurde, die »Größten Gitarrensoli der Rockgeschichte«

waren ihr egal. Bei »Free Bird« von Lynyrd Skynyrd musste sie gähnen, sobald Gary Rossington an den Saiten seiner Gibson SG zog und zerrte. Das zweiminütige Solo von Don Felder und Joe Walsh aus »Hotel California« von den Eagles hatte sie so oft gehört, dass sie das selbst hätte spielen können, wenn sie denn Hände gehabt hätte (von einer Gitarre ganz abgesehen). Jimmy Pages Solo in »Stairway to Heaven«: dito. Das war ihr alles zu selbstverliebt, *l'art pour l'art*, Angeberei auf dem Griffbrett, die ein Lied nicht weiterbrachte. Deswegen liebte Niranjana die anderen Soli, die kurzen, eleganten, unerwarteten. Eines, wie Noel Gallagher es jetzt gleich spielen würde, in »Don't look back in anger«. Sie kannte die Stelle, im Text würde er John Lennon und dessen *revolution from a bed* zitieren und anschließend beinahe selbstversunken starten, jetzt – da war es! Beinahe majestätisch erhoben sich die Gitarrentöne über die infernalische Geräuschkulisse der Band und der 150 000 Fans. Sie schienen aus dem Song hinauszuwachsen und eine Weile alles beherrschend an der Oberfläche zu verweilen, bevor sie sich wieder in das Lied zurückzogen und einbetteten. Wie eine Kobra, die kurz aus ihrem Korb auftaucht. Und in ihn zurückgleitet, wenn alle sie genügend bewundert haben.

»Oh mein Gott!«, riefen die Zwillinge, die Niranjanas kurzen Auftritt mitbekommen hatten, »oh! mein! Gott!«, eine nach der anderen und zwischendrin gleichzeitig. Sie fielen vor dem Babaji auf die Knie, umklammerten seine Fesseln und küssten ihm die Füße. »Ihr habt sie gerufen, und sie ist erschienen! Das ist großartig! Das ist ... oh! mein! Gott! Lasst uns Eure Schülerinnen sein, großer Saddhu! Erweckt die göttliche Schlange in uns! Wir gehören Euch, großer Lehrer!«

Der Babaji lächelte weise und nickte.

43

KYOTO, JAPAN, ZWEI TAGE SPÄTER.

»Natürlich bin ich mir sicher. Ky-o-to war ausgemacht, nicht To-ki-o. Er ist doch noch selbst darauf gekommen, als er das Foto gesehen hat! Sorry, aber das kann kein Versehen sein. Das ist Absicht. Pure Schikane.«

Siebeneisen und Lawn erörterten das Thema jetzt zum wiederholten Mal. Am Flughafen von Los Angeles hatten sie entdeckt, dass Wipperfürth sie auf einen Flug nach Tokio gebucht hatte, nicht nach Kyoto. Da waren sie allerdings schon fast 30 Stunden unterwegs gewesen: von Churchill über Winnipeg, Toronto, Montreal nach Halifax und wieder quer zurück über den kompletten nordamerikanischen Kontinent nach L. A. an die Westküste, mit kurzen Stopps in Newark und Atlanta. Natürlich erlaubte das *»Fly far and save a lot«*-Ticket, das Wipperfürth in einem kleinen Reisebüro in einer Gasse hinter der Faulen Kobra gekauft hatte, keinerlei Umbuchungen, und für lange Diskussionen waren sie einfach zu müde gewesen. Sie hatten Tokio akzeptiert. Von dort waren sie dann mit der Bahn nach Kyoto gefahren.

Nicht, dass es einen Unterschied gemacht hätte. Die Stadt war zwar deutlich kleiner als das gigantische Tokio, für den Reisenden aus dem Westen deswegen aber nicht weniger verwirrend. Nach ihrer Ankunft mit dem Zug hatten Siebeneisen und

Lawn beinahe eine Stunde gebraucht, um – erstens – aus dem Bahnhof hinaus und – zweitens – zum Hotel zu finden. »*Unser Haus befindet sich nach 100 Metern links, wenn Sie aus dem Bahnhof kommen*«, stand in der Reservierungsbestätigung, die sich Siebeneisen bei einem ihrer zahlreichen Zwischenstopps in einem Flughafen-Businesscenter ausgedruckt hatte. Leider aber besaß der Bahnhof mehr als nur einen Ausgang: Er hatte etwa 67 Ausgänge. Und zwischen Ausgang 1 und Ausgang 67 lagen schätzungsweise drei bis vier Kilometer mit Menschenmassen verstopftes U-Bahn-Labyrinth. Die Hinweisschilder waren zweisprachig, wiesen aber bloß kryptisch auf etwas hin, das Higashikujo Nishiwamotocho hieß. Oder auf Aburanokoji-dori, was dem Namen ihres Hotels ebenfalls nicht ähnelte. Elf Rolltreppen später hatte sie das »*Trial and Error*«-Prinzip zwar elf Mal in die Großstadtnacht hinaufgebracht, nicht aber ans Ziel. Das hatten sie erst gefunden, als Lawn dringend eine Toilette suchte und sie dem entsprechenden Symbol folgten. Das Zeichen führte sie zur Besuchertoilette in der Lobby ihres Hotels.

Und da waren sie nun. Das astronomisch teure Zimmer maß ziemlich genau acht Quadratmeter; der Boden wurde fast bis auf den letzten Quadratzentimeter vom Bett in Beschlag genommen. Wem es hier zu eng wurde, konnte ins Bad ausweichen. Zusammen passten Siebeneisen und Lawn da allerdings nur hinein, wenn sich einer von ihnen in die Duschkabine stellte. Ein mehrsprachiges Schild forderte den Duschenden auf, auf jeden Fall die Tür zu schließen – durch den entstehenden Temperaturunterschied würden sonst Alarm- und Sprinkleranlage im Zimmer ausgelöst.

Draußen, in den unendlichen Weiten des Raumes, schrillte das Telefon: Ob sie denn auch die Evakuierungshinweise im Falle eines Brandes studiert hätten? Dann klopfte es: Ob sie denn auch die Evakuierungshinweise im Falle eines Erdbebens gefunden hätten? Siebeneisen bejahte alles freundlich. Lawn war im Bad, also legte er sich aufs Bett, mehr Möglichkeiten gab es ja nicht. Er hatte den Eindruck, dass die Wände in den vergangenen Minuten zentimeterweise näher gerückt waren. Aber vielleicht kam das nur von der langen Anreise. Er schaltete den Fernseher ein.

Im Hauskanal sprach ein Mann im Kimono, wahrscheinlich ein Hotelangestellter, der Evakuierungshinweise im Falle einer Überschwemmung gab. Siebeneisen zappte weiter. Nachrichten. Werbung. Die Serie über Vampire, die in Louisiana ganz offiziell Tür an Tür mit Menschen lebten, weil ein Softdrinkhersteller künstliches Blut in 0,33-Liter-Dosen verkaufte. Wieder Werbung. Wieder Nachrichten. Eine Show, in der Menschen in Badehosen oder Bikinis auf eingefetteten Gummimatratzen durch ein Fernsehstudio glitschten. Wieder Werbung. Eine Dokumentation aus der Mongolei über die Bauarbeiten an einem Mausoleum für Dschingis Khans sterbliche Überreste. Und wieder Werbung.

»Wollen wir nochmal raus? Ich bin so aufgedreht, dass ich bestimmt nicht schlafen kann.« Lawn kam aus dem Bad.

»Können wir machen. Aber nur, wenn wir auf der Straße vor dem Hotel bleiben und nirgendwo abbiegen. Nicht, dass sie uns erst nächstes Jahr wiederfinden.«

Während Tokio eine dieser Metropolen ist, die sich – ähnlich wie Los Angeles oder Mexico City – metastasenartig ins Umland hineingefressen haben und nur deshalb nicht weiterwachsen, weil sie in ihrer Ausdehnung von anderen Städten gestoppt werden, gilt Kyoto noch immer als eine Art Vorzeige-Japan. Erzählte Siebeneisen Lawn, während sie in einen milden Abend hinausliefen.

»Hab ich neulich gelesen. Kyoto war sehr lange Hauptstadt.

Fast tausend Jahre. Offiziell zumindest. Die eigentliche Macht im Land lag während dieser Epoche in den Händen der Shogune. Die Kaiser in Kyoto hatten politisch wenig zu melden. Also förderten sie all das, was nichts mit Mord und Totschlag zu tun hatte. Gut, oder?«

»Wäre schön, wenn das heutige Herrscher auch so machen würden.« Lawn hatte sich bei Siebeneisen eingehängt. Nebeneinander schlenderten sie die Straße hinunter.

»Kyoto entwickelte sich zum Zentrum für Handel und Kunst, Religionen und Philosophien. Die Kunst des Holzschnitts, der Kalligrafie, der japanischen Töpferei und des Anlegens von Zen-Gärten – das alles hat seinen Ursprung in Kyoto. Und Kyoto wiederum verdankt diesen Fertigkeiten sein Überleben. Dank Mrs. MacArthur.«

»Mrs. MacArthur? Die Frau des berühmten Generals?«

»Genau. Die Gattin des amerikanischen Oberbefehlshabers im Pazifikkrieg. ›Bombardiere es, und sie werden uns nie verzeihen‹, soll sie ihrem Mann ins Ohr geflüstert haben. Der hat auf sie gehört. Auf die alte Hauptstadt fiel keine einzige Bombe. Es heißt, in Kyoto habe Japan seine Geschichte konserviert. Die Stadt sei gewissermaßen Japans Seele.« Siebeneisen nickte in Richtung eines Gebäudes. »Das da sieht nett aus. Wollen wir uns mal setzen?«

Die Bar hieß Bar, isn't it? und war deutlich voller als die Gehsteige draußen. Und lauter. Über die Tanzfläche zuckten Stroboskopblitze, auf ihr drängten sich Mädchen in Mangaoutfits, ein paar Rapper und Geschäftsleute, die ihre Aktentaschen selbst zum Tanzen unter dem Arm geklemmt hielten. Wahrscheinlich hatten sie da Bauanleitungen für Atomkraftwerke drin oder so etwas, dachte Siebeneisen. Er schätzte, dass außer ihnen niemand hier älter als 25 war oder zumindest nicht so aussah. Aus den Boxen wummerte japanischer Hip-Hop, ein Stück, in dem sich offenbar diverse Samurai zuerst mit Worten und dann mit Schwertern beackerten, jedenfalls waren immerzu »Wuschschsch!«-Geräusche zu hören, jeweils gefolgt von einem Aufschrei. Der DJ verblendete das mit einer House-Version von Judy Garlands »Over the Rainbow«. Verblendete das mit einer deutschsprachigen Techno-Variante von »Anatevka«. Das Ergebnis klang, als würde ein Hochhaus zusammenfallen und dabei noch drei Schnellstraßen-Trassen mitnehmen, während Mickey Mouse »Wenn ich einmal reich wär« sang und die Samuraischwerter wuschten. Dann wurden sie nach hinten gedrängt, weil eine große Gruppe vogelwild verkleideter Mädchen in die Bar stürmte. Sie konnten sich offensichtlich nicht entscheiden, ob sie lieber an einem europäischen Fürstenhof der Renaissance leben würden oder im 24. Jahrhundert. Einige sahen aus wie normannische Edelfrauen. Andere wie Komparsen für die Fortsetzung von *Blade Runner*.

Siebeneisen versuchte, zwei Bier zu bestellen, fand aber keine Bedienung. Es gab offenbar auch keine Barkeeper; Getränke kamen aus Automaten, die wirr blinkend überall in der Bar verteilt standen. Siebeneisen hatte das schon auf dem Weg hierher interessiert beobachtet: Offenbar hatten die Japaner das Problem mit Ladenöffnungszeiten und Lohnnebenkosten gelöst, indem sie Verkaufspersonal durch Automaten ersetzten. Es gab Automaten mit Fertigsuppen (samt Taste für heißes Wasser) und Automaten mit 27 verschiedenen Softdrinks. Automaten mit USB-Sticks, Automaten mit japanischen Comics und Handyakkus und Kopfschmerztabletten und Sushi, Automaten mit Lageplänen für die nächstliegenden Automaten. Wenn die japanischen Wohnungen so klein waren wie die japanischen Hotelzimmer, sinnierte Siebeneisen, dann erklärte das nicht nur die Massen draußen auf den Straßen, sondern auch die Automaten. Es machte ja nun wirklich keinen Sinn, sich die eh schon winzige Wohnung mit Kühlschrank und Herd vollzustellen, wenn man alles an diesen Maschinen ziehen konnte. Man brauchte dann auch keine Kommode für Unterwäsche, weil es ja auch Automaten mit Wegwerfslips gab. Irgendwann brauchte man sich selbst nicht mehr, weil es Automaten gab, dachte Siebeneisen. Irgendwer musste Japan vor den Japanern retten. Bald, bevor es zu spät war.

Mit Hilfe von Schattens Kreditkarte gelang es ihm, zwei Dosen aus einem der Automaten herauszubekommen. Sie tranken ihr Bier und hörten zu, wie der DJ zuerst Frank Zappas »Weasels Ripped My Flesh« mit »You Will Never Get out of this World Alive« von Hank Williams mixte und das Ergebnis anschließend mit dem »Hummelflug« von Rimski-Korsakow. Dann verließen sie die Bar, isn't it?. Auf dem Rückweg verliefen sie sich, natürlich, und …

… am nächsten Morgen im Hotel schon wieder. Statt im Frühstücksraum landeten sie in einem Laden für Mangas. Sie waren im ersten Stock aus dem Lift gestiegen und standen plötzlich zwischen Regalen mit japanischen Comics. Überall am Boden hockten oder lagen junge Leute in Schuluniform. Siebeneisen und Lawn sahen sich verwirrt an. Sie warteten auf den Aufzug, schwebten zurück in den achten Stock und gleich wieder hinunter in den ersten. Dieses Mal öffnete sich die Tür zum Frühstückszimmer.

Später dann fuhren sie mit dem Bus zum Tempel. Das heißt, sie planten, mit dem Bus zum Tempel zu fahren. Sie hatten sich alles genau aufschreiben lassen: Zu Fuß bis zur Bushaltestelle und dann mit der Linie 59 quer durch die Stadt bis zur Haltestelle Ritsumeikandaigaku-mae. Von dort seien es nur noch wenige Minuten zu Fuß, hatte der Mann an der Hotelrezeption beteuert, bevor er sich tief vor ihnen verneigte. Leider scheiterten Siebeneisen und Lawn schon am zweiten Teil. Sie schafften es zwar problemlos »zu Fuß bis zur Bushaltestelle«, bloß kam dort keine Linie 59. Es kam überhaupt kein Bus. Es war auch sonst niemand da, der auf einen Bus wartete. An der Haltestelle auf der gegenüberliegenden Straßenseite allerdings war ziemlicher Betrieb. Immer wieder fuhren Busse vor, Passagiere stiegen aus, Passagiere stiegen ein, Busse fuhren ab.

»Er hat nichts von der anderen Straßenseite gesagt, oder?« Siebeneisen ahnte, dass an ihrer Haltestelle in den kommenden Stunden nichts passieren würde.

»Nein. Aber vielleicht ist er davon ausgegangen, dass wir das sehen. Das hier ist bestimmt der Stopp für nachts. Oder das Wochenende. Wir können ja mal rübergehen.«

An der Bushaltestelle gegenüber hing ein computergesteuerter Fahrplan mit einer Display-Eieruhr und einer Sekundenanzeige, um die eine Comicfigur mit einem Zauberstab in der Hand hüpfte. Die Uhr zeigte 2.56. Bei 0.19 näherte sich ein Bus der Linie 95. Er bremste zwanzig Meter vor dem Stopp kurz ab und beschleunigte dann wieder. Beim letzten digitalen Sandkorn öffneten sich die Türen. Sie stiegen ein. Der Mann an der Hotelrezeption hatte sich bestimmt geirrt, dachten sie. Ein Zahlendreher bei der Liniennummer, so was kann ja passieren.

Siebeneisen und Lawn fuhren Bus. In Japan, in Kyoto. Sie fuhren vorbei an Einkaufszentren und Bürohochhäusern, an Wohnkomplexen, Restaurants, mattgold leuchtenden Pagodendächern, bewacht von Löwen und Drachen. Sie passierten haushohe Reklamewände, über die babylonische Kalligrafie und rasant geschnittene Videoclips flackerten. Hin und wieder prangte eine englische Schlagzeile über japanischem Kleingedruckten: *»We Want Your Happy!«, »American Live Style Buy!«, »Come! Paradise Wait You! You! Yes!«* Sie sahen Modeläden, die gotischen Kirchen glichen, und Buchhandlungen, die mit ihren Plastikweinreben und Baststühlen auf dem Gehsteig wie griechische Kaffeehäuser aussahen, sie sahen all den architektonischen Wahnsinn, den Kyotos Architekten hinbekommen, wenn sie das Referenzuniversum der Baustile plündern und ägyptische Pyramiden, Allgäuer Bauernhöfe und norwegische Ferienhäuser verjapanisieren. Siebeneisen und Lawn fuhren Bus in Kyoto, und irgendwann, nach zwei Stunden oder zweieinhalb, stiegen sie aus, weil sie nicht länger Bus fahren wollten.

»Wir sind hier nie und nimmer richtig. Wir sind irgendwo in Kyoto. Aber nicht in der Nähe des Tempels, darauf könnte ich wetten.« Siebeneisen nahm den Stadtplan aus der Tasche, entfaltete ihn mühsam und versuchte, ihre Position zu bestimmen. Lawn sah ihm kurz über die Schulter und wandte sich dann dem Laden hinter ihm zu. Im Schaufenster war eine einzige Handtasche ausgestellt, als handele es sich bei ihr um den Heiligen Gral.

»Ich vermute mal, dass wir hier sind… das müsste Kawaramachi-dori sein.« Siebeneisen tippte mit dem Zeigefinger auf einen Punkt des Stadtplans, von dem er annahm, dass er halbwegs mit ihrem Standpunkt korrespondierte. »Was meinst du? Na?«

Siebeneisen erhielt keine Antwort.

Als er sich umdrehte, war Lawn nicht mehr da.

Natürlich sah er das Schaufenster mit der Handtasche, und natürlich ging er in das Geschäft, aber da war keine Lawn, da waren bloß fünf Verkäuferinnen und immerhin ein paar Handtaschen mehr als in der Auslage. Er trat wieder hinaus auf die

Straße, wartete dort, wartete vergeblich und beschloss, kurz in der kleinen Gasse nachzusehen, die neben dem Taschenladen abzweigte. Gerade noch rechtzeitig, um dreißig oder vierzig Meter vor ihm einen Zipfel feuerrote Regenjacke in eine Gasse abbiegen zu sehen. Da war sie! Er lief ihr hinterher, sah sie aber nicht mehr, also ging er bis zur nächsten Ecke, schaute links und rechts, inspizierte vergeblich ein weiteres Taschengeschäft. Er beschloss, zurück zu jener Stelle zu gehen, an der er Lawn zuletzt gesehen hatte, vor dem Schaufenster mit der einzelnen Handtasche. Verwirrt stellte er fest, dass er keine Ahnung hatte, wie er dort hinkommen sollte. Siebeneisen stand in Kyoto, irgendwo in Kyoto. Er hatte Lawn verloren. Und er hatte sich verlaufen.

Eine andauernde, allgegenwärtige Orientierungslosigkeit: Das ist in Japans Großstädten ein durchaus verbreitetes Gefühl. Nicht nur bei Touristen. Wahrscheinlich ist es nur Bauchgefühl und Zufall zu verdanken, dass die Menschen in Millionenstädten wie Osaka oder Nagasaki überhaupt irgendwann einmal ihr Ziel erreichen. Die meisten Straßen haben keine Namen. Adressen werden grundsätzlich nach Baujahren vergeben, weshalb Hausnummer 11-3-4769 gerne mal neben 98-56-23355 liegt, und weil in diesem Land rege gebaut wird, ändert sich alles ziemlich schnell. So etwas verwirrt natürlich. Wenn man in einer dieser Städte unterwegs ist, kommen einem immerzu Japaner mit fragendem Blick entgegen. Überall stehen Einheimische an den Straßenecken, ausgerüstet mit Stadtplänen oder Smartphones, und suchen nach dem Weg. Das Einzige, das zu helfen scheint, sind zugefaxte Anmarschskizzen. Steht in den Reiseführern. Was ein etwas naiver Rat ist, weil es selbst in Bukarest oder Nowgorod mittlerweile kaum noch jemanden gibt, der ein Faxgerät besitzt. Und nach dem Weg fragen? Auf gar keinen Fall! Die Kombination von Hilfsbereitschaft und Ehrgefühl in diesem Land verhindert, dass der oder die Angesprochene mit einem saloppen »Oh, tut mir leid, ich kenne mich hier nicht aus …« weitergeht. Japaner helfen Touristen. Immer. Sie führen sie irgendwohin, aber nicht notwendigerweise zu einem Ziel, von dem sie selbst nicht wissen, wo es liegt. Anders gesagt: Nur, wer sich noch ein wenig tiefer verlieren möchte im Gewirr der Gassen und Straßen, sollte nach dem Weg fragen. Alle anderen müssen tapfer sein und sehen, wie sie klarkommen.

Nie und nirgends auf ihrer Reise war sich Siebeneisen verlorener vorgekommen als an diesem Morgen in Kyoto. Er wusste nicht, wo er war. Er konnte nicht lesen, was überall geschrieben stand. Sein Stadtplan half ihm nicht weiter, weil er noch nicht einmal ansatzweise wusste, wo auf dem Plan er seine Straße/Ecke/Kreuzung hätte suchen sollen. Wenn Siebeneisen in diesen Minuten Zeit und Ruhe gehabt hätte, sich einmal selbst zu beobachten – dann hätte er festgestellt, dass seine Orientierungslosigkeit allmählich existenzialistische Züge annahm: Wo bin ich? Woher komme ich? Wo will ich hin? Er hätte auch registriert, dass ihn diese Stadt und dieses Land in einen Zustand zurückbugsierten, den er das letzte Mal im Alter von drei oder vier Jahren empfunden hatte. Dass er sich wieder wie ein kleines Kind fühlte, das empirische Rückschlüsse aus einem Lächeln oder einem Nicken zog, während es mit großen Augen durch die Welt tapste.

Siebeneisen hatte aber weder Zeit noch Muße, sich dessen bewusst zu werden. Siebeneisen irrte durch Kyoto und suchte Lawn, immer erschöpfter, immer verzweifelter. Und zunehmend gereizter, das auch. Mit jeder Minute wurde es voller und enger in den Straßen, hektischer, nervöser und vor allem lauter. Er hatte den Verdacht, dass nicht unbedingt die Menschen selbst für die Geräuschentwicklung verantwortlich waren, sondern Lautsprecherdurchsagen für ebenjene Menschen. Alle dreißig Meter brüllten ihm Mädchen mit Megaphonen Werbebotschaften ins Ohr. Vor etlichen Geschäften lauerten Männer mit Besenstielen, an deren Enden plärrende Lautsprecher befestigt waren. Wenn Siebeneisen eine Rolltreppe betrat, um über eine der Fußgängerbrücken auf die andere Straßenseite zu gelangen, wurde er mit quäkenden Durchsagen malträtiert, von denen er natürlich kein Wort verstand. Einmal, auf einer besonders belebten Überführung, schmetterte die Durchsagenstimme ihre Mitteilung aber tatsächlich in Englisch, und er wusste endlich, was er bislang verpasst hatte: »Guten Morgen! Dies ist die Überführung über die Kyia-machi Dori. Entschuldigen Sie vielmals, dass es so voll ist heute Morgen. Und bitte beachten Sie beim Ausstieg, dass der Gehsteig rutschig sein kann – für heute ist Regen angekündigt.« Siebeneisen blieb stehen. Er konnte, er wollte nicht glauben, was da mit 90 Dezibel verkündet wurde. Aber es ging noch weiter: »Bitte halten Sie sich am Gummilaufband fest, während Sie auf der Treppe stehen. Strecken Sie die Hände aber nicht über das Laufband hinaus. Bleiben Sie innerhalb der gelben Markierung stehen – außerhalb ist es gefährlich.« Kein Wunder, dass sich viele Japaner nach den Zeiten sehnten, in denen ihre Dichter mit einem dreizeiligen Haiku die Weltläufe erklären konnten, dachte er, als er mit einem leisen Pfeifen in den Ohren auf der anderen Straßenseite ankam. Aber die mussten damals ja auch noch keinen Lastwagen ausweichen, an denen beim Einlegen des Rückwärtsganges eine nervenzerfetzende Klingel ertönt und anschließend eine Lautsprecherdurchsage: »Der Wagen fährt nun rückwärts. Der Wagen fährt nun rückwärts. Der Wagen fährt nun rückwärts.«

Er war etwa drei Stunden herumgeirrt, oder vielleicht waren es auch vier, als ein Bus neben ihm hielt. Es war die Nummer 59. Vielleicht ist das ein Wink des Schicksals, dachte er.

Zwanzig Minuten später stieg er an jener Haltestelle aus, die der Mann an der Rezeption am Morgen aufgeschrieben hatte. Als der Bus wieder abgefahren war, konnte er den Ryoan-ji-Tempel auf der anderen Straßenseite sehen. Und ein Stück Rasen mit einer Bank, auf der Lawn in der Sonne saß und Sushi aß.

44

Zweitausend Tempel, heißt es, gebe es in Kyoto – Ryoan-ji aber ist der bekannteste von allen. Er macht einen beinahe unwirklichen Eindruck, wie er sich an den Hügel in seinem Rücken schmiegt; fast scheint es, als sei er zwischen den Bäumen hervorgewachsen. Noch berühmter als der Tempel selbst ist sein Garten, der als Meisterwerk und Quintessenz der Zen-Kunst gilt. Besucher aus einem anderen Kulturkreis allerdings können das nicht unbedingt nachvollziehen: Der Hojo-Teien ist von einer erschütternden Schlichtheit. In einem dreißig mal zehn Meter großen Kiesbeet liegen fünfzehn Steine, angeordnet in fünf Gruppen. Das ist alles. Sonst ist da nichts. Kein Springbrunnen, kein Goldfischteich, kein Blümelein, nichts, nichts, nichts, bloß das gerechte Kiesbeet mit den Steinen, an deren Sockeln Moos wächst wie Bäume am Fuß hoher Berge. Vor fünfhundert Jahren haben Mönche das Beet angelegt; seitdem bemühen sich die Menschen, den Sinn der Anlage zu verstehen. Ihr Geheimnis. Das, was sie ihnen sagen will. An jedem beliebigen Tag im Jahr warteten Besucher aus aller Welt auf Erleuchtung, während sie geduldig und still auf das Beet starren. Siebeneisen musste die Origamifiguren überhaupt nicht aus der Tasche fischen. Es war ganz eindeutig, dass die kleinen Papierfaltereien genau diese Steine hier repräsentierten.

Lawn war am Morgen übrigens nicht im Laden mit der einzelnen Handtasche im Schaufenster verschwunden – sie hatte an der Haltestelle drei oder vier Schritte neben Siebeneisen auf einem Fahrplan nach der Linie 59 gesucht. Als sie aufsah, war der passende Bus soeben um die Ecke gekommen, aber da war Siebeneisen schon nicht mehr zu sehen gewesen. Sie hatte lange auf ihn gewartet und irgendwann beschlossen, allein mit der 59 zum Ryoan-ji-Tempel zu fahren. Früher oder später, hatte sie vermutet, würde er dort auftauchen.

Und jetzt saßen sie nebeneinander auf einer Holzveranda, von der aus man den berühmtesten aller Zen-Gärten betrachten konnte. Sie sahen lange auf die Steine und versuchten, ihren Sinn zu erfassen, wie all die anderen Betrachter in den fünf Jahrhunderten vor ihnen.

»Hast du eine Idee?« Siebeneisen gähnte. Er schaute von den Steinen im Beet zu einem perfekt geschnittenen Baum im Hintergrund, aus dessen Krone kleine Aststückchen fielen. Am Stamm lehnte eine Leiter.

»Das Meer mit Inseln drin?«

»Die Steine als die Essenz des Universums?«

»Bergspitzen, die durch die Wolken brechen – betrachtet aus einem Flugzeug hoch über ihnen?«

»Niemand ist eine Insel?«

»Nichts ist in Stein gemeißelt?«

»Leider auch nicht, wie wir jetzt weiterkommen sollen.« Lawn legte ihren Arm um Siebeneisen. »Oder?«

»Hm. Die Diebe müssen ja irgendeine Verbindung zu diesem Ort hier haben. Lass uns mal ein bisschen herumlaufen, vielleicht fällt uns was ein. Oder, noch besser: auf.«

Sie verließen die Meditationsveranda und liefen über einen Weg Richtung Tempel. Aus dem Baum mit der angelehnten Leiter, an dem sie nun vorbeikamen, fielen noch immer kleine Aststückchen. Man konnte die Schere des Gärtners hören, der komplett in der Krone verschwunden war.

»Sieht ziemlich perfekt aus!« Siebeneisen schaute hinauf in die Blätter, in denen es raschelte.

»Perfekt? Sie meinen wirklich, das sei perfekt?«

Siebeneisen, der in den letzten Stunden durch clowneskes Gehampel und den Grundwortschatz eines Zweijährigen mit den Bewohnern Kyotos kommuniziert oder es zumindest versucht hatte, war irritiert: Der Mann im Baum sprach einwandfreies Englisch.

»Perfekt ist das noch lange nicht. In siebzig oder achtzig Jahren wird es vielleicht einmal halbwegs ordentlich sein, aber perfekt – nein.« Erneut fielen Aststückchen aus der Krone. Oben im Grün konnte man das Grau einer Mönchskutte erkennen.

»Ist das mit dem Baum denn so wie mit dem Steingarten?« Auch Lawn war offenbar froh, dass es in diesem Land jemanden gab, der sie verstand. »Liegt in dessen Form auch ein verborgener Sinn? Etwas, das sich nur denen erschließt, die ihn zu lesen wissen?«

»Sie sollen hier gar nichts in den Bäumen lesen.« Die Stimme des Mannes wurde lauter. Siebeneisen konnte große graue Stoffteile sehen. Die Leiter zitterte. Der Gärtner kletterte aus dem Baum. »Sie sollen auch nichts in den Steinen lesen. Das bringt alles nichts. Lesen Sie lieber in sich selbst.«

Dann war er unten. Der Gärtner ließ die Leiter los und drehte sich um.

Es war Matsumoto.

45

IM WOHNBEREICH DES TEMPELS, KURZE ZEIT SPÄTER.

Der Novize stellte das Tablett mit dem Tee auf den Tisch und verbeugte sich. Lautlos schob er die papierbespannte Tür hinter sich zu.

Matsumoto füllte die flachen Schalen, die vor ihnen standen. »Bitte trinken Sie.«

Die ganze Welt trinkt Tee, dachte Siebeneisen, die einen mit, die anderen ohne Rum.

»Das ist eine ganz vorzügliche Sorte!« Der Japaner nickte lächelnd. »Auf eine aufwändige Zeremonie können wir aber wohl verzichten. Schließlich gilt es, ein Wiedersehen zu feiern.«

»Das kann man wohl sagen!« Siebeneisen wusste noch immer nicht, wie er das alles zusammenbringen sollte. Nach ihrer Begegnung am Fuße der Leiter hatte er längere Zeit benötigt, um zu verstehen, was das eigentlich bedeutete: Dass da gerade jener Mann aus dem Baum gestiegen war, den sie Wochen zuvor auf einem südafrikanischen Weingut getroffen hatten. Jener Mann, der angeblich als Spielerbeobachter für einen Fußballverein arbeitete, in Wahrheit aber als Mönch in Japans berühmtestem Zen-Tempel lebte. Jener Mann, der sich während ihres gemeinsamen Abendessens in den Garten entschuldigt hatte, weil er angeblich zu viel Wein getrunken hatte. Der in Wirklichkeit aber nur hinausgegangen war, um an *Cook's Tree*… Siebeneisen hielt es durchaus für möglich, dass Matsumoto dabei auch noch den Strauß gereizt hatte. Der den nächsten Störer im Garten dann wiederum …

»Ich kann das immer noch nicht glauben. Das gibt es doch nicht! Sie waren das!«

Matsumoto blickte irritiert zu Siebeneisen. Er stellte die Teekanne vorsichtig auf einen der Bambusuntersetzer, die auf dem Tisch lagen. Wie seine beiden Gäste kniete er auf einem flachen Kissen.

»Ich war was? Was meinen Sie damit?«

»Was ich meine? Sie waren das! Sie waren derjenige, der immer einen Tick vor uns vor Ort war!« Siebeneisen merkte, wie er wütend wurde. Und dass Lawn ihm ihre Hand auf den Oberschenkel legte.

»Verehrter Siebeneisen-*san*«, Matsumoto nahm einen winzigen Schluck Tee, »ich weiß ehrlich gesagt nicht, wie Sie das meinen.« Ein sanftes Lächeln huschte über das Gesicht des Japaners. »Entschuldigen Sie … aber: Was machen Sie denn eigentlich in Kyoto? Kann denn das ein Zufall sein? So klein ist die Welt dann ja doch wieder nicht.«

Matsumoto nahm seine Teeschale in die Hände. Er wirkt absolut gelassen, dachte Siebeneisen, als ob er völlig unschuldig wäre. Er selbst hingegen wusste gerade nicht, wie er sein Gefühlsleben halbwegs unter Kontrolle bringen sollte. In seinem Innern ging es drunter und drüber. Wie bei einer Massenschlägerei rangelten alle möglichen Emotionen miteinander und versuchten, sich gegenseitig nach vorne zu drängeln, dorthin, wo man sie wahrnahm. Immer dann, wenn Überraschung oder Verständnislosigkeit für einen Moment die Oberhand gewonnen hatten, boxte sich Sekunden später wieder ein anderes Gefühl in den Vordergrund. Ärger zum Beispiel. Oder Empörung.

»Sie wundern sich, dass wir uns hier treffen? Das verwundert Sie?« Siebeneisen war nun so erregt, dass die Schale in seinen Händen zitterte. Er setzte sie ab. An seinen Fingern klebten Teetropfen.

»Warum sind Sie denn bloß so ungehalten? Ich wundere mich doch nur ein wenig. Sie haben damals in Südafrika nicht erwähnt, dass Sie Ihre Reise nach Japan führen wird, oder irre ich mich da?«

»Und Sie haben nichts davon gesagt, dass Sie Mönch sind und Bäume schneiden, wenn Sie nicht als Spielerbeobachter durch die Welt reisen!«

»Ach, das ist es, was Sie irritiert…« Matsumoto schüttelte sanft den Kopf. »Das stimmt, wir haben uns sehr nett über Fußball unterhalten, ich erinnere mich. Mein Wissen war allerdings ein angelesenes. Es tut mir leid, wenn ich Sie in dieser Angelegenheit brüskiert habe.« Er trank einen weiteren Schluck. »Ich war in einer gänzlich anderen Mission unterwegs.«

»Ach so. In einer anderen Mission. Kommt mir irgendwie bekannt vor.« Bei der Massenkeilerei in Siebeneisens Innerem war es dem Zorn gelungen, die Empörung zurückzudrängen. Er legte alle Süffisanz in seine Stimme, die er auftreiben konnte.

»Ging es bei Ihrer Mission vielleicht um die Statue eines Elefantengotts?«

Der höchst menschliche Vorgang der Aspiration, der im Volksmund gerne als »etwas in den falschen Hals bekommen« umschrieben wird (oder weniger bildhaft als: Verschlucken), ist in Wirklichkeit ein ziemlich komplizierter Prozess. Dabei dringt ein Fremdstoff – in diesem Fall ein ganz ausgezeichneter Grüner Tee – in die Atemwege ein, und zwar bis unter die sogenannte Glottisebene, wo der Kehlkopf sitzt. Handelt es sich bei dem verschluckten Stoff wie in diesem Fall um eine Flüssigkeit, kommt das Abwehrsystem des Menschen durch wiederholtes

Husten und Schlucken meist von selbst mit ihm zurecht. Bei besonders hartnäckigen Aspirationen bedarf es allerdings mitunter der aufmerksamen und tatkräftigen Unterstützung anderer Personen, die dem Betroffenen kräftig auf den Rücken klopfen. Was sich wiederum als schwierig erweisen kann, wenn es bei dem Betroffenen um einen offensichtlich ranghohen Zen-Mönch in einem japanischen Traditionstempel handelt.

Matsumoto hustete. Er hustete heftig, er hustete lange, er hustete, bis der Novize, der zuvor den Tee gebracht hatte, mit erschrockenem Gesicht die Schiebetür öffnete, aber nicht in den Raum trat. Er hustete noch immer, als Lawn irgendwann aufsprang, um den Tisch herumging und ihm kräftig mehrere Male mit der flachen Hand auf den Rücken klopfte. Der Husten hörte auf. Matsumoto räusperte sich. Er sah seine beiden Gäste entgeistert an.

»Woher wissen Sie denn von meiner Mission?«

Und so erfuhren Siebeneisen und Lawn, dass ein mächtiger Auftraggeber Matsumoto seit vielen Jahren gelegentlich mit Detektivaufgaben betraute, für die der Japaner sein Mönchsleben im Ryoan-ji unterbrach. Er wurde dafür gut bezahlt, und das Geld steckte er in den Erhalt der alten Tempelanlage. Sie erfuhren, dass er tatsächlich nichts von den anderen Jägern der Statuenteile wusste. Und auch nicht, dass er immer bloß einen Moment vor ihnen am Ziel gewesen war. Der chinesische Tierfotograf, den Arthur Finley-Warrenstomp auf Tonga erwähnt hatte, der Ornithologe aus Malaysia, der mit Rich MacDonald gewandert war, der taiwanesische Tourist in Churchill mit seinem Eisbärenfoto und jene Person, die die Blattlausfrau in Westminster Abbey meinte, als sie »Schon wieder Diebe in der Kathedrale!« rief: Siebeneisen wusste plötzlich, wie knapp ihnen Matsumoto immer voraus gewesen war. Beinahe immer.

»Und an der Na-Pali-Küste? Auf Hawaii?« In Siebeneisens Gefühlswelt hatte die Verzweiflung die Geschäftsführung übernommen. »Auf Hawaii haben Sie uns doch das Statuenstück aus dem Rucksack gestohlen!«

»Sie waren auf dem Campingplatz am Kalalau Beach?« Matsumoto sah sie schon wieder verwundert an. »Ich glaube, ich war niemals zuvor in meinem Leben derart erschöpft. Ich habe es gerade noch so geschafft, mein Zelt aufzubauen. Dann bin ich sofort eingeschlafen.«

»Der Wanderer aus Singapur, der nie aus seinem Zelt kam – das waren Sie!«

»Aus Singapur? Wie sind die Leute denn darauf gekommen?« Matsumoto schüttelte den Kopf. Als könne er sich beim besten Willen nicht vorstellen, wie Camper aus Österreich und den USA einen schweigsamen japanischen Wanderer für einen aus Singapur halten konnten.

»Als ich am anderen Morgen wach wurde, waren alle anderen fort. Ich wollte hinaus zu dem alten Fischbecken schwimmen. Als ich über den Platz lief, habe ich das Statuenstück gefunden. Ich bin auf es getreten.«

»Sie sind auf es getreten?« Siebeneisen versuchte, sich zu erinnern. Er hatte das Steinstück in ein Handtuch gewickelt und tief in seinem Rucksack verstaut. Und am nächsten Morgen hatte er auf der Suche nach den Sandwiches alles ausgeräumt… nun ja: Es konnte tatsächlich so gewesen sein, wie der Japaner behauptete. Wenn alles schiefläuft, kommt auch noch die eigene Blödheit dazu, dachte er. Trotzdem wusste er noch immer nicht, was er von Matsumoto halten sollte. Auf der einen Seite klang das, was er erzählte, ziemlich schlüssig. Er traute dem Mönch trotzdem nicht. Der Mann war ein Dieb. Der Mann hatte die Schatzkammer des Maharadschas von Joompla aufgebrochen und den Rüsselstein der Statue gestohlen. Das hebe ich mir auf, mein Freund, dachte Siebeneisen, diese Karte lege ich erst später auf den Tisch. Und ich bin jetzt schon gespannt, was du dazu sagen wirst.

»Werter Siebeneisen-*san*, es besteht nun wirklich kein Grund für Unmut.« Matsumoto hatte seine innere Ruhe offenbar komplett wiedergefunden. Seine Stimme klang etwas angeschlagen, aber das kam sicherlich vom langen Husten. »Mögen Sie mir vielleicht erklären, wie Sie mich gefunden haben? Sie sind doch nicht einfach so nach Kyoto gekommen und gleich in diesen Tempel hier spaziert, oder?«

Siebeneisen öffnete seine Tasche und nahm die Origamifiguren heraus. Sie waren ein bisschen mitgenommen, aber nachdem er sie glattgestrichen hatte, sahen sie wieder ganz manierlich aus. Er positionierte sie so, dass sie in der gleichen Anordnung auf dem Tisch lagen wie die Steine im Zen-Garten.

»Na? Da staunen Sie, was? Bloß die Figur von der Hudson Bay fehlt.« Siebeneisen korrigierte die Lage einer Origamifigur. »Haben Sie die vergessen, als der Eisbär kam?«

»Ein Eisbär? Im Fort? Nein. Bären habe ich nur auf dem Parkplatz vor dem Motel gesehen. Und auf meiner Safari in einem dieser Tundra-Buggys. Die Fotos sind sehr nett geworden.« Matsumoto sah aus, als freue er sich in diesem Moment noch einmal ganz besonders über seine gelungenen Tierporträts. »Haben Sie auch so eine Safari gemacht? Die Bären kommen ganz nah an die Fahrzeuge, und dann richten sie sich auf und stecken den Kopf durchs Fenster! Weil sie die Gulaschsuppe riechen, die der Guide mittags aufwärmt. Das ist ziemlich aufregend.«

»Ja, das können wir uns vorstellen.«

»Die Figur, die Sie vermissen – die habe ich am Kalalau Beach gelassen. Auf dem Campingplatz. Die konnten Sie aber nicht finden, denn Sie sind ja vor mir aufgebrochen. Die Figur im Fort haben Sie wahrscheinlich einfach übersehen. Es war ein Rechteck aus Papier, die Umrandung für das Kiesbeet mit den Steinen. Ich hatte es um den Flaggenmast gelegt.« Matsumoto nippte erneut an seinem Tee. »Ehrlich gesagt: Ich hätte nicht geglaubt, dass jemand die Figuren so zusammensetzen könnte. Eigentlich habe ich noch nicht einmal vermutet, dass sie jemand finden würde. Sie glauben jetzt wahrscheinlich, ich hätte unbewusst eine Spur legen wollen, oder? Nein. Es war eher Heimweh.«

»Es war Heimweh?« Siebeneisen verspürte einen winzigen Stich, irgendwo tief in ihm drinnen. Er wollte ihn zuerst begutachten, entschied sich dann aber dagegen.

»Ja. Heimweh nach diesem Ort. Ich habe mein ganzes Leben hier verbracht. Immer dann, wenn mich ein Auftrag in die Ferne führte, habe ich Sehnsucht nach diesem Tempel verspürt. Nach der Stille hier. Kommt Ihnen die Welt da draußen nicht auch immer lauter vor?«

Ja, dachte Siebeneisen, das kam sie ihm. Immer lauter. Bloß hatte das gerade nur wenig mit ihrem Thema zu tun. Und gleichzeitig vielleicht doch sehr viel.

Matsumoto erhob sich und ging zu einem Schrank auf der anderen Seite des Zimmers hinüber. Er nahm einen Schlüssel aus einer Falte seiner Robe und öffnete die Tür.

»Warten Sie. Ich zeige Ihnen, wonach auch Sie die ganze Zeit über gesucht haben.«

Alle Stücke der Statue waren aus dunklem, beinahe schwarzem Stein. Matsumoto holte sie aus einem Lederbeutel, eines nach dem anderen. Zuerst den Rüssel aus der Schatzkammer des Maharadschas. Dann ein Ohr, dann das zweite, das unter der Kanonenkugel gesteckt hatte, dann die anderen Fragmente. Siebeneisen und Lawn setzten alles zu einer kleinen Figur zusammen. Als sie fertig waren, sahen sie Matsumoto an. Der Japaner stülpte den Lederbeutel nach außen, um zu zeigen, dass er leer war.

»Das sind alle? Da fehlt doch ein Teil!«

Der Japaner zuckte mit den Schultern. »Ja, leider. Eines der Teile fehlt. Ganesha ist nicht komplett.« Er zeigte auf den einbeinigen Elefantengott. Er sah ein wenig lädiert aus, ohne zweites Bein. »Es war nicht in der Flasche. In der, die in Churchill vergraben war. Ich habe sie wieder genau so in ihr Versteck gelegt, wie ich sie vorgefunden hatte. Dass das Statuenstück fehlte, ist sehr merkwürdig. Alle übrigen Teile befanden sich ja exakt an den Stellen, die beschrieben wurden.«

»Die beschrieben wurden? Wieso beschrieben? Wo beschrieben? Wir dachten, Sie hätten einen Informanten? Der Ihnen mitgeteilt hat, wo Sie die Stücke finden konnten?«

»Einen Informanten?« Matsumoto sah Siebeneisen irritiert an. »Wer hätte das sein sollen? Und worüber hätte der mich informieren sollen? Nein… Doch warten Sie. Ich will Ihnen noch etwas zeigen.«

Der Japaner stand auf und ging wieder zu dem Schrank hinüber. Er nahm Objekt #67 heraus, das Gemälde, das er an einem schönen Spätsommertag in Dublin ersteigert hatte.

46

Aus den verschollenen privaten Aufzeichnungen von William Bligh, Sailing Master der HMS Resolution,
2. Oktober 1779

Niemals zuvor segelte ein Schiff in solch düstrer Stimmung gen Heimat zurück wie das unsrige! Wir haben nicht nur unseren Kapitän verloren, sondern konnten auch unseren Auftrag nicht ausführen.

Und welche Mühen nahmen wir auch in den vergangenen Monaten auf uns! Abermals segelten wir in die nördlichen Gewässer, um die Durchfahrt zu finden. Die Russen in Kamtschatka halfen uns, die *Resolution* in Stand zu setzen, sodass wir unsere Exploration fortsetzen konnten. Über Monate suchten wir also die Küstenlinien beider Kontinente ab, allein: Die Passage fanden wir nicht. Alles, alles war vergebens.

Die Nachricht vom Tode des großen Navigators ist per Boten durch das Reich des Zaren auf dem Weg nach England, und so wird man dort schon lange vor unserer Ankunft von seinem Schicksal erfahren haben. Sicherlich können wir deshalb nicht mit einem heiteren Empfang rechnen, und gewiss wird Antwort begehrt werden auf die Frage, warum wir unseren Kapitän nicht zu retten vermochten. Auch ich frage mich dies in der schlaflosen Nacht, die am Ende eines jeden Tages auf mich wartet wie ein schwarzer Abyss. Eine Antwort finde ich nicht.

Die *Resolution* befindet sich nun auf dem Rückweg nach England. Wir wollen Macau anlaufen und zuvor das geheimnisvolle Japan, das nur wenige Reisende aus dem Westen bislang betreten durften. Wir aber werden sicherlich empfangen werden, die Kunde von den Fahrten unseres toten Kapitäns wird sich längst auch bis an die Gestade Nippons herumgesprochen haben. Ein vertrauliches Treffen mit einem Shogun – dies hätte ihm gefallen, unserem Kapitän, dessen bin ich gewiss.

47

IM WOHNBEREICH DES TEMPELS,
WIEDERUM KNAPP 234 JAHRE SPÄTER.

Es waren nur noch kleine Ausschnitte des *Palmenstrand am Mittelmeer* (Objekt #67) zu sehen; die »Idyllische Bucht, wahrscheinlich auf Teneriffa« war beinahe komplett verschwunden. Matsumoto hatte den größten Teil der oberen Farbschichten entfernt und die darunterliegende Ebene freigelegt. Siebeneisen und Lawn saßen seit Minuten sprachlos davor. Da hatten mehrere Menschen über etliche Wochen hinweg das Archiv im Palast durchforstet und nach Schreiben und Botschaften und Hinweisen gesucht, und zwei andere waren um die Welt gejagt und hatten sich auf Bauchgefühl und besondere Wahrnehmungsfähigkeiten verlassen müssen – und dann? Existierte alles, was sie sich mühsam zusammengesucht oder erst gar nicht gefunden hatten, hier, an einem einzigen Ort. James Cook hatte die Leinwand beschrieben und anschließend alles mit seinem Inselidyll übermalt. In schwarzer, großer, deutlicher Schrift hatte er vermerkt, an welchen Orten er die Teile der Statue versteckt hatte. Und jetzt, 234 Jahre später, lasen Siebeneisen und Lawn die einzelnen Posten leise vor sich hin.

Rüssel (mit Teil des Kopfes): *Im Besitz des Maharadschas von Joompla, dortselbst aufbewahrt in einem geheimen Winkel der Schatzkammer.*

Linkes Ohr (mit Teil des Kopfes): *Verborgen noch vor der Abreise, Westminster Abbey, London, in der linken Kanone des Grabmals von Admiral Balchen.*

Rechtes Ohr (mit Teil des Kopfes): *Verborgen auf der Mauer des* loko i'a, *Sandwichinseln, unter einer kleinen Kanonenkugel.*

Linker Arm: *Verborgen auf der größten der Freundschaftsinseln, im oberen Stein des Ha'amonga a' Maui.*

Rechter Arm: *Verborgen in Neuseeland, unterhalb des Gipfels jenes Berges am vierzehnten Meereseinschnitt, der in seiner Form an die Mitra eines Bischofs gemahnt.*

Rechtes Bein: *Verborgen in einer Buche im Hofe von DeHoogs Weingut, Kapstadt, Niew Holland.*

Linkes Bein: *Übergeben in einer Flasche an Jake Miller, mit der Order, sie zu vergraben im Hofe des Prince-of-Wales-Fort, an den Gestaden der Hudson Bay, Kanada.*

Matsumoto betrat den Raum. Der Mönch bewegte sich beinahe lautlos. Er hatte die beiden eine Weile allein gelassen. Siebeneisen fühlte sich, als steckte sein Kopf in einer gallertartigen Blase, die jeden halbwegs logischen Gedankengang erschwerte. Eins nach dem anderen, beruhigte er sich, eins nach dem anderen.

»Woher wussten Sie, dass es diese Versteckliste gibt? Dass sie sich hinter diesem Gemälde befindet?«

»Aus dem Tagebuch, verehrter Siebeneisen-*san*.«

»Tagebuch? Welches Tagebuch? Cook hat doch nur ein Logbuch geführt! Und in dem steht das mit Sicherheit nicht drin.«

»Richtig. Es waren aber noch mehr Menschen an Bord, die ihre Erlebnisse aufschrieben. Sehr viele haben das versucht. Solche Aufzeichnungen waren damals Gold wert, weil Reiseberichte außerordentlich populär waren. Die Menschen haben sie den Buchhändlern buchstäblich aus den Händen gerissen. Heute können wir uns das nicht mehr vorstellen, aber es gab tatsächlich eine Zeit, in der konnte man mit solchen Notizen reich und berühmt werden.« Matsumoto setzte sich wieder neben sie. »Jeder, der an Bord der *Resolution* war, wusste das. Deswegen hat jeder versucht, eigene Aufzeichnungen zu machen, um sie nach der Rückkehr zu veröffentlichen.«

»Solche Notizen wurden aber beim Abheuern konfisziert.« Siebeneisen erinnerte sich an ein Gespräch in einem Teehaus in Indien, irgendwann, vor langer, langer Zeit, in einem anderen Leben. »Mal ganz abgesehen davon, dass die meisten Matrosen wohl kaum in der Lage gewesen sein dürften, auch nur einen einfachen Satz halbwegs leserlich zu Papier zu bringen.«

»Korrekt. Es waren aber nicht nur Matrosen an Bord, sondern auch Offiziere.« Der Japaner lächelte. »Sagt Ihnen der Name William Bligh etwas?«

»Der von der *Bounty*? Gegen den gemeutert wurde? Und den sie dann im Beiboot ausgesetzt haben?«

»Genau. William Bligh, später Kapitän der *Bounty*; da sollte er ja die Brotfrucht aus der Südsee holen. Noch später wurde er übrigens Gouverneur von New South Wales in Australien, bis er während einer Meuterei abgesetzt wurde. Dieser William Bligh war bei Cooks dritter Reise dabei. Als *Sailing Master*. Ein schwieriger Charakter, zweifellos. Aber auch ein guter Beobachter. Und ein gewissenhafter Chronist.«

»Und Bligh hat Tagebuch geschrieben auf seiner Reise mit Cook?«

»Ja, das hat er.«

»Und Sie haben das gelesen?«

»Ja. Es befindet sich in der Sammlung meines Auftraggebers.«

»Ein Japaner, der sich für die Tagebuchaufzeichnungen eines englischen Offiziers aus dem 18. Jahrhundert interessiert?«

»Es gibt da Berührungspunkte. In der Familiengeschichte. Mein Auftraggeber entstammt einem alten japanischen Adelsgeschlecht. Einer seiner Vorfahren, ein Shogun, hat damals William Bligh getroffen. In Nagasaki. Als die *Resolution* nach Cooks Tod über Japan nach England zurücksegelte.«

Siebeneisen staunte. Wie klein sie doch sein konnte, diese große Welt! Er erinnerte sich an einen *National-Geographic*-Artikel über Netzwerke. Unter anderem war es darum gegangen, mit wie wenig personellen Zwischenkontakten jeder Mensch auf der Welt mit jedem anderen Erdenbürger bekannt war. Wenn man darüber nachdachte, kam man sehr schnell auf die merkwürdigsten Verbindungen. Drei oder vier Personen genügten offenbar, um beispielsweise jemanden wie Wipperfürth mit dem Dalai Lama zu verknüpfen, so schrecklich die Vorstellung war. Und wohl auch einen Zen-Mönch in Kyoto mit dem späteren Kapitän der *Bounty*.

»Wir wissen natürlich nicht, über was die beiden sich damals unterhalten haben.« Matsumoto riss Siebeneisen aus seinen Gedankengängen. »Offenbar aber hat Bligh dem Shogun einiges von der Reise erzählt. Von der Statue konnte er zwar nichts wissen, sicherlich aber haben seine Berichte die Neugierde seines Gastgebers geweckt. Die Geschichte dieses ungewöhnlichen Treffens wurde in der Familie des Shoguns weitererzählt. Bis heute, bei jedem Fest und auf jedem Geburtstag. Sie gehört gewissermaßen zur Familienfolklore, wie man bei Ihnen im Westen sagt.«

»Ja, so etwas Ähnliches haben wir neulich schon einmal gehört.« Siebeneisen dachte an die Geschichte von Onkel Jake, dem Fallensteller. »Und dann hat sein Nachfahr irgendwann das Tagebuch ersteigert? Ihr Auftraggeber also?«

»Ja. Ein sehr reicher Mann, ein eifriger Sammler und ein großer Anhänger der westlichen Kultur. Seine Sammlung umfasst einige niederländische Meister, mehrere mittelalterliche Flöten und eben auch das Tagebuch des William Bligh. Mein Auftraggeber hat es bei einer Auktion in London gekauft.«

»Und in dem Tagebuch steht, dass Cook dieses Bild gemalt hat?«

»Nein. Es steht nicht direkt dort. Bligh hat aber notiert, dass er Cook überrascht habe, als der gerade etwas auf eine Leinwand schrieb. Nicht malte, sondern schrieb. Als er am kommenden Tag erneut in die Kabine kam, war Cook gerade bei den letzten Pinselstrichen an einem Bild, das eine Strandlandschaft zeigte. Bligh ist dies seltsam vorgekommen. Wahrscheinlich ahnte er, dass der Kapitän da etwas übermalt hatte. Er hat den Vorfall detailliert geschildert. Er hat ihn so beschrieben, als wolle er die Nachwelt auf genau diesen Moment aufmerksam machen.« Matsumoto lächelte. »Das ist ihm gelungen. Mein Auftraggeber ist beim Lesen der Aufzeichnungen tatsächlich über diese Stelle gestolpert. Beim ersten Lesen und dann immer wieder, wenn er die Notizen des Offiziers studiert hat. Die Bemerkungen Blighs sind ihm nicht mehr aus dem Kopf gegangen.«

»Und dann wurde Cook auf Hawaii getötet, und Bligh ...«

»... und Bligh hat die Sache mit dem Gemälde vergessen. Verständlicherweise. Es ging damals ja auch reichlich viel schief auf den letzten Reiseabschnitten. Nach Cooks Tod hatten die Offiziere genug anderes zu tun; schließlich musste man irgendwie zurück nach England kommen, und das Schiff war nicht mehr im besten Zustand.«

»Und Sie? Wie sind Sie an das Gemälde gekommen?«

»Wie schon gesagt: Mein Auftraggeber ist ein großer Verehrer der europäischen Geschichte. Wir Japaner haben ja das, was man einen Sammelkomplex nennen könnte. Bis vor ein paar Jahren waren japanische Sammler auf jeder großen Auktion in den führenden Häusern Europas zugegen. Das hat ein wenig nachgelassen, aber wir beobachten den Markt noch immer ziemlich genau. Daher wusste mein Auftraggeber, dass dieses Gemälde in einem irischen Auktionshaus versteigert werden würde.«

Matsumoto dachte an jenen Spätsommertag in Dublin. Und an den amerikanischen Kunstsammler mit seiner Ritterrüstung. Dann fuhr er fort.

»Er hatte es im Onlinekatalog entdeckt. Etwas an dem Bild war ihm merkwürdig vorgekommen. Und dann fiel ihm die Stelle aus Blighs Tagebuch ein, und dann hatte er so ein Gefühl.«

»Kenne ich«, sagte Lawn. Sie saß noch immer am Tisch und spielte mit den Teilen der Ganesha-Statue. Siebeneisen sah ihr zu. Und dann Matsumoto in die Augen. »Merkwürdig vorgekommen? Was ist ihm merkwürdig vorgekommen?«

»Sehen Sie – das Gemälde ist alles andere als typisch für seine Zeit.« Der Japaner wies auf das Bild. »Eigentlich ist es korrekt, was die Dimensionen und die Blickwinkel betrifft, das stimmt alles. Natürlich, Cook war ja ein begnadeter Kartograph. Gleichzeitig aber ist die Szenerie vollkommen leblos, und das ist wirklich untypisch für den Stil des späten 18. Jahrhunderts. Die Menschen damals haben nach Sehnsucht und Romantik gegiert. Wenn Sie sich zum Beispiel Gemälde von John Webber anschauen, dem offiziellen Maler an Bord der *Resolution* – dann werden Sie sehen, wie die Begeisterung für das Motiv in jedem Pinselstrich zu sehen ist. Aber hier, bei diesem Gemälde, ist davon nichts zu spüren. Überhaupt nichts.«

»Hm. Aber deswegen musste es ja nicht gleich von Cook gemalt worden sein. Es hätte ja auch von einem anderen Maler stammen können.«

»Im Prinzip ja. Aber wie viele europäische Maler waren denn damals schon auf Hawaii?«

»Hawaii?« Siebeneisen hatte die nächste Verständnislücke. Allmählich gewöhnte er sich an dieses Gefühl. »Wieso denn Hawaii? *Palmenstrand am Mittelmeer* heißt das Bild doch…«

»Weil irgendwer es irgendwann so genannt hat. Das ist aber keine Szene am Mittelmeer, sondern eine auf Hawaii. Am Mittelmeer stehen keine Pritchardia-Palmen. Die sind endemisch.«

»Die sind was?«

»Endemisch. Wachsen nur auf Hawaii. Cook hat das gemalt, nachdem er das Statuenstück unter der Ihnen bekannten Kanonenkugel im Meer versteckt hat. Und bevor er… Sie wissen schon.«

Siebeneisen war beeindruckt vom Wissen des Japaners. Und von dessen Fähigkeit, die richtigen Schlüsse aus kleinen Details zu ziehen. Ein Meister der Logik, das war dieser Zen-Mönch. Während Schatten und Wipperfürth sich in Indien durch stapelweise Akten und Papiere wühlten und sich dabei wahrscheinlich permanent stritten oder über Nebensächlichkeiten diskutierten, hatte dieser Mann hier ganze Arbeit geleistet. Statt immer neue Seminare an der VHS Oer-Erkenschwick zu besuchen, sollte Wipperfürth mal ein Wochenend-Coaching in diesem Tempel hier absolvieren, dachte er, während Matsumoto ihm mit großer Sorgfalt Tee nachschenkte. Und trotzdem: Dieser Mann war ein Einbrecher. Er war mit einem Stemmeisen in die Schatzkammer des Palastes eingedrungen und hatte das Statuenteil gestohlen. Siebeneisen sah zur ersten Notizzeile auf dem Gemälde hinüber: *»Rüssel (mit Teil des Kopfes): Im Besitz des Maharadschas von Joompla, dortselbst aufbewahrt in einem geheimen Winkel der Schatzkammer.«* Er beschloss, ihren Gastgeber damit zu konfrontieren. Der Moment war gekommen.

»Ich soll die Schatzkammer des Palastes aufgebrochen haben?« Matsumoto sah entgeistert zu ihnen hinüber. »Wie kommen Sie denn auf diese Idee? Ich war noch nie in meinem Leben in Indien!«

»Was? Sie waren nicht dort? Sie waren das nicht?«

»Aber nein! Die Schatzkammer aufgebrochen? Ich hatte das Statuenteil des Maharadschas doch von Anfang an in meinem Besitz!«

»Sie waren nicht der Koreaner, der mit seiner Frau Hals über Kopf aus dem Hotel abgereist ist?« Siebeneisen verstand zum wiederholten Mal an diesem Nachmittag nichts mehr. Dann merkte er, dass er die falsche Frage gestellt hatte.

»Was sagen Sie?? Sie besaßen es schon? Woher denn?«

»Von meinem Auftraggeber. Der es wiederum von seinem Auftraggeber bekommen hat. Von dem Mann, der den Elefantengott wieder komplett am Hofe haben wollte. Er hat es uns geschickt, damit wir wissen, nach welcher Art Stein ich suchen muss.«

»Von dem Mann, der die Statue wieder am Hof haben wollte?« Siebeneisen war nun zur Kapitulation bereit. Bisher hatten sich seine Zwischenfragen angehört, wie sich Zwischenfragen in einem solchen Gespräch anhören: überrascht, in den Dialog geworfen, mehr hervorgestoßen als überlegt formuliert. Diese Phase war nun vorbei. Dass es plötzlich um einen Re-Import des Elefantengottes an den Hof des Maharadschas gehen sollte und nicht mehr um Diebstahl, schien das letzte Quäntchen Energie aus ihm gesaugt zu haben. Seine letzte Zwischenfrage klang erschöpft, desillusioniert, wie ein letztes Aufbäumen, also, noch einmal:

»Von dem Mann, der die Statue wieder am Hof haben wollte? Und wer soll das gewesen sein?«

»Seinen Namen weiß ich nicht. Ich glaube, er ist so etwas wie die rechte Hand des Maharadschas. Er scheint das alles seit Langem geplant zu haben. Mein Auftraggeber gilt in der

Branche weltweit als Koryphäe, wenn es um die Beschaffung seltener Antiquitäten geht. Er steht aber natürlich so nicht im Telefonbuch. Der Vertraute des Maharadschas hat sich da anscheinend sehr gut informiert, bevor er an meinen Auftraggeber herangetreten ist. Kurz darauf haben wir dann das Gemälde in Dublin ersteigert. Das war ein glücklicher Zufall.«

Matsumoto erhob sich. Der Japaner lächelte Siebeneisen und Lawn zu, die erneut völlig konsterniert aussahen, zum wer-weiß-wie-vielten Mal an diesem Tag, der mehr Wendungen und Überraschungen gebracht hatte als fünf Staffeln *Breaking Bad*.

»Ich hole uns jetzt mal eine Flasche südafrikanischen Pinotage, was meinen Sie? Ich habe einen ganz ausgezeichneten Jahrgang von unserem Weingut.«

Ganz ruhig, sagte sich Siebeneisen, jetzt ganz ruhig. Keine Panik. Das wird sich alles klären, alles, ganz bald. Er sah Lawn an. Sie war ebenfalls aufgestanden, stand an der verglasten Wand des Zimmers und schaute hinaus in den berühmten Zen-Garten, als ob die Lösung all dessen in ihm zu finden sei. Siebeneisen fühlte sich nach den letzten Stunden vollkommen überfordert. Alle Fäden ihrer Reise, alle unklaren Einzelheiten, alle richtigen Spuren und falschen Fährten waren an diesem Nachmittag zusammengelaufen. Und doch war alles so schrecklich kompliziert! Kaum schien ein Gedanke logisch zu Ende gebracht, tauchte ein neuer auf, und man musste mit dem Nachdenken wieder von vorn beginnen. Es war wie ein riesiges Puzzle, in dem ein neuer Stein alles bereits Zusammengelegte wieder infrage stellte.

Shameek Kumar also. Wie sie die ganze Zeit vermutet hatten! Und doch war die Sache ganz anders: Bislang hatten sie ja geglaubt, der Sekretär des Maharadschas verrate Siebeneisen und Lawns Schritte, damit Matsumoto vor den beiden an den jeweiligen Verstecken sein konnte. Das stimmte natürlich nicht, sinnierte Siebeneisen. Der Japaner wusste ja längst genau, wo er nachsehen musste. Stattdessen hatte Shameek Kumar eher hinter Schatten und Wipperfürth herspioniert, weil er befürchtete, dass Lawn und er Matsumoto in die Quere kommen würden. Gut, dachte Siebeneisen, das hätten wir geklärt. Um den Mann würde sich der Maharadscha kümmern müssen. Oder die Polizei.

Überhaupt war ein bisschen was gelöst. Wenn die Statue nicht komplettiert werden konnte, würde auch der schleichende Untergang des Hauses Joompla ausbleiben, daran hatte Siebeneisen ja neulich auf Hawaii schon gedacht. Jetzt sah alles danach aus, dass das letzte Bruchstück für immer verschwunden war. Was wiederum bedeutete, dass sie tatsächlich nach Hause durften, dachte Siebeneisen. Eigentlich konnten sie morgen früh fliegen. Sollten die im Palast doch machen, wozu sie Lust hatten.

Er setzte sich neben Lawn, die sich ebenfalls beruhigt zu haben schien. Wie durch ein stilles Einverständnis schwiegen sie. Der invalide Elefantengott auf dem Tisch vor ihnen sah mitleiderregend aus.

»Schau mal – fällt dir was auf an unserem kleinen Elefanten?« Lawn fuhr Siebeneisen zärtlich durchs Haar.

»Ja. Ihm fehlt ein Bein. Ist im Trubel der Geschichte verlorengegangen. Liegt irgendwo in Kanada herum. Im Winter unter drei Metern Schnee, im Sommer wird es von der Sonne beschienen. Hin und wieder geht vielleicht ein Eisbär an ihm vorbei. Und vielleicht wird irgendwann in siebenhundert Jahren oder in dreitausend ein Jäger in der Nähe ein kleines Lagerfeuer machen und es entdecken und es verwundert in die Hand nehmen. Eine Zeitlang betrachten. Und es anschließend wegwerfen, zu den anderen drei Millionen Steinen, bloß ein paar Meter entfernt von der Stelle, wo es die letzten Jahrhunderte oder Jahrtausende gelegen hat.«

»Du solltest Gedichte schreiben.« Lawn schmiegte sich an Siebeneisens Schulter. »Das meine ich aber nicht«, sagte sie, »ich meine etwas anderes. Sieh dir unseren kleinen Elefanten mal von hinten an.«

»Von hinten?« Siebeneisen beugte sich zum Tisch, hielt die Statue mit beiden Händen und drehte sie vorsichtig, bis er auf den Rücken sah. Er beugte sich näher heran.

»Na? Siehst du das? Das Muster?« Lawn zeigte mit dem Zeigefinger auf die feinen gemeißelten Linien, die auf dem Rücken Ganeshas verliefen. Sie ergaben eine Zeichnung, von der ein kleiner Teil fehlte, weil der Elefantengott ja nur noch einbeinig war. Es war aber trotzdem gut zu erkennen, was er auf dem Rücken trug. »Sieht aus wie ein springender Tiger unter einem Sternenhimmel, oder? Hast du so ein Symbol schon mal gesehen?«

Siebeneisen starrte entgeistert auf den Elefanten. Gedanken schossen ihm durch den Kopf. Der Palast des Maharadschas, der Rasen im Garten, Yogaposen, ein Stich in die Nase, ein Sturz, die schmerzhafte Landung auf dem einzigen Stein, der unter dem Gras lag. Ein Stein, auf dem ein springender Tiger unter einem Sternenhimmel zu sehen war.

»Ja«, sagte er, »das habe ich.«

48

Kyoto Airport, einige Tage später.
Ein Business Center. Siebeneisens Facebookseite.

121-Meter-bis-zum-Canyonboden:
Hey, Swinger! Das Video mit Deinem Swing hat es in die Endrunde der »Komischsten Sportvideos aller Zeiten« geschafft! Vielleicht gewinnst Du ja sogar? Wir drücken die Daumen!

Siebeneisen starrte auf den Bildschirm. Er dachte an die Mönche, die er in den vergangenen Tagen gesehen hatte. Daran, wie sie in sich ruhten mitten im Tosen der Welt. Er atmete tief durch und beschloss, sich nicht aufzuregen. Er würde diese idiotischen Einträge einfach ignorieren und sofort zu den wichtigen Mitteilungen übergehen. Aber so war das eben bei diesen sozialen Netzwerken im Internet: Am Ende las man dann doch alles.

Die Ehrenwerte Alilanau Tuku'aho Alilanau Takalea Wagner:
Ich bin's, die Lea! Bald sehen wir uns – ich komme nach Deutschland! Der Konsul hat mir verraten, dass Sie in einer bezaubernden Gegend wohnen. Ihre Adressdaten standen ja auch alle in Ihrem Visumsantrag. Morgen hole ich meinen Reisepass ab. Bis ganz bald!

Arthur Finley-Warrenstomp:
Alter Freund, eine kurze Warnung: Die Prinzessin will Sie in

Deutschland besuchen. Ich fürchte, sie hat eindeutige Absichten. In den letzten Tagen hat sie sich aufgeführt, als sei sie 16 und ein verknalltes Collegegirl. Ganz Tonga spricht über nichts anderes. Machen Sie, was Sie wollen – aber sagen Sie später nicht, ich hätte Sie nicht gewarnt.

Siebeneisen dachte an die Mönche. Und daran, dass er möglicherweise sofort nach seiner Rückkehr würde umziehen müssen.

Mina DeHoog:
Ich möchte mich erneut bei Ihnen entschuldigen! Heute Morgen habe ich entdeckt, dass Schewardnadse ein Räuberlager angelegt hat – in einem Schuhkarton im Flur, dessen Deckel er immer wieder sorgfältig geschlossen hat. Es sind dort einige lang vermisste Dinge aufgetaucht, mehrere Haustürschlüssel zum Beispiel. Unter anderem habe ich auch Ihren kleinen Talisman gefunden, diese winzige Elefantenfigur mit den filigranen Zügen. Er hat sie verteidigt wie sein eigenes Baby. Kann ich sie Ihnen per Post zukommen lassen?

The Joompla Royal Regent (Rezeption):
Sehr geehrter Mr. Siebeneisen!
Mit diesem Schreiben dürfen wir Ihnen mitteilen, dass es in den vergangenen Monaten offenbar einen Fehler in unserem Reservierungssystem gegeben hat. Dadurch wurden Sie noch bis gestern als Gast in Zimmer 9 geführt, obwohl Sie ja bereits vor langer Zeit abgereist sind. Nach Rücksprache mit dem Management haben wir nun veranlasst, dass die angefallenen Kosten in Höhe von 249 390,00 Rupien storniert werden.
Für Ihren kommenden Aufenthalt haben wir Ihnen nach Absprache mit Ihrem Vorgesetzten, Mr. Wipperfürth, Zimmer 41 vorbereitet. Der kleine, behagliche Raum befindet sich in einem nicht restaurier-

ten Teil des Palastes am Ende einer Stiege und besitzt eine vollkommen historische Atmosphäre. Es ist wunderbar still dort oben, nur das Gurren der Tauben auf dem Dach ist zu hören.

Bei Siebeneisen klingelten augenblicklich sämtliche Alarmglocken. Er würde diese Reservierung sofort ändern müssen, dachte er, sonst steckten die ihn mit Sicherheit in eine Art Turmverlies. Das kam überhaupt nicht infrage. Zimmer 9 mit seinen geschätzten 700 Quadratmetern war genau das Richtige. Er sah, dass die Hotelrezeption noch mehr geschrieben hatte:

Bei der Durchsicht unserer Buchungen haben wir ebenfalls festgestellt, dass unser defektes Reservierungssystem für mehrere Gäste falsche Datensätze erstellt hat. Auch das Ehepaar aus Südkorea, nach dem sich Mr. Wipperfürth damals erkundigte, war betroffen. Mr. und Mrs. Lee hatten auf ihrer Hochzeitsreise nicht acht Übernachtungen im Palasthotel gebucht, sondern lediglich drei. Die Abreise der Gäste erfolgte also zum korrekten Termin.

Na bitte, dachte Siebeneisen. Wäre nett gewesen, wenn ihr euer Reservierungssystem etwas früher in den Griff bekommen hättet. Dass die beiden unschuldig sind, haben wir in der Zwischenzeit auch schon selbst herausgefunden.

Churchill Tourism:
Liebe Freunde unserer wunderbaren kleinen Stadt am Rande des Eises! Wie Sie vielleicht schon wissen, hat es in den vergangenen Tagen einige Zwischenfälle mit einem Problembären gegeben. Das Tier hat das Küchenfenster des Restaurants Dreaming Moose zerbrochen, als der Koch im Rahmen der alljährlichen »Indischen Woche« dort gerade Abendessen zubereitete. Am Flughafen wurde

ein Container aufgehebelt; hier hatte der Bär es auf indische Fertiggerichte abgesehen, die für die Parkverwaltung vorgesehen waren. Über die Höhe des Schadens im Verwaltungstrakt des Prince-of-Wales-Forts ist noch nichts bekannt. Der Bürgermeister appelliert an uns alle, bis auf weiteres auf die Zubereitung scharf gewürzter Gerichte zu verzichten. Das gilt auch und besonders für Motelzimmer und Mietappartements.

Schatten:
Entwarnung! Ihr müsst nicht weitersuchen! Reist sofort aus diesem Japan ab – das wird viel zu teuer! Wipperfürth schreibt Dir gleich auch deswegen.
Ich wiederum habe völlig vergessen Dir mitzuteilen, dass Shameek Kumar verschwunden ist. Seit zwei Wochen schon. Bevor er sich absetzte, hatte ich ihn in der Küche der Faulen Kobra entdeckt, wo er sich gerade Notizen machte. Wahrscheinlich hat er die ganze Zeit über versucht, Wipperfürth und mich zu belauschen! Als ich ihn zur Rede stellen wollte, hat er mich zur Seite gedrängt und das Teehaus verlassen. Natürlich wollte ich die Verfolgung aufnehmen. Leider bin ich aber an einer der heiligen Kühe gescheitert, die in das Teehaus drängte, als ich hinauswollte. Man sollte diese Tiere in Ställen unterbringen!

Wipperfürth:
Oh, Reisende im Reich der aufgehenden Sonne! Neuigkeiten muss ich Euch übermitteln!
Gestern Abend haben die bezaubernde Ranji und ich uns im Archiv getroffen, zwischen den Regalen, dem einzigen Ort, an dem die tausend Augen des Maharadschas uns nicht beobachten. Der Mond schien durchs Fenster, und wir wollten gerade eine Position aus dem Kamasutra trockenüben für die Zeit nach unserer Hochzeit, als meine Geliebte plötzlich ausrutschte, auf einem Papier,

das bei Schattens Recherche- und Aufräumarbeiten wohl aus einer der Kladden gefallen war. Ich möchte dies nicht kommentieren und auch nicht die Macht des Schicksals anführen. Lies selbst, was in dem Schreiben stand:

Hudson's Bay Archives:
23. Februar 1780
Am Morgen entdeckte Constable Sorrowbread, dass aus unserem Lager mehrere Dinge gestohlen worden waren. Es fehlten große Mengen Zwieback, ein kostbarer Narwalzahn sowie eine Blanko-Vollmacht des Kommandeurs, die ihrem Träger freie Passage nach England zusichert. Ebenfalls nicht mehr da ist Constable Jake Miller, der heute von einem Eisbären gefressen wurde. Seine Pistole hatte er im Lager verloren, so sind wir ihm auf die Schliche gekommen.
Millers Tod scheint wie eine Bestrafung des Schicksals: Eine Kugel hatte sich im Lauf seines Gewehres verklemmt. Selbiges haben wir zusammen mit dem Narwalzahn zwanzig Marschminuten nördlich des Forts entdeckt, gleich an der Kante zum Eis. Daneben lagen einige Lederfetzen, sonst ist von Miller nichts übrig geblieben. Möge er in Frieden ruhen.

So war das also, dachte Siebeneisen. Onkel Jake! Der hatte das Statuenteil gestohlen. Zusammen mit den Goldmünzen aus Cooks Flasche und diesem Narwalzahn aus dem Lagerhaus. Wahrscheinlich hatte Miller Kälte und Einsamkeit der Hudson Bay entkommen wollen und gehofft, all diese Dinge in London zu Geld machen zu können. Und dann war er von einem Eisbären erwischt worden. Was wiederum bedeutete, dass der letzte Teil der Statue tatsächlich für immer und ewig verloren war – das gute Stück war vermutlich im Magen eines Bären aufs Eis hinausgewandert. Er beugte sich hinunter zu seinem

Handgepäck, das zwischen seinen Füßen stand. Sie hatten die invalide Elefantengottfigur gut verpackt, jedes einzelne Stück, in Folie mit Luftwaben.

Siebeneisen sah, dass hinter Wipperfürths Namen in der Liste seiner Kontakte auf der Facebookseite ein kleiner grüner Punkt leuchtete. Er war also online, jetzt, in diesem Moment. Wahrscheinlich lag er auf seinem Diwan in der Faulen Kobra und spielte mit seinem Telefon. Siebeneisen tippte testweise eine Zeile in das Chat-Feld.

»Hallo? Lord Steißbein? Bist Du da?«

Er wartete. Wenn Wipperfürth das sah, würde er innerhalb weniger Sekunden antworten – wahrscheinlich mit der üblichen endlosen Litanei.

»Unser Weltreisender! Seid Ihr immer noch in Japan?«

»Ja.«

»Nein! Schatten ist außer sich. Wenn Du nicht willst, dass er uns an einem Herzinfarkt stirbt, solltet Ihr das teuerste Land der Welt so schnell wie möglich verlassen! Hast Du die Meldung von der Hudson Bay gelesen?

»Ja, gerade eben.«

»Dann weißt Du ja Bescheid. Hier ist die Stimmung überhaupt nicht gut. Seid der Maharadscha weiß, dass die Statue nicht komplett zusammengesetzt werden kann, ist er völlig niedergeschlagen.«

»Niedergeschlagen? Er müsste doch heilfroh sein, dass niemand anders im Besitz des kompletten Ganeshas ist. Darum hat er sich doch gesorgt. Dass dann das geballte Unheil über seine Dynastie hereinbrechen würde. Diese Gefahr ist doch jetzt ein für alle Mal gebannt! Der Untergang des Hauses von Joompla findet nicht statt.«

»Du hast gut reden. Du weißt ja nicht, welch entsetzliche Last auf die Schultern des Maharadschas drückt. Wie schlimm die finanzielle Lage ist. Wie viele Einschreiben von den Banken kommen.«

Siebeneisen hatte das geahnt, die ganze Zeit über schon. Der Maharadscha hatte nicht bloß verhindern wollen, dass ein anderer in den Besitz der Statue kam. Er hatte zugleich gehofft, dass eine Rückkehr des Talismans an den Hof auch die wirtschaftliche Situation dort verbessern würde. Schließlich hatte die Statue seiner Dynastie schon einmal zu Macht und Reichtum verholfen. Siebeneisen ahnte allerdings auch, dass Wipperfürth nicht mehr zu stoppen sein würde, wenn er das Thema jetzt vertiefte. Seit Ausbruch der Finanzkrise hatte der Mann wahrscheinlich jedes VHS-Seminar besucht, das zum Thema Goldreserven oder Euroabschaffung angeboten wurde. Wenn er ihm auch nur die kleinste Vorgabe lieferte, würde ihm Wipperfürth in den nächsten Minuten sämtliche Wirtschaftstheorien von Marx bis Keynes referieren.

»Aber seine Tochter wird er Dir doch trotzdem anvertrauen, oder?« Siebeneisen hoffte, dass dieses Thema Wipperfürth von Finanzweltdiskussionen wegführen würde. »Oder was steht in dem Vertrag, den Du ohne meine Einwilligung abgeschlossen hast?«

»Dieses juristische Machwerk ist in dieser Hinsicht leider etwas zu unseren Ungunsten formuliert, das haben wir bestimmt dem Sekretär Seiner Durchlaucht zu verdanken. Ranji versucht, unser Glück zu retten. Sie bekniet ihren Vater seit Tagen, die Tapfere. Ach, würde uns doch die Großherzigkeit des gütigen Herrschers erneut zuteil!«

»Und Schatten? Was ist denn mit dem?«

Siebeneisen hatte nach wie vor den Verdacht, dass der Maharadscha dem Finanzier ihrer Statuenjagd eine Belohnung in Aussicht gestellt hatte. Einen Landsitz oder etwas Ähnliches.

»Schatten sollte ja einen Landsitz bekommen oder etwas Ähnliches.«

Wipperfürth gehörte zu den Leuten, die manchmal nicht genau wussten, welche Informationen sie besser für sich behalten sollten und welche sie ausplaudern durften. Da lag er also vollkommen richtig mit seiner Vermutung, dachte Siebeneisen, vollkommen richtig. Wipperfürth hatte inzwischen weitergeschrieben.

»Schatten sieht übrigens schrecklich aus. Er ist so dünn geworden!«

»Das glaube ich erst, wenn ich es sehe. Wo wir gerade dabei sind: Wir kommen. Wir sind auf dem Weg nach Jodhpur.«

»Was? Ihr seid was? Nach Indien? Hierhin?«

»Ja.«

»Wieso habt Ihr denn nicht Bescheid gesagt? Es wäre aber doch viel preiswerter gewesen, wenn Ihr gleich zurück nach Oer-Erkenschwick gereist wäret! Es gibt eine sehr, sehr bequeme Eisenbahnverbindung ab Wladiwostok, ich hab das schon recherchiert. Das muss eine wunderschöne Reise sein! Da würdet Ihr tolle Ecken der Welt sehen – Sibirien, Russland, die Steppen Asiens …«

»Wir. Kommen. Nach. Jodhpur.« Siebeneisen fand, dass er das gut formuliert hatte mit den Punkten nach jedem Wort. Gut – und eindeutig. Er überlegte kurz. Und schrieb, bevor er die Seite schloss:

»Aber mach Dir keine Mühe, wir sind schon am Flughafen. Unser Direktflug nach Delhi geht in einer Stunde. Morgen Nachmittag sind wir im Palast.«

49

IM PALAST DES MAHARADSCHAS VON JOOMPLA,
EINEN TAG SPÄTER.

Die beiden Musiker standen auf dem Palastrasen und produzierten einen ungeheuren Lärm. Es war derart laut, dass die Affen sich verängstigt an der gegenüberliegenden Palastmauer herumdrückten, während die Papageien zitternd und eng beieinander auf den obersten Ästen eines Baumes hockten. Und jetzt schwebte von oben auch wieder duftendes Blütenkonfetti auf Siebeneisen, der im Gegenlicht zwei der Achtlinge erkannte, die mit großen Körben voller Blütenblätter auf dem Dach standen. Das alte Weib stürmte auf sie zu und malte ihnen einen roten Punkt auf die Stirn. Es war wie bei seiner Abreise, dachte Siebeneisen, wie ein Déjà-vu. Er sah hinüber zum Tor des Palastes. Sie waren alle gekommen.

Der Weise O hatte die Teilnehmer seines aktuellen Yogakurses ganz hinten in der Gruppe der Wartenden postiert, mit ihm in der Mitte. Davor reihten sich die Achtlinge, von denen nur sechs angetreten waren, weil die anderen beiden ja auf dem Dach Blüten warfen. Hardhawallardha Singh sah mit melancholischem Blick aus dem Zentrum der Begrüßungsformation heraus. Neben ihm stand seine Tochter, und neben ihr stand Wipperfürth. Er trug einen Anzug aus einem silbrigen Stoff, der in der Sonne schillerte wie etwas aus der Resteverwertung einer NASA-Werkstatt. Seinen anderen Tipp-Kick-Kumpel erkannte Siebeneisen erst, als sich der Mann neben Wipperfürth den Schweiß aus dem Gesicht wischte. Schatten hatte nicht annähernd so viel abgenommen wie behauptet, bei einem Gesamtgewicht von 150 Kilo machten vier oder fünf Kilo weniger optisch keinen großen Unterschied. Ein froschgrüner Turban von der Größe eines Lämmergeiernestes allerdings veränderte einen dann schon gehörig.

»Wir hatten Ganesha um sicheres Geleit gebet… « Der Maharadscha unterbrach auch dieses Mal gleich den ersten Satz seiner Rede, weil die Musiker loslegten, als riefen sie ein Bataillon verschlafener Palastwächter zur Verteidigung der Mauern. Wie immer in solchen Momenten sah Hardhawallardha Singh zu seinem Sekretär hinüber. Oder besser: Er sah dahin, wo Shameek Kumar eigentlich stehen sollte. Bloß war der nicht da. Der Maharadscha schaute irritiert, als könnte er noch immer nicht fassen, was da passiert war. Die beiden Musikanten quengelten kurz weiter. Dann verstummten sie.

»Wir hatten Ganesha um sicheres Geleit gebeten«, begann der Großfürst erneut, »und um seinen Segen für die große Aufgabe, die es zu bewältigen galt. Tapfer haben sich unsere Reisenden mit allen erdenklichen Fährnissen auseinandergesetzt. Ihre Mission zu erfüllen – das wurde ihnen unmöglich gemacht, und…«

Hardhawallardha Singh verstummte. Links neben ihm griff Schatten laut schnaufend mit beiden Händen nach seinem Turban, der sich in Auflösung befand. Für einen Moment sah es aus, als könne er das lose Ende des Stoffs tatsächlich wieder in den gewickelten Rest auf seinem Kopf stecken, dann aber löste sich auch noch das andere Ende. Der Maharadscha sah Schatten eine Weile zu. Dann schüttelte er resigniert den Kopf und fuhr fort.

»Wie wir mittlerweile wissen, hat uns Verrat im eigenen Haus in diese unglückselige Lage gebracht.« Er sah wieder zu jener Stelle, an der sonst Kumar gestanden hatte. Seine Stimme war leiser geworden, traurig, brüchig. »Niemals hätten wir gedacht, dass jene, denen wir vertrauen, uns so hintergehen würden...«

»Lieber Herr Singh!« Siebeneisen trat einen Schritt nach vorne und sah, wie Wipperfürth theatralisch das Gesicht verzog, als er die saloppe Anrede hörte. Zu dir komme ich später, dachte er, warte nur ab, zu dir und dem Anderen komme ich später.

»Lieber Herr Singh, tatsächlich ist es so, dass wir das alles nicht so hinbekommen haben wie gedacht. Obwohl wir uns alle Mühe gegeben haben! Dass wir die Statue nicht vollständig zusammensetzen können, liegt nicht an uns, sondern an einem Fallensteller in Kanada. Und an einem hungrigen Eisbären.« Siebeneisen lächelte sein besänftigendes Lächeln. »Trotzdem hätten wir ihn natürlich gerne komplett zurückgebracht, den guten Ganesha. Vor allem in wirtschaftlich schwierigen Zeiten wie diesen hätte die magische Kraft der Statue dem Haus derer von Joompla helfen können. Doch vielleicht...«

Siebeneisen legte eine Kunstpause ein. Das war eine gute Stelle für eine Kunstpause, fand er. Er bemerkte, dass ihn der Maharadscha fragend anschaute. Wipperfürths Gesicht sah aus, als verstießen Kunstpausen noch stärker gegen die Hofetikette als ein vertrauliches »Lieber Herr Singh«. Schatten war mit seinem Turban beschäftigt. Drei der Achtlinge hinter ihm hielten einen langen Streifen froschgrünen Stoffs.

»Vielleicht gibt es aber noch eine andere Möglichkeit.« Auch diesen Satz ließ Siebeneisen wirken. Vor allem, um Wipperfürths jetzt irritiertes Gesicht zu betrachten. Das von Schatten war gerade nicht zu sehen, weil zu viel Stoff davor war.

»Am besten wäre es wohl, wenn Sie uns alle folgen würden.«

Siebeneisen nickte den anderen aufmunternd zu, dann gingen er und Lawn durch das Palasttor Richtung Garten. Die beiden Musiker hielten das offenbar für ein Signal. Der mit der Tabla um den Hals gab vier Schläge vor und dann noch einen kleinen Eröffnungswirbel, und schon ließ sein Kollege die Finger über die Tasten seines Instrumentes fliegen, das wie die Kreuzung aus einem Viertel Kirchenorgel mit einer Drehleier aussah und sich noch schlimmer anhörte.

Auf dem Yogarasen brauchte Siebeneisen eine Weile, um sich zu orientieren. Dann entdeckte er die Stelle, an der er vor langer Zeit das Gleichgewicht verloren hatte. Er kniete sich auf den Rasen, strich durch die Halme, fand den Stein mit der Zeichnung. Ich habe mich nicht geirrt, dachte er, ich habe mich tatsächlich nicht geirrt: ein springender Tiger unter einem Sternenhimmel. Obwohl er sich fast sicher gewesen war, wurde ihm plötzlich heiß. Er richtete sich auf. Alle anderen standen neugierig im Halbkreis um ihn herum. Er suchte Lawns Blick und lächelte ihr zu.

»Lieber Mr. Singh – ob wohl jemand Hacke und Schaufel besorgen könnte? Ich fürchte, wir müssen Ihren schönen Rasen ein klein wenig ramponieren.«

Der Maharadscha betrachtete den Stein, als fragte er sich, wieso um alles in der Welt ihm der nie zuvor aufgefallen war und welcher der Achtlinge gleich nochmal für die Rasenpflege verantwortlich war. Dann nickte er, und die Achtlinge schwärmten aus. Wipperfürth sah Siebeneisen jetzt an, als wäre der dabei, ein Sakrileg zu begehen. Weiter hinten auf dem Rasen war Schatten immer noch damit beschäftigt, etwa fünfzehn Meter laubfroschgrüne Stoffbahn auszulegen.

Siebeneisen kniete sich wieder hin. Er strich über die Zeichnung. Vielleicht würden sie überhaupt keine Werkzeuge brauchen, dachte er. Vorsichtig legte er beide Hände um den Stein und versuchte, ihn zu drehen. Nichts. Er probierte die andere Richtung. Nichts. Vielleicht ließ er sich anheben? Nein. Oder hinunterschieben? Auch nicht.

»Warte mal…« Lawn war neben ihm. Sie sah sich den Stein kurz an und drückte mit den Zeigefingern auf das Auge des Tigers und gleichzeitig auf den Mond im Sternenhimmel. Tigerauge und Mond versanken. Lawn drehte den Kopf und lächelte Siebeneisen zu. Dann packte sie den Stein und hob ihn aus dem Rasen. Darunter war ein Hebel. Ein Hebel, der sich mühelos drehen ließ.

Und dann wichen alle zurück, weil die Erde bebte. Die Erde bebte, und der Rasen öffnete sich, zumindest ein Teil des Rasens im Garten des Palastes von Joompla. Die Falltür war so groß, dass mehrere Männer nebeneinander durch sie hätten hinabsteigen können. Selbst ein mit Truhen beladener Elefant hätte hindurchgepasst. Und hinter der Falltür führte eine Treppe in die vergessenen Schatzkammern des Palastes.

50

FREITAGS IN DER FAULEN KOBRA.

Und dahinten lag noch eins. Der Teehausbesitzer kniete vor dem Sofa und versuchte, an das Glasfläschchen zwischen den Spinnweben zu kommen, aber sein Arm war zu kurz. Er beugte sich tiefer, stützte sich mit der linken Hand ab und tastete mit der anderen unter dem Sofa herum, aber sein Arm war noch immer zu kurz. Der Teehausbesitzer seufzte leise. Es gab ein schmatzendes Geräusch, als er die Hand vom Boden mit seinen Getränkeresten löste. Er streckte sich flach aus, ignorierte das klebende Gefühl auf seiner Wange und fischte das Fläschchen hervor. Bevor er es in den Eimer mit all den anderen warf, roch er kurz an ihm. Den Teehausbesitzer schwindelte es augenblicklich. In seinem Kopf hallte ein ungutes Pochen.

Der Dicke hatte das Zeugs angeschleppt. Etwas, das sich Magenbitter nannte und angeblich medizinische Qualitäten besaß. Aus Kräutern. Aus Italien. Er roch wie fermentiertes Maschinenöl, dieser Magenbitter. Zweihundert kleine Fläschchen hatte der Dicke eingepackt, bevor er nach Indien aufgebrochen war. Zweihundert! Er habe eben gegen Viren und Bakterien im Essen gefeit sein wollen, hatte er erklärt. Leider war das Paket erst am Tag zuvor im Palast von Joompla eingetroffen. Der Teehausbesitzer vermutete, dass die mehrmonatige Verspätung mit der Versandart zusammenhing; Aladdin hatte etwas von horrenden

Gebühren für Airline-Übergepäck erzählt und wie günstig dagegen die Mitnahme in Überlandbussen sei. Das Zeugs wäre besser unterwegs verlorengegangen, am Pamir oder Hindukusch! Stattdessen waren die beiden Clowns auf die Idee gekommen, die Stammgäste der Faulen Kobra auf den einen oder anderen Magenbitter einzuladen. Der Teehausbesitzer versuchte vergeblich, die Bilder des Schreckens zurückzuhalten, die in sein Bewusstsein drängten. Aladdin und der Dicke hatten den Alten das Gebräu als »eine Art westliche Ayurvedamedizin« angepriesen: sehr natürlich, sehr wirkungsvoll, hergestellt nach einem geheimen Familienrezept, seit 1845. Alle hatten probiert. Er auch. Und dann waren sehr schnell sämtliche Schranken gefallen.

Das dumpfe Pochen im Kopf des Teehausbesitzers wurde stärker, als er versuchte, die fragmentierten Momentaufnahmen zu sortieren, die in sein Bewusstsein krochen. Irgendetwas war mit den blonden Schülerinnen des Babaji gewesen. Er erinnerte sich an tanzende, kaum bekleidete Frauen auf den Teehaustischen. An eine Kuh und dass sein Sohn irgendwann im Laufe des Abends Cowboylieder aufgelegt hatte. Und hatten sich die asketischen Alten tatsächlich überreden lassen, bei diesem idiotischen Mau-Mau-Spiel mitzumachen? Und bei verlorenen Partien diese Fläschchen in einem Zug zu leeren? Doch, dachte der Teehausbesitzer, doch, das hatten sie. Schrecklich. Und mitten in diesem Armageddon war unbemerkt von den Gästen auch noch die Schlange aus ihrem Korb geschlichen und hatte sich über die verschütteten Reste der Arznei hergemacht. Ich sehe besser mal nach ihr, dachte der Teehausbesitzer. Er ging hinüber zum Tresen, wo ein Bataillon leerer Magenbitterflaschen neben dem Bastkorb stand. Es war freitags in der Faulen Kobra, und Niranjana schlief, wie Kobras eben schlafen, wenn sie zu viel Fernet Branca intus haben.

Es war freitags in der Faulen Kobra, und in einer Ecke des Teehauses saß ein einzelner Gast, ein alter Mann mit hagerem, holzschnittartigem Gesicht. Shameek Kumar dachte an Mumbai, die ganze Zeit über. Er war seit dem frühen Morgen zurück in Jodhpur. Körperlich zumindest. Nach zwei Wochen in Indiens internationalster Metropole fiel es ihm schwer, sich auch gedanklich in die Provinz Rajasthan zurückzuhangeln, in seinem Kopf befand er sich noch immer in der Glitzerwelt der Großstadt. Was hatte man ihn hofiert! Wie hatte man ihn verwöhnt! Wenn Shameek Kumar die Augen schloss, sah er – nacheinander und nicht notwendigerweise in dieser Reihenfolge – Frauen mit kilometerlangem schwarzem Haar und schluchtentiefen Dekolletés, illuminierte Pools hoch oben auf Hochhäusern, den nächtlichen Marine Drive, über den er im Fond einer Limousine glitt. Er hörte das helle Lachen plaudernder Menschen, das Klicken von Eiswürfeln in Gläsern, die perlenden Läufe eines Barpianisten. Manchmal lag ihm sogar der Geschmack eines Dinnergangs auf der Zunge, schmeichelnd, cremig, samten, zubereitet in einem Restaurant, dessen Köche nicht jedes einzelne Essen zu einem vulkanologischen Probealarm machten. Ach, Mumbai! Shameek Kumar lächelte wehmütig. Er nickte dem Besitzer des Teehauses zu, der gerade gedankenverloren leere Glasfläschchen in einen Eimer warf.

Nach seiner Ankunft im Palast war der Sekretär des Maharadschas verhaftet worden. Die Achtlinge hatten sich mit Säbeln und Hellebarden aus der historischen Waffenkammer ausgestattet und ihn umringt, als plane er einen Königsmord. Diese Hohlköpfe! Es hätte nicht viel gefehlt, und er wäre in irgendeine Kammer gesperrt worden. Zum Glück war Hardhawallardha Singh aufgetaucht. Auf einer Bank im Palastgarten hatte Kumar dem Maharadscha dann alles erzählt. Wie sehr er, sein Vertrauter, sich in den vergangenen Jahren um das Wohl des Herrscherhauses gesorgt habe. Und wie allmählich ein Plan in ihm gereift war, von dem er seinem Gebieter nie etwas gesagt hatte, um ihn nicht zu beunruhigen (»Die Herrscher von Joompla muss man führen, wenn sie Herrscher von Joompla bleiben sollen«, war ein Arbeitsmotto, mit dem er schon beim Vater des jetzigen Großfürsten gut gefahren war). Kumar wusste natürlich von der Existenz der Elefantengottstatue. Auch dass James Cook ihre Teile auf seiner dritten Reise versteckt hatte. Er ahnte, dass diese Statue nützlich sein könnte. Also hatte er diesen japanischen Kunstsammler ausfindig gemacht und kontaktiert. Und dessen Mönch hatte es tatsächlich geschafft, die Einzelteile des Elefantengottes aufzutreiben. Gut, nicht alle – aber alle, die noch existierten. Der steinerne Ganesha mochte unvollständig sein, aber das spielte keine Rolle.

Shameek Kumar hatte noch nie an diesen Hokuspokus geglaubt, über den Küchenpersonal und Hofschranzen seit Jahrhunderten tuschelten. Als ob ein Stück behauener Stein magische Kräfte besitzen könne! Das ängstliche Geschwätz der Einfältigen war das! Kumar dagegen war Realist. Er hatte schon immer gewusst, dass der Reichtum des Hauses von Joompla nicht in seinem Haus allein stecken konnte – mit einer Immobilie allein ließ sich die Macht des Fürstengeschlechts nicht erklären. Nein, da musste mehr sein, viel mehr, Gold, Silber, Edelstein, in den üblichen indischen Größenordnungen, irgendwo in einem Versteck, an das sich niemand mehr erinnern konnte. Also hatte er gesucht, in Kellern und Kammern, nach geheimen Gängen, nach doppelten Böden, nach Hohlräumen. Gefunden hatte er nichts. Irgendwann war ihm die Idee gekommen, dass die zerlegte Statue möglicherweise mehr war als nur ein Talisman. Vielleicht war sie ein steinerner Hinweis. Vielleicht konnte Ganesha ihn zum verschollenen Schatz des Herrscherhauses führen.

Und dann waren diese Deutschen aufgetaucht. Shameek Kumars Blick verfinsterte sich, was er selbst natürlich nicht sehen konnte – wohl aber der Babaji, der in diesem Augenblick die Faule Kobra betrat. Der weise Lehrer sah etwas mitgenommen aus. Er nahm einen Damenslip von seinem Kissen und betrachtete ihn für einen langen Moment; dann setzte er sich und war bereits tief in seiner Meditation versunken, als der andere Gast des Teehauses noch immer vergeblich versuchte, den Gedanken an die Besucher aus Deutschland zu verdrängen.

Blöder hätte es nicht kommen können, dachte Shameek Kumar. Zuerst hatte der Maharadscha das Fehlen des Rüssels bemerkt, dann wollte er diesen Siebeneisen auf die Suche nach den übrigen Einzelteilen schicken, um zu verhindern, dass die komplette Statue in fremde Hände gerate. Siebeneisen und seinen Freund. Er erinnerte sich an jenen Tag, an dem der Schwafler in seinem grotesken Fantasiekostüm im Privatbüro des Maharadschas schwadroniert hatte, als sei er einem höfischen Epos aus dem 16. Jahrhundert entsprungen. Nach diesem Gespräch war Kumar heilfroh gewesen, dass dieser Wipperfürth ebenfalls abreisen würde. Aber dann hatte er sich das Steißbein gebrochen und musste in Indien bleiben, und dann hatte er auch noch seinen schwitzenden Freund herbeizitiert, der ständig herumtropfte. Was hatten diese beiden Gestalten ihn Nerven gekostet! Wochenlang, jeden einzelnen Tag. Und dann hatten sie zu guter Letzt auch noch nichts Besseres zu tun gehabt, als gleich nach der Entdeckung des verborgenen Schatzes Interviews zu geben. Shameek Kumar war aus allen Wolken gefallen, als er die beiden in den Fernsehnachrichten gesehen hatte. Als ob sie eigenhändig mit der Hilfe alter Blechlöffel einen Stollen gegraben hätten – so hatten sie das dargestellt. Kein Satz darüber, dass sich der Gang zur geheimen Kammer unter dem Rasen quasi ganz von selbst aufgetan hatte. Kein Wort davon, dass sie eigentlich nur hatten hinabsteigen müssen. Und natürlich keine Silbe dazu, dass sie selbst herzlich wenig zur Heimholung der Statue beigetragen hatten.

Und jetzt stellte Mutter Indien Ansprüche. Eine halbe Stunde nach dem Fernsehauftritt hatte die Polizei den Zugang zur Schatzkammer versiegelt. Zuerst müsse geklärt werden, wem das alles eigentlich gehöre, hieß es. War ja vorhersehbar. War ja Indien. Wahrscheinlich fünfzig Millionen an Goldwert allein, munkelte man, US-Dollar, nicht Rupien, vom archäologischen Wert ganz zu schweigen. Es würde Ewigkeiten dauern, bis die Gerichte alles geklärt hätten, ahnte Shameek Kumar. Und dann war da auch noch dieser dumme Vertrag, den der Maharadscha mit Wipperfürth geschlossen hatte. Um die Hand von Prinzessin Ranji durfte er anhalten. Natürlich konnte der Herrscher von Joompla sich da Bedenkzeit erbitten, auch eine längere, und sich am Ende vielleicht doch nicht ganz so wohlwollend zeigen. Kumar hatte den Maharadscha am Morgen auf der Parkbank darauf angesprochen. Auch auf die Sache mit dem Landsitz für den Tropfer und wie man diese beiden unerfreulichen Angelegenheiten möglicherweise auf andere Weise abwickeln könnte.

Anschließend hatte er Hardhawallardha Singh von seinem Aufenthalt in Mumbai berichtet. Dort fieberte man bereits dem Startschuss des Projektes entgegen. Die komplette Branche sprach von der Geschichte, die alles mitbrachte, um ein großer Erfolg zu werden: Helden und Bösewichte, Herz und Schmerz, viel Dramatik und einen Schuss Romantik. Bereits Kumars Schilderung der Charaktere hatte für Begeisterung gesorgt. Als er aber die Originaldialoge präsentierte, die heimlichen Mitschriften von seinem Lauschposten in der Teehausküche, da hatten sich die Interessenten gegenseitig überboten. So war es gekommen, dass Shameek Kumar, gewiefter Sekretär des Maharadschas von Joompla, schon wieder einen Vertrag vorbereitet hatte. Einen Vertrag, der sämtliche getroffenen Vereinbarungen ersetzen sollte. Einen Vertrag, der die Unterzeichner zu Legenden machen würde.

Der Sohn des Besitzers betrat das Teehaus durch den Hintereingang und sammelte mehrere leere Magenbitterfläschchen auf, die sein Vater beim Aufräumen übersehen hatte. Shameek Kumar begrüßte ihn freundlich. Er trank einen Schluck Tee und sah aus dem Fenster. Draußen, auf der Kreuzung vor der Faulen Kobra, herrschte Chaos. Richtiges Chaos, echtes Chaos – nicht das, was Besucher aus dem Westen gerne als solches bezeichnen, wenn sie den ganz normalen indischen Alltag beobachten. Zwei Bullen hatten es geschafft, sich gegenseitig so mit den Hörnern zu verhaken, dass sie nicht mehr voneinander loskamen. Jetzt drehten sie sich mit verkeilten Köpfen mitten auf der Kreuzung, eine halbe Runde im Uhrzeigersinn, eine halbe zurück, und jedes Fahrzeug, das auf die wie immer verstopfte Kreuzung fuhr, musste den Tieren ausweichen. Zusammen mit den Bullen – beziehungsweise vor oder hinter ihnen her – liefen der Tropfer und der Schwafler. Kumar fragte sich, wie sie dorthin gelangt sein mochten. Die beiden versuchten, auf die Straßenseite mit dem Teehaus zu kommen. Der Schwafler fuchtelte unentwegt mit den Armen und gab den Fahrern der Rikschas, Kleinlaster und Taxen wirre Stopp- und Umleitungssignale mit den Händen, die von den Fahrern der Rikschas, Kleinlaster und Taxen allesamt ignoriert wurden. Der Tropfer taperte hinter ihm her und hielt sich mit beiden Händen seinen Turban, der offenbar nicht richtig gewickelt war. Kumar starrte aus dem Fenster auf das Schauspiel auf der Kreuzung, und für einen kurzen Moment fragte er sich, ob er in einem seiner früheren Leben möglicherweise etwas Fürchterliches verbrochen hatte und nun dafür büßen musste. Dann begrüßte der Schwafler die Gäste mit »Der gütige Shiva möge über uns wachen! *Shanti Shanti Om!*«, und sein Freund hinter ihm wischte sich mit zwei Metern froschgrünem Turbanstoff den Schweiß von der Stirn, und der Sohn des Teehausbesitzers drückte die Starttaste.

Auf dem Tresen, in ihrem Bastkorb, erwachte eine Kobra mit dem Kater ihres Lebens. Chuck Berry, dachte Niranjana, als sie jene typischen Gitarrenriffs hörte, die vor langer Zeit einmal die Ära des Rock'n'Roll begründet hatten und ihr nun entsetzliche Kopfschmerzen bereiteten. »Promised Land«, 1964, handelte vom langen Weg ins gelobte Land Kalifornien, nach Los Angeles, nach Hollywood. Die Gitarre jaulte auf.

Chuck Berry kann mich mal, dachte Niranjana noch, bevor sie wieder einschlief.

51

DONNERSTAGS IM FETTEN HECHT, EINIGE MONATE SPÄTER.

»Die Taste oben links! Die, auf der Ein/Aus steht! Du musst die Ein/Aus-Taste drücken! Ohne Strom läuft die Kiste nicht!« Wipperfürth war von seinem Stuhl gesprungen und fuchtelte erregt mit den Armen, während er seine Anweisungen gab. Schatten stand oben auf einer Leiter. Er trug seinen Tropenanzug und den Turban und drückte auf den Tasten eines DVD-Players herum, der zusammen mit einem Fernseher unter der Decke befestigt war. Hin und wieder zuckte ein Lichtblitz über den Bildschirm, dann wurde er wieder dunkel. Von Schattens Stirn tropfte es auf den Tresen. Wenn Walburga das sah, wischte sie die Tropfen mit einem Lappen auf.

Ihre Stammkneipe in Oer-Erkenschwick hatte die besten Jahre lange hinter sich: Im Fetten Hecht war seit Mitte des vergangenen Jahrhunderts nicht mehr renoviert worden. Es gab acht Tische, die auf pflegeleichten erdbraunen Bodenfliesen standen, eine so bizarre wie verspinnwebte Sammlung an Geweihen und ausgestopften Rebhühnern an den Wänden sowie eine Theke mit kopfüber hängenden Schnapsflaschen, aber ohne Zapfhähne – im Fetten Hecht wurde ausschließlich Flaschenbier und Hochprozentiges getrunken. Noch nicht sehr lange zur Einrichtung gehörte ein funktionstüchtiges Ein-Mann-U-Boot in der Ecke unter den Geweihen, das von einem Großhändler in Shenzen geliefert worden war. Schatten hatte bei einer Onlinebestellung versehentlich eine falsche Artikelnummer angegeben und sich anschließend nicht aufraffen können, das Boot für eine Retoure versandfertig zu verpacken. Ebenfalls neu war eine batteriebetriebene Hulatänzerin aus Hawaii, die auf einem kleinen Brett zwischen den Rebhühnern stand und ihre Plastikhüften zu »Wiegende Wellen auf wogender See« kreisen ließ. Den DVD-Player wiederum gab es erst seit wenigen Stunden im Fetten Hecht. Siebeneisen hatte ihn am Nachmittag installiert. Jetzt saß er erdnusskauend auf seinem Stuhl und sah zu, wie Schatten tropfend auf der Leiter stand und das Gerät einzuschalten versuchte.

»Na also!« Wipperfürth ließ sich auf seinen Stuhl fallen, als endlich ein Bild auf dem Bildschirm erschien. Er trug eine violette Kombination aus Pluderhose und Steppweste über einem viel zu langen Hemd sowie seine Eschnapur-Pantoffeln. »Dann können wir ja endlich anfangen!«, rief er, als säßen mindestens 80 Zuschauer im Fetten Hecht. Außer ihm und Schatten waren aber nur Walburga und Siebeneisen da. Lawn hatte sich entschuldigen lassen, sie holte den Weisen O vom Flughafen ab. Matthew O'Shady kam von einem Notartermin in Dublin, wo die letzten Details für die Auszahlung der Erbschaft geklärt worden waren. Nach all dem Hin und Her würden die Nachkommen der Claire O'Shady nun endlich ihre Millionen ausgezahlt bekommen. Auch Schatten, der von der Leiter gestiegen war und nun seinen Turban neu wickelte.

»Lasst mich ein paar einleitende Worte sagen!« Wipperfürth war wieder aufgestanden. »Zur historischen Einordnung. Damit die Bedeutung der nächsten dreieinhalb Stunden auch jedem klar wird.« Er sah zu Walburga hinüber, als wäre sie diejenige, die sich hinter dem Wort »jedem« verbarg. Siebeneisen war froh, dass er sich fünf Minuten zuvor ein neues Bier geholt hatte. Alkohol dämpfte die Aktivität der Nerven. Das bedeutete auch, dass einem andere nicht mehr so auf selbige gehen konnten.

»Also: Bollywood. Indiens Antwort auf Hollywood. Riesenindustrie mit Sitz in Mumbai, früher Bombay, daher der Name Bollywood. 250 Filme im Jahr. Eher ein paar mehr. Anschließender Export in über hundert Länder. Jährlich über 1,3 Milliarden verkaufte Eintrittskarten. Milliarden, nicht Millionen.« Er sah Walburga an. Walburga sagte nichts. Also machte Wipperfürth weiter.

»Was wir gleich sehen dürfen, ist ein sogenanntes *Masala-Movie*. Wie wir ja alle wissen, ist *Masala* die Bezeichnung für eine indische Gewürzmischung, und genauso fein komponiert wie diese ist auch der Film – es ist einfach von allem etwas dabei.« Wipperfürth sah erneut zu seinem Publikum. Walburga nickte.

»Man muss natürlich wissen, dass die indischen Drehbücher nicht vergleichbar sind mit solchen, nach denen bei uns im Westen gearbeitet wird.« Der Dozent befand sich nun im Alleswissermodus. »Im von tiefer Weisheit durchwirkten Indien ist man in der Erzählkunst selbstverständlich freier. Viel freier! Hier muss nicht alles chronologisch erzählt werden. Hier ist Platz für das Geheimnis, die überraschende Wendung, die Magie des Kinos!« Wipperfürth kontrollierte sein Publikum mit einem gestrengen Blick. Das Publikum nickte. Beziehungsweise: nahm ein Schnapsglas aus dem Spülwasser und trocknete es ab.

»Und die Musik erst! Ach, würde der Kunst des Gesangs bei uns doch auch nur halb so viel Anerkennung zuteil wie im Land des mächtig fließenden Ganges!« Wipperfürth breitete die Arme aus und sah zur Decke, als säße dort oben jemand, der ihm gleich antworten würde, also gut, hast ja recht, dann machen wir das demnächst ebenfalls so und singen alle ein bisschen, wir lassen es die Herren Scorsese und Tarantino wissen und den Emmerich auch. Wipperfürth hielt einen Moment inne. Offenbar war er der Meinung, dass ihm da eine großartige Schlussgeste eingefallen wäre. Er ließ die Arme sinken und drückte auf die Fernbedienung.

Wie die meisten Bollywood-Filme begann auch *Sukravara alasi kobara* mit einer Massenszene: In einem Garten standen etwa hundert Darsteller sorgfältig arrangiert und vollkommen reglos in Stoischer-Storch-Haltung auf einem Rasen. Die Kamera zeigte sie aus der Vogelperspektive; hinter dem Garten konnte man einen Palast sehen. Nach einer knappen Minute mit leisem Sitargezirpe unterlegter Regungslosigkeit schlug sich einer der Darsteller plötzlich ansatzlos mit der flachen Hand ins Gesicht und fiel anschließend auf den Rasen. Er rappelte sich auf und verließ humpelnd den Garten, und dann passierte alles auf einmal: Eine wilde, rhythmische Musik setzte ein, die hundert Yogakursdarsteller begannen zu tanzen wie das Fernsehballett des MDR, und zwischen den Büschen am Rande des Rasens trat Wipperfürth hervor. Er trug die gleichen Kleider wie auf seinem Stuhl vor dem Bildschirm und wurde von fünf oder sechs umwerfend hübschen Yogakursdarstellerinnen umschwärmt. Sie tänzelten in aufreizenden Posen um ihn herum, berührten ihn an den Schultern, kraulten ihn am Kinn und warfen sich vor ihm auf die Knie. Und dann begann Wipperfürth zu singen. Auf Hindi.

Walburga hinter dem Tresen ließ das Glas fallen, das sie gerade abtrocknete. Siebeneisen verschluckte sich an einer Erdnuss. Wipperfürth drückte einen Knopf auf der Fernbedienung und blendete die deutschen Untertitel ein.

»Die Story zweier Fremder,
die sollt ihr hier nun sehen.

Erfunden ist sie nicht, nein:
Sie ist so geschehen.
Sie retteten den Herrscher
aus einer großen Not.
Und kämpften gegen Viren,
Bakterien und Tod.
Begonnen hat das Epos
mit einer Fliege Stich.
Der brachte Abenteuer
für Schatten und auch mich.«

»Seit wann kannst du denn Indisch?« Walburga starrte mit verwirrtem Gesichtsausdruck auf den Bildschirm. Dort war nun auch Schatten zu sehen. Neben Wipperfürth, in Tropenanzug und Turban, umschwirrt von etlichen Yogakursteilnehmerinnen.

»Das ist Hindi.« Wipperfürth klang, als wäre die Frage damit beantwortet. Als er Walburgas Blick bemerkte, hob er seinen Zeigefinger. »Indische Filmstars singen in den Filmen niemals selbst, niemals. Sie bewegen lediglich die Lippen. Die Vokalspur wird dann später im Studio von einem bekannten Interpreten gesungen. Der Soundtrack solcher Filme verkauft sich selbstverständlich millionenfach.«

Und ich würde gerne wissen, ob ihr beiden auch daran mit ein paar Prozenten beteiligt seid, dachte Siebeneisen und nahm sich noch eine Handvoll Erdnüsse. Als er im Palast erfahren hatte, dass Shameek Kumar die Suche nach den Elefantengottteilen in Bollywood verfilmen lassen wollte und Wipperfürth und Schatten sich selbst spielen sollten, war er erleichtert gewesen wie lange nicht mehr. Beide hatten nämlich gleichzeitig auf die Ansprüche aus den ursprünglichen Verträgen verzichtet: Schatten auf seinen Landsitz (ein verlassenes Gehöft in einer

Wüstenregion mit 48 Grad Durchschnittstemperatur), Wipperfürth auf den Antrag um die Hand der Prinzessin (die ihn schon in den Wochen davor auffallend kühl behandelt hatte). Siebeneisen wusste, dass eine Umsetzung des Landsitz-/Eheschließungvertrages jahrelanges Chaos mit sich gebracht hätte, endlose Diskussionen, Streit, möglicherweise Verstimmungen in den bilateralen Beziehungen zweier Staaten. Offenbar hatte auch Shameek Kumar ein ungutes Gefühl gehabt. Und geahnt, dass Wipperfürth und Schatten all das ganz schnell vergessen würden, wenn man ihnen das Leben von Filmstars in Aussicht stellte. Den Bekanntheitsgrad. Die Bewunderung. Und den Ruhm. Ob er, Siebeneisen, vielleicht auch mitspielen wolle in *Sukravara alasi kobara*, hatte der Sekretär des Maharadschas am Ende ihres Gesprächs augenzwinkernd gefragt. Siebeneisen wollte natürlich nicht. Auf keinen Fall wollte er.

Und jetzt sah er sich selbst auf dem Fernsehbildschirm. Im düsteren Privatbüro des Maharadschas saß ein grauhaariger, gut aussehender Schauspieler neben dem originalen Wipperfürth. Siebeneisen kannte den Mann aus dem Fernsehen, aus Berichten über die Filmfestspiele in Cannes oder Berlin. In einer nicht ganz vorlagengetreuen Umsetzung des Drehbuchs hatte der Regisseur neben Wipperfürth und Siebeneisen einen kompletten Hofstaat in das Schreibzimmer beordert, auch die Teilnehmerinnen des Yogakurses drängten sich um den Schreibtisch. Sie sahen aus, als warteten sie auf ein Signal zum Tanzen. Von Shameek Kumar wusste Siebeneisen, dass Bollywood grundsätzlich alle Rollen mit indischen Schauspielern besetzte. Nur besonders exotische und exzentrische Charaktere wurden hin und wieder an Darsteller aus dem Westen vergeben. Dann verkörperte beispielsweise ein Austauschstudent des Goethe-Instituts einen wirren Deutschlehrer, oder zehn aus einem Ashram gelockte Rucksackreisende gaben die Insassen einer geschlossenen Psychiatrie. Ganz ähnlich war das auch bei Wipperfürth und Schatten, dachte Siebeneisen, die spielten eben Wipperfürth und Schatten. Im realen Leben, hier und jetzt im Fetten Hecht also, diskutierten die beiden gerade darüber, wie schnell es *Sukravara alasi kobara* wohl an die Spitze der indischen Kinocharts schaffen würde. Wipperfürth recherchierte schnell den aktuellen Stand auf seinem Handy. Momentan befand sich der Film auf Position 425.

Auf dem Bildschirm war die Handlung unterdessen im Teehaus angelangt. Schatten erklärte Walburga, dass man natürlich nicht die echte Kobra habe mitspielen lassen, »diese heimtückische Natter«. Für solche Fälle gebe es in Bollywood selbstverständlich Tierverleiher. Wipperfürth ergänzte, dass Bollywood grundsätzlich viel einfallsreicher sei als Hollywood, was natürlich an der indischen Kunst der Improvisation liege, vor allem an der Tanzform *Bharatanatyam*, er wisse allerdings nicht, ob sie, Walburga, solche komplexen Zusammenhänge verstehe. Siebeneisen wiederum fühlte, wie sich eine große, schwere Müdigkeit über ihn legte. Er trank einen Schluck Bier, lehnte sich zurück und schloss die Augen. Er hörte, dass auch die Prinzessin von Tonga singen musste. Arthur Finley-Warrenstomp ebenfalls. Und dann beide noch einmal im Duett. Als er die Augen für einen kurzen Moment öffnete, sah er sich in einem Kajak. Und beim nächsten Hinsehen waren er und seine Freundin gerade in Südafrika gelandet. Die Filmversion von Lawn war maximal 19 und sah aus wie das Opfer eines beinahe letalen Botoxunfalls. Siebeneisen beschloss, dass es nun genug sei.

»Ich bin dann mal weg. Muss noch packen. Wir sehen uns in zwei Wochen!«

Lawn und er hatten einen Pauschalurlaub gebucht, zu dem sie in gut einer Stunde aufbrechen wollten: Direktflug mit

Chartermaschine ab Düsseldorf, vierzehn Tage, ein Hotel, kein Ortswechsel – und ausreichend Gepäck, um jeden Tag etwas Sauberes anziehen zu können. Sie hatten sich für Santorin entschieden. Die Insel war moskitofrei, es gab keine Möglichkeiten zum Bergsteigen, und dauerregnen würde es auch nicht. Außerdem hieß es, man könne dort nicht viel mehr machen, als den ganzen Tag auf der Terrasse zu sitzen und hinaus aufs Meer zu schauen, und das war so ziemlich genau alles, was sie wollten. Das einzig Irritierende an Santorin war die Tatsache, dass die Insel der Kraterrand eines schlafenden Vulkans war, mit dessen Ausbruch einige Wissenschaftler in naher Zukunft rechneten. Siebeneisen hatte beschlossen, dieses Risiko zu vernachlässigen. »Jetzt kommt gleich die Stelle mit dem zahmen Strauß«, hörte er Wipperfürth noch dozieren. Dann stand er vor dem Fetten Hecht in der Oer-Erkenschwicker Nacht und atmete tief durch, ganz tief durch atmete er.